A Família Corleone

A Família Corleone

Ed Falco

BASEADO EM UM ROTEIRO DE

Mario Puzo

Tradução de
Marcelo Mendes

3ª edição

Editora Record
RIO DE JANEIRO • SÃO PAULO
2024

CIP-BRASIL. CATALOGAÇÃO NA FONTE
SINDICATO NACIONAL DOS EDITORES DE LIVROS, RJ

F17f Falco, Ed
A família Corleone / Ed Falco; tradução de Marcelo Mendes. – 3ª ed. – Rio de Janeiro: 3ª ed. Record, 2024.

Tradução de: The Family Corleone
ISBN 978-85-01-09948-8

1. Ficção americana. I. Mendes, Marcelo. II. Título.

14-12202

CDD: 813
CDU: 821.111(73)-3

Título original em inglês:
THE FAMILY CORLEONE

Copyright © 2014 by Mario Puzo and Edward Falco

Texto revisado segundo o novo Acordo Ortográfico da Língua Portuguesa.

Todos os direitos reservados. Proibida a reprodução, no todo ou em parte, através de quaisquer meios. Os direitos morais do autor foram assegurados.

Direitos exclusivos de publicação em língua portuguesa somente para o Brasil adquiridos pela
EDITORA RECORD LTDA.
Rua Argentina, 171 – Rio de Janeiro, RJ – 20921-380 – Tel.: 2585-2000, que se reserva a propriedade literária desta tradução.

Impresso no Brasil

ISBN 978-85-01-09948-8

Seja um leitor preferencial Record.
Cadastre-se e receba informações sobre nossos lançamentos e nossas promoções.

EDITORA AFILIADA

Atendimento e venda direta ao leitor:
sac@record.com.br

Dedico este livro ao meu pai e à família dele, de seis irmãos e duas irmãs, os Falcos da Ainslie Street, no Brooklyn, Nova York. Também à minha mãe e à sua família, os Catapanos e os Espositos do mesmo bairro: todos descendentes de imigrantes italianos que construíram uma vida boa e decente para si e para suas famílias, bem como para os filhos e os netos — dentre os quais figuram médicos, advogados, professores, atletas, artistas e tudo o que se pode imaginar. Dedico este livro ainda a Pat Franzese, médico de nosso bairro nos anos 1940 e 1950, que ia às nossas casas quando estávamos doentes e cuidava de nós, às vezes de graça ou recebendo pagamentos mínimos.
Com meus maiores votos de carinho e respeito.

Associações e famílias em *A família Corleone*

VITO CORLEONE
Genco Abbandando
Peter Clemenza
Salvatore Tessio

CLEMENZA
Richie Gatto
Al Hats
Jimmy Mancini

TESSIO
Ken Cuisimano
Fat Jimmy
Eddie Veltri

SANTINO CORLEONE
Nico Angelopoulos
Bobby Corcoran
Angelo Romero
Vinnie Romero

LUCA BRASI
Paolo Attardi
Luigi Battaglia
Anthony Coli

Joseph DiGiorgio
Vinnie Vaccarelli

GIUSEPPE MARIPOSA
Carmine Rosato
Emilio Barzini
Ettore Barzini
Frank Pentangeli
Tomasino Cinquemani
Tony Rosato

TOMAZINO CINQUEMANI
Nicky Crea
Jimmy Grizzeo
Fio Inzana
Carmine Loviero
Vic Piazza

ROSARIO LACONTI
Giacomo LaConti

EMILIO BARZINI
Ray Penosa
Mike Russo
Billy Teeth

FRANKIE PENTANGELI
Fausto
Fat Larry

OS IRLANDESES
Billy Donnelly
Rick Donnelly

Stevie Dwyer
Corr Gibson
Peter Murray
Donald O'Rourke
Sean O'Rourke
Will O'Rourke

LIVRO I

Mostro

OUTONO DE 1933

1

Giuseppe Mariposa esperava à janela com as mãos na cintura, os olhos voltados para o Empire State Building. Para ver melhor o topo do prédio, a antena que lembrava uma agulha e espetava o azul pálido do céu, ele se inclinava para o interior do caixilho com o rosto grudado ao vidro. Vira o espigão crescer desde os alicerces e gostava de contar aos companheiros que havia sido um dos últimos a jantar no velho Waldorf-Astoria, o magnífico hotel que ocupava o espaço onde agora assomava o maior prédio do mundo. Depois de um tempo, Giuseppe se afastou da janela e limpou a poeira do paletó.

Abaixo dele, na rua, um homenzarrão em roupas de trabalho conduzia uma carroça de ferro-velho, avançando preguiçosamente rumo à esquina. Levava o chapéu-coco sobre os joelhos enquanto batia as surradas rédeas de couro na acentuada lordose de seu pangaré. Giuseppe esperou a carroça dobrar a esquina, pegou o chapéu que havia deixado no parapeito da janela e observou sua própria imagem refletida no vidro. Os cabelos já estavam brancos, mas ainda eram grossos e fartos, e ele os penteou para trás com a palma da mão. Ajeitou também o nó da gravata para então endireitar os vincos que ela acumulava antes de sumir colete adentro. Atrás dele, num canto dominado pela penumbra do apartamento vazio, Jake LaConti tentava falar, porém tudo que Giuseppe ouvia era um resmungo gutural. Tão logo se virou, deparou-se com Tomasino, que acabara de entrar no apartamento e agora avançava na sala com um saco de papel pardo. Seus cabelos estavam desalinhados, como de hábito, embora Giuseppe já o tivesse advertido um milhão de vezes para mantê-los sempre penteados — e a barba também estava por fazer, também como de costume. Tomasino era o desleixo em pessoa. Giuseppe o fulminou com um olhar de desprezo que ele, como sempre, sequer notou. A gravata estava frouxa, o colarinho desabotoado, e o paletó manchado de sangue, além de amarrotado. Tufos de pelo encaracolado escapavam do colarinho aberto.

— Ele disse alguma coisa? — Tomasino tirou uma garrafa de uísque do saco de papel, destampou-a e bebeu um gole.

Giuseppe conferiu as horas no relógio. Eram oito e meia da manhã.

— E você acha que ele está em condições de dizer alguma coisa, Tommy?

O rosto de Jake estava desfigurado, o maxilar caindo mole na direção do peito.

— Minha intenção não era quebrar o queixo do homem — explicou Tomasino.

— Dê um pouco de uísque a ele — ordenou Giuseppe. — Vamos ver se isso ajuda.

Jake estava esparramado no chão com as costas escoradas contra a parede e as pernas retorcidas sobre o assoalho. Tommy o havia arrancado do quarto de hotel às seis da manhã, e ele ainda estava com o pijama de seda listrado de preto e branco que vestira na noite anterior, mas agora com os dois botões superiores arrancados à força, revelando o torso musculoso de um homem de 30 e poucos anos, mais ou menos a metade da idade de Giuseppe. Enquanto Tommy se ajoelhava para erguer a cabeça de Jake e despejar uísque em sua boca, Giuseppe observava a cena com interesse, esperando para ver se o álcool realmente soltaria a língua do sujeito. Tinha despachado Tommy para buscar a garrafa no carro após Jake desmaiar. Jake agora tossiu, salpicando sangue no próprio peito, e entreabriu as pálpebras inchadas para dizer algo que não teria sido compreendido caso não tivesse repetido as mesmas palavras um sem-número de vezes enquanto era espancado.

— Ele é meu pai — foi o que falou, mas que saiu como *"É meee paaá"*.

— É, a gente já sabe disso. — Tommy olhou para Giuseppe. — Uma coisa você tem que admitir. O garoto é leal.

Giuseppe se ajoelhou ao lado de Tomasino, dizendo:

— Jake. Giacomo. Cedo ou tarde vou acabar encontrando seu pai. — Ele tirou um lenço do bolso e o usou para não sujar as mãos de sangue enquanto virava o rosto de Jake em sua direção. — Os dias do velho Rosario estão contados, não há nada que você possa fazer. Jake, está me ouvindo?

— *Sì* — respondeu Giacomo, cuspindo a sílaba.

— Ótimo — disse Giuseppe. — Onde ele está? Onde o filho da puta se escondeu?

Giacomo tentou mexer o braço direito, que estava quebrado, e gemeu de dor.

— Fale onde ele está, Jake! — berrou Tommy. — O que foi? Perdeu o juízo também?

Jake tentou abrir os olhos como se quisesse ver quem estava gritando com ele.

— *É meee paaa* — repetiu.

— *Che cazzo!*[1] — rugiu Giuseppe, lançando as mãos para o alto. Por um instante ficou encarando Jake, ouvindo-o ofegar. Gritos de crianças brincando na rua invadiram a sala para sumir em seguida. Ele olhou para Tomasino e imediatamente deixou o apartamento. No corredor, esperou junto à porta até ouvir o disparo abafado de uma arma com silenciador, não muito diferente de uma martelada num toco de madeira. E tão logo Tommy se juntou a ele, falou:

— Tem certeza de que ele apagou? — Levou o chapéu à cabeça e o ajeitou do modo como gostava, com a aba para baixo.

— O que você acha, Joe? — devolveu Tommy. — Que eu não sei o que estou fazendo? — Vendo que Giuseppe não pretendia responder, revirou os olhos e disse: — Tem um rombo na cabeça dele, os miolos estão espalhados pelo chão.

Na escada, a apenas um lanço da calçada, Giuseppe parou e comentou:

— Ele jamais trairia o próprio pai. Esse mérito ele tinha.

— Duro na queda — acrescentou Tommy. — Mas ainda acho que você devia ter me deixado arrancar os dentes dele. Não há quem resista a uma pequena intervenção odontológica.

Giuseppe encolheu os ombros, admitindo que Tommy talvez tivesse razão.

— Mas ainda temos o outro filho. E então? Já fizemos algum progresso com ele?

— Ainda não — respondeu Tommy. — Pode ser que esteja escondido junto de Rosario.

Giuseppe pensou nesse outro filho de Rosario, mas apenas por um segundo, pois logo em seguida voltou a pensar em Jake LaConti, na fidelidade do filho que preferira morrer a entregar o pai.

---

[1] Exclamação obscena, algo como "Que porra é essa?".

— Quer saber? — perguntou a Tomasino. — Ligue para a mãe e diga a ela onde buscar o corpo. — Refletiu um instante e prosseguiu: — Eles podem chamar uma boa agência funerária, consertar o rosto do morto e fazer um belo enterro se quiserem.

— Consertar o rosto? — questionou Tomasino. — Sei não, Joe...

— Como se chama aquele agente funerário que fez um belo trabalho em O'Banion? — perguntou Giuseppe.

— Sei quem é.

— Fale com ele — pediu Giuseppe, e deu um tapinha no peito de Tommy. — As despesas são por minha conta. A família não precisa saber. Diga a ele para oferecer os serviços de graça, para dizer que é amigo de Jake etc. etc. Não custa nada, certo?

— Claro, claro. Poxa, Joe, você tem um bom coração — falou Tommy, e deu um tapinha no braço do outro.

— Muito bem, então. Assunto encerrado — concluiu Giuseppe, e desceu os degraus, dois de cada vez, como uma criança.

2

Sonny se acomodou ao volante da caminhonete e puxou para baixo a aba do chapéu de feltro. O veículo não era seu, mas não havia ninguém por perto para fazer perguntas. Às duas da madrugada, aquele trecho da Décima Primeira Avenida estava deserto, a não ser por um ou outro bêbado que passava cambaleando pela calçada. Em algum momento surgiria um guarda para fazer a ronda, porém Sonny já planejava se encolher no banco, e, ainda que fosse notado, o que era pouco provável, certamente seria tomado por mais um bêbado naquela noite de sábado — o que não estaria longe da verdade, levando-se em conta o tanto que já havia bebido. Mas não estava bêbado. Era um rapaz grande, já com mais de 1,80m aos 17 anos, forte e com ombros largos, e não ficava alcoolizado com facilidade. Baixou a janela a seu lado e deixou que o frio da brisa outonal que vinha do Hudson ajudasse a mantê-lo desperto. Estava cansado e, tão logo relaxou diante do enorme volante, começou a sentir as pálpebras pesarem.

Uma hora antes ele estava no Juke's Joint, no Harlem, com Cork e Nico. Uma hora antes disso, estivera num bar clandestino em algum lugar na área central de Manhattan, para onde Cork o havia levado depois que eles perderam quase 100 pratas jogando pôquer com um bando de poloneses em Greenpoint. Todos gargalharam quando Cork disse que ele e Sonny precisavam ir embora antes que fossem obrigados a deixar as próprias camisas na mesa. Sonny havia gargalhado também, embora um segundo antes estivesse prestes a chamar de filho da puta trapaceiro o mais forte dos polacos. Cork tinha o dom de perceber as intenções do amigo, e por isso se apressara em tirá-lo de lá antes que ele fizesse alguma besteira. Já no Juke's, se Sonny ainda não estava bêbado, estava muito próximo disso. Após dançar um pouco, e beber mais um tanto, ele já dava a noite por encerrada e saía para a rua quando um amigo de Cork o parou à porta e lhe contou sobre Tom. Sonny precisou se conter para não desferir um soco na cara do garoto, e em vez disso depositou alguns trocados na mão dele. O garoto lhe passou o endereço, e agora, encolhido numa caminhonete que de tão acabada parecia ter saído da Grande Guerra, ele observava as sombras que se desenhavam nas cortinas de Kelly O'Rourke.

No interior do apartamento, Tom se vestia enquanto Kelly andava de um lado para o outro no quarto segurando um lençol na altura dos seios, as pontas se arrastando no chão. Era uma garota desajeitada, mas com um rosto dramaticamente bonito — pele perfeita, lábios vermelhos, olhos de um azul-esverdeado, emoldurados pelas mechas ruivas dos cabelos —, e igualmente dramático era o modo como perambulava no quarto, como se estivesse numa cena de filme, imaginando Tom como Cary Grant ou Randolph Scott.

— Mas por que você precisa ir? — perguntou Kelly mais uma vez. Com a mão livre, ela pressionava a testa como se estivesse tomando a própria temperatura. — Nessa altura da madrugada... Por que diabos você vai me deixar aqui sozinha?

Tom vestiu a camiseta. A cama da qual acabara de se levantar era mais um catre do que uma cama de verdade, e o chão em torno dela se atulhava de revistas: *Saturday Evening Post*, *Grand*, *American Girl*, quase todas. Aos pés dele, Gloria Swanson o encarava com seu olhar de feiticeira na capa de um velho número de *The New Movie*.

— Boneca... — começou ele.

— Não me chame de "boneca" — disparou Kelly. — Todo mundo me chama de "boneca". — Isso dito, recostou-se à parede ao lado da janela, deixou cair o lençol e fez uma pose para ele, projetando os quadris ligeiramente para o lado. — Por que você não quer ficar comigo, Tom? Você é homem, não é?

Tom vestiu a camisa e começou a abotoá-la enquanto olhava para Kelly. Via nos olhos dela uma eletricidade, uma aflição, algo que beirava a desconfiança, como se ela esperasse se assustar com algo a qualquer momento.

— Talvez você seja a mulher mais bonita que já vi na vida — declarou ele.

— Você nunca esteve com nenhuma garota mais bonita do que eu?

— Nenhuma — respondeu Tom. — Nunca.

A aflição se dissipou dos olhos de Kelly.

— Durma comigo essa noite, Tom. Não vá embora.

Tom se sentou na beira da cama, refletiu um instante, depois calçou os sapatos.

Com a mão pousada na bola oito da marcha da caminhonete, Sonny agora olhava para os trilhos ferroviários que cortavam a rua sob a luz de um poste de ferro fundido. Lembrava-se da própria infância, quando, sentado no meio-fio, ficava observando os trens de carga que passavam rugindo pela Décima Primeira Avenida, precedidos de um policial a cavalo incumbido de tirar os bêbados e as crianças do caminho. Certa vez Sonny vira um elegante homem de terno, de pé sobre um dos vagões. Havia acenado para ele, mas o homem apenas franzira as sobrancelhas e cuspira na calçada, como se estivesse enojado com a presença dele no meio-fio. Ao perguntar à mãe o porquê daquilo, ela havia erguido as mãos para dizer: "*Sta'zitt'!*² Um *cafon'* cospe na calçada e você vem me perguntar por quê? *Madon'!*" Em seguida tinha se afastado com passos pesados, o que parecia ser sua resposta para a maioria das perguntas que Sonny costumava fazer quando criança. Ele tinha a impressão de que todas as frases da mãe começavam com *Sta'zitt'!* ou *Va fa' Napule!* Ou *Madon'!* Em casa, ele era sempre uma peste, um capeta ou um *scucc'*³, portanto procurava passar a maior parte do tempo na rua, vagando pela cidade com os demais garotos da vizinhança.

Vendo-se novamente em Hell's Kitchen, em meio àquela paisagem de prédios pequenos com lojas na altura da calçada e dois ou três andares de apartamentos acima delas, Sonny se deixou arrastar para o passado, para todos aqueles anos em que o pai saía de casa pela manhã e ia de carro para o escritório no armazém da Hester Street, onde ainda trabalhava. Claro, tudo era diferente agora que ele, Sonny, havia crescido e sabia exatamente quem era o pai e o que ele fazia. Mas naquela época o velho era apenas um homem de negócios, sócio de Genco Abbandando na Companhia de Azeite Genco Pura. Naquele tempo, quando o avistava na rua, Sonny corria para os braços do pai e despejava sobre ele tudo aquilo que ocupava sua cabecinha de menino. Vendo a maneira como os outros homens o tratavam, orgulhava-se de ser filho de um mandachuva, dono do próprio negócio, reverenciado sem exceção por todos à sua volta, e, por isso, via a si mesmo como uma espécie de príncipe, filho do todo-poderoso. Tinha 11 anos quando tudo mudou. Na verdade, nem tudo, pois Sonny ainda se via como um príncipe. Mas um príncipe de outra natureza, claro.

---

²"Cale a boca."
³*Scucciameen*, um aborrecimento.

Do outro lado da avenida, no apartamento de Kelly O'Rourke sobre uma barbearia, atrás das tradicionais treliças de ferro da escada de incêndio, um vulto entreabria as cortinas, permitindo a Sonny ver através da fresta de luz os rosas e os brancos de um corpo nu bem como o vermelho forte de uma cabeleira feminina. E então foi como se ele estivesse em dois lugares simultaneamente: o Sonny de 17 anos olhava para o sobrado acortinado de Kelly O'Rourke ao mesmo tempo que o Sonny de 11 anos, no topo de uma escada de incêndio, espiava através da janela dos fundos de uma cervejaria nas docas. Ainda possuía uma lembrança bastante nítida daquela noite. Não era exatamente tarde, não passava das nove e meia ou dez horas. Ele havia acabado de se deitar quando ouviu uma discussão entre a mãe e o pai. Ela não gritava — sua mãe jamais erguia a voz para o marido —, e Sonny não entendia direito o que ela dizia, porém, apesar da pouca idade, percebia claramente que se tratava de uma discussão, sabia que a mãe estava nervosa ou preocupada. Pouco depois, ouvira o abrir e fechar da porta do quarto deles, os passos do pai escada abaixo. Naquela época não havia capangas vigiando a porta de casa, tampouco um motorista à espera no enorme Packard ou no Essex de oito cilindros para levá-lo aonde quisesse ir. Naquela noite, espiando pela janela, Sonny vira o pai sair à rua e seguir a pé na direção da Décima Primeira Avenida. Já estava vestido e descendo a escada de incêndio antes mesmo que o velho dobrasse a esquina.

E já estava a algumas quadras de casa quando enfim se perguntou o que estava fazendo. Caso fosse pego pelo pai, levaria uma surra daquelas, e por que não? Estava na rua quando deveria estar na cama. A preocupação por pouco não o fez voltar, mas a curiosidade falou mais alto: baixou a boina quase à altura do nariz e continuou seguindo o pai, buscando as sombras como escudo, guardando a distância mínima de um quarteirão entre eles. Assim que ambos chegaram à vizinhança onde moravam os garotos irlandeses, a preocupação do pequeno Sonny redobrou. Ele não tinha permissão para brincar naquelas bandas, tampouco brincaria ainda que a tivesse, pois sabia que os garotos italianos sempre apanhavam por ali; já havia ouvido histórias de meninos que ultrapassaram o território irlandês e sumiram durante semanas para depois aparecerem boiando nas águas do Hudson. No quarteirão seguinte, viu o pai acelerar o passo, enterrar as mãos nos bolsos e erguer a gola do casaco contra o vento frio que soprava do rio. Seguia-o, e Sonny já estava quase nas docas quando viu o pai parar diante de um prédio de tijolos aparentes com uma surrada porta de madeira. Espremeu-se contra a vitrine de uma loja e esperou lá. Dali a pouco viu a porta do prédio se abrir e ouviu a cantoria e as risadas que vinham do interior, abafadas quando a porta se fechou.

Assim que viu o pai entrar, correu para a sombra mais próxima, esperou mais um pouco e só então atravessou a rua de paralelepípedos para se refugiar em meio às latas de lixo de um beco. Não saberia dizer ao certo o que tinha em mente ao entrar ali, a não ser que esperava encontrar alguma porta nos fundos do tal prédio e através dela espiar o que acontecia no interior. De fato, foi isso que Sonny encontrou — uma porta fechada com uma janela ao lado, as cortinas deixando vazar uma luz amarelada para o beco. Não podia ver nada através delas, portanto foi até uma pesada lata de lixo no fim do beco, empoleirou-se nela e de lá pulou para o degrau inferior da escada de incêndio. Pouco depois, já estava deitado de bruços nesse mesmo degrau e espiava através da fresta entre o caixilho da janela e as cortinas para uma sala muito bem-iluminada, atulhada de engradados e caixas de papelão, o pai ao centro com as mãos ainda nos bolsos, falando calmamente com um homem que parecia estar amarrado a uma cadeira de espaldar reto. Sonny conhecia o sujeito. Já o tinha visto perto de casa com a mulher e os filhos. As mãos dele se escondiam do outro lado do respaldo, supostamente amarradas. Uma corda de varal o apertava na altura do peito e da cintura, amarrotando ainda mais o paletó amarelo. Seus lábios sangravam e sua cabeça pendia para a frente como se estivesse bêbado ou sonolento. À frente do homem, Peter, tio de Sonny, sentava-se numa pilha de engradados com uma expressão séria no rosto, e, ao lado dele, Sal, outro tio, estava de pé com os braços cruzados e um aspecto igualmente sóbrio. A seriedade de tio Sal não era novidade nenhuma, era esse seu estado natural, mas a de tio Peter era realmente inusitada. Sonny o conhecia desde sempre como um homem de riso solto e histórias engraçadas para contar. De seu poleiro na escada de incêndio, ele observava tudo aquilo com fascínio, o pai e os tios nos fundos de um bar com um homem da vizinhança amarrado a uma cadeira. Sequer imaginava o que poderia estar acontecendo. Não fazia a menor ideia. A certa altura, seu pai se apoiou na perna do homem, ficou de joelhos ao lado dele, e o homem o acertou com uma cusparada no rosto.

Vito Corleone tirou um lenço do bolso e se limpou. Atrás dele, Peter Clemenza pegou um pé de cabra no chão e disse:

— Pronto. Acabou para ele. Acabou para esse vagabundo!

Vito ergueu a mão para contê-lo, e Clemenza, vermelho de raiva, disse:

— Vito, *v'fancul*!⁴ Você não vai tirar nada de um irlandês estúpido como esse aí!

Vito olhou para o homem ensanguentado, depois para a janela dos fundos, como se soubesse que Sonny o espiava da escada de incêndio — mas não sabia. Sequer notara a janela de cortinas baratas. Seus pensamentos se concentravam no homem que havia acabado de cuspir em seu rosto; em Clemenza, que o encarava; e em Tessio, atrás de Clemenza, que também o fitava. O cômodo era iluminado por uma lâmpada forte que pendia do teto, acionada por uma correntinha de contas que balançava logo acima da cabeça de Clemenza. Do outro lado da porta de ferrolho que dava para o bar, homens riam e cantavam ruidosamente. Vito se virou para o sujeito amarrado e falou:

— Você não está sendo razoável, Henry. Precisei pedir a Clemenza, como um favor pessoal, que ele não quebrasse suas pernas.

Antes que Vito pudesse dizer qualquer outra coisa, Henry o interrompeu:

— Não devo nada a carcamano nenhum, seu macarrone de merda! — Apesar de bêbado, ele falava com clareza, sem perder a cadência melódica dos irlandeses. — Voltem para aquele bordel que vocês chamam de Sicília, você e toda a sua corja, e fodam suas veneradas *mamas*!

Clemenza recuou um passo. No rosto, a expressão era mais de surpresa que de fúria. Tessio falou:

— Vito, esse filho da puta aí não tem jeito, não.

Clemenza pegou novamente o pé de cabra, e mais uma vez Vito o deteve com um gesto da mão. Dessa vez Clemenza cuspiu, olhou para o teto e irrompeu numa longa cantilena de palavrões em italiano. Vito esperou que ele terminasse e continuou esperando até que voltasse a fitá-lo. Clemenza finalmente o encarou. Vito sustentou o olhar dele por alguns segundos, então se virou para Henry.

Na escada de incêndio, Sonny abraçou o próprio peito a fim de se proteger do frio. O vento agora soprava mais forte, ameaçava chover. A sirene preguiçosa e rouca de um barco veio do rio para se espalhar pelas ruas. O pai de Sonny era um homem de estatura mediana, mas possuía um porte atlético, com braços e ombros fortes, herança do passado nos pátios ferroviários. Havia noites em que ele vinha se sentar na cama do filho para

---

⁴Expressão obscena que pode significar "vai se foder"; pode significar também "Porra!" ou "Que porra é essa?", de acordo com a entonação.

lhe contar do tempo em que carregava nas costas a carga que chegava ou partia com os vagões. Só mesmo um louco cuspiria na cara dele. Essa era a única explicação que Sonny conseguia encontrar para o absurdo daquela situação. O homem na cadeira só podia ser ruim da cabeça. A ideia o deixou mais calmo. Por alguns instantes ele tinha sido tomado de pavor, pois não conseguia entender o que estava vendo, mas depois viu o pai se ajoelhar novamente para conversar com o homem, e tudo indicava que ele falava naquele mesmo tom de voz firme e enfático que usava quando estava sério, quando havia algo de importante que Sonny precisava entender. Tranquilizava-o pensar que o sujeito era doido e seu pai estava apenas tentando meter algum juízo na cabeça dele. Sonny podia apostar que a qualquer momento o homem assentiria com a cabeça e seu pai o deixaria ir, e o problema, fosse lá qual fosse, estaria resolvido, uma vez que só podia ser por isso que chamaram seu pai, para reparar algo, para resolver algum problema. Todos na vizinhança sabiam que seu pai resolvia problemas. Todos sabiam disso a respeito dele. Sonny continuou assistindo à cena que se desenrolava do outro lado da janela, esperando que o pai desse um jeito na situação. Mas, em vez disso, pouco depois o homem começou a se debater na cadeira com os olhos incendiados de fúria. Parecia um animal tentando se livrar das amarras, e, após muito balançar a cabeça, novamente cuspiu no pai de Sonny, um jato de saliva e sangue, e o sangue deu a impressão de que ele havia conseguido fazer algum estrago, porém o estrago era apenas o seu próprio. Sonny havia visto tudo isso, a cusparada saindo da boca do homem para acertar em cheio o rosto do pai.

 O que ocorreu em seguida foi a última coisa da qual Sonny se lembraria daquela noite. Uma daquelas lembranças, não raras na infância, que de início são confusas e misteriosas mas que tomam forma com o acúmulo de experiência. Na ocasião ele ficara perplexo. Seu pai se levantou e limpou o rosto, depois olhou para o homem antes de lhe dar as costas, afastar-se apenas alguns metros e parar imóvel enquanto atrás dele tio Sal tirava do bolso do paletó a mais inesperada das coisas: uma fronha de travesseiro. Tio Sal era um gigante de tão alto, mas andava com o tronco curvo, os braços compridos balançando rente aos flancos como se não soubesse o que fazer com eles. *Uma fronha.* Sonny chegou a sussurrar as palavras, tamanho seu espanto. Tio Sal se posicionou atrás da cadeira e enterrou a fronha sobre a cabeça do homem, tio Peter o golpeou com o pé de cabra, e o branco da fronha foi se tingindo de vermelho, um vermelho vivo. Os dois tios se curvaram sobre o homem, fazendo coisas, desamarrando a corda. Com exceção disso ele não se lembrava de mais nada. Decerto tinha voltado para casa, para sua cama. Mas não se lembrava de tê-lo feito. Lembrava-se perfeitamente de todos os acontecimentos até a aparição da fronha, no entanto depois disso as coisas ficavam cada vez mais nebulosas até desaparecer.

Por um bom tempo de sua juventude, Sonny não saberia explicar ao certo o que havia testemunhado. Levaria anos para concatenar os fatos.

Do outro lado da Décima Primeira Avenida, as cortinas esvoaçaram sobre a barbearia e dali a pouco foram escancaradas. Kelly O'Rourke, emoldurada pela janela, agora olhava para a rua como uma aparição — o corpo nu de uma jovem mulher, iluminado por um súbito clarão, rodeado pelo ferro negro das escadas de incêndio, o vermelho sujo dos tijolos, o breu das janelas.

Ela olhava para a escuridão ao mesmo tempo que acariciava o próprio ventre, o que vinha fazendo inconscientemente ao longo de várias semanas, como se tentasse captar algum sinal da vida que sabia estar brotando ali. Correndo os dedos sobre a pele ainda firme, Kelly tentava conciliar as ideias, juntar os pensamentos que pareciam correr nas mais diferentes direções. Seus pais e seus irmãos já a haviam renegado, exceto Sean, talvez. Portanto, que motivos teria ela para se preocupar com a opinião deles? Ela tomara um dos comprimidos azuis na boate, que a deixara leve e meio zonza, dispersando as ideias. À sua frente havia apenas a escuridão e seu próprio reflexo na vidraça. Era tarde, e todos sempre a deixavam sozinha. Sempre. Kelly ainda espalmava a mão sobre o ventre, procurando sentir algo. Por mais que tentasse, não conseguia alinhar os pensamentos de modo que ficassem parados no mesmo lugar.

Tom se pôs à frente dela e fechou as cortinas.

— Venha, meu anjo — chamou. — Por que você está fazendo isso?

— Isso o quê?

— Ficando aí, na frente dessa janela.

— Por quê? Está com medo de que alguém veja você aqui comigo, Tom? — Kelly colocou uma das mãos na cintura e depois a deixou cair num gesto de resignação. Continuou a perambular pelo quarto, correndo os olhos ora pelo chão, ora pelas paredes. Parecia não se dar conta da presença de Tom, perdida nos próprios pensamentos.

Tom falou:

— Kelly, escute. Faz poucas semanas que entrei na faculdade e, se eu não voltar...

— Ah, pare de chorar — disse Kelly. — Tenha dó.

— Não estou chorando — defendeu-se Tom. — Estou tentando explicar.

Kelly parou onde estava.

— Eu sei. Você é um bebê. Percebi assim que abordei você. Quantos anos você tem afinal? Dezoito? Dezenove?

— Dezoito — respondeu Tom. — Só estou dizendo que preciso voltar para o dormitório. Se não estiver lá quando amanhecer, vão perceber que saí.

Kelly puxou uma das orelhas e encarou Tom. Ambos ficaram mudos, um olhando para o outro. Tom imaginava o que ela poderia estar vendo nele. Vinha se perguntando a mesma coisa desde que Kelly viera saltitante até sua mesa no Juke's Joint e o chamara para dançar numa voz tão sexy que parecia o estar chamando para a cama. Tinha se feito a mesma pergunta quando, após alguns minutos de dança e um único drinque, ela o pediu para levá-la em casa. Eles não conversaram muito. Tom contou que estudava na Universidade de Nova York. Ela contou que estava desempregada e vinha de uma família grande, embora não se desse muito bem com eles. Queria ser atriz de cinema. Estava usando um vestido que a cobria dos tornozelos aos seios, e o decote baixo deixava o tronco nu, o branco da pele contrastando com o azul da seda. Tom disse que não tinha carro, que estava na boate com amigos. Ela replicou que não havia problema, que tinha um carro, e ele não se deu ao trabalho de perguntar como uma garota desempregada de uma família grande tinha o próprio carro. Supôs que o carro não pertencesse a ela, e, quando enfim chegaram a Hell's Kitchen, não contou que tinha crescido a alguns quarteirões de onde ela havia estacionado na Décima Primeira Avenida. Quando viu o apartamento da moça, teve certeza de que o carro não era dela, mas não teve tempo de fazer perguntas, pois logo estava na cama com ela, e a cabeça, em outro lugar. Os acontecimentos da noite se sucederam com uma rapidez com a qual Tom não estava acostumado, e agora, enquanto encarava Kelly, tentava entender quem era aquela moça à sua frente, aquela moça que parecia mudar de pele a cada segundo: primeiro a sedutora que o havia tirado para dançar; depois a vulnerável que não queria ficar sozinha; e agora aquela mulher fria, áspera, com uma centelha de raiva no olhar. Queixo tenso, lábios crispados. Algo em Tom também se modificava. Ele se preparava para o que ela pudesse dizer ou fazer, antecipava uma discussão, engendrava uma resposta.

— Afinal, você é o quê? — perguntou Kelly. Em seguida recuou até a bancada ao lado da pia de porcelana, sentou-se nela e cruzou as pernas. — Um vira-lata ítalo-irlandês?

Tom buscou o suéter que havia pendurado na cabeceira da cama; jogou-o sobre as costas e amarrou as mangas em torno do pescoço.

— Sou germano-irlandês — respondeu. — O que faz você pensar que tenho sangue italiano?

De um armário próximo, Kelly pegou um maço de Wings, abriu-o e acendeu um cigarro.

— Porque sei quem é você — disse, e fez uma pausa dramática, como se estivesse atuando. — Você é Tom Hagen. Filho adotivo de Vito Corleone. — Deu um longo trago no cigarro; em meio à nuvem de fumaça, os olhos brilharam com algo entre o júbilo e a raiva, de difícil interpretação.

Tom correu os olhos à sua volta, prestando atenção em tudo que via, e o que ele via não passava de um quarto de pensão vagabundo, sequer um apartamento, com uma pia e armários num dos cantos e uma cama estreita no outro. O chão era uma bagunça de revistas e garrafas de refrigerante, roupas e embalagens de chocolate, maços de Wings e Chesterfield vazios. As roupas eram bem mais caras e sofisticadas que o ambiente a seu redor. Num canto do cômodo jazia uma blusa de seda que certamente havia custado mais que o aluguel.

— Não sou filho adotivo — explicou Tom. — Fui criado pelos Corleones, mas nunca fui adotado.

— Tanto faz — replicou Kelly. — Mas então isso faz de você o quê? Um irlandês, um carcamano, ou uma mistura das duas coisas?

Tom sentou-se na beira da cama. Eles agora estavam conversando. Como numa reunião de negócios.

— Quer dizer então que você me abordou porque conhecia minha família.

— O que você pensou, garoto? Que achei você bonito? — Kelly bateu as cinzas do cigarro na pia a seu lado e abriu a torneira para que descessem pelo ralo.

— O que a minha família tem a ver com tudo isso? — quis saber Tom.

— Com o quê? — devolveu ela, um sorriso genuíno no rosto, como se finalmente estivesse se divertindo.

— Comigo trazendo você para cá e te comendo — explicou Tom.

— Você não me comeu, rapaz. Fui eu que comi você. — Ela fez uma pausa, ainda sorrindo, observando-o.

Tom chutou um maço de Chesterfield, dizendo:

— Quem fuma isso?

— Eu.

— Você fuma Wings ou Chesterfield?

— Wings quando sou eu quem compra. Senão, Chesterfield. — Vendo que Tom não ia dizer nada, ela acrescentou: — Mas você está esquentando. Continue.

— Muito bem — falou Tom. — O carro em que me trouxe para cá. Não é seu, é? Ninguém tem um carro daqueles e mora num quarto como esse.

— Muito bem, garoto. Agora você está fazendo as perguntas certas.

— E as roupas caras? Quem paga por elas?

— Bingo! — exclamou Kelly. — Agora você foi na mosca. São presentes do meu namorado. E o carro é dele.

— Então devia pedir a esse seu namorado para arranjar um lugar melhor para você. — Tom novamente passeou os olhos em volta como se estivesse maravilhado com a indecência do quarto.

— Eu sei! — Kelly também correu os olhos à sua volta. — Dá para acreditar numa espelunca dessas? Sou obrigada a morar aqui!

— Você devia conversar com ele — disse Tom. — Com esse seu namorado.

Kelly aparentemente não o ouviu. Ainda corria os olhos pelo apartamento como se o estivesse vendo pela primeira vez.

— Ele deve me odiar, só pode — falou. — Me botar numa espelunca dessas?

— Você devia conversar com ele — repetiu Tom.

— Vai embora — indicou Kelly. Desceu da bancada, enrolou-se no lençol. — Se manda daqui. Cansei de brincar com você.

Tom caminhou em direção à porta, onde havia deixado o boné, pendurado a um gancho.

— Ouvi dizer que sua família é montada na grana — comentou Kelly, enquanto Tom ainda lhe dava as costas. — Vito Corleone e sua gangue.

Tom enterrou o boné na cabeça e o ajeitou em seguida.

— O que você quer de mim, Kelly? Por que não abre o jogo?

Com o cigarro entre os dedos, Kelly gesticulou para que ele fosse embora.

— Anda, vai. Adeusinho, Tom Hagen.

Tom se despediu educadamente e saiu, mas tinha dado apenas alguns passos no corredor escuro quando a porta do apartamento se escancarou e Kelly surgiu às suas costas, o lençol esquecido em algum lugar.

— Você não é tão durão assim — falou ela. — Nem nenhum dos Corleones.

Tom tocou a aba do boné, ajustando-o na cabeça. Virando-se para a atrevida Kelly, plantada na soleira, disse:

— Não acho que eu seja um representante fiel da minha família.

— Hein? — foi só o que respondeu Kelly, correndo as mãos pelos cabelos, confusa com a resposta. E voltou ao apartamento, deixando a porta entreaberta atrás de si.

Tom mais uma vez ajustou o boné e desceu à rua.

Sonny havia saído da caminhonete e atravessava a avenida quando Tom saiu do prédio. Tom chegou a recuar, como se quisesse voltar para dentro, mas Sonny se adiantou e colocou as mãos nos ombros dele, puxando-o de volta à calçada, arrastando-o na direção da esquina.

— Ei, *idiota*! — exclamou Sonny. — Diz aí, amigo. Você está tentando se matar ou é apenas um *stronz*'?[5] Sabe quem é essa garota que você acabou de traçar? Sabe *onde* você está? — A cada pergunta ele ia erguendo a voz, e de repente empurrou o irmão para o interior de um beco. Rangendo os dentes, fechou o punho e precisou se conter para não esmurrá-lo contra a parede. — Você não faz a menor ideia da encrenca em que se meteu, faz? — Inclinava-se sobre Tom como se a qualquer momento fosse lhe dar uma surra. — Afinal de contas, o que estava fazendo com aquela putinha irlandesa? — Jogou as mãos para o alto e rodopiou sobre os próprios calcanhares, erguendo os olhos como se clamasse aos deuses. — *Cazzo!*[6] — berrou. — Eu devia te encher de porrada, seu imbecil!

— Sonny, por favor, se acalme. — pediu Tom, endireitando a camisa e o suéter amarrado ao pescoço.

— Me acalmar? — retrucou Sonny. — Vou repetir a pergunta: por acaso você sabe quem é essa garota com quem estava trepando?

— Não, não sei — respondeu Tom. — Quem é essa garota com quem eu estava trepando?

— Você não sabe.

— Não faço a menor ideia. Por que não me diz?

Estupefato, Sonny encarou Tom e de repente, como às vezes fazia, deixou a fúria de lado, dando uma risada.

---

[5] "Cagão", "idiota".
[6] Exclamação obscena, algo como "Porra!" ou "Caralho!"

— É a mulher de Luca Brasi, seu idiota. E você não sabia disso!

— Nem imaginava. Mas quem é Luca Brasi?

— Quem é Luca Brasi? — repetiu Sonny. — Você não quer saber quem é Luca Brasi. Luca é um sujeito capaz de arrancar seu braço fora e te espancar com o cotoco ensanguentado só porque você olhou torto para ele. Tem um monte de valentão por aí que morre de medo do homem. E você acabou de trepar com a namorada dele.

Tom ouviu tudo calmamente, como se estivesse considerando as implicações.

— Muito bem — respondeu. — Agora é sua vez de responder uma pergunta. O que diabos você está fazendo aqui?

— Venha cá — disse Sonny, e prendeu Tom num abraço forte, depois se afastou para olhar seu irmão diretamente. — E ela, que tal? *Madon'!* Aquilo é um banquete!

Tom contornou Sonny e voltou à rua, onde um belo cavalo tordilho puxava um coche Pechter Bakery ao lado dos trilhos do trem, a roda traseira com um dos aros rachado. O cocheiro gordo os fitou com uma expressão entediada, e Tom puxou seu boné a título de cumprimento. Depois voltou para o beco e disse:

— E por que você está vestido como se tivesse acabado de passar a noite com Dutch Schultz? — Apontou para as lapelas do jaquetão que Sonny usava, deu tapinhas no belo tecido do colete. — Como um rapaz que trabalha numa oficina mecânica tem dinheiro para comprar um terno desses?

— Espera aí. Sou em quem faz as perguntas aqui — disse Sonny. Em seguida passou o braço pelo ombro de Tom e conduziu o irmão calçada afora. — Sério, Tommy. Você faz ideia da enrascada em que se meteu?

— Eu não sabia que ela era a namorada de Luca Brasi. E ela também não disse nada. — Tom apontou para a rua. — Afinal, aonde estamos indo? De volta para a Décima?

— O que você estava fazendo lá no Juke's Joint? — perguntou Sonny.

— Como você sabe que eu estava lá?

— Porque também passei por lá.

— Bem, mas o que *você* estava fazendo no Juke's Joint?

— Fecha essa boca antes que eu quebre os seus dentes — mandou Sonny, e apertou o ombro de Tom, deixando claro que não estava realmente zangado. — Não sou eu quem faz faculdade e devia estar nela, estudando na biblioteca.

— Hoje é sábado — justificou Tom.

— Não mais. Já é manhã de domingo. Caramba — acrescentou Sonny, como se só então tivesse percebido a hora. — Estou exausto.

Tom se desvencilhou dele, tirou o boné, arrumou os cabelos, voltou com o boné para a cabeça e baixou a aba sobre a testa. Novamente pensou em Kelly, no modo como ela andava de um lado para o outro no minúsculo apartamento, arrastando aquele lençol como se soubesse que podia se cobrir mas não quisesse se dar ao trabalho. Estava usando um perfume que Tom não sabia muito bem como descrever. Ele beliscou o lábio superior, algo que costumava fazer sempre que remoía algo, e com isso sentiu o cheiro dela nos próprios dedos. Um cheiro complexo, carnal e primitivo. Ele mal acreditava em tudo que havia acontecido. Era como se estivesse vivendo a vida de outra pessoa. Alguém mais aos moldes de Sonny. Ainda na Décima Primeira Avenida, um carro roncava atrás de uma carroça; o motorista reduziu a velocidade ligeiramente, olhou de relance para a calçada, depois ultrapassou a carroça e seguiu em frente.

— Para onde estamos indo? — perguntou Tom. — Já é tarde demais para uma caminhada.

— Estou de carro — disse Sonny.

— Você tem um carro agora?

— É da oficina. Eles me deixam usar.

— E em que fim de mundo esse carro está estacionado?

— Só mais alguns quarteirões.

— Por que você não estacionou por aqui se sabia que eu...

— *Che cazzo!* — Sonny abriu os braços num gesto que sugeria surpresa com a ignorância de Tom. — Porque isso aqui é território de Luca Brasi! De Luca Brasi, dos O'Rourke e de um monte de irlandeses malucos.

— E qual é o problema? — perguntou Tom, colocando-se à frente do irmão. — Que diferença faz para um garoto que trabalha numa oficina mecânica a quem esse território pertence?

Sonny empurrou o irmão para que ele saísse do caminho. Não foi um empurrão leve, mas ele estava sorrindo.

— É perigoso por aqui — explicou. — Não sou tão irresponsável como você. — Assim que as palavras saíram de sua boca, ele riu como se tivesse acabado de surpreender a si mesmo.

— Tudo bem — falou Tom, e retomou a caminhada. — Olha, fui para o Juke's Joint com uns camaradas lá da faculdade. Para dançar um pouco, beber alguma coisa e depois voltar. Mas aí aparece essa boneca e me tira para dançar, e, quando dou por mim, estou na cama com ela. Eu não sabia que era a namorada desse tal Luca Brasi. Juro para você.

— *Madon'!* — Sonny apontou para um Packard preto estacionado junto de um poste de luz. — É o meu carro.

— Da oficina, você quer dizer.

— Certo. Agora entre e fique calado.

Uma vez no carro, Tom estendeu o braço sobre o banco e ficou olhando para Sonny enquanto ele tirava o chapéu, acomodava-o a seu lado e pegava as chaves do bolso do colete. A alavanca de câmbio estremeceu um pouco quando o carro foi ligado. Sonny tirou um maço de Lucky Strike do bolso do paletó, acendeu um cigarro e o colocou no cinzeiro de madeira envernizada do painel. Uma espiral de fumaça subia na direção do para-brisa. Tom abriu o porta-luvas e encontrou uma caixa de preservativos Trojan.

— Eles deixam você pegar esse carro numa noite de sábado? — perguntou ao irmão.

Sonny arrancou sem responder.

Apesar de cansado, Tom estava aceso e sabia que levaria um bom tempo até pegar no sono. Pela janela, via as ruas passando uma a uma enquanto Sonny descia rumo ao sul da ilha.

— Você está me levando de volta ao dormitório? — perguntou Tom.

— Ao meu apartamento — respondeu Sonny. — Hoje você vai ficar comigo. — Virando-se para Tom, continuou: — Já pensou no assunto? Já sabe o que vai fazer?

— Caso o tal Luca venha atrás de mim?

— Exatamente.

Tom seguiu olhando pela janela sem dizer palavra. Eles passavam por uma sequência de prédios residenciais com as luzes quase todas apagadas.

— Mas como ele vai ficar sabendo? — indagou depois de um tempo. — Não vai ser a namorada quem vai contar — emendou, e balançou a cabeça como se sequer houvesse a possibilidade de Luca descobrir algo. — Acho que aquela garota é meio maluca. Ela se comportou de um jeito esquisito a noite toda.

— Você sabe que o problema não acaba aí, não sabe? Se Luca vier atrás de você, papai não vai deixar barato, vai querer dar o troco. E aí, meu amigo, é guerra. E só porque você não é capaz de manter o zíper das calças fechado.

— Ah, tenha paciência, Sonny. Quem é você para falar do zíper alheio? Sonny arrancou o boné do irmão com um tapa na aba.

— Ela não vai contar nada — assegurou Tom. — Não haverá ramificações.

— *Ramificações* — ironizou Sonny. — Como você pode saber? Como sabe que a intenção dela não é provocar ciúmes no homem? Já pensou nisso? Talvez ela esteja querendo fazer ciúmes.

— Isso seria loucura demais, não acha?

— Acho — concordou Sonny. — Mas você mesmo disse que a garota é maluca. Além disso, é mulher, e todas as mulheres são doidas de nascença. Sobretudo as irlandesas. São todas destrambelhadas.

Tom hesitou um instante, depois falou como se o assunto já estivesse encerrado.

— Não acho que ela vá contar para ele. E se contar só me resta recorrer ao papai.

— Que diferença faz para você morrer nas mãos de Luca ou do papai?

— O que mais eu posso fazer? — questionou Tom. E subitamente se deu conta: — Talvez eu devesse arrumar uma arma.

— Para fazer o quê? Atirar no próprio pé?

— Você tem uma ideia melhor?

— Não — respondeu Sonny, sorrindo. — Foi muito bom conhecer você, Tom. Você foi um ótimo irmão. — E jogou a cabeça para trás numa sonora gargalhada.

— Muito engraçado. Olha. Posso apostar que ela não vai contar nada.

— Certo — disse Sonny, apiedando-se de Tom. Bateu as cinzas do cigarro, tragou e, exalando a fumaça, continuou: — E se contar pode ficar tranquilo que papai dá um jeito nas coisas. Você vai dormir no canil por um bom tempo, mas ele não vai deixar Luca matar você. — Esperou um pouco, depois acrescentou: — Claro, a garota tem um monte de irmãos... — E irrompeu numa segunda gargalhada.

— Você está se divertindo com isso, não está, magnata?

— Desculpa — disse Sonny —, mas isso tudo é muito bom. O Sr. Perfeito não é tão perfeito assim. O Sr. Filhinho Exemplar também mete os pés pelas mãos de vez em quando. Estou me divertindo, sim — falou, e estendeu o braço para bagunçar os cabelos do irmão.

Tom o repeliu, dizendo:

— Mamãe está preocupada com você. Ela encontrou uma nota de 50 dólares no bolso de uma calça que você deixou com ela para lavar.

Sonny deu um tapa no volante com a palma da mão.

— Ah, então foi lá que deixei a grana! Ela contou para o papai?

— Não. Ainda não. Mas está preocupada com você.

— O que ela fez com o dinheiro?

— Me deu — respondeu Tom.

Sonny virou o rosto para encará-lo.

— Fique tranquilo — falou Tom. — Ainda está comigo.

— Mas a mamãe está preocupada com o quê? Estou trabalhando. Diga para ela que economizei esse dinheiro.

— Dá um tempo, Sonny. Mamãe não é nenhuma idiota. Estamos falando de uma nota de 50 dólares.

— Mas se ela está preocupada por que não veio falar comigo?

Tom se recostou no banco, como se a simples ideia de conversar com o irmão o deixasse cansado. Abriu a janela até o fim e sentiu o vento contra o rosto.

— Mamãe não faz perguntas a você pelo mesmo motivo que não pergunta ao papai como somos proprietários de um prédio inteiro no Bronx depois de termos vivido, nós seis, num apartamento de dois quartos na Décima Avenida. Pelo mesmo motivo que não pergunta por que todo mundo que mora naquele prédio trabalha para ele, e por que tem sempre dois homens nos degraus da frente vigiando todos que passam pela rua, a pé ou de carro.

Sonny bocejou, correu os dedos pelos cabelos escuros e encaracolados que cobriam boa parte da testa.

— É que... esse negócio do azeite é bastante perigoso — comentou.

— Sonny — disse Tom. — Como essa nota de 50 foi parar no bolso da sua calça? O que você está fazendo vestido assim, que nem um gângster com esse jaquetão risca de giz? E por que... — perguntou, e sem hesitar enfiou a mão sob o paletó de Sonny para revistá-lo — ... você está carregando uma arma?

Sonny não respondeu. Apenas afastou a mão de Tom e perguntou em seguida:

— Diga. Você acha que a mamãe realmente acredita que o papai trabalha com azeite?

Tom também não respondeu. Ficou encarando Sonny, que por fim concedeu:

— Ando com esse estilingue só porque meu irmãozinho pode fazer alguma merda e precisar de alguém para salvar a pele dele.

— Onde você conseguiu isso afinal? — indagou Tom. — O que está acontecendo com você, Sonny? Papai vai arrancar seu couro se estiver mesmo fazendo o que tudo indica que está fazendo. O que deu em você?

— Responda a minha pergunta — interrompeu Sonny. — Estou falando sério. Você acha que a mamãe realmente acredita que o papai está no ramo da importação de azeite?

— Papai *está* no ramo da importação de azeite. Por quê? Em que ramo você acha que ele está?

Sonny olhou para Tom como se dissesse *Não se faça de idiota*. E Tom falou:

— Não sei no que mamãe acredita. Só sei que ela pediu que eu falasse com você sobre esse dinheiro.

— Então diga a ela que economizei essa grana com meu trabalho na oficina.

— Você ainda está trabalhando nessa oficina?

— Estou.

— Jesus, Sonny... — Tom esfregou os olhos com a palma das mãos. Eles estavam na Canal Street, ambas as calçadas atulhadas com as barracas vazias dos ambulantes. Tudo estava quieto naquela altura da madrugada, mas dali a algumas horas a rua se transformaria num formigueiro de pessoas vestindo suas roupas de domingo para passear na tarde de outono que estava por vir. — Sonny, preste atenção no que vou dizer. Mamãe tem passado a vida toda se preocupando com o papai. Mas com os filhos, Sonny, ela não precisa se preocupar. Está me ouvindo, magnata? — Tom ergueu a voz para ser mais enfático. — Estou na faculdade. Você está trabalhando na oficina. Fredo, Michael e Connie ainda são crianças. Mamãe pode dormir sossegada porque não precisa se preocupar com os filhos como precisa se preocupar a cada minuto do dia com o papai. Pense, Sonny. — Tom apertou uma das lapelas do paletó do irmão entre dois dedos. — Pense na mamãe, no aborrecimento que você pode dar a ela. Isso é menos importante do que esse terno metido a besta que você está vestindo?

Sonny parou o carro diante de uma oficina mecânica. Ele parecia sonolento e enfastiado.

— Chegamos — anunciou. — Vá abrir a porta para mim. Me faça esse favor.

— Isso é tudo? — questionou Tom. — Isso é tudo que você vai dizer?

Sonny recostou a cabeça no banco do carro e fechou os olhos.

— Porra, estou cansado.

— Você está cansado — repetiu Tom.

— Muito. Faz um século que não durmo.

Tom ficou olhando para o irmão, esperando, e só depois de um tempo percebeu que ele havia adormecido.

— *Mammalucc'!*[7] — exclamou. Em seguida pousou a mão na cabeça de Sonny e a sacudiu devagar para acordá-lo.

— O que foi? — perguntou Sonny sem abrir os olhos. — Já abriu a garagem?

— Preciso da chave.

Sonny tirou a chave do porta-luvas, entregou a Tom e apontou para a porta do carro.

— De nada — disse Tom, e desceu à calçada. Eles estavam na Mott Street, a um quarteirão do apartamento de Sonny. Tom cogitou perguntar ao irmão por que ele estava deixando o carro numa oficina a um quarteirão de distância quando podia facilmente estacioná-lo na rua, bem na frente de casa. Refletiu um instante, desistiu da pergunta e foi abrir a oficina.

---

[7]Maneira amigável de dizer "estúpido", geralmente seguido por um tapa gentil.

3

Sonny bateu uma única vez à porta e não conseguiu dar dois passos rumo ao caos antes de Connie, berrando o nome do irmão, pular para o colo dele. O vestidinho amarelo brilhante que ela usava estava puído e encardido onde ela devia costumar apoiar os joelhos. Mechas dos cabelos sedosos e escuros escapavam do par de presilhas vermelhas em forma de laço e escorriam pelo rosto dela. Atrás de Sonny, Tom fechou a porta contra a brisa de outono que trazia consigo as folhas e o lixo vindos da Arthur Avenue até a porta dos Corleones na Hughes, onde Fat Bobby Altieri e Johnny LaSala, dois ex-pugilistas do Brooklyn, montavam guarda enquanto fumavam seus cigarros e conversavam sobre os Giants. Connie entrelaçou seus braços magricelas de menininha ao redor do pescoço de Sonny e o puxou para um beijo barulhento e molhado na bochecha do irmão. Michael imediatamente abandonou o xadrez que vinha jogando com Paulie Gatto, e Fredo irrompeu da cozinha e a gritaria foi tamanha que todos no apartamento — era uma multidão naquela tarde de domingo — se deram conta de que os dois irmãos haviam chegado.

No andar de cima, no escritório que ficava logo depois da escada, Genco Abbandando se levantou da poltrona de couro onde estava sentado e fechou a porta.

— Parece que Sonny e Tommy acabaram de chegar — comentou.

A informação foi desnecessária, uma vez que qualquer pessoa que não fosse surda teria escutado os dois nomes sendo chamados no andar de baixo. Do outro lado de sua mesa, sentado numa cadeira de espaldar reto, os cabelos pretos penteados para trás com gomalina, Vito Corleone tamborilou os dedos sobre os joelhos e disse:

— Vamos logo com isso. Quero ver os meninos.

— Como eu estava dizendo — prosseguiu Clemenza —, Mariposa está irritado. — Tirou um lenço do paletó e assoou o nariz. — Estou meio resfriado — explicou, e balançou o lenço diante de Vito como se oferecesse uma prova. Clemenza era um homem corpulento com um rosto rotundo e uma calvície incipiente. O corpanzil preenchia todo o espaço da poltrona que ele ocupava ao lado de Genco. Entre eles havia uma mesinha com uma garrafa de licor de anis e duas taças.

Tessio, o quarto homem na sala, estava de pé diante de uma janela que dava para a Hughes Avenue.

— Emilio enviou um dos homens dele para falar comigo — comentou.

E Clemenza:

— Comigo também.

Vito ficou surpreso.

— Emilio Barzini está achando que estamos roubando o uísque dele?

— Não — respondeu Genco. — Emilio é mais inteligente que isso. É Mariposa quem acha que estamos roubando o uísque. Emilio, não, mas ele acha que talvez a gente saiba quem está.

Vito correu as costas da mão pelo queixo.

— Como um homem tão estúpido — falou, referindo-se a Giuseppe Mariposa — conseguiu chegar tão longe?

— Porque Emilio trabalha para ele — respondeu Tessio. — Isso ajuda.

Clemenza acrescentou:

— Ele tem os irmãos Barzini, os irmãos Rosato, Tomasino Cinquemani, Frankie Pentangeli... *Madon'!* Os *capi* dele... — Clemenza gesticulou para dizer que os *capi* de Mariposa eram homens durões.

Vito alcançou sua taça de Strega sobre a mesa. Deu um gole e a depôs.

— Esse homem — disse —, ele é ligado ao pessoal de Chicago. Tem a família Tattaglia no bolso. Tem o apoio de políticos e empresários. — Vito espalmou as mãos para os amigos. — Por que eu transformaria um homem desses em meu inimigo roubando alguns trocados dele?

Tessio acrescentou:

— Ele é amigo pessoal de Capone. Uma amizade antiga.

— É Frank Nitti quem comanda Chicago agora — comentou Clemenza.

— Nitti acha que comanda Chicago — interveio Genco. — É Ricca quem está dando as cartas depois que Capone foi para o xilindró.

Vito exalou um sonoro suspiro, e os três homens à sua volta se calaram imediatamente. Aos 41 anos, Vito ainda mantinha boa parte da juventude: os cabelos negros, o tórax e os braços fortes, a pele morena ainda sem linhas nem rugas. Embora tivesse aproximadamente a mesma idade de Clemenza e Genco, ele parecia bem mais jovem que ambos — e ainda mais jovem que Tessio, que havia nascido velho.

— Genco — disse —, meu *consigliere*, é possível que ele seja tão burro assim? Ou... — Ele encolheu os ombros. — Ou está aprontando alguma?

Genco considerou a possibilidade. Esguio e com um nariz como um bico de águia, ele sempre dava a impressão de estar pelo menos um pouco nervoso. Tinha uma *agita* constante que a todo momento o obrigava a despejar duas pastilhas de Alka-Seltzer num copo e beber a água como se estivesse tomando um *shot* de uísque.

— Giuseppe não é tão burro a ponto de não saber ler o que está escrito nos muros — respondeu. — Ele sabe que a Lei Seca está com os dias contados, e acho que essa rixa com LaConti é porque ele está se preparando para assumir o comando quando a emenda Volstead for revogada. Mas não podemos nos esquecer: a história com LaConti ainda não terminou...

— LaConti já está morto — interrompeu Clemenza. — Só que ainda não sabe disso.

— Que nada — retrucou Genco. — Rosario LaConti não deve ser subestimado.

Tessio balançou a cabeça como se lhe custasse dizer o que tinha para dizer.

— O homem está praticamente morto. — Ele tirou um maço de cigarros do bolso do paletó. — Quase todos os homens dele já foram para o lado de Mariposa.

— LaConti só vai estar morto quando estiver debaixo da terra! — rugiu Genco. — E, quando isso acontecer, cuidado! Assim que a Lei Seca acabar, todos nós vamos comer na mão de Joe Mariposa. É ele quem vai dar as cartas, dividindo o que sobrou do bolo e se assegurando de ficar com a fatia maior. A família Mariposa será a mais forte de todas, seja aqui em Nova York ou em qualquer outro lugar...

— Menos na Sicília — acrescentou Clemenza.

Genco o ignorou.

— Como eu ia dizendo, LaConti ainda não está morto, mas... Joe não vai descansar até isso acontecer. Esse ainda é seu objetivo principal. — Genco apontou para Tessio. — Ele acha que é você quem está roubando as cargas de uísque dele. Ou *você* — falou para Clemenza. — Ou *nós* — disse, dirigindo-se a Vito. — Mas não vai querer começar uma guerra com a gente. Pelo menos enquanto ainda não tiver liquidado LaConti. Mas Joe quer que os roubos parem já.

Da gaveta de sua mesa, Vito tirou uma caixa de charutos De Nobili e desembrulhou um deles. Em seguida perguntou a Clemenza:

— Você concorda com Genco?

Clemenza cruzou as mãos sobre a pança.

— Mariposa não tem nenhum respeito por nós — concedeu.

— Ele não tem respeito por ninguém — emendou Tessio.

— Para Joe, somos um bando de *finocch's*.[8] — Clemenza se reacomodou na poltrona e ficou ligeiramente ruborizado. — Somos do mesmo saco que esses putos irlandeses que ele está varrendo do mapa... um bando de zeros à esquerda. Se tiver que começar uma guerra com a gente, ele não vai pensar duas vezes. Tem todos os homens e todo o armamento que precisa para isso.

— Não discordo — comentou Genco, e terminou seu licor. — Mariposa é burro. Não respeita ninguém. Com tudo isso eu concordo. Mas os *capi* dele não são burros. Vão cuidar para que ele acabe com LaConti primeiro. Até que isso esteja resolvido, o uísque roubado não é nada.

Vito acendeu seu charuto e se virou para Tessio. No andar de baixo, uma das mulheres gritou algo em italiano, um dos homens gritou algo de volta, e todos gargalharam em seguida.

Tessio apagou seu cigarro no cinzeiro preto que havia colocado no parapeito da janela.

— Joe não sabe quem está roubando o uísque. Ele está rosnando para o nosso lado, depois vai esperar para ver o que acontece.

Genco, quase aos berros, falou:

— Vito. Ele está nos enviando um recado. Se estivermos roubando dele, melhor pararmos. Se não estivermos, melhor descobrirmos logo quem está, se é que temos algum apreço pela vida. Os *capi* dele sabem que não somos burros a ponto de roubar uma merreca qualquer, mas eles estão lá com o problema de LaConti, então... querem que a gente faça o trabalho sujo e cuide desse assunto do uísque por eles. Assim eles não precisam fazer nada. Posso apostar que a ideia foi dos irmãos Barzini. — Genco tirou um charuto do bolso. — Vito. Escute o seu *consigliere*.

Vito permaneceu calado por um tempo, dando a Genco a oportunidade de se acalmar. Depois falou:

— Então agora trabalhamos para Joe Mariposa... — Encolhendo os ombros, ele perguntou aos três: — Mas como é possível que ninguém sai-

---

[8] Literalmente "funcho"; gíria depreciativa para homens homossexuais.

ba quem são esses larápios? Eles estão vendendo esse uísque para alguém, não estão?

— Estão vendendo para Luca Brasi — explicou Clemenza —, e também para os clandestinos do Harlem.

— Então por que diabos Joe não procura esse Luca Brasi para descobrir o que ele tanto quer saber?

Clemenza e Tessio se entreolharam, como se um esperasse que o outro falasse primeiro. Como nenhum dos dois disse nada, foi Tessio quem tomou a palavra.

— Luca Brasi é uma besta. Um gigante com a força de dez homens e nenhum juízo na cabeça. Mariposa tem medo dele. Todo mundo tem medo dele.

— *Il diavolo!* — exclamou Clemenza. — Vinnie Suits do Brooklyn jura que viu Brasi levar chumbo no coração e sair andando como se nada tivesse acontecido.

— Um demônio dos infernos — comentou Vito, e sorriu como se estivesse se divertindo. — Então por que essa é a primeira vez que ouço falar do homem?

— O negócio dele é pequeno — explicou Genco. — Tem uma gangue de quatro ou cinco homens. Um assalto aqui, outro ali, e uma banca de apostas que ele tomou dos irlandeses. Nunca teve interesse em expandir.

— Onde ele opera? — quis saber Vito.

— Nos bairros irlandeses em torno da Décima e da Décima Primeira Avenida, e também no Harlem — respondeu Tessio.

— Muito bem — concluiu Vito, e meneou a cabeça sinalizando que a conversa estava encerrada. — Vou trocar uma palavrinha com esse *demone*.

— Vito — começou Genco. — Luca Brasi não é homem para trocar uma palavrinha.

Vito encarou Genco como se o atravessasse com o olhar. Genco caiu de volta na cadeira.

— Mais alguma coisa? — perguntou Vito, conferindo as horas no relógio. — Estão nos esperando para jantar.

— Estou faminto — disse Clemenza —, mas não posso ficar. A família de minha mulher vai jantar lá em casa. *Madre 'Dio!* — Ele deu um tapa na própria testa.

Genco riu daquilo, e até mesmo Vito esboçou um sorriso. A mulher de Clemenza era tão grande quanto ele, e ainda mais durona. A família dela era um notório bando de tagarelas que falavam muito alto e discutiam sobre tudo, desde beisebol até política.

— Mais uma coisa — interveio Tessio —, já que estamos falando dos irlandeses. Fiquei sabendo que alguns deles podem estar tentando formar uma gangue. Parece que já houve algumas reuniões entre os irmãos O'Rourke, os Donnellys, Pete Murray e outros. Estão putos porque foram enxotados do seu velho negócio.

Vito jogou a cabeça para o lado com desdém.

— Os únicos irlandeses que merecem alguma preocupação são os policiais e os políticos. Esse pessoal aí, eles não passam de arruaceiros. Tentam se organizar, mas acabam enchendo a cara e matando uns aos outros.

— Mesmo assim — insistiu Tessio —, eles podem causar problemas.

Vito olhou para Genco, que disse a Tessio:

— Fique de olho neles para a gente. Se souber de mais alguma coisa...

Vito enfim se levantou e bateu as mãos, o que significava que a reunião havia chegado ao fim. Apagou seu charuto num cinzeiro de cristal, deu seu último gole de Strega e seguiu com Tessio para o andar de baixo. A casa estava repleta de parentes e amigos. Na sala de estar, ao pé da escada, Richie Gatto, Jimmy Mancini e Al Hats travavam uma acalorada discussão sobre os Yankees e Ruth.

— O Bambino! — berrava Mancini antes de ver Vito descendo a escada. Imediatamente ficou de pé, assim como os demais.

Al, um cinquentão baixote e elegante, berrou para Tessio:

— Esses *cetriol's*[9] estão tentando me convencer de que Bill Terry é um treinador melhor do que McCarthy!

— Memphis Bill — sentenciou Genco.

Clemenza berrou de volta:

— Os Yankees estão cinco jogos atrás dos Senators!

E Tessio replicou:

— Os Giants já estão estourando o champanhe. — O tom de voz deixava claro que, como fanático torcedor dos Brooklyn Dodgers, ele não estava lá muito satisfeito com a realidade dos fatos.

— Pai — disse Sonny —, tudo bem com o senhor? — Abrindo caminho entre a multidão, ele correu para abraçar Vito.

Vito recebeu o filho com um tapinha no pescoço.

---

[9] Literalmente "pepino"; usado para descrever ou chamar alguém de "idiota".

— Então, como vão as coisas no trabalho?

— Vão bem! — Sonny apontou para o vão aberto entre as salas de visita e jantar, onde Tom havia acabado de emergir com Connie nos braços, Fredo e Michael a seu lado. — Olha só quem encontrei — disse, referindo-se a Tom.

— Oi, pai — cumprimentou Tom. Colocou Connie no sofá e foi ter com Vito.

Vito o abraçou, depois o segurou pelos ombros.

— O que você está fazendo aqui? Não devia estar estudando?

Carmella saiu da cozinha com um enorme prato de antepasto com fatias enroladas de *capicol'* arrumadas em torno de tomates de um vermelho brilhante, azeitonas pretas e nacos de queijo fresco.

— O menino precisa de comida de verdade! — gritou ela. — O cérebro dele já deve estar encolhendo por causa daquela porcaria que servem na faculdade! *Mangia!* — disse a Tom, e acomodou o prato sobre a mesa, que na verdade eram duas mesas justapostas, cobertas com um par de toalhas em tons de verde e vermelho.

Tessio e Clemenza se desculparam e trocaram dezenas de apertos de mão até saírem.

Vito pousou a mão sobre as costas de Tom e o conduziu para a sala de jantar, onde os homens e os meninos puxavam cadeiras para junto da mesa enquanto as mulheres arrumavam os pratos e traziam mais bandejas de antepasto e pão, junto a decantadores de azeite e vinagre. A esposa de Jimmy Mancini, com seus 20 e poucos anos, trabalhava na cozinha com as outras mulheres. Elas preparavam o molho de tomate com carnes e ervas, que já fervia; de vez em quando se ouvia a risada dela, larga e estridente, em meio à algazarra das mulheres mais velhas que contavam histórias sobre suas famílias e seus vizinhos. À mesa atrás delas, Carmella se juntara novamente à conversa enquanto cortava e dobrava tiras de massa sobre punhados de ricota antes de selar as pontas com os dentes de um garfo. Havia acordado cedo para preparar e sovar a massa, e logo despejaria o raviólí numa gigantesca panela de água fervente. Ao lado dela, uma de suas vizinhas, Anita Columbo, silenciosamente preparava as *braciol'*, enquanto Sandra, sua neta, uma garota de 16 anos e cabelos muito negros, recém-chegada da Sicília, arrumava croquetes de batata sobre um prato de porcelana turquesa. Assim como a avó, Sandra era uma moça quieta, embora tivesse chegado do Velho Continente falando um inglês fluente, aprendido com os pais, que foram criados por Anita no Bronx.

Sobre o tapete da sala de visitas, Connie brincava com Lucy Mancini, que tinha a mesma idade dela e quase duas vezes o peso, apesar de não ser mais que alguns centímetros mais alta. Elas se entretinham quietinhas com suas bonecas e miniaturas de xícaras de chá. Michael Corleone, de 13 anos e cursando a oitava série do colégio, era o centro das atenções à mesa de jantar. Vestindo uma camisa branca de gola de padre, as mãos cruzadas à sua frente, ele havia acabado de anunciar aos comensais que tinha um trabalho "muito importante" para entregar no fim do ano em seu curso de história americana. Estava pensando em escrever sobre os cinco braços das Forças Armadas: o Exército, a Marinha, o Corpo de Fuzileiros Navais, a Força Aérea e a Guarda Costeira. Fredo Corleone, 16 meses mais velho que ele e um ano à frente na escola, foi logo berrando:

— Ei, *stupido*! Desde quando a Guarda Costeira faz parte das Forças Armadas?

Michael olhou de relance para o irmão.

— Desde sempre — respondeu, e voltou a olhar para Vito.

— Asno! — exclamou Fredo, gesticulando com uma das mãos e puxando a fivela de um dos suspensórios com a outra. — A Guarda Costeira não é uma força militar *de verdade*.

Michael se recostou à cadeira e agora o encarou para dizer:

— Muito engraçado, Fredo. Suponho que o panfleto de recrutamento que eu recebi esteja errado.

Quando todos começaram a rir, Fredo gritou para Vito:

— Eu não estou certo, pai? A Guarda Costeira não faz parte das Forças Armadas, faz?

À cabeceira da mesa, Vito se serviu do vinho tinto de um galão sem rótulo à sua frente. A emenda Volstead ainda estava em vigor, mas não havia uma única família italiana no Bronx que não bebesse seu vinho numa refeição de domingo. Após encher sua taça, Vito também serviu uma taça a Sonny, sentado à sua esquerda. À direita estava a cadeira vazia de Carmella.

Tom passou o braço pelo ombro de Fredo e respondeu:

— Mikey está certo. É que a Guarda Costeira não se envolve nos grandes conflitos como os outros braços.

— Foi o que eu falei — disse Fredo a Michael.

— De qualquer forma — falou Michael para o restante da mesa —, acho que vou escrever sobre o Congresso.

Vito apontou para o filho e comentou:

— Talvez um dia você ocupe uma daquelas cadeiras.

Michael sorriu para o pai ao mesmo tempo que Fredo resmungou algo entre dentes, e então Carmella e as outras mulheres se juntaram a eles, trazendo consigo duas travessas grandes com ravióli refogado em molho de tomate, além de pratos de carne e legumes. A conversa ficou animada com a chegada da comida e se transformou em gracejos altos enquanto as mulheres serviam os pratos. Com isso feito, Vito ergueu a taça e disse:

— *Salute!*

Todos responderam na mesma moeda e se debruçaram sobre o almoço de domingo.

Vito, como de hábito, pouco falava durante as refeições. À sua volta, parentes e amigos conversavam enquanto ele comia devagar, saboreando a massa e seu molho, as almôndegas e as *braciol'*, e bebericando do vinho encorpado que atravessara o Atlântico para agraciar sua mesa dominical. Ficava contrariado ao ver os outros à mesa, sobretudo Sonny, devorando a comida enquanto se concentravam, pelo menos até onde ele podia perceber, mais na conversa do que na refeição em si. Aborrecia-se com isso, mas escondia seu desgosto sob uma discreta máscara de interesse silencioso. Sabia que era ele o diferente. Gostava de fazer uma coisa por vez e prestar atenção ao que fazia. Em muitos aspectos era diferente dos homens e das mulheres que o criaram e entre os quais vivia. Tinha consciência disso. Era conservador quando o assunto era sexo, embora a própria mãe e a maioria das mulheres que conhecia adorassem se divertir com o grosseiro e o obsceno. Carmella conhecia o marido e media as palavras sempre que ele estava por perto — no entanto, certa vez, entrando na cozinha repleta de mulheres, Vito a havia surpreendido fazendo um comentário vulgar a respeito das preferências sexuais de uma conhecida, e por muitos dias ele se incomodara com isso. Vito era um homem reservado — e vivia cercado de pessoas com notório despudor nas emoções, pelo menos quando entre si, entre parentes e amigos. Vito comeu seu ravióli vagarosamente. Entre uma garfada e outra, ouvia. Prestava atenção.

A certa altura do jantar, Carmella perguntou:

— Vito, você não tem nada para nos contar? — Tinha tentado ser discreta, mas não conseguira refrear o sorriso.

Vito tomou a mão da mulher e correu os olhos pela mesa. Os membros das famílias Gatto, Mancini e Abbandando o observavam com atenção, bem como seus próprios familiares e filhos: Sonny, Tom, Michael e Fredo. Até mesmo Connie, sentada do outro lado da mesa junto da amiguinha Lucy — até mesmo Connie estava curiosa para saber o que o pai tinha a dizer.

— Como estamos todos reunidos, minha família e meus amigos — começou Vito, erguendo a taça para os Abbandandos —, essa me parece uma boa oportunidade para anunciar que comprei algumas terras em Long Island, não muito longe daqui, em Long Beach, e estou construindo casas lá não só para minha própria família mas também para alguns dos meus amigos mais próximos e companheiros de trabalho. — Ele meneou a cabeça na direção da família Abbandando. — Nosso Genco aqui irá com sua família para Long Island conosco. Daqui a mais ou menos um ano, espero que estejamos todos de mudança para nossas novas residências.

Todos ficaram mudos. Carmella e Allegra Abbandando eram as únicas que sorriam; ambas já haviam visto as terras e os projetos das casas. Os demais pareciam não saber ao certo como reagir.

Tom indagou:

— Vai ser como um condomínio? Todas as casas juntas?

— *Sì! Esattamente!* — respondeu Allegra, e se calou diante do olhar de censura do marido.

— São seis lotes — explicou Vito —, e aos poucos vamos construir casas em todos eles. Já em construção estão a nossa casa, a dos Abbandandos, a de Clemenza e a de Tessio, além de outra de hóspedes, para quando tivermos que receber nossos parceiros de trabalho.

— Tem um muro em volta — acrescentou Carmella —, como um castelo.

— Como um forte? — perguntou Fredo.

— *Sì* — respondeu Carmella, rindo.

— Mas e a escola? — quis saber Michael.

— Fique tranquilo — tranquilizou-o Carmella. — Vocês vão terminar o ano aqui.

— A gente pode ir lá para ver? — gritou Connie. — Quando a gente vai poder ver?

— Logo — disse Vito. — Vamos fazer um piquenique. Passar um dia inteiro por lá.

Anita Columbo falou:

— Deus os abençoou com a boa sorte. Mas vamos sentir muitas saudades. — Ela cruzava as mãos à sua frente, como se estivesse orando. — Essa vizinhança nunca mais será a mesma sem os Corleones.

— Estaremos sempre perto dos nossos amigos — declarou Vito. — Isso é uma promessa que faço a todos vocês.

Sonny, que até então mantinha um inusitado silêncio, abriu um radiante sorriso para Anita.

— Não se preocupe, Sra. Columbo — falou. — A senhora não está achando que vou deixar essa sua neta tão linda ficar longe de mim, está?

A ousadia de Sonny fez com que todos à mesa irrompessem numa gargalhada, exceto Sandra, a Sra. Columbo e Vito.

Assim que os risos se dissiparam, Vito disse à Sra. Columbo:

— Perdoe meu filho, *signora*. Ao nascer ele foi abençoado com um bom coração e amaldiçoado com uma língua comprida. — Ele pontuou o comentário com um leve tapa na nuca de Sonny.

As palavras de Vito e o tapa que tinha dado no filho desencadearam mais risos em torno da mesa, bem como um discreto sorriso nos lábios de Sandra, mas nada fizeram para aplacar o azedume da Sra. Columbo.

Jimmy Mancini, um rapaz forte de 30 e poucos anos, ergueu sua taça de vinho.

— Aos Corleones — brindou. — Que Deus os ilumine e abençoe. Que a família prospere com alegria e saúde. — Ergueu a taça um pouco mais e disse: — *Salute!* — Então deu um demorado gole no vinho.

— *Salute!* — responderam todos à mesa e beberam.

4

Sonny se espreguiçou na cama com as mãos entrelaçadas na nuca e as pernas cruzadas nos tornozelos. Através da porta aberta do quarto ele podia ver a cozinha e um relógio de parede sobre a banheira de quatro pés. Tom havia chamado o apartamento de "despojado", e agora a palavra martelava a cabeça de Sonny enquanto ele esperava os minutos alcançarem a meia-noite. O relógio redondo estampava ao centro as palavras "Smith & Day" no mesmo preto dos números; o ponteiro maior pulava a cada minuto, o menor já beirava o 12. "Despojado" significava poucos móveis e poucos objetos de decoração. O que não estava longe da verdade. Uma cômoda vagabunda, que tinha vindo com o lugar, era o único móvel do quarto. O mobiliário da cozinha se resumia a duas cadeiras brancas e uma mesa com uma única gaveta sob o tampo de esmalte branco; as bordas da mesa eram vermelhas, assim como a alça da gaveta. "Despojado"... Ele não precisava de muito mais do que aquilo. Sua mãe lavava as roupas, ele tomava seus banhos em casa (que era como ainda se referia ao apartamento dos pais) e jamais recebia garotas ali, preferindo dormir na casa delas ou dar uma rapidinha no banco traseiro do carro.

Ainda tinha cinco minutos pela frente. No banheiro, olhou-se no espelho do armarinho de remédios. Vestia uma camisa escura, calça de sarja preta e um par de tênis Nat Holman, também pretos. Era uma espécie de uniforme. Ele havia decidido que todos os rapazes deveriam usar o mesmo tipo de roupa durante um serviço. Desse modo seria difícil distinguir uns dos outros. Não gostava dos tênis, achava que lhes davam um aspecto ainda mais juvenil, e isso era a última coisa de que precisavam, visto que o mais velho de todos tinha apenas 18 anos — mas Cork achava que podiam correr mais rápido e com mais segurança se estivessem calçando tênis. Portanto, lá estavam eles, os tênis. Cork tinha pouco mais de 1,70m e pesava uns 60 quilos, mas não havia ninguém, nem mesmo Sonny, que se dispusesse a enfrentá-lo. Era um sujeito de pavio curto e possuía um poderoso soco de direita que Sonny já vira nocautear um rapaz bem maior. Além disso o filho da puta era inteligente. Tinha caixas e mais caixas de livros espalhadas em seu apartamento. Sempre havia sido assim, Cork gostava de ler desde quando os dois foram colegas na escola primária.

Sonny tirou uma jaqueta azul-marinho de um gancho da porta, vestiu-a, tirou do bolso um boné de lã e o enterrou sobre a farta cabeleira. Novamente olhando para o relógio, viu que já passava da meia-noite. Então se apressou e desceu os dois lanços de escada até a Mott Street, onde três-quartos de lua espiavam de um buraco nas nuvens os paralelepípedos da rua e os prédios de tijolos vermelhos com suas escadas de incêndio de ferro fundido preto. As janelas estavam quase todas escuras, e o céu estava baixo, ameaçando chuva. Na esquina da Mott com a Grand, um cone de luz descia do alto de um poste. Sonny caminhou na direção dele e, ao ver que estava sozinho na rua, embrenhou-se num emaranhado de vielas até alcançar a Baxter, onde Cork o esperava ao volante de um Nash preto de faróis esbugalhados e estribos largos nas laterais.

Cork dirigiu lentamente assim que Sonny se acomodou a seu lado no banco da frente.

— Sonny Corleone — anunciou Cork, pronunciando o sobrenome como um italiano de origem, divertindo-se com isso. — Meu dia foi bem maçante. E o seu? — Estava vestido do mesmo jeito que Sonny, mas do boné escapavam cabelos lisos de um louro desbotado.

— Também — respondeu Sonny. — E aí? Nervoso?

— Um pouco, mas os outros não precisam saber disso, certo?

— E eu, como estou? — Sonny deu uma cotovelada no flanco do amigo, depois apontou para a esquina à frente deles, onde os irmãos Vinnie e Angelo Romero esperavam nos degraus de um prédio.

Cork parou o carro para que eles subissem e arrancou logo em seguida. Vinnie e Angelo eram gêmeos, e Sonny precisava olhar direito para distingui-los um do outro. Vinnie usava os cabelos bem curtos e por isso parecia mais durão que Angelo, que sempre trazia os cabelos meticulosamente partidos e penteados. Com os bonés na cabeça, só o que os diferenciava para Sonny eram os poucos fios de cabelo que escapavam sobre a testa de Angelo.

— Cacete! — exclamou Cork, olhando de relance para o banco traseiro. — Conheço esse par de jarros a vida inteira, mas vestidos assim... difícil dizer quem é quem.

— Eu sou o inteligente — disse Vinnie.

— E eu o bonito — completou Angelo, e ambos riram.

— Mas então? Nico conseguiu as submetralhadoras? — perguntou Vinnie

— Conseguiu. — Sonny tirou o boné, ajeitou os cabelos, depois teve dificuldade para colocá-lo no lugar. — Custaram uma grana preta.

— Mas valeu a pena — comentou Vinnie.

— Opa, você passou direto pelo beco! — Sonny vinha olhando para o banco de trás. Endireitou-se rapidamente e mais uma vez desferiu uma cotovelada em Cork.

— Onde? — perguntou Cork. — E pare com essa mania de me dar cotovelada, seu idiota!

— É antes da lavanderia ali — indicou Sonny, apontando para as vidraças laminadas da Chick's Laundry. — O que foi, ficou cego?

— Cego, sua bunda — disse Cork. — É que eu estava preocupado.

— *Stugots...*[10] — praguejou Sonny com uma terceira cotovelada, e dessa vez fez o amigo rir.

Cork deu ré no carro até a altura do beco, desligou o motor e os faróis.

— Cadê eles? — indagou Angelo.

Pouco depois o portão empenado do beco se abriu e Nico Angelopoulos saiu para a calçada imunda, passando entre os diversos latões que transbordavam de lixo, como Stevie Dwyer logo atrás. Nico era uns 3 centímetros mais baixo que Sonny, porém ainda assim era mais alto que os demais. Magro e esguio, tinha o corpo de um corredor. Stevie era baixo e atarracado. Ambos traziam consigo sacolas de lona preta com alças de couro, jogadas sobre os ombros. Pelo modo como caminhavam, as sacolas deviam estar pesadas.

Nico se espremeu no banco da frente entre Cork e Sonny.

— Esperem só até vocês verem essas belezuras.

Stevie abria a sacola que havia colocado no chão do carro.

— Vamos rezar para que essas Thompsons não sejam um monte de lixo — comentou ele.

— Monte de lixo? — questionou Cork.

— A gente não testou. Falei para esse grego burro que...

---

[10] Do italiano *(qu)esto cazzo*, que significa "que porra" e um dialeto sulista para ofender alguém como "babaca".

— Ah, cale a boca — disse Nico a Stevie. E para Sonny: — O que a gente podia fazer? Disparar chumbo no meu quarto enquanto os velhos ouviam Arthur Godfrey na sala?

— Isso acordaria os vizinhos — concordou Vinnie.

— Tomara que não tenham defeito de fábrica — disse Stevie. — Porque aí... melhor a gente enfiá-las no rabo.

Nico tirou uma das metralhadoras de sua própria sacola e a entregou a Sonny, que a ergueu pela coronha e depois apertou os dedos em torno do punho de madeira envernizada soldado ao cano. O punho possuía sulcos para o encaixe dos dedos; a madeira era sólida, parecia quente. O pente da arma, um disco de metal preto a poucos centímetros do guarda-mato, lembrava a Sonny um daqueles estojos de película de cinema. Falou a Nico:

— Você comprou com Vinnie Suits, do Brooklyn?

— Claro. Do jeito que você falou. — Nico parecia surpreso com a pergunta.

— Então não tem defeito — disse Sonny a Stevie. Voltando-se para Nico, perguntou: — Você não mencionou meu nome, não é?

— Claro que não, porra! — respondeu o grego. — O que foi? Está achando que sou burro? Ninguém falou nada sobre você, muito menos o seu nome.

— Se meu nome vier à tona, a gente está ferrado — ressaltou Sonny.

— A gente sabe, a gente sabe — disse Cork, e tirou o carro do beco para voltar à rua. — Guardem essas armas aí ou algum polícia vai acabar parando a gente.

Sonny colocou a submetralhadora de volta na sacola de lona.

— Quantos pentes a gente tem?

— Esses que já estão nas armas, mais um extra para cada um de nós — respondeu Cork.

Sonny falou para os gêmeos:

— Vocês dois aí, seus mequetrefes. Acham que vão saber manusear essas armas?

— Sei como puxar um gatilho — respondeu Angelo.

— Claro — concordou Vinnie. — Por que a gente não saberia?

— Então vamos recapitular. — Sonny gesticulou para Cork, que enfim dirigiu rua afora. Voltado para o banco de trás, prosseguiu: — O mais importante de tudo é o que eu já disse antes: agir rápido e com muito barulho para que todo mundo fique confuso, menos nós. A gente vai ficar esperando até a carga estar toda no caminhão. Eles têm um carro na frente, de batedor, e outro cobrindo a retaguarda. Assim que o primeiro carro passar, Cork vai fechar o caminhão. Vinnie e Angelo, vocês descem, disparando chumbo. Atirem para o alto. Não queremos matar ninguém. Eu e Nico vamos direto para a cabine do caminhão para render o motorista e quem quer que esteja ao lado dele. Stevie vai para a carroceria, caso haja alguém por lá.

— Mas não vai ter ninguém, certo? — perguntou Stevie. — Você não falou que podia ter alguém na carroceria.

— Na carroceria só deve ter a bebida — replicou Sonny. — Mas a gente nunca sabe. Então... esteja preparado.

Stevie retirou uma das submetralhadoras da sacola e a sopesou entre as mãos.

— Vou estar preparado — declarou. — Para falar a verdade, até quero que tenha alguém na carroceria.

— Guarde isso — mandou Cork. — E não vá atirar em ninguém a menos que seja necessário.

— Fique tranquilo, vou atirar para o alto — disse Stevie, rindo.

— Escute o que Cork está dizendo — interveio Sonny, e deixou os olhos plantados em Stevie por um tempo. Em seguida retomou a explicação: — Assim que pegar o caminhão, a gente toca para fora com Cork atrás, você e Vinny ainda cuspindo fogo. — Aos gêmeos, falou: — Se eles vierem atrás da gente, vocês atiram nos pneus e no bloco do motor. — E ao grupo inteiro: — Tudo vai acontecer em não mais que um minuto. Com muito barulho, entendido?

— Entendido — disseram os gêmeos Romero.

— Lembrem-se — arrematou Sonny. — Eles não vão saber o que está acontecendo. Mas nós sim. São eles que vão ficar confusos.

— Que nem um bando de bebês famintos num quarto cheio de mulher pelada — comparou Cork. E, vendo que ninguém ria, acrescentou: — Cacete, cadê o senso de humor de vocês?

— Apenas dirija, Corcoran — retorquiu Stevie.

— Cacete — repetiu Cork, e de repente todos ficaram calados.

Sonny retirou uma das submetralhadoras da sacola de lona. Vinha sonhando com aquela noite durante um mês, desde que entreouvira Eddie Veltri e Fat Jimmy, dois dos homens de Tessio, mencionarem de passagem uma operação. Não disseram muito, mas o bastante para Sonny concluir que a tal carga era de uísque contrabandeado do Canadá, que pertencia a

Giuseppe Mariposa e que seria entregue em algum cais de Canarsie. Depois disso foi fácil. Ele e Cork começaram a perambular pelas docas até que um dia viram dois Hudsons de oito cilindros estacionados na área ao lado de um caminhão Ford com a carroceria coberta por uma lona azul. Minutos depois, duas belas lanchas surgiram no horizonte, cortando a água com facilidade. Elas atracaram no cais, e seis homens começaram a retirar engradados de dentro delas para colocá-los no caminhão. Após vinte minutos já estavam indo embora, e o caminhão, devidamente carregado. A polícia não era problema. Mariposa tinha boa parte dela no bolso. Aquela primeira noite era uma terça-feira, e na terça seguinte o mesmo procedimento se repetiu. Ele e Cork ainda espionaram a operação uma terceira vez, e depois disso se julgaram prontos. Era pouco provável que se deparassem com alguma surpresa. Tampouco com alguma reação. Quem arriscaria morrer por conta de uma reles carga de bebida?

Chegando à zona portuária, Cork desligou os faróis do Nash e seguiu pela ruela, tal como planejado. Seguia devagar até avistar o cais. O caminhão e os Hudsons estavam estacionados nos mesmos lugares que antes. Sonny baixou a janela. Dois homens bem-vestidos se recostavam ao capô do carro batedor, fumando e conversando, um pneu com a lateral branca e uma calota cromada entre eles. Outros dois estavam na cabine do caminhão, fumando com as janelas abertas. Com suas jaquetas e seus bonés de lã, pareciam estivadores. O motorista pousava as mãos no volante com a cabeça jogada para trás, o boné cobrindo os olhos. Seu companheiro olhava na direção da água.

Sonny disse a Cork:

— Os dois no caminhão... devem ser estivadores.

— Melhor para nós — comentou Cork.

— Sopa no mel — disse Nico, mas com uma ponta de nervosismo.

Nesse mesmo instante Little Stevie fingiu atirar com sua metralhadora enquanto sussurrava:

— Rá-tá-tá-tá-tá-tá. Sou o Baby Face Nelson!

— Você quis dizer Bonnie e Clyde — respondeu Cork. — Você é a Bonnie.

Os irmãos Romero riram. Vinnie apontou para Angelo e falou:

— Ele é o Pretty Boy Floyd.

E Angelo perguntou:

— Qual é o gângster mais feio que existe?

— Machine Gun Kelly — respondeu Nico.
— Então você é ele — disse Angelo ao irmão.
— Calados aí, cacete! — falou Cork. — Estão ouvindo isso?
Sonny logo ouviu o zumbido das lanchas.
— Lá vêm elas — avisou Cork. — O show vai começar, rapaziada.
Sonny ergueu sua arma pela coronha, o dedo sobre o guarda-mato, e brincou com ela para senti-la melhor.
— *Che cazzo!* — exclamou, e jogou a arma de volta na sacola. Em seguida sacou sua pistola do coldre axilar e a apontou para o teto.
— Boa ideia — declarou Cork. Tirou sua própria pistola do bolso do casaco e a deixou a seu lado no banco.
— Eu também — disse Nico, jogando sua submetralhadora sobre o banco para sacar uma .38 de seu coldre axilar. Apontando para a Thompson, continuou: — Isso aí é como carregar um bebê no colo.
Sonny se virou para os gêmeos e falou:
— Vocês aí, fiquem frios. A gente precisa de vocês com as metralhadoras.
— Pois eu gosto muito dessa minha máquina de escrever — comentou Stevie. Passando o cano de sua metralhadora pela janela, novamente fingiu atirar.
No cais, quatro homens saíram de uma das lanchas. Os dois homens bem-vestidos, de terno e chapéu de feltro, se aproximaram e trocaram algumas palavras com os recém-chegados. Em seguida um deles montou guarda à beira do cais e ficou observando a retirada das caixas enquanto seu companheiro supervisionava a acomodação delas no caminhão. Vinte minutos depois os estivadores já fechavam a carroceria com um ferrolho e uma corrente, e as lanchas já zarpavam de volta, singrando as águas da baía da Jamaica.
— Lá vamos nós — anunciou Cork.
Sonny passou a cabeça pela janela com a mão na maçaneta da porta. Sentia o coração sapatear no peito e suava, apesar do vento frio que vinha da água.
Quando o carro batedor começou a se mover, seguido pelo caminhão Ford e o outro Hudson, Cork fez rugir o motor.
— Mais um segundo — disse Sonny a ele, e aos outros: — Lembrem-se: rapidez e muito barulho.
No cais, os faróis do batedor varriam o negrume da baía enquanto o motorista manobrava em torno do caminhão para liderar o comboio.

Em seguida, tudo aconteceu como Sonny havia instruído pouco antes: rápido e barulhento. Cork avançou com o Nash e fechou o caminhão; sem hesitar, Vinnie, Angelo e Stevie saltaram do carro para disparar suas submetralhadoras. De uma hora para outra o silêncio absoluto deu lugar ao que parecia ser um espetáculo de Quatro de Julho. Empoleirando-se no estribo do Ford, Sonny abriu a porta do caminhão e puxou o motorista para fora, jogando-o no chão. Quando enfim tomou o volante, Nico já estava a seu lado, gritando:

— Vai! Vai! Vai!

Se alguém estava atirando de volta, Sonny não saberia dizer. O motorista que ele havia expulsado da boleia corria pelo cais como um galgo. Ouvindo uma saraivada de tiros às suas costas, Sonny deduziu que se tratava de Little Stevie. Com o canto do olho, viu alguém pular na água. Os pneus traseiros do Hudson à sua frente já tinham sido perfurados, e o longo capô agora apontava ligeiramente para cima, os faróis buscando as nuvens negras. Angelo e Vinnie estavam a uns 6 metros um do outro, disparando em saraivadas curtas e intermitentes. Cada vez que o gatilho era puxado, as submetralhadoras estremeciam, dando a impressão de que estavam vivas e queriam se desvencilhar das mãos que as seguravam. Dançavam uma giga, e os gêmeos iam no embalo. O pneu sobressalente do Hudson batedor também havia levado chumbo; de algum modo ele tinha se soltado da porta do motorista e agora rodopiava no chão, preparando-se para morrer. Ninguém via o motorista, e Sonny deduziu que o homem se encolhia apavorado sob o painel do caminhão. Imaginando-o naquela posição humilhante, deu uma sonora gargalhada e saiu às pressas com o caminhão. Pelo espelho retrovisor viu Vinnie e Angelo sobre os estribos do Nash, agarrando-se ao carro com uma das mãos e disparando para o alto e em direção à baía.

Sonny tomou a rota que tinha planejado e em poucos minutos alcançou o trânsito pacato da Rockaway Parkway com Cork o seguindo. Pronto. O pior já havia passado. Falou com Nico.

— Você viu Stevie entrar na carroceria?
— Claro — respondeu Nico. — Também o vi atirando lá no cais.
— Parece que ninguém se machucou. Nem mesmo um arranhão.
— Do jeito que você planejou.

Sonny ainda sentia o coração retumbar no peito, mas àquela altura já pensava no dinheiro que em breve estaria contando. A longa carroceria do caminhão estava com engradados de uísque canadense empilhados. Mais ou menos 3 mil dólares, ele calculava. Sem contar o que ainda tirariam com a venda do caminhão.

Nico, como se lendo a mente de Sonny, perguntou:

— Quanto você acha que a gente vai conseguir?

— Quinhentas pratas para cada um, é o que espero — respondeu Sonny. — Mas depende.

Nico riu.

— Ainda tenho a minha parte no roubo da folha de pagamento — comentou. — Ela está guardada no meu colchão.

— Qual é o seu problema? — indagou Sonny. — Você não consegue arrumar alguma moça para torrar a grana com ela?

— É, estou precisando de uma dessas interesseiras — respondeu Nico. Riu de si mesmo, e novamente se calou.

Muitas garotas diziam que Nico lembrava Tyronne Power. Em seu último ano de colégio ele havia tido uma história séria com Gloria Sullivan, que só não foi adiante porque, tomando-o por um italiano, os pais dela proibiram o namoro. De nada adiantara explicar que era grego, a proibição continuava em vigor. E, com isso, Nico acabaria ficando tímido com as mulheres.

— Que tal a gente ir ao Juke's Joint amanhã à noite? — sugeriu Sonny. — Quem sabe a gente não arruma umas mulheres para gastar todo o nosso dinheiro.

Nico sorriu, mas não disse nada.

Sonny cogitou contar a Nico que ainda tinha guardado também em seu próprio colchão a maior parte dinheiro do roubo da folha de pagamento. O que era verdade. O assalto havia rendido mais de 7 mil dólares, algo em torno de 1.200 para cada um — o bastante para que eles se escondessem e ficassem assim por um bom tempo. Enquanto isso, com o que diabos Sonny poderia gastar essa grana? Já havia comprado um carro, um monte de roupas bacanas, e percebeu ainda ter alguns milhares de dólares em dinheiro vivo. Não que ele o contasse. Bastava olhar para o dinheiro para se alegrar. Escondera-o no interior do colchão e retirava sempre que necessário. Aquele assalto havia sido uma grande empreitada, consumira muitas semanas de planejamento que o deixaram tonto, mas a noite em si fora para ele como uma grande festa de Natal, não muito diferente das de sua infância — no entanto, não tinha gostado nem um pouco do alarde que veio em seguida. No dia seguinte a história estampava as páginas do *New York American* e do *Mirror*, e por muitas semanas não se falava de outra coisa. Só quando se espalhou a notícia de que o assalto era obra da gangue de Dutch Schultz foi que Sonny pôde respirar aliviado. Porém, muitas vezes ele pensava no que diria Vito, seu pai, caso descobrisse a verdade. *Poxa, pai*, talvez dissesse. *Sei muito bem qual é seu ramo de trabalho.* Volta e meia ele ensaiava mentalmente a conversa. Às vezes dizia *Já sou um adulto, caramba! Planejei sozinho todo o roubo da folha de pagamento da Tidewater! Acho que mereço um pouco de confiança!* Sempre encontrava alguma coisa para dizer — mas jamais pensava nas respostas do pai. Em vez disso, imaginava o olhar fixo e fulminante que Vito desferia sempre que ficava contrariado.

— Foi muito emocionante — declarou Nico, que até então havia permanecido calado, deixando que Sonny tocasse o caminhão pelas ruas do Bronx. — Você viu aquele sujeito que pulou do cais? Caramba — disse rindo. — Ele saiu nadando que nem o Johnny Weissmuller!

— Qual deles pulou na água? — perguntou Sonny. Estavam na Park Avenue do Bronx, a poucas quadras do destino final.

— O cara que estava aqui, no lugar do carona — respondeu Nico. — Você não viu? O homem escutou os tiros e tibum! Direto para a água! — Ele agora se dobrava de tanto rir.

— Você viu os Romeros? — perguntou Sonny. — Quase não conseguiam segurar as submetralhadoras. Pareciam estar dançando com elas...

Nico assentiu com a cabeça, depois suspirou e parou de rir.

— Aposto que os dois estão cheios de hematomas por causa do coice.

Sonny saiu da Park e seguiu pela tranquilidade de uma das ruas secundárias. A certa altura, parou diante de um armazém com uma porta de enrolar feita de aço, e Cork estacionou logo atrás.

— Deixe que Cork fale com eles — recomendou Sonny a Nico, e desceu do caminhão para trocar de lugar com Cork e ir embora no Nash.

Angelo e Vinnie ficaram na calçada, esperando. Cork subiu no estribo do caminhão e disse a Nico:

— Tem um sino ao lado da portinha. Você vai bater três vezes nele, esperar um segundo e bater mais três vezes. Depois volte para o caminhão.

— E a senha secreta, qual é? — perguntou Nico.

Carregado no sotaque irlandês, Cork rugiu:

— Cacete! É só bater a porra do sino, Nico! Estou cansado.

Nico fez o que lhe foi pedido: desceu à calçada e deu as seis badaladas curtas. Cork já havia assumido o volante. A chuva que ameaçava cair há um tempo agora descia como uma garoa fina, e Nico ergueu a gola do casaco enquanto voltava para o caminhão. A porta de aço já se erguia às suas costas, a luz vazando para a rua. Luca Brasi estava no centro do armazém com as mãos na cintura, vestido como se tivesse um jantar marcado com alguma mulher, embora já fosse madrugada. Tinha bem mais de 1,80m, talvez quase 1,90m, e as pernas eram dois postes telefônicos. O peito e os ombros pareciam roçar o queixo: sua cabeçorra era dominada por um par de sobrancelhas salientes sobre olhos muito profundos. Ele parecia um *Neandertal* embrulhado num terno risca de giz cinza e um chapéu de feltro da mesma cor, displicentemente caído para o lado. Às suas costas, espalhados em diversos pontos do armazém, estavam Vinnie Vaccarelli, Paulie Attardi, Hooks Battaglia, Tony Coli e JoJo DiGiorgio. Cork conhecia Hooks e JoJo da vizinhança, e dos outros sabia apenas a reputação. Eram os garotos mais velhos da rua quando ele próprio era menino. Todos ali já deviam ter quase 30 anos pelo menos, pois Cork já ouvia falar deles quando ainda estava no jardim de infância. Luca Brasi era bem mais velho, talvez já beirasse os 40 ou algo assim. Todos tinham cara de serem durões. Recostados nas paredes do armazém ou numa pilha de engradados, uns enterravam as mãos nos bolsos das calças, outros apenas uma delas num dos bolsos do casaco, e outros cruzavam os braços diante do peito. Todos usavam homburgs ou fedoras, exceto Hooks, a ovelha negra, que envergava um *porkpie* xadrez.

— Puta merda! — exclamou Nico, correndo os olhos pela garagem. — Queria que Sonny estivesse com a gente.

Cork baixou a janela e sinalizou para que Vinnie e Angelo subissem nos estribos. Assim que eles se aproximaram, disse:

— Deixem que eu fale com eles. — Só então ligou o caminhão e entrou com ele no armazém.

Dois dos homens de Luca desceram a porta de metal enquanto Cork saltava do caminhão para se juntar a Vinnie e Angelo. Nico desceu também e se posicionou ao lado deles. Duas lâmpadas penduradas ao teto davam ao lugar uma iluminação forte, realçando as manchas de óleo e as rachaduras no piso de concreto. Havia pilhas de caixas e engradados, mas de modo geral o armazém estava vazio. O ruído de água correndo por canos vinha de algum lugar acima. Nos fundos, uma divisória com uma porta e uma ampla janela confinava o que parecia ser um escritório. Uma luz atravessava a persiana da janela. Luca caminhou até a traseira do caminhão, cercado por seus homens. Baixou a porta da carroceria, puxou a lona e se deparou com Stevie Dwyer espremido entre os engradados de uísque, apontando sua Thompson para ele.

Luca permaneceu imóvel, mas seus homens imediatamente sacaram as armas.

— Pelo amor de Deus, Stevie! — berrou Cork. — Largue esse troço aí!

— Porra, Cork, aqui não tem espaço para largar nada! — devolveu Stevie.

— Então aponte para o chão, seu imbecil! — gritou Hooks Battaglia.

Stevie hesitou um segundo, abriu um sorriso irônico, e só então apontou o cano para os próprios pés.

— Desce daí — ordenou Luca.

Ainda sorrindo e com a submetralhadora em punho, Stevie saltou da carroceria, e, num átimo, Luca o agarrou pela camisa e usou a manzorra livre para arrancar a arma das mãos do garoto. Enquanto o rapaz ainda recuperava o equilíbrio, Luca trocou a Thompson da mão direita para a esquerda, arremessou-a para JoJo e desferiu um soco no peito de Stevie, que foi parar nos braços de Cork. Zonzo, ele tentou ficar de pé, mas suas pernas falharam e Cork precisou escorá-lo mais uma vez.

Luca e seus capangas observavam a cena em silêncio.

Cork entregou Stevie a Nico, que havia se aproximado por trás com os demais garotos. Para Luca ele disse:

— Achei que tínhamos um acordo. E agora? A gente está ferrado ou o quê?

— Ninguém vai se ferrar desde que nenhum irlandês burro aponte um rifle para mim — respondeu Luca.

— Ele não estava raciocinando, só isso — defendeu Cork. — Não quis assustar ninguém.

Às suas costas, Stevie gritou:

— Esse carcamano quase quebrou um dente meu!

Cork avançou na direção dele e disse baixinho, mas alto o bastante para que todos ouvissem:

— Cala a porra dessa boca. Ou sou eu quem vai quebrar um dente seu.

Os lábios de Stevie estavam cortados e já muito inchados, com um péssimo aspecto, o sangue escorrendo do queixo para a camisa.

— Quanto a isso não tenho dúvida — falou a Cork, sério. Sequer precisou completar que ambos eram irlandeses, e Cork parecia estar traindo a própria origem.

— Vai se foder — sussurrou Cork. — Mas fecha esse bico e deixa a gente fechar o negócio em paz.

Virando-se, Cork se deparou com o olhar fixo de Luca.

— A gente quer 3 mil — anunciou. — Uísque canadense, o melhor que existe.

Luca olhou para o caminhão, depois falou:

— Dou mil.

— Esse não é um preço justo, Sr. Brasi.

— Sem essa de "senhor", garoto. Estamos fazendo negócios. Me chame de Luca. Você é o Bobby, não é?

— Sou — respondeu Cork.

— Irmão daquela moça bonita, Eileen, que tem uma confeitaria na Décima Primeira Avenida, certo?

Cork assentiu.

— Está vendo? — continuou Luca. — É a primeira vez que trocamos duas palavras, mas sei tudo a seu respeito. Sabe por quê? Porque meus homens sabem tudo a seu respeito. Hooks e os outros deram sinal verde a você. Caso contrário não estaríamos negociando aqui, entendeu?

— Claro — respondeu Cork.

— E o que você sabe de mim, Bobby?

Cork estudou os olhos de Luca, tentando ler o que eles diziam, mas não concluiu nada.

— Não muito — disse. — Na verdade, quase nada.

Luca olhou para os outros membros de sua gangue, que caíram na risada. Em seguida se recostou na carroceria do caminhão e falou:

— Pois é assim que gosto das coisas. Sei tudo sobre você, e você não sabe nada de mim.

— Mesmo assim, mil pratas não é um preço justo — insistiu Cork.

— Não, não é — concordou Luca. — Dois mil e quinhentos talvez seja. Mas o problema é o seguinte: você roubou esse uísque de Giuseppe Mariposa.

— Você já sabia disso — retrucou Cork. — Contei toda a história a Hooks e a JoJo.

— É, você contou. — Luca cruzou os braços sobre o peito. Parecia estar se divertindo. — E JoJo e os rapazes já fizeram negócio com você em outras duas ocasiões, quando surrupiou parte das bebidas de Mariposa. Isso não me incomoda nem um pouco. Não gosto de Giuseppe. — Ele olhou para seus homens. — Não gosto de quase ninguém — prosseguiu, e os outros acharam graça. — Acontece que agora fiquei sabendo que Giuseppe está particularmente irritado com essa história. Ele quer saber quem está sequestrando a bebida dele. Quer os bagos do meliante numa bandeja.

— Os rapazes me disseram que se eu fechasse o negócio com você nossos nomes não apareceriam. Era esse o acordo.

— Entendo — disse Luca. — E minha palavra será mantida. Mas cedo ou tarde vou ter que lidar com Mariposa. Ele sabe que sou eu quem está comprando o uísque dele. Portanto, eventualmente, vou ter que encarar o homem. E para isso preciso embolsar um lucro maior. — Vendo que Cork não tinha nada para dizer, emendou: — Sou eu quem está correndo o grande risco aqui.

De onde estava, Stevie berrou:

— E os riscos que a gente correu? Era a gente que estava lá, levando chumbo!

Sem olhar para ele, Cork disse:

— Falei para você ficar calado.

Luca abriu um amplo sorriso para Cork, como se entendesse a chateação que era tratar com os subalternos.

— Cabe a mim a questão comercial da coisa — explicou a Cork —, o que não é nada fácil e é onde os problemas de verdade começam. — Apontando para o caminhão, disse ainda: — Mas vou propor o seguinte: o que vocês pretendem fazer com esse caminhão?

— Temos um comprador em vista.

— E quanto ele está oferecendo? — Luca caminhou em torno do caminhão, examinando-o. Tratava-se de um modelo novo. A madeira da carroceria ainda estava com o verniz.

— Ainda não sabemos — respondeu Cork.

Terminada a inspeção, Luca parou diante de Stevie Dwyer.

— Nenhum buraco de bala na lataria — comentou. — Suponho que os gorilas que andaram atirando em vocês não tivessem uma boa mira.

Stevie apenas desviou o olhar, e Luca disse a Cork:

— Dou 1.500 pelo caminhão, e aí você vai ter os 2.500 que estava pedindo.

— Eu estava pedindo 3 mil — corrigiu Cork. — Só pelo uísque.

— Tudo bem, então. Terá 3 mil. — Pousando a mão no ombro de Cork, acrescentou: — Você é osso duro de roer.

Cork olhou para os companheiros às suas costas, depois voltou a encarar Luca.

— Negócio fechado — aceitou, contente com o término da negociação.

Luca apontou para Vinnie Vaccarelli.

— Dê a eles o dinheiro. — Em seguida passou o braço pelo ombro de Cork e o conduziu ao escritório. Aos outros, disse: — O Sr. Corcoran logo estará de volta. Preciso trocar uma palavrinha com ele.

Cork disse a Nico:

— Esperem por mim lá fora.

Luca entrou com Cork no escritório e fechou a porta. O lugar era acarpetado e mobiliado com uma mesa de jacarandá atulhada de papéis. Duas cadeiras estofadas estavam de frente para a mesa em lados opostos, e outras tantas, de espaldar reto, se enfileiravam junto das paredes, feitas de concreto e sem nenhum adorno. Também não havia outra janela além da que dava para o interior do armazém. Luca apontou para uma das cadeiras estofadas e pediu a Cork que se sentasse nela. Em seguida contornou a mesa, voltou com uma caixa de charutos Medalist e lhe ofereceu um deles.

Cork agradeceu e guardou o charuto no bolso da camisa.

— Preste atenção no que vou dizer, garoto — começou Luca, e se acomodou na segunda cadeira. — Estou cagando para você e sua turma. Mas quero que saiba algumas coisas. Primeiro: quando o homem de quem estão roubando descobrir quem são vocês, ele vai matar um por um. O bando inteiro.

— É por isso que estamos trabalhando com você — disse Cork. — Se não contar nada, ele nunca vai descobrir.

— Como sabe que ninguém vai reconhecer vocês?

— Ninguém conhece a gente. Até outro dia todo mundo estava na escola.

Luca ficou mudo por um tempo, observando-o.

— Você é inteligente — concedeu. — Mas é cabeça-dura, e eu não sou sua mãe. Já alertei. Se insistirem nesse erro, vão virar presunto, todos vocês. Quanto a mim? Não gosto de Mariposa nem tenho medo dele. Se quiser continuar roubando o uísque do homem, eu continuo comprando de você. Mas de agora em diante só falo com uma pessoa: você. Não quero mais ver aqueles idiotas por aqui, sobretudo o paspalho da metralhadora. Estamos entendidos?

— Claro — concordou Cork. Ficou de pé e estendeu a mão para Luca.

Luca abriu a porta para ele.

— E vou dar mais um conselho a você, Corcoran: livrem-se desses tênis. Não são nada profissionais.

— Muito bem — respondeu Cork. — Vamos fazer isso.
— Pode deixar a porta entreaberta. — E Luca voltou à sua mesa.

Hooks estava na rua com os demais, ouvindo Paulie Attardi contar uma piada. Todos fumavam um cigarro ou um charuto. Cork se aproximou da roda que formavam e ficou esperando. Não via os companheiros por perto. A lâmpada do poste da esquina estava apagada, e a rua se iluminava apenas pela luz que vinha do interior do armazém. A chuva tinha dado lugar a uma neblina fria. Terminada a piada, todos gargalharam. Paulie deu um longo trago na bebida de um cantil de prata, depois o passou para os outros.

Hooks se afastou da roda e foi ter com Cork. Apertou a mão dele de um modo amigável e, sem soltá-la, o puxou calçada afora.

— Como o chefe tratou você?

— Ele não é tão terrível assim — respondeu Cork. — Mas que o homem é um gigante, isso ele é.

Hooks não disse nada de imediato. Embora já beirasse os 30 anos, tinha um rosto de bebê. Algumas mechas ruivas escapavam da aba do chapéu.

— O que ele disse a você?

— Me deu alguns conselhos — falou Cork.

— Ah, é? — Hooks passou uma das mãos pelo cinto que amarrava seu casaco. — E por acaso um desses conselhos foi para tomar cuidado com Mariposa? Que se Mariposa ficar sabendo de tudo, vai matar vocês?

— Mais ou menos isso.

— Mais ou menos isso — repetiu Hooks. Pousando a mão nas costas do irlandês, conduziu-o para as sombras. — Vou dizer algumas coisas, mas só porque Jimmy era meu chapa. Em primeiro lugar, Luca Brasi é um psicopata. Sabe o que é isso?

Cork fez que sim com a cabeça.

— Sabe mesmo? — questionou Hooks. — Tem certeza?

— Claro que eu sei o que é um psicopata.

— Pois bem — continuou Hooks. — Luca Brasi é um psicopata. Não me entenda mal. Trabalho para ele desde os 14 anos e seria capaz de levar uma bala na testa pelo homem. Mas a verdade é a verdade. Nesse ramo, ser um psicopata até que não é ruim. Mas você precisa entender: Luca só foi esse anjo com vocês porque detesta Mariposa. Está se divertindo demais com essa história de estarem roubando o sujeito. E com Joe botando a boca no trombone pela cidade. Não sei se está entendendo, mas vou explicar.

— Hooks ergueu os olhos por um instante, como se estivesse buscando as palavras certas. — Luca é o intermediário, e todo mundo sabe disso, e Joe ainda não tomou nenhuma providência contra ele. Assim, Luca sai dessa história como... sei lá, como o sujeito com quem ninguém fode, nem mesmo Mariposa. Entendeu agora? Portanto, vendo as coisas por esse ângulo, vocês estão prestando um favor para Luca.

— E qual é o problema? — perguntou Cork.

— O problema, Bobby, é que cedo ou tarde alguém vai morrer por sua causa. Ou todos nós vamos morrer. — Hooks fez uma pausa de efeito, depois prosseguiu: — Luca, sendo quem é, não está nem aí. Mas eu estou, entendeu?

— Sei lá.

— Vou simplificar para você — disse Hooks. — Fique longe do uísque de Mariposa. E se voltar a roubar dele fique longe de nós. Entendeu agora?

— Claro — falou Cork. — Mas por que a mudança? Antes você dizia que...

— Antes eu estava fazendo um pequeno favor para o irmãozinho caçula da mulher de Jimmy. Mariposa está em guerra com os LaContis, então pensei: alguns engradados de uísque se perdem no meio da confusão, quem vai notar? E, se alguém notar, vão botar a culpa em LaConti. Mas as coisas não aconteceram assim. Agora, Joe sabe que estão roubando dele, está puto da vida, e alguém vai ter que pagar. Por enquanto ninguém sabe de vocês. Mas se você for tão inteligente quanto falam por aí, vai criar juízo e não vai fazer mais nenhuma besteira. — Hooks abriu os braços. — Mais claro que isso, impossível. Fique esperto. Fique longe de Mariposa. E, não importa o que aconteça, fique longe da gente.

— Tudo bem, tudo bem — anuiu Cork. — Mas... e se Luca vier atrás da gente? E se ele quiser que a gente...

— Isso não vai acontecer. Fique tranquilo — assegurou Hooks. Em seguida tirou um maço de Lucky Strike do bolso do casaco e ofereceu um cigarro a Cork, que o recebeu e deixou Hooks acendê-lo. Atrás deles, o restante da gangue já voltava para dentro do armazém. Hooks acendeu o próprio cigarro, depois perguntou: — Como vai Eileen? Jimmy era um bom sujeito. E a menina dela? Como é mesmo que se chama?

— Caitlin — respondeu Bobby. — Ela está bem.

— E Eileen?

— Também. Um pouco mais forte do que estava antes.

— Se tornar viúva antes dos 30 fortalece qualquer um. Pode dizer a ela: ainda estou procurando o filho da puta que matou Jimmy.

— Ele morreu no meio de um tumulto.

— Porra nenhuma — retorquiu Hooks. — Claro, tinha o tal tumulto, mas foi um dos capangas de Mariposa que atirou nele. Diga para sua irmã: os amigos de Jimmy nunca vão se esquecer dele.

— Pode deixar.

— Ótimo. — Hooks olhou à sua volta, depois perguntou: — Seus companheiros, onde foi que se meteram?

— Devem estar esperando por mim na esquina — disse Cork. — Não dá para ver nada nessa escuridão.

— Algum motorista vem buscar você? — Vendo que não receberia resposta, Hooks deu uma risada, despediu-se com um tapinha no ombro de Cork e voltou para o armazém.

Cork caminhou lentamente pela calçada, navegando através da escuridão rumo às vozes que podia ouvir. Chegando à esquina, avistou a brasa vermelha de dois cigarros e, ao se aproximar, deu com Sonny e Nico sentados nos castigados degraus de madeira da escada que levava a um prédio residencial. Atrás deles, diversos andares de janelas escuras. A neblina novamente se transformara em chuvisco, e a água pingava do boné de Nico. De cabeça nua, Sonny corria os dedos entre os cabelos encharcados.

— O que vocês estão fazendo na chuva? — perguntou Cork.

— A gente não estava mais aguentando a choradeira de Stevie — respondeu Nico.

— Ele não para de reclamar da nossa venda. — Sonny ficou de pé e deu as costas para o carro estacionado do outro lado da rua. — Acha que fomos roubados.

— E fomos — interveio Cork, olhando para o Nash à sua frente, onde cigarros acesos desenhavam aros e espirais em meio ao breu. As janelas estavam parcialmente abertas, fiapos de fumaça escapavam pelas frestas.

— Aquele caminhão era quase novo. A gente podia ter embolsado mais uns 2 mil, no mínimo.

— Então? — Sonny crispou o rosto numa expressão que dizia: *Por que não embolsamos?*

— O que você quer fazer? — perguntou Cork. — Chamar a polícia? Sonny riu, e Nico disse:

— Brasi tinha razão. É ele quem vai ter que enfrentar Mariposa. Prefiro mil vezes ganhar menos e viver mais.

— Ele não vai abrir o bico sobre a gente a ninguém, vai? — quis saber Sonny.

— Claro que não — respondeu Cork. — Mas vamos sair dessa chuva.

Assim que Sonny fechou a porta do carro e ligou o motor, Stevie Dwyer indagou:

— Você falou com ele sobre a grana?

Os demais garotos permaneceram calados, esperando para ouvir o que Sonny tinha a dizer.

— O que você queria que ele conversasse comigo, Stevie? — perguntou Cork, sentando à frente mas debruçado sobre o banco, encarando o outro.

Sonny enfim deu a partida.

— Que bicho te mordeu, rapaz? — perguntou a Stevie.

— Que bicho me mordeu? — O rapaz arrancou o boné da cabeça e o bateu contra um dos joelhos. — A gente foi roubado, esse é o bicho que me mordeu! Só aquele caminhão devia valer umas 3 mil pratas!

— Claro — concordou Cork. — Se conseguisse vendê-lo na rua. Mas quem vai comprar um caminhão sem documentos?

Nico acrescentou:

— Ainda por cima um caminhão que pode custar um tiro na cabeça caso a pessoa errada reconheça quem o está dirigindo.

— Bem pensado — falou Sonny.

Cork acendeu um cigarro, depois baixou a janela para deixar a fumaça sair.

— A gente até que se deu bem — comentou com Stevie —, levando-se em conta que a gente não tinha nenhum poder de barganha. Era Luca quem estava dando as cartas. Ninguém mais ia querer comprar das nossas mãos esse uísque de Mariposa. *Ninguém*. E Luca sabia disso. Se tivesse oferecido um tostão furado, a gente ia ter que pegar.

— Um tostão porra nenhuma! — exclamou Stevie, voltando com o boné para a cabeça e se jogando no banco.

— Esse azedume todo é só porque Luca deu um soco na sua boca.

— Pois é! — explodiu Stevie. — E onde vocês estavam nessa hora? — berrou, correndo os olhos esbugalhados pelos companheiros. — Em que buraco vocês se enfiaram?

Angelo, que talvez fosse o mais quieto da bando, virou-se para encará-lo.

— O que você queria que a gente fizesse? — perguntou. — Metesse bala nos caras?

— Vocês podiam ter ficado do meu lado! Podiam ter feito alguma coisa!
Cork entortou o chapéu e coçou a cabeça.
— Stevie, pensa um pouco!
— Pensa um pouco você! — devolveu Stevie. — Seu... seu... seu filho da puta lambedor de bunda de carcamano!
Seguiu-se um breve silêncio, mas, de uma só vez, todos, exceto Stevie, começaram a rir. Sonny bateu a mão no volante e gritou para Cork:
— Seu filho da puta lambedor de bunda de carcamano, venha cá! — Estendendo o braço, agarrou Cork pelo ombro e o sacudiu com força.
Vinnie Romero também deu um tapa no braço do irlandês, dizendo:
— Lambe-bunda de carcamano!
— Isso, riam bastante — falou Stevie, e se encolheu junto da porta.
Os outros fizeram o que ele pediu, e o carro seguiu rua afora, sacudido pelas risadas. Apenas Stevie permanecia sério. E Nico, que subitamente se viu pensando em Gloria Sullivan e nos pais dela. Nico também não estava rindo.

Vito manuseava uma pilha razoavelmente grossa de plantas arquitetônicas que tinha para o condomínio de Long Island. Com a gravata afrouxada, ele examinava os papéis, já antevendo os móveis que colocaria em cada um dos cômodos da própria casa. Numa parte do quintal ele planejava um jardim, e, em outra, uma horta. No antigo prédio onde morava, em Hell's Kitchen, ainda nos primórdios de seu negócio de importação de azeite, havia um quintal de terra não muito maior que um selo postal, no qual havia cultivado uma figueira por diversas estações até a árvore sucumbir ao frio de uma forte geada. Durante anos, no entanto, os amigos se deliciavam quando ele os presenteava com aqueles figos tão frescos — e se espantavam ao saber que foram colhidos de uma figueira plantada em plena cidade, nos fundos de um prédio. Muitas vezes um ou outro desses amigos ia com Vito até o prédio para ver pessoalmente aquele prodígio cujos galhos roçavam o muro de tijolos vermelhos do quintal, e cujas raízes cresciam rumo à fornalha do porão, talvez para se aquecerem durante o inverno. À sombra da figueira, Vito colocara uma mesinha com algumas cadeiras dobráveis, e, quando recebia algum convidado ali, Carmella costumava lhes servir uma garrafa de grapa com um pouco de pão e azeite, às vezes com tomate e queijo — o que quer que eles tivessem em casa. Ela com frequência se juntava a eles, ocasionalmente com as crianças, e, enquanto elas brincavam no quintal, Carmella ouvia com o mesmo fascínio de sempre o marido contar aos vizinhos como precisava cobrir o tronco com sacos de aniagem e a copa com uma lona após cada colheita em setembro, preparando a árvore para o inverno a caminho.

Muitas vezes, depois do trabalho, mesmo durante o outono e o inverno, Vito passava pelo quintal para visitar sua figueira antes de subir ao apartamento. O quintal era tranquilo, e, embora pertencesse a todos do prédio, era de uso exclusivo dele, Vito, um direito que os próprios vizinhos concederam a ele sem protestar. Ele nunca, durante todos os anos em que havia morado em Hell's Kitchen — em meio ao barulho dos trens de carga que passavam pelas ruas, aos roncos dos carros, aos gritos dos catadores de ferro-velho, dos amoladores de faca e dos vendedores de gelo —, havia encontrado alguém ocupando sua mesa sob a figueira. No mês de agosto, quando os figos já estavam gordos e pesavam nos galhos, Vito deixava no hall do prédio, logo cedo pela manhã, uma tigela repleta de frutos colhidos, e, quando já não havia figo algum, poucas horas depois, Carmella descia para recolher o recipiente. Mas ele sempre reservava para si o primeiro figo da estação. Com uma faca de cozinha, ia retirando a casca cor de mogno até encontrar a polpa rosada. Na Sicília, esse tipo de figo era chamado de *tarantella*. Vito ainda se lembrava das figueiras que havia atrás de sua casa, uma floresta inteira delas, e, chegada a primeira colheita, ele e Paolo, seu irmão mais velho, subiam nos galhos para se fartar com os frutos suculentos e doces.

Essa era apenas uma entre tantas outras lembranças da infância que ele gostava de cultivar. Vito era capaz de fechar os olhos e ver a si mesmo ainda garoto, seguindo o pai apenas para vê-lo sair para caçar logo nas primeiras horas da manhã, o cano da *lupara*[11] atravessado sobre o peito. Lembrava-se também das refeições que a família fazia numa mesa toscamente talhada, o pai sempre à cabeceira, a mãe na ponta oposta, ele e Paolo de frente um para o outro. Atrás de Paolo havia uma porta de vidro, e do outro lado dela um jardim — e figueiras. Vito precisava se esforçar para se lembrar das feições dos pais. Nem mesmo de Paolo ele se lembrava direito, embora tivesse seguido o irmão como um cachorrinho durante anos de sua vida na Sicília. As imagens dos três desbotaram com o tempo, e, ainda que tivesse certeza de que seria capaz de reconhecê-los imediatamente caso voltassem do mundo dos mortos para surgir à sua frente, Vito invariavelmente se atrapalhava quando tentava discerni-los na memória. Mas podia

---

[11] Espingarda.

ouvi-los. Ouvia a mãe gritando para que falasse: *Parla! Vito!* Lembrava-se de como ela se preocupava com o fato de ele falar pouco, balançando a cabeça sempre que Vito encolhia os ombros e dizia timidamente *Non so perché* — o menino Vito não sabia por que falava tão pouco. Ouvia o pai contando histórias à noite, diante da lareira. Ouvia Paolo rindo dele certa noite, quando havia adormecido sobre a mesa de jantar. Lembrava-se de abrir os olhos com a cabeça pousada ao lado do prato, despertado pelas risadas do irmão. Tinha muitas lembranças semelhantes. Muitas vezes, após algum ato mais brutal exigido pelo trabalho, Vito se sentava sozinho em seu minúsculo quintal, no frio de Nova York, e ficava relembrando sua família na Sicília.

Também havia lembranças que preferiria apagar. A pior delas era a imagem da mãe alçando voo para trás com os braços abertos, o eco de suas últimas palavras permanecia vivo: *Corra, Vito!* Ele se lembrava do enterro do pai. Lembrava-se de estar andando ao lado da mãe, abraçado por ela, e dos tiros vindos das colinas enquanto o caixão do pai era baixado à cova. Lembrava-se da mãe se ajoelhando sobre o corpo morto de Paolo, que tentara acompanhar o funeral do alto das colinas, e depois disso seguia-se uma série de cenas que se misturavam umas às outras — como se num instante Vito visse a mãe chorando ao lado do corpo de Paolo e no instante seguinte estivesse atravessando com ela aquele caminho de cascalho na propriedade de Don Ciccio, um caminho lindo, com flores de ambos os lados, a mãe o puxando pela mão. Don Ciccio se sentava a uma mesa com um cesto de laranjas e um decantador de vinho. Ela era pequena, redonda, com quatro pernas grossas e redondas. O Don era um homem corpulento, com um farto bigode e uma verruga na face direita. Vestia um colete sobre uma camisa branca de mangas compridas, apesar do sol forte. As listras do colete convergiam para o centro, formando um V. A corrente de ouro do relógio corria de um bolso a outro do colete, fazendo um semicírculo sobre a barriga. Atrás dele se viam duas enormes colunas de pedra e um rebuscado portão de ferro fundido, onde um dos muitos guarda-costas fazia sentinela com uma espingarda apoiada no ombro. Vito se lembrava de tudo isso com perfeita clareza, de cada detalhe: as súplicas da mãe para o Don poupar a vida do único filho que ainda lhe restava, a recusa do Don, a mãe se ajoelhando e tirando uma faca do vestido preto, colocando-a contra o pescoço de Don Ciccio, as últimas palavras dela em vida — *Corra, Vito!* — e o disparo que a fizera alçar voo com os braços abertos.

Essas eram as lembranças que ele preferiria apagar. Quatorze anos antes, quando escolhera seu atual modo de vida ao assassinar Don Fanucci, outro porco gordo que vinha tentando comandar sua pequena fatia de Nova York como se ainda estivesse num vilarejo da Sicília, Vito havia passado a ser visto pelos amigos como um homem valente e impiedoso com os inimigos. Deixara-os acreditar nisso antes, da mesma maneira que fazia agora. Supunha que fosse verdade. Mas também era verdade que ele havia tido vontade de matar Fanucci assim que o vira pela primeira vez, e encontrara coragem para fazer isso ao se dar conta de que poderia lucrar com aquela morte. Não havia tido um só instante de medo. Esperara por Fanucci no corredor escuro fora do apartamento onde o Don morava, o som da música, dos gritos e dos fogos de artifício da Festa de São Januário abafado pela alvenaria. Para silenciar sua pistola, Vito havia enrolado o cano com uma toalha branca, que pegou fogo com o disparo do primeiro tiro, contra o coração de Fanucci. Quando ele rasgou o próprio colete parecendo querer encontrar a bala que o atravessava, Vito disparou novamente, dessa vez no rosto, e o tiro entrou limpo, deixando apenas um pequeno furo vermelho numa das avantajadas bochechas do homem. Quando Fanucci enfim caiu no chão, Vito retirou a toalha queimada da pistola, enfiou o cano na boca do homem e disparou uma última vez no cérebro. Tudo que sentiu ao vê-lo tombado contra a porta foi alívio. Embora a cabeça não pudesse explicar de que modo o assassinato de Fanucci vingava o assassinato de sua própria família, o coração entendia muito bem.

Esse foi o começo de tudo. O próximo homem a morrer pelas mãos de Vito havia sido ninguém menos que o próprio Don Ciccio. Vito retornou à Sicília, para o vilarejo de Corleone, e eviscerou o homem como porco.

Ele agora estava no escritório de seu amplo apartamento, ele próprio um Don, examinando as plantas da própria fortaleza. No andar de baixo, Fredo e Michael brigavam mais uma vez. Vito retirou o paletó e o pendurou no encosto da cadeira. Assim que os meninos pararam de gritar, ele voltou sua atenção para as plantas. Mas então Carmella gritou com os filhos, e eles começaram a berrar novamente, cada um defendendo sua versão da história. Vito deixou as plantas de lado e desceu à cozinha. Ainda estava no meio da escada quando a gritaria cessou. Chegando lá, deparou-se com os filhos já sentados à mesa, quietos, Michael lendo um livro da escola, Fredo não fazendo nada, apenas cruzando as mãos à frente. Percebendo a agitação da mulher, Vito puxou os dois filhos pela orelha e os levou para a sala de estar. Sem largar os meninos, sentou-se na ponta da poltrona acolchoada junto à janela. Fredo começou a gritar "Pai! Pai!" assim que Vito o pegou, enquanto Michael, como sempre, permanecia mudo.

— Pai! — exclamou Fredo. — Michael tirou uma moeda de 10 centavos do bolso do meu casaco! — Seus olhos já se enchiam de lágrimas.

Vito olhou para Michael. Via no filho caçula uma imagem bastante fiel do garoto que ele próprio havia sido um dia. Michael parecia bem mais feliz quando brincava sozinho, quase não falava.

Sustentando o olhar do pai, Michael negou com a cabeça.

Vito estapeou o rosto de Fredo e apertou o queixo do menino.

— A moeda estava lá, no meu bolso! — berrou Fredo, furioso. — E agora não está mais!

— E só por isso você acusa seu irmão de ser um ladrão?

— Bem — ponderou Fredo —, a moeda sumiu, não sumiu?

Vito apertou o queixo dele ainda mais forte.

— Vou perguntar de novo — falou. — Você está chamando seu irmão de ladrão? — Constatando que Fredo não faria nada além de desviar o olhar, ele o soltou. — Peça desculpas a Michael.

— Desculpa — balbuciou Fredo sem muita convicção.

Atrás deles, a porta da casa se abriu e Sonny entrou no vestíbulo. Ele vestia o macacão de mecânico e trazia o rosto manchado de graxa da testa até o queixo. Carmella, que assistia a tudo junto à porta da cozinha, lançou um olhar para o marido.

Vito mandou os meninos subir para o quarto e só voltar para o jantar, um castigo para Fredo, mas um alívio para Michael, que teria subido de qualquer forma para ler alguma coisa ou brincar sozinho. Quando Sonny entrou na sala, Vito perguntou:

— Você veio lá do Bronx só para tomar banho aqui outra vez?

— E para filar a comida da mamãe também, claro. Além do mais, pai, se eu quiser tomar banho na minha casa, tenho que tomar na cozinha.

Desatando o avental, Carmella se juntou a eles.

— Olhe só para isso — comentou. — Graxa para todo lado!

— É o que acontece quando se trabalha numa oficina, mãe. — Sonny se inclinou para apertar Carmella num demorado abraço. — Vou subir para me limpar — avisou, olhando para Vito.

— Você vai ficar para o jantar? — perguntou Carmella.

— Claro, mãe — respondeu Sonny. — O que tem hoje? — perguntou já na escada, a caminho do quarto.

— Vitela à parmegiana.

— Quer dar uma olhada no cardápio? — interveio Vito. — Para ver se é isso mesmo que você quer?

— Se foi a mamãe que fez, é lógico que eu quero. Certo, mãe? — Sem esperar pela resposta, o rapaz desapareceu escada acima.

Carmella lançou a Vito mais um olhar preocupado assim que Sonny sumiu de vista.

— Vou falar com ele — declarou Vito baixinho, e se levantou da poltrona. Consultou o relógio que trazia no bolso do colete e viu que faltavam poucos minutos para as seis. A caminho da escada, ligou o rádio e lentamente passou de uma estação a outra até encontrar um noticiário; ouviu por alguns minutos, então seguiu com a busca na esperança de encontrar alguma ópera italiana. As notícias não falavam de outra coisa que não fosse a reforma política, as novas coalizões partidárias e o novo candidato a prefeito, um figurão napolitano, um *pezzonovante* apoiado pelos reformistas. Deparando-se com um comercial de Pepsodent, seguido do programa *Amos 'n' Andy*, ele ouviu o bastante para deduzir que Kingfish havia metido Andy numa confusão qualquer novamente, depois desligou o rádio e subiu para o quarto de Sonny. Bateu uma única vez à porta. O rapaz abriu uma fresta para ver quem era e só então escancarou a porta.

— Pai! — exclamou, naturalmente surpreso com a presença de Vito ali. Estava com o tronco nu, uma toalha jogada sobre o ombro.

— Então? Posso entrar?

— Claro. O que eu fiz? — perguntou Sonny, e deu passagem ao pai.

O quarto de Sonny era pequeno e simples: uma cama de solteiro junto à parede com um crucifixo acima da cabeceira, uma cômoda com um prato de cristal vazio ao centro, cortinas de musselina sobre as duas janelas. Vito sentou na cama e sinalizou para Sonny fechar a porta.

— Vista uma camisa — disse. — Quero conversar com você.

— Sobre o quê? — De uma das gavetas da cômoda, Sonny tirou uma camisa amarrotada e a vestiu. — Algum problema? — perguntou, abotoando-a.

Vito bateu a seu lado no colchão e falou:

— Sente-se aqui. Sua mãe está preocupada com você.

— Por causa do dinheiro — completou Sonny, já antevendo o que estava por vir.

— Exatamente — disse Vito. — Ela está preocupada por causa do dinheiro. Por acaso você não sente falta de uma nota de 50 dólares? Você esquece uma nota de 50 dólares no bolso das calças e nem pergunta sobre ela?

— Mamãe entregou o dinheiro para Tom, e Tom me contou. — Sonny sentou-se também. — Pai, se tivesse perdido 50 pratas, eu ia virar essa cidade de cabeça para baixo. Eu sei onde minha nota está, então... perguntar o quê?

— O que você está fazendo com uma nota de 50, Sonny? Isso é mais que duas semanas do seu salário.

— Mas eu quase não gasto com nada, pai! Venho comer aqui quase todo dia, meu aluguel é uma ninharia...

Vito cruzou as mãos sobre o colo e ficou esperando.

— Certo, certo — continuou Sonny. Saltou da cama, deu as costas ao pai, depois voltou a encará-lo. — Sábado à noite eu fui jogar pôquer com uns camaradas poloneses em Greenpoint. — Em sua defesa, ergueu um pouco a voz para dizer: — É um jogo entre amigos, pai! Geralmente perco só uns trocados... mas dessa vez me dei bem e ganhei essa grana! — Apertando as próprias mãos, insistiu: — É só um joguinho numa noite de sábado, pai!

— É isso que você faz com o dinheiro que ganha? — indagou Vito. — Você joga pôquer com um bando de polacos?

— Eu sei me cuidar.

— Você sabe se cuidar — repetiu Vito. Novamente apontou para a cama, dizendo ao filho para se sentar. — Está guardando algum dinheiro? Já abriu sua conta no banco como eu falei?

Sonny se jogou ao lado do pai e baixou os olhos.

— Não abriu — concluiu Vito. Beliscou o rosto do filho e Sonny se afastou. — Escute seu pai, Santino. As pessoas estão fazendo verdadeiras fortunas na indústria automobilística. Nos próximos vinte, trinta anos... — Ele espalmou as mãos como se dissesse que o céu era o limite. — Se você trabalhar duro, e eu posso dar alguma ajuda aqui e ali, quando chegar à minha idade, vai ter muito mais dinheiro do que seu pai jamais sonhou ter na vida. — Ele pousou a mão no joelho do filho. — Você precisa trabalhar pesado. Conhecer a indústria de baixo para cima. E no futuro vai poder contratar alguém para cuidar de mim quando eu não puder mais chegar sozinho ao banheiro.

Sonny se recostou na cabeceira da cama.

— Pai... Não sei se fui feito para isso.

— Para o quê? — perguntou Vito, surpreendendo-se com a irritação que deixara escapar no tom de voz.

— Para trabalhar como um escravo todo dia — respondeu Sonny. — Trabalho oito, dez horas para que Leo embolse 50 pratas, e depois ele me paga 50 centavos. Esse negócio é para um idiota qualquer.

— Você queria o quê? Começar como chefe? — argumentou Vito. — Quem comprou os equipamentos e as ferramentas, você ou Leo? Quem paga o aluguel, você ou Leo? O que está escrito naquela placa de rua, Oficina do Santino ou Oficina do Leo? — Vendo que Sonny não ia dizer nada, ele emendou: — Veja seu irmão Tom, filho. Ele já tem uma conta no banco com uma economia de algumas centenas de dólares. Além disso, trabalhou o verão inteiro para ajudar a pagar a faculdade. Tom sabe que precisa dar duro para subir na vida. — Vito apertou Sonny pelo queixo e o puxou para perto de si. — Ninguém chega a lugar nenhum nessa vida se não trabalhar duro! Lembre-se disso, Santino! — Quando enfim se levantou, Vito estava com o rosto vermelho. Abriu a porta do quarto e, olhando de volta para o filho, acrescentou: — Não quero mais ouvir essa história de que trabalho é coisa de idiota, *capisc'*? Aprenda com Tom, Santino. — Ele ainda lançou um olhar sério para Sonny antes de voltar ao corredor sem se dar ao trabalho de fechar a porta às suas costas.

Sonny se deixou cair na cama e esmurrou o ar como se fosse o rosto de Tom. O que Vito Corleone diria se soubesse que Tom Hagen, seu filhinho querido, andava trepando com uma puta irlandesa? Isso era algo que ele realmente gostaria de saber. Mas então, ao pensar naquilo — em Tom se metendo em apuros por causa da vadia de Luca Brasi —, Sonny não pôde conter um sorriso, então gargalhou, e isso desfez sua raiva. Ele deitou de costas, os braços cruzados sob a cabeça, um sorriso largo no rosto. O pai sempre usava Tom como exemplo de tudo — *Tom está fazendo isso, Tom está fazendo aquilo* —, mas questões como amor e fidelidade nunca eram postas em dúvida. Sonny era o filho mais velho de Vito. E, para um italiano, isso era tudo que bastava ser dito.

De qualquer modo, Sonny nunca conseguia alimentar qualquer raiva que pudesse ter de Tom por muito tempo. Em seu coração, Tom Hagen sempre seria o garoto que ele havia encontrado numa cadeira de três pernas, na calçada diante de seu prédio, onde o senhorio havia acabado de despejar todos os pertences do que costumava ser o lar do pequeno irlandês. No ano anterior a mãe dele morrera de tanto beber, e poucas semanas antes de ser despejado o pai tinha sumido. Pouco depois disso alguma entidade filantrópica da Igreja católica foi ao apartamento para resgatá-los, ele e a irmã, porém Tom fugiu antes que colocassem as mãos nele, e durante semanas perambulou pelos pátios ferroviários, dormindo nos vagões de carga e levando surras quando era descoberto pelos fornalheiros de plantão. Tudo isso era mais ou menos sabido por todos na vizinhança, e as pessoas diziam ao menino que o pai dele decerto estava bêbado em algum lugar, que cedo ou tarde acabaria voltando — mas o pai de Tom nunca voltou. Certa manhã o senhorio limpou o apartamento e jogou todos os móveis na rua. Lá pelo meio da tarde, todos os móveis já haviam desaparecido, menos a cadeira de três pernas e tralha sem nenhuma utilidade. Tudo isso aconteceu quando Sonny tinha 11 anos. Tom era um ano mais velho que ele, mas era apenas osso e pele, e não havia quem lhe desse mais de 10 anos. Sonny, ao contrário, parecia ter 14, não 11.

Michael seguia o irmão naquela tarde. Tinha 7 ou 8 anos à época, e eles estavam voltando do mercado com uma sacola de compras para o jantar. Foi Michael quem primeiro viu Tom. Puxou o irmão pela calça e falou:

— Sonny, olha.

Virando o rosto, Sonny viu o menino que cobria a cabeça com um saco de papel, sentado numa cadeira de três pernas. Johnny Fontane e Nino Valenti, dois dos garotos mais velhos do bairro, fumavam do outro lado da rua, alguns prédios mais à frente, sentados na escada. Sonny atravessou a rua, e Michael o puxou pela camisa para perguntar:

— Quem é aquele? Por que ele está com um saco na cabeça?

Sonny sabia que era Tom Hagen, mas não disse nada. Parou diante de Johnny e Nino e perguntou a Johnny o que estava acontecendo.

— É o Tom Hagen — respondeu Johnny, um garoto magro e bonito, com uma farta cabeleira negra penteada sobre a testa. — Ele acha que está ficando cego.

— Cego? — questionou Sonny. — Por quê?

— A mãe morreu, depois o pai... — interveio Nino.

— Eu sei, eu sei — interrompeu Sonny. E, para Johnny, perguntou: — Por que ele acha que está ficando cego?

— Como eu vou saber, Sonny? Vai lá perguntar para ele — devolveu Johnny. E acrescentou: — A mãe ficou cega antes de morrer. Talvez ele esteja achando que pegou a cegueira dela.

Nino riu, e Sonny desafiou:

— Você acha isso engraçado, Nino?

— Não ligue para ele — falou Johnny. — É um cabeça de vento.

Sonny deu um passo na direção de Nino, que ergueu as mãos, exclamando:

— Eu não falei por mal!

Michael novamente puxou o irmão pela camisa e disse:

— Vem, Sonny. Vamos embora.

Sonny deixou os olhos plantados em Nino por um instante, depois saiu andando com o pequeno Michael em sua cola. Parou diante de Tom.

— Que palhaçada é essa, garoto? Por que a sacola na cabeça? — Na ausência de uma resposta, levantou a borda do saco que cobria o menino e viu que ele tinha tapado os olhos com pedaços de gaze, já imundos, dos quais escorriam fiapos de pus e sangue coagulado. — O que diabos está acontecendo, Tom?

— Estou ficando cego, Sonny!

Eles mal se conheciam naquela época. Já haviam se falado uma ou duas vezes, não mais — apesar disso, Sonny percebeu um tom de súplica na resposta dele, como se ali estivesse um amigo de longa data, pedindo sua ajuda. Tom exclamara *Estou ficando cego, Sonny!* como alguém que parecia abandonar qualquer esperança ao mesmo tempo que implorava por salvação.

— *V'fancul'!* — murmurou Sonny. E rodopiou na calçada, como se aquela pequena dança pudesse lhe dar os poucos segundos de que precisava para pensar. Entregou as compras a Michael, passou os braços em torno de Tommy, ergueu-o com cadeira e tudo e saiu com ele rua afora.

— O que você está fazendo, Sonny? — quis saber Tom.

— Levando você para o meu pai.

E foi isso que Sonny fez. Com Michael de olhos arregalados às suas costas e carregando Tom, com cadeira e tudo, ele entrou em casa e se deparou com o pai, que conversava com Clemenza na sala. Vito, que era um homem de lendária sobriedade, arregalou os olhos como se fosse desmaiar.

Clemenza retirou o saco da cabeça do garoto, recuando um passo ao ver o sangue e o pus que pingavam das gazes.

— Quem é esse aí? — perguntou a Sonny.

— Tom Hagen.

Carmella veio para o cômodo e colocou a mão sobre a testa do menino. Inclinou a cabeça dele ligeiramente para ver melhor os olhos.

— *Infezione* — anunciou a Vito.

— Chame o Dr. Molinari — sussurrou Vito. Ele dava a impressão de estar com a garganta seca.

— O que você está fazendo, Vito? — perguntou Clemenza.

E Vito apenas ergueu a mão para que ele se calasse. Para Sonny, disse:

— Vamos cuidar dele. É seu amigo?

Sonny refletiu um segundo, depois respondeu:

— É, sim, pai. Quase um irmão.

Tanto à época quanto agora ele não fazia a menor ideia do que o havia levado a dizer aquilo.

Vito deitou os olhos sobre o filho e os deixou ali pelo que pareceu uma eternidade, como se tentasse ler o que estava escrito no coração. Em seguida, passou o braço pelos ombros de Tom e saiu com ele para a cozinha. Naquela noite, e pelos cinco anos seguintes, até sair de casa para morar no dormitório da faculdade, Tom dividiria o quarto com Sonny. Os olhos enfim ficaram curados. Ele ganhou peso. Durante todos os anos de colégio, foi o professor particular de Sonny — ajudando-o a resolver os problemas por conta própria quando possível, passando-lhe as respostas como último recurso.

Tom fazia de tudo para agradar Vito — mas nada que pudesse fazer jamais o tornaria filho do homem. E nada que pudesse fazer traria de volta o pai verdadeiro para criá-lo. Era por isso que Sonny não conseguia sentir raiva do rapaz, isso e a lembrança daquele dia em que o havia encontrado, com um saco na cabeça, sentado numa cadeira de três pernas, e o modo como tinha dito *Estou ficando cego, Sonny!*, uma lembrança que criara raízes em seu coração, sempre tão viva quanto se tivesse ocorrido no dia anterior.

Lá de baixo, da cozinha, a voz de Carmella navegava escada acima como uma canção.

— Santino! — havia berrado ela. — O jantar está quase pronto! Por que não estou ouvindo nenhuma água correndo?

Sonny berrou em resposta:

— Desço em dez minutos, mãe! — Já desabotoando a camisa, ele saltou da cama, foi para o armário, encontrou um roupão e o vestiu. Dos fundos de uma prateleira alta, pegou a caixa de chapéu que havia escondido ali e dela tirou um novo fedora, azul-claro, metendo-o sobre a cabeça. Em seguida foi para a cômoda, inclinou o espelho para ver melhor e se admirou nele. Baixou a aba até cobrir parte da testa, inclinou o chapéu um pouco para a direita. E abriu um belo sorriso de muitos dentes. Só então jogou o chapéu de volta na caixa e novamente a guardou no armário.

— Santino! — gritou Carmella.

— Estou indo, mãe! — respondeu Sonny, e desceu correndo para jantar.

Pouco após a meia-noite o Juke's já fervilhava com os figurões de smoking e cartola e as damas com vestidos de seda e casacos de pele. No palco, o trombonista apontava seu instrumento para o alto enquanto manejava a vara com uma das mãos e a surdina com a outra, o restante da banda o acompanhando em uma versão mais próxima do jazz de "She Done Him Wrong". O baterista se inclinava para a frente, com o rosto quase tocando a caixa, e nela tamborilava sua baqueta como se estivesse em outro mundo sonoro, apenas seu. Na pista de dança, casais se espremiam uns contra os outros, dando cotoveladas nos vizinhos, rindo e suando muito enquanto bebiam de frascos de prata ou de couro. Garçons passavam entre os colegas à medida que levavam bandejas de comida e bebida para os garbosos e as garbosas que ocupavam as dezenas de mesas espalhadas pelo amplo salão.

Sonny e Cork já bebiam havia horas, assim como Vinnie, Angelo e Nico. Stevie não aparecera, embora todos tivessem combinado de festejar no Juke's. Tanto Vinnie quanto Angelo estavam de smoking. Angelo tinha começado a noite com os cabelos meticulosamente penteados para trás, mas com o passar das horas, e das bebidas, algumas mechas já caíam para a testa. Nico e Sonny vestiam jaquetões de lapelas grandes e gravatas de seda, a de Nico verde, a de Sonny azul-clara, para combinar com o fedora. A maioria das mulheres já passava dos 20 anos, pouco ou muito, mas isso não impedia que os rapazes dançassem com elas, e agora, por volta da meia-noite, todos já estavam suados e em diferentes estágios de embriaguez. De colarinho aberto e gravata afrouxada, riam de qualquer piada contada. Com um terno de tweed, colete e gravata-borboleta, Cork era o menos elegante da gangue, porém o mais tonto.

— Cacete! — falou a certa altura, e informou o óbvio: — Senhores, estou empilecado até a alma!

— *Empilecado* — repetiu Sonny, saboreando a palavra. — Que tal a gente beber um café?

Cork se empertigou de repente.

— Café? — Tirou um cantil do bolso. — Por que eu iria tomar café se ainda tenho uísque maltado canadense, o melhor do mundo?

— Olha só o irlandês malandro! — comentou Nico. — Quantas garrafas você surrupiou para si mesmo?

— Ah, não enche, seu filho da puta lambedor de bunda de carcamano!

Desde a noite do roubo que o insulto de Stevie vinha sendo repetido por todos, sem falhar em arrancar gargalhadas, assim como agora. No entanto, Vinnie Romero parou de rir subitamente ao avistar Luca Brasi adentrando o clube.

— Rapazes — disse ele aos outros —, deem uma olhada naquilo.

Luca entrava com Kelly O'Rourke pendurada a seu braço. Estava de fraque e calças listradas, uma botoeira branca espetada à lapela. Kelly andava a seu lado com um sinuoso vestido de seda clara e um ombro só. Na altura dos quadris, um coração de diamante prendia algumas dobras do tecido, formando uma espécie de faixa. Eles foram seguindo o *maître d'hôtel* até uma das mesas da frente, junto ao palco. Assim que avistou Cork e os rapazes, que o observavam, Luca os cumprimentou com um aceno da cabeça, falou algo ao *maître* e foi ao encontro deles com Kelly.

— Ora, ora, se não é a gangue do tênis — saudou.

Em torno da mesa todos ficaram de pé, mas Luca apertou apenas a mão de Cork.

— Quem é o patife aí? — perguntou, olhando para Sonny.

— Esse patife aqui? — indagou Cork, dando uma cotovelada no amigo. — Apenas um penetra filando nossa bebida.

— Olá! — cumprimentou Sonny, coçando a cabeça, tentando aparentar o mais bêbado possível. — Mas que história é essa de "gangue do tênis"?

— Deixa para lá, não é nada — respondeu Cork. Para Luca, disse: — E esse anjo aí com você, quem é?

— Não é da sua conta — devolveu Luca, e fingiu esmurrar o queixo do irlandês.

— Sou a namorada dele — apresentou-se Kelly.

— Homem de sorte — comentou Cork, olhando para Luca.

Kelly passou o braço no de Luca e se apoiou nele. Olhando para Sonny, disse:

— Por acaso você não é amigo daquele garoto universitário, Tom alguma-coisa?

— Que garoto universitário? — quis saber Luca, sem dar chance para que Sonny respondesse.

— Só um garoto universitário — respondeu Kelly. — Por quê? Você não está com ciúmes de um fedelho na faculdade, está? Sabe que sou apenas sua. — E deitou a cabeça no ombro dele.

— Não estou com ciúmes de ninguém, Kelly — retrucou Luca. — Você já me conhece o bastante, não conhece?

— Conheço, meu amor — replicou Kelly, apertando o braço dele ainda mais forte. — Mas então, você é ou não é amigo de Tom?

— Tom alguma-coisa? — questionou Sonny. Enterrou uma das mãos no bolso do paletó e notou que Luca havia acompanhado seu gesto com o olhar. — É, eu conheço um garoto chamado Tom que está na faculdade.

— Diga a ele para me ligar — pediu Kelly. — Quero notícias dele.

— Ah, é? — interveio Luca, e correu os olhos pela mesa. — Mulheres... — comentou, como se dividisse com os rapazes algum conhecimento secreto sobre o gênero feminino. Para Kelly, chamou: — Vamos, boneca. — Ele abraçou a namorada pela cintura e saiu com ela, arrastando-a pelo salão.

Assim que julgou seguro, Nico se voltou a Sonny.

— Que merda foi essa agora?

— Isso mesmo, Sonny — emendou Cork. — Como a mulher conhece Tom?

Passeando os olhos pelo salão, Sonny viu que Luca o observava.

— Vamos dar o fora daqui — falou.

— Cacete! — exclamou Cork, e olhou para a saída. — Você vai primeiro, e não esquece: a gente não se conhece.

— Vamos ficar de olho no homem — anunciou Angelo.

Abrindo um sorriso, Sonny ficou de pé e Cork apertou a mão dele como se estivesse se despedindo de um qualquer. Sonny disse:

— Vou ficar esperando vocês no meu carro.

Calmamente ele saiu na direção da chapelaria, sem nenhuma pressa, sem dar a impressão de que estava fugindo. Uma moça com um chapeuzinho circular e meias arrastão cruzou seu caminho com uma bandeja de cigarros, e Sonny parou para comprar um maço de Camel.

— Você devia experimentar os Luckies — recomendou a moça, piscando os olhinhos para ele. — O fumo é tostado. — Sua voz era carregada de charme. — Para proteção da garganta e melhor sabor.

— Interessante — respondeu Sonny, fazendo o jogo dela. — Me dê um maço então, boneca.

— Pegue você mesmo — indicou ela, e estufou o peito, empurrando a bandeja na direção dele. — São tão redondinhos, tão firmes, tão gostosos...

Sonny jogou uma moeda de 25 centavos na bandeja.

— Pode ficar com o troco.

Ela agradeceu com uma piscadela e se afastou. Seguindo-a com os olhos, Sonny avistou Luca do outro lado do salão, debruçado sobre sua mesa ao lado de Kelly. Ele não parecia feliz.

— Tom, eu ainda mato você — sussurrou para si mesmo. Pegou seu casaco e seu chapéu antes de sair à rua.

As portas do Juke's davam para o lado oeste da rua 126, mais ou menos na altura da Lenox Avenue. Sonny parou diante de uma placa dobrável na calçada, abriu o maço de Lucky Strike e acendeu um cigarro. A placa anunciava uma apresentação de Cab Calloway com sua banda, na qual ele cantaria "Minnie the Moocher".

— Hi-de-hi-de-hi — cantarolou Sonny, e ergueu o colarinho do casaco para se proteger do vento frio. Ainda era outono, mas o vento já trazia consigo uma promessa de inverno. Atrás dele as portas do clube se abriram, cuspindo música para a rua. Um senhor grisalho, vestindo um sobretudo preto com gola de pele, saiu à calçada e acendeu um charuto.

— Boa noite — disse ele a Sonny, e perguntou: — Tudo bem?

Sonny o cumprimentou com um meneio de cabeça, mas não respondeu. Pouco depois também saiu um rapaz magricela, vestindo um suéter com estampa quadriculada. Ele olhou na direção do homem grisalho de sobretudo preto, e os dois foram embora caminhando juntos.

Sonny foi atrás deles até alcançar seu carro. Sentou-se ao volante, baixou a janela e alongou as pernas tanto quanto possível. Bebera o bastante para ficar razoavelmente tonto, mas havia recuperado boa parte da sobriedade ao se deparar com Kelly O'Rourke e ouvir dela a pergunta sobre Tom. Ele agora se lembrava daquela madrugada em que, espiando da avenida, tinha visto Kelly despontar nua à janela do apartamento, ficando ali apenas um segundo até que Tom se aproximasse para fechar as cortinas. No entanto, aquele segundo havia bastado para que ele admirasse o corpo daquela bela mulher, um sonho de branco e rosa encimado pelo escarlate dos cabelos. O rosto era redondo, com lábios muito vermelhos e sobrancelhas angulosas — e, apesar da distância, do outro lado da Décima Primeira Avenida, e das vidraças que os separavam, ele pensou ter percebido na expressão dela uma centelha de raiva.

Sonny ficou se perguntando até que ponto Kelly O'Rourke realmente representava um perigo. Afastou o chapéu e coçou a cabeça, cogitando qual seria o jogo dela. Provocar ciúmes em Luca? Era só isso que ocorria a ele. Kelly havia usado Tom para deixar o namorado com ciúmes. Mas por que Tom? E como ela poderia saber que eles se conheciam? Aliás, como ela o conhecia? Foi aí que sua cabeça deu um nó. As mulheres eram sempre difíceis de entender, tudo bem, mas como aquela não havia igual. E se papai ficasse sabendo daquilo... *Madon'!* Ele não queria ser Tom. Vito tinha planos para todos os filhos. Tom se formaria em direito e entraria para a política. Sonny seria um poderoso industrial. Michael, Fredo e Connie ainda eram novos demais para terem seus respectivos futuros escolhidos — mas o tempo cuidaria disso. Todos teriam que cumprir os desígnios paternos — exceto Sonny, que não estava disposto a seguir por muito tempo naquele seu trabalho escravo na oficina de Leo. Ele precisava encontrar um meio de comunicar isso ao pai. Sabia o que queria fazer, conhecia os próprios talentos e a própria vocação. Fazia menos de um ano que ele conseguira arregimentar sua gangue, mas já era proprietário de um carro, de todo um guarda-roupa novo e de alguns milhares de dólares escondidos num colchão.

— Ei! — Cork bateu à janela do passageiro e logo saltou para o banco, sentando-se ao lado de Sonny.

— *Minchia!*[12] — Sonny pulou de susto quando Cork apareceu e precisou endireitar o chapéu, que havia caído para o lado.

Nico e os irmãos Romero chegaram em seguida e se espremeram no banco de trás.

— Agora fala — pediu Nico. — O que diabos foi aquilo no clube?

Sonny se retorceu de modo que pudesse olhar para o grego.

— Você não vai acreditar — começou, e depois explicou o que havia acontecido entre Tom e Kelly.

— *Caramba!* — exclamou Vinnie. — Tom comeu aquele pitéu!

— Se Luca ficar sabendo... — disse Cork.

— Nem seu pai vai poder salvar o coitado — acrescentou Nico.

— Mas o que será que ela pretende? — perguntou Sonny a Cork. — Se ela contar para Luca, é bem provável que ele a mate também.

— *Bem provável?* — questionou Angelo. — Eu apostaria todas as minhas fichas nisso.

— Então, o que você acha? — insistiu Sonny com Cork.

— Sei lá, porra. — Cork murchou no banco, cobrindo os olhos com o chapéu. — A situação é bastante confusa. — Ficou mudo por um tempo, e todos se calaram também, esperando que uma resposta viesse a qualquer

---

[12]Exclamação obscena; literalmente "Caralho!".

instante. — Estou bêbado demais para pensar no assunto — concluiu, afinal. — Sonny Boy... Faça um favorzão para esse seu amigo e o leve para casa, pode ser?

— Muito bem, senhores... — Sonny se empertigou ao volante. Cogitou advertir que nenhum deles desse com a língua nos dentes com relação a Tom e Kelly, mas achou que não seria necessário. Dos três, Nico era o mais falastrão, porém praticamente mudo fora do círculo da gangue. Inclusive havia sido escolhido em parte por causa disso. Quanto aos gêmeos, todos sabiam que conversavam apenas entre si, e mesmo assim muito pouco. Cork de fato não tinha travas na língua, mas era esperto, dificilmente faria alguma besteira. — Vou deixar a princesinha em casa.

— A gente vai ficar sumido por um tempo, não vai? — perguntou Nico.

— Claro — respondeu Sonny. — Como a gente sempre faz depois de cada serviço. Não estamos com pressa.

Vinnie deu um tapinha no ombro dele e saiu para a calçada.

— Nos vemos por aí, Cork — despediu-se Angelo, e foi atrás do irmão.

Antes de sair, Nico também se despediu do irlandês e disse a Sonny:

— Leve esse filho da puta lambedor de bunda de carcamano para casa.

— Cacete — resmungou Cork. — Eu já não aguento mais essa piada...

Sonny começou a dirigir para a rua 126.

— Merda — disse. — Eu trabalho amanhã.

Cork jogou o chapéu no banco e deitou a cabeça contra a janela. Parecia uma criança sonolenta durante um passeio de carro, os cabelos amassados de um jeito estranho por causa do chapéu.

— Você viu os peitos daquela chapeleira? — comentou. — Minha vontade era pular neles e ficar nadando lá até me afogar.

— Lá vamos nós...

Cork arremessou o chapéu contra Sonny.

— Está reclamando do quê? — perguntou. — Nem todo mundo tem esse monte de bonecas que você tem a seus pés. Alguns de nós precisam contar com a imaginação.

Sonny arremessou o chapéu de volta, dizendo:

— Não tenho um monte de bonecas aos meus pés.

— Não tem, o cacete. Quantas vezes você trepou essa semana? Vai, confessa aí. Pode confiar no seu amigo Cork. — Vendo que não receberia resposta, disse: — E aquela pequena na mesa ao lado da nossa? Jesus. Aquilo não era uma bunda, era a traseira de um ônibus!

Sonny riu a contragosto. Não queria incentivar o amigo naquela conversa sobre mulheres.

— Para onde você está me levando? — perguntou Cork.

— Para sua casa, como pediu.

— Que nada. — Cork jogou o chapéu para o alto e tentou deixar que ele caísse sobre sua cabeça. Não conseguindo, tentou de novo. — Não quero voltar para casa. Faz uma semana que não lavo aquela porcaria de louça. Me leve para a casa de Eileen.

— Já é madrugada, Cork. Você vai acordar Caitlin.

— Caitlin dorme feito pedra. É Eileen que eu vou acordar, mas ela não vai ligar. Adora o irmãozinho dela.

— Claro — concordou Sonny —, porque você é o único que sobrou.

— Isso é coisa que se diga, rapaz? Ela tem Caitlin e mais uns quinhentos Corcorans espalhados pela cidade com os quais ela tem algum parentesco, imediato ou distante.

— Tudo bem. — Sonny parou diante de um sinal vermelho, debruçou-se sobre o volante para ver melhor as ruas transversais, depois seguiu em frente.

— É isso aí — comentou Cork. — Um motorista responsável.

— Eileen diz toda hora que você é tudo que resta para ela...

— Coisa de irlandês. A gente é chegado num drama. — Cork refletiu um pouco, depois disse: — Por acaso você pensa na possibilidade de um de nós morrer? Num serviço qualquer.

— Não — respondeu Sonny. — Somos à prova de bala.

— Eu sei, mas você pensa ou não?

Sonny não se preocupava com isso, de que ele ou um dos garotos fosse morto durante um serviço. Da maneira como planejava as coisas, se todos fizessem o que tinham que fazer — e todos *faziam* —, então não haveria nenhum problema. Olhando para Cork, ele disse:

— É com meu pai que me preocupo. Ouvi umas coisas aí, e, pelo que me disseram, ele está meio encrencado com Mariposa.

— Que nada — refutou Cork. — Seu pai é esperto demais, e tem um exército inteiro o protegendo. Pelo que sei, a gangue de Mariposa é um bando de retardado tentando foder com uma maçaneta.

— De onde você tira essas idiotices, rapaz?

— Tenho imaginação! — gritou Cork. — Se lembra do quinto ano? Da Sra. Hanley? Cara de repolho amassado? Toda hora ela puxava minha orelha e dizia: "Você tem muita imaginação, Bobby Corcoran!"

Sonny estacionou o carro diante da confeitaria dos Corcorans. Ergueu os olhos para os apartamentos que ficavam acima da loja e, como já esperava, deparou-se com todas as luzes apagadas. Eles estavam na esquina da 43 com a Décima Primeira Avenida, sob a luz de um poste. Ao lado da confeitaria, uma grade de lanças pontiagudas protegia um prédio de apartamentos de dois andares e fachada de tijolos vermelhos. O mato crescia entre as lanças de ferro, e o lixo se espalhava pelo pequeno quintal em torno dos degraus de pedra que levavam à entrada do prédio. As janelas e a borda do telhado eram emolduradas por lajes de granito que no passado poderiam ter dado um toque decorativo, mas que agora estavam encardidas, perfuradas e rachadas. Cork não demonstrava nenhuma pressa para descer, e Sonny não se importava de ficar ali, esperando no silêncio da rua.

— Você sabia que o pai de Nico perdeu o emprego? — indagou Cork. — Se não fosse por Nico, a família já estaria na fila do pão.

— E onde Nico diz que está arrumando o dinheiro?

— Ninguém pergunta nada — disse Cork. — Escuta, eu estava esperando a hora certa para contar: Hooks não quer mais que a gente roube Mariposa, e se a gente atacar mesmo assim ele falou que é para não usarmos Luca como receptor.

— Por quê?

— Perigoso demais. Mariposa está com uma pulga atrás da orelha por causa dos roubos. — Cork olhou para a rua, depois para Sonny. — A gente vai ter que fazer um assalto, um sequestro, algo assim...

— Ficou maluco? Nós não sequestramos! — replicou Sonny. — Olha, deixa comigo. Vou pensar em alguma coisa.

— Tudo bem — disse Cork. — Mas não pode demorar. Comigo está tudo certo, mas os Romeros... A família inteira vai para a rua se os gêmeos não entrarem com algum dinheiro.

— Meu Deus, nós somos o que agora? — perguntou Sonny. — A Public Works Administration?

— A gente faz parte do National Recovery Act.

Sonny olhou para Cork, e os dois caíram na gargalhada.

— Somos o New Deal! — declarou Sonny, ainda rindo.

Cork puxou o chapéu para cobrir os olhos.

— Cacete. Eu estou muito bêbado.

Sonny suspirou e disse:

— Preciso falar com o papai. Essa história de trabalhar na oficina está me matando.

— O que você vai dizer a ele? — perguntou Cork sob o chapéu, que havia escorregado rosto abaixo. — Que você quer ser um gângster?

— Eu sou um gângster — falou Sonny —, e ele também. A única diferença é que ele finge ser um empresário legítimo.

— Ele é um empresário legítimo — devolveu Cork. — Dono da Companhia de Azeite Genco Pura.

— É verdade. E é melhor todos os mercados da cidade comprarem o azeite dele ou então terem seguro contra incêndio.

— Tudo bem. O velho é um empresário sanguinolento — concedeu Cork. Ergueu-se no banco, endireitou o chapéu e prosseguiu: — Mas, companheiro, ninguém pode negar que ele é um empresário de sucesso, pode?

— Não, claro que não. Mas empresários legítimos não se envolvem com loterias, cassinos clandestinos, agiotagem, sindicatos e toda essa merda que o papai faz. Por que ele tem que fingir ser uma coisa que não é? — Sonny se recostou no banco e fitou Cork como se realmente esperasse uma resposta dele. — Papai age como se pessoas que cruzassem o caminho dele não aparecessem mortas. Se isso não é ser um gângster...

— Quer saber? — disse Cork. — Para mim não tem diferença nenhuma entre um empresário e um gângster. — Abrindo um sorriso, e com os olhos brilhando, emendou: — Você viu os Romeros com aquelas metralhadoras? Meu Jesus Cristo... — Posicionando as mãos como se segurassem uma metralhadora, gritou: — *Essa é a sua última chance, Rico! Vai sair daí ou quer que a gente vá buscar?* — Então foi disparando sua arma imaginária ao mesmo tempo que balançava no banco, batendo contra o painel do carro, a porta e o encosto.

Sonny desceu à calçada e, rindo, falou:

— Anda, vem. Daqui a poucas horas preciso estar no trabalho.

Cork desceu também, mas revirou os olhos.

— Cacete! — E deixou o corpo cair contra a lataria do carro. — Merda! — berrou. Em seguida correu até a grade de ferro, apertou as mãos nas lanças e baixou a cabeça para vomitar no mato.

Uma janela se abriu sobre a confeitaria, e Eileen passou a cabeça por ela.

— Ah, pelo amor de Deus... — disse ela. Os cabelos eram tão lisos quanto os do irmão e tinham o mesmo tom de areia. Na penumbra, os olhos pareciam escuros.

Sonny abriu os braços num gesto que dizia: *O que eu posso fazer?*

— Ele pediu que eu o trouxesse para cá — explicou, tentando não gritar e ainda assim ser ouvido.

— Suba com ele — pediu Eileen, e fechou a janela.

— Já estou bem. — Cork ergueu o tronco e respirou fundo. — Não precisa subir comigo — avisou a Sonny. — Agora estou melhor.

— Tem certeza?

— Tenho — assegurou Cork. Enterrou uma das mãos num bolso do paletó e retirou um molho de chaves. — Pode ir. — E dispensou Sonny com um aceno.

Sonny observava enquanto ele lutava para encontrar a chave certa e encaixá-la na fechadura.

— *Cazzo!* — exclamou. — Quanto você bebeu?

— Abra essa porta para mim, amigão — pediu Cork. — É só você resolver o mistério desse portão, depois eu me viro sozinho.

Sonny tomou as chaves dele e abriu o portão.

— A porta do prédio vai estar trancada também.

— *Aye*, é verdade — disse Cork, que vez ou outra ressuscitava seu irlandês.

— Venha. — Sonny o conduziu pela cintura até as escadas.

— Sonny Corleone! — falou Cork, alto demais. — Isso, sim, é um bom amigo!

— Fecha essa matraca, garoto. Assim você vai acordar o prédio inteiro.

Eileen podia ouvir a dupla subindo os degraus enquanto abria uma fresta na porta do quarto de Caitlin para espiar a filha, que dormia profundamente, abraçada a uma surrada girafinha amarela que por algum motivo desconhecido ela havia chamado de Boo. Caitlin se apegara ao bichinho logo depois da morte do pai, James. Desde então o arrastava aonde quer que fosse, e o pano já estava puído e desbotado de tal forma que ninguém diria se tratar de uma girafa — no entanto, o que mais poderia ser aquela criatura desengonçada e pescoçuda que habitava os braços de uma criança?

Eileen puxou as cobertas na cama da filha e ajeitou os cabelos dela.

Na cozinha, lavou a cafeteira e tirou do armário uma lata de Maxwell House. Quando a porta se abriu às suas costas e Sonny entrou na cozinha praticamente carregando Cork, ela se virou para eles e colocou as mãos na cintura.

— Vocês dois... Olhe só para isso!

— Poxa, mana — engrolou Cork, desvencilhando-se de Sonny, que só então pôde se aprumar. — Estou bem — Tirou o chapéu e tapou a boca da copa.

— Você não me parece nada bem.

— Saímos para festejar um pouco, só isso — explicou Sonny.

Eileen o encarou com um olhar férreo, e para o irmão disse:

— Está vendo aquilo? — Ela apontava para um jornal sobre a mesa da cozinha. — Guardei para você ver. — Eileen olhou para Sonny. — Para vocês verem.

Cork cambaleou até a mesa, debruçou-se sobre o jornal e examinou de perto a foto estampada na primeira página, a de um rapaz muito bem-vestido e caído na calçada, o sangue escorrendo para o meio-fio; um palheta jazia ao lado do corpo.

— Ah, esse *Mirror*... — comentou Cork. — Sempre atrás de uma desgraça qualquer.

— Mas essa desgraça aí não tem nada a ver com você, tem? — perguntou Eileen.

— Poxa, mana — disse Cork, e virou o jornal para esconder a foto.

— Sem essa de *mana* — devolveu a mulher. — Eu sei o que você anda fazendo. — Ela desvirou o jornal. — É nesse tipo de negócio que anda se metendo. É assim que você vai acabar.

— Poxa, mana — repetiu Cork.

— E eu não vou derramar uma lágrima sequer, Bobby Corcoran!

— Acho que já vou indo — declarou Sonny junto à porta, chapéu à mão. Eileen olhou para ele, e a dureza do olhar se desmanchou um pouco.

— Vou passar um café — anunciou ela. Deu as costas para os garotos e vasculhou a bagunça da pia à procura de um bule.

— Para mim, não — recusou Cork. — Estou exausto.

— Preciso acordar cedo para trabalhar — justificou-se Sonny.

— Tudo bem, faço o café para mim mesma — falou Eileen, e olhou para o irmão. — Agora que você me acordou, não vou conseguir dormir de novo.

— Poxa, mana, eu só queria ver Caitlin e tomar o café da manhã com ela. — Cork tirou as mãos da mesa, onde vinha se apoiando, contornou-a e deu um passo na direção da pia, mas tropeçou. Foi amparado por Sonny antes que caísse no chão.

— Tenha santa paciência! — exclamou Eileen. E para Sonny disse: — Leve-o lá para o quarto dos fundos, por favor. A cama já está arrumada.

— Você é um anjo, mana. Mas estou bem, juro — tranquilizou-a Cork, e aprumou o chapéu que havia tombado com o tropeço.
— Ótimo — falou Eileen. — Então vê se dorme um pouco, Bobby. Faço seu café quando você acordar.
— Obrigado. Boa noite, Eileen — despediu-se Cork. Virando-se para Sonny, assegurou: — Estou bem, pode ir embora. A gente se fala amanhã.
— Deu um passo cuidadoso na direção da irmã e a beijou no rosto, mas foi ignorado. Então cambaleou até o quarto e fechou a porta.

Sonny esperou até ouvi-lo despencar na cama. Em seguida se adiantou até a pia e cerrou Eileen num abraço. Afastando-o, ela sussurrou:
— Você ficou maluco? Com meu irmão num quarto e minha filha no outro? Perdeu o juízo, Sonny Corleone?
— Perdi, boneca. Por sua causa — sussurrou ele de volta.
— Shhhh — disse Eileen, embora ambos estivessem falando baixo. — Vai embora, vai. Volte para sua casa. — E empurrou Sonny em direção à porta.

No corredor ele disse:
— Quarta-feira de novo?
— Quarta-feira — respondeu Eileen, e espiou no corredor para ver se havia mais alguém. Vendo que estavam sozinhos, deu um beijinho nos lábios de Sonny. — Agora some daqui. E dirija com cuidado.
— Quarta-feira — sussurrou Sonny.

Eileen o seguia com os olhos enquanto ele descia as escadas com o chapéu na mão, pulando os degraus de dois em dois. Era um homem grande e de ombros largos, com uma bela cabeleira de caracóis negros. Ao sopé da escada, Sonny recolocou o chapéu e baixou a aba sobre os olhos. A luz que atravessava as vidraças da porta incidia sobre o azul-claro da copa, e, naquele instante, era um astro de cinema quem estava ali. Um moreno alto, bonito e misterioso. Tudo, menos um rapazote de 17 anos que tinha sido amigo do irmão dela desde que ambos andavam de calças curtas.

— Meu Deus — suspirou Eileen, uma, duas, três vezes, ainda no corredor. — Ah, Jesus — disse, e voltou ao apartamento para trancar a porta.

5

Kelly martelava os trilhos inferiores da janela na tentativa de arrancar a tinta que a emperrava. Ficou nisso por um tempo, alheia ao barulho que fazia, depois deixou o martelo no chão e novamente tentou abrir a janela. Quando ela não conseguiu, lançou um palavrão, deixou o corpo cair num banquinho de madeira e contemplou suas possibilidades. O vento fazia as vidraças chacoalharem, vergando as muitas árvores do quintal. Ela estava na casa de Luca Brasi, em Long Island, não muito longe da West Shore Road, em Great Neck, que levava ao centro da cidade. A casa de Brasi em nada lembrava o cubículo de Hell's Kitchen no qual ela havia crescido com os três irmãos mais velhos, porém ainda assim trazia de volta à lembrança a vida que tinha ali, servindo os irmãos e os pais como se tivesse nascido escrava, só porque era uma menina. Tudo naquela pocilga era imundo ou velho, graças ao traste do pai, que mijava onde lhe dava na telha, empesteando o ar, e à mãe, que não era muito melhor. Aquilo não era lugar para uma moça. Além disso, o que recebia em troca por preparar diariamente o café, o almoço e o jantar? Um tapa da mãe e alguma palavra ríspida de todos os homens, exceto Sean, que era um bebezão. Eles achavam que tinham se livrado dela ao ficar sabendo do namoro com Luca Brasi — ao jogá-la na rua como se fosse um saco de lixo —, mas era ela quem se livrara deles. Teria ido longe na vida se a tivessem deixado. Era bonita o bastante para estar no cinema, todos diziam isso. Mas precisava fugir de pocilgas como aquela. Luca tinha isso a oferecer, ninguém o superava em valentia, e agora ela estava esperando um filho dele — embora ele ainda não soubesse. Luca poderia subir na vida, levando-a consigo, e tudo seria perfeito não fosse aquela falta de ambição que por vezes a tirava do sério. Olhe só para esse lugar, pensava com irritação, está caindo aos pedaços!

Ele morava numa antiga casa de fazenda, quase centenária. Os cômodos eram todos enormes, com pé-direito alto e janelas grandes, mas as vidraças pareciam ondular um pouco, como se estivessem derretendo. Sempre que ia para lá, Kelly precisava lembrar a si mesma que a cidade ficava apenas a meia hora dali. Sentia-se num mundo diferente, com bosques por toda parte, estradas de cascalho e uma praia deserta à margem da baía de Little Neck. Gostava de fazer caminhadas à beira d'água, depois voltar e parar diante da casa, imaginando como poderia ficar após alguma reforma. O caminho da entrada, de cascalho, poderia ser pavimentado. A pintura branca, já cheia de rachaduras e bolhas, poderia ser raspada para ceder lugar a um azul-claro que daria novo frescor à fachada de tábuas sobrepostas. O interior também precisaria ser repintado, e o piso, reenvernizado — mas com algum trabalho a casa se tornaria adorável, e Kelly gostava de ficar ali, admirando-a e imaginando o que o futuro lhe guardava.

Mas agora ela só queria abrir a tal janela para ventilar a casa. No porão, uma velha fornalha de carvão fremia e bramia para produzir calor. Os radiadores chiavam e engasgavam nos cômodos, e, quando a fornalha enfim começava a funcionar, a casa inteira tremia com o esforço descomunal para se manter aquecida. Como se isso não bastasse, era impossível regular a temperatura. Quando não estava gelada, a casa era quase um forno, e aquela manhã era a vez do forno — muito embora ventasse e fizesse frio do lado de fora. Kelly apertou o roupão em torno da cintura, foi para a cozinha e avistou uma faca de açougueiro ao lado da pia. Cogitou usá-la para raspar a tinta da janela, mas Luca já descia do quarto e chegou pouco depois, descalço e sem camisa, usando apenas a parte de baixo do pijama listrado. Os cabelos curtos e negros estavam achatados do lado direito por causa do travesseiro, e o rosto estava todo amassado.

— Você está engraçado, Luca — comentou Kelly.

Ele se jogou numa das cadeiras da cozinha.

— Que barulheira era aquela agora há pouco? — perguntou. — Achei que alguém estivesse tentando arrombar a porta.

— Era eu — respondeu Kelly. — Quer que eu prepare alguma coisa?

Luca deixou a cabeça cair entre as mãos e massageou as têmporas.

— O que a gente tem? — indagou, olhando para a mesa vazia.

Kelly abriu o refrigerador.

— Temos ovos e presunto — avisou. — Posso fazer ovos mexidos, quer?

Luca fez que sim com a cabeça.

— Mas o que eram aquelas batidas? — inquiriu novamente.

— Eu estava tentando abrir uma janela. Está muito quente aqui. Nem consegui dormir direito por causa do calor. Por isso me levantei.

— Que horas são afinal?

— Por volta das dez.

— Merda — xingou Luca. — Detesto acordar antes do meio-dia.

— Eu sei — falou Kelly —, mas o calor está insuportável.

Luca olhou para ela como se estivesse tentando lê-la.

— Você vai fazer café?

— Claro, meu amor. — Kelly abriu o armário sobre a pia e de lá tirou um pacote de café Eight O'Clock.

— Por que não abriu a janela do quarto? — perguntou Luca. — Aquela é fácil de abrir.

— Porque aí ia ficar ventando em cima da gente. Achei que, abrindo uma das janelas aqui de baixo, a casa inteira ficaria mais fresca.

Luca virou o rosto e correu os olhos pela sala vazia atrás da cozinha. Viu o banquinho de madeira junto da janela, o martelo abandonado no chão. Então se levantou, foi até lá e com as palmas das mãos começou a sacudi-la pelo caixilho. Pouco depois a folha inferior enfim se destravou, e Luca foi atropelado pelo vento frio que invadiu a sala e soprou até a cozinha. Então baixou um pouco a folha, deixando apenas uma fresta. Quando retornou à mesa, notou um sorriso no rosto de Kelly.

— O que foi?

— Nada — respondeu Kelly. — É que... você é tão forte...

— Sou, é? — falou Luca. Os cabelos de Kelly estavam especialmente vermelhos sob a luz que atravessava a janela da cozinha. Ela estava nua sob o roupão, os seios recheando o amplo decote entre as lapelas atoalhadas que caíam dos ombros. — E você é uma delicinha de dar água na boca.

Radiante, Kelly abriu um sorriso sedutor antes de quebrar dois ovos numa frigideira e mexê-los com o presunto fatiado, como o namorado gostava. Isso feito, colocou diante de Luca o prato com os ovos e um copo de suco de laranja.

— Você não vai comer nada? — perguntou ele.

— Não estou com fome — disse Kelly, e foi preparar o café. Colocou o bule de água sobre a trempe, aumentou o fogo e ficou ali, esperando ferver.

— Você come muito pouco — observou Luca. — Se continuar assim, vai ficar magrela demais.

— Luca — falou, virando-se para ele e se recostando no fogão. — Andei pensando...

— Lá vem. — Ele atacou os ovos mexidos.

— Escuta. — Kelly tirou um maço de Chesterfield do bolso do roupão e acendeu um cigarro no fogo da trempe. — Andei pensando. — Exalou uma baforada de fumaça contra a luz da janela. — Todo mundo sabe que nessa cidade inteira não tem ninguém mais durão que você. Nem mesmo Mariposa, embora, claro, ele seja poderoso. Praticamente manda na cidade.

Luca parou de comer. Parecia estar se divertindo com aquilo.

— O que você sabe dessas coisas? — quis saber. — Por acaso andou metendo o nariz onde não foi chamada?

— Sei de muita coisa. Volta e meia escuto algo.

— E daí?

— E daí que... na minha opinião você bem que podia assumir as rédeas disso tudo, Luca. Quem é mais valente que você? — A água ferveu, ela passou o café e deixou que esfriasse por alguns minutos.

— As rédeas são minhas. Faço as coisas do jeito que quero.

— Eu sei. — Kelly se posicionou atrás de Luca, massageando os ombros dele. — Claro, você faz um assalto aqui, outro ali, tem umas bancas de apostas por aí... Você faz um pouco de tudo que tem vontade, para você e para os seus rapazes.

— Exatamente.

— Mas o que estou dizendo, Luca, é que devia se organizar. Você deve ser o único italiano em Nova York que ainda está operando sozinho. O restante, todo mundo trabalha junto. E eles fazem uma fortuna comparado a você.

— Isso também é verdade. — Luca parou de comer e pousou a mão sobre a de Kelly, onde ela massageava seus ombros. — Mas o que você está esquecendo, boneca, é que aqueles caras, todos eles recebem ordens de alguém. — Luca se virou na cadeira, passou os braços pela cintura dela e a beijou na barriga. — Aqueles caras... mesmo alguém como aquele filho da puta do Mariposa... até o filho da puta recebe ordens. Se o amigo dele, Al Capone, mandá-lo tirar o chapéu para cagar dentro, ele tira o chapéu e caga dentro. Os outros também. Todo mundo recebe ordens de alguém. Agora eu... eu, não. Só faço o que me dá vontade. E ninguém, nem Giuseppe Mariposa nem Al Capone nem ninguém me diz o que fazer.

— Eu sei — concordou Kelly, correndo os dedos pelos cabelos de Luca. — Mas por outro lado você fica fora das grandes boladas. Fica fora da grana alta, baby.

— O que foi? Por acaso não cuido direitinho de você? Não compro boas roupas, joias caras? Não pago seu aluguel? Não dou dinheiro para você gastar? — indagou Luca, e voltou a comer sem esperar uma resposta.

— Ah, você é tudo na minha vida. E sabe disso. — Kelly o beijou no ombro. — Você sabe que eu te amo, não sabe, baby?

— Já disse para não me chamar de "baby". Eu não gosto. — Luca depôs o garfo e sorriu para Kelly, dizendo: — A rapaziada fica caçoando nas minhas costas quando ouvem você me chamando de "baby", entendeu?

— Claro. Esqueci, só isso. — Kelly se serviu uma xícara de café, sentou-se à mesa diante de Luca e ficou observando o namorado enquanto ele comia. Depois de um tempo buscou o cinzeiro de plástico que havia deixado sobre o refrigerador, apagou seu cigarro e voltou com o cinzeiro para a mesa, deixando-o ao lado da xícara. Levantou-se de novo, acendeu mais um cigarro na trempe do fogão, voltou à mesa. — Sabe o que é... Poxa, amor, aquele quarto é praticamente o único cômodo da casa que está mobiliado. Uma cama é praticamente tudo que tem nessa casa inteira.

Luca terminou os ovos. Olhou para Kelly, mas não disse nada.

— A gente bem que podia arrumar essa casa, ela ia ficar linda — comentou Kelly com tato, mas sem largar o osso. — Outro dia vi no catálogo da Sears um jogo de sofá e poltronas que ficaria perfeito ali na sala. A gente também podia, sei lá, colocar umas cortinas nas janelas e...

— Gosto da minha casa do jeito que ela está — interrompeu Luca. — Já falei isso. — Tirou um dos cigarros de Kelly, acendeu-o com um palito de fósforo riscado na parede da cozinha. — Não comece, por favor. Largue um pouco do meu pé, mulher. A gente mal saiu da cama e você já vem com essa choradeira.

— Não é choradeira — retrucou Kelly, mas, assim que percebeu o tom choroso em que o dissera, teve raiva de si mesma, firmou a voz e repetiu: — Não é choradeira. Luca, as coisas mudam, é só isso que estou dizendo. As coisas não podem ficar para sempre do jeito que estão.

— Ah, não? — questionou Luca, batendo as cinzas do cigarro. — Do que exatamente você está falando, boneca?

Kelly se levantou da mesa e foi se recostar no fogão.

— Você não arruma essa casa, Luca, porque praticamente mora com a sua mãe. Dorme lá mais do que dorme aqui. Come lá o tempo todo. É como se ainda morasse com ela.

— E o que você tem a ver com isso, Kelly? — perguntou Luca, beliscando a ponte do próprio nariz. — Que diferença faz para você onde eu durmo ou como?

— Bem, é que... Não dá para continuar assim.

— Por que não? — devolveu Luca. — Por que não dá para continuar assim?

Kelly sentiu as lágrimas ameaçando cair, então deu as costas ao namorado, foi para a janela e ficou olhando para o que havia do outro lado dela: o caminho de cascalho, a estrada mais adiante, os bosques que margeavam a estrada.

— Só o que tem aqui é uma cama grande — repetiu, mas sem tirar os olhos da janela, dando a impressão de que falava consigo mesma. Virou-se apenas quando ouviu Luca arrastando a cadeira para se levantar e apagar o cigarro no cinzeiro. — Às vezes acho que essa casa não passa de um esconderijo e de um lugar para você trazer as suas putas. É isso, não é, Luca?

— Isso é você quem está dizendo. — Luca empurrou o cinzeiro para o outro lado da mesa. — Vou voltar para a cama. Talvez você esteja mais bem-humorada quando eu me levantar.

— Não estou de mau humor — rebateu Kelly, e foi atrás dele, vendo-o subir as escadas que levavam ao quarto. Parando na base da escada, ela gritou: — Quantas putas você tem afinal? Só por curiosidade, Luca, só isso! — Esperou por uma resposta, que não veio, depois ouviu o rangido das molas quando ele se jogou na cama. Subitamente a fornalha voltou a roncar no porão, os radiadores começaram a chiar e engasgar. Só então Kelly subiu para o quarto e parou à porta. Luca estava deitado na cama de costas com as mãos cruzadas sob a nuca. No criado-mudo, um copo d'água descansava ao lado do telefone preto cujo receptor estava pendurado ao lado do disco. Luca olhava na direção da janela, para as árvores que balançavam ao sabor do vento.

— Nem comece — foi logo dizendo. — Tenha paciência, Kelly. É cedo demais.

— Não estou começando nada — rebateu, olhando para os braços compridos e musculosos do italiano, tão brancos que contrastavam com a madeira escura da cabeceira; sob a coberta os pés formavam um volume pontudo na extremidade do colchão, tocando o pé da própria cama. — Eu só queria saber, Luca. Quantas putas você traz para cá?

— Kelly... — Luca fechou os olhos como se precisasse desaparecer por alguns segundos. Ao reabri-los, declarou: — Você sabe que não trago ninguém para cá, minha linda. Só você e mais ninguém.

— Quanta consideração — falou em resposta, e juntou as lapelas do roupão atoalhado, apertando-as como se precisasse delas para ficar de pé. — Então me diga: aonde você leva essas vagabundas? Para um daqueles puteiros da cidade?

Luca riu e esfregou os olhos com as palmas das mãos.

— Gosto muito daquele que fica na Riverside Drive — respondeu. — O da madame Crystal, conhece?

— Como eu iria conhecer? — gritou Kelly. — O que você está querendo insinuar?

Luca bateu no colchão e disse:

— Venha aqui.

— Para quê?

— Eu disse para vir aqui.

Kelly olhou de relance para a escada às suas costas. Pela janela ao fim dos degraus podia ver uma ponta do caminho de cascalho, a estrada deserta, os bosques no horizonte.

— Não me faça repetir mais uma vez.

Kelly bufou um suspiro.

— O que foi, Luca? — Então subiu na cama e se sentou ao lado dele, ainda agarrada às lapelas do roupão.

— Vou perguntar de novo, e dessa vez quero uma resposta. Quem é o tal universitário de quem você estava falando lá no Juke's?

— Ah, isso de novo, não... Eu já falei. Não é ninguém. É só um garoto aí.

Luca segurou os cabelos dela e, como o titereiro de uma marionete, puxou-a para perto até que estivessem cara a cara.

— Conheço você — disse —, e sei que não é só isso. Pois agora você vai me dizer quem é esse garoto.

— Luca. — Apoiando-se no braço dele, ela tentou se reerguer. — Você é meu homem, Luca, eu juro. Meu único homem. — Quando Luca ergueu a mão livre para ameaçar um tapa, gritou: — Não, Luca, por favor! Estou grávida, Luca! E o filho é seu!

— Você está o quê? — Luca a puxou para ainda mais perto.

— Grávida — repetiu Kelly, deixando as lágrimas que até então vinha tentando conter rolarem. — Grávida de um filho seu, Luca.

Ele enfim a largou e se sentou na borda do colchão. Ficou imóvel por um tempo, fitando a parede, depois curvou a cabeça.

— Luca... — sussurrou Kelly. Tentou acariciá-lo nas costas, mas ele se afastou. — Luca...

Luca foi até o closet e voltou folheando um pequeno livro preto. Ao encontrar o que estava procurando, sentou-se novamente na cama, diante de Kelly, e falou:

— Pegue o telefone. Você vai ligar para esse número aqui.

— Ligar para quem, Luca? Para quê?

— Você vai tirar esse bebê. — Depositou o livro aberto sobre a mesinha e ficou olhando para Kelly, esperando para ver o que ela faria.

Kelly recuou.

— Não, Luca, não posso fazer isso. Senão nós dois vamos para o inferno.

— Garota estúpida... A gente vai para o inferno de qualquer forma. — Luca pegou o telefone da mesinha e o largou sobre a cama, diante de Kelly, que agora se ajoelhava nela. O fone havia caído do gancho. Luca o colocou de volta, ergueu o aparelho a poucos centímetros da mulher e mandou: — Anda, disque. — Vendo que não seria obedecido, jogou o telefone contra o rosto dela.

Kelly deu um grito, um grito de medo mais que de dor. Recuando novamente, por pouco não caindo da cama, berrou:

— Não vou fazer isso!

Luca voltou com o telefone para a mesinha de cabeceira.

— Você vai tirar essa criança — declarou, calmamente.

— Não vou! — gritou Kelly de volta, e avançou para se ajoelhar na frente dele.

— Não vai, é? — Sem hesitar, Luca a empurrou para fora da cama e a deixou jogada no chão.

Kelly foi se arrastando até um canto ao mesmo tempo que vociferava:

— Vai se foder, Luca! Não vou tirar criança nenhuma! Não vou! Não vou!

Com apenas dois passos, Luca se aproximou dela. Tomou-a no colo e, ignorando as mãos que o estapeavam, os pés que tentavam chutá-lo, caminhou até o topo da escada e a jogou de lá.

Ao pé da escada, Kelly desfiou um longo rosário de insultos. Não havia se machucado. Tinha batido a cabeça em algum lugar, sentia os joelhos latejando, mas sabia que não estava ferida. Ainda aos berros, disse:

— Você ainda me paga, seu carcamano de merda!

Luca a observava do alto, severo, tão alterado que parecia outra pessoa. A fornalha roncou no porão, a casa estremeceu.

— Quer saber quem é o universitário, não quer? — prosseguiu Kelly. Ficou de pé e com um laço perfeito amarrou novamente o roupão que abrira com a queda. — É Tom Hagen. Sabe quem ele é?

Luca não disse nada. Observou-a e esperou.

— É filho de Vito Corleone — completou Kelly —, e eu deixei que ele me comesse mesmo sabendo que estava esperando um filho seu. Então, Luca, o que acha disso?

Luca apenas meneou a cabeça.

— O que você vai fazer agora? — perguntou ela, e deu um passo em direção à escada. — Você sabe quem são os Corleones, não sabe, Luca? Claro que sabe. Todo mundo se conhece no ramo do crime. Então, o que você vai fazer agora? Vai me matar, mesmo sabendo que estou com seu filho na barriga? Depois vai matar o garoto de Vito Corleone? Vai comprar uma briga com a família inteira?

— Ele não é filho de Vito Corleone — retrucou Luca com toda calma. — Mas sim, vou matar o garoto. — Começou a descer a escada, mas parou. — Afinal, como você conhece Vito Corleone e a família dele? — Parecia apenas curioso, como se subitamente toda a raiva o tivesse deixado.

Kelly subiu um degrau na escada com as mãos fechadas em punho.

— Foi Hooks quem me contou dos Corleones — respondeu, e subiu mais um degrau. — Também andei pesquisando por conta própria. — Havia sangue em seu rosto, e ela o limpou, sem saber de onde vinha.

— Andou, é? — questionou Luca, intrigado. — Você andou pesquisando sobre os Corleones?

— Isso mesmo. E descobri tudo sobre eles. Quer saber o que descobri? Descobri que não são tão poderosos assim que você não possa enfrentá-los. Com você ninguém pode, Luca. Se quisesse, poderia tomar todos os territórios dos Corleones para você e ganhar rios de dinheiro.

— Talvez seja isso mesmo que eu tenha que fazer, agora que você me colocou nessa situação, me obrigando a matar um dos rapazes de Vito.

— E quanto a mim? — perguntou Kelly, a voz branda com um toque de medo. — Vai me matar também?

— Não, não vou matar você — respondeu Luca, e desceu a escada lentamente, como se o peso do corpanzil o estivesse puxando para baixo. — Mas vou dar uma surra da qual nunca mais vai esquecer.

— Vai em frente. Faça o que quiser, pouco me importa. — Kelly escalou mais um degrau e ficou ali, oferecendo o próprio rosto, esperando Luca.

Eileen levantou as cobertas e olhou sob elas.

— Meu Deus, Sonny, isso merece um pedestal.

Sonny brincou com os cabelos dela onde caíam sobre os ombros nus. Gostava de sentir aqueles cabelos tão bonitos e finos entre os dedos. Eles estavam na cama no fim de uma calorosa tarde de outono. O sol vazava por uma fresta nas persianas, incidindo numa linha reta sobre a cabeceira da cama, tingindo o quarto de vermelho. Caitlin estava na casa da avó, onde ficava toda quarta-feira até a hora do jantar. Eileen havia fechado a confeitaria uma hora mais cedo.

— Os garotos na escola costumavam me chamar de Chicote.

— Chicote?

— É. No vestiário, depois da aula de educação física, eles me viam pelado e...

— Não precisa explicar — disse Eileen. — Já entendi.

Sonny passou o braço em torno da cintura dela e a puxou para si, abrindo caminho entre os cabelos para beijar-lhe a testa.

Eileen deitou a cabeça no peito dele. Ficou quieta por um tempo, depois retomou o assunto interrompido pouco antes.

— Sério, Sonny. A gente devia tirar uma foto disso aí. Quando eu contar às minhas amigas, elas vão pensar que sou a maior mentirosa da cidade.

— Pare com isso. Nós dois sabemos que você não vai contar nada a ninguém.

— É verdade — aceitou Eileen, e suspirou. — Bem que eu gostaria...

Sonny varreu os cabelos sobre o rosto dela de modo que pudesse fitá-la nos olhos.

— Não gostaria, não — falou. — Você adora um segredo.

Eileen refletiu um instante, depois disse:

— Também é verdade. Não ia ter coragem de contar a ninguém que estou dormindo com o melhor amigo do meu irmão caçula.

— Você se preocupa com a sua reputação? — perguntou Sonny.

Eileen se reacomodou na cama, virando-se de modo que uma das faces agora tocava o peito dele, a faixa de pelos crespos que se estendia de um lado ao outro como um par de asas. Sobre a cômoda estava a foto de Jimmy e Caitlin que ela havia virado para baixo. Sempre fazia isso quando passava a tarde com Sonny, um artifício que de nada adiantava. Do outro lado do papelão preto havia uma foto de Jimmy Gibson, jogando a filhinha para o alto enquanto admirava o rostinho adorável da menina e esperava eternamente pelo retorno dela a seus braços.

— Sim, eu me preocupo com a minha reputação. Como se não bastasse você ter apenas 17 anos, você é um carcamano.

— Achei que não se importasse com isso.

— E não me importo — comentou Eileen —, mas o resto da minha família não é tão liberal assim.

— E por que diabos vocês, irlandeses, detestam tanto os italianos?

— Vocês, italianos, também não morrem de amores pelos irlandeses, certo?

— É diferente — declarou Sonny, apertando seu abraço. — A gente bate cabeça com os irlandeses, não vou negar, mas nenhum de nós detesta o seu povo como se fosse a escória da humanidade. Alguns de vocês olham para nós como se a gente fosse lixo.

— Hummm... A gente está conversando sério agora, é?

— Um pouquinho — respondeu Sonny.

Eileen ruminou a questão por um tempo. A porta do quarto estava fechada à chave; nos ganchos de trás estavam o paletó e o chapéu de Sonny, bem como as roupas de trabalho de Eileen. Ela agora olhava na direção daquela saia e daquela blusa, ambas tão toscas, e para além da porta, para além da cozinha e para além da parede de tijolos vermelhos do prédio. Podia ouvir a Sra. Fallon batendo um tapete na escada de incêndio, o *tof-tof-tof* de algum objeto rígido golpeando algo macio.

— Suponho que, para muitos dos irlandeses — começou ela —, vocês italianos não são brancos. E não são mesmo, certo? Eles olham para vocês do mesmo jeito que olham para as pessoas de cor, como se não fossem da mesma raça que a gente.

— Você também pensa assim? — indagou Sonny. — Acha que não somos da mesma raça?

— Que diferença isso faz? — questionou Eileen. — Estou na cama com você, não estou? — Novamente ela ergueu as cobertas para espiar. — Mas você é um monstro, garoto. Meu Deus!

Sonny a jogou para o lado e, pairando sobre Eileen com os braços estendidos, ficou admirando aquele corpo tão lindo. Gostava da alvura daquela pele, da maciez leitosa, bem como da pequena mancha avermelhada logo abaixo da cintura, uma marca de nascença que ninguém mais teria a oportunidade de ver.

— No que você está pensando, Sonny Corleone? — quis saber Eileen. Depois baixou os olhos e acrescentou: — Deixa para lá. Já sei no que você está pensando.

Sonny ajeitou o cabelo dela para fora do rosto e beijou-lhe a boca.

— Não vai dar — negou ela.

— Por que não?

— Porque já foram três vezes numa só tarde! — Eileen espalmou as mãos contra o peito de Sonny, mantendo-o à distância. — Sou uma senhora de idade, Sonny. Não vou aguentar.

— Bobagem — retrucou Sonny. Beijou-a novamente e colocou a cabeça entre os seios dela.

— Não posso. Pare, garoto! Desse jeito vou passar dias andando torta! As pessoas vão notar! — Vendo que Sonny não pretendia parar, ela exalou um suspiro, beijou-o uma vez, um beijinho rápido no rosto, e se desvencilhou dele, dizendo: — Além disso, já está tarde. — Levantou-se da cama, buscou uma calcinha na gaveta da cômoda e a vestiu. — Cork pode aparecer a qualquer momento. — E gesticulou para que Sonny saísse da cama.

— Cork nunca aparece de tarde — argumentou Sonny. Em seguida ajeitou um travesseiro sob a cabeça e cruzou as mãos sobre a barriga.

— Mas pode aparecer — insistiu Eileen. — E aí nós dois estamos ferrados.

— Tem certeza de que Cork não sabe de nada?

— Claro que não sabe! Ficou maluco, Sonny? Bobby Corcoran é irlandês, e eu sou a santa irmãzinha dele. Deve achar que não faço sexo com ninguém. — Eileen chutou o colchão. — Levanta daí e vai se vestir, anda! Preciso tomar banho e buscar Caitlin antes das seis. — Ela conferiu as horas no relógio da cômoda. — Jesus, já são cinco e meia!

— Droga — reclamou Sonny. Enfim se levantou, pegou as roupas no chão e começou a se vestir. — Pena que você seja uma senhora de idade. — Fechou o zíper das calças e vestiu a camiseta. — Se não fosse isso, eu namoraria sério.

Eileen buscou o paletó e o chapéu dele no gancho da porta. Ela dobrou o paletó sobre um dos braços enquanto segurava o chapéu.

— Estamos tendo um caso — declarou, observando Sonny abotoar a camisa e afivelar o cinto. — Cork não pode ficar sabendo disso, jamais.

Aliás, nem ele nem ninguém. Sou dez anos mais velha que você. Portanto, assunto encerrado.

Sonny recebeu o paletó e o vestiu sozinho enquanto Eileen enterrava o chapéu sobre a cabeleira dele.

— Domingo vou jantar com uma moça — contou ele. — Uma italiana de 16 anos, muito bonita.

— Bom para você — comentou Eileen, e recuou um passo. — Como ela se chama?

— Sandra. — Sonny levou a mão à maçaneta, mas sem tirar os olhos de Eileen.

— Não vai fazer nenhuma bobagem com ela, Sonny Corleone. — Eileen colocou as mãos na cintura e o encarou com seriedade. — Esses 16 anos são muito pouco para vocês fazerem isso que a gente faz.

— E o que a gente faz? — perguntou, sorrindo.

— Você sabe muito bem o que a gente faz — respondeu Eileen. Em seguida o empurrou quarto afora e atravessou a cozinha com ele para acompanhá-lo até a porta. — Isso é só diversão. — E ficou na ponta dos pés para dar um beijinho nos lábios dele. — Nada mais que diversão e uma brincadeirinha descompromissada.

Eileen abriu a porta, e Sonny correu os olhos pelo corredor para ter certeza de que estavam sozinhos.

— Quarta-feira da semana que vem?

— Claro — respondeu Eileen. Despediu-se com uma piscadela, fechou a porta e ficou ali, mão na maçaneta, ouvindo o amante correr escada abaixo. — Meu Jesus — falou, relembrando os acontecimentos da tarde. Em seguida foi para o banho e se deitou na banheira com a água ainda correndo.

6

Tomasino Cinquemani coçava as costelas com uma das mãos e apertava um copo longo de uísque com a outra. Era tarde, passava das três da madrugada, e ele ocupava uma cabine à frente de Giuseppe Mariposa, Emilio Barzini e Tony Rosato. Os irmãos mais novos de Emilio e Tony, Ettore e Carmine, dois rapazes com seus 20 e poucos anos, também se espremiam no sofá ao lado de Tomasino. Frankie Pentangeli, com seus 40 anos, escanchava-se numa cadeira virada para a mesa, os braços cruzados sobre o encosto. Estavam no Chez Hollywood, um dos clubes de Phillip Tattaglia na região central de Manhattan. Era enorme, com vasos de palmeiras e samambaias espalhados pela gigantesca pista de dança. A cabine que ocupavam era uma das outras tantas que se enfileiravam rente à parede, formando um ângulo reto com o palco, onde alguns poucos músicos e uma cantora conversavam distraidamente enquanto guardavam seus instrumentos. Ela usava um vestido de paetês vermelhos com um decote que descia até o umbigo; os cabelos eram quase brancos de tão louros, e os olhos, escuros e misteriosos. Giuseppe contava suas histórias aos demais em torno da mesa e, de vez em quando, interrompia o que falava para espiar a cantora, uma garota que parecia sequer ter chegado aos 20 anos.

Mariposa estava elegante como sempre numa camisa social rosa de colarinho branco e um alfinete de ouro no lugar da gravata. Os cabelos estavam partidos ao meio, brancos como a neve, contrastando com o negro do paletó e do colete. Magro, tinha 60 e poucos anos, no entanto parecia bem mais jovem. Tomasino tinha 54, um brutamontes peludo e pachorrento que mais lembrava um gorila de smoking. Ao lado dele, Ettore e Carmine não passavam de dois rapazotes magricelas.

Frankie Pentangeli se debruçou sobre a mesa. Com uma adiantada calvície, um rosto redondo, sobrancelhas espessas e um bigode que cobria boa parte da boca, ele falava com uma voz tão grave que parecia vir das profundezas de um poço.

— Ei, Tomasino — chamou. Abrindo a boca, apontou para um dos dentes de trás. — Acho que estou com uma cárie bem aqui.

Todos irromperam numa gargalhada.

— Quer que eu dê um jeito nisso para você? — perguntou Tomasino. — A hora que quiser, é só avisar.

— Não, não, muito obrigado — disse Frankie. — Tenho meu próprio dentista.

Giuseppe ergueu seu uísque e apontou para a cantora no palco.

— Você acha que devo arrastar para casa comigo hoje? — perguntou aos demais.

Frankie se virou para ver a moça.

— Ando precisando de uma boa massagem — prosseguiu Giuseppe, massageando ele mesmo um dos ombros. — Estou com essa dor aqui — emendou, arrancando mais risadas.

— O namorado não vai gostar muito — comentou Emilio. Com uma das mãos ele brincava com um copo de bourbon, o qual vinha acalentando por mais de uma hora, e com a outra ajeitava a gravata-borboleta sob o colarinho quebrado. Era um homem bonito, de cabelos escuros sempre penteados para trás com um topete à frente.

— Qual deles é o namorado? — quis saber Giuseppe.

— O baixinho — respondeu Carmine Rosato. — O sujeito com a clarineta.

— Humm... — Mariposa observou o clarinetista e subitamente se virou para Emilio, perguntando: — E aquele negócio com os Corleones? O que a gente vai fazer?

— Mandei uns rapazes meus para falar com Clemenza e...

— E não adiantou nada, porque ainda continuam roubando meu uísque. — Mariposa ergueu o copo como se fosse arremessá-lo contra alguém.

— Eles juram que não têm nada a ver com isso — explicou Emilio, e sem tirar os olhos de Mariposa, deu um gole no bourbon.

— Se não for Clemenza, então é o próprio Vito. Só pode ser um dos dois — argumentou Giuseppe. — Quem mais poderia ser?

— Ei, Joe — interveio Frankie. — Você não tem ouvido o que esse *paisan'*[13] candidato a prefeito anda dizendo? Segundo ele, a cidade está naufragando no crime. — Com isso ele arrancou uma risada de Tomasino.

---

[13] Um compatriota.

Mariposa olhou para Tomasino, depois para Frankie. Sorriu, e então deu uma risada.

— Fiorello LaGuardia — disse. — Quero mais é que aquele napolitano gordo venha beijar o meu rabo siciliano. — Ele afastou o copo de uísque. — Depois que terminar com LaConti, vou cuidar daquele merda metido a besta do Corleone. — Fez uma pausa e correu os olhos pela mesa. — Preciso cortar as asinhas dele e de Clemenza antes que fiquem grandes demais e eles comecem a me causar problemas. — Mariposa piscou os olhos, depois piscou de novo, algo que fazia sempre que estava irritado ou nervoso. — Aqueles dois andam comprando policiais e juízes como se estivessem numa liquidação. Eles não fariam isso se não tivessem algum plano em mente. — Então balançou a cabeça. — Mas, se depender de mim, não vai dar certo.

Ettore Barzini ergueu os olhos para o irmão mais velho do outro lado da mesa. Emilio assentiu com um gesto quase imperceptível, um gesto entre irmãos, e Ettore falou:

— É possível que seja Tessio quem está roubando a gente, Joe.

— Também posso dar um jeito nele — comentou Mariposa.

Tony Rosato, sentado ao lado de Emilio, limpou a garganta. Quase não dissera nada até então, e todos os outros se viraram para ele, um tipo musculoso e atlético, de olhos azuis e cabelos muito pretos e curtos.

— Perdão, Don Mariposa — falou —, mas não estou entendendo uma coisa. Por que a gente não aperta aquele malandro do Brasi e faz com que ele diga o que sabe?

Frankie Pentangeli deu um risinho nervoso, e Mariposa respondeu sem hesitar:

— Não quero confusão com esse tal de Luca Brasi. Conheço as histórias que contam sobre ele. Parece que o homem levou um tiro e continuou andando como se nada tivesse acontecido. — Ele terminou seu uísque e, piscando mais do que nunca, concluiu: — Quero distância desse aí.

Giuseppe havia erguido a voz o bastante para chamar a atenção dos músicos. Eles pararam o que estavam fazendo, viraram-se para a mesa e, vendo quem a ocupava, rapidamente voltaram à conversa.

Tomasino desabotoou o colarinho, afrouxou a gravata e coçou o pescoço.

— Eu sei onde posso encontrar Luca Brasi — avisou, depois parou e colocou a mão sobre o coração como se tivesse sentido uma dor súbita. — *Agita* — explicou aos outros que o observavam. — Conheço alguns passarinhos que já trabalharam para ele. Se você quiser, posso ir lá falar com o homem.

Mariposa encarou Tomasino por um instante, depois se virou para Emilio e Tony:

— Corleone e Clemenza... e Genco Abbandando. Vou cuidar de todos eles agora, enquanto são presas fáceis. Boa parte da grana deles vem de outras coisas que não a bebida. E isso vai nos criar um probleminha após a revogação. — Novamente balançou a cabeça, dando a entender que não era assim que as coisas aconteceriam. — Quero todos os negócios dessa gente, inclusive a importadora de Vito. Assim que essa merda com LaConti chegar ao fim, eles serão os próximos. — Virando-se para Frankie Pentangeli, perguntou: — Você conhece Vito. Trabalhou com ele logo no início, não foi?

Frankie fechou os olhos e virou a cabeça ligeiramente, um gesto com o qual admitia ter trabalhado com o sujeito, mas se arrependia disso.

— Claro que conheço Vito — concedeu.

— Então, alguma objeção de sua parte?

— Vito é um filho da puta arrogante. Tem o nariz empinado, acha que é melhor do que todo mundo. Pensa que é o Vanderbilt da Itália ou alguma idiotice assim. — Frankie mexeu seu drinque com o dedo. — Não preciso dele para nada.

— Ótimo! — Mariposa deu um tapa na mesa, encerrando o assunto. Virou-se para Tomasino: — Fale com esse filho da puta que tem parte com o diabo, esse Luca Brasi. Mas não vá sozinho, leve uns dois rapazes com você. Não gosto nada das histórias que contam por aí sobre esse *bastardo*.

Tomasino afastou o colarinho e coçou as costuras da camiseta que usava por baixo da camisa.

— Deixa comigo.

Giuseppe apontou para Carmine e Ettore, dizendo:

— Ouviram isso? Vocês garotos, aprendam com Tomasino. — Serviu-se de mais uma dose de uísque. — Emilio, por favor... Tenha uma conversinha com aquele clarinetista. E você, Carmine, traga a cantora para mim. — Aos demais, falou: — Muito bem, rapazes. Sumam daqui. Vão se divertir em outro lugar.

Giuseppe bebia uísque enquanto os companheiros se retiravam. Viu o clarinetista sumir por uma porta com Emilio. Carmine falou com a cantora que usava paetês vermelhos, e ela olhou para trás, onde antes estava seu namorado. Carmine disse mais alguma coisa, olhou para a mesa e

Giuseppe ergueu o copo, sorrindo. Pousando a mão nas costas da moça, Carmine a conduziu até a mesa do chefe.

Donnie O'Rourke esperava sob o toldo verde do Paddy's Bar quando uma chuva forte e repentina desabou sobre a calçada e escorreu na direção do bueiro, que rapidamente ficou entupido com jornais e lixo. Ele tirou o chapéu-coco e varreu os pingos d'água com as mãos. Do outro lado da rua, duas mulheres mais velhas, com sacolas de papel pardo entre os braços, conversavam sob o abrigo de uma porta aberta enquanto uma criança subia e descia as escadas internas. Uma das mulheres olhou na direção dele e rapidamente desviou o olhar. O sol, que pouco antes brilhava no alto, prometia voltar triunfante assim que as nuvens carregadas passassem. Assim que viu o irmão mais novo dobrar a esquina e trotar sob um guarda-chuva preto, Donnie colocou as mãos na cintura e esperou que ele alcançasse o toldo verde.

— Você vai chegar atrasado até ao próprio enterro.

Willie O'Rourke fechou o guarda-chuva e o sacudiu. Era uns 2 centímetros mais baixo que o irmão e tão magro e frágil quanto Donnie era musculoso e forte. Willie com frequência havia ficado doente na infância e na juventude, e só agora, com seus 30 e poucos anos, gozava de uma saúde relativamente boa, embora tivesse facilidade para pegar qualquer uma das doenças que rondavam a cidade — e sempre havia algo rondando a cidade. Sete anos mais velho, Donnie era para ele mais pai que irmão — assim como para Sean, que ainda estava na casa dos 20. Seus pais eram alcoólicos que atormentaram a vida dos filhos até que o primogênito Donnie completou 15 anos e deu fim àquele inferno de surras e abusos verbais com um soco certeiro que mandou o velho O'Rourke para o hospital por uma madrugada. Depois disso já não havia dúvida sobre quem era o homem da casa. Nem Sean nem a caçula Kelly voltariam a ir para a cama à noite com fome ou com um olho roxo, o que tinha sido bastante comum para Donnie e Willie.

— Tive que voltar para pegar o guarda-chuva — explicou-se Willie. — Você sabe que fico gripado por qualquer coisa, não sabe? — Abotoou o guarda-chuva e o pendurou no braço.

Atrás deles, Sean saiu do bar com um sorriso de muitos dentes. O garoto estava sempre sorrindo. Era o único bonito do trio, tendo herdado as feições da mãe.

— É melhor vocês entrarem — recomendou a Donnie. — Rick Donnelly e Corr Gibson estão quase se matando por causa de uma bobagem qualquer que aconteceu há uns vinte anos. Jesus... — acrescentou. — Se não entrarem logo, vai começar um tiroteio.

— Já estamos indo — avisou Donnie. — Mande servir mais uma rodada para todo mundo.

— Claro, isso é tudo que eles precisam: mais uma rodada de cerveja — comentou Sean, e sumiu no interior do bar.

Os irmãos Donnie e Willie O'Rourke eram notórios abstêmios. Sean bebia alguma coisa de vez em quando, e só. Kelly, no entanto, tinha herdado a disposição dos pais para a bebida, e não havia nada que os três irmãos, nem mesmo Donnie, pudessem fazer a respeito. Ela escapara ao controle deles desde que tinha se tornado uma beldade de 16 anos.

— Deixa que eu falo — prontificou-se Donnie.

— E quando foi diferente? — devolveu Willie.

— Você está armado?

— Claro. — Willie apalpou a arma que trazia sob o paletó. — Acha que vai ser preciso?

— Não — respondeu Donnie. — Só por segurança.

— Ainda acho que você perdeu o juízo. A gente vai acabar morrendo lá dentro, todos nós.

— Estou cagando para o que você acha — cuspiu Donnie.

Uma vez no bar, Donnie trancou a porta e começou a baixar as lonas verdes das janelas enquanto Willie se dirigia ao balcão onde estavam os demais. Rick Donnelly e Corr Gibson gargalhavam e trocavam tapinhas nas costas. Donnie viu quando ergueram as canecas de cerveja para um brinde, fazendo a espuma transbordar, e beberam todo o conteúdo com poucos goles, o que foi seguido de mais risadas. Fosse lá o que vinham discutindo até pouco antes, já havia sido resolvido de maneira amplamente satisfatória, para alívio de todos, sobretudo de Billy, irmão de Rick, que ocupava uma das pontas do balcão. Rick, na casa dos 40 anos, era bem mais velho que Billy, porém ambos eram tão parecidos que facilmente poderiam se passar por gêmeos. Billy tirou a mão do bolso do paletó, onde decerto havia uma arma, e bebeu um pouco de sua cerveja. Pete Murray e Little Stevie Dwyer também estavam ao balcão, diante dos espelhos e das prateleiras de bebida, e dali a pouco, já virada a página com Rick Donnelly, Corr Gibson veio se juntar a eles, sentando-se ao lado de Murray. Aos 50 anos, Pete era o mais velho de todos. Tendo trabalhado boa parte da vida como estivador, tinha braços que mais pareciam canhões, e sentado ao lado dele, Little Stevie não passava de um coroinha de igreja. De todos, Corr Gibson era o que mais se encaixava no papel de um gângster irlandês, com terno elegante e polainas, e sobretudo com o tradicional *shillelagh*, que ele empunhava como se tivesse nas mãos a bengala de um gentleman.

— Rapazes! — gritou Donnie a caminho do balcão. Deu um tapinha no ombro de Billy Donnelly ao passar por ele. Já do outro lado do balcão, defrontando todos os demais, juntou as mãos como se fosse rezar, solene. — Estamos aqui reunidos... — Interrompido pelo já esperado coro de gargalhadas, ele aproveitou a oportunidade para tirar da torneira uma caneca de cerveja para si também.

— Reverendo O'Rourke! — chamou Corr Gibson, golpeando o balcão com seu *shillelagh*. — Vamos ter um sermão hoje?

— Nada de sermão — refutou Donnie, e deu um pequeno gole na cerveja. Todos sabiam que ele não bebia, mas pareciam apreciar que se dispusesse a empunhar uma caneca de cerveja em nome da camaradagem. — Rapazes, ouçam! Antes de mais nada eu gostaria que soubessem que não os chamei aqui para o Paddy's apenas para fazê-los gastar o precioso dinheirinho que ganham com o trabalho árduo de cada dia.

— Então para quê? — perguntou Corr. — Não me diga que está se candidatando a vereador, está?

— Que nada — respondeu. — Não estou me candidatando a nada. Aliás, ando cansado da política. Mas não é só da política... — falou, e correu os olhos pelos homens à sua volta, todos mudos, esperando para ouvir o que tinha a dizer. O som da chuva nas janelas fazia contraponto ao chiado dos ventiladores de teto. — Não é só da política que ando cansado — repetiu, talvez gostando do som daquelas palavras. — Chamei vocês aqui hoje porque estou cansado de fugir. E o propósito dessa reunião, meus caros amigos, é colocar todos vocês a par dos meus planos. Andei conversando com Pete Murray e com os irmãos Donnelly, e também já troquei uma ou duas palavras com o restante de vocês. — Ele foi apontando a caneca para cada um. — Todos sabem o que penso — falou em voz alta. — Já é hora de mostrarmos a esses carcamanos imundos que vêm tomando nossos negócios um por um até que um dia só vão nos restar aqueles trabalhos sujos que eles não querem para si, ou algum esquema que ainda não tiveram tempo para arrancar das nossas mãos... pois já é hora de mostrarmos a esses macarrones de merda com o que estão se metendo e mandá-los de volta para bem longe daqui, para a cantina fedida de onde nunca deveriam ter saído.

À volta dele os homens se mantinham quietos e solenes, uns baixando os olhos para a cerveja, outros fitando Donnie, perplexos.

— Olha — prosseguiu Donnie, mas sem o tom de discurso. — Permitimos que Luca Brasi e Pete Clemenza, mais o resto daqueles pilantras, invadissem nosso território e tomassem as loterias, a jogatina, as mulheres, a bebida... tudo. Para conseguirem isso eles tiveram que mandar muitos dos nossos para baixo da terra, como Terry O'Banion e Digger McLean. E nós, o que fizemos? Nada. Nenhum de nós queria ver mais sangue derramado, achando que ainda assim podíamos levar uma vida decente. Mas prestem atenção no que vou dizer: os carcamanos não vão se dar por satisfeitos até que sejam donos da porra da cidade inteira. E se quisermos manter pelo menos uma parte desse bolo vamos ter que descruzar os braços e mostrar a essa gente que estamos dispostos a lutar. — Donnie fez uma pausa, ouviu o silêncio a seu redor, e só então prosseguiu: — Meus irmãos e eu vamos bater de frente com Luca Brasi e sua gangue. Já estamos decididos. — E largou sua caneca no balcão.

Corr Gibson bateu duas vezes com o *shillelagh* no chão, e, quando todos se viraram para olhá-lo, ele apontou para Donnie.

— O problema não é só Brasi e Clemenza... Nem mesmo Vito Corleone — anunciou. — Porque além deles tem também Mariposa, os Rosatos, os Barzinis... até aquele porco do Al Capone, de Chicago. É um exército inteiro de carcamanos, Donnie. Esse é o problema.

— Não estou dizendo que vamos tomar o sindicato inteiro — devolveu Donnie, e se recostou numa das prateleiras de bebida, como se estivesse se preparando para uma longa discussão. — Pelo menos enquanto não tivermos uma organização de verdade — continuou ele. — Só estou dizendo que meus irmãos e eu queremos Brasi. Especialmente o negócio de loterias dele. Queremos os gorilas do homem trabalhando para a gente, e também vamos tomar a banca dele.

— Mas você está esquecendo — interveio Pete Murray — que Luca Brasi tem o apoio de Giuseppe Mariposa. Se você mexer com Brasi, vai estar mexendo com Mariposa também. E se mexer com Mariposa, depois vai ter que lidar, como disse Corr, com os Rosatos, os Barzinis, Cinquemani e todo o resto.

— Mas Brasi não tem o apoio de Mariposa! — gritou Willie, debruçando-se no balcão para falar com Murray. — Esse é o negócio! Brasi não opera com ninguém!

Donnie sequer olhou para Willie. Esperou que o irmão terminasse, depois continuou como se ele não tivesse dito nada:

— Fomos informados de que Brasi é uma espécie de lobo solitário. Não trabalha nem com Mariposa nem com ninguém. — Em seguida sinalizou para Little Stevie, e todos se viraram para o garoto como se só então tivessem notado a presença dele.

— Andei um tempo com Sonny Corleone — começou Stevie —, e fiquei sabendo algumas coisas. Segundo ele, Luca é independente. Não tem as costas quentes. Na verdade, pelo que ouvi, Mariposa até acharia bom se o Brasi sumisse do mapa.

— E por que diabos ele acharia isso bom? — perguntou Pete Murray, olhando para a cerveja.

— Não sei dos detalhes — confessou Stevie, mais ou menos balbuciando as palavras.

— Olha... — retomou Rick Donnelly no silêncio que se seguiu. — Eu estou com os O'Rourkes, e meu irmão também. Aqueles sarnentos são uns covardes. Basta furar a cabeça de um ou outro que eles se mandam daqui rapidinho.

— Eles não são covardes — retrucou Stevie. — Não conte com isso. Mas estou com você. É uma vergonha que a gente deixe esses putos nos pisarem desse jeito. Assim não dá para continuar. Para mim, basta!

Billy Donnelly, que assistia a tudo como se estivesse num teatro ou numa sala de cinema, por fim tomou a palavra:

— Com ou sem o apoio de alguém, Luca Brasi é um tremendo adversário. O homem é uma aberração da natureza, e nós não seríamos os primeiros a tentar derrubá-lo.

— Deixe Luca Brasi por nossa conta — assegurou Donnie. — Rapazes, que tal irmos direto ao ponto? Depois que formos atrás de Brasi, é bem provável que as coisas esquentem para o nosso lado. Mas, se ficarmos juntos, se botarmos os nossos colhões irlandeses para trabalhar, vamos colocar esses carcamanos sarnentos para correr, podem ter certeza. O que me dizem? Será que eu e meus irmãos vamos ficar sozinhos nessa? Ou será que podemos contar com o apoio de vocês?

— Comigo vocês podem contar — prontificou-se Little Stevie sem hesitar.

— Com a gente também — declarou Rick Donnelly, falando por si e pelo irmão, e se manifestando com firmeza, ainda que sem grande entusiasmo.

— Claro que podem contar comigo também — confirmou Corr Gibson. — Não sou homem de fugir de uma boa briga.

Pete Murray ainda encarava sua caneca de cerveja, e agora todos haviam se virado para ele, esperando. Quando o silêncio se estendeu um pouco mais do que devia, Donnie disse:

— Então, Pete? O que você diz?

Pete ergueu os olhos da cerveja e observou primeiro Sean, depois Willie e finalmente Donnie.

— Mas Donnie, e a sua irmã, Kelly O'Rourke? — perguntou. — Por acaso você já conversou com ela? Sobre a confiança que ela dá para esses gorilas como Luca Brasi?

Por um tempo, só o que se ouviu no salão foi a barulheira da chuva que tinha voltado a cair forte, batendo contra o toldo e correndo rua afora. Até que Donnie disse:

— De que irmã você está falando, homem? Na minha família não tem nenhuma Kelly.

— Ah — disse Pete, e aparentemente refletiu um pouco antes de erguer a caneca para Donnie. — Prefiro mil vezes morrer lutando a continuar me dobrando para esses macacos italianos. — Ergueu a caneca ainda mais e propôs um brinde: — À reconquista dos nossos bairros.

Todos, inclusive Donnie, ergueram suas canecas e beberam com Pete. Após isso não havia mais o que celebrar, e, ainda bebendo, todos voltaram às suas conversas particulares.

7

Empoleirado no telhado de papel alcatroado, Donnie observava a ruela estreita que separava o prédio de Luca Brasi do pequeno armazém que ficava nos fundos. Engradados e caixas atulhavam seu telhado, e uma dezena de homens emergia e sumia através de um portão alambrado carregando caixas nos ombros. Atrás de Donnie, um trem passou rápido pelo elevado da Terceira Avenida, e o estrépito metálico das máquinas e dos trilhos ecoou pelos prédios que o cercavam como um túnel.

— Pelo amor de Deus! — exclamou Donnie assim que Willie chegou às suas costas. — Tem tanta gente naquele armazém que só pode ser a porra de uma convenção.

Ele empurrou Willie de volta ao centro do telhado, fora do campo de visão dos trabalhadores.

— O que está acontecendo lá?

— Como eu vou saber? — Donnie pegou o pé de cabra que jazia no chão ao lado de uma porta trancada no telhado. Colocou-o no ombro. — Onde Sean se meteu?

— Está montando guarda — respondeu Willie.

— Está montando guarda para quê? Porra, Willie, eu preciso ensinar tudo a você? Vai lá chamá-lo.

— Não é melhor a gente ver se vai conseguir arrombar essa porta antes?

Donnie encaixou o pé de cabra entre a fechadura e o batente e conseguiu arrombar a porta sem nenhuma dificuldade.

— Vai lá chamá-lo — mandou, e ficou observando o irmão trotar até as alças pretas que levavam à escada de incêndio. Nunca deixava de se surpreender, talvez até se assustar um pouco, com a fragilidade dele. Willie não era fraco, de modo algum, ao menos não naquilo que realmente importava. Naquilo que importava ele talvez fosse o mais durão dos três irmãos. Não que fosse totalmente destemido, não era isso. Talvez, pensava Donnie, ele ficasse amedrontado ainda com mais facilidade do que Sean. Mas possuía um temperamento tipicamente irlandês, lento para explodir, mas letal quando enfim acontecia. Willie não fugia de nada nem de ninguém, e enfrentava sozinho suas próprias brigas. Quantas vezes não tinha voltado da escola com um olho roxo, ou dois, e se escondido de Donnie para que ele não descobrisse e quebrasse os dentes do responsável? Agora, vendo o irmão se ajoelhar no telhado para espiar escada abaixo, Donnie receou que um vento forte soprasse de repente e levasse Willie junto.

Quando Sean finalmente deu as caras no telhado, Donnie olhou para cima e viu um longo fio de nuvens altas e finas no céu que escurecia rapidamente. Conferiu as horas no relógio e, quando Willie e Sean se juntaram a ele, anunciou:

— Já passa das seis.

— Ele nunca chega antes das sete — comentou Willie.

— Jesus — disse Sean, abraçando a si mesmo e dando tapinhas nos próprios ombros.

— Está com frio? — perguntou Willie.

— Com frio, não. Com medo — respondeu Sean. — Estou quase me borrando. Você não?

Willie franziu o cenho para o irmão caçula, depois olhou para Donnie, que deu um tapão na nuca de Sean.

— Quando você vai crescer, garoto?

— Já cresci — declarou Sean, esfregando a nuca. — Mas estou com medo, porra.

Sean colocou um boné de tricô, enterrou-o sobre a testa e ergueu a gola da jaqueta, o couro já amarfanhado e descascado, o zíper fechado até o pescoço. Emoldurado pela jaqueta e pelo boné, ambos pretos, o rosto ficava tão róseo e acetinado quanto o de uma garota.

Donnie tocou a coronha da pistola enterrada sob o cinto de Sean.

— Não vai disparar isso aqui sem antes mirar, está me ouvindo?

— Jesus, é a centésima vez que você fala isso — retrucou Sean. — Já entendi.

Donnie o sacudiu pelos ombros, ressaltando:

— Não vai fechar os olhos e puxar o gatilho na esperança de acertar alguém, senão vai acabar metendo uma bala na minha testa, e não na de Luca.

Sean revirou os olhos, depois se assustou quando Willie apertou as mãos no pescoço dele.

— Presta atenção no que Donnie está dizendo — falou o irmão. — Se você der um tiro em Donnie por acidente, atiro em você de propósito, e, se atirar em mim, seu imbecil, abro cinco furos nessa sua testinha de bosta, ouviu bem?

Sean olhou para os dois irmãos, inicialmente assustado, mas os três começaram a rir quando ele percebeu que era uma brincadeira.

— Vamos lá — disse Donnie. Virando-se para trás, mais uma vez instruiu Sean: — Basta fazer o que a gente mandar.

No interior do prédio, as escadas cheiravam a vinagre. As paredes encardidas descascavam, e os degraus eram cobertos com um linóleo já velho e rachado. O corrimão largo era de uma madeira já gasta, e os balaústres eram redondos, distribuídos de um modo irregular. Assim que fecharam a porta que dava para o telhado, eles se viram numa escuridão bolorenta, apenas um fiapo de luz vinha de algum lugar mais abaixo na escada.

— Que cheiro é esse? — perguntou Sean.

— Sei lá — disse Willie.

— Alguma dessas merdas de limpeza — sugeriu Donnie, e conduziu os irmãos por dois lanços de escada até um pequeno corredor com duas portas em lados opostos.

— O apartamento dele é aqui — avisou Sean, apontando para a porta da esquerda. — Ele chega por volta das sete, sete e meia. Sobe pela entrada da Terceira, e pouco depois acende as luzes no apartamento. Fica algumas horas sozinho, depois, lá pelas nove e meia, dez horas, os homens dele começam a aparecer.

— Ainda temos 45 minutos pela frente — comentou Donnie. — Tem certeza de que nunca viu ninguém nos outros apartamentos?

— Nem entrando nem saindo — respondeu Sean. — Nunca vi uma alma viva por aqui, nem luz nas outras janelas.

Willie recuou um passo, como se algo surpreendente lhe tivesse ocorrido. Falou para Donnie:

— Você acha que ele pode ser dono do prédio inteiro?

— Ele tem esse armazém na Park, uma casa em Long Island, mais esse prédio aqui? Jesus! — exclamou Donny. — Deve estar nadando na grana.

— Mas o prédio é uma espelunca, sem falar nesses trens que chacoalham a cabeça da pessoa a cada 15 minutos.

— Melhor para a gente se ninguém mais morar aqui — disse Sean. — Daí não precisamos nos preocupar com algum bom samaritano chamando a polícia.

— O mais provável — falou Donnie — é que a turma dele apareça e encontre um cadáver na porta. — Para Willie: — Se a gente tiver tempo, talvez eu corte fora o pau dele e enfie na sua boca.

— Meu Deus! — exclamou Sean, assustado. — Você agora é o quê? Um animal, Donnie?

— Deixa de chilique, seu imbecil — reclamou Willie. — É isso que o filho da puta merece. — E para Donnie: — Isso seria um bom recado para os carcamanos, não acha?

Donnie deixou os irmãos ao pé da escada e foi explorar o pequeno corredor. Uma luz atravessava a porta de vidro jateado ao topo da escada que vinha do andar inferior. A outra ponta do corredor se escondia numa penumbra. Donnie marchou de volta para os irmãos, testando o ruído que seus passos produziam sobre o linóleo encardido. O lugar era mesmo uma espelunca. Luca Brasi não era nenhum Al Capone, que levava a vida luxuosa de um rei. Ainda assim, provavelmente era dono daquele prédio inteiro, além da casa em Long Island e do armazém na Park, e com certeza pagava o aluguel de Kelly, uma vez que ela jamais tivera um dia sequer de trabalho honesto na vida, pelo menos até onde ele, Donnie, sabia — e Kelly já estava com 25 anos. Portanto, Luca Brasi era um homem rico, ainda que não fosse um Al Capone.

— Vocês dois — chamou Donnie, apontando para a escada que levava ao telhado —, esperem por mim lá em cima. — Indicou a ponta escura do corredor. — Vou ficar esperando por Brasi ali. Quando ele chegar à porta do apartamento, cubro ele de chumbo. Mas talvez... talvez eu aproveite a oportunidade para trocar uma palavrinha com o filho da puta antes de despachá-lo para o inferno.

— Eu também gostaria de dizer umas coisinhas — interveio Willie.

— Nada disso, eu falo. Vocês só estão aqui para o caso de acontecer alguma merda. E, se acontecer alguma merda, os dois vêm lá de cima e pegam Luca de surpresa, entendido?

Sean esfregou a própria barriga, dizendo:

— Jesus, Donnie, acho que estou passando mal.

Donnie tocou a testa do irmão.

— Olha só para isso — disse. — Você está todo suado.

— Ele está com medo, é só isso — falou Willie.

— Claro que estou com medo — devolveu Sean. — Eu já disse que estou com medo. — Para Donnie, falou: — Também fico pensando em Kelly, sabe? Ela nunca vai perdoar a gente se souber que fomos nós que matamos Brasi. O homem é um filho da puta, eu sei, mas ainda assim é o homem dela.

— Ah, tenha santa paciência — ofegou Willie. — Está preocupado com Kelly? Que espécie de imbecil é você? Daqui a pouco todos os ratos sicilianos dessa cidade vão sair do bueiro para vir atrás dos nossos rabos irlandeses, e você fica aí preocupado com Kelly? Deus que me perdoe, mas quero mais é que Kelly vá para o inferno. Estamos fazendo isso por ela também. O porco carcamano arruinou a vida dela, e a gente fica de braços cruzados?

— Ah, sem essa, Willie. Não vá dizer agora que você está fazendo isso por Kelly — replicou Sean. — Faz anos que você deixou de se importar com ela.

Olhando para Sean, Willie balançou a cabeça num gesto de desespero, como se o irmão caçula fosse um débil mental. Sean disse a Donnie:

— Você botou Kelly na rua e falou que para a gente ela estava morta. O que mais a coitada podia fazer senão arrumar um marmanjo que a sustentasse?

— Que tal arrumar um emprego? — perguntou Willie. — Que tal se sustentar com o suor do próprio rosto?

— Ah, tenha dó — disse Sean em resposta a Willie, mas ainda olhando para Donnie. — Você falou que ela estava morta para a gente — repetiu —, e agora a gente também está morto para ela. Sua atitude deu nisso, Donnie.

Donnie não dizia nada, apenas olhava para além de Sean, para a luz que vinha da porta de vidro jateado, como se do outro lado houvesse algo de muito terrível. Quando enfim se virou para encarar Sean, foi logo cuspindo uma pergunta:

— Por acaso não cuidei muito bem de vocês dois? — Na ausência de uma resposta, emendou: — Kelly foi para a rua e se envolveu logo com quem? Com o siciliano filho da puta que nos levou à falência! Acha que foi coincidência, Sean? Acha que ela não sabia o que estava fazendo? — Donnie fez que não com a cabeça, respondendo a própria pergunta. — Não. Para mim é como se ela estivesse morta. — Ele olhou para Willie que, concordando, disse apenas:

— *Aye*.

— *Aye* — repetiu Sean, zombando do irmão. Para Donnie, falou: — Uma irmã a menos, é isso que você ganhou com seu orgulho irlandês.

Donnie conferiu as horas no relógio, depois olhou para a escada que levava ao telhado. Subitamente o corredor foi invadido pelo barulho de outro comboio que passava na rua.

— Muito bem. Dê o fora daqui — disse a Sean tão logo voltou o silêncio. Deu outro tapão na nuca do irmão e prosseguiu: — Seu coração está em outro lugar. Eu não devia ter arrastado você para cá.

— Está falando sério? — questionou Willie.

— Estou — respondeu Donnie, e empurrou Sean escada acima. — Anda, vai. A gente se vê em casa.

Sean olhou para Willie, esperou que ele assentisse e só então tomou a escada, desaparecendo em direção ao telhado. Em seguida, Willie perguntou:

— O que diabos você está fazendo, Donnie? O pirralho nunca vai crescer se você continuar tratando ele feito um bebê.

— Não estou tratando ninguém como um bebê — respondeu Donnie. Batendo no maço, tirou dois cigarros e ofereceu um deles ao irmão.

Willie pegou o cigarro e o acendeu, ainda olhando para Donnie, esperando pelo restante da explicação.

— Eu estava mais preocupado em morrer com um tiro acidental dele do que com um tiro proposital de Luca Brasi. — Donnie se aproximou da porta de Brasi. — Vou ficar por aqui — avisou, e apontou para a escada em que Sean ficaria de tocaia. — Entendeu agora?

— O mais provável é que ele nem chegue a tirar a arma do bolso.

— Melhor não termos que pagar para ver — retrucou Donnie. — Termine esse cigarro aí, depois vá para o seu lugar.

— Você acha que depois disso as coisas vão ficar ainda piores com Kelly?

— Kelly não está nem aí para a gente, Willie. Essa é a mais pura verdade. E eu também não estou nem aí para ela. Ainda mais aqui e agora. Quer saber? Kelly é doida demais para a gente ficar se preocupando com ela. As bebidas que ela toma, os comprimidos, sei lá mais o quê... No dia em que a mulher se endireitar, *se* um dia ela se endireitar, Kelly ainda vai agradecer a gente por tê-la tirado das garras desse carcamano sem mãe. Meu Deus, dá para imaginar uma coisa dessas? Luca Brasi como nosso cunhado?

— Deus me livre — disse Willie.

— É a gente que vai se livrar de Luca Brasi — declarou Donnie, e apagou seu cigarro com o pé, chutando-o para longe. Apontou para a escada. — Agora vai, sobe — disse, e foi assumir seu posto na penumbra.

Sandra não havia falado mais que dez palavras ao longo do almoço de uma hora, deixando que Sonny tagarelasse sem parar, comentando sobre sua família, seus planos de vida, suas ambições e o que mais lhe ocorresse enquanto, quase ininterruptamente, a Sra. Columbo servia a ele frango à *cacciatore*. Eles estavam no apartamento de um dos primos da Sra. Columbo, no bairro onde a própria família Corleone costumava morar, e lá ficariam por mais uns dias até o senhorio terminar os consertos que vinha fazendo no apartamento da Arthur Avenue. A refeição tinha sido servida numa pequena mesa redonda, coberta por uma toalha de linho e situada próximo a uma janela alta com vista para a Décima Primeira Avenida, bem como para a frágil passarela de pedestres que ia de uma calçada a outra acima dos trilhos ferroviários. Quando criança, Sonny adorava se sentar nessa mesma passarela e ficar balançando as pernas enquanto as máquinas a vapor passavam na rua. Ele cogitou contar a Sandra a história de seu primeiro amor, do dia em que, sentado ali na passarela com a linda Diana Ciaffone, havia se declarado à menina enquanto o mundo desaparecia em meio à nuvem de vapor e aos ruídos e roncos do trem que seguia pelos trilhos. Ainda podia ouvir o silêncio de Diana e ver o modo como ela tinha desviado o olhar antes que o mundo ressurgisse com a dissipação do vapor. Em seguida ela ficara de pé e fora embora sem dizer uma única palavra. Lembrando-se de tudo isso, Sonny abriu um sorriso, e Sandra quis saber:

— O que foi, Santino?

Assustando-se com a pergunta, ele apontou para a passarela e disse:

— É que eu estava me lembrando do tempo em que me sentava ali para ver os trens.

Da cozinha, a Sra. Columbo disse:

— Ah! Os trens! Sempre os trens! Quisera Deus que me dessem um pouco de paz!

Sandra buscou o olhar de Sonny e riu da habitual rabugice da avó, um riso discreto que parecia dizer: *Desculpe, ela é assim mesmo.*

Pouco depois a Sra. Columbo voltou da cozinha com um prato de batatas sauté e o colocou à frente de Sonny.

— Foi Sandra quem fez — anunciou ela.

Sonny afastou a cadeira da mesa e cruzou as mãos sobre a barriga. Havia acabado de devorar três pratos de frango, outro de linguine marinara, mais uma ampla variedade de legumes, incluindo uma alcachofra inteira.

— Sra. Columbo — falou. — Não costumo dizer isso com muita frequência, mas juro para a senhora que não consigo comer nem mais um grão de arroz!

— *Mangia!* — ordenou a senhora, e empurrou o prato para mais perto dele enquanto voltava a se sentar. — Sandra fez essas batatas especialmente para você. — Ela vestia preto da cabeça aos pés, embora o marido tivesse morrido havia mais de dez anos.

— *Non forzare...* — pediu Sandra à avó.

— Ninguém precisa me forçar a comer — interrompeu Sonny, e atacou as batatas, deixando bem claro o quanto estavam gostosas. Sandra e a avó sorriam radiantes como se para elas não houvesse felicidade maior do que vê-lo comer. Terminado o prato, o rapaz ergueu as mãos e disse: — *Non piú!*[14] *Grazie!* — Rindo, acrescentou: — Mais uma batata e eu vou explodir!

— Muito bem — concordou a Sra. Columbo, e apontou para a saleta contígua à cozinha, onde os únicos móveis eram um sofá encostado na parede, uma mesinha de centro e uma cadeira estofada. Acima do sofá, uma pintura a óleo mostrava o rosto sofrido de Jesus Cristo, ao lado de outra em que a Virgem Maria olhava para o alto num misto de contrição e esperança. — Podem se sentar ali. Vou buscar o espresso.

Sonny tomou a mão da Sra. Columbo e ficou de pé.

— A comida estava uma delícia! — Juntou os cinco dedos diante da boca e os abriu, estalando um beijo. — *Grazie mille!*

A Sra. Columbo o fitou com desconfiança e repetiu:

— Podem ir se sentar. Vou buscar o espresso.

Uma vez na saleta, Sandra foi se sentar no sofá. O vestido azul-marinho que estava usando descia um pouco além dos joelhos. Ela correu as mãos pelo tecido, alisando-o contra as pernas.

No meio do cômodo, Sonny fitou a menina sem saber se devia se sentar ao lado dela ou na cadeira estofada. Sandra sorriu timidamente, mas fora isso não lhe deu nenhum outro sinal. Então Sonny olhou para trás, para a cozinha, e viu que a Sra. Columbo se ocupava ao fogão. Rapidamente calculando que teria um ou dois minutos de privacidade com Sandra, por fim se decidiu pelo sofá. Acomodou-se ao lado dela, viu o sorriso se alargar e, considerando isso um sinal verde, tomou a mão da menina entre as suas e a fitou diretamente nos olhos. Mesmo fazendo o possível para não espiar os seios dela, sabia que eram fartos e pesados em razão dos botões que ameaçavam arrebentar na blusa branca que Sandra vestia. Gostava daquela tez morena, dos olhos escuros, dos cabelos que de tão negros pareciam azuis à luz do entardecer. Sabia que ela tinha apenas 16 anos, mas via nela um corpo de mulher. Cogitou beijá-la, mas não sabia se seria bem-recebido.

---

[14] "Não mais."

Então apertou sua mão e, percebendo que era correspondido, novamente olhou para a cozinha para ter certeza de que a avó da jovem ainda preparava o café. Em seguida arriscou um beijinho no rosto, e se afastou depressa para avaliar a reação da moça.

Sandra esticou o pescoço e também espiou a cozinha. Vendo que não seria surpreendida pela avó, colocou uma das mãos na nuca de Sonny, correu os dedos pelos cabelos dele e o puxou para um inequívoco, delicioso e molhado beijo. O corpo de Sonny reagiu instantaneamente, formigando por toda parte.

Sandra se afastou de Sonny e endireitou o vestido. Ficou olhando para o nada à sua frente, arriscou uma espiadela na direção dele, depois voltou a fitar o vazio. Sonny se aproximou dela e passou o braço por seus ombros na esperança de um segundo beijo, mas ela o repeliu com firmeza, e segundos depois a Sra. Columbo gritou da cozinha:

— Que silêncio é esse aí na sala, hein?

E, quando ela surgiu à porta para se fazer ver, Sonny e Sandra já haviam retomado seus devidos lugares em lados opostos do sofá e apenas sorriam de volta para ela. A Sra. Columbo resmungou algo, se enfiou na cozinha novamente e voltou pouco depois empunhando uma bandeja de prata com um bule de café, duas xícaras de porcelana — uma para ela e outra para Sonny — e um pratinho com três *cannoli*.

Sonny salivou com os *cannoli* e logo se viu tagarelando outra vez enquanto a Sra. Columbo servia o espresso. Gostava de falar sobre si mesmo, sobre o homem importante que ainda seria um dia, dos planos que tinha para trabalhar com o pai, da importância da empresa de Vito, a Companhia de Azeite Genco Pura, que fornecia azeite para quase todas as lojas da cidade e, talvez um dia, para o país inteiro. Sandra ouvia extasiada, saboreando cada palavra, enquanto a avó assentia com a cabeça. Sonny não se importava de falar e comer ao mesmo tempo. Dava um gole no café, falava mais um pouco. Dava uma mordida no doce, degustava-o por um segundo, voltava a falar. E vez ou outra arriscava uma olhadela na direção de Sandra, mesmo com a presença da Sra. Columbo.

Luca sentava-se diante da mãe à mesa de jantar com a cabeça apoiada entre as mãos. Pouco antes ele comia seu jantar, remoendo os próprios pensamentos e ignorando a mãe enquanto ela tagarelava sobre isso ou aquilo, mas de um segundo a outro ela havia retomado a velha ladainha do suicídio e agora ele já pressentia a enxaqueca que estava por vir. Às vezes as dores eram tão fortes que mesmo Luca pensava em meter uma bala na própria cabeça para cessar o latejamento.

— Não fique achando que é só uma ameaça — avisou a mulher. Luca massageou as têmporas. Tinha um frasco de aspirina no banheiro da casa e coisas bem mais fortes no apartamento da Terceira Avenida. — Não pense que não sou capaz. Já está tudo planejado. Você nem imagina o sofrimento que me causa, porque senão não faria isso com a própria mãe, que está sempre preocupada, sempre esperando um vizinho bater à porta para dizer que você está morto ou encarcerado numa prisão qualquer. Você não sabe o que é isso, o que é ter que passar por isso todo santo dia. — Ela secou os olhos com a ponta de um guardanapo de papel. — Seria melhor eu morrer.

— Mãe — disse Luca. — Dá para mudar de assunto?

— Não, não dá.

Ela jogou os talheres sobre a mesa e empurrou o prato. Estavam comendo macarrão com almôndegas, mas a comida tinha ficado um desastre, pois, ao ouvir de uma vizinha os rumores de que o filho seria assassinado por um gângster poderoso — e já o imaginando como naquele filme em que James Cagney é arrastado pelas ruas e abandonado à porta da mãe para que ela o visse ali, embrulhado em bandagens feito uma múmia —, ela havia deixado o macarrão cozinhar além do ponto, o molho queimar, e agora aquele grude jazia à frente deles como um mau agouro. Ela se convencia cada vez mais de que seria preferível dar fim à própria vida a ver o filho preso ou morto daquela forma tão cruel.

— Não dá para mudar de assunto — repetiu, novamente aos prantos.

— Você não sabe.

— Eu não sei o quê? — perguntou Luca.

Espantava-o a mãe ter se tornado aquela velha senhora. Ainda se lembrava do tempo em que ela vestia boas roupas e usava maquiagem. No passado havia sido uma mulher bonita. Tinha olhos muito vivos e numa foto estava usando um vestido comprido rosa e carregando uma sombrinha da mesma cor, sorrindo para o marido, o pai de Luca, que era um homem grande como ele, alto e forte. Ela havia casado cedo, ainda adolescente, e tivera Luca antes de completar 21 anos. Agora tinha 60, que era muito, mas nem tanto, e era isso que ela aparentava, uma velha senhora descarnada, o contorno do crânio se insinuando de um modo sinistro sob a pele ressecada e muito fina, os cabelos grisalhos e também muito finos já dando lugar a uma calva no topo. Agora usava apenas roupas sóbrias e escuras, uma velha em trapos. Embora fosse sua mãe, Luca achava difícil olhar para aquela mulher.

— O que eu não sei? — perguntou outra vez.

— Luca — falou ela em tom de súplica.

— Mãe, o que foi agora? Eu já disse um milhão de vezes. Não vai acontecer nada comigo. A senhora não precisa se preocupar.

— Luca. A culpa é toda minha, meu filho. Toda minha.

— Mãe, não começa, por favor. Será que a gente pode comer em paz? — Luca baixou o garfo e esfregou as têmporas. — Por favor. Estou com uma dor de cabeça terrível.

— Você não sabe como eu sofro — continuou a mãe, secando o rosto com o guardanapo. — Sei que você se culpa pelo que aconteceu naquela noite, que vem se culpando todos esses anos, mas...

Luca empurrou seu prato de encontro ao da mãe. Quando ela se afastou, assustada, ele cravou as mãos nas bordas da mesa como se fosse derrubar tudo sobre o colo dela. Em vez disso, apenas cruzou os braços à sua frente.

— A senhora vai começar essa ladainha de novo? — perguntou. — Quantas vezes vamos ter que falar sobre isso? Quantas vezes?

— Não precisamos falar, filho, se você não quiser. — Com o rosto novamente ensopado de lágrimas, soluçando, ela deixou a cabeça repousar entre as mãos.

— Pelo amor de Deus... — Luca estendeu o braço e pousou a mão sobre a dela. — Papai era um homem violento, um beberrão, e agora está ardendo no fogo do inferno. — Ele abriu os braços como se dissesse: *O que mais precisa ser dito?*

Em meio aos soluços, sem erguer a cabeça caída, a mulher repetiu:

— Não precisamos falar, filho.

— Mãe, escuta. São águas passadas. Faz anos que não penso em Rhode Island. Nem lembro mais onde a gente morava. Só lembro que o apartamento era alto, no nono ou décimo andar, e toda hora a gente tinha que subir de escada porque o elevador vivia quebrado.

— Na Warren Street — lembrou a mãe. — Décimo andar.

— Águas passadas — repetiu Luca, e puxou o prato de volta. — Agora chega.

A mulher secou os olhos na manga do vestido e se posicionou diante do prato como se fosse voltar a comer, mas ainda soluçava, a cabeça saltitando a cada espasmo da respiração.

Luca a encarou. Sentia as veias que se alteravam no pescoço, a dor que aquecia a cabeça como se algo muito quente apertasse o crânio.

— Mãe — falou com delicadeza. — O velho era um bêbado e acabaria matando a senhora. Eu fiz o que precisava ser feito. Ponto final. Não entendo por que a senhora insiste em tocar nesse assunto. Jesus, mãe. Seria de imaginar que a senhora gostaria de esquecer tudo isso, mas então, duas ou três vezes no ano, sem falta, a senhora vem e desenterra o defunto. Já passou, mãe. Página virada. Esquece.

— Você só tinha 12 anos — conseguiu dizer ela entre um soluço e outro. — Só 12 anos, e foi depois disso que você ficou assim. Que começou a se meter em encrencas.

Luca bufou um suspiro e ficou remexendo uma almôndega com o garfo.

— Mas a culpa não foi sua, é só isso que estou dizendo — prosseguiu a mulher, quase sussurrando. — A culpa é toda minha. Você não tem culpa de nada.

Luca se levantou da mesa e seguia para o banheiro. A cabeça latejava mais do que nunca, e ele já previa uma daquelas enxaquecas que duram a noite inteira a menos que alguma providência seja tomada. Uma aspirina não ajudaria muito, mas seria melhor que nada. Antes de chegar ao banheiro, no entanto, parou e voltou para perto da mãe, que agora chorava sobre os braços cruzados, o prato empurrado para o lado. Luca a tocou nos ombros como se fosse massageá-los.

— Se lembra daquele nosso vizinho? — perguntou ele. — Aquele sujeito que morava no apartamento da frente? — Sob as mãos ele sentiu o corpo da mãe se retesar.

— O Sr. Lowry. Um professor de colégio.

— Isso mesmo — disse Luca. — Como ele morreu? — Esperou um segundo, depois continuou: — Ah, lembrei. Caiu do telhado. Foi isso, não foi?

— Foi — sussurrou a mãe. — Eu mal o conhecia.

Luca novamente acariciou os cabelos dela, depois a deixou ali e foi para o banheiro, onde encontrou um frasco de Squibbs no armarinho de remédios. Tirou um comprimido do frasco, jogou-o na boca, fechou o armarinho e se olhou no espelho. Não gostava das próprias feições, sobretudo das sobrancelhas, que formavam uma espécie de marquise sobre os olhos muito fundos. Ele parecia um maldito homem das cavernas. Sua mãe estava enganada sobre a morte do marido. Ele, Luca, havia matado o próprio pai intencionalmente. Aquela tábua estava no corredor porque ele a tinha deixado lá. Já planejara estourar o crânio do velho quando espancasse sua mãe outra vez ou quando o derrubasse no chão para em seguida chutar seu saco, algo que o miserável gostava de fazer para depois ficar rindo enquanto o filho gemia de dor. Porém, fazia essas coisas apenas quando estava bêbado. Se não estivesse, era gentil com ambos. Costumava ir com eles até as docas e mostrar onde trabalhava. Certa vez os havia levado para velejar num barco emprestado por alguém. Costumava abraçar Luca e chamá-lo de "meu garoto". Luca quase chegava a desejar que aqueles momentos bons não tivessem acontecido, pois o homem vivia bêbado e ficava intratável naquele estado. Se não tivesse um lado bom, talvez Luca não sofresse tanto com os sonhos que insistiam em voltar. Aquilo o fatigava, os sonhos e os lampejos de memória que pipocavam com tanta frequência: a mãe nua da cintura para baixo com a blusa em farrapos, deixando à mostra a pele alva do ventre inchado e rígido enquanto se arrastava pelo chão para fugir do ogro, sangrando onde ele a tinha esfaqueado. O ogro também se arrastando, perseguindo-a com uma faca de cozinha na mão, gritando que retalharia aquela barriga para depois dar o bebê de comida aos cães. Aquele sangue todo e o ventre protuberante, branco como neve, depois o sangue encharcando a cabeça do velho quando Luca o golpeou com a tábua, ficando ao lado do pai morto, aos prantos, esperando até a sala se resumir a um inferno de sangue e berros, até a polícia chegar. Depois, aqueles dias infindáveis no hospital, o enterro do pequenino que havia saído morto do útero materno, o enterro que se dera com ele, Luca, ainda no hospital, antes que pudesse voltar para casa. Após isso ele nunca retornaria à escola. Completara apenas o quinto ano para depois ir trabalhar em fábricas e nas docas até a mudança para Nova York, onde passou a trabalhar nas ferrovias. Isso era outra coisa da qual não gostava em si mesmo: ele era feio e estúpido.

Mas nem tão estúpido assim. Vendo-se no espelho, fitando aquele par de olhos profundos, pensou: *Olhe só para você agora*. Ali estava um homem que havia juntado muito mais dinheiro do que era capaz de gastar, que chefiava uma gangue pequena que a cidade inteira temia, mesmo figurões como Giuseppe Mariposa — até mesmo Mariposa se borrava de medo de Luca Brasi. Portanto, ele não podia ser tão estúpido assim. Luca fechou os olhos e, em meio àquela escuridão latejante, lembrou-se do telhado em Rhode Island, para onde ele havia atraído o Sr. Lowry, o vizinho professor, dizendo ao homem que tinha um segredo para contar e então o empurrara do prédio. Lembrava-se da queda, dos braços que se agitavam no ar como se alguém pudesse agarrá-los a tempo. Lembrava-se do corpo se esborrachando contra um carro, do teto amassado com o baque, das janelas estilhaçadas como numa explosão.

No banheiro, Luca juntou um pouco de água gelada nas mãos em concha para molhar o rosto e os cabelos. Depois voltou à cozinha, onde a mãe já havia tirado a mesa e agora lavava as vasilhas na pia, de costas para ele.

— Escute, mãe... — falou, e se aproximou para massagear os ombros dela com delicadeza. Vendo que anoitecia, acendeu as luzes. — Escute, mãe, tenho que ir.

Ela apenas assentiu com a cabeça sem interromper o que estava fazendo. Luca se aproximou novamente e ajeitou os cabelos dela.

— Não se preocupe comigo, ouviu? — pediu. — Sei cuidar de mim mesmo, não sei?

— Claro — concordou a mulher, mal se fazendo ouvir em razão da água corrente. — Claro que sabe, meu filho.

— Pois é — Luca a beijou no topo da cabeça, depois buscou o paletó e o chapéu que havia deixado no cabideiro junto à porta. Vestiu o paletó e acomodou o chapéu, puxando a aba sobre a testa. — Então, mãe, já vou indo.

Ainda lhe dando as costas, sem erguer o olhar da louça, ela se despediu com um silencioso meneio da cabeça.

Na rua, ao pé da escada do prédio da mãe, Luca respirou fundo e esperou que o latejamento da cabeça se dissipasse. A descida havia piorado as coisas. No vento, ele farejou o rio e então um cheiro forte de esterco nas imediações. Quando olhou para a Washington Avenue, avistou um monte de bosta de cavalo junto ao meio-fio — nenhuma carroça por perto, apenas alguns carros e pedestres no caminho de volta para casa, subindo para os apartamentos, conversando com os vizinhos. Alguns meninos bem magrinhos, com seus paletós furados, passaram correndo por ele como se fugissem de algo, mas Luca não viu ninguém os perseguindo. No prédio da mãe, avistou uma janela se abrir e uma moça deitar os olhos sobre a rua. Ao ver que era observada, voltou para dentro e baixou a janela rapidamente. Luca acenou para a janela fechada. Encontrou um maço de Camel no bolso do paletó e acendeu um cigarro, fechando a mão em torno do fósforo para protegê-lo do vento. Estava frio na rua, ameaçava chover. O céu escurecia e as sombras dos prédios se estendiam sobre calçadas, ruelas e minúsculos quintais. Sua cabeça ainda latejava, porém com menos intensidade. Ele caminhou até a esquina da Washington, depois virou à direita na rua 165, seguindo em direção a seu apartamento, que ficava entre o prédio da mãe e o armazém.

Tocou a coronha da pistola que levava no bolso interno do paletó, apenas para se certificar de que ela estava ali. Teria que matar Tom Hagen, e isso atiçaria os Corleones. Não havia o que fazer — a situação se tornaria um grande problema. Vito Corleone tinha a reputação de um homem que falava mais do que agia, porém Clemenza e sua gente eram bem mais ferozes, sobretudo o próprio Clemenza. Luca tentou juntar todas as informações que possuía sobre os Corleones. Genco Abbandando era *consigliere*. Também era sócio de Vito na importadora de azeite. Peter Clemenza era o *capo* de Vito. Jimmy Mancini e Richie Gatto eram homens de Clemenza... Isso era tudo de que ele podia ter certeza, mas, de qualquer modo, não se tratava de uma organização de grande porte como a de Mariposa, ou mesmo a de Tattaglia e as das outras famílias. Luca supunha que os Corleones ocupassem algum lugar entre uma gangue e uma organização como a de Mariposa, a de Tattaglia e a de LaConti — ou pelo menos o que havia sobrado dela. Sabia que Clemenza tinha mais homens que Mancini e Gatto, mas não sabia quem. Supunha que Al Hats também estivesse com os Corleones, mas não tinha certeza. Teria que descobrir tudo isso antes de dar um jeito no garoto. Pouco importava os Corleones terem o poder de fogo de um exército inteiro — mas ainda assim Luca precisava ter uma boa medida do inimigo. Já previa que seus asseclas não gostariam nada daquilo, e, subitamente, como se uma coisa puxasse a outra, o De Soto amarelo de JoJo surgiu a seu lado, com ele ao volante e a cabeça de Hooks para fora da janela.

— Oi, chefe — cumprimentou Hooks, e desceu do carro usando um *porkpie* preto com uma pena verde espetada à fita.

— O que diabos você está fazendo aqui? — perguntou Luca enquanto JoJo e os outros também desciam, para fazer um círculo em torno do chefe.

— Problemas — respondeu Hooks. — Tommy Cinquemani quer uma reunião. Ele acabou de aparecer no armazém com alguns dos seus homens. Não parecia contente.

— Uma reunião comigo? — indagou Luca. A cabeça ainda doía, mas a ideia de Cinquemani ir até o Bronx para solicitar uma reunião fez com que ele abrisse um sorriso. — Quem estava com ele? — perguntou, e retomou a caminhada rumo ao apartamento.

JoJo olhou para o carro deixado junto ao meio-fio.

— Deixe aí — adiantou-se Luca. — Depois vocês voltam para buscar.

— Mas tem um monte de arma estocada debaixo dos bancos — argumentou JoJo.

— E você acha que alguém vai roubar de você nessa vizinhança?

— Você tem razão — aquiesceu JoJo, juntando-se aos demais.

— Então, quem está com Cinquemani? — insistiu Luca. Todos os homens subiram na calçada, vestiam terno e gravata e caminhavam ao lado do chefe.

— Nicky Crea, Jimmy Grizzeo e Vic Piazza — respondeu Paulie.

— Grizz — disse Luca. Era o único dos três que ele conhecia, e não gostava do sujeito. — O que Tommy disse?

— Falou que quer uma reunião — avisou Hooks.

— Sobre o quê?

Vinnie Vaccarelli enfiou a mão nas calças para se coçar. Alto e magricela, era o mais novo da gangue, com 20 e poucos anos. Suas roupas sempre davam a impressão de que iam cair.

— Ele quer conversar com você sobre *umas coisas*.

— Quer dizer então que o dentista quer falar comigo — comentou Luca.

— Dentista? — perguntou Vinnie.

— Pare de coçar esse saco, rapaz! — mandou Luca, e Vinnie imediatamente recolheu a mão. — É assim que eles chamam Cinquemani. Dentista. Talvez ele queira ver meus dentes. — Diante do silêncio à sua volta, explicou: — Cinquemani gosta de arrancar os dentes dos outros com um alicate.

— Vai se ferrar — disse Hooks, o que significava que ele queria distância de qualquer um que arrancasse o dente dos outros.

Luca riu de Hooks. Percebia que todos estavam um pouco nervosos.

— Bando de *finocchi* — resmungou, e seguiu andando como se ao mesmo tempo estivesse decepcionado e risse por dentro.

— Então, o que você vai fazer? — quis saber Hooks.

Estavam na Terceira Avenida, paralelamente ao elevado, a alguns prédios do de Luca.

Lá chegando, Luca escalou os pequenos três degraus que levavam à porta de entrada e a destrancou enquanto seus homens esperavam. Entreabrindo a porta, virou-se para Hooks e falou:

— Deixe Cinquemani esperar. Não precisa dizer nada. Vamos fazer o homem voltar e pedir outra reunião, dessa vez com mais delicadeza.

— Pelo amor de Deus! — exclamou Hooks, e se espremeu contra Luca para passar ao corredor. — Não dá para brincar com essa gente, chefe. Mariposa mandou um dos seus *capi* para falar com a gente. Se ele for ignorado, mais dia, menos dia vamos virar comida de peixe.

Luca também passou ao corredor, e os demais entraram em seguida. Quando a porta se fechou, o corredor e os degraus da escada ficaram escuros. Luca acendeu uma luz.

— Está sentindo cheiro de cigarro? — perguntou a Hooks, e espiou o primeiro lanço da escada.

Hooks deu de ombros.

— Estou sempre sentindo cheiro de cigarro, por quê?

Ele tirou um cigarro do maço de Lucky Strike e o acendeu.

— Por nada. — Luca começou a subir a escada com os rapazes o seguindo. — Não gosto de Cinquemani. Nem desse Grizz.

— Jimmy Grizzeo? — perguntou Paulie.

— Cheguei a fazer um assalto com Grizz — esclareceu Luca —, antes de ele se juntar a Cinquemani. Eu não gostava do homem na época e gosto menos ainda agora.

— Grizz é um zé-ninguém — comentou Hooks. — O problema é Cinquemani. Mariposa mandou o homem, e a gente não pode ignorar Mariposa.

— Por que não? — perguntou Luca. Estava se divertindo. Ainda sofria com a dor de cabeça, mas o prazer de ver Hooks suando frio quase bastava para a esquecer.

— Porque a gente não quer morrer, chefe — respondeu Hooks.

— Então vocês estão no ramo errado — devolveu Luca. — Muita gente morre nesse ramo. — À porta do apartamento ele se virou para Hooks e tateou os bolsos à procura das chaves. — Você não deve se preocupar em morrer, Hooks. Os outros é que têm que se preocupar. Entendeu?

Hooks já começava a responder quando uma porta bateu e eles ouviram passos apressados em algum lugar acima deles. Todos se viraram para a escada do telhado.

— Me dê a sua arma — pediu Willie.

— Para que você quer minha arma? — Donnie tinha acabado de saltar para o telhado e olhava para o irmão ainda à porta. Ao verem que Luca não estava sozinho, ambos abandonaram seus postos, cientes de que o plano teria que ficar para outra ocasião. O telhado do outro lado da rua já estava sem homens e atulhado de caixas. A luz era pouca, e a maioria dos telhados se resumia a uma ampla sombra.

— Não interessa — rebateu Willie. — Me dê a arma, anda.

— Mas você já tem uma arma — declarou Donnie, e se reergueu para espiar a porta fechada. — Ninguém está vindo atrás de nós. Eles não desconfiam de nada.

— Passa logo essa arma, porra — insistiu Willie.

Donnie enfim tirou sua pistola do coldre axilar e a entregou ao irmão.

— Ainda não sei o que diabos você pretende fazer com isso.

Willie apontou para o telhado seguinte, dizendo:

— Agora vai. Daqui a pouco eu encontro você.

— Você não resolveu ficar doido logo agora, não é? — brincou Donnie, rindo. Olhou um segundo para o degrau seguinte da escada que dava no outro telhado e, quando se voltou novamente para o irmão, Willie tinha desatado a correr. A confusão paralisou Donnie por um instante antes que ele saltasse da escada de volta ao telhado. Willie já havia sumido do outro lado da porta.

Luca pensou se tratar de um dos garotos da vizinhança. Volta e meia eles subiam no telhado para brincar. Quando a porta do telhado se abriu com um estrépito, alguém desceu correndo pela escada. Para complicar as coisas ainda mais, um trem passou rugindo pelo elevado. Luca se voltou para as sombras e sacou a arma. Em seguida começou um tiroteio.

Um vulto, duas armas disparando no escuro. Luca via apenas um vulto cuspindo fogo. E só o que ouvia era a barulheira do trem pontuada pelos tiros. Quando tudo acabou, quando o vulto fugiu com a rapidez de um fantasma, ele puxou o gatilho e se deu conta de que a câmara da pistola estava vazia. Portanto Luca havia atirado de volta e continuara atirando, embora não se lembrasse de nada, apenas do primeiro tiro e de alguma vidraça se estilhaçando; em seguida ele tinha se jogado sobre Paulie, que fora atingido e gemia no chão, depois havia ficado ali, no escuro, esperando para ver o que estava por vir, rodeado pelo cheiro forte da pólvora e o silêncio que se fizera após o trem passar e as armas se calarem. A surpresa de tudo aquilo o deixara atordoado. Quando enfim se deu conta do que havia acontecido — um maluco que, como um caubói, havia disparado duas armas ao mesmo tempo —, ele imediatamente irrompeu na direção da escada e foi atrás do atirador.

Chegando ao telhado não viu ninguém. Havia duas escadas de incêndio, uma de cada lado do prédio, e só então ele percebeu que era preciso tirá-las dali assim que possível. No telhado do outro lado da rua, em meio a

uma infinidade de caixas, cinco ou seis trabalhadores de macacão olhavam curiosos junto ao parapeito. Luca gritou para eles:
— Vocês aí! Viram alguma coisa?
Ninguém respondeu.
— E então? Viram ou não? — insistiu.
— Ninguém viu nada, não senhor — enfim respondeu algum irlandês. — Só ouvimos o tiroteio.
— Não teve tiroteio nenhum — declarou Luca. — Só uns garotos aí... uns foguetes que sobraram do Quatro de Julho.
— Certo... — disse o homem, e foi embora com os demais.
Virando-se para trás, Luca se deparou com Hooks e JoJo ladeando a porta do telhado como guardas com as pistolas em punho.
— Podem baixar as armas — avisou.
— Paulie e Tony foram atingidos — disse Hooks.
— É grave? — Luca passou entre eles e desceu pela escuridão da escada. Precisou se apoiar no corrimão e procurar os degraus com os pés.
— Vão viver — comentou JoJo.
— Você é médico agora, porra? — perguntou Hooks. E para Luca: — Tony foi atingido na perna.
— Onde na perna?
— Mais alguns centímetros para a esquerda e o coitado ficava eunuco.
— E Paulie?
— A bala atravessou a mão — disse JoJo. — Está que nem Jesus Cristo.
Já de volta ao corredor, o vento soprando através da janela estilhaçada, Hooks falou:
— Luca, não dá para brincar com Cinquemani e Mariposa. Eles vão acabar com a gente. Com todos nós.
— Hooks tem razão, Luca — emendou JoJo. — Isso é loucura. E para quê? Por causa de alguns engradados de bebida?
— Vocês estão com medo, rapazes? — desafiou Luca. — Medo de um pouco de ação?
— Você sabe que não é isso, chefe — respondeu Hooks.
À porta do apartamento de Luca, Tony gemia e xingava ao mesmo tempo, apertando a perna para estancar o sangue. Luca usou a coronha de sua arma para golpear algumas das pontas de vidro que restavam na janela estilhaçada. O corredor estava escuro, iluminado apenas pela luz que atravessava a porta aberta do apartamento, vindo da rua. Se a polícia estivesse

a caminho, pensou Luca, as sirenes já estariam uivando. Ele se inclinou na janela e espiou o elevado. A rua estava deserta, ninguém à vista, nenhum garoto correndo, nenhuma velhinha varrendo a calçada.

Atrás de Luca, Vinnie envolvia um lenço em torno da perna de Tony.

— Ele está sangrando feito um porco — declarou. — Não consigo estancar.

— Leve Paulie e ele para o hospital — mandou Luca. — Invente uma história. Diga que foram baleados nas docas.

— Para o hospital? — indagou Hooks. — O Dr. Gallagher não pode dar um jeito nisso para a gente?

— Você se preocupa demais, Hooks — disse Luca, e sinalizou para Vinnie, que voltou ao apartamento para buscar Paulie.

Ainda à porta, falou a Hooks e JoJo:

— Vou precisar que me ajudem a carregar Tony.

Hooks tirou o chapéu e, brincando com a pena, dirigiu-se a Luca:

— E agora o que a gente faz? Com Cinquemani e Mariposa?

Luca golpeou mais alguns estilhaços da janela e fitou o céu onde poucas estrelas cintilavam sem muito ânimo. Um casal de pássaros escuros voou na direção do parapeito e subitamente mudou de rota. Sentando-se no batente da janela, Luca respondeu:

— Vamos marcar uma reunião com Cinquemani. Diga a ele que entendemos o recado. Mas queremos que a reunião seja num lugar público e...

— Que lugar? — interrompeu Hooks. — Um restaurante, por exemplo?

— Tanto faz.

— Como assim, tanto faz? — indagou Hooks. Colocou o chapéu e o tirou de novo enquanto Luca o encarava. — Não estou entendendo. Não é melhor a gente escolher o lugar?

— Hooks — alertou Luca. — Você está começando a me aporrinhar.

— Tudo bem, chefe. — Hooks ergueu as mãos como se dissesse: "Sem mais perguntas." — Vou dizer que tanto faz, que eles podem escolher o lugar.

— Ótimo. Mas insista que tem que ser num lugar público, entendeu? Uma questão de segurança.

— Claro. Quando?

— O mais cedo possível. Quanto antes, melhor. E, se você tremer um pouco de medo, melhor ainda. — Luca apontou para a porta, onde Tony parecia prestes a desmaiar. — Levem os dois para o hospital, depois voltem para cá e explico o restante do plano.

Hooks ficou olhando para Luca, tentando decifrar o que via nos olhos dele. Abriu a boca, considerando fazer mais uma pergunta, porém logo percebeu o perigo daquilo.

— Vamos, JoJo — chamou, e a dupla sumiu no interior do apartamento.

A enxaqueca de Luca havia se extinguido também, logo no início do tiroteio. Sentado ali no escuro do corredor, com Tony gemendo às suas costas, ele ficou se perguntando por quê.

Sonny estacionou diante da confeitaria de Eileen, desligou o carro e se recostou no banco, baixando o chapéu sobre os olhos como se fosse tirar um cochilo. A vizinhança estava barulhenta por causa de trens que saíam dos pátios ferroviários e de carros e carroças que iam e vinham na rua. Acabara de jantar com Sandra e havia caminhado pela Arthur Avenue durante um tempo, sentindo-se agitado e confuso — o que não chegava a ser raro para ele —, depois pegara o carro sem saber exatamente que estava indo para a casa de Eileen. Ainda pensava que o melhor talvez fosse voltar para seu próprio apartamento e dar a noite por encerrada, mas não gostava de ficar sozinho naquele cubículo na Mott Street. Não sabia o que fazer consigo mesmo lá dentro. Quando havia comida no refrigerador, ele comia — mas Sonny não gostava de fazer compras. Sentia-se como um *finnoch'*. Geralmente ia comer na casa dos pais e voltava com algo que a mãe lhe dava, e era assim que a comida aparecia no refrigerador — sobras de lasanha ou *manicotti* e potes grandes de molho. Ele jamais voltava da casa dos pais sem comida suficiente para três ou quatro dias, depois buscava mais, e assim ia vivendo. Sempre que chegava ao apartamento, jogava-se na cama e ficava olhando para o teto. Se não conseguisse dormir, saía à procura de algum amigo, tentava achar alguma mesa de jogo em algum lugar ou ia beber num dos muitos bares clandestinos da cidade — e, na manhã seguinte, semimorto, precisava se arrastar até a oficina para trabalhar. Sandra o havia deixado bastante animado. Mentalmente ele agora desabotoava a blusa dela, corria as mãos sobre aquele par de peitinhos firmes e deliciosos — no entanto, seria melhor esquecê-los, pois ainda seriam necessários outros tantos jantares, talvez até um anel de noivado, antes que ele de fato conseguisse chegar àqueles seios nus. Ainda não estava preparado para isso. Mas tinha gostado daquela moça tão linda e doce.

Sonny ergueu o chapéu novamente, debruçou-se sobre o volante e olhou para o apartamento de Eileen. As luzes ainda estavam acesas na sala. Ele não sabia qual seria a reação dela caso subisse sem nenhum aviso ou telefonema, sobretudo à noite. Conferiu as horas no relógio: faltava pouco para as nove. Caitlin com certeza já estaria dormindo. Ao lhe ocorrer que as noites de Eileen talvez fossem tão solitárias e monótonas quanto as dele, que talvez só restasse a ela ouvir um pouco de rádio antes de ir dormir, Sonny desceu do carro, tocou a campainha do apartamento dela e recuou um passo. Eileen surgiu à janela, e ele abriu os braços, dizendo:

— Achei que você fosse gostar de um pouco de companhia.

Ela usava um vestido azul de gola larga, e os cabelos estavam ondulados.

— Você mudou o corte — observou Sonny, e Eileen sorriu misteriosamente.

O sorriso de Eileen não dizia que ela estava particularmente feliz por vê-lo ali, mas também não dizia o contrário. Então Sonny voltou à porta e ficou lá, esperando que ela fosse aberta automaticamente ou que Eileen descesse para abri-la. Percebendo que nem uma coisa nem outra estava para acontecer, recuou de novo, tirou o chapéu para coçar a cabeça e novamente olhou para a janela — então a porta se escancarou e Cork saiu à calçada.

— Ei, Sonny! — saudou Cork, segurando a porta aberta. — O que está fazendo aqui? Eileen falou que você queria falar comigo...

— O que diabos aconteceu com você, rapaz? — perguntou Sonny, agitado demais, falando alto demais, na tentativa de esconder a surpresa de ver o irlandês na casa da irmã. Aparentemente Cork não havia percebido. Com a camisa manchada de tinta vermelha na altura do peito, Cork se explicou:

— Foi Caitlin. A camisa vai para o lixo.

Sonny correu um dedo sobre as manchas, viu que a tinta já havia secado.

— Ela estava pintando — explicou Cork, ainda olhando para as marcas. — Eileen falou que não dá para lavar.

— Aquela menina é uma capetinha.

— Nem tanto. Mas então, o que houve?

— Passei no seu apartamento — mentiu Sonny. — Você não estava lá.

— Porque estava aqui, ora. — Cork olhou torto para Sonny como se estivesse estranhando a súbita idiotice do amigo.

Sonny tossiu contra a mão fechada em punho, pensando no que dizer. Decidiu então falar dos planos que tinha para o próximo trabalho da gangue.

— Fiquei sabendo de outro carregamento — declarou em voz baixa.

— O quê? Hoje à noite?

— Não. — Sonny se recostou no batente da porta, ao lado de Cork. — Ainda não sei direito, mas queria contar a você.

— Vai, fala. — Antes que ele pudesse dizer o que fosse, Cork olhou rapidamente para a escada e acenou para que Sonny passasse ao corredor do prédio. — Está frio. Parece que já é inverno.

— É um carregamento pequeno — continuou Sonny, sentando-se num dos degraus, erguendo o chapéu. — Está vindo num carro com um fundo falso no chassi. E algumas garrafas escondidas no estofamento.

— De quem é a bebida?

— De quem você acha?

— Mariposa? De novo? Mas o que a gente vai fazer com a bebida? Não podemos mais vender para Luca.

— Essa é a melhor parte — falou Sonny. — Juke vai comprar direto da gente. Sem intermediários.

— E se Mariposa ficar sabendo que Juke está vendendo a bebida dele?

— Ficar sabendo como? — devolveu Sonny. — Não vai ser Juke que vai contar. Além disso, Mariposa nunca vai ao Harlem.

Cork sentou-se ao lado de Sonny e se esticou nos degraus como se estivesse deitado numa cama.

— Quanto você acha que a gente vai conseguir tirar de um carregamento pequeno assim? — perguntou.

— Aí é que está. O carregamento é de champanhe do bom, de vinhos trazidos direto da Europa. Coisa fina. De 50 a 100 pratas por garrafa.

— Quantas garrafas?

— Trezentas ou quatrocentas, imagino.

Cork deitou a cabeça num dos degraus e fechou os olhos para fazer as contas.

— Jesus, Maria, José! — exclamou. — Juke não vai querer pagar uma fortuna dessas para a gente.

— Claro que não — disse Sonny —, mas ainda assim a gente vai embolsar uma boa grana.

— Quem foi que passou essa dica para você?

— Tem coisa que é melhor você não saber, Cork. Mas por quê? Não confia em mim?

— Merda... Você sabe que a gente está ferrado se Mariposa descobrir.

— Ele não vai descobrir nada — assegurou Sonny. — Além disso, já estamos ferrados se ele descobrir o que a gente já fez. Melhor ferrados e ricos do que o contrário.

— Quantos homens... — perguntou Cork, e a porta do apartamento de Eileen se abriu no topo da escada.

Eileen se debruçou à beira dos degraus e, com as mãos na cintura, falou:

— Você vai convidar seu amigo para entrar, Bobby Corcoran? Ou vocês vão ficar aí embaixo, planejando besteira?

— Vamos subir — disse Cork a Sonny. — Eileen faz um café para você.

Sonny ficou de pé e endireitou o paletó.

— Tem certeza de que podemos subir? — perguntou a Eileen.

— Ela não acabou de convidar? — questionou Cork.

— Não sei, convidou? — devolveu Sonny.

A filhinha de Eileen se juntou à mãe e se agarrou a uma das pernas dela.

— Tio Bobe? — gritou.

— Ela é uma palhaça — comentou Cork com Sonny, e saiu pulando escada acima para perseguir a sobrinha, fazendo com que ela voltasse aos berros para o apartamento.

— Suba — falou Eileen. — Não precisa fazer cerimônia. — Ela também voltou ao apartamento e deixou a porta aberta.

Na cozinha, Sonny a encontrou com uma xícara de café na mão, tranquila, e um prato de brownies na mesa à sua frente.

— Sente aí — indicou ela, e empurrou uma xícara vazia para o outro lado da mesa. Os cabelos pareciam brilhar mais com o novo penteado, como se as ondas cintilassem sob a luz da cozinha a cada movimento da cabeça.

Cork chegou pouco depois com Caitlin carregada nos ombros.

— Diga olá para Sonny — disse, e desceu a menina para o colo.

— Olá, Sr. Sonny — cumprimentou a menininha.

— Oi, Caitlin. — Sonny olhou seguidas vezes para a menina e para Eileen, depois comentou: — Uau. Você é quase tão bonita quanto a sua mamãe.

Eileen o fitou de soslaio, mas Cork riu e disse:

— Não encha a bola dela, senão depois ninguém aguenta. — Desceu com Caitlin para o chão, deu um tapinha na bunda dela e falou: — Vai brincar, vai.

— Tio Bobe... — disse a menina em tom de súplica.

— Pode parar com essa história de tio Bobe, antes que eu dê uma coça em você.

— Promete?

— Promete o quê? Dar uma coça?

— Que você vai brincar comigo daqui a pouco?

— Prometo — declarou Cork, e gesticulou para que ela fosse para a sala. Caitlin hesitou um instante, olhou rapidamente para Sonny, depois correu de volta à sala. Tinha os mesmos cabelos dourados e finos do tio, além dos olhos caramelados da mãe.

Sonny riu e repetiu:

— Tio Bobe...

— Não é perfeito? — comentou Eileen. — E ela ainda é só uma criança...

— Mas você não devia dar corda para a garota — falou Cork. — Ela só me chama assim para implicar.

Eileen começou a brincar com o café como se estivesse pensando em algo. Depois falou para Sonny:

— Então, você ficou sabendo que o Sr. Luigi "Hooks" Battaglia ainda está procurando o assassino de Jimmy?

Sonny olhou para Cork.

— Ah — disse Cork. — Na última vez que vi Hooks, ele pediu que eu dissesse a Eileen que não tinha se esquecido de Jimmy.

— Faz quase dois anos — comentou Eileen com Sonny. — Dois anos e ele ainda anda por aí, seguindo as pegadas de quem matou o meu Jimmy. Um verdadeiro detetive, esse Sr. Hooks Battaglia, não é?

— Segundo ele, foi um dos gorilas de Mariposa que matou Jimmy — comentou Cork.

— E eu não sei? — rebateu Eileen. — Aliás, todo mundo sabe disso. Mas a pergunta é: qual dos gorilas? E o que é que vão fazer a respeito, agora que já passou tanto tempo?

— Que diferença faz o tempo que passou? Se Hooks encontrar o sujeito, vai matá-lo.

— "Que diferença faz o tempo..."? — repetiu Eileen, e Sonny interveio:

— Hooks é siciliano, Eileen. Dois anos não são nada. Se Hooks levar 22 anos para descobrir quem matou o amigo dele, pode acreditar em mim, o homem vai morrer. Os sicilianos nunca esquecem, nunca perdoam.

— Nem os sicilianos nem os irlandeses de Donegal — acrescentou Eileen. — Quero que o assassino de Jimmy seja levado à justiça. — Para Cork, falou: — Você conhecia Jimmy. Sabe que seria essa a vontade dele.

— Deus é testemunha de que eu gostava dele como um irmão — declarou Cork, e subitamente ficou irritado. — Mas a gente nunca concordava nesse tipo de coisa, Eileen. Você sabe disso. — Arrastou a cadeira para trás, espiou Caitlin na sala, só então prosseguiu: — Jimmy era um idealista, e eu... você sabe que sou um realista com relação a essas coisas.

— Por você o assassino seria assassinado também, não é? — perguntou Eileen, inclinando-se na direção do irmão. — Você acha que isso provaria alguma coisa? Mudaria alguma coisa?

— Agora você falou igualzinho a Jimmy. — Cork se colocou de pé. — Fiquei até comovido. Você aí! — falou para Caitlin. — O que está fazendo, hein? — E para Eileen: — Se eu soubesse quem matou Jimmy, mataria o filho da puta com as minhas próprias mãos e colocaria um ponto final nessa história.

Novamente olhou para a sala, depois ergueu as mãos sobre a cabeça, rugiu feito um mostro e saiu correndo atrás da sobrinha, que fugiu berrando.

Erguendo os olhos para Sonny, Eileen perguntou:

— Vocês dois, hein? Meu Jesus...

— Uma briga de família — comentou o rapaz, e olhou para o chapéu que havia pendurado à porta. — Acho melhor eu ir andando.

— Bobby e Jimmy... — começou Eileen, alheia ao que tinha acabado de ouvir. — Eles viviam discutindo, aqui mesmo nessa mesa. Sempre o mesmo assunto. Só mudavam as palavras. Bobby dizendo que o mundo é um lugar corrupto e que só nos resta aceitar; Jimmy dizendo que era preciso acreditar num mundo melhor. Toda vez a mesma coisa. — Ela baixou os olhos para o café, depois os ergueu para Sonny. — Jimmy não discordava de Cork, também achava que o mundo é um lugar imundo e perigoso, sequer acreditava que as coisas podiam mudar... Mas era isso que ele dizia a Bobby, tentando ensinar alguma coisa ao garoto. Costumava falar: "Você precisa acreditar que o mundo pode melhorar, para o bem da sua própria alma." — Eileen se calou e ficou olhando para Sonny.

— Pena que eu não o conheci — comentou, e Eileen assentiu com a cabeça, talvez achando graça da ideia de um encontro entre os dois.

Cork chamou Sonny para a sala, e Eileen sinalizou para que ele o atendesse.

— Afinal você veio aqui pra vê-lo, não foi? — indagou ela.

Sonny encontrou o amigo com os braços apertados em torno da sobrinha, a menina gargalhando, tentando se desvencilhar.

— Sonny, me ajuda aqui com essa danadinha — disse Cork, rodopiando com ela no colo. — Ela é demais para mim. — Quando completou uma volta, arremessou-a para Sonny, arrancando mais gritos e gargalhadas dela.

— Opa! — exclamou Sonny ao pegá-la no ar. — E agora? O que eu faço com a diabinha? — Com a menina retorcendo em seus braços, rodopiou como Cork e a arremessou de volta para os braços do tio.

— Então, chega? — perguntou Cork a ela.

Caitlin parou de se remexer, olhou de volta para Sonny, depois para o tio.

— De novo! De novo! — pediu, e Bobby voltou a rodopiar, preparando-se para arremessá-la para Sonny, que ria, preparando-se para recebê-la.

Entre um arremesso e outro, parada à porta da cozinha, Eileen balançou a cabeça e abriu um sorriso que se tornou uma gargalhada assim que Caitlin, extasiada, alçou voo e aterrissou nos braços de Sonny.

8

Sean puxou um fiapo da tinta que descascava na parede e esperou a algazarra do trem que seguia pelos trilhos da Décima Primeira Avenida terminar antes de bater novamente à porta de Kelly. Havia passado as últimas horas rodando de bonde pela cidade porque não queria voltar para casa e encarar Willie e Donnie. Mas não poderia passar a noite inteira fora — os próprios irmãos o tinham despachado, certo? Ainda assim, Sean ainda não queria vê-los.

— Kelly — gritou ele junto à porta fechada. — Sei que está aí. Vi você passando pela janela.

Pregando a orelha na porta, ouviu o ranger de um colchão de molas, os estalidos de vidro batendo contra vidro. Ficou imaginando o corpo de Luca Brasi estendido à porta do apartamento dele, cogitando se Donnie realmente teria cortado o pau do pilantra para depois enfiá-lo na boca do morto. Imaginou a cena, Luca Brasi com o próprio pau na boca, e estremeceu. Correu a mão pelos cabelos e, apalpando a arma que ainda trazia no bolso, lembrou-se mais uma vez do que Willie tinha dito: ... *todos os ratos sicilianos dessa cidade vão sair do bueiro para vir atrás dos nossos rabos irlandeses.*

— Vamos, Kelly — implorou. — Por favor, é seu próprio irmão quem está aqui.

Quando a porta enfim se abriu, ele deu um passo atrás e levou as mãos ao rosto.

— Meu Deus do céu! — exclamou, pasmo.

— Você queria me ver, não queria? — questionou Kelly. — Pois agora está vendo.

Ela segurava a porta entreaberta com uma das mãos e apoiava a outra no batente. Ambos os olhos apresentavam hematomas ao redor, as faces estavam inchadas, a testa trazia um corte que sumia entre os cabelos. A irmã vestia um par de meias vermelhas vibrantes e uma camisa branca masculina com mangas dobradas que, pelo tamanho, só podiam pertencer a Luca. A parte de baixo descia até as panturrilhas.

— Ah, pelo amor de Deus, Sean. Quando você vai crescer, hein? Não estou tão mal assim.

Sean baixou as mãos e estremeceu novamente ao olhar para a irmã.

— Minha Nossa Senhora... Kelly...

Kelly tentou abrir um sorriso irônico, mas, devido às circunstâncias, crispou o rosto numa careta de dor.

— O que você quer, Sean? Achei que a família não quisesse mais saber de mim.

— Você sabe que eu nunca concordei com isso — declarou Sean, e espiou o interior do apartamento. — Posso entrar?

Kelly olhou para o apartamento como se de repente ele tivesse se transformado num lugar em que todos quisessem entrar.

— Claro. Bem-vindo ao meu palácio.

Sean entrou e procurou algum lugar onde pudesse se sentar. Não encontrou mesa com cadeiras, nem cozinha, apenas um espaço vazio diante de uma pia igualmente vazia. De fato não havia ali uma cozinha de verdade, apenas uma pia com alguns armários e o relevo de um arco separando a área da cozinha da do quarto, que abrigava uma cama pequena, uma mesinha decrépita e uma cadeira grande junto à janela que dava para a Décima Primeira Avenida. Revistas, roupas e tralhas de todo tipo se espalhavam pelo chão, onde rostos hollywoodianos pareciam encará-lo: Jean Harlow, Carole Lombard, Fay Wray. Virando-se, Sean se deparou com a irmã recostada à porta observando-o. Sua camisa estava semiaberta, e ele podia ver mais dos seios dela do que gostaria.

— Abotoe isso aí, vai — pediu.

Kelly ajustou a camisa e foi lutando com os botões sem conseguir domesticá-los.

— Poxa, Kelly, você está bêbada demais para abotoar a própria camisa?

— Não estou bêbada — respondeu baixinho, talvez falando mais para si mesma do que para o irmão.

— Claro que não, estou vendo. — Sean se aproximou da irmã e abotoou a camisa para ela, como se novamente ali estivesse a caçulinha de quem ele costumava cuidar. — Olhe só para você, Kelly — falou, os olhos se enchendo de lágrimas.

— Quando você vai deixar de ser um bebê, Sean? — Kelly o empurrou e foi se deitar na cama. Puxou um cobertor vermelho até a cintura, ajeitou o travesseiro sob a cabeça. — Então aqui está você... — Em seguida ela se inclinou na direção do irmão como se estivesse perguntando o que queria ali.

Sean retirou as roupas abandonadas na cadeira e as colocou na cama.

— Kelly — disse, jogando-se na cadeira como se estivesse exausto. — Isso não é vida pra você.

— Ah, não? O que você quer? Que eu volte para casa para lavar a roupa de todo mundo? Para fazer a faxina? Para fazer as vontades de todo mundo como uma empregada doméstica? Não, muito obrigada, Sean. Foi para isso que você veio? Para me levar de volta?

— Não. Vim porque estava preocupado com você. Olha só o seu estado... — Ele arrastou a cadeira para trás como se quisesse ver melhor a irmã. — Você devia estar num hospital, Kelly, mas está aqui, tentando afogar os problemas na bebida.

— Não estou bêbada — repetiu ela. Na mesinha a seu lado, uma garrafa de uísque razoavelmente cheia esperava ao lado de um copo vazio. Kelly se serviu de uma dose, mas Sean roubou o copo das mãos dela antes que chegasse à boca.

— O que você quer, Sean? Me diz o que você quer, depois me deixa em paz.

— Por que insiste em ficar com alguém que espanca você dessa maneira, como se fosse um cão sarnento? — Sean voltou com o copo para a mesinha, e só então notou que ali também havia um pequeno frasco de comprimidos pretos. Pegou-o. — O que é isso aqui?

— Fiz por merecer — respondeu Kelly. — Você não sabe a história inteira.

— Agora você falou igual à mamãe toda vez que ela apanhava do papai — comentou Sean, e chocalhou os comprimidos à espera de uma resposta.

— É Luca que me dá — explicou Kelly, tomando o frasco das mãos dele. — São para dor. — Derramou dois comprimidos sobre a palma da mão, jogou-os na boca e os engoliu com o uísque.

— Kelly. Não vim aqui para levar você para casa. Nem que eu quisesse. Donnie não deixaria.

Kelly se acomodou na cama e fechou os olhos.

— Então veio para quê?

— Olhe para mim, Kelly — disse Sean. — Vim aqui para dizer que... quando precisar de ajuda, pode contar comigo, tudo bem?

Kelly riu e deixou a cabeça cair no travesseiro.

— Você é um bebezão, Sean O'Rourke. Sempre foi. — Ela tocou a mão do irmão e novamente fechou os olhos. — Agora me deixe dormir, vai. Estou cansada. Preciso do meu sono de beleza. — Amoleceu o corpo como se ele fosse de borracha e pouco depois já estava dormindo.

— Kelly — chamou Sean. Como ela não respondeu, ele tocou o pescoço da irmã e sentiu o pulso na ponta dos dedos. — Kelly — repetiu em vão. Tirou um dos comprimidos do frasco, examinou-o de perto, colocou-o de volta. Não havia rótulo. Levantando os cabelos de Kelly, viu que o corte subia muito além da testa, quase chegando ao topo da cabeça. Um corte feio, já com cascas de sangue, mas não parecia ser profundo. Sean puxou o cobertor para cobri-la, tirou os sapatos dela, colocou-os lado a lado junto da cama. Saindo ao corredor, fechou a porta e verificou se estava realmente trancada.

Na rua, um vento soprava forte, vindo do Hudson para cortar a avenida. Sean cobriu o pescoço com as lapelas do paletó e apertou o passo na direção de casa. Usou o cotovelo para abrir a porta do prédio, escalou as escadas e entrou no apartamento de sempre, encontrando a mãe na cozinha, sentada à mesa com as páginas dos quadrinhos do *New York American* abertas à sua frente. Sempre fora uma mulher frágil, porém os anos a tinham transformado num saco de ossos, e o pescoço era especialmente aflitivo, só pele, tendões e músculos flácidos, não muito diferente do pescoço de uma galinha. No entanto, ao rir de alguma coisa nos quadrinhos, deixava entrever nos olhos um pouco do brilho que eles possuíam no passado. Não vendo o pai por ali, Sean supôs que estivesse na cama com uma garrafa de uísque a tiracolo e um copo na mão.

— Mãe — chamou Sean —, cadê Donnie e Willie?

A Sra. O'Rourke ergueu os olhos do jornal, dizendo:

— Krazy Kat. — Era disso que ela estava rindo. — Seus irmãos estão lá no telhado. Fazendo alguma coisa com aqueles malditos pombos. O que foi, Sean? Você me parece um pouco preocupado.

— Não é nada, mãe — assegurou e, segurando a mãe pelos ombros, curvou-se para beijá-la no rosto. — Acabei de ver Kelly.

— Ah. E ela, como está?

— Ainda bebendo muito.

— Claro — disse a Sra. O'Rourke, e voltou à leitura como se não houvesse mais o que dizer sobre o assunto.

No telhado, Sean encontrou os irmãos sentados sobre um monte de palha ao lado do pombal, que não passava de um pequeno cercado de madeira e alambrado, já devidamente forrado com a palha nova. Donnie e Willie estavam lado a lado, fumando e olhando para o mar de telhas do horizonte, paletós e cabelos varridos pelo vento forte. Sean se acomodou diante deles na mureta.

— E então, fizeram o serviço? — perguntou.

— O filho da puta deu sorte — respondeu Donnie. — Ele voltou para casa com a gangue inteira.

— Mas furei alguns deles — acrescentou Willie.

— O que aconteceu? — quis saber Sean. — Você abriu fogo?

Apontando o queixo para Willie, Donnie disse:

— Seu irmão não bate muito bem da cabeça.

Willie riu e se defendeu:

— Eu perdi a cabeça, mas só um pouquinho.

— A gente já estava no telhado, prestes a dar o fora — explicou Donnie —, quando esse aí pediu minha arma, voltou para dentro do prédio e deu uma de caubói. Dá para acreditar numa coisa dessas?

— Eu queria matar aquele filho da puta.

— E você acertou? — perguntou Sean.

Willie fez que não com a cabeça e deu um longo trago no cigarro.

— Vi quando ele chegou no telhado para perseguir a gente. Eu já estava no prédio vizinho, escondido na escada de incêndio, mas um animal daquele tamanho... só podia ser Luca. — Para Donnie, falou: — Tenho certeza de que era ele.

— Que pena — comentou Sean.

— Mas peguei pelo menos dois — disse Willie. — Ouvi o grito e quando caíram no chão.

— Acha que morreram?

— Espero que sim. — Willie apagou o cigarro, espremendo-o com o sapato no piso alcatroado. — Odeio esses carcamanos de merda, todos eles.

— E agora, o que vai acontecer? — Sean tirou sua arma do bolso e a deixou sobre a mureta. — Luca vem atrás da gente?

— Não. Pelo menos por enquanto — respondeu Willie. — Eu estava no escuro, com o boné abaixado. Ele ainda não sabe quem estava lá.

— Por enquanto? — repetiu Sean, e se abaixou, curvando-se sobre os joelhos para fugir do vento.

Donnie foi se sentar ao lado dele, diante de Willie.

— Pena que a gente não pegou Luca. Agora tudo vai ser mais difícil.

— Foda-se — xingou Willie.

— Vocês vão tentar outra vez? — perguntou Sean.

— Somos nós ou ele. — Donnie se retorceu na mureta e olhou para a rua, onde um carro buzinava para a carroça de ferro-velho de McMahon. — Pete Murray e os irmãos Donnelly estão com a gente — disse, ainda olhando para a rua. — Little Stevie e Corr Gibson também. — Pegou a arma de Sean e a examinou. — Os carcamanos logo vão saber que não podem fazer a gente de gato e sapato como têm feito até agora. Começando por esse Luca Brasi. — Ele devolveu a arma para o irmão.

Sean a guardou novamente no bolso do paletó.

— Também estou com você — falou. — Aquele filho da puta precisa morrer.

Donnie deu as costas para o vento, protegeu um fósforo com uma das mãos em concha e acendeu mais um cigarro. Willie e Sean acenderam os seus no mesmo palito, e os três irmãos ficaram ali, embalados pelo vento e o arrulhar dos pombos, perdidos nos próprios pensamentos.

9

Tomasino Cinquemani descia no elevador de seu apartamento na parte central de Manhattan com os braços cruzados e as pernas afastadas, como se estivesse bloqueando a passagem de alguém, enquanto Nicky Crea e Jimmy Grizzeo se defrontavam, à sua direita e à sua esquerda. Era cedo. Nicky e Grizz pareciam sonolentos. Grizz havia baixado o chapéu sobre a testa, dando a impressão de que tirava um breve cochilo enquanto o elevador fazia sua lenta e ruidosa descida para o lobby. Nicky trazia um saco de papel pardo numa das mãos e enterrava a outra no bolso do paletó. Tomasino olhava fixamente para a porta pantográfica e para os andares que passavam à frente. O quarto homem no elevador, sentado em um banquinho ao lado dos controles, usava um uniforme com botões em V na parte de cima da camisa e um chapeuzinho redondo, pequeno demais e tombado para o lado, fazendo-o parecer um mico de realejo. Era um garoto com os olhos cansados de um velho. Fazia o possível para não ser notado. Quando o elevador chegou ao lobby, o rapaz o nivelou com o piso e abriu a porta para os passageiros. Tomasino saiu na frente, seguido de Grizz. Nicky colocou uma moeda de 25 centavos na mão do garoto, que agradeceu.

Na rua, a cidade fervilhava. Carros e táxis subiam e desciam a avenida, multidões se acotovelavam nas calçadas. Tomasino morava no 28º andar de um prédio de apartamentos muito alto. Sentia-se mais seguro no meio de muita gente, num prédio em que não havia escadas de incêndio para que alguém as escalasse e metesse uma bala no meio de seus olhos. Gostava da vizinhança, não se importava com o barulho — mas precisava enviar alguém para o sul da ilha sempre que queria um salame decente ou um bom folhado, e isso era uma amolação. Grizz havia desviado para uma Automat ao deixar o lobby e agora voltava com cafés para Nicky e Tomasino.

— Colocou três torrões de açúcar no meu? — perguntou Tomasino.

— Pelo menos foi isso que falei para a moça — respondeu Grizz.

Tomasino assentiu com a cabeça e segurou seu café com as mãos, que de tão enormes faziam o copo parecer um brinquedo de criança. Para Nicky, falou:

— Me dê um desses *sfogliatell'*.

Do saquinho que trazia consigo, Nicky tirou um folhado em forma de cone e o entregou ao chefe. Os três ficaram ali, de costas para a fachada do prédio, bebendo café e esperando pelo motorista, Vic Piazza, que já havia telefonado para avisar que tivera problemas com o carro e iria se atrasar.

— Onde você comprou esses *sfogliatell'*? — quis saber Tomasino, erguendo o folhado para examiná-lo melhor. — Estão murchos. Detesto quando eles ficam murchos.

— Comprei na Mott Street — respondeu Grizz.

— Onde na Mott Street?

Grizz ergueu a aba do chapéu e falou:

— Sei lá, porra. Numa padaria qualquer da rua.

— Opa, opa! — exclamou Tomasino, voltando o corpanzil na direção de Grizz. — Com quem você acha que está falando, rapaz?

Grizz espalmou as mãos num gesto de desculpas.

— É muito cedo, Tommy. Sempre fico azedo de manhã, eu sei. Me desculpe.

Tomasino riu e deu um tapinha no ombro de Grizz, dizendo:

— Gosto de você. É um bom garoto. — E para Nicky: — Da próxima vez, você compra o *sfogliatell'*. Em Williamsburg. Na Patty's, aquela confeitaria da Ainslie Street. O melhor *sfogliatell'* da cidade. — Tomasino gesticulou com o café na direção da rua. — Onde Vic se meteu? — Para Grizz, perguntou: — O que ele falou? Qual é o problema com o carro?

— Carburador — respondeu Grizz. — Ele falou que não ia demorar mais que uns minutos.

— Não estou gostando nada disso. — Tomasino conferiu a hora. — Coisas assim... — disse ele, mas não terminou o pensamento. Tomasino era uns 25 anos mais velho e alguns centímetros mais alto do que Nicky e Grizz. — Nesse tipo de situação... É aí que é preciso ficar de olho. Vocês estão me entendendo?

Nicky fez que sim com a cabeça e Grizz deu um gole no café. Ambos pareciam entediados.

— Qual é mesmo o problema com o carro? — perguntou Tomasino.

— Carburador — repetiu Grizz.

Tomasino refletiu um instante. Novamente conferiu as horas no relógio. Depois perguntou a Nicky:

— Quantos dos nossos homens você mandou para lá?

— Quatro no restaurante: dois no balcão e dois nos sofás. Carmine e Fio na rua, dentro do carro, fora de vista, mas próximos.

— Luca não conhece nenhum deles, certo?

— Impossível — declarou Nicky. — Carmine recrutou uns caras lá de Nova Jersey. Não tem como Luca conhecer.

— E todo mundo sabe o que fazer?

— Claro — respondeu Nicky. — Fizemos tudo como você mandou.

— Porque o filho da puta daquele imbecil ainda acha que fomos nós que aprontamos com ele. Falei para Hooks, um dos rapazes dele: "Se eu quisesse Luca morto, ele estaria morto."

— Ainda assim ele acha que foi a gente? — indagou Grizz.

— O filho da puta tem inimigos por toda parte — disse Tomasino. — Pode ter sido qualquer um deles. Esse pessoal lá no restaurante — mudou de assunto —, eles têm colhões para atirar se for preciso, não têm? — Sem esperar uma resposta, emendou: — Porque se Brasi ainda estiver achando que fomos nós que tentamos queimá-lo...

— Tommy, para mim você é como um pai, mas, meu Deus, você se preocupa demais.

Tomasino franziu o cenho para o garoto, sorriu e então gargalhou.

— E Vic? Cadê o maldito? — perguntou. — Se ele não aparecer daqui a um minuto, vou cancelar isso.

— Ali está ele — indicou Nicky, apontando para o Buick preto que havia acabado de dobrar a esquina.

Tomasino esperou com os braços cruzados sobre o peito enquanto Nicky e Grizz se acomodavam no banco de trás e Vic saía do carro para abrir a porta para o chefe.

— Merda de carburador — falou. Era um rapaz magro e bonito, com os cabelos louros engomados para trás. Já havia completado 20 anos, mas parecia ter 15. — Precisei tirar a peça do motor, depois perdi um parafuso e... — Calou-se assim que percebeu que Tomasino não estava interessado em explicações. — Olha, Tommy... Desculpe. Sei que devia ter acordado mais cedo e inspecionado o carro.

— Exatamente — concordou Tomasino, e só então ocupou o banco do passageiro.

Vic voltou ao volante e logo repetiu:

— Desculpe, chefe.

— Você é um bom garoto, Vic, mas não deixe que isso aconteça outra vez. — E para Nicky: — Me dê mais um *sfogliatell'*. — Para Vic: — Quer um também?

— Não, obrigado — respondeu o garoto. — Não como de manhã. Só penso em comida depois do meio-dia.

Do banco de trás, Grizz comentou:

— Sei como é. Também sou assim.

Tomasino conferiu as horas.

— Você sabe para onde a gente está indo, não sabe?

— Claro que sei — disse Vic. — O itinerário está todo aqui na minha cabeça. Em dez minutos estamos lá.

— Ótimo. — Tomasino se inclinou na direção do garoto e chegou tão perto que ele recuou.

— O que foi? — perguntou Vic.

— Você está suando. Por que você está suando? Ninguém mais está suando aqui.

— Deve estar achando que vai para a forca por causa do atraso — interveio Nicky.

— Olha, eu nunca me atrasei antes — explicou Vic. — Sou muito profissional. Se vou atrasar, começo a suar.

— Deixa isso para lá — ponderou Tomasino, e deu um tapinha no ombro do motorista. — Você é um bom rapaz. Gosto de você.

Grizz se aproximou do banco da frente. Era comprido e magro, tinha um rosto redondo, angelical, e estava usando um chapéu de feltro cinza com uma faixa preta, recuado na cabeça.

— Por que você está indo por aqui? — perguntou a Vic. Eles seguiam lentamente por uma rua secundária quase deserta. — Não seria mais rápido se...

Antes que Grizz pudesse terminar a pergunta, Vic parou o carro junto da calçada e saiu dele ao mesmo tempo que Luca Brasi e seus homens irrompiam de um prédio. Luca enfiou o cano da arma na cabeça de Tomasino antes que qualquer um no carro se desse conta do que estava acontecendo.

— Ninguém vai ser burro de reagir — alertou Luca a todos. Para Tomasino: — Não estou aqui para matar você.

Tomasino largou a arma que levava sob o paletó.

Assim que Hooks e JoJo se acomodaram no banco de trás com os garotos de Tomasino e os desarmaram, Luca entrou no banco da frente, confiscou a arma do chefe da outra gangue e a passou para JoJo. Vic, que assistia a tudo da calçada, voltou à direção e conduziu o carro para o centro da cidade.

— Para onde estamos indo? — perguntou Tomasino.

— Docas de Chelsea — respondeu Luca. — Um lugar tranquilo onde a gente pode ter aquela conversinha que você pediu.

— V'fancul' — cuspiu Tomasino. — Não podemos conversar como pessoas civilizadas, tomando um café num lugar qualquer?

— Quem é civilizado aqui? — devolveu Luca. — Você sempre me pareceu um macaco grande e burro, Tommy, um macaco com roupa de gente. Então, anda arrancando muitos dentes por aí?

— Sempre que necessário. — Tomasino se reacomodou no banco e ficou olhando para o trânsito à sua frente, Luca entre ele e Vic. Cruzou as mãos sobre a pança e, sem se virar, disse: — Vic, nunca achei que você fosse tão burro assim.

— Não culpe o garoto — defendeu-o Luca. Guardou sua arma no coldre, pousou o braço sobre os ombros de Vic. — Os irmãos do coitado estão presos na casa da namorada dele com alguns dos meus rapazes... e ainda assim ele me fez prometer que não ia apagar você.

Tomasino crispou o semblante numa careta de nojo, os olhos sempre pregados no trânsito.

Lágrimas escorriam pelo rosto de Vic.

— Olha só o que você fez — comentou Luca. — O garoto está chorando.

— Ele atirou na perna do meu irmão caçula — explicou Vic. — Falou que o próximo podia ser na cabeça.

— E você cooperou, não foi?

Tomasino recolheu o folhado que havia comido pela metade e tinha deixado cair no colo.

— Se importa se eu comer? — perguntou.

— Fique à vontade — liberou Luca.

— Não fomos nós que tentamos queimar você — falou Tomasino com a boca cheia. — Se é isso que está pensando, você está enganado.

— Alguém tentou me queimar? Do que você está falando, Tommy? Achei que nossa conversa era sobre a bebida que andam roubando de Joe e me passando para revender...

— Luca, todo mundo sabe que alguém tentou apagar você. Falei para o seu garoto que...

— Mas não foi você?

— Nem eu nem Joe temos nada a ver com isso — avisou Tomasino.

— Mas você sabe quem foi... — disse Luca.

— Não. — Tomasino terminou seu folhado e limpou as migalhas do paletó. — Não foi isso que eu quis dizer. Não sabemos quem foi, e até agora ninguém descobriu.

Virando-se para o banco de trás, Luca perguntou:

— E você, Grizz, como tem passado? — Sem receber resposta, prosseguiu: — Também não sabe quem armou para cima de mim, sabe?

— Não faço a menor ideia — retrucou Grizz. — Como Tommy disse, só sei que não foi a gente.

— Claro que não — declarou Luca como se não estivesse acreditando em Grizz, embora isso não fizesse nenhuma diferença. Eles já estavam perto das docas, e Luca apontou para uma ruela entre dois armazéns. — Entre ali — instruiu a Vic.

Vic seguiu pela ruela até se deparar com as águas do rio e um punhado de barcos vazios. Parou o carro e esperou outras instruções.

— Muito bem — disse Luca. — Todo mundo para fora.

— Por que não podemos conversar aqui mesmo? — perguntou Tomasino.

— Está um dia bonito. Vamos tomar um pouco de ar fresco. — Luca sacou a arma do coldre e a apontou para o rosto de Tomasino. — Que tal uma caminhada à beira d'água?

Tomasino fez mais uma careta e enfim desceu.

Hooks os acompanhou, e JoJo foi atrás, empunhando duas armas. Em seguida, mandaram Tomasino e seus rapazes se posicionarem lado a lado com as costas voltadas para a água. Luca se virou para Vic, que esperava recostado ao Buick.

— O que você está fazendo? — perguntou. — Anda. Para a fila você também.

— Claro — respondeu Vic, e se colocou ao lado de Nicky.

— *Sfaccim!*[15] — exclamou Tomasino. — Se você me matar, Joe vai dar o troco. Vai matar todos vocês, e sem nenhuma pressa, bem devagarinho. E pelo que, seu imbecil? Não fomos nós! Não tivemos nada a ver com aquela cilada! Falei para o seu rapaz: se eu quisesse você morto, você já estaria morto!

---

[15] Dialeto sulista vulgar, literalmente "esperma".

— Jesus... Sossega, homem — suspirou Luca. — Não tenho a menor intenção de matar você.

— Então por que enfileirou a gente aqui?

Luca encolheu os ombros.

— Você queria conversar comigo, não queria? Então converse, ora.

Tomasino olhou para seus rapazes, depois para Luca.

— Isso não é jeito de conversar.

— Pode ser. Mas receio que você não tenha outra opção. Vai, fale.

Tomasino novamente olhou para seus rapazes como se estivesse preocupado com eles. Para Luca, disse:

— Não era nada importante. Joe não está perdendo o sono por causa dessa bebida roubada. Para ele isso é uma ninharia. Mas também não está certo, você sabe bem disso. Queremos saber quem são os ladrões. Nosso desentendimento não é com você, Luca. Você é um homem de negócios, entendemos o seu lado. Mas queremos que nos diga quem são esses ratos, queremos a cabeça deles. Não é uma questão de dinheiro. É uma questão de respeito.

Luca ouviu aquilo e deu a entender que estava pensando no assunto. Por fim respondeu:

— Não vou entregar ninguém. Foi esse o acordo que fiz: intermediar a bebida e salvar a pele deles.

— Luca — retomou Tommy, e mais uma vez olhou para seus asseclas —, por acaso você sabe com quem está se metendo? Está disposto a enfrentar Giuseppe Mariposa, os irmãos Barzini, a mim, Frankie Five Angels, os irmãos Rosato... essa gente toda? Tem noção de que está lidando com uma organização grande, e prestes a ficar maior ainda?

— Você está falando de LaConti, não está?

— Exatamente. Daqui a poucos dias vamos colocar as mãos na organização inteira dele. Está entendendo? Entende que estamos falando de um contingente de centenas de homens? E você tem o quê? Quatro, cinco rapazes? Não seja doido, homem. Basta você dizer quem são os palhaços que estão roubando a gente, e nosso assunto está encerrado. Posso até esquecer essa merda que você está aprontando agora. Eu dou minha palavra: não vamos atrás nem de você nem de nenhum dos seus homens.

Luca recuou um passo e olhou para o rio cinzento, para as gaivotas que planavam e guinchavam no horizonte. O céu estava bem mais azul do que a água, e algumas nuvens, poucas e gordas, passavam ao léu.

— Então era isso que você tinha para me dizer? — perguntou. — Era esse o recado de Joe?

— Era — respondeu Tomasino.

— Então aqui está o recado que você vai levar de volta para ele. — Luca ergueu os olhos para as nuvens como se estivesse pensando em algo. — Se o dentista aqui se mexer — falou a Hooks —, você mete uma bala na cabeça dele. — E para JoJo: — Você também. Se alguém se mexer, meta bala.

— Meu Deus, Luca... — começou Tomasino.

Antes que ele pudesse terminar, Luca atirou na testa de Grizz, entre os olhos. Os braços do rapaz se ergueram quando ele caiu do píer, de costas na água, afundando imediatamente, deixando apenas o chapéu na superfície.

Tomasino empalideceu, e o garoto, Vic, cobriu os olhos. Nicky permaneceu imóvel, mas começou a chiar a cada respiração.

Luca se virou novamente para Tomasino.

— Diga a Giuseppe Mariposa que não sou homem de engolir desaforo de ninguém. Diga a ele que se eu descobrir que andou tentando me apagar, quem vai apagar é ele. Acha que pode levar esse recadinho para mim, Tommy?

— Claro — murmurou Tomasino. — Posso fazer isso.

— Ótimo — disse Luca, e apontou sua arma para Vic. O garoto ergueu os olhos e sorriu. Ainda sorrindo, tirou o chapéu e correu a mão pelos cabelos segundos antes de Luca puxar o gatilho. Levou outros três tiros enquanto caía, antes de sumir na água.

Quebrando o silêncio que se seguiu, e com a voz subitamente tão frágil e delicada quanto a de uma menina, Tomasino perguntou:

— Por que você fez isso, Luca? O que deu em você?

— Grizz era parte do meu recado para Joe — explicou Luca —, para ele saber com quem se meteu. Quanto a Vic... Eu só queria economizar o seu trabalho. Você ia matar o garoto de qualquer jeito, não ia?

— Já terminou? Porque se você for matar a gente, a mim e ao Nicky, prefiro que acabe com isso logo de uma vez.

— Que nada. Prometi ao rapaz que não mataria você e sou um homem de palavra.

A respiração de Nicky ficava cada vez mais ruidosa.

— Você tem asma ou alguma coisa assim, Nicky? — perguntou Luca.

Nicky balançou a cabeça, mas então tapou a boca com a mão, caiu de joelhos e vomitou através dos dedos.

— Terminamos aqui? — perguntou Tomasino a Luca.

— Ainda não. — Luca apertou a garganta de Tomasino com uma das mãos, depois o girou para golpeá-lo duas vezes no rosto com a coronha da pistola.

Tomasino ainda bateu com a cabeça no Buick antes de cair no chão. Seu nariz sangrava, tinha um corte sob o olho. Fitando Luca com uma expressão de perplexidade, tirou um lenço do bolso e o levou às narinas.

— Cheguei a pensar em arrancar um ou dois dentes seus — confessou Luca. — Mas daí pensei: não, isso é coisa dele. — Abriu o zíper das calças e mijou na água enquanto Tomasino arregalava os olhos na direção dele. Em seguida, fechou o zíper e sinalizou para que JoJo e Hooks entrassem no carro. — Não esqueça de dar meu recado.

Ele seguiu para o Buick. Mas parou de repente, como se tivesse mudado de ideia.

— Quer saber de uma coisa? — disse. Então se aproximou de Nicky, que ainda estava de joelhos, e acertou uma única coronhada na cabeça dele, forte o bastante para deixá-lo inconsciente. Depois içou o corpo inerte e o jogou no porta-malas do carro. Só então se acomodou no banco do passageiro e partiu sem nenhuma pressa com seus dois asseclas.

10

Vito reduziu a marcha do Essex, e o motor de oito cilindros resmungou antes de voltar a ronronar suavemente. Estava no Queens. Tinha acabado de deixar o Francis Lewis Boulevard e agora seguia para seu terreno em Long Island, onde faria um piquenique com a família. Carmella estava sentada a seu lado com Connie no colo, cantando para que a filhinha a acompanhasse com palmas. Sonny estava ao lado da mãe, junto da janela, tamborilando nos joelhos outra canção que apenas ele ouvia. Michael, Fredo e Tom iam no banco de trás. Fredo finalmente havia parado com suas perguntas, para imenso alívio de Vito. O enorme Essex era o carro do meio na caravana. Com alguns de seus homens, Tessio seguia na dianteira a bordo de um Packard preto, e na retaguarda vinha Genco com seu velho Nash de faróis esbugalhados. Al Hats estava com ele no banco de trás, e, ao volante, Eddie Veltri, outro dos homens de Tessio. Vito se vestia de modo casual, com calças de sarja e um cardigã amarelo sobre uma camisa azul de gola larga. O traje era apropriado para um piquenique, mas ainda assim ele se sentia um pouco sem jeito, como se estivesse encenando uma vida de lazer.

Ainda não eram nem dez da manhã. O dia estava perfeito para um passeio, fresco o bastante, nenhuma nuvem no céu. Apesar disso, Vito não conseguia parar de pensar no trabalho. Luca Brasi havia eliminado dois dos rapazes de Cinquemani, e fazia dias que um terceiro homem, Nicky Grea, desaparecera. Vito não sabia ao certo quais seriam as consequências disso para si e para sua família, mas tinha a impressão de que logo saberia. Mariposa o pressionava para negociar com Brasi, algo que ele nunca havia feito antes, e agora surge essa confusão toda. Não via como Mariposa poderia responsabilizá-lo, mas sabia que o homem era um idiota, que tudo era possível. Vito sabia que era uma questão de tempo para ter que lidar com Giuseppe. Cogitava algumas ideias, algumas possibilidades que precisavam amadurecer, e eram essas ideias e possibilidades que ocupavam sua cabeça enquanto ele seguia Tessio. Esperava poder se mudar para o condomínio de Long Island antes que o problema começasse, mas as construções andavam mais lentas que o previsto. Por enquanto lhe restava esperar que Rosario LaConti pudesse manter Mariposa e seus *capi* ocupados por mais um tempo.

— É aqui? — perguntou Fredo.

Ainda seguindo Tessio, Vito acabara de entrar no caminho que levava ao complexo de casas, uma longa aleia de copas avermelhadas.

— Olhe só quanta árvore! — exclamou Fredo.

— É isso que tem no campo, Fredo: árvores. Senão não era campo — brincou Michael.

— Ah, não enche, Mikey — disse Fredo ao irmão caçula.

Sonny se virou para trás e disse:

— Vocês dois, quietos aí!

— Aquilo ali é o muro? — perguntou Fredo, abrindo a janela. — Igual ao castelo que a senhora falou, mãe?

— Isso mesmo — assentiu Carmella. E para Connie: — Está vendo? É que nem um muro de castelo.

— Mas com alguns buracos no meio — acrescentou Michael.

— Ainda não está pronto, engraçadinho — falou Tom.

Vito conduziu o carro até parar atrás de Tessio, e Eddie estacionou o Nash. Clemenza esperava junto ao portão — ou melhor, junto ao lugar onde ficaria o portão uma vez terminada a obra. Recostava-se em seu próprio carro ao lado de Richie Gatto, que trazia um jornal sob o braço. Clemenza, ainda mais corpulento nas roupas casuais, sobretudo ao lado do atlético Gatto, bebeu de uma caneca de café. Sonny e os irmãos haviam saltado imediatamente do Essex, porém Vito permanecera ao volante, admirando o trabalho de alvenaria do muro alto — chegava a 3 metros em alguns pontos — que circundava o complexo. A construção estava a cargo dos Giulianos, alvanéus de tradição secular. Sobre as pedras encaixadas de maneira elaborada havia um acabamento em concreto com pontas de lança em ferro fundido que serviam de ornamento e proteção ao mesmo tempo. Esperando ao lado do marido com a filhinha no colo, Carmella colocou a mão sobre a dele e o beijou, rapidamente, no rosto. Vito a acariciou de volta e disse:

— Vai. Vai dar uma volta por aí.

— Vou pegar a cesta de piquenique — disse a menina, e foi para o porta-malas do carro.

Quando Vito enfim desceu, Tessio foi ao encontro dele e colocou a mão em seu ombro.

— Vai ficar um espetáculo — comentou, apontando para o portão e para o condomínio.

— Amigo, fique perto da minha família, *per favore* — pediu Vito, e apontou para o muro em construção. — Esse é o nosso trabalho. — Ninguém nunca está inteiramente seguro, foi o que ele quis dizer.

— Deixe comigo — declarou Tessio, e saiu no encalço de Sonny e os meninos.

Com algum esforço, Clemenza se afastou do carro e foi ter com Vito. Richie o seguiu.

Vito logo questionou:

— Por que não estou gostando da expressão no seu rosto?

— Pois é... — Clemenza sinalizou para que Richie mostrasse o jornal a Vito.

— Espere um pouco — disse Vito, vendo que Carmella se aproximava com Connie num dos braços e um cesto pequeno no outro. Ela estava usando um vestido comprido de estampa floral e gola de babados; os cabelos, já começando a embranquecer, caíam sobre os ombros. — Nosso piquenique inteiro está nesse cesto aí?

Carmella sorriu e abriu o cesto no qual ela havia contrabandeado Dolce, o gato da família, para participar do piquenique também. Vito pegou o gato, abraçou-o contra o peito e acariciou a cabeça dele. Sorrindo de volta para a mulher, apontou para a maior das cinco casas no complexo. Entre ele e a casa, dois grupos dos homens de Tessio e Clemenza conversavam entre si. Os meninos já haviam sumido de vista.

— Vá encontrar as crianças e mostre a elas os quartos — falou Vito, colocando o gato de volta no cesto.

— Nada de trabalho hoje, hein? — pediu Carmella ao marido. Para Clemenza, suplicou: — Deixe-o descansar um pouquinho, está bem?

— Vá — repetiu Vito. — Daqui a pouco eu vou também. Prometo.

Carmella o fitou com uma expressão de censura, depois foi se juntar aos filhos. Assim que ela se afastou, Vito falou:

— Então, quais são as novidades do *Daily News* de hoje? — Recebeu o jornal de Richie e balançou a cabeça enquanto examinava a foto na primeira página. Ao ler a legenda, disse: — *Mannagg'*...[16] "Vítima não identificada."

— Esse aí é o Nicky Crea — esclareceu Clemenza. — Um dos rapazes de Tomasino.

A foto mostrava o corpo de um rapaz espremido no interior de um baú de viagem. O rosto permanecia intacto, mas o tórax estava perfurado de balas. Tinha-se a impressão de que alguém o havia usado como alvo num treino de pontaria. Clemenza comentou:

— Fiquei sabendo que Tomasino está uma fera.

Vito examinou a foto por mais um instante. O baú em que o corpo se encontrava parecia velho, com as tiras de couro já ressecadas e uma rebuscada fechadura de metal. Um homem de paletó e gravata — parecia um pedestre, mas certamente era um detetive — espiava o corpo com curiosidade, talvez estranhando o modo como os joelhos se retorciam e os braços se dobravam. O baú havia sido abandonado junto à fonte do Central Park, cujo anjo que a encimava parecia apontar para o macabro conteúdo.

— Brasi — disse Vito, e devolveu o jornal a Gatto. — Ele está mandando um recado para Giuseppe.

— Que recado? "Por favor, me mate logo de uma vez"? — zombou Clemenza. — O destrambelhado só tem cinco homens! Ele acha que pode enfrentar a organização inteira de Mariposa? Aquilo é um maluco, Vito. Acho que temos outro Mad Dog Coll em nossas mãos.

— Então por que ele ainda não está morto?

Clemenza olhou para Genco, que vinha na direção deles com Eddie Veltri a seu lado. Para Vito, falou:

— Os irmãos Rosato me fizeram uma visitinha ontem à noite. Tarde da noite.

Genco, juntando-se ao grupo, perguntou:

— Ele já contou?

Vito se dirigiu a Gatto:

— Richie, por que você e Eddie não vão dar uma olhada nas casas? Por favor. — Esperou que eles se afastassem, depois sinalizou para que Clemenza prosseguisse.

— Vieram na minha casa e bateram à porta.

— Na sua casa? — questionou Vito, enrubescendo um pouco.

---

[16]Exclamação em dialeto sulista; o equivalente italiano para "maldição".

— Apareceram com um saco de *cannoli* da Nazorine! — Clemenza riu. — "*V' fancul'!*", falei para eles. "Vocês querem que eu os convide para entrar e tomar um café? Já são mais de onze horas!" Aí eles vieram com aquela conversinha de "os velhos tempos" para cá, "a nossa velha vizinhança" para lá, não sei mais o que, então falei: "Rapazes. Já é tarde. Se vocês não vão me matar, vieram aqui fazer o quê?"

— E? — perguntou Vito.

— Luca Brasi — interveio Genco.

Clemenza continuou:

— Pouco antes de irem embora, Tony Rosato diz: "Luca Brasi é um animal. Ele está destruindo a vizinhança com as bobagens que faz. Alguém tem que dar um jeito nele o mais rápido possível, caso contrário a vizinhança vai sofrer." E só. Depois me pedem para aproveitar os *cannoli* e se mandam.

Vito se voltou a Genco:

— Quer dizer então que temos que eliminar Luca?

— LaConti está por um fio — comentou Genco —, mas ainda está lá, resistindo. Pelo que sei, Tomasino está louco para cuidar dos dentes de Luca, mas os Barzini querem que todo mundo se concentre em LaConti, e Tomasino só faz o que o mandam fazer. Além disso, cá entre nós, acho que eles todos morrem de medo de Luca Brasi. Estão todos borrando as calças.

— Você acha que LaConti tem alguma chance? — perguntou Vito.

Genco encolheu os ombros.

— Tenho muito respeito por Rosario. Ele já esteve em maus lençóis outras vezes, foi dado como carta fora do baralho, mas sempre volta.

— Dessa vez, não, Genco. Tenha dó — interveio Clemenza. E para Vito: — Todos os *caporegimi* dele se bandearam para o lado de Mariposa. Rosario está praticamente sozinho. O filho mais velho está morto. O outro filho e mais um punhado de rapazes ainda estão do lado dele, e só.

— Rosario ainda tem os contatos dele — argumentou Genco —, e insisto: enquanto não estiver debaixo da terra, não dá para descartá-lo.

Clemenza revirou os olhos como se estivesse a ponto de perder a paciência com Genco.

— Preste atenção — disse Genco a Clemenza. — Talvez você tenha razão e LaConti seja mesmo uma página virada. Talvez eu esteja tapando o sol com a peneira porque... quando isso acontecer, quando Mariposa assumir o controle de toda a organização de Rosario, todo o resto será engolido ou atropelado, inclusive nós. O que estamos fazendo com os irlandeses agora é exatamente o que ele vai fazer com a gente.

— Muito bem — falou Vito, intervindo para dar fim à discussão. — Nosso problema agora é Luca Brasi. — Para Genco: — Providencie um encontro meu com esse cachorro doido. — Erguendo um dedo para enfatizar, emendou: — Eu e ele, ninguém mais. Diga a ele que irei sozinho e desarmado.

— *Che cazzo!* — exclamou Clemenza, depois correu os olhos à sua volta para ver se havia alguém para ouvi-lo. — Vito — falou, tentando se controlar —, você não pode ir desprotegido para um encontro com Luca Brasi. *Madon'!* Ficou maluco?

Vito ergueu a mão para silenciá-lo, e para Genco disse:

— Quero conhecer esse *demone* que está fazendo Mariposa mijar nas calças de tanto medo.

— Nesse ponto concordo com Clemenza — interveio Genco. — Isso é uma insanidade, Vito. Ninguém vai desprotegido para um encontro com Brasi.

Vito sorriu e estendeu os braços como se fosse abraçar seus dois *capi*.

— Vocês também têm medo desse *diavolo*?

— Vito — chamou Clemenza, e novamente revirou os olhos.

Vito perguntou a Genco:

— Como é mesmo o nome daquele juiz de Westchester que era da polícia antes de se tornar juiz?

— Dwyer — respondeu Genco.

— Peça a ele, como um favor para mim, que descubra tudo o que for possível sobre Luca Brasi. Quero saber tudo do sujeito antes de ir falar com ele.

— Se é assim que você quer... — consentiu Genco.

— Ótimo. Agora vamos aproveitar esse belo dia. — Passando o braço pelo ombro de seus dois *capi*, atravessou o portão e entrou com eles no condomínio. — Ficaram bonitas, não ficaram? — Com o queixo ele apontou para as casas de Genco e Clemenza, ambas quase prontas.

— *Sì. Bella* — concordou Genco.

Clemenza riu e deu um tapinha nas costas de Vito.

— Muito diferente do tempo em que a gente roubava vestidos dos caminhões de entrega e os vendia de porta em porta.

— Nunca roubei vestido nenhum — respondeu Vito, dando de ombros.

— Não — concedeu Genco. — Você só dirigia a caminhonete.

— Mas você roubou um tapete comigo uma vez — lembrou Clemenza.

E Vito riu. De fato, ele e Clemenza roubaram o tapete de uma casa de ricaços — mas Clemenza tinha dito que se tratava de um presente da tal família em retribuição a um favor prestado anteriormente pelo próprio Vito, sem mencionar, claro, que a família não sabia de nada.

— Vamos lá — disse ele a Clemenza. — Vamos ver sua casa primeiro.

Ao portão atrás deles, Richie Gatto chamou Vito, que se virou para vê-lo ao lado da janela de um furgão branco com o nome *Everready Furnace Repair* estampado em vermelho nas laterais e nas portas. No interior do furgão, dois homens corpulentos, vestindo macacões cinza, olhavam atrás da janela para Vito e a meia dúzia de homens que se espalhavam pelo complexo. Gatto trotou na direção do chefe.

— Eles estão dizendo que são da prefeitura e vieram fazer uma inspeção da fornalha da sua casa. Falaram que a inspeção é gratuita.

— Na minha casa? — quis saber Vito.

— Sem marcar hora? — questionou Genco. — Apareceram assim, sem avisar?

— São dois caipiras. Dei uma interrogada neles. Acho que não tem problema — assegurou Richie.

Genco olhou para Clemenza, e Clemenza apalpou o paletó de Richie para se certificar de que estava armado. Richie riu e falou:

— O que você está achando? Que esqueci as minhas obrigações?

— Só por garantia — explicou Clemenza, e se virou para Vito: — Bobagem. Deixe os caipiras fazerem o trabalho deles.

Vito falou para Richie:

— Diga a Eddie para ficar ao lado deles. — Ergueu o dedo. — Não deixe esses homens sozinhos na minha casa nem por um segundo, *capisc'*?

— Claro. Vou ficar de olho neles.

— Ótimo. — Vito levou a mão para as costas de Clemenza e novamente o conduziu para a casa que pertenceria ao *capo*.

Fora do campo de visão de Vito e Clemenza, no quintal que havia nos fundos da casa principal, Michael e Fredo se revezavam com um taco e uma bola de beisebol. Tessio conversava com Sonny ali perto; volta e meia berrava instruções para um dos garotos, dizendo a eles o que fazer para se aprimorar no jogo. Connie brincava com Dolce junto à porta dos fundos, segurando um galho sobre a cabeça do gato para que ele golpeasse as folhas com as patas. Na cozinha, às costas de Connie, Tom estava sozinho com

Carmella, uma raridade naquela família que, além de numerosa, sempre se via às voltas com a visita de amigos, parentes e seus respectivos filhos. Ainda não havia ali nenhum aparelho, mas Carmella mostrava a Tom o lugar destinado a cada um.

— Ali — disse, arqueando as sobrancelhas — vamos ter uma geladeira. — Em seguida encarou Tom para enfatizar a importância do que estava dizendo. — Uma geladeira elétrica!

— Puxa, mãe, que maravilha — comentou Tom, e se sentou numa das duas cadeiras velhas que os pedreiros deixaram por perto e que ele havia trazido para a cozinha.

Carmella cruzou as mãos e, muda, ficou observando Tom por um tempo.

— Olhe só para você — falou, afinal. — Tom, você já é um homem feito!

Tom se empertigou na cadeira e olhou para si mesmo. Estava usando uma camisa verde-clara com um suéter branco amarrado em torno do pescoço. Tinha visto alguns colegas da Universidade de Nova York usando o suéter daquela maneira e passara a copiá-los sempre que possível.

— Eu? Um homem feito?

Carmella se aproximou e o apertou nas bochechas.

— Meu universitário! — Em seguida ela se jogou na outra cadeira, exalou um suspiro e foi correndo os olhos pelo espaço da cozinha. — Uma geladeira elétrica... — sussurrou, ainda mal acreditando naquele milagre.

Virando-se para trás, Tom admirou a ampla sala de jantar separada da cozinha por um arco. Subitamente se lembrou dos cômodos minúsculos do apartamento fétido em que havia morado com os pais. E do nada também lhe veio uma imagem da irmã, que à época era pouco mais que um bebê, os cabelos sempre desalinhados, as perninhas sempre imundas, procurando algo limpo para vestir entre as tantas roupas largadas no chão.

— O que foi? — perguntou Carmella, um pouco brava, o que Tom já sabia ler como preocupação, ciente de que ela se irritava com a mera possibilidade de que algum de seus filhos tivesse algum problema.

— O quê?

— No que você está pensando? Essa expressão no seu rosto... Não estou gostando nada disso.

— Eu estava pensando na minha família — explicou Tom. — Minha família biológica — emendou rapidamente, deixando claro que não se referia à sua família de verdade, a dos Corleones.

Carmella acariciou a mão dele. Com isso queria dizer que entendia o que se passava na cabeça do filho, que ele não precisava se explicar.

— Sou tão grato à senhora e ao meu pai...

— *Sta'zitt'!* — Carmella desviou o olhar como se estivesse constrangida pela gratidão de Tom.

— Minha irmã caçula nem quer saber de mim — prosseguiu Tom, surpreso com a própria tagarelice, ele e a mãe sozinhos ali na cozinha de sua futura casa. — Faz mais de um ano que descobri onde ela mora. Escrevi para ela, contei o que tinha acontecido comigo... — Tom ajeitou o suéter. — Ela escreveu de volta dizendo que eu não devia mais procurá-la.

— Por que ela diria uma coisa dessas?

— Todos aqueles anos da nossa infância. Antes de vocês me pegarem para criar... Acho que ela quer se esquecer de tudo isso, inclusive de mim.

— Ela nunca vai se esquecer de você. É sua irmã — retrucou Carmella, e tocou o braço de Tom, mais uma vez o encorajando a mudar de assunto.

— Pode até ser que não esqueça, mas que está tentando, está. — Tom riu. O que ele não contou a Carmella foi que a irmã não queria nenhum tipo de proximidade com a família Corleone. De fato, queria se esquecer do passado mas também queria distância daquela família de gângsteres, tal como havia escrito em sua única carta. — E o meu pai... — acrescentou ainda, incapaz de se conter. — O pai do meu pai, Dieter Hagan, era alemão, mas a mãe, Cara Gallagher, era irlandesa. Meu pai odiava Dieter... Nunca conheci meu avô, mas volta e meia ouvia meu pai xingando o homem. Porém ele adorava a mãe, que também não cheguei a conhecer. Portanto, não é surpresa nenhuma que ele tenha escolhido uma irlandesa para se casar. — Carregando no sotaque irlandês, Tom falou: — E depois de integrar uma família irlandesa, começou a falar e agir como se ele próprio fosse descendente dos druidas.

— Descendente de quem? — perguntou Carmella.

— Dos druidas. Uma antiga tribo da Irlanda.

— Ah, esses universitários... — comentou a mãe, e deu um tapa no braço dele.

— Isso é bem coisa do meu pai, Henry Hagen. Posso apostar que, seja lá onde estiver, ele ainda é um alcoólico, um jogador degenerado. E, assim que descobrir que tomei rumo na vida, é uma questão de tempo até vir me procurar para pedir dinheiro.

— E então o que você vai fazer?

— Se meu pai aparecer para pedir dinheiro? Provavelmente vou dar a ele uma nota de 20 e um abraço. — Tom riu e correu a mão por uma das mangas do suéter como se ela fosse um ser vivo precisando de consolo. — Afinal, foi ele que me pôs no mundo. Embora não tenha ficado para cuidar de mim.

Atraída pelos risos de Tom, Connie entrou na cozinha carregando Dolce nos braços magrinhos, apertando-o como se o gato fosse uma bisnaga mole.

— Connie! — exclamou Carmella. — O que você está fazendo?

Tom não deixou de notar o alívio de Carmella com a interrupção.

— Venha aqui, menina — chamou ele com uma voz assustadora. Assim que Connie soltou o gato e voltou berrando para o quintal, Tom beijou o rosto de Carmella e saiu no encalço da menina.

Donnie estacionou seu Plymouth logo depois da esquina e desligou o motor. Mais adiante no quarteirão, do outro lado da rua, dois homens se encontravam diante de uma porta caiada. Ambos usavam jaquetas de couro velhas e bonés de lã. Fumando e conversando, pareciam pertencer àquela vizinhança de armazéns, oficinas e prédios industriais. Pouco depois, o De Soto de Corr Gibson despontou no cruzamento seguinte e dobrou a esquina. Sean e Willie estavam no Plymouth com Donnie. Pete Murray e os irmãos Donnelly acompanhavam Corr. Donnie conferiu o relógio de pulso, e, exatamente na hora marcada, Little Stevie passou por ele, piscando discretamente antes de seguir rumo à esquina com seus passos trôpegos cantarolando "Happy Days Are Here Again", uma garrafa de Schaefer's enrolada num saco de papel escapando do bolso do paletó.

— Esse garoto é meio maluco, não acham? — perguntou Willie.

— Ele tem aversão a carcamanos, só isso — explicou Sean. No banco de trás, debruçado sobre sua pistola, ele conferia as balas e rodava o tambor.

— Não vá disparar isso aí se não for necessário, está ouvindo? — avisou Willie.

— E não se esqueça de mirar — acrescentou Donnie. — Se lembra de tudo que eu falei: antes de atirar, puxe o gatilho sem pressa, com firmeza.

— Ah, pelo amor de Deus! — exclamou Sean, e jogou a arma para o lado.

Na rua, os homens junto à porta caiada notaram a presença de Stevie, que agora caminhava na direção deles, cantarolando e trocando as pernas. Atrás deles, Pete Murray saiu do De Soto, seguido de Billy Donnelly. Assim que Stevie alcançou os homens de jaqueta e tirou um cigarro do bolso para pedir fogo, eles o repeliram com um empurrão, dizendo que seguisse seu caminho. Stevie deu um passo para trás, recolheu as mangas do paletó e, prosseguindo na farsa de bêbado, ergueu os punhos como se fosse revidar. Foi então que Pete e Billy surgiram atrás dos dois sujeitos e os nocautearam com um golpe de porrete na cabeça. Um deles caiu nos braços de Stevie e o outro acertou a calçada. Donnie puxou o carro até onde estavam e estacionou a tempo de vê-los arrastar os homens de jaqueta através da porta caiada. Um momento depois, todos se espremiam no corredor, ao pé de uma escada muito íngreme e decrépita. Conferiram suas respectivas armas, entre as quais havia um par de submetralhadoras e uma espingarda de caça. Corr Gibson empunhava a espingarda, e os irmãos Donnelly tinham as metralhadoras.

— Você fica aqui — instruiu Donnie a Sean. E para Billy: — Deixe o seu porrete com ele. — Assim que Billy entregou a arma a Sean, Donnie apontou para os homens desmaiados. — Se acordarem, você bate de novo com o porrete na cabeça deles. Se alguém aparecer nessa porta, você bate também.

— Mas é só uma pancadinha — emendou Willie. — Se bater forte demais, você mata o infeliz.

Sean enterrou o porrete no bolso, muito embora sua vontade fosse enterrá-lo na cabeça do irmão.

— Estão prontos? — perguntou Donnie aos demais.

— Vamos lá — disse Stevie, e todos tiraram um lenço do bolso para mascarar o rosto.

No topo da escada, Donnie bateu duas vezes numa porta de aço escovado, esperou um pouco, bateu mais duas vezes, esperou de novo, depois bateu três vezes. Quando a porta se abriu, ele a escancarou com um golpe do ombro e irrompeu no cômodo, seguido pelos companheiros.

— Todo mundo parado, porra! — berrou. Tinha uma arma em cada uma das mãos, uma delas sem alvo específico para a esquerda, a outra apontada contra a cabeça de Hooks Battaglia. Hooks estava diante de um quadro-negro com um toco de giz entre os dedos. Além dele havia mais quatro homens no cômodo, três sentados do outro lado de suas respectivas mesas, e um atrás de uma bancada com um maço de cédulas na mão. Este último apoiava o braço enfaixado até a altura dos dedos numa tipoia. Hooks havia acabado de escrever no quadro o número do vencedor do terceiro páreo na Jamaica.

— Vejam só quem vem lá — comentou ele, sorrindo e apontando o giz para Donnie. — Uma corja de irlandeses mascarados.

Com sua espingarda, Corr Gibson atirou no quadro-negro, quebrando-o em pedaços. Hooks apagou o sorriso do rosto e permaneceu mudo.

— O que foi? — perguntou Donnie. — Perdeu o senso de humor, seu carcamano de merda? — Sinalizou para os outros, e eles invadiram a sala com furor, limpando o dinheiro da bancada ao mesmo tempo que quebravam as janelas com as gavetas e as calculadoras que arremessavam para a rua ou para o pátio interno do prédio. Quando terminara, em questão de minutos, o lugar estava destruído. Então saíram pela porta e correram de volta à rua, exceto Willie e Donnie, que ficaram esperando à porta.

— O que foi isso? — perguntou Hooks. Parecia preocupado.

Donnie e Willie baixaram os lenços do rosto.

— Fique tranquilo, Hooks. Não vamos machucar ninguém — declarou Willie. — Por enquanto.

— Olá, Willie — cumprimentou Hooks como se o tivesse encontrado na rua. Acenou a cabeça para Donnie, depois perguntou: — O que diabos vocês estão fazendo?

— Diga a Luca que foi uma pena eu não ter acertado outro dia.

— Era você? — Hooks deu um passo para trás, como se a informação tivesse roubado o ar de seus pulmões.

— Mas parece que acertei alguém. — Willie apontou sua metralhadora na direção da bancada.

Paulie ergueu o braço enfaixado e comentou:

— Não foi nada sério. Vou ficar bem.

— Achei que tivesse acertado dois de vocês — falou Willie.

— Também acertou meu camarada Tony — explicou Paulie. — Na perna. Ele ainda está no hospital.

— Vai ter que operar — informou Hooks.

— Ótimo — disse Willie. — Diga a ele que espero que perca a porra da perna.

— Pode deixar.

Donnie tocou o ombro do irmão, puxando-o de volta para a porta. Então se dirigiu a Hooks:

— Diga a Luca que não vai ser saudável para ele continuar operando nos bairros irlandeses. Pode dizer que é um recado dos irmãos O'Rourke. Ele que faça o que bem entender nos seus próprios bairros, mas que deixe aos irlandeses o que é dos irlandeses. Caso contrário vai ter que se entender com os O'Rourkes.

— Aos irlandeses o que é dos irlandeses — repetiu Hooks. — Entendido.
— Ótimo.
— Mas e a sua irmã? — perguntou Hooks. — O que devo dizer a ela?
— Não tenho nenhuma irmã — respondeu Donnie. — Mas você pode dizer a essa garota aí que a gente colhe aquilo que planta. — Sem mais palavra, ele saiu com Willie para a escada e desceu às pressas. Sean esperava por eles no hall do prédio.
— Agora estamos no jogo — comentou Willie, e empurrou Sean porta afora.
Os três irmãos correram até a esquina, onde um carro já esperava por eles com o motor ligado.

Da cadeira à qual estava amarrado, Rosario LaConti tinha uma vista panorâmica do rio Hudson. Podia ver a Estátua da Liberdade ao longe, resplandecendo em seu verde-azul sob a luz do sol. Estava num loft praticamente vazio com vidraças que desciam do teto ao chão. Subiram com ele pelo elevador de carga para depois sentá-lo diante das janelas e amarrá-lo à cadeira. Haviam deixado a faca de cozinha espetada em seu ombro porque ele não sangrava muito.
— Se não tiver quebrado nada, deixem como está — tinha dito Frankie Pentangeli.
Portanto deixaram o cabo da faca pendurado pouco abaixo da clavícula, e, para surpresa de Rosario, a dor nem era tão grande assim. Doía, claro, sobretudo quando ele se mexia, mas bem menos do que poderia ter imaginado.
De um modo geral, Rosario estava satisfeito com a própria reação àquilo tudo, mesmo se vendo amarrado a uma cadeira: sempre soubera que tal situação era uma possibilidade, senão uma probabilidade. Então lá estava ele agora, dando-se conta de que não estava com medo, não sentia muita dor e não estava particularmente triste com o inevitável fim que teria em breve. Era um homem velho. Em poucos meses, caso ainda tivesse esse tempo de vida, completaria 70 anos. Sua mulher havia morrido de câncer aos 50 e poucos. O filho mais velho tinha sido assassinado pelo mesmo homem que estava prestes a matá-lo. Havia pouco tempo desde que o mais novo o traíra, entregando-o para salvar a própria vida — e Rosario estava feliz com isso. Segundo Emilio Barzini havia explicado, o acordo era que, para continuar vivo, ele teria que deixar o estado e entregar o pai. Talvez encontrasse uma vida melhor — mas ele duvidava disso. O garoto nunca

tinha sido muito inteligente. Mesmo assim, talvez não acabasse daquela maneira, o que já era alguma coisa. Quanto ao próprio Rosario, ele já estava farto daquela vida, pronto para jogar a toalha. A única coisa que o incomodava — fora a dor da faca no ombro, que nem era tão grande assim — era o fato de que o haviam deixado nu. Aquilo não era certo. Não era certo despir um homem numa situação daquelas, sobretudo um homem como ele, que, afinal de contas, havia sido uma pessoa importante. Não, aquilo não estava certo.

Atrás de Rosario, do outro lado de uma pilha de engradados, Giuseppe Mariposa conversava baixinho com os irmãos Barzini e Tommy Cinquemani. Rosario podia ver o grupo refletido nas vidraças. Frankie Pentangeli estava sozinho junto ao elevador de carga. Os irmãos Rosato discutiam algo em voz baixa. Carmine Rosato jogou as mãos para o alto e se afastou do irmão Tony. Aproximou-se da cadeira e perguntou:

— Sr. LaConti. Como estão as dores?

Rosario esticou o pescoço para vê-lo melhor. Carmine não passava de um garoto, ainda um rapazote com 20 e poucos anos, apesar do terno risca de giz que vestia como se dali a pouco fosse jantar em algum lugar requintado.

— O senhor está bem? — perguntou.

— Meu ombro dói um pouco — respondeu Rosario.

— Humm — murmurou Carmine, olhando para o cabo da faca e parte da lâmina ensanguentada que se projetava do ombro do homem como se aquilo fosse um problema para o qual não houvesse nenhuma solução possível.

Quando enfim Giuseppe encerrou sua conferência com os irmãos Barzini e Tommy e também se aproximou da cadeira, Rosario falou:

— Joe, pelo amor de Deus. Me deixe vestir minhas roupas. Não me humilhe dessa maneira.

Giuseppe se pôs diante dele, juntou as mãos espalmadas e começou a balançá-las para a frente e para trás para enfatizar. Também se vestia como se uma festa o aguardasse, com uma impecável camisa social azul e uma gravata de um amarelo forte que sumia por baixo do colete preto.

— Rosario — começou ele. — Sabe quantos problemas você já me causou?

— Negócios, Joe — respondeu Rosario, erguendo a voz. — Apenas negócios. — Olhando para si mesmo, disse: — Isso também não passa de uma operação de negócios.

— Discordo — retrucou Giuseppe. — Há vezes em que se trata de uma questão pessoal.

— Joe, isso não está certo — insistiu Rosario. Tanto quanto possível, apontou o queixo para o próprio corpo já flácido e marcado por manchas da idade. A pele do tórax era enrugada e pálida, a genitália caía cansada para a cadeira. — Você sabe que isso não está certo, Joe. Me deixe me vestir.

— Veja só isso aqui — falou Giuseppe, que já havia notado uma mancha de sangue no punho da camisa. — Sabe quanto me custou essa camisa? Dez pratas! — E franziu o cenho como se estivesse furioso com o prejuízo. — Nunca gostei de você, Rosario. Você sempre foi um bonachão, um pedante, com esses seus ternos de magnata. Sempre com o nariz empinado, me olhando de cima.

LaConti encolheu os ombros e fez uma careta com a dor que sentiu.

— Então agora você pode me colocar no meu lugar — declarou. — Não estou discutindo, Joe. Você está fazendo o que tem que fazer. Essa é a natureza do nosso negócio. Já estive um milhão de vezes na posição em que você está agora. Mas, pelo amor de Deus, nunca despachei ninguém sem as roupas. — LaConti olhou a seu redor, para os irmãos Barzini e Tommy Cinquemani, como se buscasse o apoio deles. — Tenha um mínimo de decência, Joe. Além do mais, isso não vai ser nada bom para o negócio em si. Todos vão pensar que somos um bando de animais.

Giuseppe se calou por um instante como se estivesse considerando os argumentos de Rosario, depois perguntou a Cinquemani:

— O que você acha, Tommy?

— Poxa, Joe... — interveio Carmine.

— Não foi a você que eu perguntei! — rugiu Giuseppe, e novamente olhou para Cinquemani.

Tommy pousou uma das mãos no encosto da cadeira de Rosario e com a outra tocou delicadamente a pele sob o olho, ainda inchada.

— Acho o seguinte: se ele aparecer desse jeito em todos os jornais, todo mundo vai ficar sabendo quem está no comando agora. Recado mais claro, impossível. Certamente até o seu amigo de Chicago, o Sr. Capone, vai entender.

Giuseppe se aproximou de Carmine Rosato.

— Acho que Tommy está certo — comentou, depois se voltou novamente para Rosario. — E vou ser sincero com você, LaConti. Estou adorando tudo isso. — Encarando-o de um modo feroz, acrescentou: — Quem está olhando quem de cima agora, hã? — Em seguida sinalizou para que Tomasino terminasse o serviço.

— Não! Assim não! — suplicou Rosario, pouco antes de Tomasino o erguer na cadeira e jogá-lo contra a vidraça à sua frente.

Giuseppe e os demais correram para a janela a tempo de ver a chuva de estilhaços que seguia Rosario rumo ao chão. A cadeira se espatifou com o impacto.

— *Madonna mia!* — exclamou Mariposa. — Vocês viram isso? — Grunhiu alguma coisa, olhou mais um pouco para o morto na rua, para o sangue que escorria da cabeça na calçada, depois se virou abruptamente e saiu do loft como se o assunto com Rosario estivesse encerrado e agora ele tivesse outro mais urgente à sua espera. Atrás dele, Carmine ficou junto à janela até que o irmão passou o braço por seu ombro e o tirou de lá.

Vito havia puxado Sonny da companhia de Tessio e Clemenza e, juntos, eles agora se dirigiam ao porão da casa de Vito para verificar como andava a inspeção da fornalha. O pai já tinha feito diversas perguntas sobre o trabalho do filho na oficina mecânica, às quais Sonny respondera com monossílabos. Já era fim de tarde, e o sol projetava sombras compridas sobre o pátio confinado pelo muro. À entrada do terreno, o Essex de Vito estava frente a frente com o Packard de Tessio; alguns dos homens fumavam e conversavam nas imediações. Sonny apontou para o lote em frente à casa principal, onde não havia mais que uma fundação.

— Para quem é aquilo? — perguntou.

— Aquilo? — disse Vito. — Aquilo é para quando um dos meus filhos se casar. Ali será a casa dele. Pedi aos construtores que deixassem a fundação pronta, falei que avisava quando a casa deveria ser erguida.

— Pai. Não tenho nenhuma intenção de me casar com Sandra.

Vito se postou diante do filho e colocou uma das mãos em seu ombro.

— Era sobre isso que eu queria falar com você.

— Poxa, pai, Sandra só tem 16 anos.

— Quantos anos você acha que sua mãe tinha quando nos casamos? Exatamente 16.

— Eu sei, pai, mas eu tenho 17. Você já era um pouco mais velho.

— É verdade — concedeu Vito. — Mas não estou sugerindo que vocês se casem imediatamente.

— Então o que está sugerindo?

Vito olhou o filho nos olhos, deixando claro que não havia gostado nem um pouco do tom de voz.

— A Sra. Columbo conversou com sua mãe — falou. — Sandra está apaixonada por você, sabia?

Sonny deu de ombros.

— Responda — insistiu Vito, batendo no braço do rapaz. — Sandra não é como as garotas que você arruma por aí. É uma moça de família. Não quero que brinque com os sentimentos dela.

— Não é bem assim, pai.

— Então como é, Santino?

Sonny desviou o olhar para os carros. Ken Cuisimano e Fat Jimmy, dois homens de Tessio, estavam recostados no enorme capô do Essex enquanto fumavam seus charutos. Ambos se viraram para Sonny até ele fazer contato visual com Fat Jimmy, então os dois voltaram a se entreolhar e retomaram a conversa.

— Sandra é uma moça especial, eu sei. Só que não tenho a intenção de me casar com ninguém, pelo menos por enquanto.

— Mas ela é especial para você — insistiu Vito. — Bem diferente dessas outras que fazem a sua fama, essas que você vive perseguindo por aí.

— Minha fama?

— Você pensa que eu não sei?

— Eu sou jovem, pai.

— É verdade — admitiu Vito. — Você é jovem, mas vai crescer. — Ele fez uma pausa, ergueu o dedo. — Sandra não é para você brincar. Pergunte ao seu coração, filho. Se ele disser que Sandra é a garota com quem um dia você vai se casar, então continue se encontrando com ela. Caso contrário, não volte a procurá-la. *Capisc'?* Não quero que você parta o coração dessa menina. Isso seria algo que... — Vito parou e procurou as palavras certas. — Isso seria algo que afetaria gravemente a opinião que tenho de você, Santino. E você não quer uma coisa dessas.

— Não, pai — respondeu Sonny. Só então ele buscou o olhar do pai. E repetiu: — Não, eu não quero uma coisa dessas.

— Ótimo — concluiu Vito, e deu um tapinha nas costas do filho. — Vamos lá ver como anda essa fornalha.

No porão, ao pé de um lanço de degraus de madeira, Vito e Sonny se depararam com a fornalha desmontada em dezenas de peças que se espalhavam sobre o piso de concreto. A luz do dia invadia o ambiente úmido através das janelas estreitas que ficavam na altura do chão. Uma fila de vergalhões redondos corria pelo centro do porão, desde o piso de concreto até uma viga de madeira quase 3 metros acima. Eddie Veltri estava sentado num banquinho sob uma das janelas com um jornal nas mãos.

— Você leu isso, Vito? — perguntou o homem, dando um tapa no periódico. — Babe Ruth escolheu os Senators para bater os Giants no campeonato!

Vito não tinha o menor interesse por beisebol ou qualquer outro esporte, exceto quando eles afetavam seu negócio com as apostas.

— E então? — perguntou aos dois trabalhadores, que pareciam estar guardando suas ferramentas. — Passamos na inspeção?

— Com louvor — respondeu o maior deles. Ambos eram enormes, dois armários que deveriam ser os guarda-costas de alguém em vez de inspetores de fornalha.

— E não estamos devendo nada? — indagou Vito.

— Absolutamente nada — falou o outro. Tinha graxa no rosto, e uma mecha dos cabelos muito louros escapava do boné que ele havia acabado de meter na cabeça.

Vito estava prestes a dar uma gorjeta aos dois quando o primeiro também colocou o boné e pegou a caixa de ferramentas.

— Vocês vão fazer uma pausa? — indagou Vito.

Ambos pareceram surpresos.

— Que nada — respondeu o maior. — Já terminamos. Está tudo certo por aqui.

— Como terminaram? — questionou Sonny. Avançou na direção deles, mas foi detido pelo pai.

Eddie Veltri baixou o jornal.

— Quem vai montar a fornalha de novo? — perguntou Vito.

— Isso não é com a gente — disse o louro.

Olhando para as peças espalhadas no chão, o sujeito maior falou:

— Qualquer um por essas bandas vai cobrar do senhor 200 pratas para montar essa fornalha. Mas, vendo que o senhor não sabia dessa despesa nas inspeções, eu e meu amigo aqui podemos fazer por... — Novamente encarou as peças, como se calculasse um preço. — Podemos fazer por, digamos, 150.

— *V'fancul!* — cuspiu Sonny, e olhou para o pai.

Vito fitou Eddie, que estampava um sorriso largo no rosto. Vito riu e disse:

— Cento e cinquenta, é isso?

— Está rindo do quê? — perguntou o sujeito, e olhou para Eddie e Sonny como se os medisse. — Estamos oferecendo uma pechincha. Não faz parte do nosso trabalho montar essa fornalha. Estamos sendo camaradas.

— Esses idiotas estão pedindo uma surra, pai — declarou Sonny.

Com o rosto vermelho de raiva, o grandalhão rebateu:

— É você que vai me dar essa surra, carcamano? — Ele abriu a caixa de ferramentas e tirou uma comprida chave-inglesa.

Vito ergueu ligeiramente uma das mãos, um gesto que apenas Eddie Veltri percebeu. Eddie tirou a mão do paletó.

— Só porque vocês são um bando de carcamanos ignorantes não quer dizer que a gente tenha que montar a porra dessa fornalha de graça. *Capisc'*? — avisou o homem.

Sonny mais uma vez avançou na direção dele, e novamente foi detido por Vito, que o segurou pela gola da camisa.

— Pai! — protestou Sonny. Parecia ao mesmo tempo furioso por ter sido detido e espantado com a força do pai.

Calmamente, Vito falou:

— Chega, Santino. Vá para a escada e espere por lá.

— Filhos da puta! — rugiu Sonny, mas obedeceu assim que viu o dedo erguido do pai.

O louro deu uma gargalhada.

— *Santino* — repetiu, como se o nome fosse uma piada. — Ainda bem que você colocou uma focinheira no malcriado — dirigiu-se a Vito. — A gente aqui, querendo prestar um favor, e é assim que ele agradece? — Parecia estar fazendo um esforço descomunal para manter a calma. — Carcamanos nojentos — falou, perdendo a guerra com os nervos. — Deviam botar todos vocês num navio e mandar de volta para aquele país de merda que chamam de Itália. Para a barra da saia da porra do papa!

Eddie tapou os olhos como se não quisesse ver o que viria a seguir. Ou talvez porque estivesse se divertindo com aquilo.

Vito ergueu as mãos.

— Por favor, não se exalte. Concordo plenamente. Vocês aqui, querendo nos prestar um favor, e meu filho cometendo uma indelicadeza dessas. Por favor, não o levem a mal. Ele tem um gênio terrível. Por isso não raciocina direito.

Ouvindo disso, Sonny irrompeu escada acima, resmungando para si mesmo.

Vito esperou que ele saísse do porão, depois voltou sua atenção para a dupla de inspetores.

— Por gentileza — chamou —, podem ir montando a fornalha. Vou mandar alguém trazer o dinheiro.

— Com gente do seu tipo — falou o homem —, a gente vai querer o dinheiro adiantado.

— Como quiser — aceitou Vito. — Descansem um pouco, fumem um cigarro. Daqui a um minuto alguém traz o dinheiro.

— Tudo bem — respondeu o homem, e virou o rosto para Eddie. — Agora, sim, vocês estão agindo como gente civilizada. — Jogou a chave de volta na caixa, pegou um maço de Wings e ofereceu um cigarro ao companheiro.

Vito encontrou Sonny à sua espera logo à porta do porão. Deu um tapinha carinhoso no rosto do filho.

— Esse seu gênio... Quando você vai aprender? — Tomou-o pelo braço e saiu com ele para o quintal, onde as sombras do muro já estavam bem maiores, esticando-se pelo quintal, pelas casas e além. O frio também era maior, e Vito fechou o zíper de seu suéter.

— Pai, isso é um roubo — comentou Sonny. — Você não está mesmo pensando em pagar aqueles *giamopi*,[17] está?

Vito passou o braço pelos ombros de Sonny e caminhou com ele na direção de Clemenza, que conversava com Richie Gatto e Al Hats.

— Vou mandar Clemenza ter uma conversinha com aqueles dois no porão. Tenho certeza de que eles vão pensar melhor e desistir de nos cobrar por montar a fornalha de novo.

Sonny coçou a nuca, depois abriu um sorriso e perguntou:

— Acha que eles também vão pedir desculpa por causa daquela história de "carcamano"?

— Por que, Sonny? Você se importa com a opinião que esse tipo de gente possa ter de nós?

Sonny refletiu um instante.

— É, acho que não.

— Ótimo. — Segurando o filho pelos cabelos e sacudindo a cabeça dele, Vito prosseguiu: — Você precisa aprender, Sonny. Veja a coisa por esse ângulo: acho que nossos dois amigos lá no porão vão se arrepender amargamente por terem falado sem pensar, com raiva.

---

[17] Dialeto sulista para "idiota".

Sonny olhou de volta para a casa como se pudesse ver o porão através das paredes.

— Talvez isso também seja uma lição para você aprender — acrescentou Vito.

— Que lição? — perguntou Sonny.

Vito acenou para Clemenza se aproximar. Enquanto o homenzarrão se apressava para atendê-lo, Vito deu tapinhas no rosto do filho mais uma vez.

— Sonny, Sonny...

Hooks parou seu carro junto às árvores onde JoJo havia estacionado o seu, quase fora de vista, entre dois grandes carvalhos. Com um jornal no colo e uma metralhadora a seu lado no banco, JoJo vigiava a Shore Road. Um vento forte soprava através do bosque, trazendo consigo uma enxurrada de folhas que iam do vermelho ao laranja ao dourado. Sentando ao lado de Hooks, Luca fechou as lapelas do paletó contra o pescoço. O vento encrespava as águas da baía de Little Neck, e o som das ondas que martelavam as margens se misturava aos uivos do vento. Em algum lugar alguém queimava folhas, e, embora não houvesse nenhuma fumaça por perto, o cheiro era inconfundível. A tarde chegava ao fim com o sol ardendo baixo entre as árvores.

JoJo baixou sua janela, cumprimentou Hooks e Luca.

— Vou mandar Paulie daqui a pouco para render você — avisou Hooks.

— Graças a Deus! — exclamou JoJo. — Isso aqui está tão chato que estou quase dando um tiro na minha testa. E poupando o trabalho de muita gente.

Hooks riu e olhou para Luca, que permaneceu sério.

— Daqui a pouco Paulie chega — acrescentou Hooks, e subiu a janela.

Na estrada em direção à casa, Hooks desligou o motor do carro e, antes que o chefe pudesse descer, falou:

— Luca, antes de a gente entrar...

— Fala — mandou Luca, beliscando a ponte do nariz. — Mais uma enxaqueca...

— Acho que tem uma aspirina no...

— Aspirina não adianta porra nenhuma. Anda, fala.

— É que... os rapazes... eles estão nervosos.

— Nervosos com o quê? — devolveu Luca. — Com os O'Rourkes? — Pegou o chapéu a seu lado e lentamente o ajeitou na cabeça.

— Com eles também, claro. Mas ainda tem Mariposa e Cinquemani.

— O que tem esses dois?

— O que tem esses dois? — repetiu Hooks. — Não se fala de outra coisa por aí: parece que LaConti foi arremessado nu de uma janela.

— É, eu sei — comentou Luca. — Mas e daí? LaConti já estava morto há muito tempo. A notícia chegou atrasada, só isso.

— É verdade — concordou Hooks —, mas agora que LaConti está fora do caminho, os rapazes estão preocupados. Cinquemani não vai se esquecer do que a gente fez. Mariposa não vai se esquecer do uísque roubado. E para piorar as coisas, os irlandeses agora estão na nossa cola também.

Luca sorriu e, pela primeira vez desde que havia entrado no carro no Bronx, deu a impressão de que estava se divertindo.

— Olha — disse. — Para início de conversa, Giuseppe e sua gente ainda vão ter muito trabalho com a organização de LaConti. Pense bem, Hooks. — Tirou o chapéu novamente e estufou a copa. — A gente tem apenas uma banca e meia dúzia de gatos pingados. Pense no trabalho que isso já dá.

— Meu Jesus... — soltou Hooks, como se não quisesse pensar em nada.

— A organização de LaConti é enorme — prosseguiu Luca. — Pelo que sei, o pessoal dele já não estava gostando nem um pouco de ir trabalhar para Giuseppe, e agora isso, o homem joga Rosario pelado por uma janela. Você acha que o pessoal de Rosario vai causar problemas? Olha — repetiu. — Giuseppe e os *capi* dele ainda vão ter muita dor de cabeça para acertar as coisas. Quer saber o que eu acho? Eles não vão conseguir. Espere só para ver. Giuseppe deu um passo maior que as pernas. — Luca pôs o chapéu de novo. — Mas não estou nem aí. Se Tomasino ou Giuseppe ou qualquer outra pessoa vier atrás de nós, vai levar chumbo. Do mesmo jeito que aquele pivete do Willie O'Rourke. Certo?

— Chefe — disse Hooks, e desviou o olhar para a chuva de folhas que caía sobre o capô do carro —, você não pode matar todo mundo.

— Claro que posso — retrucou Luca, e recuou um pouco, como se o estivesse avaliando. — Algum problema com isso, Luigi?

— Ninguém me chama mais de Luigi.

— Algum problema com isso, Luigi? — repetiu.

— Calma, homem — disse Hooks, e se virou para encarar o chefe. — Você sabe que estou com você.

Luca ainda o encarou por um tempo, depois bufou um suspiro como se estivesse cansado. Novamente beliscou a ponte do nariz, dizendo:

— Olha, vamos ficar na moita por aqui até a gente descobrir o que Mariposa e Cinquemani pretendem fazer. Enquanto isso vou apagar Willie

O'Rourke para ver se aqueles bostas criam algum juízo. Esse é o plano. — Ele olhou para o bosque como se precisasse refletir. — Você não reconheceu nenhum dos outros? Os que atacaram nossa banca.

— Estavam com o rosto coberto.

— Não importa — disse Luca, como se falasse consigo mesmo.

— Mas e Kelly? — perguntou Hooks. — Como ela vai ficar depois que você matar o irmão dela?

Luca encolheu os ombros como se ainda não tivesse pensado no assunto.

— Ela e os irmãos nunca se deram bem — respondeu.

— Mesmo assim — retrucou Hooks.

Luca refletiu mais um pouco.

— Por enquanto ela não precisa ficar sabendo de nada. — Antes de sair do carro, balançou a cabeça como se ter que pensar em Kelly o aborrecesse.

Dentro de casa, Vinnie e Paulie jogavam blackjack à mesa da cozinha enquanto Kelly preparava um café diante do fogão. Os rapazes estavam com o colarinho desabotoado e as mangas dobradas. Kelly ainda estava de pijama. A fornalha rugiu no porão e por toda a casa os radiadores começaram a chocalhar e cuspir calor.

— Jesus! — comentou Hooks assim que entrou. — Isso aqui está parecendo uma sauna.

— Ou sauna ou refrigerador, você escolhe — falou Kelly, virando-se para ele. — Luca! — exclamou, tão logo o viu às costas de Hooks. — Você precisa me tirar daqui. Estou quase enlouquecendo.

Luca a ignorou e se sentou ao lado de Paulie. Arremessou o chapéu para o cabide à porta da sala, onde todos os demais já estavam pendurados.

— O que vocês estão jogando? — perguntou. — Blackjack?

Atrás de Paulie, Hooks disse:

— Vá lá render JoJo, Paulie. Ele já não está aguentando mais.

Paulie juntou suas cartas e as colocou sobre o monte no centro da mesa. Luca pegou o baralho e Vinnie entregou suas cartas a ele.

— Eu assumo seu lugar daqui a algumas horas — avisou Hooks a Paulie.

Kelly se serviu uma xícara de café e sentou-se à mesa ao lado de Luca, que embaralhava as cartas. Ela encontrou um comprimido vermelho no bolso do pijama e o tomou com o café. Hooks assumiu o lugar de Paulie.

— Que tal um pôquer de sete cartas? — sugeriu Luca. — Sem limite de apostas.

— Vamos lá — incentivou Hooks. Tirou a carteira do bolso, contou o dinheiro que tinha. — Duzentos está bom? — perguntou, e colocou as notas na mesa.

— Estou dentro — avisou Vinnie, juntando suas notas de 20 para colocar na mesa também.

— Ótimo — falou Luca.

— Luca... — Kelly virou sua cadeira para ele. Seus cabelos estavam uma bagunça, os olhos, injetados. O inchaço do rosto já havia cedido em grande parte, mas os hematomas sob os olhos ainda estavam lá. — Estou falando sério, Luca. Faz semanas que estou presa nesse fim de mundo. Preciso sair daqui. Você tem que me levar para dançar, para ver um filme, sei lá...

Luca esperou Paulie sair pela porta da cozinha, depois voltou com o baralho para o centro da mesa. Aos rapazes, perguntou:

— Querem café também? — E para Kelly: — Tem o bastante para todo mundo?

— Claro — respondeu ela. — Fiz um bule inteiro.

— Então bebam um café — sugeriu Luca aos rapazes. Depois ficou de pé, tomou Kelly pelo braço e subiu com ela para o quarto.

Assim que o homem fechou a porta, ela se jogou na cama.

— Eu não aguento mais, Luca. — Kelly fitou a janela quando uma ventania fustigou as vidraças. — Você me mantém trancada aqui, dia e noite, e eu já estou ficando louca. Você tem que me levar para sair, pelo menos de vez em quando. Não pode me prender assim.

Luca se sentou ao pé da cama, tirou do bolso um frasco de comprimidos e pegou dois para jogar na boca.

Kelly ficou de joelhos e perguntou:

— Que comprimidos são esses?

— Os verdes — respondeu Luca, examinando o frasco. Fechou os olhos e massageou as têmporas. — Minha cabeça está me matando de novo.

Kelly correu as mãos pelos cabelos dele, massageando o couro cabeludo.

— Luca, meu amor, você precisa ir ao médico. Volta e meia você aparece com essas enxaquecas...

— Tenho enxaqueca desde menino — respondeu, alheio à preocupação dela.

— Mesmo assim. — Kelly o beijou rapidamente no rosto e pediu: — Posso tomar também?

— Dos verdes?

— É. Os verdes me fazem sentir, sei lá... meio zonza.

— Achei que você quisesse sair.

— E quero! — exclamou Kelly, sacudindo Luca pelos ombros. — Quero ir num lugar bem chique, tipo o Cotton Club!

— O Cotton Club... — Luca despejou dois comprimidos do frasco, passou-os para Kelly e ainda tomou um terceiro.

— Você me leva? — Kelly jogou os comprimidos na boca, engoliu-os, depois se pendurou num dos braços de Luca. — Você me leva no Cotton Club?

— Claro que levo — falou ele, e deu a ela mais um comprimido.

Kelly o examinou com desconfiança.

— Tem certeza de que posso tomar três? — perguntou. — Além do vermelho que já tomei?

— Por acaso tenho cara de médico? — devolveu Luca. — Você toma se quiser. — Em seguida saiu em direção à porta.

— Nós não vamos ao Cotton Club, não é? — questionou Kelly, ainda ajoelhada com o comprimido na palma da mão. — Você vai jogar pôquer a noite inteira, não vai?

— Claro que vamos ao Cotton Club, sim. Subo mais tarde para buscar você.

— Sei — disse Kelly, e abocanhou o terceiro comprimido. — Luca, você me mantém presa dia e noite nessa ratoeira...

— Você não gosta daqui, Kelly?

— Não, não gosto — respondeu, e tapou os olhos com ambas as mãos. No breu, perguntou: — Quando você vai matar Tom Hagen? — Os braços, subitamente pesados demais para ficarem erguidos, caíram para os lados. Ela tentou dizer "Você não vai deixar o garoto vivo depois do que ele fez, vai?", mas teve a impressão de que as palavras ditas foram outras, de que sequer eram palavras, apenas uma sucessão de sílabas malcosturadas.

— Ele está na minha lista — declarou Luca, já à porta. — É só uma questão de tempo.

Kelly deixou o corpo cair na cama e abraçou os próprios joelhos.

— Ninguém é mais valente do que você, meu amor — tentou dizer, mas nada saiu de sua boca. Então fechou os olhos e deixou a mente vagar.

Na cozinha, Luca encontrou os rapazes bebendo café e comendo *biscotti* de chocolate. Os *biscotti* estavam ao centro da mesa, num saco de papel branco. Ele pegou um.

— Então, onde estávamos? — perguntou.

— Apostas na mesa, 200 por cabeça — disse Hooks, pegando o baralho.

Sentado ao lado de JoJo, Vinnie se coçava por dentro das calças.

— Que porra é essa, rapaz? — indagou Luca. — Toda hora agora é isso, você coçando o saco!

— Ele está com gonorreia — explicou Hooks, rindo.

— Ele tem medo de tomar injeção — acrescentou JoJo.

Luca apontou para a pia, dizendo:

— Vá lavar as mãos. E as mantenha fora das calças enquanto estiver jogando com a gente, ouviu bem?

— Certo, certo — consentiu Vinnie, e foi em direção à pia.

— É cada um que me aparece... — comentou Luca, para ninguém em particular.

— Dinheiro na mesa? — disse Hooks.

Luca assentiu, e Hooks deu as cartas. Subitamente a fornalha se calou no porão, e agora se ouvia apenas o vento que uivava do lado de fora, fazendo as janelas tremerem. Luca pediu a Vinnie que ligasse o rádio, e ele obedeceu antes de voltar à mesa. Vendo que suas cartas fechadas não valiam nada, e que JoJo havia apostado 1 dólar, Luca pulou fora da rodada. Bing Crosby cantava algo. Luca não sabia o que era, mas reconhecia a voz. Os comprimidos começavam a fazer efeito e a enxaqueca cedia um pouco. O barulho do vento não o incomodava. Havia algo naqueles uivos que o acalmava. Os rapazes conversavam, mas ele não precisava prestar atenção. Luca poderia ficar ali, perdido nos próprios pensamentos, saboreando a música e o vento, até Hooks distribuir a mão da próxima rodada.

Vito entrou pela porta da cozinha à procura de Carmella. No quintal, todos já guardavam as coisas para voltar ao Bronx. O dia escurecia, e dali a meia hora já seria noite. Carmella estava sozinha do outro lado da casa, olhando pela janela da sala de jantar.

— Vito — disse ela ao ver o marido —, aquele furgão está indo embora com um pneu furado.

Vito olhou por sobre o ombro da esposa, para o furgão da Everready Furnace Repair que dava solavancos estrada afora com o pneu traseiro da roda esquerda já na lona, girando canhestramente, batendo a borracha. Ambas as lanternas traseiras estavam quebradas, e, ao que parecia, a janela do motorista estava estilhaçada.

— O que aconteceu? — perguntou Carmella.

— Não se preocupe — disse Vito. — Eles vão chegar lá. Têm três pneus bons.

— *Sì*, mas o que aconteceu?

Vito deu de ombros, beijou o rosto da mulher.

— *Madon'*... — falou Carmella, e voltou a espiar o furgão capenga.

Vito acariciou os cabelos dela e deixou a mão descer para as mechas que cobriam os ombros.

— O que foi? — perguntou. — Por que você está aqui sozinha desse jeito?

— Antes eu passava muito tempo sozinha — explicou Carmella, ainda olhando pela janela. — Mas, com as crianças, é... — Fazia tempo que os filhos não lhe davam paz, era isso que ela queria dizer.

— Não, não é isso — retrucou Vito, e delicadamente a virou para si. — O que foi? — perguntou novamente.

Carmella deitou a cabeça no ombro dele.

— Fico preocupada — confessou. — Esse lugar aqui... — Recuou um passo para gesticular na direção da casa e do condomínio inteiro. — Esse lugar... — repetiu, e ergueu os olhos para o marido. — Fico preocupada com você. Vito... Eu olho para tudo isso aqui e... e fico preocupada.

— Você sempre se preocupou, e, no entanto, aqui estamos nós. — Tocou abaixo do olho da mulher como se estivesse secando lágrimas. — Pense. Tom já está na universidade. Logo, logo será um advogado importante. Todos estão bem e com saúde.

— *Sì*, temos tido muita sorte — admitiu Carmella, e ajeitou o vestido. — Então, você conversou com Sonny sobre Sandrinella?

— Falei.

— Ótimo. Aquele menino... Fico preocupada com o futuro dele.

— Sonny é um bom garoto. — Vito tomou a mão de Carmella, disposto a tirá-la dali e voltar para o quintal, mas ela resistiu.

— Você acha mesmo que ele está se comportando?

— Claro que sim. Carmella... — Vito colocou as mãos nas faces dela, dizendo: — Sonny vai se sair muito bem, eu prometo. Vai fazer uma bela carreira no ramo automobilístico. Vou ajudá-lo. E, com o tempo, Deus permita, vai estar ganhando muito mais dinheiro do que jamais pudemos imaginar. Ele, Tommy, Michael, Fredo... Nossos filhos serão como os Carnegies, os Vanderbilts e os Rockefellers. Com minha ajuda, vão ficar milionários e cuidar da gente na nossa velhice.

Carmella tomou as mãos dele, tirou-as do rosto e as deixou na cintura.

— Você acha mesmo? — perguntou, e roçou o rosto no pescoço do marido.

Vito deu um passo para trás para dizer:

— Se não achasse que isso fosse possível, ainda estaria trabalhando do outro lado de um balcão na Genco. Agora vamos. Estão esperando por nós — emendou, guiando-a pela cozinha até a porta dos fundos.

— Ah... — Carmella passou o braço ao redor da cintura do marido e, na escuridão dos cômodos vazios, saiu com ele rumo ao quintal.

11

Clemenza resmungava ao mesmo tempo que conduzia o enorme Essex pela Park Avenue, no Bronx, a caminho do armazém de Luca. Próximo dele, Vito estava sentado com as mãos cruzadas sobre o colo, parecendo preocupado, o chapéu no lugar ao lado dele. Vestia um velho e confortável paletó de lã sobre uma camisa branca de colarinho mandarim. Os cabelos pretos estavam penteados para trás, e os olhos fitavam o para-brisa, muito embora Clemenza duvidasse que ele estivesse vendo ou ouvindo muita coisa além dos próprios pensamentos, fossem quais fossem. Vito estava com 41 anos, mas havia vezes, como agora, em que aos olhos de Clemenza ele parecia ser o mesmo garoto de quando eles se conheceram, 15 anos antes. Tinha o mesmo peitoral e os mesmos braços fortes, além dos mesmos olhos escuros que pareciam absorver tudo. Vito enxergava tudo: o que alguém fazia, no que aquilo poderia acarretar, o plano por trás dos atos que passava despercebido pela maioria dos mortais... E era essa a razão pela qual Clemenza tinha decidido trabalhar para ele tantos anos antes, e pela qual, pelo menos até então, nunca se arrependera da decisão.

— Vito — disse Clemenza —, estamos quase chegando. Vou pedir mais uma vez que desista dessa loucura.

Vito despertou de seus pensamentos.

— Você pegou a mesma doença de Tessio? — perguntou. — Desde quando se preocupa assim, parecendo uma velhota?

— *Sfaccim'!* — exclamou Clemenza, mais para si mesmo. A seu lado havia uma caixa aberta com roscas doces pontilhadas de mirtilos. Pegou uma delas e abocanhou metade, fazendo com que um fio de creme escorresse para a barriga. Limpou a camisa com o dedo, olhou para o creme recolhido como se não soubesse o que fazer com ele e por fim tascou o dedo na boca. — Pelo menos me deixe ir junto — falou com a boca cheia. — Pelo amor de Deus, Vito!

— É ali?

Clemenza havia acabado de deixar a Park para entrar numa rua secundária e parar o carro junto a um hidrante. Mais à frente no quarteirão, um pequeno armazém com uma porta de enrolar se espremia entre uma serralheria e o que parecia ser uma oficina mecânica.

— Sim, é ali — avisou Clemenza, usando a mão para limpar a boca e varrer as migalhas da camisa. — Vito, me deixe entrar com você. Podemos dizer que você pensou melhor, e...

— Vá um pouco mais para a frente que vou descer — declarou Vito. Pegou o chapéu deixado no assento. — Espere aqui até eu sair.

— E se eu ouvir tiros? — perguntou Clemenza, exaltado. — O que você quer que eu faça?

— Se você ouvir tiros, vá até a Funerária Bonasera e tome as devidas providências.

— Há... É exatamente isso que vou fazer. — Clemenza parou diante do armazém para que Vito saísse.

Vito desceu à calçada, vestiu o chapéu, depois olhou de volta para Clemenza.

— Não economize na coroa de flores, seu mão de vaca.

Clemenza apertou o volante como se estrangulasse alguém.

— Tome cuidado, Vito — pediu. — Não gosto nada do que já ouvi sobre esse sujeito.

Vito esquadrinhava a fachada do armazém quando uma porta lateral se abriu e dois rapazes, ambos muito jovens, saíram por ela. Um deles usava um *porkpie* preto com uma pena na aba. Tinha um rosto de bebê, olhos um tanto apertados e lábios crispados. Também possuía ares de fatalista, como se estivesse pronto para o que pudesse vir a acontecer, sem nenhum entusiasmo mas também sem nenhum medo. O rapaz ao lado dele estava coçando o saco e tinha um aspecto abobalhado.

— Sr. Corleone — saudou o de chapéu quando Vito se aproximou —, é um prazer conhecê-lo. — Estendeu a mão, e Vito a apertou. — Sou Luigi Battaglia, mas todos me chamam de Hooks. Esse é Vinnie Vaccarelli.

Vito ficou surpreso com a deferência da recepção.

— Podemos entrar? — perguntou.

Hooks se afastou para que ele entrasse, mas Vinnie bloqueou a passagem de Vito e começou a revistá-lo. Hooks interveio rapidamente para detê-lo.

— O que foi? — quis saber Vinnie.

— Aqui não. Lá dentro — avisou Hooks, impaciente.

Assim que a porta se fechou atrás dele, Vito se viu no interior de um espaço amplo e vazio que mais parecia uma oficina mecânica: piso de concreto, nenhuma janela e, nos fundos, algo parecido com um escritório. Tirou o paletó e o chapéu, afastou as pernas e os braços. Hooks não fez mais que correr os olhos por ele.

— Luca está lá no escritório — anunciou, e apontou para os fundos.

Inconformado pelo homem não ter sido revistado, Vinnie bufou um risinho irônico e voltou a se coçar. Hooks acompanhou Vito até o escritório, abriu a porta para ele e, sem entrar, fechou-a em seguida, deixando Vito sozinho numa saleta com um gigante recostado a uma mesa de jacarandá.

— Sr. Brasi? — perguntou Vito, esperando à porta com as mãos cruzadas à sua frente.

— Sr. Corleone — respondeu Luca, e apontou para uma cadeira. Enquanto Vito se acomodava, ele se empoleirou na mesa e cruzou as pernas. — Veio sozinho? Ninguém disse que sou um monstro? O senhor deve ser mais louco do que eu. — Sorriu um instante, depois gargalhou. — Isso me preocupa.

Vito retribuiu com um discreto sorriso. O homem era alto e forte, com uma testa protuberante que lhe dava um aspecto brutal. Vestia um terno azul de listras com colete e gravata, que em nada atenuavam o ar animalesco. Vito logo percebeu nos olhos dele uma centelha sinistra que, apesar da calma aparente, trazia certa inquietação, uma disposição para o ataque, e imediatamente passou a acreditar em todas as histórias que já ouvira a respeito de Luca Brasi.

— Queria muito conhecê-lo — declarou. — Queria conhecer o homem que faz Giuseppe Mariposa tremer na base.

— Mas o senhor não está tremendo — apontou Luca. Não falou num tom de simpatia ou troça. Mas de ameaça.

Vito encolheu os ombros, dizendo:

— Sei de algumas coisas a seu respeito.

— O que você sabe, Vito?

Vito ignorou a insolência do tratamento informal.

— Quando você era garoto, com apenas 12 anos, sua mãe foi atacada e você salvou a vida dela.

— Ah, você sabe disso.

Luca falou com indiferença, nem surpreso nem preocupado, mas nos olhos dele Vito percebeu outra coisa.

— Um homem desses — prosseguiu —, um homem que na juventude teve a coragem de defender a vida da mãe... Um homem desses tem seu valor.

— E o que você sabe sobre esse homem que atacou minha mãe? — Luca descruzou as pernas, inclinou-se para a frente e beliscou a ponte do nariz.

— Sei que era seu pai — respondeu Vito.

— Então sabe que eu matei meu pai.

— Fez o que tinha que fazer para salvar a vida da sua mãe.

Luca o observou por um tempo sem dizer nada. No silêncio ouvia-se apenas o trânsito na Park Avenue. Por fim, ele falou:

— Bati na cabeça dele com uma tábua.

— Fez bem — comentou Vito. — Nenhum garoto deveria passar pelo sofrimento de ver a própria mãe sendo assassinada. Espero que tenha reduzido a cabeça dele a uma polpa.

Novamente Luca se calou para observar Vito.

— Caso esteja se perguntando como sei de tudo isso, Luca, tenho amigos na polícia. Rhode Island não é outro planeta. Está tudo registrado.

— Então você sabe o que a polícia sabe — disse Luca, aliviado. — E o que veio fazer aqui, Vito? — Estava claro que ele queria avançar a conversa. — Você agora é o quê? O estafeta de Giuseppe Mariposa? Veio aqui para me ameaçar?

— De modo algum. Não gosto de Mariposa. Acho que temos isso em comum.

— Então? — Luca desceu da mesa, foi para sua cadeira e deixou o corpanzil cair nela. — Por que está aqui? Por causa dos rapazes de Tomasino?

— Isso não é da minha conta — retrucou Vito. — Vim na esperança de descobrir quem anda roubando o uísque de Giuseppe. Ele está furioso, vem me causando problemas. Meteu na cabeça que o ladrão sou eu.

— Você? — questionou Luca. — Por que ele acharia que...

— Quem sabe o que se passa na cabeça daquele homem? — interrompeu Vito. — Mas, do jeito que as coisas estão, seria de grande ajuda se eu pudesse descobrir quem está por trás de toda essa história. Se puder passar a ele essa informação, isso o acalmará por um tempo e... convenhamos, Giuseppe Mariposa agora é um homem poderoso.

— Entendo. Mas que motivo eu teria para ajudar você?

— Uma questão de amizade — disse Vito. — É importante ter amigos, Luca, você não acha?

Luca olhou para o alto como se procurasse uma resposta. Hesitou um pouco, mas enfim falou:

— Não, não acho. Gosto do garoto que está roubando a bebida de Giuseppe. Você tem razão, Vito, temos isso em comum: não gosto de Mariposa. Para ser sincero, não suporto aquele *stronz'*.

Foi a vez de Vito se calar e observar Luca, que jamais tivera a intenção de entregar os ladrões. Não havia como não respeitar um homem desses.

— Luca — retomou ele —, você não está preocupado? Não teme Mariposa? Tem ideia do quanto ele está poderoso agora? Sobretudo com a eliminação de LaConti? Com a quantidade de homens armados que ele tem? Com todos os policiais e juízes que mantém no bolso?

— Isso não significa nada para mim — rebateu Luca, divertindo-se. — Nunca significou. Mato quem eu quero. Até aquele napolitano gordo que está concorrendo à prefeitura. Não vou com a cara dele. Acha que alguém pode proteger LaGuardia de mim?

— Suponho que não — falou Vito, beliscando a aba do chapéu que trazia no colo, dando-lhe forma. — Quer dizer então que você não vai me ajudar — emendou, e ergueu o chapéu como se fosse colocá-lo.

— Sinto muito, Vito. — Luca espalmou as mãos como se não houvesse nada que pudesse fazer. — Mas, antes que você vá, tem outro problema que ainda não sabe.

— Qual é?

Luca afastou a cadeira para se debruçar na mesa, depois disse:

— Aquele vira-lata meio alemão, meio irlandês que faz parte da sua família. Tom Hagen. Receio que vou ter que matar o garoto. Uma questão de honra.

— Você só pode estar equivocado — retrucou Vito, já sem nenhuma cordialidade. — Tom não tem nada a ver com os meus negócios, nem com os seus nem com os de qualquer outra pessoa que conhecemos.

— Os negócios não têm nada a ver com a história.

Brasi fingia estar pesaroso por ter que tocar naquele assunto, mas Vito podia ver o deleite nos olhos do sujeito.

— Então deve ser outro Tom Hagen — insistiu Vito. — Meu filho está na universidade, estudando para ser advogado. Não tem nada a ver com você.

— É ele mesmo — retrucou Luca. — Estuda na Universidade de Nova York. Mora nos dormitórios da Washington Square.

Vito perdeu todo o sangue do rosto e, sabendo que Luca havia percebido, ficou ainda mais irritado. Baixou os olhos para o chapéu, ordenou ao coração que voltasse a bater como antes e só então perguntou:

— O que meu filho pode ter feito para você querer matá-lo?

— Comeu a minha namorada. — Luca novamente espalmou as mãos. — Fazer o quê? Ela é uma vadia, nem sei por que ainda não a joguei no rio. Mesmo assim... O que é que eu posso fazer? É uma questão de honra. Vou ter que matar o garoto, Vito. Sinto muito.

Vito colocou o chapéu, recostou-se na cadeira. Buscou o olhar de Luca e o encarou. Luca o encarou de volta com um sorriso curto, mas de visível satisfação. Do outro lado da porta, Vinnie, o abobalhado, irrompeu numa gargalhada estridente como a de uma menina, mas abafada com a mão. Vito esperou que ele se calasse, depois disse:

— Caso você permita que eu converse com Tom, como pai, eu veria isso como um grande favor, um favor que eu tentaria retribuir intercedendo por você junto a Mariposa... e a Cinquemani também.

— Não preciso que ninguém interceda por mim.

— Você entende que eles vão tentar matar você, não entende? E seus rapazes também.

— Eles que tentem. Gosto muito de uma boa briga.

— Nesse caso... — Vito ficou de pé e varreu a calça com a mão. — Nesse caso você vai precisar de mais recursos. Para lidar com Tomasino, Mariposa e seus assassinos profissionais. Fiquei sabendo do ataque que os O'Rourkes fizeram à sua banca. O prejuízo não deve ter sido pequeno. Talvez 5 mil dólares possam trazer algum alívio a você nesse momento.

Luca contornou a mesa, aproximando-se de Vito.

— Nem tanto — respondeu, e crispou os lábios, pensando no assunto. — Mas 15 mil já seriam alguma coisa.

— Ótimo — concordou Vito sem hesitar. — Em uma hora você vai ter essa quantia nas mãos.

De início Luca ficou surpreso, mas logo voltou a se divertir com a situação.

— Ela é uma vadia — comentou, ressuscitando o assunto da namorada —, mas é linda. — Cruzou as mãos à sua frente e deu a impressão de que estava refletindo sobre algo, talvez reconsiderando o valor que havia acabado de sugerir. — Muito bem, Vito. Como favor a você, vou esquecer essa estupidez que Hagen cometeu. — Caminhou até a porta, pousou a mão na maçaneta. — Ele não sabia quem eu era. Kelly fisgou o garoto num clube do Harlem. É linda, mas, como falei, é uma biscate, uma vadia. De qualquer modo, já ando meio farto dela.

— Então... negócio fechado? — perguntou Vito.

Luca fez que sim com a cabeça.

— Mas estou curioso — disse, e se recostou na porta, bloqueando-a. — Você e Clemenza... Vocês têm um monte de gente a seu serviço. E eu só tenho minha pequena gangue de uns poucos gatos pingados. Além disso, você tem o apoio de Mariposa. Por que não me mata logo de uma vez?

— Reconheço um homem que não deve ser subestimado quando estou diante de um, Sr. Brasi. Mas, por favor, me diga: que clube foi esse em que Tom conheceu sua namorada?

— Um lugar chamado Juke's Joint. No Harlem.

Vito estendeu a mão para se despedir. Luca a fitou como se cogitasse o que fazer com ela, mas por fim a apertou e abriu a porta para Vito sair.

No carro, esticando-se no banco, Clemenza abriu a porta para Vito.

— Então, como foi? — perguntou. A caixa de roscas que trazia no colo já estava vazia, e a camisa apresentava uma grande mancha amarela, bem ao lado de outra com o azul dos mirtilos. Notando o espanto de Vito com a caixa vazia, explicou: — Sempre como demais quando estou nervoso. — Em seguida saiu com o carro pela Park Avenue e repetiu: — Então, como foi?

— Me leve para casa, depois mande alguém buscar Tom e levá-lo para falar comigo.

— Tom? — indagou Clemenza, virando-se para Vito com uma interrogação no olhar. — Tom Hagen?

— Tom Hagen! — rugiu Vito.

Clemenza empalideceu e murchou no banco como se tivesse acabado de levar um soco.

— Chame Hats também — ordenou Vito. — Diga a ele para levar 15 mil dólares para Luca. O mais rápido possível. Falei a Brasi que ele teria o dinheiro em uma hora.

— O que, 15 mil dólares? *Mannagg'* — devolveu Clemenza. — Por que a gente não apaga o homem logo de uma vez?

— Nada o deixaria mais feliz. Ele fez tudo que pôde para que eu o matasse.

Clemenza fitou Vito com preocupação, como se algo tivesse acontecido naquele armazém para lhe roubar um pouco do juízo.

— Mande buscar Tom, por favor — mandou Vito, já com um pouco mais de delicadeza. — Mais tarde explico tudo. Agora preciso pensar.

— Claro, claro — concordou Clemenza. Levou a mão à caixa de roscas, viu que não havia mais nenhuma e a arremessou para o banco de trás.

12

Sonny riu ao se ver refletido numa das paredes espelhadas da confeitaria. Estava nu, atrás da vitrine, junto à caixa registradora, comendo um donut com creme de limão. A tia de Eileen havia levado Caitlin para passar o dia com ela, e Eileen tinha fechado a loja mais cedo para receber sua visita. Ela agora estava na cama, dormindo, e ele descera para fazer um lanche. A enorme lona verde que cobria a vidraça da frente havia sido baixada, assim como as persianas que protegiam a porta de vidro. Era fim de tarde, e a luz que vinha da rua atravessava as frestas tanto da lona quanto das persianas, riscando de vermelho as paredes da confeitaria. Pessoas passavam pela calçada, e Sonny podia ouvir fragmentos de conversa. Dois homens falavam do campeonato de beisebol, debatendo sobre Goose Goslin e os Senators de Washington, cogitando se seriam capazes de enfrentar os arremessos de Hubbell. Como o pai, Sonny não tinha nenhum interesse por esportes. Achava engraçado que estivesse ali, comendo um donut pelado, enquanto a poucos metros dois camaradas falavam de beisebol.

Ele agora perambulava pela confeitaria, o donut na mão, observando as coisas. Desde o dia do piquenique em Long Island, volta e meia se lembrava dos dois caras que tentaram aplicar o golpe da fornalha. Algo o incomodava no grandalhão que os havia ameaçado com uma chave-inglesa. Mais tarde, já no Bronx, ele tinha dito algo a Clemenza, algo como "Dá para acreditar naqueles dois?", e Clemenza havia respondido: "Sonny, isso aqui é a América." Sonny não perguntara o que ele queria dizer com isso, mas deduzira ser assim que as coisas funcionavam no país: todos davam seus golpes. Homens como Clemenza, seu pai e todos os demais ainda falavam como se a América fosse um país estrangeiro. Mas o grandalhão... Não era exatamente o que ele havia dito, muito embora a menção ao papa tivesse descido mal. Por quê? Sonny não sabia ao certo, uma vez que também não possuía nenhum interesse em religião. Fazia anos que sua mãe havia desistido de arrastá-lo para as missas de domingo. "Igualzinho ao pai", dizia Carmella, referindo-se à relutância de Vito para frequentar a igreja — no entanto, ser comparado ao pai, não importava o motivo, só o fazia se encher de orgulho. Para ele, o papa não passava de um sujeito que usava um chapéu engraçado. Portanto, não era nada que o grandalhão tivesse dito que o incomodava tanto: era o olhar do filho da puta, sobretudo o modo como havia encarado Vito, muito mais que o modo como o sujeito encarara ele próprio, Sonny. Ele não conseguia engolir aquilo, e por isso se pegava imaginando a surra que daria no sujeito para apagar aquele olhar de uma vez por todas.

Nos fundos da loja, atrás da confeitaria propriamente dita, Sonny notou uma porta fechada, mais estreita que o normal, e, ao abri-la, deparou-se com um quartinho pequeno com um berço e um armário velho, repleto de livros, muitos livros, uns de pé nas prateleiras, outros tantos deitados sobre os primeiros. Ao lado do berço havia uma pequena mesinha de cabeceira, e, sobre ela, junto a uma luminária de metal, viam-se três livros empilhados. Sonny os pegou e ficou imaginando Eileen descansando um pouco naquele quartinho, lendo à luz daquela janela opaca que dava para o beco. O primeiro dos livros era grosso, pesado e de bordas douradas. Abrindo-o, Sonny viu que se tratava das obras completas de Shakespeare. O segundo era um romance chamado *O sol também se levanta*. O terceiro era um livro fininho, uma coletânea de poemas. Sonny meteu este último sob o braço e voltou ao apartamento, onde encontrou Eileen vestida e vigiando o forno, que exalava um delicioso cheiro de pão.

Ao vê-lo, Eileen riu e disse:

— Ah, vá se vestir, pelo amor de Deus! Você não tem vergonha?

Sorrindo, Sonny baixou os olhos para si mesmo.

— Achei que gostasse de me ver pelado.

— Uma visão que nunca mais vou esquecer: Sonny Corleone na minha cozinha, nu como veio ao mundo, com um livro debaixo do braço.

— Encontrei no quartinho lá de baixo — explicou ele, e jogou a coletânea de poemas sobre a mesa.

Eileen olhou para o livro e se sentou diante dele.

— É do seu amigo, Bobby Corcoran — disse. — Às vezes ele passa o dia aqui comigo, fingindo que quer ajudar na confeitaria, mas depois vai para o quartinho e fica lá, lendo.

— Cork lê poesia? — perguntou Sonny, e puxou uma cadeira para se sentar ao lado de Eileen.

— Seu amigo "Cork" lê todo tipo de livro.

— Eu sei, mas... poesia?

Eileen suspirou como se subitamente estivesse cansada.

— Nossos pais nos obrigavam a ler de tudo. Mas era o papai o grande leitor da família. — Ela se calou e olhou carinhosamente para Sonny, correndo a mão pelos cabelos dele. — Bobby era apenas uma criança quando ambos morreram de gripe espanhola. Mas os livros estão aí até hoje.

— Os que estão lá embaixo? Eram dos seus pais?

— Agora são de Bobby — corrigiu Eileen. — Alguns fomos nós que acrescentamos à coleção. A essa altura ele já deve ter lido todos pelo menos duas vezes. — Deu um beijo na testa de Sonny e emendou: — Agora você precisa ir. Está ficando tarde, tenho um monte de coisas para fazer.

— Italianos não leem livros. — Sonny caminhou rumo ao quarto para se vestir. Eileen riu, e ele prosseguiu: — Nenhum dos italianos que eu conheço lê.

— Isso é bem diferente de dizer que os italianos não leem.

Depois de estar vestido, Sonny voltou à cozinha e continuou a conversa:

— Talvez sejam só os sicilianos que não leem.

— Sonny — disse Eileen, e foi buscar o chapéu dele no cabideiro junto à porta —, não conheço ninguém nessa vizinhança que tenha o hábito de ler. Todo mundo está ocupado demais tentando botar comida na mesa.

Sonny recebeu o chapéu trazido por Eileen, beijou-a e depois perguntou:

— Quarta-feira que vem?

— Humm... Acho que não, Sonny. — Eileen levou a mão à testa. — Essa nossa história... Acho que já deu o que tinha que dar, você não acha?

— Do que você está falando? Como assim, "deu o que tinha que dar"?

— Cork me contou que você tem uma nova mocinha aí, desfrutando dos seus encantos. Uma moça com quem você tem se encontrado na hora do almoço. Tem ou não tem?

— *Mannagg'!* — Sonny revirou os olhos.

— E a tal Sandrinella com quem seu pai quer que você se case?

— Esse Cork fala demais.

— Poxa, Sonny. Você é o ídolo de Bobby, sabia? Você e seu harém. — Eileen voltou ao forno como se tivesse acabado de se lembrar de algo. Entreabriu a porta, examinou a assadeira e deixou a porta como estava, apenas com uma fresta.

— Eileen... — Sonny colocou o chapéu, retirou-o novamente. — A tal mocinha do almoço... Ela não significa nada pra mim. É apenas uma...

— Não estou com raiva. Com quem você se deita ou deixa de se deitar não é da minha conta.

— Se não é raiva, o que é então?

Eileen suspirou, voltou a se sentar à mesa e acenou para Sonny se juntar a ela.

— Me conte mais sobre essa Sandra — pediu.

— O que você quer saber? — Sonny puxou uma cadeira.

— Me fale sobre ela. Estou curiosa.

— É muito bonita, como você. — Sonny colocou o chapéu sobre a cabeça de Eileen, e o chapéu, grande demais, escorregou para as orelhas dela. — Só que a pele é mais escura. Como a dos italianos, você sabe. Os selvagens.

Eileen tirou o chapéu e o apertou contra o peito.

— Cabelos escuros, olhos escuros, peitinhos empinados... — imaginou.

— Isso — concordou Sonny. — Exatamente.

— Você já foi para a cama com ela?

— Eu? — indagou Sonny, assustado. — Que nada. Ela é uma boa moça italiana. Não vou nem dar uns amassos sem um anel de noivado.

Eileen riu e arremessou o chapéu para o colo dele.

— Ainda bem que você tem sua putinha irlandesa para se divertir.

— Poxa, Eileen. Não é assim.

— Claro que é, Sonny. — Ela se levantou e foi até a porta. — Preste atenção no que vou dizer — continuou ela, com a mão na maçaneta. — Case com a sua Sandrinella e faça logo um filho nela para vocês poderem ter mais uma dúzia enquanto ela ainda é jovem. Vocês italianos adoram uma família grande.

— Olha só quem está falando — rebateu Sonny, juntando-se a ela. — Vocês irlandeses, as suas famílias são tão grandes que às vezes fico achando que todo mundo é parente de todo mundo.

Eileen aquiesceu com um sorriso.

— Mesmo assim, acho que a gente não deve mais se ver. — Jogou-se contra Sonny para lhe dar um abraço e um beijo. — Cedo ou tarde alguém vai descobrir, e depois vai ser um inferno. Melhor a gente terminar agora, sem maiores dramas.

— Não acredito em você. — Sonny se inclinou sobre o ombro de Eileen e tratou de fechar a porta novamente.

— Pode acreditar — retrucou Eileen, firme, seca. — Sempre falei que isso não passava de uma aventura. — Voltou a abrir a porta e recuou para que Sonny saísse.

Sonny arremeteu como se fosse espancá-la; em vez disso agarrou a porta e, furioso, bateu-a atrás de si. Desceu correndo as escadas, mas antes de sair à rua esmurrou a parede, abrindo um furo no gesso sob o papel. Ainda ouvia os pedaços caindo em direção ao porão quando atravessou a porta.

Carmella se movia para a frente e para trás entre o fogão e a pia, pilotando ruidosamente suas panelas enquanto preparava uma beringela para o jantar. Atrás dela, à mesa da cozinha, Clemenza sacudia Connie no colo, Tessio e Genco a seu lado, ouvindo o picotado relatório de Michael sobre o trabalho escolar que ele vinha preparando sobre o Congresso. Fredo, que não aguentava mais aquilo, havia saído à rua dizendo que ia para a casa de um amigo. No andar de cima, Tom estava com Vito no escritório, e, pelos últimos trinta minutos, todos na casa faziam o possível para ignorar os ocasionais berros e murros que vinham do alto. Vito não era homem de perder a calma. Não era homem de gritar com os filhos, muito menos de insultar. Portanto, todos estavam tensos com a gritaria e os palavrões que chegavam à cozinha.

— São 48 estados — dizia Michael —, e 96 homens representam seus eleitores no Senado.

Clemenza confidenciou a Connie:

— Ele quis dizer que representam quem estiver pagando.

Michael olhou através da porta da cozinha para o teto da sala como se pudesse enxergar o escritório do outro lado onde, nos últimos minutos, o silêncio tinha voltado a imperar. Correu a mão pelo pescoço como se o colarinho o estivesse incomodando, então se voltou para Clemenza:

— Como assim "quem estiver pagando"?

— Não dê ouvidos a ele — interveio Genco.

À bancada da pia com uma faca de cozinha na mão, e sem tirar os olhos da beringela, Carmella ameaçou:

— Clemenza...

— Bobagem minha — corrigiu-se ele, e começou a fazer cócegas em Connie, fazendo-a se contorcer em seu colo.

Em seguida, a menininha se debruçou sobre a mesa para dizer ao irmão:

— Michael, eu sei o nome de todos os estados, quer ver? Alabama, Arizona, Arkansas...

— *Sta'zitt'!* — exclamou Carmella. — Agora não, Connie! — Então golpeou as beringelas como se em vez de uma faca de cozinha tivesse na mão um cutelo de açougueiro.

No andar de cima, a porta do escritório se abriu. Todos na cozinha se viraram na direção da escada, mas logo se recompuseram, voltando aos seus afazeres: Carmella voltou a picar as beringelas, Clemenza continuou a fazer cócegas em Connie, Michael prosseguiu em seu recital de fatos sobre a Câmara para Genco e Tessio.

Quando Tom chegou à cozinha, estava pálido e com os olhos inchados. Apontou para Genco.

— Papai pediu para vocês subirem — anunciou.

— Eu e Clemenza também? — perguntou Tessio.

— Sim.

Connie, que em outras circunstâncias teria imediatamente pulado para o colo de Tom, contornou a mesa e foi para o lado de Michael assim que Clemenza a colocou no chão. Estava usando sapatinhos de verniz preto, meias brancas e um vestido rosa. Michael a tomou no colo, e ambos ficaram olhando para Tom em silêncio.

— Mãe, preciso ir — falou Tom.

Carmella apontou a faca para a mesa, dizendo:

— Fique para o jantar. Estou fazendo aquela beringela que você adora.

— Não posso, mãe.

— Não pode? — questionou Carmella, erguendo a voz. — Você não pode ficar para jantar com sua família?

— Não — respondeu Tom, mais alto do que havia pretendido. Fez menção de que ia se desculpar, chegou a balbuciar alguma coisa, mas saiu da cozinha e foi para a porta da casa.

Carmella se voltou para Michael:

— Leve sua irmã para o quarto e conte uma história para ela. — Pelo tom de voz, deixou claro que não havia espaço para protestos. Em seguida correu atrás de Tom, que já vestia sua jaqueta na sala.

— Me desculpe, mãe — declarou, secando os olhos molhados com o dorso da mão.

— Tom, Vito me contou o que aconteceu.

— Ele contou?

— Claro! O que você acha? Que um marido não conta as coisas para a mulher? Que Vito não me conta nada?

— Ele conta o que quer contar — retrucou Tom e, vendo a expressão no rosto da mãe, imediatamente se retratou. — Desculpe, mãe, é que estou nervoso.

— Você está nervoso — repetiu ela.
— E envergonhado — acrescentou Tom.
— Com razão.
— Sei que me comportei mal. Isso não vai se repetir.
— Logo com uma irlandesa... — comentou Carmella, balançando a cabeça.
— Mãe. Sou meio irlandês.
— Não interessa. Você devia ter pensado duas vezes.
— *Sì. Mi dispiace*[18] — disse Tom, fechando o zíper da jaqueta. — Os meninos não sabem de nada, sabem? — Tinha certeza de que eles não sabiam, mas não custava perguntar.

Carmella fez uma careta como se a pergunta não fizesse nenhum sentido. Aproximou-se do filho, apertou as bochechas dele e falou:
— Tommy, você já é um homem. Precisa lutar contra sua natureza. Tem feito suas orações? Tem ido à igreja?
— Claro, mãe. Claro.
— Qual igreja? — Vendo que o filho não tinha uma resposta, suspirou de um modo dramático. — Homens. Vocês são todos iguais.
— Mãe, escute. Papai falou que, se isso voltar a acontecer, eu ficarei por conta própria.
— Então não deixe isso voltar a acontecer — disse Carmella, ríspida. Depois amoleceu um pouco. — Reze, Tommy. Reze para Jesus. Escute o que estou dizendo. Você é um homem agora. Vai precisar de ajuda. Muita ajuda.

Tom deu um beijo no rosto dela, depois disse:
— Domingo eu volto para jantar.
— Claro que você volta domingo para jantar — falou Carmella, como se sequer existisse a questão. — Comporte-se — acrescentou ainda, e abriu a porta para Tom, despedindo-se com um tapinha no braço dele.

À janela do escritório, Vito viu o filho seguir na direção da Arthur Avenue para pegar o bonde. Em seguida se serviu de mais Strega. Recostado à mesa com as mãos na cintura, Genco avaliava a situação de Giuseppe Mariposa com a organização de Rosario LaConti. Alguns dos asseclas de LaConti vinham resistindo a entrar na linha. Não aprovavam o fim que Giuseppe tinha dado a Rosario, deixando-o nu na rua. Giuseppe Mariposa era um

---

[18] "Me desculpe."

animal, protestavam. Alguns tentavam se encaixar nas famílias Stracci e Cuneo, abrigar-se nelas — qualquer coisa, menos trabalhar para Mariposa.

Junto à porta do escritório, com os braços cruzados e a austeridade de sempre, Tessio disse:

— Anthony Stracci e Ottilio Cuneo não teriam chegado aonde chegaram se não fossem inteligentes. Não vão arriscar uma guerra com Mariposa.

— *Sì* — concordou Genco. Afastou-se da mesa e se jogou numa das cadeiras estofadas, defrontando a janela e Vito. — Com a organização de LaConti sob seu controle, ou quase, e com Tattaglia no bolso, Mariposa está forte demais. Stracci e Cuneo vão virar as costas a qualquer um que for até eles.

Clemenza estava sentado ao lado de Genco com uma taça de licor de anis na mão. Alertou Vito:

— Preciso dar uma resposta a Mariposa sobre essa situação com Luca Brasi. Ele está esperando que a gente cuide disso.

Vito sentou-se no caixilho da janela e pousou o Strega num dos joelhos.

— Diga a Mariposa que vamos cuidar de Brasi quando chegar a hora certa.

— Vito — começou Clemenza —, ele não vai gostar nada disso. Tomasino quer Brasi fora de circulação *já*, e Mariposa quer ver Tomasino feliz. — Vito apenas encolheu os ombros, então Clemenza olhou para Genco em busca de apoio. Genco desviou o olhar, e Clemenza, espantado, riu. — Primeiro Mariposa manda a gente descobrir quem anda roubando o uísque dele... e a gente não descobre porcaria nenhuma. Depois manda a gente cuidar de Brasi... e a gente diz "quando chegar a hora certa"? *Che minchia!*[19] Vito! Estamos procurando problema!

Vito deu mais um gole no Strega. Calmamente, perguntou a Clemenza:

— Por que eu eliminaria alguém que mete tanto medo em Mariposa?

— Não só nele. Em muita gente também — acrescentou Tessio.

Clemenza espalmou as mãos.

— Que opção a gente tem?

— Diga a Joe que vamos cuidar de Brasi — instruiu Vito. — Diga a ele que estamos tratando do caso. Mas faça como falei, por favor. Não quero que ele ou Cinquemani partam para cima de Luca Brasi. Quero que pensem que nós estamos cuidando disso.

---

[19]Grosseiramente o mesmo que *che cazzo*, num dialeto sulista.

Clemenza se recostou na cadeira, dando-se por vencido. Olhou para Tessio, que disse:

— Vito. — Ele se afastou da porta e se colocou diante da mesa. — Me desculpe, mas dessa vez vou ter que concordar com Clemenza. Se Mariposa vier atrás da gente, não somos páreo para ele. O homem vai nos varrer do mapa.

Vito suspirou e cruzou as mãos à sua frente. Olhou para Genco e assentiu com a cabeça.

— Escutem — começou Genco, hesitante, medindo as palavras. — Vito e eu queríamos que isso ficasse apenas entre nós, porque não podíamos correr o risco de que a coisa vazasse e Frankie Pentangeli ficasse puto.

Clemenza imediatamente entendeu. Batendo palmas, perguntou:

— Pentangeli está com a gente, não está? Sempre gostei daquele filho da puta! O homem é bom demais para estar do lado de um traste feito Mariposa.

— Clemenza — advertiu Vito. — Deus é testemunha da confiança que tenho em você. Eu entregaria a vida dos meus filhos aos seus cuidados, mas... — Ele fez uma pausa e ergueu o indicador. — Você gosta de uma boa conversa, Clemenza. E se essa informação vazar, nosso amigo será muito prejudicado.

— Vito, pode ficar tranquilo — assegurou o homem. — Da minha boca não vai sair nada.

— Ótimo. — Vito mais uma vez sinalizou para Genco.

— Mariposa está armando o bote para cima da gente — avisou Genco. — Foi Frankie que contou. É só uma questão de tempo até que...

— Filho da puta — interrompeu Clemenza. — A decisão já está tomada?

— *Sì* — disse Genco. — Enquanto Mariposa estiver ocupado com o espólio de LaConti, ainda tempos tempo. Mas estamos na mira dele. Ele quer o negócio do azeite, quer os nossos contatos, quer tudo. Sabe que a Lei Seca não vai durar para sempre. Vai precisar de outro negócio, e está de olho no nosso.

— *Bastardo!* — praguejou Tessio. — E Emilio? E os outros? Estão de acordo com isso?

Genco fez que sim com a cabeça.

— Eles acham que você tem uma organização à parte — falou a Tessio —, mas vão atrás de você também. Com certeza estão pensando: primeiro os Corleones, depois você.

Clemenza perguntou:

— Por que a gente não pede a Frankie para estourar os miolos de Mariposa de uma vez?

— E o que ganharíamos com isso? — perguntou Vito. — Depois Emilio Barzini ficaria numa posição muito melhor para nos enfrentar, com o apoio de todas as famílias.

— Como eu queria estourar os miolos daquele sujeito... — resmungou Clemenza.

— Por enquanto — interveio Genco —, Giuseppe está esperando a hora, mas, segundo Frankie, está armando alguma coisa com os irmãos Barzini. Estão escondendo o jogo de Frankie, mas ele sabe que aí vem chumbo. Vai nos contar assim que descobrir. Em todo caso, enquanto perdurar essa confusão com os homens de LaConti, eles não podem fazer nada.

— E a gente, faz o quê? — perguntou Clemenza. — Fica esperando de braços cruzados até eles virem atrás da gente?

— Temos uma vantagem — disse Vito. Levantou-se da janela com a taça de Strega na mão e sentou-se em sua cadeira. — Com a ajuda de Frankie, vamos ficar sabendo de todos os planos de Joe. — Pegou um charuto da gaveta e começou a desembrulhá-lo. — Mariposa está pensando no futuro, mas eu também estou. Com a revogação da Lei Seca vindo a qualquer momento, também estou procurando novas frentes de negócio. Com esse pessoal aí como Dutch Schultz, Jack "Legs" Diamond... — Vito parecia enojado. — Essa gente... Cada hora é um que aparece no jornal. Esses figurões, são eles que têm que sumir do mapa. E Giuseppe sabe disso tanto quanto eu. Tem muito palhaço solto por aí, achando que pode fazer o que bem entende. A cada dois quarteirões, um mandachuva novo. Isso precisa acabar. Não se iludam — avisou Vito, e cortou a ponta do charuto. — Joe é igual àquele *idiota* alemão do Hitler. Ele não vai parar enquanto não for dono do mundo. — Fez uma pausa, acendeu o charuto, deu uma baforada. — Também temos nossos planos. Ainda não sei exatamente como, mas Luca Brasi pode ser útil. Qualquer um que meta medo em Mariposa pode ser útil, portanto, vamos fazer o possível para manter o homem vivo. Quanto aos pivetes que estão roubando o uísque dele? É do nosso interesse descobrir quem são e entregar a cabeça deles. Portanto, vamos continuar tocando isso adiante. Se pudermos entregar os ladrões e fazer Mariposa deixar Brasi de lado, quando chegar a hora, já estaremos prontos. Mas agora — disse Vito, e apontou para a porta do escritório —, me desculpem, tive um dia muito difícil.

Clemenza deu um passo na direção dele como se tivesse algo mais a dizer, porém Vito ergueu a mão e voltou para a janela. Dando as costas para Clemenza e os demais, ficou olhando a rua enquanto eles se retiravam. Esperou que fechassem a porta, sentou-se na janela e olhou para a fachada de tijolos vermelhos das casas geminadas que faziam ângulo com a calçada de lajes do outro lado da Hughes Avenue. Olhava para as casas, mas via os próprios pensamentos. Na noite anterior, antes de se encontrar com Luca Brasi, tinha sonhado que estava no Central Park, junto à fonte, olhando para o corpo abandonado no interior de um baú. Não conseguia identificar o morto, mas o coração batia forte porque ele temia ver quem estava ali. Foi se inclinando sobre o baú, cada vez mais, e mesmo assim não foi capaz de reconhecer o rosto mutilado do cadáver espremido e retorcido naquele espaço apertado. Em seguida, duas coisas aconteceram rapidamente no sonho. Primeiro, ergueu os olhos e viu o enorme anjo de pedra sobre a fonte, apontando para ele. Depois baixou os olhos e se deparou com o cadáver erguendo o braço para agarrar sua mão e implorar algo — então acordou, o coração ainda retumbando no peito. Vito, que raramente tinha dificuldade para dormir, passara a noite inteira às claras, os pensamentos zunindo de um lado ao outro. E, na manhã seguinte, enquanto tomava café e lia o jornal, deparara-se com uma foto do garoto Nick Crea no Central Park, abandonado no baú, o anjo da fonte apontando para ele. A foto estava na capa do jornal, uma chamada para uma matéria no interior. Nenhum suspeito. Nenhuma testemunha. Nenhuma pista. Apenas o corpo de um garoto espremido no interior de um baú e um anônimo em roupas civis espiando de fora. A foto reavivara o sonho, e Vito havia largado o jornal, mas ambos, sonho e jornal, o deixaram com um mau pressentimento. Mais tarde, ao ouvir de Luca Brasi que Tom estava jurado de morte, ele mais uma vez se lembraria do tal sonho, talvez percebendo algum vínculo entre uma coisa e outra, e, mesmo agora, com o dia já chegando ao fim, ainda não conseguia se esquecer do maldito sonho, tão vivo na sua lembrança quanto antes, e tampouco conseguia se livrar do mau pressentimento, certo de que algo muito ruim estava para acontecer.

Vito ficou ali, sentado à janela com seu charuto e seu drinque, até que Carmella bateu à porta e abriu uma fresta. Vendo o que o marido fazia, foi se sentar ao lado dele e, sem dizer nada, roubou uma de suas mãos para massageá-la do modo que ele tanto gostava, apertando separadamente cada junta e cada nó, enquanto o sol se desvanecia.

Donnie O'Rourke dobrou a esquina e, na Nona Avenida, parou para amarrar os sapatos. Apoiando o pé na base de um poste de luz e manipulando os cadarços sem nenhuma pressa, olhava para ambos os lados. A vizinhança estava silenciosa: dois malandros com roupas finas caminhavam e riam com uma bela mulher entre eles; uma senhora mais velha, com uma sacola entre os braços e um garoto a seu lado, vinha pelo lado oposto. Na rua, apenas o trânsito de sempre e um mendigo empurrando seu carrinho vazio enquanto assobiava uma melodia que apenas ele era capaz de identificar. Apesar da estação, o entardecer estava quente, dando fim a um dia bonito durante o qual muita gente havia saído à rua para aproveitar o céu azul e o sol forte. Tão logo teve certeza de que ninguém o seguia ou vigiava, Donnie avançou pelo quarteirão até alcançar o prédio no qual alugara um apartamento para morar com Sean e Willie. Ficava no primeiro andar, ao topo de um único lanço de escada, e, assim que Donnie pisou na pequena portaria de azulejos pretos e brancos, a porta do porão, à direita da escada, foi escancarada.

Um dos rapazes de Luca apontava uma arma para a cabeça dele. Cogitou sacar a sua, mas outro capanga, o do braço enfaixado, também saiu do porão trazendo consigo uma espingarda de cano serrado na altura da cintura, apontada para as bolas de Donnie.

— Não faça nenhuma besteira — avisou. — Luca só quer conversar com você lá embaixo. — E apontou a espingarda serrada para o porão. O primeiro revistou Donnie e confiscou tanto a pistola que ele trazia no coldre axilar quanto o revólver de cano curto que escondia numa das meias.

No porão, Luca estava junto à fornalha numa velha poltrona com patas de leão no lugar dos pés, apenas três, de modo que ela tombava estranhamente para um dos lados; tufos de estopa branca escapavam de um rasgo em forma de Z no tecido estampado de onça. Luca se recostava com os braços atrás da cabeça e as pernas cruzadas. Vestia calça social com uma camiseta branca; a camisa, o paletó e a gravata foram jogados para a poltrona vizinha, tão velha e tão dilapidada quanto a primeira. Hooks Battaglia se postava de pé atrás do chefe, as mãos enterradas nos bolsos, um ar de tédio no rosto. E, atrás dele, outro rapaz estava com a mão dentro da calça se coçando. Donnie cumprimentou Hooks com um aceno da cabeça.

— Vocês irlandeses... — começou Luca, enquanto Paulie e JoJo empurravam Donnie para a frente dele. — Vocês começam uma guerra comigo e ficam andando por aí sem nem ao menos um guarda-costas, como se não tivessem nenhuma preocupação na vida. O que vocês têm na cabeça? Estavam achando o quê? Que eu não ia encontrar esse lugar?

— Vai se foder, Luca — cuspiu Donnie.

— Está vendo? — falou, virando-se na direção de Hooks. — Está vendo por que eu gosto do garoto? Ele não tem medo de mim, não tem medo de morrer. Como não gostar de um sujeito desses?

Donnie falou a Hooks:

— Preferia mil vezes morrer a ter que lamber as botas de um tipo como esse aí.

Donnie balançou a cabeça discretamente como se quisesse alertá-lo para conter a beligerância.

— Então — prosseguiu Luca —, pretende lamber as botas de quem? Todo mundo tem que lamber as botas de alguém. — Ele riu e emendou: — Menos eu, é claro.

— O que você quer, Luca? Vai me matar ou não?

— Preferiria não matar. — Luca olhou para a fornalha, depois para os canos grandes que corriam junto ao teto. — Gosto de você — comentou, e voltou a atenção para Donnie. — Até entendo seu lado. Você tinha um bom negócio, você e os outros irlandeses, depois chegamos eu e todos os outros comedores de *scungilli*. Não é assim que vocês chamam a gente de vez em quando? Eu e os outros comedores de *scungilli*, a gente chega e fode com a vida de vocês. Vocês irlandeses costumavam dar as cartas. Aí vem a gente e dá um chute na bunda cheia de álcool de vocês, mandando todos de volta para a sarjeta. Entendo que esteja puto. Eu também ficaria.

— Quanta nobreza de sua parte — comentou Donnie. — Você tem um coração e tanto, Luca.

— É verdade — falou Luca, e se empertigou na poltrona capenga. — Não quero matar você. Nem mesmo depois de tudo que você fez para merecer. Tem a Kelly. Preciso pensar nela também.

— Não se dê ao trabalho — retrucou Donnie. — Ela é toda sua.

— É uma puta — declarou Luca, e sorriu ao ver Donnie fechar a cara como se fosse avançar a qualquer instante. — Ainda assim, é a minha puta.

— Vá para o inferno, Luca Brasi. E apodreça por lá. Você e toda a sua corja.

— Isso provavelmente vai acontecer — disse Luca, e mudou de assunto. — Sabe quanto me custou o assalto à banca? — perguntou, pela primeira vez deixando escapar uma nota de raiva. — Mesmo assim, realmente não quero matar você, porque, como falei antes, entendo a situação. — Fez uma pausa dramática. Depois jogou as mãos para o alto. — Mas infelizmente vou ter que matar Willie. Ele tentou me matar, acertou dois dos meus rapazes, falou aquela merda toda que vinha atrás de mim. Willie tem que partir.

— Mas e aí? — perguntou Donnie. — O que você quer comigo afinal?

Luca se virou para falar com Hooks:

— Viu? O camarada é inteligente. Já entendeu: se a gente sabe onde eles estão se escondendo, por que não pegar Willie direto e acabar logo com isso? Na verdade — e novamente se voltou para Donnie —, sabemos onde seu irmão está nesse exato momento. Está lá em cima, no primeiro andar, apartamento 1B. Vimos quando ele chegou uma hora atrás.

Donnie avançou um passo na direção de Luca.

— Fale logo o que você quer. Minha paciência já está acabando.

— Claro — aceitou Luca. Bocejou, depois esticou o corpo como se estivesse tomando um banho de sol em algum lugar, longe daquele porão escuro e bolorento. — Só estou pedindo a você que, e dou minha palavra que não vou encostar num fio dessa sua cabeleira irlandesa, suba ao hall e grite da escada, pedindo para o seu irmão descer até aqui no porão. Só isso, Donnie. Só isso que peço a você.

Donnie riu e disse:

— Você quer que eu traia meu irmão em troca da minha vida, é isso?

— Isso mesmo — respondeu Luca, novamente se empertigando. — Essa é a minha proposta.

— Muito bem. Então me deixe propor outra coisa a você: por que não vai para casa e fode a puta da sua mãe?

Luca sinalizou para Vinnie e JoJo, que estavam lado a lado junto à fornalha. JoJo pegou o pedaço de corda que jazia a seus pés. Com a ajuda de Paulie, eles usaram a corda para atar os punhos de Donnie e pendurá-lo aos canos do teto. Donnie precisou esticar a ponta dos pés para não ficar solto no ar. Ele agora olhava para Hooks, que permanecia ao lado de Luca, tão imóvel quanto uma estátua.

— Por mim as coisas não teriam chegado a esse ponto — falou Luca, e com um resmungo se levantou da poltrona capenga.

— É uma vergonha, não é, Luca? — perguntou Donnie. — As coisas horríveis que esse mundo nos obriga a fazer.

Luca meneou a cabeça como se estivesse impressionado com a perspicácia do irlandês. Em seguida irrompeu numa espécie de dança, um pugilista se aquecendo para a luta, desferindo socos no ar, ora com a direita, ora com a esquerda. Parou de repente e se aproximou de Donnie, dizendo:

— Tem certeza?

Donnie riu com sarcasmo.

— Anda logo. Isso já está ficando chato.

O primeiro golpe de Luca foi um único soco com a direita, brutal, na boca do estômago, que fez Donnie perder o ar dos pulmões e balançar zonzo nos canos. Luca esperou em silêncio até ele voltar a respirar normalmente, dando a chance de repensar sua decisão. Vendo que ele não diria nada, desferiu um segundo soco, dessa vez no rosto, fazendo o sangue jorrar do nariz e da boca. Novamente esperou e, diante da teimosia do irlandês, começou a dançar em torno dele, desferindo um sem-número de golpes fortes nas costelas e no estômago, nos braços e nas costas, exatamente como um pugilista às voltas com seu saco de pancadas. Quando enfim parou, com Donnie se engasgando e cuspindo sangue, sacudiu as mãos e riu.

— *Cazzo!* — disse, olhando para Hooks. — Ele não vai fazer o que eu pedi.

Hooks balançou a cabeça, concordando com o chefe.

— Você não vai chamar o seu irmão, não é mesmo? — perguntou Luca a Donnie.

O irlandês tentou dizer algo, mas não conseguiu formar nada coerente. Os lábios e o queixo reluziam de tanto sangue.

— O quê? — perguntou Luca, aproximando-se.

— Vai se foder, Luca Brasi — conseguiu dizer Donnie.

— Ah. Foi isso mesmo que pensei ter ouvido. Muito bem. Quer saber de uma coisa? — Luca foi até a poltrona em que havia deixado suas roupas; usou um trapo para limpar o sangue da mão e vestiu a camisa. — Vou deixar você pendurado aí até alguém encontrar. — Colocou a gravata, vestiu o paletó, voltou para junto de Donnie. — Tem certeza de que é isso mesmo que você quer? Porque talvez... sei lá, só por curiosidade... a gente suba lá e fale com seu irmão, proponha que ele troque a vida dele pela sua e... vai que ele não é tão leal quanto você?

Donnie abriu um ensanguentado sorriso como resposta.

— Se é assim que você quer... — falou Luca, ajeitando a gravata. — Vamos deixar você pendurado aí e daqui a alguns dias, semanas talvez, a gente volta a procurar vocês dois e conversa de novo. — Deu uns tapinhas nas costelas de Donnie, que jogou a cabeça para trás, tamanha a dor que sentiu. — E quer saber por que vou fazer assim? Porque é assim que eu gosto. Essa é a minha ideia de diversão. — Para Hooks, disse: — Vamos embora. — Então notou Vinnie se coçando com as mãos dentro da calça. — Ainda não deu um jeito nisso? — E explicou a Donnie: — O infeliz pegou gonorreia.

— Vamos — chamou Hooks, sinalizando para os demais.

— Espere — pediu Luca. — Dê seu lenço a Vinnie — ordenou a Paulie.

— Está sujo — argumentou Paulie.

Quando Luca olhou para ele como se fosse um idiota, rapidamente tirou o lenço do bolso da calça e o passou a Vinnie.

Luca ordenou a Vinnie:

— Enfie esse lenço na calça e o lambuze, bem lambuzado, nessa gosma nojenta que está pingando aí do seu pau.

— O quê? — perguntou Vinnie.

Luca revirou os olhos, farto de ter que lidar com tanta idiotice. Para Donnie falou:

— Vamos deixar uma lembrancinha para você não se esquecer da gente enquanto estiver pendurado aí. — E para Vinnie: — Depois de fazer o que eu mandei, tape os olhos dele com o lenço.

Hooks não se conteve:

— Ah, pelo amor de Deus, Luca.

Luca riu e disse:

— O que foi? Achei engraçado.

Sem pressa nenhuma, atravessou a penumbra do porão e tomou a escada para o hall.

Sandra deu uma risada ao ouvir a história de Sonny, depois cobriu os olhos como se estivesse envergonhada daquela risada tão aberta, que não parecia vir de uma mocinha como ela. Sonny, no entanto, gostou do que ouviu, e riu também até que ergueu os olhos e se deparou com a careta de censura da Sra. Columbo, como se ambos estivessem se comportando de forma vergonhosa. Ele sinalizou para Sandra também olhar para a janela, e a garota acenou para a avó com uma ponta de provocação, fazendo com que ele abrisse um sorriso de muitos dentes. A Sra. Columbo, como sempre, vestia-se inteiramente de preto, o rosto redondo e crivado de rugas, um buço bastante conspícuo sobre os lábios. Quanta diferença entre ela e a neta, que trajava um vestido amarelo brilhante, como se festejasse o calor incomum do dia. Os olhos escuros de Sandra possuíam um brilho especial quando ela ria, e Sonny decidiu ali mesmo que a faria rir mais vezes.

Ele conferiu as horas no relógio de pulso.

— Daqui a pouco Cork vem me buscar. — Olhou rapidamente para a janela e, vendo que a Sra. Columbo já não estava mais lá, tocou os cabelos de Sandra, algo que vinha querendo fazer desde que chegara para o encontro nas escadas da frente do prédio.

Sandra sorriu para o namorado antes de olhar nervosamente para a janela, depois tomou a mão dele e a afastou.

— Converse com a sua avó — pediu Sonny. — Pergunte se ela deixa que eu leve você para jantar.

— Vovó jamais vai me deixar entrar num carro com você, Sonny. Nem com você nem com qualquer outro — explicou Sandra, e, num tom de brincadeira, acusando-o com o indicador, acrescentou: — Além disso, Sonny Corleone, o senhor tem uma péssima reputação.

— Péssima reputação, eu? Sou um anjo, juro. Pode perguntar para minha mãe.

— Foi a sua mãe que veio me alertar!

— Mentira. Jura?

— Juro.

— *Madon'!* Minha própria mãe!

Sandra riu mais uma vez, e a Sra. Columbo ressurgiu à janela.

— Sandra! — berrou a idosa para a rua. — *Basta!*

— O que foi? — gritou Sandra de volta.

Surpreso com a irritação na voz dela, Sonny ficou de pé e anunciou:

— De qualquer modo, preciso ir. — Depois se voltou para a janela. — Já estou indo, Sra. Columbo. Muito obrigado por ter permitido que eu visitasse sua neta. *Grazie.* — Quando a Sra. Columbo assentiu, ele disse a Sandra: — Converse com ela. Fale que a gente vai sair com outro casal. Trago você de volta às dez.

— Sonny... — disse Sandra. — Ela deu um chilique só porque a gente estava aqui, conversando na escada. Jamais vai deixar que eu entre num carro para jantar com você.

— Converse com ela.

Sandra apontou para a lanchonete da esquina, do outro lado da rua, com vitrines voltadas para a calçada e cabines para que os clientes tomassem refrigerante ou comessem doces.

— Talvez ela deixe você me levar ali — comentou. — Porque vai poder vigiar a gente pela janela.

— Ali? — perguntou Sonny, virando-se para a esquina.

— Vamos ver. — Sandra gritou para a avó, educadamente, em italiano: — Já estou subindo. — E se despediu de Sonny com um sorriso antes de sumir no interior do prédio.

Sonny acenou para a Sra. Columbo, então seguiu pela calçada e sentou-se na escada de outro prédio, ficando lá à espera de Cork. Acima dele, uma menina cantava "Body and Soul" no peitoril da janela, como se fosse vinte anos mais velha e estivesse no palco do El Morocco. Do outro lado da rua, uma bela mulher, bem mais velha que ele, pendurava roupas na corda amarrada à escada de incêndio. Sonny tentou chamar a atenção dela — ele *sabia* que o havia notado —, mas a mulher prosseguiu com o que fazia e, sem olhar para a rua, retornou ao apartamento. Sonny endireitou seu paletó, repousou os cotovelos nos joelhos e novamente se viu pensando na noite anterior, quando fora interrogado pelo pai a respeito de Tom. Vito havia perguntado se ele sabia que Tom vinha frequentando os clubes do Harlem para se divertir com as madames. Sonny tinha mentido, dizendo que não sabia de nada, e Vito o havia encarado com um misto de preocupação e fúria, um olhar que se pregara à memória de Sonny, e agora voltava enquanto esperava Cork para o próximo trabalho. O rapaz já havia visto preocupação e fúria no olhar do pai, mas dessa vez ele tinha percebido algo mais ali, algo parecido com medo — e era isso que mais o vinha assombrando, aquele fiapo de medo na expressão do pai. Pensando nele, e em Tom, perguntou-se o que aconteceria se Vito descobrisse toda a verdade sobre ele? Então foi sua vez de sentir medo com aquela possibilidade — mas o medo logo deu lugar à raiva. Seu pai era um gângster! Todos sabiam disso, e então o quê? Sonny devia suar a camisa diariamente naquela maldita oficina junto dos outros *giamopes* para ganhar alguns trocados? Por quanto tempo? Anos?

— *Che cazzo!* — exclamou em voz alta e, erguendo o rosto, deparou-se com Cork à janela do carro, sorrindo.

— *Che cazzo* é você! — respondeu Cork, esticando-se para abrir a porta para Sonny.

Sonny entrou no carro, ainda rindo por ter ouvido um palavrão italiano saindo da boca de Cork.

— Quais são as novidades? — Cork abriu o porta-luvas, deixando à vista os dois revólveres de cano curto, calibre .38, que eles haviam acabado de adquirir. Pegou um deles, guardou-o no bolso do paletó e arrancou com o carro.

Sonny pegou o outro e o examinou.

— Nico comprou essas armas com Vinnie?

— Como você mandou — respondeu Cork. — O que foi, não confia em Nico?

— Claro que confio. Perguntei só por garantia.

— Cacete! — gritou Cork, e subitamente se jogou contra o encosto do banco como se tivesse sido atingido por um raio. — Como é bom sair um pouco daquela confeitaria! Não aguento mais o mau humor de Eileen! Faz dias que ela anda assim.

— Ah, é? — indagou Sonny. — Mas por quê?

— Sei lá — falou Cork. — Cada hora é uma coisa. Outro dia comi um cupcake sem pedir. Como se eu não fizesse isso a vida inteira! Então ela veio para cima de mim berrando feito uma maluca. Até parece que a gente vai à falência por causa de uma porcaria de cupcake. Pelo amor de Deus, Sonny. Qualquer dia desses vou pegar uma daquelas garrafas de vinho caro. Eu mereço.

— Merece nada. Uma garrafa dessas deve custar 100 pratas.

Cork riu e disse:

— Ah, isso sim é vida! Mas e o tal carro? Tem certeza de que vai sair daquele túnel assim, sem escolta nem nada?

— Foi o que me disseram — respondeu Sonny. — Um Essex-Terraplane de duas portas, novo, preto, pneus com uma faixa branca na lateral.

— Isso sim é vida — repetiu Cork. Do bolso do paletó, tirou um boné de lã e o jogou sobre o banco a seu lado.

— Me fale uma coisa, Cork — disse Sonny. — Você acha que eu devia contar ao meu pai sobre isso que a gente anda fazendo?

Cork havia tirado um maço de cigarros do bolso da camisa e, com o susto da pergunta, quase o deixou cair, exagerando nos gestos.

— Ficou doido, Sonny? Ele vai arrancar seu couro!

— Sério. Olha... De duas, uma: ou eu conto a ele, ou vou ter que parar com isso. Sobretudo se a gente quiser ir além desses golpezinhos de merda, tipo roubo e assalto, e botar a mão no dinheiro grande.

— Ah, você está mesmo falando sério... — comentou Cork, rapidamente ficando sério também. — Então vou dizer o que eu acho: acho que seu pai não vai querer ver você perto desse tipo de negócio, e acho também que, se contar a ele, vai colocar a vida da gente em risco.

Sonny olhou para Cork como se o amigo fosse maluco.

— Você acha isso mesmo? — perguntou. — Que tipo de homem você acha que meu pai é?

— Um homem perigoso — respondeu Cork.

Sonny coçou a cabeça, olhou através da janela para o rebocador que descia as águas do Hudson, depois se voltou novamente para Cork:

— Você acha que meu pai seria capaz de matar os amigos do filho? Acha? É isso que você pensa?

— Foi você quem perguntou, Sonny.

— Bem, você está redondamente enganado. — Sonny chegou a avançar contra Cork, mas se conteve a tempo. — Estou cansado — declarou, e conferiu as horas no relógio. — Vamos chegar cedo, mas só por segurança. Vamos ter que ficar esperando por perto. — Olhando pela janela, viu que ainda faltava um bom trecho até o túnel. — Estacione num lugar onde a gente tenha uma boa visão de todos os carros que estão saindo. O resto do pessoal deve chegar daqui a meia hora.

— Certo — disse Cork. — Olha, Sonny...

— Deixa para lá. Mas pode acreditar em mim: meu pai não é esse canalha que você está pensando.

Sonny esticou as pernas, recostou a cabeça e fechou os olhos — e dez minutos depois, vendo que o carro já estava parando, levantou-se novamente e olhou à sua volta. A primeira coisa que viu foi um Essex preto com pneus com uma faixa branca saindo do túnel.

— Merda! — exclamou, e mostrou o carro a Cork. — É aquele.

— O pessoal não chegou ainda — avisou Cork, revirando-se no banco à procura dos companheiros.

— Ainda vão demorar um pouquinho. — Sonny coçou a cabeça, correu a mão pelos cabelos. Por fim, falou: — Foda-se. A gente vai agir sozinho.

— Eu e você? — questionou Cork, pasmo. — Mas você não pode ser visto!

Sonny tirou um boné do bolso e o enterrou na cabeça.

— Ah, excelente — ironizou Cork. — Agora ninguém vai reconhecer você.

Sonny ajustou o boné, tentando esconder toda a cabeleira sob ele.

— Vamos correr o risco — declarou. — E aí, topa?

Cork arrancou o carro e seguiu em direção ao túnel.

— Siga o Essex — instruiu Sonny.

— Ótimo plano — disse Cork, rindo. Afinal, o que mais eles poderiam fazer?

Sonny o golpeou com uma cotovelada.

— Não banque o espertinho — brincou.

Assim que saiu do túnel, o Essex começou a atravessar a cidade pela Canal Street. Cork o seguiu, mantendo um ou dois carros entre eles. Ao volante do Essex ia um senhor robusto e grisalho que tinha todo o aspecto de um banqueiro. A mulher a seu lado, por sua vez, tinha todo o aspecto de uma esposa de banqueiro: cabelos presos num coque, xale branco sobre um vestido sóbrio.

— Tem certeza de que é esse o carro? — perguntou Cork.

— Novo, preto, Essex-Terraplane, duas portas, pneus com faixa branca... — Espremendo a mão sob o boné, Sonny novamente coçou a cabeça. — Não se vê um Essex novo desses toda hora.

— Cacete — falou Cork. — Mas então o gênio tem um plano qualquer?

Sonny tirou o revólver do bolso, verificou o cilindro e correu o dedo sobre o Smith & Wesson gravado no cano curto.

— Espere até eles dobrarem uma esquina — indicou. — Depois você fecha o Essex e a gente entra em ação.

— E se tiver alguém por perto?

— Se tiver alguém por perto a gente age discretamente.

— Discretamente — repetiu Cork. Segundos depois, numa reação retardada, começou a rir.

Quando o Essex dobrou na Wooster, Sonny falou:

— Para onde ele está indo? Greenwich Village?

— Cacete, olhe só para eles. Parece que estão indo a um jantar do Rotary.

— Claro — disse Sonny com um sorriso no canto da boca. — Quem iria parar aqueles dois?

— É mesmo — concordou Cork. — Bem observado. A menos que você esteja errado.

Cork dirigiu mais lentamente por um trecho de paralelepípedos da Wooster, logo atrás do Essex. A rua estava tranquila, apenas alguns pedestres na calçada e alguns carros na contramão. Sonny olhou para trás e, vendo que não havia ninguém, falou:

— Quer saber? Vá em frente. Feche o Essex agora.

Cork fez uma careta como se não levasse muita fé no plano, e então pisou fundo no acelerador, ultrapassou o Essex e bloqueou a passagem dele.

Sonny saltou do carro antes mesmo que tivesse parado completamente. Deu a volta até a porta do motorista do Essex e a abriu com um puxão.

— O que é isso? — perguntou o motorista. — O que está acontecendo aqui?

Sonny manteve uma das mãos sobre o revólver guardado no bolso e a outra sobre o volante do Essex. Diante do carro, Cork abriu o capô.

— O que ele está fazendo? — perguntou a mulher.

— Não faço a menor ideia — respondeu Sonny. — Ele é meio maluco mesmo.

— Meu jovem... — chamou o motorista. — O que está acontecendo aqui?

— Albert — disse a mulher —, acho que estão roubando nosso carro.

Cork voltou para junto de Sonny.

— Acho que pegamos o carro errado — anunciou.

Em seguida sacou seu canivete e com ele abriu um rasgo na lateral do banco do motorista, de onde tirou uma garrafa de vinho.

— Château Lafite Rothschild — disse, lendo o rótulo.

Sonny deu um tapinha na cabeça do motorista.

— Vocês quase nos enganaram. Anda, fora do carro.

— Pensei que vocês soubessem o que estavam fazendo, mas... — começou o homem.

— Só por curiosidade — interveio a mulher, agora como uma pessoa normal, sem nenhum traço da altivez anterior. — Vocês sabem que essas garrafas pertencem a Giuseppe Mariposa, não sabem? É dele que estão roubando.

Sonny segurou o homem pelo braço, revistou-o rapidamente, depois o puxou para fora.

— Como ele disse... — Piscou para a mulher, assumiu o volante do Essex e sinalizou para que ela descesse também. — A gente sabe o que está fazendo.

— Cavando a própria cova — completou a mulher, e enfim desceu.

Sonny viu o casal se reunir na calçada. Assim que Cork baixou o capô, ele acenou, buzinou duas vezes e arrancou com o carro.

Sean O'Rourke abraçava e acariciava as costas da mãe enquanto ela chorava com a cabeça apoiada no peito dele. Estavam diante do quarto de Donnie, e, à sua volta, parentes e amigos, muitos deles, conversavam baixinho. O apartamento tinha o aroma do pão fresco que os gêmeos Rick e Billy Donnelly trouxeram e deixaram sobre a mesa da cozinha com os demais pratos e flores trazidos pelos visitantes. A notícia da morte de Donnie O'Rourke havia se espalhado rapidamente em Hell's Kitchen — embora ele não estivesse morto. Tinha levado uma tremenda surra que o deixara com as costelas quebradas e uma hemorragia interna, mas não estava morto. Achava-se acamado e naquele exato momento recebia os cuidados do Dr. Flaherty, que já dera a boa notícia de que ele não corria nenhum risco mais sério. Quanto à visão, no entanto, nada poderia ser feito. Donnie havia ficado cego, e assim ficaria para sempre. Flaherty explicou a Willie:

— Foi por causa da infecção bacteriana. Se você tivesse encontrado seu irmão mais cedo, talvez eu pudesse ter feito algo para preservar a visão dele, mas do jeito que a coisa está... Não há nada que eu possa fazer.

Willie imediatamente saíra à procura de Donnie ao dar pela falta dele ainda naquela noite. Havia ido a todos os lugares possíveis e imagináveis, menos ao porão, onde Donnie tinha passado a noite e a manhã seguinte, ora consciente, ora não, um lenço pestilento vedando-lhe os olhos. Willie só tivera notícia do irmão quando o síndico do prédio batera à sua porta.

Acima do apartamento cheio, Willie estava sentado na mureta do telhado, diante dos pombos que arrulhavam e bicavam a mistura de sementes e grãos que havia acabado de jogar para eles. Pete Murray e Corr Gibson estavam ao seu lado, também sentados na mureta. Na rua, os últimos vagões de um trem de carga seguiam para os pátios. O sol estava forte, e os três amigos tiraram o paletó, colocando-o sobre o colo enquanto conversavam. Willie acabara de jurar a morte de Luca Brasi e toda a sua gangue. Corr e Pete trocaram olhares entre si.

Corr batia seu *shillelagh* contra o chão de um modo que sugeria tanto tristeza quanto revolta.

— E Kelly? — perguntou. — Por que ela não está aqui?

— Faz semanas que ninguém sabe dela — comentou Willie, e cuspiu no chão, dando o assunto por encerrado. — Agora, só o que interessa é matar Luca Brasi.

— Humm... Willie — disse Pete Murray afinal, apertando a mureta como se precisasse disso para se firmar. As mangas dobradas da camisa cingiam os músculos salientes, desenvolvidos nos muitos anos de trabalho com cargas nas docas e nas ferrovias. Seu rosto castigado pelo tempo era avermelhado e manchado, com uma barba salpicada de pelos negros e grisalhos. — Will

O'Rourke — falou, e fez uma pausa, buscando as palavras certas. — Vamos pegar os canalhas. Isso eu prometo a você. Mas vamos agir da maneira certa.

— Não tem maneira certa ou errada de matar uma pessoa — retrucou Willie, olhando para Corr, depois para Pete. — A gente encontra os putos, mete bala e pronto.

— Pense, Willie — argumentou Cork. — Isso não deu muito certo da última vez que você tentou, deu?

— Da próxima vez não vou errar — declarou Willie, e saltou ao chão.

— Sente-se. — Pete segurou Willie pelo punho e o puxou de volta para a mureta. — Escute o que tenho a dizer, Will O'Rourke — disse, ainda com os dedos firmes no punho do amigo. — A gente foi atrás de Brasi de um jeito estabanado. Coisa de irlandês. E no que deu?

Apoiando-se no *shillelagh*, Corr falou, quase para si mesmo:

— A gente tem que aprender com os italianos.

— Aprender o quê? — perguntou Willie.

— A ser paciente. A planejar — respondeu Pete. — E, na hora de entrar em ação, fazer a coisa certa.

— Ah, Jesus! — exclamou Willie, desvencilhando o braço que Murray cerrava. — A gente tem que agir agora. Enquanto todo mundo está unido. Antes que cada um vá para o seu lado e se esqueça do assunto, como sempre acontece.

— Nunca vamos esquecer isso que Luca fez com Donnie — garantiu Pete. Novamente tomou o braço de Willie, mas sem a força de antes. — O que aquele homem fez foi uma covardia nojenta. Luca Brasi vai pagar por isso. E pelas outras tantas merdas que já aprontou. Mas a gente precisa ser paciente. Esperar pelo momento certo.

— E quando vai ser esse momento certo? Quando vai ser o momento certo de apagar Luca Brasi e o resto dos carcamanos?

— Os italianos chegaram para ficar — interveio Corr. — Isso a gente vai ter que engolir. Eles são muitos.

— Mas então? — perguntou Willie a Pete. — Quando vai ser o momento certo?

— Tenho meus contatos no meio dos italianos, Willie — respondeu Pete. — Sei, por exemplo, que nesse momento tanto Mariposa quanto Cinquemani têm problemas com Luca Brasi. Sei também que Mariposa vem tendo problemas não só com os Corleones mas também com o pessoal que sobrou da organização de LaConti.

— Mas o que isso tem a ver com a gente? — perguntou Willie, aflito. — O que isso tem a ver com a hora certa de apagar os filhos da puta?

— É aí que entra a paciência — declarou Pete. — A gente espera para ver no que tudo isso vai dar, para ver quem sai por cima dessa confusão toda. E aí a gente entra em ação. Por isso precisamos esperar, Willie. — Pete o sacudiu pelos braços. — Ficar de olho aberto, orelha em pé. E quando chegar a hora a gente dá o bote. A hora certa.

— Humm... — fez Willie, voltando os olhos para os pombos, depois para o azul do céu e o sol forte que aquecia a cidade. — Sei não, Pete.

— Claro que sabe, Willie — avisou Corr. — Afinal, Pete e eu estamos aqui para dar a nossa palavra de honra, não estamos? E os outros também estão com a gente: os Donnellys, até mesmo aquele pivete do Stevie Dwyer.

— Luca é um homem morto — arrematou Pete. — Mas, por enquanto, vamos esperar.

INVERNO DE 1934

13

A neve continuava a cair forte sob o luar, erguendo dunas de quase 1 metro em torno da superfície negra e agitada da baía de Little Neck. Os pensamentos de Luca fugiam assim como ele, então percebeu que eram resultado da mistura de cocaína e comprimidos. Num momento ele pensava na mãe, no seguinte, em Kelly. Sua mãe continuava ameaçando se matar. Kelly já estava quase no sétimo mês de gravidez. Luca não costumava misturar cocaína e comprimidos, e agora tinha a sensação de estar caminhando num sonho. Culpava sobretudo os comprimidos, mas a cocaína também não ajudava em nada. Ele tinha saído para caminhar naquele trecho arenoso da baía esperando que as ideias clareassem, mas o frio estava congelante e elas ainda se achavam tão obscuras e fugidias quanto antes. Subitamente lhe vieram à cabeça alguns versos de "Minnie the Moocher": *She messed around with a bloke named Smoky / She loved him, but he was cokey*.[20] Luca riu de si mesmo, mas se calou quando ouviu o cacarejar de algum lunático por perto. Abraçando o próprio corpo como se tentasse evitar que ele explodisse, seguiu caminhando à beira d'água, rente à vastidão negra que batia agitada contra as margens.

Atrás dele, na casa, Kelly sofria com um sangramento e queria ser levada a um hospital. Eles passaram o dia inteiro cheirando coca e tomando comprimidos, e agora, em plena nevasca, insistia em ser levada a um hospital devido a um sangramento. Luca observava além do rio. Ele estava embrulhado

---

[20] "Ela tinha um caso com um sujeito chamado Smoky / Gostava dele, mas ele era um cheirador." (*N. do T.*)

num casaco de pele com galochas sobre os sapatos sociais. Com o chapéu encharcado, volta e meia precisava interromper a caminhada para sacudir a neve acumulada nas abas. A lua cheia espiava através de uma fresta nas nuvens. Os Giants haviam vencido o campeonato, e os nova-iorquinos não se continham de tanta alegria. O inverno prometia ser brutal. A temperatura já estava abaixo de zero, e Luca sabia disso por conta da sensação que tinha ao respirar. Ganhara uma fortuna com a vitória dos Giants: tinha apostado neles logo no início do campeonato, quando os Senators ainda eram os grandes favoritos. Era um homem rico. Muito mais do que supunham os rapazes ou qualquer outra pessoa, e ele tentava dizer isso à mãe, porém ela não dava trégua naquela ladainha de sempre, dizendo-se a culpada por tudo. Kelly também não parava de reclamar. E, assim que começava, ele a entupia de comprimidos. Não havia tido coragem de jogá-la no mar, e agora ela estava grávida de sete meses.

Mais uma vez Luca se lembrou do ventre alvo e redondo da mãe grávida. De início seu pai fora gentil com ela, a ponto de um dia trazer flores, mas isso havia sido muito tempo antes, antes de as coisas mudarem. Luca sequer podia ter certeza de que o filho que Kelly trazia na barriga era dele, mas que diferença isso fazia? A mulher era uma puta, ela e todas as outras, uma raça de putas. Mas algo no rosto de Kelly, ou no corpo, fazia com que ele sentisse vontade de se deitar ao lado dela e abraçá-la, ainda que segundos antes sua vontade fosse de enforcá-la. Quando estavam juntos eles se entupiam de comprimidos e, mais recentemente, de cocaína. Era isso que um provocava no outro quando ficavam sozinhos.

Luca ergueu os olhos para o céu, e a neve foi caindo em seu rosto, em sua boca. Massageou as têmporas enquanto a água farfalhava nas margens e a neve caía da escuridão para a escuridão, flocos gordos e brancos que vagavam na queda, antes de serem engolidos pelo furor das águas, o luar deixando nelas um rastro fino e dourado. Ficou imóvel por um tempo, respirando fundo, e o som da água e do vento trouxe certo alívio, fazendo com que Luca voltasse a terra. A baía à sua frente, que tanto o vinha incomodando, voltou a apaziguá-lo. Estava cansado. Cansado de tudo. Não havia jogado Kelly no mar porque não queria deixar de abraçá-la à noite, quando ela dormia a seu lado, calada. Não sabia o porquê, sabia apenas que gostava de abraçá-la. Se ela fechasse aquela boca de vez em quando, se não estivesse grávida de sete meses, talvez Luca tivesse um pouco mais de paz, apesar da mãe e de sua eterna ladainha, apesar das dores de cabeça que não davam trégua, apesar de toda a merda do mundo. Luca tirou o chapéu, varreu a neve da aba, ajeitou novamente a copa e tornou a colocá-lo, e, porque não tinha mais o que fazer, tomou o caminho de volta para casa.

A enxaqueca voltou assim que ele entrou no caminho para sua casa branca feita de tábuas sobrepostas com estalactites de gelo suspensas nas calhas, um cobertor delas, algumas quase tocando o chão. Uma luz avermelhada atravessava as janelas do porão sobre a neve. Quando Luca se agachou para espiar através de uma delas, viu o descamisado Vinnie com uma pá em punho, jogando carvão dentro da fornalha, e, apesar do vento que uivava sob as calhas e através dos galhos nus da árvore centenária que parecia montar guarda junto à casa, pôde ouvir os grunhidos de satisfação da máquina ao ser alimentada. Sentados à mesa da cozinha, os rapazes o saudaram assim que o viram entrar e bater com os pés no chão para tirar a neve das galochas ao mesmo tempo que arremessava o casaco para o cabide já sobrecarregado. A cozinha tinha cheiro de café e bacon. Um sujeito alto, que Luca não conhecia, preparava ovos mexidos ao fogão, um pote de café em segundo plano. Ele era mais velho, talvez na casa dos 50 anos, e usava um pesado terno verde-oliva com uma gravata da mesma cor e um cravo vermelho espetado à lapela. Luca ficou observando, e Hooks disse:

— Luca, esse aí é o Gorski. Um amigo de Eddie.

Sentado entre JoJo e Paulie, estudando as cinco cartas que tinha na mão, Eddie Jaworski confirmou a informação com um grunhido na direção de Luca. Ainda indeciso, erguia uma nota de 10 sobre a pilha de apostas, um montículo de cédulas e moedas ao centro da mesa.

— Cubro — disse afinal, e jogou os 10 dólares. Em seguida bebeu do cantil de prata que havia deixado ao lado das notas meticulosamente empilhadas de seu próprio dinheiro.

Vinnie emergiu do porão abotoando a camisa.

— Chefe — falou, a título de cumprimento, e se sentou ao lado de Hooks.

Com seu prato de ovos e bacon nas mãos, Gorski deixou o fogão e se postou às costas de Eddie.

Hooks e Eddie duelavam no jogo. Hooks apostou mais 20, e Eddie resmungou algo em polonês.

Luca deu um demorado gole na garrafa de uísque que tirara da frente de Hooks.

— Está gelado lá fora — disse para ninguém em particular. Em seguida deixou Eddie olhando nervosamente para suas cartas e subiu a escada em direção ao quarto. Conferiu as horas. Passava pouco das dez da noite. Enquanto subia, parou e olhou para a janela do hall e se deparou com a fileira de estalactites de gelo que impedia parcialmente a visão das árvores, da nevasca e da rodovia do outro lado do vidro. Era como olhar para um mundo congelado através de dentes, e Luca sentiu como se estivesse assistindo a um filme. Uma sensação estranha, e cada vez mais recorrente, que o incomodava. Era como se tudo à sua volta estivesse acontecendo sobre uma tela de cinema e ele fosse um espectador na escuridão de uma plateia qualquer. Ficou ali por mais um tempo, sentindo a cabeça latejar enquanto tentava afugentar aquele torpor cinematográfico, mas logo se deu por vencido e subiu para o quarto. Encontrou Kelly esparramada sobre a cama, pálida e com os cabelos desgrenhados, os lençóis manchados de sangue chutados ao pé do colchão.

— Luca, minha bolsa estourou — anunciou. — O bebê vai nascer.

Luca mal conseguiu entender. Ela havia balbuciado as palavras de um modo intermitente, parando aqui e ali para recuperar o fôlego. Luca a cobriu novamente. Não queria ver aquele ventre grávido.

— Tem certeza? — perguntou. — Você ainda não está com nove meses.

Kelly fez que sim com a cabeça.

— Preciso ir para o hospital.

Luca logo viu o frasco vazio dos comprimidos que havia deixado para ela na mesinha de cabeceira. Apontando para ele, perguntou:

— Quantos você tomou?

— Não sei — sussurrou ela, e virou a cabeça para o outro lado.

Luca tirou um segundo frasco do bolso do paletó e despejou dois comprimidos sobre a mão.

— Tome — disse, oferecendo-os a Kelly.

Ela o repeliu e, lutando para articular as palavras, falou:

— O bebê está nascendo. Você precisa me levar para o hospital.

Luca sentou-se ao lado dela na cama, tocou-a no ombro.

— Luca... — suplicou Kelly.

Ele sussurrou como se falasse consigo mesmo:

— Cale a boca, mulher. Você é uma puta, mesmo assim vou cuidar de você.

Kelly fechou os olhos como se tivesse adormecido. Moveu os lábios, mas nenhuma palavra saiu deles.

Luca foi se levantando da cama, porém Kelly, sentindo o peso dele desaparecer do colchão, rapidamente avançou para agarrá-lo e puxá-lo a seu encontro.

— Você precisa me levar para o hospital! — berrou. — O bebê está nascendo!

Assustado, Luca se desvencilhou e a empurrou de volta para o colchão.

— Caralho! Ficou surda? — gritou de volta. — Já falei que vou cuidar de você, não falei? — Pegou o telefone na mesinha, cogitou arremessá-lo contra o rosto dela... e então depôs o aparelho e saiu do quarto, Kelly o chamando, novamente balbuciando.

No rádio da cozinha, uma voz negra e áspera cantava "Goodnight, Irene". Os rapazes à mesa — dois membros da gangue e dois poloneses — estavam todos calados, uns avaliando as cartas que tinham na mão, outros olhando fixamente para a mesa. A fornalha roncou no porão; imediatamente os radiadores da casa engasgaram e começaram a chiar. Luca buscou seu casaco no cabide e chamou:

— Vinnie, você vem comigo.

Vinnie ergueu os olhos das cartas. Como sempre, vestia roupas que pareciam emprestadas de alguém bem maior.

— Chefe — disse o homem. — Está nevando. A estrada deve estar um caos.

Luca colocou seu chapéu, saiu em direção ao carro e ficou esperando. As nuvens tinham engolido a lua. Ao redor havia apenas o breu, o vento e os flocos de neve que caíam contra a luz das janelas. Luca beliscou a ponte do nariz e tirou o chapéu. Caminhou em direção ao vento e o deixou soprar em sua testa e em seus cabelos, esperando que a enxaqueca cedesse com o frio. Subitamente lhe ocorreu a imagem do ventre de Kelly em meio aos lençóis ensanguentados, e foi tomado de um estranho calor, achou que ia cair de joelhos e desmaiar, mas permaneceu imóvel, voltado para o vento, e o mal-estar passou. Atrás de Luca, a porta da cozinha se abriu e por ela saiu Vinnie, esfregando as mãos e ficando de lado para diminuir o atrito com o vento.

— Para onde a gente vai, chefe? — perguntou.

— Tem uma parteira que mora na Décima Avenida. Sabe de quem estou falando?

— Sei, claro. Filomena. Fez o parto de metade dos italianos da cidade.

— É para lá que estamos indo — indicou Luca, e foi caminhando na escuridão, rumo aos carros.

Enroscado sob o cobertor que o engolia até a cabeça, Michael lia com o auxílio de uma lanterna. Na cama vizinha, deitado de lado e com uma das mãos apoiando a cabeça, Fredo observava a neve que caía do outro lado da janela, atravessando a iluminação de um poste. No rádio que ouviam no andar de baixo, um comercial da gelatina Jell-O havia acabado de dar lugar a uma ruidosa discussão entre Jack Benny e Rochester. Fredo tentava entender o que eles diziam, mas entendia apenas algumas palavras aqui e ali.

— Michael — chamou ele a certa altura, sussurrando, pois ambos já deveriam estar dormindo. — O que você está fazendo?

Michael, pouco depois, respondeu:

— Lendo.

— *Cetriol'* — disse Fredo. — Para que tanta leitura? Vai acabar virando um geniozinho cabeçudo.

— Vai dormir, Fredo.

— Vai dormir você. Talvez a gente nem tenha aula amanhã por causa da neve.

Michael desligou a lanterna e emergiu do cobertor. Virando-se para o irmão, perguntou:

— Por que você odeia tanto a escola? Por acaso não quer progredir na vida?

— Ah, cala a boca — disse Fredo. — Você é um geniozinho cabeçudo.

Michael largou seu livro de história no chão, ao lado da cama, com a lanterna em cima dele.

— Papai vai me levar para conhecer o vereador Fischer na prefeitura — disse, e se deitou de costas, acomodando-se melhor. — O vereador vai fazer um tour no prédio comigo — acrescentou, falando para o teto.

— Eu sei. Papai perguntou se eu queria ir também.

— Ah, é? — Michael novamente se virou para o irmão. — E você não quis?

— Por que eu ia querer fazer um tour na prefeitura? Não sou cabeçudo.

— Ninguém precisa ser cabeçudo para querer saber como funciona o nosso governo.

— Precisa, sim — retrucou Fredo. — Depois que eu me formar na escola, vou trabalhar para o papai. No início como vendedor, ou algo assim, eu acho. Depois o papai vai me botar na administração e vou ganhar uma grana preta.

Na sala, uma torrente de risadas veio do rádio. Tanto Fredo quanto Michael olharam para a porta do quarto como se pudessem ver ali o motivo de tanta graça. Michael disse:

— Mas por que você quer trabalhar para o papai, Fredo? Por que não quer fazer alguma coisa por conta própria?

— Vou fazer, é claro — rebateu Fredo —, mas também vou trabalhar para o papai. E você, geniozinho, vai fazer o quê?

Michael cruzou as mãos sob a nuca ao mesmo tempo que uma rajada de vento golpeou a casa, fazendo com que as janelas chacoalhassem.

— Sei lá — respondeu a Fredo. — Gosto de política. Acho que vou ser deputado federal. Talvez até senador.

— *V'fancul'* — sussurrou Fredo. — Por que não presidente?

— É, por que não?

— Porque você é italiano! — exclamou Fredo sem hesitar. — Você não sabe de nada, não é?

— O que isso tem a ver? Ser ou não italiano?

— Presta atenção, camarada. Nunca teve um presidente italiano nesse país nem nunca vai ter. Nunca, jamais.

— Por que não? — quis saber Michael. — Por que acha que nunca vai ter um presidente italiano?

— *Madon'!* Michael, caso você ainda não saiba, nós somos carcamanos, macarrones! Nunca vai ter um presidente carcamano nesse país, *capisc'*?

— Por que não? O prefeito é carcamano. As pessoas gostam dele.

— Em primeiro lugar — disse Fredo —, LaGuardia é napolitano. Não é siciliano como a gente. Em segundo lugar, ele nunca vai ser presidente.

Michael voltou a se calar. Depois de um tempo o rádio foi desligado na sala, as luzes foram apagadas, e os dois irmãos ouviram os passos dos pais na escada. Carmella, como sempre, espiou o quarto deles e resmungou alguma coisa que Michael supôs ser uma oração, então fechou a porta novamente. Depois disso, mais um tempo se passou em que Michael ficou ouvindo o fustigar do vento nas janelas. Supunha que Fredo já estivesse dormindo, mas mesmo assim disse:

— Talvez você tenha razão, Fredo. Talvez um italiano nunca seja presidente.

Sem receber uma resposta do irmão, fechou os olhos e tentou dormir. Pouco depois a voz de Fredo veio suave e baixa na escuridão:

— Michael, você é o irmão inteligente. Se quiser ser presidente, por que não? — Voltou a se calar por alguns segundos, depois acrescentou: — E, se isso não der certo, não tem problema. Você trabalha para o papai.

— Obrigado. — Michael então se virou de bruços, fechou os olhos e esperou o sono chegar.

Hooks lavava as mãos numa tigela de água quente enquanto Filomena, sentada ao pé da cama de Kelly, embrulhava o recém-nascido com faixas compridas e finas de tecido branco. Os rapazes ainda jogavam pôquer na cozinha, ora gargalhando, ora berrando de alegria ou irritação, e o alvoroço deles fazia contraponto aos gemidos débeis de Kelly, assim como à barulheira dos radiadores e da velha fornalha que juntos lutavam para manter a casa aquecida. Lá fora, o vento continuava uivando, mas a neve cessara havia algum tempo. Muitas horas foram consumidas para que Luca e Vinnie levassem a parteira da cidade para Long Island, outras tantas desde que ela havia começado a acudir Kelly, e agora já era noite outra vez. Filomena se revoltara desde o momento em que viu Kelly jogada na cama enorme de Luca, inerte como um cadáver, os olhos vidrados, o corpo frágil e exausto mal sustentando o peso do ventre. Assustada, tinha lançado um olhar furioso para Luca, mas ele sequer havia notado. Deixara Hooks no quarto para ajudar, depois descera para jogar pôquer, e, assim que fechou a porta atrás de si, Filomena começou a lançar uma série de xingamentos em italiano. Quando havia se dado por satisfeita, começara a berrar ordens para Hooks. Era uma mulher corpulenta, devia ter apenas uns 30 e poucos anos, mas pela experiência dava a impressão de estar no mundo desde o início dos tempos.

Quando terminou de embrulhar o bebê, Filomena o apertou contra o peito e cobriu Kelly até o queixo.

— Os dois precisam ir para o hospital, senão vão morrer — avisou a Hooks, calmamente. Depois caminhou na direção dele, parou a poucos centímetros e repetiu: — Os dois precisam ir para o hospital, senão vão morrer.

Hooks a tocou no braço e pediu que ela esperasse ali. Em seguida desceu à cozinha e encontrou Luca sentado à mesa com uma garrafa de uísque no colo, esperando que os outros terminassem a rodada em andamento. Todos estavam bêbados. Diante de Luca, cédulas úmidas se empilhavam ao lado de um copo de uísque quebrado. Vinnie e Paulie riam de algo enquanto os dois polacos e JoJo, ainda na disputa, avaliavam suas cartas.

— Luca — chamou Hooks, com um tom de voz que bastou para ele se fazer entender: queria que Luca saísse da mesa para uma conversa em particular.

— O que foi? — perguntou Luca, mas sem tirar os olhos do copo quebrado e das cédulas úmidas. Diante do silêncio de Hooks, enfim se virou para ele.

— O bebê nasceu — falou. — Filomena quer falar com você.

— Diga a ela para descer com ele.

— Não, Luca, escute...

— Filomena! — berrou Luca na direção da escada. — Desça com esse merdinha aí! — Em seguida ergueu a garrafa de uísque e a quebrou pela metade na borda da mesa, banhando os jogadores com a bebida e os estilhaços. Os dois polacos se levantaram imediatamente, xingando, mas JoJo, Vinnie e Paulie permaneceram sentados, apenas afastando as cadeiras para não se molharem. Perplexos, os olhos dos polacos iam de Luca para o dinheiro encharcado sobre a mesa.

Atrás deles, Filomena surgiu ao pé da escada com o recém-nascido abraçado ao peito.

Luca disse aos polacos que pegassem seu dinheiro e fossem embora. Para Filomena, falou:

— Leve esse traste para o porão e jogue na fornalha. — Ergueu a garrafa quebrada. — Ou então traga aqui para eu cortar a garganta disso.

Gorski, o mais alto e mais velho dos dois polacos, intercedeu:

— Opa, espera aí. — Chegou a contornar a mesa para confrontar Luca, mas parou a meio caminho.

Olhando para ele, mas falando a todos, Luca disse:

— Covardes.

Gorski riu, como se por fim tivesse entendido uma piada.

— Você não vai fazer nada com esse bebê, vai?

— Pegue o seu dinheiro e dê o fora.

Eddie Jaworski, o outro polaco, disse:

— Claro, claro. — Rapidamente foi colocando suas notas no bolso, e Gorski, depois de um segundo, tratou de fazer o mesmo.

— Ele não vai ter coragem de matar um recém-nascido — falou o sujeito mais alto ao companheiro.

— Vocês também, sumam daqui — ordenou Luca a seus rapazes. — Todo mundo para fora.

De costas para a parede, apertando o bebê ainda mais, Filomena ficou observando a retirada dos rapazes. Um a um, exceto Hooks, eles foram recolhendo seu dinheiro, vestindo seus casacos e saindo para o frio. Cada vez que a porta se abria, uma torrente de vento gelado invadia a cozinha. Filomena agora protegia o bebê com seu próprio xale.

Assim que todos se foram, Hooks disse a Luca:

— Chefe, deixa que eu vou até o hospital.

Ainda sentado, empunhando a garrafa pelo gargalo, Luca olhou para seu *capo*, apertando os olhos como se tentasse reconhecê-lo. Piscou algumas vezes, secou o suor da testa. Dirigindo-se a Filomena, disse:

— Não ouviu o que eu disse? Leve essa coisa para o porão e jogue na fornalha. Ou então traga aqui para que eu corte a garganta.

— O bebê nasceu antes da hora. Precisa ser levado para o hospital — esclareceu Filomena, como se não tivesse ouvido nada. — A mãe também. Os dois. — Quando Luca se levantou com a garrafa quebrada, com as palavras irrompendo da boca, ela disse: — É o seu filho, ele nasceu antes da hora, leve-o para o hospital, ele e a mãe. — Filomena se espremia contra a parede, com o bebê apertado contra ela.

Luca deu mais um passo na direção da parteira e pela primeira vez pôde ver o embrulho nos braços dela. Ele levantou a garrafa para onde supunha estar a garganta do bebê quando Hooks se colocou à sua frente com uma das mãos em seu peito.

— Chefe...

Com a mão esquerda Luca desferiu um soco direto e rápido que deixou Hooks zonzo, jogando sua cabeça para trás e deixando os braços caírem moles feito dois pesos mortos. Luca passou a garrafa para a outra mão, recuou alguns passos e colocou todo o peso do corpo num soco com o punho direito contra a cabeça de Hooks.

Ele desabou como um cadáver, caindo de costas com os braços abertos.

— *Madre di Dio!* — exclamou Filomena.

— Vou repetir mais uma vez — disse Luca —, e, se não for obedecido, vou abrir um rasgo de orelha a orelha nessa sua cara feia. Leve a coisa para o porão e jogue na fornalha!

Trêmula, Filomena desatou uma camada das faixas, deixando à mostra o rostinho minúsculo e enrugado do bebê, assim como parte do peito.

— Toma — disse, e estendeu o bebê na direção de Luca. — Se você é o pai, você que o leve. É o seu filho.

Luca olhou para o bebê sem nenhuma expressão.

— Até posso ser o pai, mas isso não faz nenhuma diferença. Não quero que ninguém dessa raça sobreviva.

Filomena ficou confusa com o que ouviu.

— Toma — repetiu, oferecendo o bebê. — O filho é seu.

Luca chegou a erguer a garrafa quebrada, mas parou de repente.

— Não quero isso aí — falou.

Então agarrou a parteira pela nuca e sem nenhum cuidado saiu empurrando-a através da cozinha até a escada do porão, onde a fornalha roncava e emitia um pequeno halo de calor. O porão estava escuro, e ele arrastou Filomena para junto da fornalha, soltando-a apenas para abrir a portinhola de ferro. Um jato de luz vermelha e quente irrompeu das brasas.

— Jogue aí — ordenou Luca.

— Não! *Mostro!* — berrou Filomena. Quando Luca a ameaçou com a garrafa, ela mais uma vez lhe ofereceu o bebê, dizendo: — O filho é seu. Faça com ele o que quiser.

Luca olhou para a fornalha, piscou e deu alguns passos atrás. Novamente olhou para Filomena, que à luz avermelhada das brasas parecia outra mulher, não a parteira que horas antes ele havia buscado na Décima Avenida. Não sabia dizer quem estava ali. Mesmo assim falou:

— Você vai ter que jogar.

Filomena fez que não com a cabeça e, pela primeira vez, chorou.

— Jogue na fornalha — insistiu Luca. — Se me obedecer, poupo sua vida. Se não me obedecer, corto sua garganta e jogo os dois nesse fogo aí.

— Você só pode estar louco — retrucou Filomena. Chorou mais um pouco e, de repente, como se até então não tivesse percebido, exclamou: — Oh, *Madre di Dio*, você é louco!

— Não sou louco, não — rebateu Luca. Erguendo a ponta da garrafa de uísque quebrada para o pescoço de Filomena, emendou: — Não sou louco. Sei o que estou fazendo. Não quero que ninguém dessa raça sobreviva.

— Mesmo assim não vou obedecer!

Ouvindo isso, Luca a pegou pelos cabelos e a empurrou para o halo escaldante que saía da portinhola aberta.

— Não! — berrou Filomena. — Não vou jogar, não vou jogar! — Contorcia-se presa por Luca, tentando se proteger do calor, mas logo sentiu as pontas de vidro espetando seu pescoço e, segundos depois, deu-se conta de que o bebê não estava mais em seus braços. A seu redor ela via apenas o pai louco, a luz avermelhada da fornalha e o breu do porão.

Hooks se debruçava sobre a pia da cozinha, jogando água fria no queixo e na face que ainda formigavam. Havia recobrado a consciência segundos antes, cambaleara até a pia e agora ouvia passos na escada do porão, misturados ao choro de uma mulher que ele supunha ser Filomena. Jogou mais água no rosto, correu as mãos molhadas pelos cabelos e, virando-se, deparou-se com Luca, que trazia Filomena pelos cabelos, como se ela fosse uma marionete e ameaçasse cair no chão assim que a soltasse.

— Pelo amor de Deus, Luca.

Luca largou Filomena numa cadeira, e ela inclinou o tronco, apoiando a testa nas mãos para chorar.

— Leve-a para casa — ordenou Luca, e foi para a escada da sala. Antes de subir, virou-se para Hooks e falou: — Luigi... — Hesitou um instante e varreu os cabelos da cara. Dava a impressão de que queria dizer algo, mas não encontrava as palavras. Apontou para Filomena. — Dê a ela 5 mil. Você sabe onde o dinheiro está. — E só então subiu para o quarto.

Encontrou Kelly imóvel na cama, os olhos fechados, os braços jogados para o lado.

— Kelly — chamou, e foi se sentar ao lado dela. Ouviu o abrir e fechar da porta da cozinha e, pouco depois, a partida de um carro. — Kelly — repetiu, mais alto.

Vendo que ela não acordaria, esticou-se ao lado dela para acariciá-la no rosto. Percebeu que estava morta assim que seus dedos a tocaram; mesmo assim deitou o rosto sobre o peito da amante e tentou ouvir se ali batia um coração. Não ouviu. E, naquele silêncio, viu-se acometido de uma estranha sensação: por um segundo achou que fosse chorar. Desde quando era um garoto Luca não chorava. Antes chorava com as surras do pai, mas veio um dia em que não chorou, e dali em diante jamais voltaria a fazê-lo. Por isso estranhou a sensação e logo tratou de afugentá-la, enrijecendo o corpo até a dor suplantar a estúpida vontade. Em seguida tirou do bolso um frasco de comprimidos, tirou um punhado deles e jogou na boca. Engoliu-os com o uísque de um cantil deixado na mesinha de cabeceira. Sentou-se na cama, esvaziou o restante do frasco na boca e novamente bebeu do uísque. Achou que pudesse haver mais comprimidos no armário. Encontrou um segundo frasco no bolso de outro paletó, junto de um maço de notas. Sobravam apenas dez ou 12 comprimidos, que tomou também. Voltou a se deitar ao lado de Kelly, passou o braço por baixo dela e a puxou para perto, de modo que a cabeça deitasse sobre seu peito.

— Vamos dormir, minha boneca. Nesse mundo só tem merda. É merda do começo ao fim — falou, e fechou os olhos.

14

Richie Gatto conduzia o Essex de Vito lentamente pela Chambers Street, a caminho da prefeitura. Lá fora o dia estava claro e frio. Montes de neve, deixados pela tempestade da véspera e escurecidos pela sujeira urbana, formavam pequenas barreiras entre a calçada e a rua. No banco traseiro do carro, entre Vito e Genco, Michael desfiava o conhecimento que tinha sobre a prefeitura.

— Pai — disse o menino —, você sabia que a gente pode visitar os túmulos de Abraham Lincoln e Ulysses S. Grant lá na Câmara?

— Quem é Ulysses S. Grant? — perguntou Genco. Sentava-se à janela do carro, rígido, uma das mãos pousada sobre o estômago como se sentisse dores ali, a outra firmando o chapéu sobre os joelhos.

— O 18º presidente dos Estados Unidos — respondeu Michael. — Governou de 1869 a 1877. Lee se rendeu a ele em Appomattox no fim da Guerra Civil.

— Ah — disse Genco, e olhou para Michael como se ali estivesse um marciano.

Vito colocou a mão no joelho do filho, anunciando:

— Chegamos. — E apontou para a reluzente fachada de mármore da prefeitura.

— Uau! — exclamou Michael. — Olha só quantos degraus!

— Lá está o vereador Fischer — avisou Vito.

Avistando o homem, Richie parou o carro diante do pórtico central do prédio.

Michael usava um terninho azul-marinho com uma camisa branca e gravata vermelha. Vito se inclinou para ajustar a gravata dele, apertando-a rente ao pescoço enquanto dizia:

— Depois que o vereador Fischer mostrar o prédio a você, um dos assessores dele vai levá-lo de volta para casa. — Tirou um prendedor de cédulas do bolso do paletó, sacou uma nota de 5 e a entregou ao filho. — Você não vai precisar, mas é sempre bom termos algum dinheiro no bolso quando estamos fora de casa, *capisc'*?

— *Sì* — respondeu Michael. — Obrigado, pai.

Fischer esperava diante da escadaria com as mãos na cintura e um sorriso escancarado no rosto. Vestia um elegante terno xadrez em tons de marrom com uma camisa de gola alta, gravata amarela e um cravo da mesma cor à lapela. Apesar do frio, trazia o sobretudo pendurado num dos braços. Era um homem de meia-idade, com porte atlético e cabelos muito louros, tal como se via nas mechas que escapavam das abas do chapéu de feltro.

Michael vestiu seu casaco e seguiu o pai para fora do carro e através da larga calçada, onde o vereador caminhava ao encontro deles com a mão estendida para um cumprimento.

— Esse é Michael, meu filho caçula — apresentou Vito, após apertar a mão do vereador. Passando o braço pelos ombros do filho, disse ainda: — Ele está muito agradecido pela generosidade do seu convite, vereador.

Fischer pousou as mãos nos ombros de Michael e o avaliou por um instante. Depois disse a Vito:

— Muito elegante o rapazinho, Sr. Corleone. — E a Michael: — Seu pai me disse que você tem muito interesse pela administração pública, é verdade?

— Sim, senhor — respondeu Michael.

O vereador riu e deu tapinhas nas costas dele.

— Vamos cuidar muito bem do seu filho, não se preocupe — disse a Vito, e acrescentou: — Vito... Você e sua família deveriam se juntar a nós no grande desfile em favor da responsabilidade civil que estamos organizando para a primavera. O prefeito vai estar presente, todos os vereadores, as famílias mais conhecidas da cidade... — Virou-se para Michael e disse: — Você gostaria de participar de uma manifestação dessas, não gostaria, rapaz?

— Claro — declarou Michael, e olhou para Vito, esperando algum sinal de aprovação por parte do pai.

Vito pousou a mão na nuca do filho e falou:

— Será uma honra participar da sua manifestação, vereador.

— Então logo, logo vocês vão receber os convites — avisou Fischer. — Minhas meninas têm trabalhado feito loucas na organização.

— Todo mundo pode participar? — perguntou Michael. — A família inteira?

— Claro. É exatamente essa a ideia. Vamos mostrar a esses elementos subversivos, esses anarquistas, enfim... Vamos mostrar a essa corja que somos uma cidade exemplar e apoiamos o governo do nosso país.

Vito sorriu como se tivesse achado graça em algo que o vereador tinha dito.

— Agora preciso ir — declarou, e se virou para Michael: — Hoje à noite você nos conta tudo durante o jantar, está bem?

— Conto sim, pai — replicou Michael, e começou a subir a escadaria com Fischer enquanto Vito voltava à companhia de Genco no carro.

— Mikey está se tornando um belo rapaz — comentou Genco. — Ele fica muito elegante de terno.

— Ele é muito inteligente — acrescentou Vito, observando o filho entrar no prédio enquanto Richie saía com o Essex pela rua. Em seguida se recostou no banco e afrouxou a gravata ligeiramente. — Mais alguma notícia de Frankie Pentangeli?

— Nada — respondeu Genco. Enfiou a mão no colete e esfregou a própria barriga. — Mas um dos clubes de Mariposa foi assaltado. Levaram um bom dinheiro, pelo que ouvi dizer.

— Ninguém sabe quem foi?

— Ainda não foram reconhecidos. Não estão apostando com o dinheiro nem gastando com mulheres. Provavelmente são irlandeses.

— Por quê? — quis saber Vito.

— Por causa do sotaque de um deles — explicou Genco. — Faz sentido. Se fossem italianos, saberíamos quem são.

— Você acha que é a mesma gangue que vem roubando o uísque dele?

— É o que Mariposa pensa. — Genco começou a rodopiar seu chapéu-coco sobre o colo. Deu um tapa no banco e riu. — Gosto desses *bastardi*. Eles estão levando Joe à loucura.

Vito abriu uma fresta na janela.

— E Luca Brasi? — quis saber. — Mais alguma notícia do homem?

— *Sì*. Os médicos estão dizendo que é uma lesão cerebral. Ele ainda é capaz de falar e tudo mais, porém com certa dificuldade, como se fosse estúpido.

— E por acaso ele era um gênio antes? — interveio Richie ao volante.

— Ele não era um gênio — respondeu Vito —, mas também não era estúpido.

— Tomou uma quantidade de comprimidos suficiente para matar um gorila — comentou Genco.

— Mas não o suficiente para matar Luca Brasi — acrescentou Vito.

— Segundo os médicos, é possível que ele piore com o tempo — prosseguiu Genco. — Não lembro direito a palavra exata que eles usaram. O estado dele deve det... dete...

— Deteriorar — completou Vito.

— Isso aí. O estado dele deve deteriorar com o tempo.

— E o médico mencionou quanto o estado dele pode deteriorar?

— O problema é o cérebro — falou Genco. — Nunca dá para dizer direito o que vai acontecer.

— Quer dizer então que ele está lento, mas ainda falando e andando, é isso? — perguntou Vito.

— Foi o que me disseram. Ele parece meio estúpido, só isso.

— Ei — interveio Richie. — Metade das pessoas com quem a gente tem que lidar não é assim?

Vito ergueu os olhos para o teto do carro e esfregou o pescoço, perdido em seu universo particular de cálculos e maquinações. Pouco depois falou:

— O que nossos advogados estão dizendo sobre o caso contra Brasi? Acham que ele pode se safar?

Genco bufou como se estivesse irritado com a pergunta.

— Os ossos do bebê foram encontrados na fornalha — respondeu.

Ouvindo isso, Vito tocou o próprio estômago e desviou o olhar. Respirou fundo antes de prosseguir.

— Eles poderiam argumentar que a moça jogou o bebê no fogo antes de morrer. E que Brasi tentou se matar assim que ficou sabendo o que ela fez.

— Foi o braço direito dele, Luigi Battaglia, quem chamou a polícia — explicou Genco, falando cada vez mais alto. — Segundo o que me disseram, o sujeito está com Luca desde que ele próprio era um bebê. E está disposto a testemunhar que viu o chefe arrastar Filomena e o bebê até o porão da casa, após ter dito a todo mundo que ia queimar o próprio filho, e depois subir de volta sem o bebê e com a parteira completamente histérica. Vito! — gritou. — Por que diabos estamos perdendo nosso tempo com esse *bastardo*? *Che cazzo!* A gente devia era matar o filho da puta!

Vito colocou a mão no joelho de Genco e a deixou lá até que o amigo se acalmasse. Estavam na Canal Street. A balbúrdia da cidade parecia mais alta em contraste com o silêncio no interior do carro. Vito subiu a janela.

— Tem como falarmos com esse Luigi Battaglia? — perguntou a Genco. Genco encolheu os ombros sem uma resposta a dar.

— Encontre-o — prosseguiu Vito. — Tudo indica que ele é uma pessoa razoável, com quem podemos conversar. E Filomena?

— Não abriu a boca na polícia — respondeu Genco, desviando o olhar para a multidão na calçada. — Ela está apavorada. — E novamente se voltou para Vito, como se por fim estivesse calmo o bastante para reassumir o posto de *consigliere*.

— Talvez seja a hora de ela voltar para a Sicília com a família — sugeriu Vito.

— Vito... Você sabe que sempre acato sua opinião. — Genco se acomodou no banco para encará-lo. — Mas por que você está se preocupando tanto com esse *animale*? Todo mundo diz que o homem é o capeta em pessoa, e com toda razão. Vito, esse sujeito já devia estar ardendo no fogo do inferno há muito tempo. A própria mãe dele, quando soube o que o filho fez, se matou. Mãe e filho, *suicidi*. Essa é uma família de... — Genco levou a mão à testa como se a palavra que lhe faltava estivesse em algum lugar da cabeça e ele precisasse retirá-la — ... uma família de *pazzi*![21]

Vito respondeu quase num sussurro, como se estivesse frustrado por ter que explicar, e não sem uma pitada de irritação:

— Devemos fazer o que precisa ser feito, Genco. Você sabe disso.

— Mas Luca Brasi... — suplicou Genco. — Vale a pena? Porque ele mete medo em Mariposa? Vou confessar uma coisa a você, Vito. O homem mete medo em mim também. Me dá enjoo. É desumano. Merece apodrecer no inferno.

Vito se aproximou dele e, baixando a voz para que Richie Gatto não pudesse ouvir do banco da frente, sussurrou:

— Não discordo de você, Genco, mas se alguém como Luca Brasi, alguém com uma reputação tão terrível que até os mais poderosos ficam com medo dele... se um homem assim pode ser controlado, ele se torna uma arma muito poderosa. — Vito tomou Genco pelo pulso. — E, se quisermos ter alguma chance com Mariposa, precisamos de armas poderosas.

Genco apertou a própria barriga com ambas as mãos, incomodado com alguma dor súbita.

---

[21]Loucos, com problemas mentais.

— *Agita* — explicou, e suspirou como se o peso do mundo estivesse contido numa única palavra. — E você acha que pode controlar Luca Brasi?

— Vamos ver — declarou Vito, e retomou seu lugar no banco. — Encontre esse tal Luigi. Traga Filomena para falar comigo. — Após um breve instante de reflexão, acrescentou ainda: — E dê a Fischer um pequeno extra esse mês.

Vito novamente baixou a janela e tateou o bolso do paletó à procura de um charuto. A cidade fervilhava à sua volta, e agora, já nas imediações da Hester Street e do galpão da Genco Pura, ele reconhecia diversos rostos na calçada, pessoas que conversavam diante das lojas ou à porta de algum prédio. Quando se aproximaram da padaria Nazorine's, pediu a Richie que parasse o carro.

— Genco, vamos descer aqui para comprar uns *cannoli*.

Genco tocou o estômago, hesitou um instante, depois sacudiu os ombros e disse:

— Claro. *Cannoli*.

15

Cork fazia das suas, rodopiando o chapéu na ponta do dedo, equilibrando o saleiro em um ângulo impossível, de um modo geral servindo de entretenimento para Sonny e Sandra, assim como para a priminha dela, Lucille, uma menina de 12 anos que havia sucumbido imediatamente aos encantos do irlandês, uma paixão manifestada em risos e piscadelas. Os quatros ocupavam uma das cabines em um canto da Nicola's Soda Fountain and Candy Shop, diante da ampla vitrine que dava para a Arthur Avenue, a meio quarteirão de onde Sandra morava com a avó, a Sra. Columbo, e de onde, enquanto bebiam refrigerante e viam Cork realizar sua performance, todos sabiam, a senhora os vigiava da janela com um olhar aguçado capaz de deixar uma águia envergonhada.

— É ela ali? — perguntou Cork. Em seguida ficou de pé, debruçou-se sobre a mesa e acenou através da vitrine na direção do prédio de Sandra.

Lucille deu um gritinho e cobriu a boca, e Sonny, rindo, puxou o amigo de volta. Sonny e Sandra estavam sentados lado a lado, à frente de Cork e Lucille. Sem que ninguém visse, davam-se as mãos sob a mesa com os dedos bem entrelaçados.

— Pare com isso, garoto — advertiu Sonny. — Você vai criar problemas para ela.

— Por quê? — devolveu Cork, com uma expressão de incredulidade. — Só estou sendo um bom rapaz, acenando educadamente!

Sandra, que havia se mantido quieta durante todo o encontro cuidadosamente planejado, desde que ela e a prima foram apanhadas à porta de casa pelos dois garotos, e desde que pisara na lanchonete para tomar o refrigerante oferecido por eles, abriu sua bolsa e conferiu as horas num relógio de prata. Sussurrou:

— A gente precisa ir, Sonny. Prometi à minha avó que a ajudaria a lavar as roupas.

— Ah... — lamentou Lucille —, a gente precisa ir embora agora?

— Ei! Johnny, Nino! — Sonny havia acabado de avistar Johnny Fontane e Nino Valenti atravessando a porta da lanchonete. — Venham aqui!

Johnny e Nino eram dois rapazes bonitos, alguns anos mais velhos do que Cork e Sonny. Johnny era magro e etéreo em comparação a Nino, o mais musculoso dos dois. Lucille cruzou as mãos sobre a mesa e lançou um radiante sorriso na direção dos recém-chegados.

— Essa aqui é Sandra — apresentou Sonny assim que os rapazes se aproximaram. — E essa é a priminha dela, Lucille.

Ao se ver referida no diminutivo, Lucille o fulminou com o olhar.

— Estamos encantados em conhecê-las — disse Johnny, falando pelo amigo.

— Certamente, muito encantados — emendou Nino. Em seguida se posicionou diante de Cork, que ele conhecia tanto quanto conhecia Sonny e a família Corleone, e com uma cara de poucos amigos, disse: — Quem é o malandro aí?

Cork respondeu com uma cotovelada brincalhona na perna do italiano, e as moças riram, aparentemente aliviadas por verem que se tratava de uma piada.

— Sandra — falou Johnny —, você é bonita demais para dar atenção a um joão-ninguém como esse aí.

— Rá-rá-rá — disse Sonny.

— Não dê ouvidos a ele — interveio Nino. — Johnny acha que é o próximo Rudy Valentino. Mas sempre digo a ele que é magrinho demais. — E acotovelou as costelas do amigo, que o estapeou de volta.

— Sonny — disse Johnny —, você devia levar Sandra para ver a gente no Breslin. É um clube pequeno, mas muito bacana. Vocês vão gostar.

— É uma espelunca — emendou Nino —, mas não podemos reclamar: estão pagando a gente com dinheiro de verdade.

— Não dê atenção ao que esse aí fala — rebateu Johnny. — Ele é um desmiolado. Mas toca bandolim como ninguém.

— Quando esse aqui não estraga tudo ao tentar cantar — comentou Nino, passando o braço pelos ombros do companheiro.

— Eu conheço o Breslin — declarou Cork. — É um hotel na Broadway com a 29, não é?

— Exatamente — confirmou Nino. — Estamos tocando no bar.

— É um clube — corrigiu Johnny, agora genuinamente irritado. — Não dê ouvidos a esse cara.

Sob a mesa, Sandra apertou a mão de Sonny.

— Realmente precisamos ir — falou. — Não quero que minha avó fique aborrecida.

— Tudo bem, sua *cafon'*... — Sonny se levantou e, em seguida, agarrou Johnny pelo pescoço e o apertou numa gravata entre amigos. — Responda: se meu pai é seu padrinho, isso faz de mim o quê? Seu fratrinho?

— Isso faz de você um maluco — respondeu Johnny, desvencilhando-se da gravata.

Nino, que havia se afastado para buscar um refrigerante, gritou para Sonny:

— Fale para o seu pai ir ver a gente lá no Breslin. A *pasta primavera* é muito boa.

— Papai só come em restaurantes quando é trabalho — retrucou Sonny, e, olhando para Sandra, explicou: — Fora isso, só come em casa.

À porta da lanchonete, com a mão na maçaneta, Cork chamou:

— Venha, Sonny, também preciso ir.

Na calçada, Cork flertava com Lucille, para deleite dela, enquanto Sonny e Sandra caminhavam lado a lado, ambos mudos. Pedestres atravessavam a avenida ou passavam por eles na calçada, apertando o passo para fugir do frio. Estalactites de gelo potencialmente letais pendiam dos telhados e das escadas de incêndio de diversos prédios, e, ao longo da calçada, aqui e ali, viam-se os restos cintilantes das que já haviam despencado. Com as mãos enterradas nos bolsos do casaco, Sonny procurava caminhar de modo que o braço roçasse o de Sandra. Já próximo ao prédio da Sra. Columbo, ele disse:

— O que posso fazer para convencer sua avó a permitir que a gente saia para jantar qualquer dia desses?

— Você não vai conseguir — respondeu Sandra. — Sinto muito. — Aproximou-se como se fosse erguer a cabeça para um beijo, mas subitamente tomou Lucille pela mão e puxou a menina escada acima. Elas acenaram em despedida à porta e rapidamente sumiram no interior do prédio de tijolos vermelhos.

— Ela é uma belezura — observou Cork, voltando com Sonny para o carro. — Então, vai se casar com ela?

— Isso é tudo que minha família quer. Meu Deus! — exclamou, enterrando o boné sobre a cabeça. — Que frio é esse?

— Está frio como os peitos de uma bruxa com sutiã de ferro — respondeu Cork.

— Quer dar uma passada lá em casa? Mamãe vai gostar de ver você.

— Acho que não. Faz anos que não vou lá. É você quem devia ir lá em casa para ver Eileen e Caitlin. Toda hora a pirralha pergunta por você.

— Eileen deve estar ocupada na confeitaria.

— Minha irmã... — começou Cork. — Ela está tão furiosa comigo que ando até com medo de aparecer sozinho em casa.

— Por quê? — perguntou Sonny. — O que você aprontou dessa vez?

Cork exalou um suspiro e abraçou a si mesmo, como se finalmente o frio o tivesse atingido.

— Ela leu alguma coisa no jornal sobre o assalto, e no artigo estava escrito que um dos assaltantes tinha sotaque irlandês. E justo no dia do assalto eu apareço em casa com dinheiro para dar a ela e a Caitlin. Eileen foi logo soltando os cachorros para cima de mim. Cacete... — Ele suspirou novamente. — Minha irmã meteu na cabeça que qualquer dia desses vou ser encontrado na sarjeta com uma bala na testa.

— Mas você não contou nada a ela, contou?

— Eileen não é burra, Sonny. Ela sabe que não estou trabalhando em lugar nenhum, e de repente chego com 100 pratas para dar a ela. Minha irmã sabe das coisas.

— Mas não sabe de mim, sabe?

— Claro que não, Sonny. Quero dizer, sabe que você é um ladrão de marca maior, mas não sabe dos detalhes.

O Nash de Cork estava estacionado junto a um hidrante na esquina da rua 189, o pneu dianteiro sobre o meio-fio. Sonny apontou para o hidrante e falou:

— Você não tem nenhum respeito pela lei, rapaz?

— Escute, Sonny — disse Cork. — Andei pensando sobre o que você disse um tempo atrás, e acho que você tem razão. A gente precisa se decidir.

— Do que diabos você está falando? — Sonny entrou no Nash e fechou a porta. Foi como se tivesse entrado num frigorífico. — *V'fancul'!* Ligue essa calefação!

Cork ligou o carro e fez o motor roncar.

— Não estou reclamando nem nada — falou, observando o ponteiro da temperatura. — Mas essa grana que a gente tem embolsado é um trocado em comparação com a fortuna que esse pessoal como o seu pai embolsa.

— Mas e daí? Meu pai é o cabeça de uma organização que nasceu muito antes da gente e que foi sendo construída com o tempo. Não dá para comparar. — Sonny olhou torto para Cork como se ainda não entendesse aonde o amigo queria chegar com aquela conversa.

— Eu sei — respondeu Cork —, mas o que estou dizendo é o seguinte: se, como você mesmo chegou a pensar, você procurasse seu pai e dissesse que quer entrar na organização dele, talvez pudesse colocar a gente para dentro também. Eu e os outros.

— Meu Jesus... — disse Sonny. — Cork, preste atenção: se eu contar ao meu pai o que a gente tem feito, vou ser o primeiro que ele vai matar.

— É, pode ser. — Cork enfim ligou a calefação do carro. Em seguida, com uma cotovelada em Sonny, disse: — O velho quer que você seja um magnata da indústria automobilística, não é? Sonny Corleone, um poderoso industrial.

— É, mas faltei ao trabalho duas vezes só nessa semana.

— Fique tranquilo — disse Cork, e saiu com o Nash pela rua. — Pode acreditar em mim, Sonny: Leo não vai mandar você embora.

Sonny refletiu um instante, depois abriu um sorriso e falou:

— É, também acho que não.

O rolo de filme oscilava enquanto a máquina, ronronando, projetava sobre uma das paredes do quarto de hotel escurecido a imagem em preto e branco, tosca e granulada, de uma jovem morena roliça de cabelos compridos ajoelhada no chão enquanto chupava o pau de um homem sem cabeça. O homem mantinha as pernas abertas com as mãos na cintura e, apesar de decapitado pelo enquadramento, era visivelmente jovem, levando-se em conta a firmeza da musculatura. No sofá ao lado do projetor, Giuseppe Mariposa equilibrava uma das mulheres do Chez Hollywood no colo. Com uma das mãos brincava com os peitos da moça e com a outra segurava um grosso charuto, a fumaça espiralando para o alto, cortando a luz do projetor. Ao lado deles, Phillip Tattaglia bolinava uma de suas putas sob a calcinha enquanto uma segunda estava ajoelhada à sua frente, com a cabeça entre as pernas dele. Todos vestiam apenas as roupas de baixo, exceto a cantora do Chez Hollywood, uma estonteante loura platinada, e os dois guarda-costas de Mariposa, sentados ao lado da porta, ambos trajando ternos azuis risca de giz. Giuseppe havia convidado a cantora ao quarto para um encontro romântico, mas agora ela aguardava numa cadeira à frente do sofá, inteiramente vestida, cada vez mais aflita e irrequieta, volta e meia desviando os olhos para a porta como se cogitasse fugir dali a qualquer instante.

— Veja só isso — comentou Tattaglia à medida que o filminho se aproximava do ápice. — Na cara dela! — exclamou, e sacudiu os ombros de Mariposa. — Então, o que achou? — perguntou à garota ajoelhada à sua frente. Afastou-a para se endireitar no sofá, depois repetiu a pergunta à outra sob seu braço. — O que você acha? Ela é boa? — Referia-se à moça do filme.

— Não tenho como dizer — devolveu a garota com a voz rascante. — Na minha opinião, você vai ter que perguntar para o amiguinho dela.

Giuseppe riu e beliscou o rosto da moça, dizendo a Tattaglia:

— Você foi arrumar logo uma espertinha, veja só!

No filme, outros dois rapazes entraram em cena e começaram a despir a garota, cujo rosto agora estava limpo e devidamente maquiado.

— Joe — falou Tattaglia —, filmes como esse vão ser um grande negócio. Podem ser produzidos por uma ninharia e depois vendidos por uma grana a todos os Rotary Clubs do país.

— Você acha que os caipiras vão querer comprar esse tipo de coisa? — perguntou Mariposa, os olhos pregados no filme, a mão passeando sob o sutiã da mulher.

— As pessoas compram essas merdas desde que o mundo é mundo — respondeu Tattaglia. — Já ganhamos uma boa grana vendendo fotos. Filmes como esse, Joe... Vou dizer uma coisa: filmes como esse vão virar a grande mania nacional.

— E eu, onde entro nessa história?

— No financiamento, na distribuição... esse tipo de coisa — explicou Tattaglia.

Giuseppe dava baforadas do charuto, refletindo sobre a proposta, quando alguém bateu à porta do quarto de hotel e os dois guarda-costas, sobressaltados, pularam simultaneamente.

— Podem abrir — avisou Giuseppe, e tirou a mulher do colo.

Um dos rapazes entreabriu a porta, depois a escancarou, deixando que a luz externa invadisse boa parte do quarto. No corredor estava Emilio Barzini com o chapéu nas mãos.

— Entre logo e feche essa porta, cacete — rugiu Mariposa, e rapidamente foi obedecido.

— Joe — cumprimentou Emilio, olhando discretamente para o filme na parede, depois para o sofá. — Você queria falar comigo?

Giuseppe puxou as calças, afivelou o cinto e apagou o charuto no cinzeiro de cristal a seu lado. Aos outros, disse:

— Volto daqui a pouco. — Levantou-se do sofá e saiu pela porta entreaberta que dava para o quarto anexo.

Fazendo sombra nos olhos contra a luz do projetor, Emilio atravessou a saleta para se juntar a Giuseppe, que acendeu a luz do quarto antes de fechar a porta às suas costas. Emilio correu os olhos pela cama *king-size* ladeada de mesinhas de mogno, ambas decoradas com vasos gordos, transbordantes de flores. À frente da cama, uma penteadeira também de mogno, com um espelho ajustável e um banco estofado de estampa floral, fazia ângulo com uma cômoda grande. Giuseppe pegou o banco com o pé, sentou-se nele e cruzou os braços sobre o peito. Estava usando uma camiseta regata que realçava os músculos dos ombros e dos braços. Era um homem de aspecto jovem, apesar dos cabelos brancos e das rugas que cortavam sua testa.

— Escute, Emilio — começou, com uma calma calculada —, perdemos mais de 6 mil nesse último assalto... e ainda não sabemos quem são esses filhos da puta! Eles me roubam, somem durante meses, depois me roubam de novo. *Basta!* — rugiu. — Acabou a palhaçada. Quero saber quem são esses caras, e quero todos eles debaixo da terra.

— Joe — disse Emilio. Arremessou o chapéu para a cômoda e se sentou na beira da cama. — Agora estamos achando que são os irlandeses. Pode ser qualquer um deles.

— Mas e os próprios malditos irlandeses não sabem de nada? Ninguém sabe de nada?

— Joe...

— Joe, o cacete! — berrou Giuseppe. — Ninguém sabe de porra nenhuma! — cuspiu, enfatizando o "nenhuma", dando um empurrão na penteadeira, fazendo com que ela emborcasse na direção da parede e o espelho estilhaçasse sobre o carpete felpudo.

— Joe — repetiu Emilio, impassível —, não é a família Corleone e também não é Tessio. Estamos de olho neles. E um dos assaltantes tinha sotaque irlandês.

— Já estou farto dessa enrolação — declarou Giuseppe, içando a penteadeira de volta a seu devido lugar. — Olhe só para essa bagunça! — Apontou para os cacos de vidro no carpete e fulminou Emilio com o olhar como se fosse ele o responsável. — Chamei você porque tenho um serviço para passar. Quero que procure aquele vendedorzinho de azeite, aquele saco de vento metido a besta, e diga o seguinte: ou ele cuida desses malandros que estão me roubando, ou eu o responsabilizo pessoalmente por tudo isso.

Entendido? Estou farto desse filho da puta me olhando do alto. — Giuseppe recolheu do chão um dos cacos do espelho e se olhou nele. — Pode dizer a Vito Corleone que, a partir de hoje, cada centavo que eu perder para esses ladrões será ele quem vai ter que me pagar. Será ele quem vai ter que meter a mão no bolso. Deixe isso bem claro, entendeu? Ou ele dá um fim a essa história, ou vai ter que me pagar. É esse o acordo. Pedi ao homem gentilmente que cuidasse desse assunto, e o almofadinha fingiu não me ouvir. Pois agora vai ser assim: ou ele toma alguma providência, ou paga o que me deve. Caso contrário... Está me entendendo, Emilio?

Emilio pegou seu chapéu de volta e respondeu:

— Você é o chefe, Giuseppe. Se é isso que você quer que eu faça, é isso que vou fazer.

— Exatamente. O chefe sou eu. Você dá o meu recado e pronto.

Emilio colocou o chapéu e caminhou rumo à porta.

— Espere — pediu Giuseppe, mais relaxado depois da bronca. — Para que tanta pressa? Se quiser, pode ficar com a cantora lá na sala. Já não aguento mais a mulher. Parece que tem uma vassoura enfiada no rabo.

— Acho melhor cuidar logo desse seu recado — comentou Emilio, e se foi.

Baixando os olhos para os cacos de espelho no carpete, Giuseppe ficou intrigado ao ver sua própria imagem fragmentada no quebra-cabeça, como se houvesse algo de errado nela, algo que ele não sabia dizer exatamente o que era. Então apagou a luz do quarto e voltou à companhia dos outros. No filme, a morena de cabelos compridos agora estava na cama com os três rapazes. Giuseppe permaneceu de pé e ficou assistindo por um tempo. A certa altura, olhou de relance para a cantora ainda sentada e rígida com as mãos no colo. Por fim se juntou a Tattaglia e às moças no sofá.

16

Vito atravessava a passarela que unia o Tribunal de Justiça ao presídio conhecido como Tombs. Do outro lado das janelas altas que davam para a Franklin Street, as calçadas se apinhavam de nova-iorquinos em seus casacos de inverno, muitos dos quais, supunha Vito, tinham algum assunto a tratar no fórum ou parentes a visitar no presídio. Vito jamais havia posto os pés no interior de uma cela, tampouco tinha sido réu num processo criminal — mas possuía plena consciência da possibilidade de ambos os destinos. A caminho da passarela, atravessando os corredores de pé-direito alto do Tribunal, ele trocara olhares com policiais e advogados, esses *pezzonovanti* com seus ternos risca de giz e sofisticadas pastas de couro, enquanto o policial que o conduzia, prévia e regiamente pago, mantinha os olhos sempre voltados para o chão. A certa altura eles passaram diante das amplas portas de vaivém de uma das salas do Tribunal, e Vito havia tido a oportunidade de espiar o juiz de beca preta empoleirado em seu imponente trono de madeira. Para ele, a sala em si possuía o aspecto de uma igreja, e o juiz, o de um padre. Vendo aquele homem, Vito sentira brotar no peito uma espécie de raiva, talvez até fúria — como se o sujeito fosse responsável por toda a crueldade do mundo, pelo assassinato de mulheres e crianças em toda parte, desde a Sicília até Manhattan. Não teria sido capaz de colocar em palavras o que havia sentido, aquele súbito desejo de invadir a sala dando um chute na porta e derrubar o juiz de seu poleiro — e tudo que quem o estivesse observando teria visto seria apenas um lento piscar de olhos, como se Vito tivesse tirado um breve momento de repouso ao passar pelo Tribunal em direção às portas que davam para a passarela de pedestres.

O policial que o conduzia ficou visivelmente mais relaxado assim que eles deixaram os domínios do Tribunal para entrar no presídio: endireitou o uniforme, tirou o quepe azul para limpar o distintivo dourado dele e então o colocou novamente. Os gestos lembravam a Vito os de alguém que se arrumava para seguir em frente após ter emergido de um túnel muito comprido e estreito.

— Frio hoje, não? — comentou o homem, apontando para a rua.

— Abaixo de zero — respondeu Vito, esperando que a conversa encerrasse ali mesmo.

As ruas se pintalgavam de pequenos montes de gelo e neve, embora não tivesse nevado nos dias anteriores. Na esquina da Franklin, uma moça esperava com a cabeça inclinada e as mãos enluvadas apoiando o rosto enquanto uma multidão de pedestres passava à sua frente. Vito, que a havia notado desde o início da travessia da passarela, observava-a sumir e reaparecer a cada janela que deixava para trás. Ao passar pela última delas, a moça permanecia no mesmo lugar, imóvel — então a perdeu de vista apenas quando deixou a passarela e entrou no recinto do presídio.

— Ele está lá embaixo, no porão — avisou o policial assim que pisaram no longo corredor de portas fechadas. — Nós o trouxemos da ala psiquiátrica.

Vito não se deu ao trabalho de responder. Em algum lugar na extremidade do corredor, alguém berrava furiosamente, amaldiçoando alguma pessoa, e os gritos ecoavam nas paredes.

— Meu nome é Walter — falou o policial, subitamente achando necessário se apresentar. Havia acabado de usar os ombros para abrir a porta que levava às escadas. — Sasha, meu parceiro, está vigiando. — Olhando para o relógio de pulso, prosseguiu: — Só podemos dar no máximo meia hora.

— Não vou precisar de mais do que isso.

— O senhor entende, não é? — O policial esquadrinhou Vito da cabeça aos pés, atentando para cada contorno do paletó, cada dobra do sobretudo que ele levava no braço. — O senhor entende que nada pode acontecer com ele enquanto estiver sob nossa custódia.

Walter tinha mais ou menos a mesma altura de Vito, porém era bem mais jovem e uns 20 quilos mais gordo. A barriga estufava os botões dourados do paletó, e as coxas faziam o mesmo com o tecido azul das calças.

— Nada vai acontecer com ele — assegurou Vito.

O policial assentiu e o conduziu ao longo de dois lanços de escada até um corredor sem janelas que fedia terrivelmente. Vito tirou o chapéu e cobriu o nariz com ele.

— Que cheiro é esse?

— Os malandros que precisam levar uma surra — explicou Walter. — É para cá que trazemos. — O policial olhava à sua volta como se tentasse localizar a origem do fedor. — Parece que alguém acabou de cagar o almoço.

Ao fim do corredor, do outro lado de uma esquina, Sasha esperava recostado a uma porta verde com os braços cruzados à frente. Ao avistar Vito, afastou-se imediatamente e abriu a porta.

— Meia hora — avisou. — Walter explicou tudo, não explicou?

Através da porta aberta, Vito avistou Luca sentado numa maca de hospital. Achou-o tão diferente que num primeiro momento pensou que os policiais tivessem trazido o homem errado. A face direita caía ligeiramente como se alguém a tivesse puxado alguns centímetros para baixo, os lábios estavam inchados. Respirando ruidosamente pela boca, e apertando as pálpebras sobre os olhos mortiços, Luca ergueu a cabeça para ver quem havia chegado. Deu a impressão de não estar entendendo muito bem o que estava acontecendo.

Percebendo a hesitação de Vito à porta, Sasha disse:

— Ele não está tão mal quanto parece.

— Gostaria de falar com ele a sós — pediu Vito. — Esperem lá fora, por favor.

Sasha olhou para Walter como se não estivesse inteiramente convencido de que era uma boa ideia deixar Vito sozinho com Luca.

— Tudo bem, Sr. Corleone — aceitou Walter, e se adiantou para fechar a porta.

— Luca — chamou Vito assim que se viram sozinhos. Chegou a ficar surpreso com a comoção na própria voz. A sala cheirava a desinfetante, e nela se viam apenas a maca e um punhado de cadeiras pretas. Não havia janelas, e a única iluminação vinha de uma lâmpada pendurada no teto no centro da sala. Vito puxou uma das cadeiras para junto da maca.

— O que... você está... fazendo aqui? — perguntou Luca. Vestia apenas uma camisola hospitalar branca, pequena demais para ele: a barra sequer alcançava os joelhos. Dava a impressão de que precisava engolir um pouco de saliva antes de proferir algumas palavras. Falava devagar, mas de modo claro, esforçando-se para articular cada sílaba. Somente depois de ouvi-lo Vito pôde perceber uma centelha do velho Luca, como se esse Luca original se escondesse por trás daquele rosto machucado e daqueles olhos sem vida.

— Como você está? — perguntou Vito.

Um segundo se passou antes que Luca respondesse:

— Como... você acha... que estou? — Algo parecido com um sorriso cintilou na expressão do sujeito.

Notando a demora para responder, Vito se deu conta de que precisaria falar mais lentamente, de modo que Luca tivesse um tempo adicional para processar as palavras e responder.

— Não me parece muito bem — comentou.

Luca escorregou da maca e buscou uma cadeira para si. Estava nu sob a camisola, que, justa demais para ser amarrada, abria-se amplamente sobre as costas do gigante. Acomodando-se diante de Vito, perguntou:

— Sabe o que... não sai da minha... cabeça? — Novamente as palavras saíram aos poucos, como se fosse preciso um pequeno intervalo para que as relembrasse ou consertasse algo na garganta ou na boca. Apesar disso, fazia-se entender perfeitamente. — Willie O'Rourke.

— Por quê? — quis saber Vito.

— Tenho ódio dele. Quero que ele... morra.

Alguns segundos se passaram, e Luca emitiu um ruído que Vito interpretou como uma risada.

— Luca — disse Vito —, posso ajudar você. Ajudar a sair dessa.

Luca sorriu de um modo inequívoco.

— Você é Deus?

— Não, não sou Deus. — Vito ergueu o chapéu que havia deixado sobre o casaco no colo, examinou-o por um instante, colocou-o no mesmo lugar. — Preste atenção no que vou dizer, Luca. Quero que confie em mim. Sei de toda a história. Sei de tudo que você passou. Sei...

— O que... O que você... sabe, Vito? — Luca se inclinou para a frente com uma leve postura de ameaça. — Eu sei do que você... está falando. Você sabe que matei... meu pai. Então acha que... sabe de tudo. Mas não... sabe de... nada.

— Eu sei de tudo — insistiu Vito. — Sei de sua mãe. Sei do seu vizinho professor, o tal Lowry.

— Sabe o quê? — Luca se recostou novamente, colocou as mãos sobre os joelhos.

— A polícia deduziu que foi você, Luca, mas não havia provas.

— Que fui eu... o quê?

— Luca, não é difícil juntar as peças desse quebra-cabeça. Que motivos teria seu pai, um siciliano!, para arrancar o próprio filho do ventre da mãe? Nenhum, essa é a resposta. Um siciliano jamais faria uma coisa dessas. E que motivos você teria para empurrar o professor do telhado assim que teve alta do hospital? Luca, isso é uma tragédia, não é um mistério. Você matou seu pai para salvar sua mãe, depois matou o homem que botou um par de chifres no seu pai. Em toda essa história, você agiu como um homem de honra.

Luca parecia continuar ouvindo o que era dito muito tempo após Vito parar de falar. A certa altura correu as costas da mão sobre a testa como se estivesse secando o suor, embora a sala estivesse gelada. Em seguida perguntou:

— Quem mais... sabe disso?

— Os policiais de Rhode Island que investigaram o caso — respondeu Vito. — Eles ligaram uma coisa à outra, mas não tinham nenhuma prova. Além disso, estavam pouco se lixando. Faz tempo que já se esqueceram de você, Luca.

— Como você sabe... que a polícia... de Rhode Island... sabe?

Vito apenas deu de ombros.

— E na sua... organização? — perguntou Luca. — Quem mais... sabe?

O corredor estava silencioso. Vito não sabia dizer se os policiais estavam por perto.

— Ninguém além de mim.

Luca olhou para a porta, depois para Vito.

— Não quero... que ninguém saiba... dos pecados... da minha mãe.

— Ninguém jamais vai saber — garantiu Vito. — Minha palavra é de ferro, e prometo a você.

— Não sou homem... de confiar — declarou Luca.

— Às vezes é preciso confiar em alguém.

Luca ficou observando Vito, e Vito teve a impressão de que podia ver outra pessoa observando-o através de Luca.

— Confie em mim agora — prosseguiu. — Acredite em mim quando digo que você pode sair dessa. — Inclinando-se na direção de Luca, acrescentou: — Conheço o sofrimento. Meu pai e meu irmão foram assassinados. Vi um homem apontar uma arma para minha mãe e matá-la como se ela fosse um animal. A mãe que eu tanto amava, Luca. Mas, quando chegou a hora, quando eu cresci e pude me virar sozinho, reencontrei esse mesmo homem e o assassinei.

— Já tentei matar o homem... que matou... meu pai e minha... mãe. — Luca levou a mão aos olhos e começou a esfregá-los levemente. Sem nada ver, disse: — Por que você quer... me ajudar?

— Quero que trabalhe para mim — explicou Vito. — Não sou um homem violento por natureza. Não gosto de violência. Mas vivo no mesmo mundo que você, Luca, e nós dois conhecemos muito bem os males desse mundo. O mal precisa ser erradicado sem nenhuma piedade. Brutalmente. E nesse sentido um homem como você pode ser muito útil para mim. Um homem temido por todos.

— Quer... que eu trabalhe... para você?

— Vou cuidar de você, Luca. De você e dos seus homens. Essas acusações contra você serão devidamente engavetadas.

— Mas e... as testemunhas? — perguntou Luca. — E Luigi Battaglia?

— Ele vai se retratar, ou desaparecer. Quanto a Filomena, a parteira, ela já está sob meus cuidados. Vai voltar para a Sicília com a família. Logo, logo esse incidente vai ser esquecido, Luca.

— E para isso... você só quer que... eu trabalhe para você... como um soldado? — Luca fitava Vito com curiosidade, como se realmente não conseguisse entender o que estava por trás daquela proposta. — Você não sabe... que eu sou... *il diavolo*? Já matei... mães, pais... e recém-nascidos... Eu assassinei... meu próprio pai... e meu próprio filho. Quem se associaria... ao diabo? Clemenza? Tessio?

— Clemenza e Tessio fazem o que eu mando. Mas não preciso de mais um soldado — comentou Vito. — Já tenho meu exército de capangas, Luca.

— Então, o que quer... de mim?

— Preciso que você seja mais que um soldado, Luca. Preciso que você continue sendo *il diavolo*... mas *il mio diavolo*.

Luca permaneceu impassível diante de Vito, que desviou o olhar, fitando ao longe. Enfim, ele pareceu entender e assentiu para si mesmo.

— Tenho só um... assunto pendente... antes de trabalhar... para você. Preciso matar... Willie O'Rourke.

— Isso pode esperar — retrucou Vito.

Luca fez que não com a cabeça.

— Não consigo pensar... em outra coisa. Ele tem que morrer.

Vito suspirou e falou:

— Tudo bem. Mas depois de cuidar desse assunto pendente, você vai cumprir apenas as minhas ordens, entendeu?

— Entendido.

— Mais uma coisa — acrescentou Vito. — Aquele negócio com Tom Hagen. Acabou. Não existe mais.

Luca ficou olhando para a parede nua à sua frente como se precisasse estudá-la. Ao se voltar para Vito, assentiu com a cabeça.

Ambos ficaram mudos por um tempo, o negócio entre eles já essencialmente concluído. Vito ficou surpreso com o turbilhão de emoções que o acometeu enquanto observava aquele rosto destruído, aqueles olhos opacos. Era como se Luca tivesse afundado em si mesmo e se deixado enterrar naquela gigantesca carcaça de músculos e ossos, como se, a despeito de quem realmente fosse, aquele homem se achasse tão perdido em si mesmo quanto um garotinho em um prédio escuro. Para seu próprio espanto, viu-se tocando a mão dele, timidamente de início, depois a tomando inteiramente entre as suas. Queria dizer algo, explicar a Luca que por vezes não nos restava outra saída senão afastar certos pensamentos da cabeça, que a vida nos obrigava a fazer coisas que jamais teriam perdão, nem mesmo de Deus — só nos restava não pensar nelas. Mas nada saiu de sua boca, nem uma única palavra. Vito permaneceu mudo, apertando a mão de Luca.

Ao se ver tocado, Luca havia emitido um som que sugeria susto, e a opacidade dos olhos tinha sumido de repente, dando lugar ao brilho de um olhar infantil.

— Minha mãe está morta — falou, como se tivesse acabado de receber a notícia e ainda estivesse chocado. — Kelly está morta — emendou ainda, da mesma forma.

— *Sì* — respondeu Vito. — Isso não tem como mudar.

Os olhos de Luca ficaram úmidos, e ele os secou rapidamente com o antebraço.

— Por favor, não...

— Não vou contar a ninguém — interrompeu Vito, sabendo muito bem que aquelas lágrimas deveriam permanecer em segredo. — Pode confiar em mim.

Luca, que até então baixava os olhos para as próprias pernas, ergueu-os novamente para dizer:

— Nunca duvide de mim, Don Corleone. Nunca duvide de mim.

— Ótimo — respondeu Vito, largando a mão dele. — Agora escute: preciso saber quem são esses garotos que têm dado tanta dor de cabeça a Giuseppe.

— Tudo bem — falou Luca, e contou tudo que sabia.

17

Na Hester, a caminho do armazém do pai, Sonny olhava pela janela do Packard para a pequena multidão de homens e mulheres que andavam rápido nas calçadas com seus respectivos destinos e afazeres. Clemenza conduzia o carro, seguindo lentamente pela rua de paralelepípedos, e no assento do passageiro ia Vito, imóvel e mudo. Sonny se continha para não saltar para o banco da frente e esganar Clemenza, que o vinha tratando como um delinquente desde que havia aparecido na oficina para arrancá-lo do trabalho, puxando-o pelo braço até jogá-lo no banco traseiro do Packard. O pai nada dissera. Surpreendido pela força descomunal daquela montanha de banha, e chocado pelo modo como estava sendo tratado, Sonny somente tinha encontrado fôlego para reagir quando já estava no carro e, furioso, perguntara ao pai o que diabos estava acontecendo. Clemenza imediatamente o mandara calar a boca, mas ele insistira e repetira a pergunta ao pai, aos berros, e dessa vez Clemenza sacou sua arma, ameaçando partir o crânio dele com uma coronhada caso não se aquietasse. Vito havia assistido a tudo sem dizer palavra. Sonny agora seguia mudo também, as mãos cruzadas sobre as pernas.

Clemenza estacionou diante do armazém, desceu do carro e abriu a porta traseira.

— Fique calado, garoto. Você está encrencado — sussurrou enquanto Sonny descia. Vito esperava na calçada, apertando o casaco para se proteger do frio.

— O que eu fiz? — perguntou Sonny. Vestindo apenas o macacão manchado de graxa que sempre usava para trabalhar, sentia os lóbulos e a ponta do nariz queimarem de frio.

— Venha comigo e feche essa boca — ordenou Clemenza. — Daqui a pouco você vai poder falar o quanto quiser.

Vito já estava diante da porta do armazém quando falou pela primeira vez. O assunto nada tinha a ver com Sonny.

— Luca já saiu? — perguntou a Clemenza.

— Ontem à noite. Está com os rapazes dele.

Ao ouvir o nome de Luca Brasi, Sonny sentiu o coração dar cambalhotas no peito — mas, antes que pudesse refletir sobre as implicações daquilo, viu-se no interior do armazém, diante de cinco cadeiras dispostas em semicírculo em meio às pilhas de engradados de azeite. O lugar estava úmido e frio; o piso era de concreto pintado de verde, e o telhado alto, de vigas de metal, não tinha nenhum forro. As pilhas de engradados chegavam a 3 metros de altura e, cercando as cadeiras, davam a impressão de que confinavam uma saleta no interior de uma sala maior. Os comparsas de Sonny estavam com as mãos amarradas e amordaçados nas cadeiras, Cork ao centro, Nico e Little Stevie à sua direita, os gêmeos Romero à esquerda. De costas para os engradados, Richie Gatto e Jimmy Mancini se postavam numa das pontas do semicírculo; na outra estavam Eddie Veltri e Ken Cuisimano. Todos trajavam ternos muito bem-cortados e sapatos devidamente engraxados. Perto deles, os prisioneiros pareciam mendigos catados na rua, os casacos de inverno jogados numa pilha às suas costas. Tessio veio por um corredor entre os engradados, lutando para fechar o zíper das calças, que provavelmente estava emperrado; fechou-o a tempo de alcançar a saleta. Ao erguer os olhos, falou:

— Sonny! Olha só quem encontramos! — Ele apontou para as cadeiras.

— Os primos delinquentes dos Hardy Boys!

A piada arrancou risadas de todos, menos de Sonny e seus comparsas, tampouco de Vito.

— *Basta!* — exclamou Vito, postando-se no centro do semicírculo e olhando para o filho. — Esses *mortadell'*...[22] Eles andam roubando de Giuseppe Mariposa, causando a ele muitos problemas e prejuízos. E, como tenho negócios com o Sr. Mariposa, eles estão causando problemas e prejuízos a mim também.

— Pai... — Sonny deu um passo na direção do pai.

— *Sta'zitt'!* — Vito bruscamente ergueu a mão em sinal de advertência, fazendo com que Sonny recuasse. Em seguida se aproximou de Bobby, dizendo: — Notei que esse rapaz aqui, o Sr. Corcoran, já esteve em nossa

---

[22] Literalmente "mortadela"; usado para se referir a alguém como "perdedor".

casa diversas vezes ao longo dos anos. Na verdade, me lembro dele ainda de calças curtas, brincando com você no quarto. — Retirou a mordaça de Bobby e o encarou, esperando para ver se o garoto iria ou não falar alguma coisa. Vendo que ele permaneceria calado, foi para os irmãos Romero. — Esses dois aqui... — continuou, e retirou a mordaça dos gêmeos. — Esses dois moram na nossa vizinhança. E o nosso Nico aqui — também retirou a mordaça do grego — é nosso vizinho de esquina. Somos amigos da família dele. — Vito então foi para Little Stevie, olhou-o com desprezo e retirou a mordaça dele, dizendo: — Esse aqui eu não conheço.

— Eu já disse ao senhor! — suplicou Stevie, quase gritando. — Faz tempo que não ando com esses vagabundos!

Richie Gatto sacou a arma do coldre axilar e armou o cão.

— É melhor para sua saúde ficar caladinho.

Vito voltou ao centro do semicírculo.

— Todos esses rapazes, exceto aquele — disse, apontando para Stevie —, afirmam que você não tem nada a ver com nenhum dos golpes que eles andaram aplicando por aí. — Novamente olhou para Little Stevie. — Mas aquele ali afirma que vocês formam uma gangue, da qual você, Sonny, é o chefe. — Vito caminhou na direção do filho. — Os outros defendem você, dizendo que o outro está tentando prejudicá-lo. — Quase o atropelava quando enfim parou. — Já estou cansado desse jogo de empurra. Sonny, vou perguntar apenas uma vez: você tem alguma coisa a ver com esses roubos e assaltos?

— Sim — respondeu Sonny. — Essa é a minha gangue. Sou eu quem planeja tudo. Todos esses roubos são obra minha.

Vito deu um passo atrás. Baixou os olhos para o piso de concreto, correu a mão pelos cabelos e sem nenhum aviso deu um soco no rosto do filho, empurrando-o para trás, arrancando sangue dos lábios dele. Cobriu-o de xingamentos em italiano, depois avançou para apertá-lo na garganta.

— Você coloca sua própria vida em risco? — falou, furioso. — A vida dos seus amigos? Por acaso vocês são caubóis? Meu próprio filho? Foi isso que eu ensinei a você? Foi isso que você aprendeu comigo?

— Sr. Corleone — interveio Cork. — Sonny não... — Imediatamente se calou ao ver a mão de Sonny erguida.

O gesto dele havia sido tão igual ao do pai, e tão prontamente atendido, que nenhum dos homens ali presentes poderiam ter deixado de notar.

— Pai — falou ele. — A gente pode conversar a sós?

Vito o largou bruscamente como se tivesse na mão um saco de lixo, e Sonny precisou se equilibrar para não cair. Em italiano, Vito disse a Clemenza que voltaria dali a alguns minutos.

Em seguida atravessou o armazém com o filho o seguindo, passando por uma pequena carreta com o capô aberto e diversas peças mecânicas espalhadas pelo chão sujo de graxa, passando por mais pilhas de engradados até atravessar a porta dos fundos e sair para o beco de paralelepípedos, onde diversas caminhonetes de entrega estavam estacionadas sob o emaranhado das escadas de incêndio. Um vento gelado soprava ao longo do beco, levantando nuvens de poeira e lixo, fazendo tremular as lonas pretas que cobriam a carroceria das caminhonetes. Ainda dando as costas para o filho, Vito parou e correu os olhos pela via até a esquina da Baxter Street. Tendo deixado o casaco para trás, cerrava o paletó contra o tronco e encolhia os ombros com os braços cruzados à frente. Sonny se recostou à porta do armazém e ficou ali. Subitamente se sentiu cansado, inclinou a cabeça contra o metal frio da porta. Na escada de incêndio à sua frente, notou um brinquedo de criança abandonado sobre um dos degraus, um tigre de pelúcia com o pescoço rasgado, lançando os nacos brancos do interior para o vento.

— Pai — começou Sonny, mas não soube como prosseguir. Observando o vento que bagunçava os cabelos do pai, sentiu uma súbita e estranha vontade de penteá-los com a mão.

Pouco depois Vito se virou para ele com uma expressão severa no olhar. Por um instante o encarou sem nada dizer, depois sacou o lenço do bolso e limpou o sangue dos lábios do filho.

Apenas ao ver as manchas rubras no lenço Sonny se deu conta de que estava sangrando. Tocou a boca sem nenhum cuidado e estremeceu com a dor.

— Pai — repetiu, ainda hesitante. Nada lhe vinha à cabeça que não fosse aquela palavrinha fácil e conhecida. — Pai.

— Como pôde fazer isso conosco? — perguntou Vito. — Comigo, que sou seu pai. Com sua mãe. Com sua família.

— Pai, eu... Pai... — balbuciou Sonny. — Pai, eu sei quem o senhor é. Faz anos que sei de tudo. Diabos, pai, todo mundo sabe quem o senhor é!

— E quem sou eu, Sonny? Quem você pensa que eu sou?

— Não quero ficar enfurnado naquela oficina imunda, trabalhando feito um idiota para ganhar uma ninharia no fim do dia. Quero ser um homem respeitado, como o senhor. Quero ser um homem temido, como o senhor.

— Vou repetir a pergunta — disse Vito, e deu um passo na direção do filho, os cabelos desalinhados dando-lhe o aspecto de um louco. — Quem você pensa que eu sou?

— O senhor é um gângster — respondeu Sonny. — Até a Lei Seca ser revogada, seus caminhões trançavam de um lado para o outro nessa cidade com bebida ilegal. O senhor está metido com apostas, com agiotagem, e está envolvido até o pescoço com os sindicatos. — Balançando as mãos cruzadas para enfatizar, arrematou: — Sei o que todo mundo sabe, pai.

— Você sabe o que todo mundo sabe — repetiu Vito. Ergueu os olhos para o céu e passou a mão pelos cabelos, lutando contra o vento para mantê-los no lugar.

— Pai... — Percebendo a dor do pai, Sonny se arrependeu de ter dito tudo aquilo. Quis se corrigir, dizer qualquer coisa para fazê-lo entender que não se tratava de uma censura, que ele o respeitava e admirava acima de qualquer outra pessoa. Mas não lhe ocorria nada que pudesse amenizar a gravidade do momento.

— Você está enganado se acha que sou um gângster comum — declarou Vito, ainda olhando para o céu. Permaneceu calado por um instante, até que baixou os olhos para o filho. — Sou um homem de negócios. Não vou negar que vez ou outra preciso sujar as mãos tratando com pessoas da laia de Giuseppe Mariposa. Mas não sou como Giuseppe. Se é isso que está pensando, está muito enganado.

— Ah, pai... — disse Sonny. Afastou-se da porta, contornou o pai e se virou para encará-lo. — Não aguento mais essa farsa, o senhor sempre fingindo ser alguém que não é. Sei que faz tudo isso pelo bem da nossa família, mas... Sinto muito, pai, eu sei de tudo. Sei quem o senhor é. Sei que tem bancas de apostas e mesas de jogo em quase todo o Bronx. Que manipula os sindicatos, que extorque dinheiro em troca de proteção. E também tem esse seu negócio com os azeites. Sinto muito, pai, mas sei exatamente quem o senhor é e o que o senhor faz.

— Você pensa que sabe — insistiu Vito. Para fugir do vento, colocou-se no espaço entre duas caminhonetes e esperou que Sonny o seguisse. — Mas você não sabe de nada — prosseguiu assim que o filho o alcançou. — Não é segredo para ninguém que meu negócio tem lá o seu lado sujo. Mas não sou esse gângster de que você está falando. Não sou nenhum Al Capone, nenhum Giuseppe Mariposa, com suas drogas, mulheres e assassinatos. Um homem como eu... Eu não teria chegado aonde cheguei sem ter sujado as mãos em algum momento, Sonny. Essa é a realidade do meu negócio, e assumo as consequências. Mas essa não precisa ser a sua realidade, filho. A vida não vai ser assim para você. — Colocou a mão na nuca de Sonny. — Tire isso da sua cabeça, essa história de gângster. Não foi para isso que trabalhei tanto nessa vida, para que meu filho pudesse ser um gângster. Não vou permitir uma coisa dessas, Sonny.

Sonny baixou a cabeça e fechou os olhos. Fustigadas pelo vento, as lonas pretas que o ladeavam estalavam ruidosamente contra a carroceria das caminhonetes. No pequeno espaço em que pai e filho se encontravam, o frio parecia correr por baixo dos chassis, mordendo-os no calcanhar. Um fluxo constante de carros e caminhões seguia pelo beco, os motores grunhindo a cada troca de marchas. Sonny levou a mão para a de Vito, que ainda o segurava pela nuca.

— Pai, vi Tessio e Clemenza matando o pai de Tom. E vi que o senhor estava lá com eles.

Com um gesto brusco, Vito recolheu a mão para apertar o queixo do filho e erguer a cabeça dele novamente.

— Do que você está falando? — Na ausência de uma resposta, apertou ainda mais o queixo de Sonny, a ponto de fazer os lábios sangrarem novamente. — Do que diabos você está falando?

— Eu vi o senhor — contou Sonny, ainda evitando encarar o pai, olhando através dele, para além dele. — Eu segui o senhor naquela noite e me escondi numa escada de incêndio do outro lado da rua, de onde dava para ver a sala dos fundos de um bar nas docas. Vi Clemenza colocando uma fronha de travesseiro na cabeça de Henry Hagen. Vi Tessio espancando o homem com um pé de cabra.

— Você sonhou tudo isso — falou Vito, como se quisesse meter a explicação na cabeça do filho. — Foi um sonho, Sonny. Um sonho.

— Não, não foi — retrucou Sonny, e, quando enfim decidiu encará-lo, deparou-se com o rosto pálido do pai. — Não foi sonho nenhum, e você não é o cidadão exemplar que diz ser. É um mafioso. Mata pessoas sempre que é preciso, e por isso todos têm tanto medo do senhor. Pai, preste atenção no que eu vou dizer: não quero ser o magnata da indústria automobilística, muito menos um mecânico comedor de graxa. Quero trabalhar para o senhor. Quero fazer parte da sua organização.

Vito parecia enregelado enquanto sustentava o olhar do filho. Lentamente recuperou a cor e relaxou os dedos que apertavam o queixo de Sonny.

Quando enfim o soltou, deixou o braço cair inerte, depois enterrou ambas as mãos nos bolsos das calças.

— Vá lá dentro e chame Clemenza aqui — mandou, como se nada tivesse acontecido.

— Pai...

Vito ergueu a mão para Sonny.

— Faça o que estou mandando. Vá chamar Clemenza.

Sonny esquadrinhou o rosto do pai à procura de alguma pista sobre o que se passava na cabeça dele, mas não encontrou nada.

— Está bem, pai. O que o senhor quer que eu diga a ele?

Com um ar de espanto, Vito falou:

— O serviço é tão difícil assim? — perguntou. — Volte lá para dentro. Encontre Clemenza. Diga a ele para vir falar comigo. Você fica por lá, esperando com os outros.

— Claro — anuiu Sonny, e voltou para o interior do armazém.

Sozinho no beco, Vito foi para a primeira caminhonete da fila e entrou na cabine. Ligou o motor, conferiu o ponteiro da temperatura e virou o retrovisor para si com a intenção de ajeitar os cabelos, mas se deteve ao ver aquele par de olhos que o fitava de volta. Na cabeça, nenhum pensamento. Os olhos no espelho pareciam os de um velho, úmidos e vermelhos em razão do vento, emoldurados pelas rugas finas que estriavam as têmporas. Observando aquele par de olhos, Vito teve a impressão de que na cabine havia duas pessoas, ele e seu próprio duplo, um olhando para o outro como se ambos tentassem desvendar um mistério. Foi então que Clemenza bateu à porta da caminhonete, assustando-o. Vito baixou a janela e comandou:

— Mande Tessio para casa. E deixe que ele leve Eddie e Ken.

— O que aconteceu com Sonny? — quis saber Clemenza.

Vito ignorou a pergunta.

— Amarre Sonny junto dos outros garotos — pediu —, e não precisa ser gentil com ele, *capisc'*? Quero que todos fiquem amedrontados. Deixe que pensem que não temos outra opção senão matar todos eles, por causa de Giuseppe. Depois você me diz qual deles foi o primeiro a mijar nas calças.

— E você quer que eu faça isso com Sonny também?

— Por favor, Clemenza, não gosto de repetir — avisou Vito. Novamente conferiu o ponteiro da temperatura, ligou a ventoinha e engatou a primeira marcha.

— Para onde você está indo?

— Volto daqui a meia hora — respondeu Vito. Subiu o vidro lateral e seguiu na direção da Baxter Street.

Willie O'Rourke aninhava um pombo acrobata cinza na palma da mão esquerda enquanto inspecionava a penugem da ave, penteando-a com cuidado. Estava ajoelhado diante do pombal com a mureta às suas costas e a porta do telhado à sua frente, um pouco à direita. Através do alambrado ele podia ver a porta e, à frente dela, a cadeira de praia que havia ocupado pouco antes para observar um rebocador puxando seu cargueiro rio acima. O pombo acrobata era um de seus preferidos, com a penugem cinzenta e uma máscara negra na cabeça. Quando voava, ele se destacava do restante do bando e parecia despencar do alto antes de fazer uma acrobacia e retornar à companhia dos demais. Sempre que observava os pombos voando juntos, Willie ficava esperando por aquela acrobacia que dava nome à espécie — e ainda sentia um ligeiro frio na barriga a cada mergulho. Terminada a inspeção, Willie devolveu o pombo acrobata ao pombal e buscou mais palha para jogar no chão, para as aves não congelarem com o frio. Em seguida foi se sentar na mureta e se embrulhou no casaco para enfrentar o vento que lambia as avenidas e os telhados.

Embalado pelos assovios da ventania, permitiu-se um momento de reflexão. Donnie jazia morto para o mundo no quarto logo abaixo, derrotado pela cegueira e pela morte de Kelly. Dr. Flaherty, o médico, tinha dito que se tratava apenas de uma depressão e que logo, logo ele ficaria bom, mas Willie duvidava. Donnie quase não falava mais, estava se entregando aos poucos. Todos pensavam que era a cegueira que o consumia, mas não Willie. Inicialmente, Donnie havia ficado furioso por ter perdido a visão, depois sucumbira a uma espécie de melancolia — no entanto, fora a notícia da morte de Kelly, e sobretudo a maneira como ela havia morrido, que parecia ter roubado dele o que ainda restava da vontade de viver. Sequer tinha pronunciado meia dúzia de palavras desde que ficara sabendo. Permanecia lá dia e noite, deitado e mudo na escuridão do quarto. A única diferença que Willie podia ver entre Donnie e um cadáver era que o irmão ainda respirava.

Ao descer da mureta e se virar para a porta do telhado, Willie se deparou com Luca Brasi sentado de costas para ele na cadeira de praia com um de seus capangas vigiando a porta, arma em punho. De início ficou confuso, pois não tinha ouvido nada, mas logo encontrou uma explicação na algazarra do vento. Não via nada além do chapéu e o cachecol branco de Brasi, mas não havia dúvida de que era ele quem estava ali. A gigantesca carcaça do homem fazia a cadeira de lona se parecer com uma miniatura de brinquedo — além disso, Willie reconhecia o capanga parado à porta, o rapaz que ele próprio havia baleado na mão durante o assalto à banca de apostas.

Ele olhou de relance para as voltas da escada de incêndio do outro lado do telhado, depois para o sujeito à porta, completamente vestido de preto com os braços relaxados à frente do corpo, as mãos enluvadas segurando displicentemente um revólver prateado que parecia ter saído diretamente de um western de Tom Mix.

— O que você quer? — berrou para as costas de Brasi, competindo com o vento.

Luca ficou de pé e se virou com uma das mãos apertando a lapela do sobretudo contra o pescoço e a outra enterrada no bolso do casaco.

Willie foi se dar conta de que estava recuando somente quando bateu contra a mureta. O rosto de Brasi estava cinzento como o de um cadáver, e um dos lados parecia mais baixo que o outro, como alguém que teve um derrame.

— Jesus Cristo! — exclamou Willie, rindo. — Você está parecendo a porra do Boris Karloff em *Frankenstein*. Ainda mais com essa testa de macaco.

Luca correu os dedos sobre o lado despencado da face, como se precisasse confirmar a avaliação de Willie.

— O que você quer aqui? — perguntou Willie. — Não basta ter cegado Donnie e matado Kelly, seu merda?

— Mas foi você... que tentou me matar — retorquiu Luca, e voltou com as mãos para os bolsos. — Foi você que falou... que não erraria uma segunda vez. — Olhou de relance para Paulie à porta como se apenas agora tivesse lembrado que o havia trazido junto. Depois se voltou novamente para Willie: — Falando nisso... não houve... uma segunda vez. O que aconteceu? Seus... amigos ficaram nervosos?

— Vai se foder! — xingou Willie, e avançou na direção de Luca até ficar cara a cara com ele. — E que se fodam todos vocês! A defunta da sua mãe, seu bebê que virou churrasco e toda essa sua raça fedida de carcamanos! E que se foda a Kelly também, por ter se misturado com um tipo como você.

Luca sacou as mãos dos bolsos e as apertou no pescoço de Willie para depois erguê-lo no ar, com tanta facilidade que parecia ter um boneco de pano nas mãos. Willie balançava as pernas e os braços na vã tentativa de acertar um golpe que o tirasse dali, mas era uma criança nas garras de um gigante.

Já ia perder a consciência quando Luca o largou e ele caiu de quatro no chão, quase sem nenhum ar nos pulmões.

— São muito bonitos — comentou Luca, agora olhando para o pombal. — Os pombos. O jeito que eles voam. Muito bonitos — repetiu, e se ajoelhou ao lado de Willie. — Sabe por que vou... matar você... Willie? — sussurrou. — Porque você tem uma mira de merda.

Luca ficou esperando enquanto Willie desabotoava o casaco como se isso pudesse ajudá-lo a respirar melhor. Em seguida içou o irlandês pelo colarinho da camisa e pela cintura das calças, foi com ele para junto da mureta e sem nenhum esforço o arremessou do prédio para a Décima Avenida. Por um breve momento, enquanto desenhava um arco, os braços estendidos e o casaco preto tremulando contra o azul do céu, Willie deu a impressão de que poderia sair voando, mas então despencou e sumiu de vista, e Luca tapou os olhos antes de se virar para Paulie e o encontrar no mesmo lugar, à porta do telhado, esperando por ele.

Ainda ventava forte quando Vito voltou ao beco com a caminhonete, estacionou no fim da fila e desligou o motor. O dia estava frio e ventava muito sob um céu azul sarapintado de tufos de nuvens brancas. Voltava da rápida visita que fizera ao East River, onde estacionou num lugar tranquilo sob a Williamsburg Bridge e passou vinte minutos admirando o reflexo do sol sobre as águas cinzentas do rio enquanto relembrava a conversa que havia tido com Sonny. Algumas das palavras do filho ainda esfuziavam em sua cabeça: *O senhor é um gângster. É um mafioso. Mata pessoas.* Sentia crescer no estômago uma espécie de onda que ameaçava turbulência, algo que o deixava trêmulo enquanto piscava os olhos e sentia os dedos formigarem. Sem sair da caminhonete ele ficara lá, admirando o rio, até conseguir sentir uma raiva benigna capaz de aplacar aquilo, fosse lá o que fosse, que ameaçava entrar em erupção a qualquer momento no interior de seu corpo. Em certo momento tivera a impressão de que os olhos ficaram úmidos, mas não havia derramado uma única lágrima de medo, raiva ou dor desde que deixara a Sicília, tampouco teria derramado agora, enquanto apreciava as águas de um rio na cabine de uma caminhonete. Havia algo na água em si que sempre o apaziguava, algo recebido de seus ancestrais milenares que encontraram nela sua subsistência. A bordo de um navio enorme, ainda garoto e cercado por uma multidão de desconhecidos, dia e noite ele havia observado o mar durante sua viagem para a América. Na impossibilidade de enterrar devidamente seus familiares, ele os havia enterrado na mente. Observava o mar e ficava ali, esperando calmamente até saber qual seria o passo que precisaria dar a seguir. E era justamente isso que ele fazia agora, às margens do East River, sob o trânsito intenso da Williamsburg Bridge. Sonny não passava de um menino. Não sabia de nada. É claro, tinha o sangue de Vito — mas era tolo demais para avaliar corretamente a escolha que estava fazendo, jovem demais e pouco inteligente. *Bem, a cada um seu destino...*, dissera finalmente a si mesmo, num misto de raiva e resignação, e com isso havia voltado para a Hester Street.

A caminho de seu escritório, dentro do armazém, Vito gritou por Clemenza e o berro ainda ecoava no teto alto quando ele fechou a porta da sala e foi se sentar à sua mesa. De uma das gavetas tirou uma garrafa de Strega e um copo, depois se serviu. A sala era um lugar simples: paredes de compensado pintadas de verde-claro, uma mesa com papéis e lápis espalhados sobre o tampo revestido de falsa madeira, algumas cadeiras rente às paredes, um cabideiro de metal atrás da mesa e, ao lado do cabideiro, um armarinho de arquivo bastante ordinário. Vito realizava todo o trabalho real no escritório que tinha em casa, quase não pisava naquela sala. E agora corria os olhos pela pobreza do ambiente e sentia um desgosto profundo. Quando viu Clemenza entrar, e antes que ele sentasse, perguntou:

— Então, quem foi o primeiro a mijar nas calças?

— Humm... — ponderou Clemenza, puxando uma cadeira para junto da mesa.

— Não se sente.

Clemenza afastou a cadeira e respondeu:

— Ninguém mijou nas calças, Vito. Os garotos são valentes.

— Ótimo — disse Vito. — Pelo menos isso.

Ergueu o copo de Strega e o deixou na boca por um instante, como se tivesse esquecido o que estava fazendo, olhando através do vidro para além de Clemenza e para nada em particular.

— Vito — chamou Clemenza, e o tom de voz sugeria que estava prestes a consolar o amigo, a conversar com ele sobre Sonny.

Vito ergueu a mão para silenciá-lo.

— Encontre algo para todos eles, menos para os irlandeses — ordenou. — Tessio pode ficar com os gêmeos, e você, com Sonny.

— E os irlandeses? — perguntou Clemenza.

— Deixe que eles saiam e se tornem policiais, políticos ou figurões nos sindicatos. Quando servirem para alguma coisa... molhamos a mão deles e pronto — respondeu Vito, e depôs o copo com um gesto brusco, fazendo com que o licor amarelo transbordasse para a papelada.

— Tudo bem. Eles vão entender.

— Ótimo. — Vito já dava o assunto por encerrado quando, subitamente, e com outro tom de voz, acrescentou: — Peter, nunca deixe Sonny longe de você. Ensine ao garoto tudo que ele precisa saber, cada detalhe do nosso negócio, de modo que fique bom naquilo que faz. Mas nunca o perca de vista.

— Vito — disse Clemenza, novamente dando a entender que depois disso viria alguma palavra de consolo. — Sei que não foi isso que você planejou.

Vito voltou com o copo para a boca e dessa vez se lembrou de beber. Em seguida falou:

— Sonny tem o pavio curto. Isso não é nada bom para ele. — Batendo duas vezes na mesa, acrescentou: — Também não é nada bom para nós.

— Posso dar um jeito nisso — falou Clemenza. — Ele tem um bom coração, é forte e possui o seu sangue.

Apontando para a porta, Vito pediu que ele chamasse Sonny. Antes de sair, Clemenza levou a mão ao coração e prometeu:

— Vou manter o garoto sempre por perto, ensinar a ele todo o bê-á-bá.

— O pavio dele — lembrou Vito.

— Dou um jeito nisso — repetiu Clemenza, como se fizesse uma promessa.

Quando Sonny entrou, massageando o ferimento dos pulsos que pouco antes haviam sido amarrados às suas costas, fitou o pai rapidamente e desviou o olhar.

Vito ficou de pé, buscou duas cadeiras e ofereceu uma delas ao filho.

— Sente-se. — Esperou Sonny se acomodar, depois sentou-se à frente dele. — Fique calado e apenas escute. Tenho algumas coisas a dizer. — Vito cruzou as mãos sobre o colo, organizou as ideias. — Isso não é o que eu sonhava para você, mas pelo visto não há como impedi-lo de fazer essa burrice. Mas pelo menos posso impedir que, por apenas alguns trocados, você e seus amigos sejam mortos por um sujeito como Giuseppe Mariposa.

— Ninguém sofreu nenhum arranhão... — respondeu Sonny, e se calou ao ver a expressão no olhar do pai.

— Vamos conversar sobre isso apenas uma vez — avisou Vito com o dedo em riste. — Uma vez e nunca mais. — Puxou o colete para ajeitá-lo, cruzou as mãos sobre a barriga, pigarreou. Só então prosseguiu: — Sinto muito que você tenha visto o que viu. O pai de Tom era um homem degenerado, um jogador compulsivo, um bêbado. Naquela época eu não era o homem que sou hoje. Henry Hagen nos insultou de um modo que, se eu tivesse impedido Clemenza e Tessio de fazerem o que fizeram, teria perdido o respeito deles. Nessa vida, Sonny, a gente não *exige* respeito: a gente *conquista*. Está me ouvindo? — Sonny fez que sim com a cabeça, e ele continuou: — Mas não sou um homem que aprecia esse tipo de coisa. Muito menos um homem que quer que esse tipo de coisa aconteça. Mas sou um homem, e faço o que é preciso ser feito pelo bem da minha família. Da minha família, Sonny. — Vito olhou para o copo de Strega sobre a mesa como se estivesse pensando numa segunda dose, mas depois se voltou para o filho. — Tenho uma pergunta a fazer, mas gostaria de receber uma resposta simples. Quando você levou Tom para nossa casa anos atrás e o colocou com cadeira e tudo na minha frente, você sabia que eu era o responsável por ele ter se tornado órfão e estava me acusando, não estava?

— Não, pai, eu não sabia — respondeu Sonny, e começou a avançar a mão para tocar o pai, mas recuou. — Eu era uma criança... Confesso que... — Ele massageou as têmporas com os dedos trêmulos. — Confesso que muitas coisas passaram pela minha cabeça depois de ver aquilo, mas... só me lembro de uma delas: eu queria que o senhor resolvesse o problema. O problema de Tom.

— Só isso? Você queria que eu resolvesse o problema de Tom?

— É só disso que eu me lembro. Foi há muito tempo.

Vito ficou observando o filho, avaliando-o. Em seguida o tocou no joelho para dizer:

— Tom jamais pode saber o que você sabe. Jamais.

— Dou minha palavra — assegurou Sonny, e pousou a mão sobre a de Vito. — Esse é um segredo que vou levar para o túmulo.

Vito acariciou a mão do filho, depois afastou sua cadeira.

— Preste muita atenção no que eu vou dizer, Sonny. Nesse ramo, se você não aprender a controlar esse seu temperamento, o túmulo virá muito antes do que imagina.

— Eu entendo, pai. Vou aprender, prometo.

— Mais uma vez: isso não é o que eu queria para você. — Vito cruzou as mãos à sua frente como se estivesse prestes a fazer uma última oração. — Há muito mais dinheiro e poder no mundo dos negócios legítimos, com a vantagem de que não há ninguém à espera de uma oportunidade para matar você, como sempre foi o meu caso. Quando eu era menino, homens vieram e mataram meu pai. Meu irmão jurou vingança, foi morto também. E quando minha mãe suplicou pela minha vida, mataram-na. Depois vieram atrás de mim. Fugi e fiz minha vida aqui na América. Mas, nesse ramo, sempre há alguém que quer matá-lo. *Disso* eu nunca escapei. — Vendo a expressão de choque no rosto do filho, Vito falou: — Nunca contei isso a você. Para que contar? Por mim, você nunca precisaria saber de nada. — Ainda sem perder a esperança de que Sonny pudesse mudar de ideia, arrematou: — Essa não é a vida que eu queria para você, meu filho.

Alheio à súplica do pai, Sonny disse:

— Pai, o senhor sempre vai poder confiar em mim. Vou ser o seu braço direito.

Vito o encarou por um instante, depois, quase imperceptivelmente, balançou a cabeça como se não lhe restasse outra coisa a fazer senão sucumbir.

— Com um braço direito desses — colocou-se de pé e afastou a cadeira para o lado —, não vai demorar muito para sua mãe ficar viúva, e você, órfão de pai.

Sonny fez como se estivesse ruminando as palavras do pai, como se não tivesse entendido o significado delas. Antes que pudesse responder o que fosse, Vito voltou para sua mesa e disse:

— Clemenza vai ensinar tudo a você. Vai começar por baixo, como todos os demais.

— Claro, pai. Tudo bem — concordou Sonny, tentando em vão disfarçar o entusiasmo e soar profissional.

Vito mais uma vez o fulminou com o olhar, depois perguntou:

— E quanto a Michael, Fredo e Tom? Eles também acham que sou um gângster?

— Tom sabe das apostas e dos sindicatos — respondeu Sonny. — Mas, como eu disse antes, o que o senhor faz não é segredo para ninguém.

— Mas não foi isso que perguntei! — rugiu Vito. Coçou uma das orelhas. — Você precisa aprender a ouvir! Perguntei se Tom acha que sou um gângster.

— Pai, sei que o senhor não é como Mariposa. Não foi isso que falei. Sei que o senhor não é um maluco como Al Capone.

Vito respirou minimamente aliviado, depois disse:

— Quanto a Michael e Fredo...

— Pode ficar tranquilo. Para eles o senhor é tudo. Eles não fazem ideia.

— Mas um dia vão ficar sabendo, assim como você e Tom — comentou Vito, sentando-se do outro lado da mesa. — Clemenza e Tessio vão cuidar de você e dos seus amigos. Você vai trabalhar para Clemenza.

Sonny riu e disse:

— Eles estão lá, achando que o senhor vai encher todo mundo de tiro.

— E você, Sonny? — perguntou Vito. — Achou que eu fosse matá-lo?

— Que nada, claro que não! — respondeu Sonny, rindo como se realmente a possibilidade não tivesse passado pela sua cabeça.

Vito não riu. Sisudo, disse:

— Os irlandeses vão ter que se virar sozinhos. Não tem lugar para eles aqui.

— Mas Cork é um ótimo rapaz! É mais inteligente que...

— *Sta'zitt'!* — Vito bateu na mesa, lançando um lápis para o chão. — Jamais questione uma ordem minha. Além de ser seu pai, agora também sou seu chefe. Você apenas obedece. A mim, a Tessio e a Clemenza.

— Claro — respondeu Sonny, amuado. — Vou falar com Cork. Ele não vai gostar, mas... Quanto a Little Stevie, faz algum tempo que eu mesmo tenho pensado em meter uma bala na cabeça dele.

— Faz um tempo que você o quê? — espantou-se Vito. — O que há de errado com você, Sonny?

— *Madon'*, pai! — exclamou Sonny, espalmando as mãos. — Eu não estava falando sério!

Apontando para a porta, Vito o liberou.

— Agora vá. Converse com os seus amigos.

Assim que Sonny saiu, Vito finalmente notou que seu sobretudo, seu cachecol e seu chapéu estavam pendurados no cabideiro. Vestiu o casaco, enroscou o cachecol no pescoço e encontrou um par de luvas num dos bolsos do sobretudo. Com o chapéu na mão, deixou o escritório e saiu rumo à porta principal do armazém, mas não tinha dado meia dúzia de passos quando mudou de ideia e saiu pela porta dos fundos. O frio agora era ainda maior. Um dossel baixo de nuvens pretas encobrira a cidade. Vito cogitou voltar para casa, mas logo lhe veio à cabeça a imagem de Carmella na cozinha, preparando o jantar. Cedo ou tarde ele teria que contar a ela sobre Sonny. Dando-se conta disso, aborreceu-se e decidiu voltar ao rio, onde teria a tranquilidade de que precisava para pensar no melhor momento e na melhor maneira de conversar com a mulher. Era difícil para Vito imaginar a expressão que sem dúvida alguma turvaria os olhos dela, uma expressão que incluiria pelo menos uma dose de acusação. Não sabia dizer o que era pior: os maus pressentimentos que o acometeram ao perceber que não conseguiria convencer Sonny a mudar de ideia, ou o pavor de enfrentar aquela expressão que certamente veria no olhar da esposa.

Vito já dava partida no Essex quando Clemenza irrompeu do armazém vestindo apenas o paletó do terno.

— Vito — falou, baixando-se para o vidro da janela que Vito já havia aberto —, o que você pretende fazer com Giuseppe? Ele não pode saber que era Sonny quem estava por trás de tudo.

Tamborilando os dedos no volante do carro, Vito refletiu um instante, depois respondeu:

— Peça a um dos rapazes que procure Giuseppe e entregue a ele cinco peixes mortos, embrulhados num jornal. E peça a ele pra dizer: "Vito Corleone garante que os seus problemas foram devidamente retificados."

— Reti-o-quê?

— Solucionados — explicou Vito, e partiu em direção ao East River, deixando Clemenza para trás.

LIVRO II

Guerra

PRIMAVERA DE 1934

18

No sonho, alguém, um homem, flutuava numa espécie de jangada, afastando-se de Sonny. Ambos estavam num túnel ou numa caverna, uma luz estranha e bruxuleante a seu redor, o mesmo tipo de luz que precede uma tempestade. Com água até os joelhos, Sonny vai chapinhando adiante no leito de um rio. Certamente está numa caverna; a água cai da escuridão como chuva, respingando em sua cabeça; a seu lado, os paredões rugosos transpiram pequenas cachoeiras para o rio. Ao longe ele vê apenas o vulto do homem, empoleirado em sua jangada enquanto é levado por uma corrente forte até sumir do outro lado de uma curva. Na caverna também há uma floresta em que os macacos e os pássaros guincham em contraponto ao tambor dos nativos que se escondem em meio às árvores. De terno e sapatos de couro, Sonny persegue a jangada na água e então se vê cara a cara com Eileen, ela acariciando o rosto dele com a palma da mão. Estavam na cama dela. Na rua, o ribombar de um trovão ganhou força até culminar no espocar de um raio que fez a janela do quarto tremer. Seguiu-se uma ventania, e as cortinas se enfunaram em ângulo reto com a parede. Eileen se levantou para fechar a janela, sentou-se ao lado de Sonny e varreu os cabelos do rosto.

— Com o que você estava sonhando? — perguntou. — Você estava inquieto, resmungando coisas.

Sonny escorou a cabeça com um segundo travesseiro. Lembrando-se do sonho, riu e disse:

— *Tarzan, o homem macaco*. Vi nesse último sábado no Rialto.

Eileen novamente se meteu sob o lençol verde, já um tanto desbotado, e se esticou ao lado dele. Segurando um isqueiro prateado e um maço de

Wings, esticou o pescoço para ver a janela. Uma tempestade súbita percutia as vidraças, o quarto invadido pelo som da chuva e do vento.

— Adoro chuva — comentou ela, batendo dois cigarros para fora do maço e oferecendo um deles a Sonny.

Sonny tomou o isqueiro de Eileen e o examinou por um instante. Demorou um pouco até descobrir como o objeto funcionava, depois o apertou entre os dedos e o isqueiro se abriu para libertar a chama azul. Acendeu o cigarro dela, depois o seu.

Eileen pegou o cinzeiro da mesinha de cabeceira, alojou-o sobre as cobertas na altura dos joelhos e falou:

— E nesse sonho quem você era? Johnny Weissmuller?

O sonho já havia se apagado da memória de Sonny.

— Eu estava na selva, acho.

— Com Maureen O'Sullivan, claro. Essa, sim, é uma bela irlandesa, você não acha?

Sonny deu um longo trago no cigarro e esperou um segundo antes de responder. Ele gostava do tom caramelo dos olhos de Eileen, de como eles davam a impressão de estar acesos na alvura de sua pele, emoldurados pelos cabelos tão dourados que agora, desgrenhados pelo vento, pareciam os de uma criança.

— Você é uma bela irlandesa — comentou afinal. Encontrou a mão de Eileen sob as cobertas e enroscou os dedos nela.

Eileen riu e disse:

— Sonny Corleone, o Casanova italiano!

Sonny largou a mão dela e sentou na cama.

— Falei alguma besteira? — perguntou Eileen.

— Não. Só não gostei desse papo de Casanova.

— Por que não? — Eileen buscou a mão dele de volta. — Foi só uma brincadeira.

— Eu sei... — Sonny demorou um tempo para organizar os pensamentos. — Meu pai... é isso que ele pensa de mim. Acha que sou um *sciupafemmine*,[23] um playboy. E isso não é um elogio, pode acreditar.

— Ah, Sonny... — O tom de voz de Eileen dava a entender que o pai de Sonny tinha toda razão.

— Eu sou jovem — defendeu-se. — Isso aqui é a América, não um vilarejo perdido na Sicília.

---

[23] Um conquistador.

— É verdade. Mas eu achava que os italianos se consideravam grandes conquistadores...

— Por quê? Rudy Valentino? — Sonny apagou o cigarro. — Ficar correndo atrás de mulheres não é sinal de virilidade entre os italianos. É sinal de uma fraqueza de caráter.

— E é isso que seu pai pensa de você? Que você tem um caráter fraco?

— Jesus! — exclamou Sonny, jogando as mãos para o alto. — Sei lá o que meu pai pensa de mim. Para ele eu nunca faço nada certo. Ele me trata como se eu fosse algum *giamope*, ele e Clemenza também. Ambos.

— *Giamope*?

— Um idiota.

— Só porque você fica correndo atrás de mulheres?

— Isso também.

— E você se importa tanto com isso, Sonny? Com o que seu pai pensa a seu respeito? — perguntou Eileen, pousando a mão na perna de Sonny.

— Claro que me importo — respondeu Sonny sem hesitar. — A opinião do meu pai é muito importante para mim.

Eileen se afastou dele. Encontrou uma combinação ao lado da cama e a vestiu.

— Sinto muito, Sonny.

Por um tempo ela se calou e ficou ouvindo o tamborilar da chuva na janela, sem encará-lo. Depois disse:

— Humm... Seu pai é um gângster, não é?

Sonny encolheu os ombros como resposta. Sentou-se na beira da cama, procurou pela cueca.

— O que diabos você precisa fazer para ganhar a aprovação de um gângster? — perguntou Eileen com uma súbita irritação. — Matar alguém?

— Isso ajudaria, se for a pessoa certa.

— Meu Deus! — exclamou Eileen, furiosa. Mas pouco depois riu, dando-se conta de que nada daquilo lhe dizia respeito. — Sonny Corleone... — disse, observando-o vestir a calça. — Isso só vai trazer muita tristeza a você...

— Isso o quê?

Eileen se aproximou para abraçá-lo por trás. Beijou-o no pescoço.

— Você é um garoto bonito.

Estendendo o braço para trás, Sonny deu tapinhas na perna dela.

— Não sou nenhum garoto.

— Ah, esqueci — retrucou Eileen. — Você já tem 18 anos.

— Pare com isso, não estou achando graça. — Sonny baixou o tronco para calçar os sapatos com Eileen pendurada nele.

— Se você não quer que seu pai o veja como um *sciupafemmine* — disse ela, imitando perfeitamente a pronúncia de Sonny —, basta se casar com a sua namoradinha de 16 anos...

— Dezessete agora — corrigiu Sonny, amarrando os cadarços.

— Então case com ela, ou então fique noivo. Depois disso, veja se consegue manter essa sua linguiça dentro da calça, ou pelo menos tente ser discreto.

— Discreto?

— É. Não deixe ninguém descobrir.

Subitamente, Sonny interrompeu o que fazia para encará-la e perguntar:

— Como a gente sabe quando está apaixonado?

— Se você não sabe, é porque nunca esteve apaixonado por ninguém — respondeu Eileen, e o beijou na testa. Depois de um segundo beijo, desceu da cama e foi para a cozinha.

Ao terminar de se vestir, Sonny foi atrás dela e a encontrou lavando louça. Com a luz que vinha da janela, ele podia entrever as curvas da irlandesa sob o tecido fino da combinação que caía solta dos ombros de Eileen. Embora fosse dez anos mais velha que ele, embora fosse a mãe de Caitlin — mas quem poderia dizer isso olhando para aquela mulher? Depois de admirá-la por alguns minutos, Sonny teve certeza de que o que queria mesmo era levá-la de volta para a cama.

— Está olhando o quê? — perguntou Eileen, sem erguer o rosto da panela que areava. Na ausência de uma resposta, virou-se para Sonny e viu o sorriso que estava estampado em seu rosto. Olhou para a janela, depois para a combinação de algodão branco. Juntando uma coisa com outra, falou: — Está aproveitando a vista, não é? — Enxaguou a panela e a deixou ao lado da pia.

Sonny se aproximou por trás, beijou-a na nuca e disse:

— E se eu estiver apaixonado por você?

— Você não está apaixonado por mim — respondeu Eileen. Virou-se para ele, abraçou-o pela cintura, beijou-o rapidamente na boca e acrescentou: — Sou a vadia com quem você se alivia de vez em quando. Ninguém se casa com uma mulher como eu. Você se diverte com ela, depois vai embora, só isso.

— Você não é nenhuma vadia. — Sonny tomou as mãos dela entre as suas.

— Não sou, é? Então como chamar uma mulher que vai para a cama com o melhor amigo do irmão? Ou ex-melhor amigo, sei lá. Aliás... O que está acontecendo com vocês dois?

— Para sua informação, faz tempo que você parou de ir para a cama com o melhor amigo do seu irmão — retrucou Sonny. — Quanto a mim e Cork... Foi por isso que vim aqui: para acertar as coisas com ele.

— Você não pode dar as caras por aqui desse jeito, Sonny. — Espremendo-se entre Sonny e a pia, Eileen saiu para buscar o chapéu que o rapaz havia deixado na prateleira junto à porta. — Foi muito bom, mas, a menos que esteja acompanhado do Cork, por favor, não volte mais aqui.

— *Che cazzo!* Só vim sozinho porque passei antes no apartamento do seu irmão e ele não estava lá!

— Seja como for — reforçou Eileen, apertando o chapéu contra o peito —, você não pode aparecer aqui sozinho, Sonny Corleone.

— Boneca — começou Sonny, aproximando-se dela —, foi você quem me arrastou para a cama. Eu só queria falar com Cork.

— Não me lembro de ter precisado arrastar ninguém — devolveu Eileen, e lhe entregou o chapéu.

— Tudo bem, eu admito. — Sonny jogou o chapéu para a cabeça. — Você não precisou me arrastar. Mesmo assim, vim aqui à procura de Cork.

— Ele a beijou na testa. — Mas fico feliz que as coisas tenham terminado do jeito que terminaram.

— Imagino — falou Eileen, depois, como se tivesse acabado de se lembrar, voltou à pergunta de antes: — Mas o que houve entre você e Cork? Meu irmão não me conta nada, mas fica zanzando tristonho por aí como se não soubesse o que fazer.

— A gente teve que se separar. Quero dizer, nos negócios. Ele ficou chateado comigo.

Eileen inclinou a cabeça, dizendo:

— Quer dizer então que ele não está mais aprontando por aí com você, é isso?

— Isso. Cada um foi para o seu lado.

— E como isso aconteceu? — quis saber ela.

— É uma longa história. — Sonny ajeitou o chapéu. — Mas diga a Cork que quero falar com ele. Essa história de a gente não se falar... Sei lá, a gente precisa conversar, eu e ele. Diga a seu irmão que passei aqui para dizer isso a ele.

Eileen ainda o encarava.

— Você está dizendo que Cork não está mais no mesmo ramo que você?

— Não sei em que ramo ele está agora — respondeu Sonny com a mão já à porta. — Mas, seja lá qual for, a gente não está mais junto. Como eu disse, cada um foi para o seu lado.

— Hoje foi uma surpresa atrás da outra... — comentou Eileen, ficando na ponta dos pés para um beijo de despedida. — Foi muito bom, Sonny, mas isso não vai acontecer outra vez. Para sua informação.

— Pena. — Ele baixou na direção dela como se fosse beijá-la, mas deu um passo para trás, dizendo: — Tudo bem. Não se esqueça de falar com Cork. — Por fim saiu e fechou a porta gentilmente às suas costas.

Na rua, a chuva já havia passado, limpando as calçadas do lixo e da poeira. Os trilhos ferroviários resplandeciam. Sonny olhou para o relógio, tentando lembrar o que deveria fazer a seguir — e, de repente, como se uma lâmpada de desenho animado tivesse se acendido em sua cabeça, lembrou que dentro de poucos minutos ele precisava estar numa reunião no armazém da Hester Street.

— *V'fancul'!* — praguejou. Rapidamente calculando quanto tempo levaria no trânsito, viu que chegaria pelo menos dez minutos atrasado. Deu um tapa na própria cabeça e correu atravessando a esquina em direção ao carro.

Vito se afastou da mesa e deu as costas para a porta assim que Sonny passou por ela vomitando desculpas. Cravou os olhos no chapéu e no paletó que havia deixado no cabideiro de metal e ficou esperando o filho se calar, o que só aconteceu quando Clemenza disse para ele se sentar e ficar quieto. Quando Sonny se virou e olhou a sala novamente, Vito exalou um suspiro que deixava clara sua insatisfação. Sonny puxou uma cadeira para junto da porta, virou-a, escanchou-se nela e cruzou os braços sobre o encosto. Com Tessio e Genco à sua frente, ficou olhando ansiosamente para o pai. Clemenza sentava-se sobre o armarinho de arquivo e deu de ombros quando se deparou com o olhar severo de Vito, como se dissesse algo sobre o atraso de Sonny. *Fazer o quê?* Nesse instante um raio estourou por perto, enquanto outra tempestade de primavera assaltava a cidade. Vito falava ao mesmo tempo que desabotoava os punhos e enrolava as mangas da camisa.

— Mariposa convocou todas as famílias de Nova York e Nova Jersey para uma reunião — anunciou, olhando para Sonny, deixando claro que estava se repetindo e que se tratava de uma exceção. — Para mostrar que não tem intenções escusas, que não pretende fazer nenhuma bobagem, marcou essa reunião para domingo na Igreja de São Francisco no centro da cidade. Menos mal que seja assim, mas... — Afrouxando a gravata, ele se virou para Tessio e Clemenza: — Não seria a primeira vez que uma matança ocorre no interior de uma igreja. Portanto, quero todo o nosso pessoal por perto, espalhado na vizinhança: nas ruas, nos restaurantes, em qualquer lugar onde possam ser rapidamente convocados se for necessário.

— Claro — confirmou Tessio com a habitual seriedade.

— Isso é fácil — avisou Clemenza. — Não vejo problemas, Vito.

— Nessa reunião — prosseguiu Vito, dirigindo-se a Sonny —, vou levar Luca Brasi como meu guarda-costas. E quero você lá como o guarda-costas de Genco.

— Claro, pai — respondeu o rapaz, inclinando a cadeira para a frente. — Deixa comigo.

O rosto de Clemenza ficou vermelho com a resposta.

— Só o que você precisa fazer é ficar parado atrás de Genco e não abrir a boca em momento nenhum — explicou Vito, falando lentamente como se Sonny não fosse inteligente o bastante para acompanhar. — Entendeu? Eles já sabem que você está no ramo. Mas agora quero que também saibam que você está perto de mim. Só por isso vou levá-lo a essa reunião.

— Claro, pai. Entendido.

— *V'fancul!* — gritou Clemenza, apontando um punho fechado na direção de Sonny. — Quantas vezes vou ter que repetir para você não chamar Vito de "pai" quando estiver em serviço? Em serviço você apenas balança a cabeça, como já falei mais de mil vezes, *capisc'*?

— Clemenza e Tessio — adiantou-se Vito, sem dar uma chance para Sonny responder —, vocês vão ficar por perto, fora da igreja, caso precisemos de seus reforços. Sei que isso é um excesso de zelo, mas sou um homem precavido por natureza.

Vito novamente se virou para Sonny como se tivesse algo mais a lhe dizer. Em vez disso, olhou para Genco e continuou:

— O *consigliere* faz alguma ideia sobre o que Mariposa quer com essa reunião?

Genco agitou as mãos no ar como se estivesse fazendo malabarismo com ideias.

— Como sabem — começou a responder, virando-se ligeiramente na cadeira para falar a todos —, não tivemos nenhum sinal de que essa reunião iria acontecer, nem mesmo o nosso amigo, que ficou sabendo ao mesmo tempo que a gente. Aliás, nem mesmo o nosso amigo sabe qual é o assunto dela. — Genco fez uma pausa e beliscou as próprias faces enquanto ruminava as palavras. — Mariposa já aparou todas as arestas que tinha com a organização de LaConti, e agora tudo que era de LaConti é dele. Isso faz da família dele, de longe, a mais poderosa da cidade. — Espalmou as mãos como se tivesse nelas uma bola de basquete. — Acho que ele convocou essa reunião para deixar claro quem vai dar as cartas de agora em diante. O que não deixa de ser razoável, tendo em vista a força que o homem possui agora. Se a gente pode ceder ou não, isso vai depender das cartas que ele pretende dar.

— E você acha que vamos descobrir quais são nessa reunião? — perguntou Tessio.

— Eu diria que sim — respondeu Genco.

Vito afastou uma pilha de papéis e se recostou na mesa.

— Giuseppe é um homem ambicioso — comentou. — Agora que o uísque é legal, ele vai chorar dizendo que ficou ruim das pernas, depois vai tentar arrancar algum dinheiro de todos nós. De uma forma ou de outra. Um imposto, talvez. Mas vai querer abocanhar um bom pedaço do nosso faturamento. Isso é o que todos já prevíamos quando ele partiu para cima de LaConti. Pois agora chegou a hora, e é para isso que ele convocou essa reunião.

— Ele está muito forte agora — falou Tessio. — Não nos resta muita opção senão baixar a cabeça, mesmo que ele peça mais do que estamos dispostos a dar.

— Pai — interveio Sonny, e se corrigiu logo em seguida: — Don. — Estranhou a palavra, claro, e se levantou exasperado. — Olha, todos sabem que Mariposa está armando para cima da gente. Então por que diabos a gente não liquida com ele ali mesmo, na igreja, quando não estiver esperando? Pá-pá-pá-pá-pá-pum! — falou, fazendo dos braços uma metralhadora. — Mariposa sai de cena, e todo mundo fica sabendo o que acontece com quem ousa cantar de galo com os Corleones!

Por um tempo, Vito encarou o filho sem nenhuma expressão no rosto. Na sala ouvia-se apenas o furor da chuva e do vento contra a estrutura do armazém. Os *capi* baixavam os olhos para o chão. Clemenza apertava as próprias têmporas como se quisesse impedir que a cabeça explodisse.

Calmamente, sem nenhuma alteração na voz, Vito disse afinal:

— Senhores, eu gostaria de um instante a sós com meu filho, *per favore*.

A sala rapidamente se esvaziou. No silêncio à sua volta, Vito permaneceu encarando Sonny, mas agora de um modo curioso, como se realmente estivesse intrigado com o que via à sua frente.

— Você quer que matemos Giuseppe Mariposa. Domingo, na igreja, no meio de uma reunião como essa, com todas as famílias presentes. É isso mesmo?

Hesitante pelo olhar do pai, Sonny voltou a se sentar e, timidamente, respondeu:

— É o que me parece...

— É o que lhe parece! — rugiu Vito, interrompendo-o. — É o que lhe parece! Pois fique o senhor sabendo que não estou nem um pouco interessado no que lhe parece ou deixa de parecer. Você é um *bambino*, Sonny. E de agora em diante não quero ouvir nenhuma palavra sobre aquilo que lhe parece ou não, está entendido?

— Claro, pai — respondeu Sonny, intimidado pela fúria do pai.

— Não somos animais, Sonny. Isso em primeiro lugar. Em segundo... — Vito ergueu o dedo. — Em segundo lugar, essa sua proposta faria com que todas as outras famílias se voltassem contra nós, e esse seria o nosso fim.

— Mas pai...

— *Sta'zitt'!* — Vito puxou uma cadeira para junto do filho e colocou a mão na perna dele. — Preste muita atenção no que eu vou dizer: temos muitos problemas pela frente. Problemas sérios. Isso não é uma brincadeira de criança. Sangue vai ser derramado. Está me ouvindo, Sonny?

— Estou, pai.

— Não é o que parece — retrucou Vito. Desviou o olhar, roçou o queixo com os nós dos dedos. — Eu preciso pensar em todo mundo, Santino. Preciso pensar em Tessio, em Clemenza, nos homens deles, nas famílias deles. Sou responsável... — Ele parou, procurando as palavras certas. — Sou responsável por toda nossa organização, por todo mundo.

— Eu entendo — respondeu Sonny, já pensando numa maneira de convencer o pai de que realmente entendia.

— O que estou dizendo — prosseguiu Vito, puxando-o de leve pela orelha — é que você precisa aprender a ouvir não só as palavras dos outros mas o que elas significam. E estou dizendo que sou responsável por *todo mundo*, Santino. Por *todo mundo*.

Sonny assentiu com a cabeça e pela primeira vez cogitou a possibilidade de não estar entendendo o que o pai dizia.

— Preciso que você faça o que mandam fazer — continuou Vito, novamente articulando as palavras como se falasse com uma criança. — *Só o que mandam fazer*, ouviu bem? Não posso ficar me preocupando com as bobagens que um cabeça quente como você vai fazer ou dizer, Sonny. Agora você é parte da minha organização, Santino, e isso é uma ordem: você não faz nem diz nada a menos que seja instruído por mim, Tessio ou Clemenza. Está me entendendo?

— Estou, eu acho — declarou Sonny, e se deu mais alguns segundos para refletir. — Você não quer que eu atrapalhe. Está dizendo que tem mais com o que se preocupar, que não pode ficar perdendo tempo comigo, achando que vou fazer uma bobagem qualquer.

— Ah — disse Vito, batendo palmas.

— Mas pai... — recomeçou Sonny, inclinando-se para o pai. — Eu podia...

Vito cravou os dedos no queixo do filho e, apertando-o, falou:

— Você é um *bambino*. Não sabe de nada. E quando perceber o quão pouco sabe é que talvez finalmente vá começar a ouvir. — Largou o filho para puxar a própria orelha. — Ouvir. Esse é o começo.

Sonny se levantou e deu as costas para o pai. Sua raiva era tamanha que, se um infeliz por azar passasse diante dele naquele momento, já estaria de queixo quebrado.

— Estou indo embora — anunciou a Vito, mas sem se virar.

Atrás dele, Vito assentiu com a cabeça.

Como se de algum modo pudesse ver o pai, Sonny assentiu de volta e deixou a sala.

Recostado a um poste na esquina do Paddy's, Pete Murray executou uma elaborada reverência, que incluía muitos volteios da mão esquerda. Uma senhora mais velha rotunda, usando um vestido que descia até os tornozelos, colocou as mãos na cintura, jogou a cabeça para trás numa sonora gargalhada e continuou seu caminho, rebolando. Tinha dado apenas alguns passos quando parou novamente, olhou de relance para Pete e disse algo que fez o dono do bar se dobrar de tanto rir. Era essa a cena que Cork observava enquanto estacionava seu carro do outro lado da rua, atrás da carroça de um amolador de facas, a pesada mó parafusada à traseira do veículo. A manhã ainda não havia chegado ao fim, e o sol forte da primavera deitava sua luz sobre a cidade. Por toda parte as pessoas desenterravam dos armários os casacos mais leves ao mesmo tempo que enterravam os de inverno. Cork desceu do carro, chamou Pete e atravessou a rua correndo.

Pete o recebeu com um sorriso.

— Que bom que você resolveu se juntar a nós — disse, e passou o braço forte pelo ombro do amigo.

— Claro — respondeu Cork. — Quando Pete Murray me convida para uma cerveja, você sabe que não preciso pensar duas vezes.

— É isso aí, garoto. E Eileen, como vai? E a menina dela?

— Elas estão bem. A confeitaria está com um movimento até razoável.

— As pessoas sempre encontram alguns trocados para comprar pão, mesmo durante uma depressão. — Pete se voltou para Cork com uma expressão de simpatia. — Uma desgraça, isso que aconteceu com Jimmy. Ele era um bom garoto, muito inteligente também. — E para não esticar o momento de tristeza, logo tratou de mudar de assunto: — Mas sua família inteira é assim, não é? — Ele sacudiu Cork pelos ombros. — Vocês são o cérebro dessa vizinhança!

— Disso eu não sei.

Eles já estavam quase à porta do bar quando Cork tocou o braço de Pete para que ele parasse. Um carro verde e branco da polícia passou na rua, reduziu a velocidade, e através da janela um policial encarou Cork como se estivesse mentalmente gravando o rosto dele. Pete inclinou o chapéu para ele, o policial acenou, e o carro seguiu adiante.

— Você não vai me adiantar qual é o assunto dessa reunião? — perguntou Cork assim que o carro se afastou. — Confesso que fiquei curioso. Não é todo dia que sou convidado por Pete Murray para tomar uma cerveja às onze da manhã!

— Calma, rapaz. — Pete o reconduziu na direção ao Paddy's. — Digamos que tenho um convite para fazer.

— Um convite para o quê?

— Daqui a pouco você vai saber. — Pete parou à porta do Paddy's. — Você deixou de andar com Sonny Corleone e os rapazes dele, certo? — Quando o colega não respondeu, prosseguiu: — Soube que ele expulsou você da gangue como um vagabundo enquanto o resto dos rapazes está ganhando uma nota preta trabalhando para os Corleones.

— E o que isso tem a ver com a nossa reunião?

— Daqui a pouco você vai saber — repetiu Pete, e abriu a porta do bar.

Com exceção das cinco pessoas sentadas ao balcão, o bar estava vazio, todas as cadeiras emborcadas sobre as mesas, o piso recém-lavado. O ambiente era iluminado apenas pela luz que atravessava uma janela de blocos de vidro e pelos feixes que vazavam das cortinas fechadas. O salão ainda guardava um pouco do frio da noite anterior. Como sempre, cheirava a cerveja. As pessoas ao balcão se viraram assim que viram Cork entrar, mas não o cumprimentaram. Cork os conhecia apenas de vista: os irmãos Ricky e Billy Donnelly, sentados lado a lado, Corr Gibson numa das extremidades do balcão, ao lado de Sean O'Rourke, e Stevie Dwyer, sozinho na outra ponta do balcão.

Após trancar a porta do bar, Pete se virou e falou:

— Vocês todos já conhecem Bobby Corcoran. — Passou os braços pelos ombros de Cork, conduziu-o para um dos bancos ao balcão e puxou outro para si. Enquanto os demais esperavam, esticou-se sobre o balcão, serviu duas canecas de cerveja e entregou uma delas a Cork. Usava uma camisa verde-clara, solta na altura do abdômen, mas justa no peitoral e nos braços musculosos. — Vou direto ao ponto! — anunciou assim que deu o primeiro gole de cerveja. Para enfatizar, deu um tapa no balcão com a manzorra e correu os olhos por cada um dos presentes, certificando-se de que tinha a absoluta atenção de todos. — Os irmãos Rosato nos fizeram uma proposta...

— Os irmãos Rosato? — interrompeu Stevie. Estava sentado com os braços cruzados e o tronco esticado a fim de parecer um pouco mais alto. — Essa não... — resmungou, e se calou ao ver que todos o fulminavam com o olhar.

— Os irmãos Rosato nos fizeram uma proposta — repetiu Pete. — Querem que a gente trabalhe para eles...

— Ah, Deus... — resmungou Stevie novamente.

— Stevie, pelo amor de Deus, posso falar? — rugiu Pete.

Stevie levou sua caneca de cerveja à boca, dando isso como resposta.

Pete desabotoou o colarinho e baixou os olhos para a própria cerveja como se precisasse reorganizar as ideias após a interrupção. Em seguida, falou:

— Todo o comércio que era nosso aqui na vizinhança vai voltar a ser nosso, desde que, é claro, a gente pague a eles uma parcela do nosso lucro. O que não é nenhuma surpresa.

Antes que Pete pudesse continuar, Billy Donnelly interveio:

— E como os irmãos Rosato vão conseguir esse milagre, Pete, visto que agora são os Corleones que dão as cartas por aqui?

— Bem, na verdade... esse é o verdadeiro motivo da nossa pequena reunião.

— Então é isso — intrometeu-se Cork, apertando com firmeza uma das pontas de seu *shillelagh*. — Os Rosatos vão partir para cima dos Corleones.

— Os irmãos Rosato não estão fazendo nada sozinhos — disse Rick Donnelly. — Se vieram nos procurar é porque estão cumprindo ordens de Mariposa.

— Claro que estão! — gritou Pete, impaciente, deixando claro que o comentário de Rick não passava de uma afirmação do óbvio.

— Ah, tenha santa paciência! — exclamou Sean O'Rourke, afastando sua cerveja. Parecia ultrajado e ao mesmo tempo inconsolável. No silêncio que se seguiu, Cork observou quanto ele havia mudado desde a última vez que o vira. A juventude e os belos traços pareciam em grande medida tê-lo abandonado, deixando-o com um aspecto mais velho, mais severo, um rosto de feições tensas e olhos apertados. — Meu irmão Willie, morto e enterrado... — comentou Sean com os demais ao balcão. — Minha irmã Kelly... — Ele balançou a cabeça como se não conseguisse encontrar as palavras. — E Donnie, cego, o mesmo que morto. — Pela primeira vez olhou Pete diretamente. — E agora você vem com essa proposta... Trabalhar para esses carcamanos assassinos.

— Sean... — começou Pete.

— Comigo você não pode contar, vou logo dizendo! — berrou Stevie com sua caneca de cerveja em punho. — Odeio esses filhos da puta. Não vou trabalhar para nenhum deles.

— Mas o que eles querem em troca de tamanha generosidade? — perguntou Corr Gibson.

— Senhores — disse Pete, e olhou para o alto como se estivesse suplicando a Deus por mais paciência. — Se me derem a oportunidade de terminar. — Assim que o silêncio se refez, prosseguiu: — Sean... Você sabe que Corr e eu prometemos a Willie que Luca Brasi receberia seu troco. Pedimos a ele que esperasse a hora certa.

— A hora certa nunca mais vai chegar para Willie — declarou Sean, e voltou a beber.

— E isso é um grande peso nos nossos corações — falou Pete.

Corr bateu seu *shillelagh* no chão em sinal de concordância.

— Mas agora — seguiu Pete — talvez seja a hora certa.

— Você não está dizendo que eles querem que a gente enfrente os Corleones, está? — Rick Donnelly afastou seu banco e olhou para Pete como se ali estivesse um demente. — Isso seria um suicídio coletivo.

— Eles ainda não estão querendo nada, Rick. — Pete virou seu caneco na boca e bebeu metade da cerveja, como se tivesse chegado ao ponto em que precisava beber para não explodir. — Eles nos fizeram a seguinte proposta: a gente trabalha para eles, e eles nos devolvem nosso bairro. Mas sabem que somos inteligentes o bastante para deduzir que, para devolver nosso comércio, antes vão ter que botar os Corleones e Luca Brasi para correr. Certamente estão contando com a gente para isso.

— E isso significa uma guerra sanguinolenta — comentou Rick.

— Não sabemos o que isso significa — devolveu Pete. — Mas cheguei a dizer aos irmãos Rosato que jamais trabalharíamos para alguém da laia de Luca Brasi. Deixei bem claro que queríamos o filho da puta morto e ardendo no fogo do inferno.

— E? — perguntou Sean, subitamente interessado.

— E eles responderam exatamente com: "Uma pessoa que odeia tanto Luca Brasi é mais que bem-vinda na nossa organização."

— E o que diabos isso significa? — perguntou Cork, falando pela primeira vez. Todos se viraram como se já tivessem se esquecido da presença dele ali. — Luca agora pertence à família Corleone. Não dá para matar o homem sem atiçar os Corleones, e isso nos traz de volta ao ponto inicial: como disse Rick, uma guerra com os Corleones seria suicídio para todos nós.

— Se as coisas chegarem a se tornar uma guerra — interveio Corr Gibson —, Rick e nosso Bobby aqui têm toda razão: não somos páreo para os Corleones. E, se os homens de Mariposa forem participar, precisariam da gente para quê? Com tantos gorilas à disposição, eles podem muito bem fazer todo o serviço sozinhos.

— Senhores — recomeçou Pete, depois riu de um modo que sugeria uma mistura de perplexidade e impaciência. — Senhores — repetiu, e ergueu sua caneca como se fosse propor um brinde. — Não tenho acesso aos planos secretos dos irmãos Rosato ou de qualquer outra organização de carcamanos, muito menos a do Jumpin' Joe Mariposa. Chamei vocês aqui apenas para repetir a proposta que me fizeram: a gente trabalha para eles, eles nos devolvem o bairro. Parte da proposta é que tudo seja feito sem alarde. Se precisarem de alguma ajuda nossa, mandam alguém nos chamar.

Essa é a proposta. É pegar ou largar. — Pete sorveu a última gota de cerveja e depôs a caneca no balcão.

— Claro que eles querem algo em troca — disse Corr, como se estivesse falando consigo mesmo, embora corresse os olhos de rosto em rosto. Dirigindo-se a Pete, declarou: — Por mim, se Luca Brasi for para baixo da terra e a gente receber de volta o nosso comércio, então essa é uma proposta que não dá para recusar.

— Concordo — disse Pete. — Ninguém precisa gostar dos carcamanos para trabalhar com eles.

Sean ergueu os olhos da cerveja e anunciou:

— Se deixarem para mim a responsabilidade de meter uma bala em Luca Brasi, então estou dentro.

— Cacete! — exclamou Cork. — Seja lá como você olha para a coisa, não tem outro jeito: a gente vai ter que enfrentar os Corleones.

— Isso é um problema para você? — perguntou Pete.

— É. Conheço Sonny e a família dele desde que era garoto.

Stevie Dwyer se debruçou na direção de Cork e comentou:

— É bem possível que você seja um carcamano também, Corcoran. — Aos outros ele disse: — Eu falei que a gente não podia contar com esse aí. Bobby Corcoran chupa o pau de Sonny Corleone desde...

Dwyer não conseguiu dizer a última palavra antes de a caneca de Cork, arremessada do outro lado do balcão, acertar em cheio sua testa e se partir exatamente ao meio, numa das junções do vidro. Stevie foi jogado para trás no banco e se lançou para a frente, levando a mão à testa, sentiu o sangue que jorrava de um grande rasgo. Antes que conseguisse recuperar o equilíbrio, Cork já havia avançado, cobrindo-o de socos, um dos quais, um potente direto na altura do queixo, o tinha deixado completamente zonzo. Com as pernas bambas, Dwyer se desequilibrou e se apoiou no balcão para se recuperar. Todos se calaram. Cork se afastou de Stevie e, olhando ao redor, viu que os outros estavam imóveis em seus lugares.

— Ah, os irlandeses... — comentou Corr Gibson, afinal. — A gente não tem jeito mesmo.

— Cedo ou tarde alguém teria que partir a cabeça desse imbecil — acrescentou Pete. Em seguida foi para o lado de Bobby e o levou para fora. Na calçada, sob o sol quente da manhã, tendo ao fundo as cortinas verdes que bloqueavam as janelas do bar, Pete tirou um cigarro de seu maço de Camels. Por um instante admirou a ilustração do camelo no deserto, mas ergueu os olhos para Bobby ao acender o cigarro. Deu um trago, exalou, deixou o braço cair para o lado. Só então disse:

— Você não vai contar nada, vai? Podemos confiar em você, não podemos?

— Claro que podem — rebateu Cork, e examinou os nós da mão direita, subitamente doloridos. Viu que eles sangravam e estavam inchados. — Nada disso é da minha conta. — Tirou um lenço do bolso e enfaixou a mão. — Sonny e eu já não estamos mais juntos, mas nem por isso vou entrar numa guerra contra a família dele.

— Muito bem — concluiu Pete. Pousou uma das manzorras na nuca de Cork e sacudiu a cabeça dele num gesto de amizade. — Agora se manda daqui e vê se encontra outro jeito de ganhar a vida, alguma coisa que não tenha nada a ver com o nosso negócio. Basta você ficar longe dos nossos negócios, não atravessar o nosso caminho, e tudo vai ficar bem. Entendeu o que eu disse, Bobby?

— Entendi — respondeu Cork, e estendeu a mão para Pete. — Pode ficar tranquilo.

Pete Murray sorriu, aparentemente satisfeito com a reação de Bobby.

— Agora preciso voltar para falar com aqueles cabeças-duras — avisou, e voltou para o Paddy's.

19

Vito esperava no banco traseiro do Essex, uma capa de chuva dobrada sobre o colo, o chapéu sobre o casaco, as mãos cruzadas diante do chapéu. Ao lado dele, sem nenhuma expressão no rosto desfigurado, Luca Brasi observava o movimento na Sexta Avenida, onde duas mulheres apertavam o passo sob a chuva, cada uma puxando uma criancinha com uma das mãos e empunhando um guarda-chuva vermelho vivo com a outra, contrastando com o tom cinzento do dia. No carro ninguém dizia palavra, nem mesmo Sonny, que esperava no banco da frente com o fedora enterrado até a altura dos olhos. Vito havia despachado o motorista, Richie Gatto, para um passeio nas redondezas; Genco, para se acalmar, tinha decidido ir junto. Eles estavam na esquina da Sexta Avenida com a 13, no Garment District. Acima de uma banca de jornal fechada, a fachada lateral de um prédio havia sido transformada num gigantesco outdoor em que duas crianças cegas erguiam o rosto para as palavras: *Seu dinheiro pode ajudar os cegos a ajudarem a si mesmos.* Para além das crianças cegas, sobre os demais prédios a seu redor, a torre da Igreja de São Francisco apontava para o céu negro com uma reluzente cruz branca na ponta.

Sonny conferiu seu relógio, ergueu o chapéu de novo e virou o rosto ligeiramente para trás como se fosse comentar algo sobre a hora com o pai. Em vez disso, afundou-se no banco e voltou com o chapéu para a testa.

— Nesse tipo de encontro, um pequeno atraso é sempre recomendável — comentou Vito assim que avistou Richie e Genco dobrando a esquina da Sétima Avenida, vindo na direção do carro. Richie protegia a cabeça com um chapéu de feltro, e o pescoço, com as lapelas do sobretudo levantadas, e Genco se abrigava sob um guarda-chuva preto. Enquanto caminhavam, ambos esquadrinhavam cada prédio, portão e beco. Ao lado da corpulência do motorista, Genco não passava de uma vareta.

— Tudo nos conformes — avisou Richie, reassumindo o volante e dando partida no carro.

— Quanto a Clemenza e Tessio...? — começou Vito.

— Ambos a postos — respondeu Genco, que havia sentado no banco traseiro, obrigando Vito a se arrastar na direção de Luca. — Na hipótese de haver algum problema... — Genco inclinou a cabeça num gesto que parecia sugerir: na hipótese de haver algum problema, Clemenza e Tessio pouco ou nada poderiam fazer.

— Estão com os homens deles — avisou Richie, ignorando a preocupação de Genco. — No caso de haver algum problema, estamos bem protegidos.

— Não vai haver nenhum problema — declarou Vito. — É apenas uma precaução.

Olhando de relance, viu que Luca permanecia distante e alheio a tudo, talvez perdido nos poucos pensamentos que ainda era capaz de ter. No banco da frente, Sonny ajeitou a gravata com um gesto que denotava ao mesmo tempo impaciência e irritação. Não havia dito mais que duas palavras durante toda a manhã.

— Sonny — prosseguiu Vito —, vá atrás de Genco e mantenha os olhos bem abertos. Nessa reunião, todos vão estar observando uns aos outros. O que estamos dizendo, o que estamos fazendo, o que estamos pensando... tudo isso é muito importante. Entendido?

— Entendido — respondeu Sonny. — O senhor quer que eu fique de boca fechada. Eu entendi, pai.

Sem nenhuma alteração no olhar mortiço, Luca Brasi falou:

— Boca fechada, olhos abertos.

Sonny se virou para ele. Na rua, uma fila de carros e caminhonetes esperava diante do sinal vermelho. A chuva já havia se reduzido a uma garoa fina. Após o sinal abrir, Richie aproveitou a primeira oportunidade para se juntar ao trânsito e seguir pela Sexta Avenida. Pouco depois já estacionava atrás de um Buick preto nas imediações da Igreja de São Francisco. Embrulhado num terno de um azul muito forte, um homem alto e gordo esperava ao volante do carro à frente, o braço apoiado na janela. No adro da igreja, Carmine Rosato e Ettore Barzini conversavam com dois policiais de ronda. Um dos policiais disse algo que arrancou risadas dos outros três, depois Carmine os acompanhou de volta à calçada, conduzindo ambos pelo braço. Richie, que havia descido para abrir a porta para Genco, acenou para Carmine e chamou o nome dele. Os policiais pararam onde estavam e ficaram observando a saída de Genco e Vito; então seguiram em frente, mas segundos depois pararam de novo, subitamente, ao notarem a assombrosa presença de Luca Brasi. Ettore, que tinha seguido Carmine no adro, se juntou a eles para tranquilizá-los e tirá-los dali. Carmine foi ao encontro de Vito, Genco e Richie na calçada. Alguns dos homens de Emilio Barzini correram para o portão assim que viram Luca e Sonny descerem do Essex para se juntar ao restante do grupo; trocaram olhares entre si, depois voltaram para o interior da igreja.

Carmine se aproximou de Richie.

— Vocês vão levar esse monstro para dentro da igreja? — perguntou, como se Brasi não estivesse logo ali.

— Claro — respondeu Richie, sorrindo de orelha a orelha. — Por que você acha que ele veio?

— *V'fancul'!* — Carmine colocou uma das mãos na testa e baixou os olhos para o chão.

Sonny deu um passo furioso na direção dele, como se fosse dizer algo, mas logo se conteve. Remoendo-se, recuou e ajustou a aba do chapéu.

— Estamos ficando molhados — comentou Vito, e Genco se apressou para protegê-lo com um guarda-chuva.

Dirigindo-se a Vito, Carmine falou:

— Numa igreja? — Custava a acreditar que eles realmente entrariam ali com Luca Brasi.

Vito seguiu na direção do adro. Atrás dele, pôde ouvir quando Carmine disse:

— Richie, *mi' amico*, Tomasino está lá dentro. Ele vai ficar maluco.

Ao lado de Vito, Luca mantinha no rosto a mesma placidez de antes, uma expressão tão opaca quanto o manto cinzento que encobria o céu.

Uma vez no adro, Vito admirou a disposição dos canteiros de flor em torno do caminho de cimento que levava à entrada da igreja. Parou diante de uma fonte de quatro andares a uns 5 metros de uma imagem da Virgem Maria em sua pose tradicional, as mãos estendidas como se desse as boas-vindas a todos que se aproximavam, os olhos contritos e ao mesmo tempo, de algum modo, amorosos. Quando Genco o alcançou, Vito seguiu para a igreja com o *consigliere* a seu lado, Luca e Sonny os seguindo.

Do outro lado das portas de vidro, num pequeno foyer, Emilio Barzini esperava com as mãos na cintura. Apertou as mãos de Vito e Genco e, ignorando Luca e Sonny, indicou:

— Por aqui. — Conduziu-os através de um segundo par de portas de vidro que dava para um amplo corredor. — Isso aqui é o Santuário de Santo Antônio — acrescentou, como se estivesse ali para guiá-los num tour pela igreja. Vito e os demais olharam para o outro lado de um portal central onde ficava uma sala de pé-direito baixo e piso de cerâmica, com duas fileiras de bancos muito bem-encerados e um altar de mármore. Assim como os outros, Vito se persignou ao passar pelo altar, antes de continuar pelo silencioso corredor seguindo Emilio.

— Eles estão à sua espera — anunciou Emilio ao abrir uma pesada porta de madeira, do outro lado da qual cinco homens estavam sentados em torno de uma mesa de reunião. Vito imediatamente os reconheceu.

À cabeceira da mesa, ocupando uma poltrona que comicamente lembrava um trono real devido aos rebuscados entalhes e ao veludo vermelho, Giuseppe Mariposa olhava fixamente para o nada à sua frente numa acintosa demonstração de irritação com o atraso dos Corleones. Trajava um terno de caimento impecável sobre o corpo ainda atlético, os cabelos brancos partidos rigorosamente ao meio. Do outro lado da mesa, de frente para Vito, estavam Anthony Stracci de Staten Island e Ottilio Cuneo, que comandava todo o norte do estado de Nova York. À frente deles, ao lado de Giuseppe e de uma cadeira vazia claramente à espera de Vito, Mike DiMeo, o robusto e calvo chefe da família de Nova Jersey, remexia-se inquieto em sua cadeira, ora para cá, ora para lá, como se não conseguisse encontrar uma posição confortável. Na cabeceira oposta à de Giuseppe, Phillip Tattaglia batia as cinzas do cigarro enquanto olhava para Vito e Genco. Um guarda-costas se postava atrás de cada um dos homens. O de Giuseppe, Tomasino Cinquemani, com o rosto vermelho e a respiração pesada, estava voltado para a mesa, dando às costas aos recém-chegados.

— Me perdoem — desculpou-se Vito. Novamente correu os olhos pela sala como se quisesse ter absoluta certeza do que estava vendo. Retratos de santos e padres decoravam as paredes; e cinco cadeiras vazias se enfileiravam contra o lambri. No fundo da sala havia uma segunda porta. — Eu tinha entendido que os *consiglieri* deveriam estar presentes nessa reunião.

— Deve ter entendido errado — rebateu Giuseppe, finalmente virando o rosto para fitá-lo. Conferiu as horas no relógio e emendou: — Deve ter se confundido com o horário também.

— Vito — sussurrou Genco. Aproximou-se e começou a falar rapidamente, em italiano, tentando explicar que não havia confusão alguma.

Citou as cinco cadeiras vazias, deduzindo que Mariposa tinha despachado os cinco *consiglieri* aos quais elas se destinavam.

— Luca Brasi! — rosnou Giuseppe, como se o nome do homem fosse um xingamento. — Vá com Genco para a saleta dos fundos — apontou para a segunda porta —, e esperem lá, junto dos outros.

Parado às costas de Vito, Luca não deu nenhum sinal de que havia registrado a instrução. Continuou esperando calmamente com os braços caídos para os lados e os olhos fixados no prato de frutas ao centro da mesa comprida.

Atrás de Giuseppe, Tomasino enfim se virou para encarar Luca. Exibia no rosto, sob o olho que tinha recebido a coronhada do gigante, duas cicatrizes que corriam em linhas irregulares e ficavam ainda mais vermelhas em comparação com a pele morena que as rodeava.

Luca enfim desviou o olhar das frutas para devolver o de Tomasino, e pela primeira vez esboçou algo parecido com um sorriso.

— *Andate* — disse Vito a ele e a Genco, tocando-os nos cotovelos, num sussurro que ainda assim se fez ouvir na sala inteira. — Vão. Santino fica comigo.

Sonny, que até então esperava junto à porta, um tanto vermelho mas sem nenhum outro sinal de irritação, adiantou-se na direção do pai.

Vito ocupou sua cadeira ao lado de Mike DiMeo.

Quando Genco e Luca foram para a saleta dos fundos, Giuseppe reajustou os punhos da camisa, afastou sua cadeira e ficou de pé.

— Senhores — começou —, pedi a todos que viessem aqui hoje para que possamos evitar alguns problemas futuros. — As palavras saíram duras, ensaiadas. Ele limpou a garganta e, com mais naturalidade, prosseguiu: — Escutem. Há muito dinheiro a ganhar se todos nós mantivermos a calma e colaborarmos uns com os outros como fazem os homens de negócio. Não podemos agir como animais — acrescentou, e olhou para a porta da saleta, por onde Luca havia acabado de sair. — Todos temos os nossos respectivos territórios, somos chefes das nossas respectivas famílias. Juntos, temos nas mãos toda a população de Nova York e Nova Jersey, com a exceção de alguns judeus e alguns irlandeses, esses cães sarnentos idiotas que pensam ter o direito de fazer o que lhes dá na cabeça, de pisar onde bem entendem. — Ele se inclinou para a frente para dizer: — Mas o que é deles está guardado. — Entre os chefes e os guarda-costas não se ouvia palavra. Todos pareciam um tanto entediados, com exceção de Phillip

Tattaglia, que vinha saboreando cada palavra da preleção. — No entanto, tem havido muitas mortes. Algumas realmente tinham lá sua razão para acontecer — comentou ele, e, olhando para Vito, acrescentou —, mas outras não. Aquele garoto, Nicky Crea, no Central Park... Esse tipo de coisa serve apenas para enfurecer a polícia e os políticos, o que acaba se voltando contra nós. Mas, como falei há pouco, todos vocês são os chefes de suas famílias, tomam as próprias decisões. No entanto, quando uma sentença de morte se faz necessária aos nossos negócios, minha opinião é que deveria haver uma corte de chefes para aprovar uma coisa dessas. Esse é um dos motivos dessa reunião. Eu gostaria de saber o que todos pensam da minha proposta.

Giuseppe se afastou um pouco da mesa e cruzou os braços diante do peito, sinal de que esperava uma resposta. Diante do silêncio que perdurava, do olhar parado com que todos continuavam encarando-o, ele olhou primeiro para Tomasino, a seu lado, depois para os chefes reunidos à mesa.

— Querem saber de uma coisa? — perguntou. — Para ser sincero, não se trata de uma proposta. É assim que vai ser. Minha ideia era que tivéssemos uma curta reunião, seguida da boa comida que nos espera na sala ao lado. — Seu rosto se iluminou. — Quero dizer... se é que os seus *consiglieri* já não comeram tudo! — Tattaglia deu uma gargalhada, Stracci e Cuneo apenas sorriram. — Pois bem. Como falei, é assim que vai ser daqui para a frente. Antes que alguém seja eliminado, todos os chefes têm que aprovar. Mas os que não estiverem de acordo com essa nova prática, agora é a hora de argumentar. — Por fim voltou a se sentar, arrastando a cadeira contra a cerâmica fria do piso.

Mike DiMeo, ainda tentando acomodar o corpanzil na cadeira, correu a mão pelos poucos fios de cabelo que ainda lhe restavam no topo da cabeça. Mas, ao falar, sua voz saiu delicada e gentil, fazendo um inusitado contraste com o avantajado corpo.

— Don Mariposa — disse, ficando de pé. — Respeito sua forte presença em Nova York, sobretudo agora que os negócios da família LaConti passaram às suas mãos. Mas Nova York... — acrescentou, os olhos cravados nos de Mariposa. — Nova York não é Nova Jersey. Mesmo assim, qualquer coisa que nos impeça de seguir matando uns aos outros feito um bando de dementes... qualquer coisa nesse sentido tem o meu inteiro apoio. — Fez uma pausa, bateu o indicador duas vezes na mesa. — E aquilo que eu apoio, todo o resto de Nova Jersey também apoia.

DiMeo sentou-se novamente sob o aplauso moderado de todos, exceto o de Vito, que apesar disso parecia satisfeito com a resposta do chefe de Nova Jersey.

— Então assim será — concluiu Giuseppe, dando os aplausos como um endosso oficial à nova lei. — Ainda tenho um segundo assunto a tratar com os senhores, e depois disso podemos passar à comida. — Reassumiu a cabeceira da mesa, depois disse: — Perdi boa parte do meu faturamento com a revogação da Lei Seca. Minha família perdeu muito dinheiro... Os homens têm reclamado... — Ele correu os olhos por cada um dos comensais. — Pois estou aqui para dizer aos senhores a verdade dos fatos: meus homens querem guerra. Querem expandir nossos negócios para o território de todos os senhores, sem exceção. Meus homens dizem que agora estamos tão fortes que nada nos impediria de vencer uma guerra dessas. Dizem que seria apenas uma questão de tempo até termos o estado inteiro em nossas mãos, de norte a sul — declarou, olhando para Mike DiMeo. — E Nova Jersey também. Com isso poderíamos recuperar todo o prejuízo que tivemos com a revogação. — Fez uma nova pausa, puxou sua poltrona para mais perto da mesa. — São muitos na minha família que advogam a guerra... mas sou contra. Não quero essa guerra. Eu teria nas mãos o sangue de muita gente, de amigos, de pessoas por quem tenho enorme respeito e de outras poucas que amo. Repito: não sou a favor dessa guerra. Mas vocês todos são chefes, sabem como são as coisas. Se eu contrariar meu pessoal, não vou continuar chefe por muito tempo. Também é por isso que chamei os senhores até aqui. — Ele espalmou as mãos sobre o tampo da mesa. — Porque, se quisermos evitar o derramamento de sangue, precisamos chegar a um acordo. Todos aqui são chefes de uma família, mas diante da força que consegui reunir, e que não pretendo usar, acho que devo ser reconhecido como o chefe de todos os chefes. Como tal vai caber a mim ajuizar todas as disputas que os senhores possam vir a ter no futuro, e dar um fim a todas elas, com o uso da força se for preciso. E, nesse caso — disse, agora fitando Vito como se estivesse falando apenas a ele —, nada mais natural que eu receba uma remuneração: um pequeno percentual de todo o faturamento dos senhores. — Só então se voltou aos demais: — Um percentual ínfimo, mas de todos vocês. Com isso vou poder aplacar as queixas dos meus homens e evitar a guerra que eles tanto querem. — Com isso, Mariposa se recostou na poltrona e novamente cruzou os braços à sua frente. Seguiram-se alguns segundos de um silêncio tenso até Giuseppe sinalizar para Tattaglia. — Phillip, por que você não se pronuncia primeiro?

Tattaglia colocou ambas as mãos sobre a mesa, ficou de pé e declarou:

— A proteção de Don Mariposa é muito bem-vinda. Vai ser boa para os negócios. Pagamos um pequeno percentual e evitamos o custo bem maior de uma guerra. Além disso, quem seria um juiz melhor para nossas desavenças que Don Mariposa? — Trajando um espalhafatoso terno azul-turquesa com uma gravata amarelo-ovo, Tattaglia puxou a barra do paletó para endireitá-lo. — Para mim, trata-se de uma oferta bastante razoável. — Sentou-se novamente. — Penso que devemos ficar gratos pela oportunidade de evitar essa guerra. Uma guerra que poderia custar, Deus nos livre, a vida de alguns dos aqui presentes.

Em torno da mesa, os chefes agora se entreolhavam, observando a reação de cada um. Nada podia ser lido em nenhum dos semblantes, embora Anthony Stracci de Staten Island não parecesse exatamente feliz, e Ottileo Cuneo crispava o rosto ligeiramente como se estivesse padecendo de alguma dor física.

À cabeceira, Mariposa apontou para Vito e perguntou:

— Corleone, o que você tem a dizer?

— Que percentual seria esse? — quis saber Vito.

— Meu bico é pequeno — respondeu Mariposa. — Só precisa ser molhado um pouquinho.

— Perdão, *signor* Mariposa — insistiu Vito —, mas preciso de mais detalhes, se não for incômodo. Qual seria, exatamente, esse percentual que o senhor pretende recolher de todos os chefes aqui presentes?

— Quinze por cento — respondeu Giuseppe a Vito. Aos outros, falou: — Como homem de honra e de negócios, estou pedindo aos senhores que me paguem 15 por cento de todas as suas operações. — Voltando-se para Vito: — Você, por exemplo, me pagará 15 por cento de todo o movimento das suas bancas de apostas, do seu monopólio no comércio de azeite e dos seus acordos com os sindicatos, do mesmo modo que Tattaglia... — Voltando-se para os demais: — Do mesmo modo que Tattaglia me pagará 15 por cento do faturamento de todas as suas lavanderias e bordéis. — Voltando-se para Vito: — Fui claro o bastante, Corleone?

— *Sì* — respondeu Vito. Cruzou as mãos sobre a mesa e se inclinou na direção de Giuseppe. — Muito obrigado, Don Mariposa. O senhor foi muito claro, e acho que esse pagamento é mais do que razoável. — Em seguida olhou para os outros. — Sem guerra, sem derramamento de sangue, todos nós iremos nos beneficiar. Esse percentual é um preço pequeno diante do que vamos poupar em termos de dinheiro e vidas humanas. Acho que todos devemos aceitar essa proposta de Don Mariposa. Mais que isso, acho que devemos agradecer a ele por resolver nossos problemas a um preço tão módico.

Atrás dele, Sonny tossiu e limpou a garganta. Os chefes se entreolharam por um instante.

— Então está decidido! — gritou Giuseppe, mais surpreso do que assertivo. Ele recolheu todo seu tom de incerteza rapidamente e rosnou ao restante dos chefes: — A menos, é claro, que alguém aqui se oponha.

Todos assentiram com seu silêncio e pouco depois Vito se levantou para dizer:

— Os senhores vão me perdoar por não os acompanhar no banquete prometido por Don Mariposa, mas um dos meus filhos — explicou, levando a mão ao coração — precisa terminar um importante trabalho escolar sobre nosso grande prefeito napolitano, o homem que vai limpar Nova York de todo o pecado e de toda a corrupção. — Com isso arrancou gargalhadas de todos os chefes, menos de Mariposa. — Prometi ajudá-lo nesse trabalho. — E sinalizou para que Sonny abrisse a porta dos fundos. Enquanto Sonny cumpria a ordem, Vito se aproximou de Mariposa e lhe estendeu a mão.

Giuseppe olhou com desconfiança para a mão estendida à sua frente, depois a apertou.

— Muito obrigado, Don Mariposa — arrematou Vito, e se voltou para os demais, dizendo: — Juntos, vamos todos prosperar.

Em seguida os demais chefes se levantaram para se juntar a ele e Mariposa e apertar as mãos de ambos. Vito olhou para Sonny, que esperava junto à porta já aberta, e através dela olhou para Genco na saleta adjacente, onde todos os *consiglieri* e seus respectivos guarda-costas esperavam em torno de uma mesa fartamente servida. Genco pareceu ler algo no semblante do chefe, pois sinalizou para Luca, avisando que estavam de partida. Os dois se juntaram a Sonny e ficaram ali, parados à porta, esperando Vito, que ainda se despedia de todos. Recostado à parede e com as mãos cruzadas à sua frente, como todos os demais guarda-costas, Tomasino Cinquemani encarou Luca por um tempo e precisou se conter para não explodir, as cicatrizes latejando cada vez mais vermelhas no rosto. Acalmou-se apenas quando voltou os olhos para os santos que decoravam as paredes.

No banco traseiro do Essex, enquanto Richie Gatto dirigia pelas ruas chuvosas de Manhattan, Vito colocou o chapéu no espaço às suas costas e desabotoou o colarinho. No carro, o silêncio pesava como se todos os passageiros, Sonny à frente com Richie, Genco e Luca atrás com Vito, aguardassem alguém falar primeiro. Vito coçou a garganta e fechou os olhos. Parecia atormentado. Ao reabri-los, virou-se para Luca, que no mesmo instante se voltou para ele. Como se Genco não estivesse entre os dois, ou fosse invisível, entreolharam-se por um instante, aparentemente lendo algo nos olhos um do outro.

Sonny, que até então não fazia mais que olhar para a chuva, não se conteve e subitamente quebrou o silêncio ao gritar:

— Ah, pelo amor de Deus! — Todos no carro se assustaram, menos Luca, o único a permanecer imóvel. — Pai — prosseguiu Sonny, ajoelhando-se no banco para falar diretamente a Vito —, não acredito que a gente vá engolir essa porra de Mariposa! Aquele *ciucc'*[24] de merda! A gente vai ter que pagar 15 por cento?

— Santino — disse Vito, e deu uma ligeira risada. Era como se o desabafo de Sonny tivesse dispersado o clima soturno que prevalecia até então. — Sonny, sente-se aí e fique calado. A menos que alguém a solicite, sua opinião não tem nenhum peso aqui.

Num gesto dramático, Sonny deixou a cabeça pender contra o peito e cruzou as mãos sobre a nuca.

— Você ainda não entende essas coisas, Sonny — falou Genco. Sonny apenas assentiu sem levantar a cabeça, e Genco perguntou a Vito: — Joe está pedindo 15 por cento?

— Quinze por cento do faturamento de todos nós. Em troca, promete que não haverá uma guerra.

Genco apertou as mãos uma na outra, palma contra palma.

— Qual era a expressão no rosto dos outros quando Joe falou sobre os 15 por cento? — quis saber ele.

— Não gostaram, é claro — respondeu Vito. — Mas sabem que isso é mais barato que uma guerra.

— Eles estão com medo — comentou Luca, com acintoso desprezo por todos os chefes reunidos na igreja.

— Mas estão insatisfeitos — acrescentou Genco —, e isso é bom para nós.

Vito deu um tapinha na cabeça de Sonny, fazendo com que ele se endireitasse e prestasse atenção. Sonny ergueu a cabeça novamente, virou-a para trás, depois cruzou os braços e permaneceu mudo, imitando Luca.

---

[24]Literalmente "burro", "asno"; usado para descrever ou chamar alguém de idiota.

— Mariposa é ambicioso — declarou Vito a todos. — Disso, todos os chefes sabem. Quando ele vier atrás da gente, todos vão saber que é apenas uma questão de tempo até ir atrás deles também.

— Concordo — disse Genco —, e isso também nos favorece.

— Por enquanto — continuou Vito, olhando por sobre o filho para o para-brisa —, vamos pagar esses 15 por cento. Pelo menos até estarmos prontos. Ainda precisamos de mais políticos e policiais na nossa folha de pagamentos.

— *Mannagg'!* — exclamou Genco. — Já estamos pagando muita gente! Semana passada um senador me ligou pedindo 3 mil pratas. Falei que não, claro. Ele queria 3 mil! *V' fancul'!*

— Ligue de volta para ele — pediu Vito, baixinho, como se estivesse subitamente cansado. — Diga que vai pagar os 3 mil. Que Vito Corleone insiste em demonstrar sua amizade.

— Mas, Vito... — começou Genco, e se calou quando Vito ergueu a mão, dando o assunto por encerrado.

— Quanto mais policiais e juízes tivermos do nosso lado, mais fortes vamos ficar. Preciso dessa gente.

— *Madon'!* Metade do que a gente embolsa vai para o bolso dos outros...

— Pode acreditar em mim, Genco: a longo prazo, essa vai ser a nossa maior vantagem — arrematou Vito. Diante do suspiro de Genco, vendo que o *consigliere* não tinha mais nada a dizer, ele enfim se dignou a explicar ao filho: — Concordamos em pagar os 15 por cento, Santino, porque isso não faz a menor diferença. Mariposa convocou essa reunião só porque tinha certeza de que eu iria objetar. Ele queria que eu objetasse. Para depois vir atrás de mim e mostrar às outras famílias o que pode acontecer caso elas façam o mesmo. — Falando como se fosse o próprio Mariposa, dando a ele uma voz chorosa, disse: — *Eu não tive escolha! Os Corleones não quiseram aceitar!*

Também com a voz de Mariposa, Genco acrescentou:

— *Paguem os 15 por cento, ou varremos vocês do mapa, assim como fizemos com os Corleones!*

— Mas eu não entendo — comentou Sonny. — Por que não faz diferença pagar ou não o que ele está pedindo?

— Porque pagando ou não — explicou Genco —, ele virá atrás de nós. Estamos ganhando muito dinheiro agora, nossa família. Nossos negócios nunca dependeram da bebida. Mariposa olha para a gente, Sonny, e enxerga uma presa fácil, uma criança com um pirulito na mão.

Sonny espalmou as mãos.

— Mesmo assim eu não entendo.

Sem olhar para ele, Luca Brasi falou:

— Don Corleone é um... homem brilhante, Santino. Você devia... prestar mais atenção no que ele diz.

Sonny ficou assustado com o tom de voz do gigante, que parecia de mau agouro. Tentou capturar o olhar dele, mas Luca já havia voltado às profundezas dos próprios pensamentos.

— Estamos ganhando tempo, Santino — esclareceu Vito. — Precisamos nos fortalecer mais um pouco.

— Além disso — ajuntou Genco —, agora que seu pai concordou em pagar os 15 por cento, quando Mariposa vier atrás de nós, vai perder todo o respeito por ter quebrado o acordo que ele mesmo propôs. Vai ser visto como um homem sem palavra. Essas coisas são importantes, Sonny. Você vai acabar aprendendo.

Sonny se virou para a frente e se refestelou no banco. Novamente olhando para a chuva, disse:

— Posso fazer mais uma pergunta, *consigliere*? — Antes de receber uma resposta, visivelmente frustrado, emendou: — Como a gente pode ter tanta certeza assim de que Mariposa vai vir atrás da gente?

No banco de trás, sem que ele visse, Genco olhou para Vito, e Vito balançou a cabeça. Em seguida respondeu:

— Aqui vai uma lição para você, Santino: não escreva quando pode falar, não fale quando pode gesticular a cabeça, não gesticule a cabeça se não for necessário.

Genco sorriu para Vito.

Sonny apenas encolheu os ombros e se calou, vencido.

Cork estava deitado de costas no anoitecer daquele chuvoso dia de primavera com Caitlin dormindo sobre seu tronco, a cabecinha pousada no pescoço, os pés roçando a cintura. Ele dobrava um dos braços sob a nuca e deitava o outro nos ombros da menina, acariciando-a depois de tê-la feito dormir ao contar, pela milésima vez, a história de Connla e a Fada Madrinha, fábula tirada de um dos muitos livros herdados do pai, o volume encadernado em couro e de bordas douradas que agora jazia a seu lado na cama. Com todo cuidado, ele se virou de lado e deitou Caitlin sobre o colchão, acomodando a cabecinha dela, emoldurada pelo novelo de cachos louros, sobre o travesseiro mole e encaroçado. Do lado de fora, uma chave girou na fechadura e a porta da cozinha foi aberta quando ele cobriu a menina com uma colcha xadrez, estampada com animais da fazenda. Esperou ao lado da sobrinha que dormia na escuridão do quarto, ouvindo os ruídos de Eileen se movimentando na cozinha.

    Ele havia crescido naquele mesmo apartamento. Era tão jovem quando perdera ambos os pais para a gripe espanhola que agora restavam pouquíssimas lembranças deles — no entanto, lembrava-se claramente da alegria que havia sentido ao se mudar para lá com Eileen. Comemorara o aniversário de 7 anos naquela cozinha. Eileen, que devia ter a mesma idade que Cork agora, tinha convidado toda a garotada do bairro e espalhado pelo teto guirlandas de papel crepom vermelhas e amarelas. Fazia pouco que começara a trabalhar na confeitaria da Sra. McConaughey, que já parecia uma anciã até mesmo na época. Cork ainda se lembrava dos gritos de alegria da irmã: *Um apartamento de três quartos com cozinha!* Até parecia que estavam se mudando para um palácio — o que não chegava a ser um exagero, levando-se em conta os quartos apertados que ambos dividiram com parentes distantes após Eileen se formar no colégio, para desgosto e irritação de pelo menos alguns dos ditos parentes. Cork crescera naquele apartamento e só tinha saído para morar sozinho quando também se formou no colégio e começou a participar dos serviços de Sonny. Agora não havia mais esses serviços, e Murray lhe dissera para ficar longe dos irlandeses. Correndo os olhos pelo quarto que havia ocupado durante tantos anos, ele sentiu ali o mesmo aconchego de antes — os ruídos que vinham da rua pareciam os mesmos, assim como os passos de Eileen ao andar de um cômodo a outro, sempre tão reconfortantes.

    Cork recolheu do chão a decrépita girafinha de pano que Caitlin chamava de Boo e a colocou entre os braços da sobrinha. Em seguida foi para a cozinha, onde Eileen terminava de lavar a louça.

    — Eu estava pensando na Sra. McConaughey agora há pouco — comentou ele, e puxou uma cadeira para se sentar. — Ela ainda está viva?

    — Ela ainda está viva? — indagou Eileen, surpresa com a pergunta. Secando as mãos num pano de prato verde-limão, virou-se para Cork. — Claro que está. Esqueceu que ela ainda me manda um cartão duas vezes por ano, na Páscoa e no Natal? É uma santa, aquela mulher.

    — Ela era muito divertida — acrescentou Cork. — Sempre vinha com uma charada para eu decifrar. — Calou-se um instante, relembrando a velha senhora, depois emendou: — Você não acha que mereço pelo menos um café como pagamento pelos serviços prestados como babá?

— Talvez — respondeu Eileen, e foi preparar o café.

— Me lembro de uma festança que a gente organizou para ela aqui mesmo — falou Cork, voltando à Sra. McConaughey.

— Você está nostálgico hoje, hein? Você nunca quis saber da Sra. McConaughey, pelo menos até onde me lembro.

— É, acho que estou. Só um pouquinho. — Cork agora olhava para o teto, lembrando-se das guirlandas de seu aniversário de 7 anos. A festa para a Sra. McConaughey havia sido para celebrar a aposentadoria dela e o iminente retorno para sua Irlanda natal. Eileen e Jimmy tinham acabado de comprar a confeitaria das mãos dela. — Sabe, andei pensando... — prosseguiu Cork. — Tenho passado tanto tempo aqui, tomando conta de Caitlin... Talvez seria melhor eu voltar a morar aqui logo de uma vez.

— Você já não *está* morando aqui? — devolveu Eileen, encarando-o com as mãos na cintura. — Então por que toda hora eu trombo com você aqui, de manhã ou de noite? Exceto, claro, quando estou lá na loja, trabalhando feito uma escrava para botar comida na mesa. Só Deus sabe por onde você anda nessas horas, e fazendo o quê.

— Nada de mais. Pelo menos ultimamente... — declarou Cork, baixando os olhos para as próprias mãos sobre a mesa.

— Bobby, o que diabos está acontecendo com você? — Ela sentou-se também e pousou a mão sobre as dele. — Algum problema?

Por um instante ouviu-se apenas o chiado da água para o café fervendo.

— Andei pensando — disse ele afinal. — E se eu voltasse para cá e começasse a trabalhar na confeitaria? — Sabia que esse era um antigo desejo da irmã, uma ideia que ela vinha martelando desde muito antes de Cork se formar, mas fez a pergunta como se a possibilidade tivesse acabado de lhe ocorrer.

— Você está falando sério? — perguntou Eileen, e recolheu a mão num gesto brusco, como se por algum motivo temesse ouvir a resposta.

— Estou. Tenho algum dinheiro guardado. Posso ajudar nas despesas.

Eileen se levantou para terminar de coar o café.

— Você está mesmo falando sério — disse, ainda incrédula. — Por que essa mudança súbita?

Cork não respondeu. Levantou-se da mesa e foi para o lado da irmã junto ao fogão.

— Quer dizer então que você está de acordo? — confirmou. — Posso trazer minha tralha amanhã mesmo e ficar no quarto dos fundos. Não tenho muita coisa.

— Você parou com aquelas outras coisas? — quis saber Eileen. A entonação era ao mesmo tempo de uma pergunta e de uma exigência.

— Parei. Então, posso vir?

— Claro — respondeu Eileen, e se curvou sobre o bule, dando as costas para o irmão. Cobriu os olhos com o braço antes de dizer: — Merda... — Estava chorando, já não havia como esconder.

— Pare com isso — falou Cork, tocando-a nos ombros.

— Pare com isso você! — Por fim se virou e o puxou para um abraço, deitando a cabeça no peito dele.

— Pare com isso, vai — repetiu Cork, mas delicadamente, e apertou os braços em torno da irmã, deixando que ela chorasse.

20

Sonny caminhava ao lado de Sandra, passando pelas confeitarias e pelos mercados da Arthur Avenue. Na rua, carros e caminhonetes dividiam o espaço com os carrinhos empurrados pelos mascates, tentando contorná-los; nas calçadas, meninos de calças curtas corriam de um lado para o outro, por vezes atravessando a rua sem nenhum cuidado. O dia ensolarado convidava adultos e crianças a sair de casa. Sonny havia estacionado seu carro diante do prédio de Sandra para depois acompanhá-la até o açougue Coluccio, de onde voltavam agora, trazendo consigo uma fieira de linguiças embrulhada em papel grosso e amarrada com barbante. Sandra estava usando um chapéu verde de abas moles e fita branca sobre os cabelos negros que caíam soltos até os ombros. O chapéu era novo e talvez sofisticado demais para a simplicidade do vestido branco, mas Sonny já a havia elogiado uma dezena de vezes durante a curta viagem que faziam para buscar a linguiça encomendada pela Sra. Columbo.

— Sabe com quem você está parecendo? — perguntou ele a certa altura, colocando-se na frente dela, rindo. — Kay Francis em *Ladrão de alcova*.

— Não estou nada — respondeu Sandra, rindo também, empurrando-o para tirá-lo do caminho.

— Só que muito mais bonita. Kay Francis não chega aos seus pés.

Sandra cruzou os braços e inclinou a cabeça para avaliar a aparência dele. Sonny estava vestindo calças risca de giz, uma camisa escura e uma gravata listrada em tons de preto e cinza.

— Pois você não está parecendo com ninguém — sentenciou. Corada, acrescentou: — É mais bonito que todos aqueles homens do cinema.

Sonny jogou a cabeça para trás, gargalhando, depois retomou a caminhada ao lado dela. Mais adiante, na esquina, um tocador de realejo preparava sua apresentação, já cercado por uma turba de crianças. Com um chapéu-coco na cabeça e um lenço vermelho amarrado ao pescoço, roliço e baixo, de bigodes grossos e tufos dos cabelos grisalhos escapando do chapéu, o homem tinha o aspecto de um imigrante recém-chegado à América. O velho realejo estava preso com cintos de couro igualmente velhos, e, sobre ele, numa pequena plataforma azul, um mico de calça e colete pulava de um lado para o outro enquanto tocava seu sininho de prata, preso por uma corrente à manivela do instrumento.

— Quer parar um pouco? — perguntou Sonny.

Sandra fez que não com a cabeça e baixou os olhos para o chão.

— Você está preocupada com sua avó, não está? Olha... — Sonny se calou de repente quando pardais voaram rente à calçada para depois voltar às alturas dos telhados. — Olha — repetiu ele, subitamente nervoso —, Johnny e Nino vão se apresentar num clube, um lugar bacana, muito sofisticado. Eu gostaria muito de levar você para jantar comigo lá. Depois, sei lá, a gente podia ir dançar em outro lugar. Quem sabe não consigo convencer sua avó a deixar você ir.

— Você sabe muito bem que ela não vai deixar.

— Mas e se eu conseguir convencê-la?

— Acho difícil — retrucou Sandra. — De qualquer modo, nem tenho roupa para ir num lugar chique desses. Você ficaria com vergonha de mim.

— Eu jamais ficaria com vergonha de você — rebateu Sonny. — Mas, de qualquer forma, já até pensei nisso.

— Nisso o quê? — perguntou Sandra. Eles dobraram a esquina, deixando a avenida para entrar na rua dela.

— Na possibilidade de você precisar de roupas.

Sandra o encarou, confusa.

— Ei, olha só aquilo! — falou Sonny. Abandonando Sandra, saiu correndo para a rua, onde um conversível Cord, com seu enorme chassi azul e pneus com faixa branca na lateral, já atraía uma pequena multidão de curiosos.

— Que carro elegante — comentou Sandra, juntando-se a ele.

— Tem tração dianteira.

— Ah... — respondeu Sandra, certamente sem fazer ideia do que se tratava aquilo.

— Você gostaria de ter um carro desses um dia?

— Você está tão engraçado hoje — disse Sandra, e o puxou de volta para a calçada.

— Não estou fazendo graça, Sandra. — Eles já estavam próximos ao prédio da Sra. Columbo, diante do qual estava o Packard de Sonny.

— Acho que a gente devia jantar nesse lugar onde Johnny e Nino vão se apresentar, depois sair para dançar.

Debruçada na janela, a Sra. Columbo gritou para a neta:

— Ei! Por que tanta demora?

Sonny acenou para ela, entregou as linguiças para Sandra, depois se inclinou pela janela aberta do assento do passageiro do Packard e de lá tirou um pacote embrulhado em papel pardo e amarrado com barbante.

— O que é isso? — perguntou a garota.

— Um vestido chique, sapatos e mais alguns presentes para você. — Sonny entregou o pacote a ela.

Sandra ergueu os olhos para a avó, que ainda os espiava do alto, o queixo apoiado nas mãos.

— Abra — pediu Sonny.

Sandra sentou-se na escadinha do prédio. Colocou o pacote no colo, desamarrou o barbante e abriu apenas uma fresta no embrulho, o suficiente para ver a seda brilhante de um vestido de noite. Fechou-o rapidamente e olhou de novo para a avó.

— Sandra! — berrou a Sra. Columbo, preocupada. — Suba agora mesmo!

— Já vamos! — gritou Sandra de volta. Para Sonny, sussurrou: — Ficou louco, Santino? — Levantou-se e devolveu o pacote. — É muito caro. Vovó vai desmaiar quando vir.

— Acho que não.

— Acha, é?

— Vamos. — Sonny colocou a mão nas costas dela, e os dois subiram juntos a escada.

À porta do prédio Sandra comentou, ainda preocupada:

— Esse vestido é muito caro, Sonny.

— Estou ganhando bem agora.

— Ganhando bem numa oficina mecânica? — Sandra abriu a porta e esperou Sonny responder antes que eles passassem à penumbra do hall.

— Não estou mais trabalhando na oficina. Agora trabalho para o meu pai. Setor de vendas. Vou de loja em loja e convenço os donos de que o Genco Pura é o melhor azeite do mundo, o único que eles precisam ter no estoque.

— E como você consegue isso? — Sandra enfim entrou, deixando a porta aberta para Sonny.

— Faço a eles uma oferta que nenhum homem de juízo pode recusar — respondeu Sonny, juntando-se a ela e fechando a porta às suas costas.

— E você está ganhando tanto que tem dinheiro até para comprar um vestido desses? — perguntou Sandra, falando baixinho no silêncio do prédio.

— Vamos — indicou Sonny, irrompendo na direção da escada. — Vou mostrar a você o grande vendedor que eu sou. Vou convencer sua avó a deixar você sair para dançar comigo hoje à noite.

De início Sandra ficou assustada, depois riu.

— Você vai ter que ser o melhor vendedor do mundo — concedeu.

Ao pé da escada, Sonny parou e disse:

— Me diga uma coisa, Sandra. Você me ama?

Sandra respondeu sem hesitar:

— Amo.

E Sonny a puxou para um beijo.

Do alto da escada veio a voz rascante da Sra. Columbo:

— Quanta demora para subir esses míseros degraus! Ei, Sandra!

— Já estamos indo, vovó! — respondeu a moça, e subiu a escada de mãos dadas com Sonny.

Giuseppe Mariposa olhava por uma das janelas curvas no canto do apartamento de cobertura de um prédio na rua 25 de Manhattan. À luz do entardecer ele via sua própria imagem refletida no vidro e, para além dela, no cruzamento da Broadway com a Quinta Avenida, o gigantesco triângulo do Flatiron Building. Contra o horizonte escuro, a fachada de calcário dos últimos andares do prédio parecia uma flecha se elevando acima do trânsito intenso de carros, bondes e ônibus da Madison Square. O dia havia transcorrido com um tempo instável, com tempestades curtas dando lugar a períodos de sol forte com ruas molhadas. Agora estava nublado outra vez, um céu pesado e faiscante que prometia uma nova tempestade. Atrás de Giuseppe, o espaçoso apartamento de cinco quartos se encontrava inteiramente desprovido de móveis, apenas um labirinto de cômodos com pisos de tábua corrida e paredes brancas recém-pintadas pelo qual vagavam os irmãos Rosato, os irmãos Barzini, Frankie Pentangeli e alguns dos homens deles, inspecionando as coisas, com as conversas e os passos ecoando em corredores e cômodos vazios.

Assim que viu o reflexo de Frankie na janela, Giuseppe se virou para ele e disse:

— Frankie, cadê os malditos móveis? Cacete! Como vamos nos estabelecer aqui sem nenhum móvel na porra do apartamento? Onde você estava com a cabeça?

Apertando as pálpebras como se não conseguisse enxergar direito, Frankie perguntou:

— Como é?

Nesse mesmo instante Emilio Barzini surgiu à porta da sala acompanhado de Tits, um de seus garotos. Tits era um rapaz bonito, sequer havia completado 21 anos, mas era gordinho, com um rosto muito redondo e um peito flácido que havia lhe rendido o apelido.[25] Sempre vestia ternos parecidos com os do chefe, para quem trabalhava em diversas funções desde os 12 anos, mas os mesmos ternos que deixavam Emilio tão elegante nele ficavam grandes demais e sempre amarrotados. Apesar de desengonçado, o garoto era sério e inteligente, e Emilio sempre o tinha por perto.

— Ei, Giuseppe — disse Frankie, diante de Mariposa, que o encarava sem dizer nada, as mãos na cintura —, você falou que era para eu encontrar um apartamento de último andar e alugar. Pois foi isso que eu fiz, ora.

— E você achou que eu queria alugar um apartamento desses para que, Frankie?

— Como eu ia saber, Joe? Você não falou nada sobre fazer isso aqui de base. Quer dizer então que vamos entrar em guerra?

— Eu falei alguma coisa sobre guerra?

— Espera aí, Joe — retrucou Frankie. Enterrou os polegares no cinto, fincou os pés no chão. — Não fale comigo como seu fosse um *stronz'*.

Antes que Giuseppe pudesse responder, Emilio deu alguns passos sala adentro.

— Frankie, não é hora de ficar magoado. — Colocou-se entre os dois homens, que já estavam a ponto de duelar. — Às vezes, quanto menos a gente souber, melhor. É só isso. Certo, Joe?

Mariposa fez que sim com a cabeça.

— Muito bem, eu não preciso saber de tudo — aquiesceu Frankie. Para Giuseppe, perguntou: — Você quer que eu arrume esse lugar como se a gente fosse entrar em guerra? Trazer comida, uns móveis, uns colchões, essa coisa toda? É só você me dizer. Meu pessoal pode cuidar de tudo. — Após

---

[25]Tits: gíria para "peitos". (*N. do T.*)

uma pequena pausa, não se conteve: — Mas você tem que admitir: precisa me dizer as coisas. Não consigo ler mentes.

Giuseppe olhou primeiro para Tits e Emilio, depois para Frankie. Ninguém dizia nada nos outros cômodos, e ele imaginava que os irmãos Rosato e os demais estivessem ouvindo.

— Peça a seus rapazes para arrumarem o apartamento como se fôssemos entrar em guerra — falou para Frankie.

— Claro — respondeu Frankie, a voz nas alturas. — Vou cuidar disso agora mesmo.

— Ótimo. Ainda hoje quero alguns colchões por aqui e um pouco de comida também.

Giuseppe se virou novamente para a janela no canto, as vidraças transformadas em espelho por conta do horizonte, agora bem mais escuro do que antes. Nelas, pôde ver Frankie sair do cômodo. Viu o mero gesto da cabeça que ele deu para se despedir de Emilio e Tits desviar o olhar, como se temesse o próprio chefe. Nos outros cômodos a conversa já havia sido retomada. Emilio e Tits enfim saíram para o corredor, e ele se viu sozinho na sala, admirando a chuva que começava a cair, a flecha branca do Flatiron Building pairando no céu cinzento.

A Sra. Columbo bebericava seu café preto enquanto ouvia desconfiada a conversa de Sonny, que devorava mais um dos biscoitos açucarados que ela havia preparado e tagarelava sem parar sobre os dois garotos da vizinhança, Johnny Fontane e Nino Valenti, dizendo como Johnny era um ótimo cantor e como Nino tocava bandolim feito um anjo. Ocasionalmente ela meneava a cabeça ou resmungava algo, mas de modo geral parecia alternar entre o tédio e a desconfiança, enquanto tomava café e olhava para a chuva que estriava a janela do pequeno e atulhado apartamento, perfumado pelos biscoitos recém-assados. Sentada diante de Sonny à mesa, segurando um copo d'água com ambas as mãos, Sandra não havia dito quase nada na última meia hora em que o namorado conversava com sua avó, que vez ou outra conseguia encaixar algum comentário.

— Sra. Columbo — disse Sonny a certa altura. Depôs sua xícara na mesa e cruzou os braços sobre o peito, sinal de que tinha algo de importante a falar. — Posso saber por que a senhora não confia num bom moço italiano como eu?

— O quê? — devolveu a Sra. Columbo, assustada com o inusitado rumo dado à conversa. Olhou para o prato de biscoitos ao centro da mesa como se algo neles pudesse ter dado motivo para a estranha pergunta.

— Eu gostaria muito de levar sua neta para jantar comigo hoje à noite lá onde Johnny e Nino estão se apresentando. Sandra disse que eu estava perdendo meu tempo, que dificilmente a senhora nos daria permissão para sairmos sozinhos. Então pergunto, respeitosamente: por que a senhora não confia nesse bom moço italiano, cuja família a senhora conhece e tem na conta de amigos?

— Ah! — A Sra. Columbo bateu sua xícara na mesa, fazendo boa parte do café transbordar. Dava a impressão de que já não via a hora de ter aquela conversa com ele. — Você quer saber por que não confio num bom moço italiano como você? — Com o indicador em riste, quase no nariz de Sonny, respondeu: — Porque eu conheço os homens, Santino Corleone! Eu sei o que os homens querem — declarou, cuspindo as palavras e se debruçando na mesa. — Sobretudo os jovens. Mas os homens em geral... são todos iguais. Todos vocês. E minha Sandra e eu, nós não temos um bom homem de família para nos proteger!

— Sra. Columbo... — Sonny inclinou a cabeça, sugerindo que aceitava o argumento, que podia entender a preocupação dela. Pegou mais uma das deliciosas tranças açucaradas à sua frente, deixou-a no pratinho ao lado da xícara e, com toda calma do mundo, continuou: — Quero apenas levar sua neta a esse clube, para ela poder ouvir Johnny e Nino, que são garotos daqui, da nossa vizinhança! A senhora sabe quem são. E esse clube, que também é um restaurante, é um lugar muito sofisticado.

— Mas por que diabos vocês querem jantar fora? — questionou a Sra. Columbo. — Por acaso minha comida não é boa o bastante para vocês? Pois aqui a comida é mil vezes melhor do que a de qualquer um desses restaurantes metidos a besta... e não custa o seu suado dinheirinho!

— Quanto a isso a senhora tem toda razão. Sua comida não tem igual, Sra. Columbo.

— Então? — Pela primeira vez ela se virou para Sandra, como se só agora tivesse percebido a presença da neta e precisasse do apoio dela. — Por que ele quer jogar dinheiro fora num restaurante?

Sandra apenas olhou para Sonny.

— Sra. Columbo, escute... — A face de Sonny chegou a empalidecer quando levou a mão ao bolso da calça e de lá tirou um pequeno estojo de veludo preto que manteve escondido nos dedos fechados. — Isso é para você, Sandra — anunciou, por fim abrindo a mão. — Minha intenção era surpreender sua neta no jantar de hoje, mas como não vamos ter a sua permissão...

Ele aproximou o estojo da Sra. Columbo sem olhar para Sandra, que agora cobria a boca com uma das mãos.

— Que palhaçada é essa agora? — A senhora tomou o estojo da mão de Sonny e, ao abri-lo, deparou-se com um anel com um diamante.

— Esse é o nosso anel de noivado. — Sonny olhou para Sandra do outro lado da mesa. — Sua neta e eu vamos nos casar — Vendo que Sandra assentia com entusiasmo, ele abriu um sorriso genuíno e, dramaticamente, olhando diretamente para a Sra. Columbo, acrescentou: — Mas só se a senhora permitir que eu a leve para ver Johnny e Nino e jantar comigo hoje à noite, onde poderei fazer meu pedido como se deve ser feito.

— Se isso for um truque, conto tudo para o seu pai — advertiu a Sra. Columbo, novamente com o dedo em riste.

Sonny ficou de pé, levou a mão ao coração e falou:

— Quando eu me casar com sua Sandrinella, vocês terão um bom homem de família para protegê-las. — Então baixou o tronco para beijar a senhora na testa, segurando-a pelos ombros.

A Sra. Columbo o segurou pelo queixo, cravou os olhos nos dele e, forçando um tom de censura, falou:

— Hein! É aquela ali que você deveria estar beijando! — E virou o rosto de Sonny na direção de Sandra. — Quero vocês aqui antes das dez — emendou, enquanto saía da sala —, senão chamo seu pai! — Virou-se antes de deixá-los, ergueu o dedo como se ainda tivesse algo a dizer, mas apenas assentiu com a cabeça e por fim deixou Sonny e Sandra sozinhos.

Ettore Barzini acompanhava Giuseppe na inspeção que ele fazia do telhado, protegendo-o com um guarda-chuva enquanto Tits fazia o mesmo para Emilio. Os outros ainda estavam no andar embaixo, no apartamento vazio, para onde levaram sanduíches e um engradado de Coca-Cola. Giuseppe caminhava na borda do telhado e espiava a avenida sobre a mureta. Uma multidão de pedestres se apressava nas calçadas sob os círculos multicoloridos dos guarda-chuvas. A chuva era fina porém constante, entremeada pelos clarões brandos de relâmpagos distantes, pelo estrondo surdo dos trovões. Apontando para as voltas negras da escada de incêndio, Giuseppe disse a Emilio:

— Mande os seus garotos afrouxarem os parafusos. Não quero ninguém subindo da rua até aqui.

— Claro — acatou Emilio. Uma lufada de vento bagunçou seus cabelos, e ele precisou varrer algumas mechas da testa. — Para ser sincero, Joe, depois que apagarmos Clemenza e Genco hoje à noite, acho que amanhã mesmo Vito vem nos procurar com o rabo entre as pernas.

Giuseppe apertou o paletó contra o tronco e deu as costas para o vento. Em cada ângulo do telhado, uma gárgula vigiava as ruas logo abaixo. Ficou mudo por alguns minutos, pensando, depois falou:

— Eu queria muito ver isso: Vito Corleone vindo até mim com o rabo entre as pernas. Sabe o que eu faria? — perguntou, animado. — Eu o mataria de qualquer forma, mas antes deixaria que ele ainda tentasse se safar com aquela conversa mole. — Abriu um sorriso, os olhos brilhando. — *Ah, é?* — disse, como se estivesse conversando com Vito. — *É mesmo? Muito interessante...* — Ergueu a mão como se empunhasse uma pistola e a apontou contra a cabeça de Emilio. — Pá! Estouraria os miolos dele! *Essa é a minha conversa, Vito. O que você achou?* — Olhou para Tits e Ettore, como se só então se lembrasse da presença dos dois e buscasse a opinião deles, e ambos riram como se tivessem adorado imensamente a história.

Emilio não riu.

— Vito Corleone é um homem inteligente — comentou. — Também não gosto dele, Joe, mas lá não é só conversa. O que estou dizendo é o seguinte: sem Clemenza e Genco, ele fica aleijado, vai ser o primeiro a reconhecer isso. — Calou-se um instante para baixar a mão de Tits e trazer o guarda-chuva para mais perto. — Vito vai ser o primeiro a reconhecer que ficou aleijado, e depois, eu acho, vai nos dar aquilo que a gente quer. Sua única opção será uma guerra que ele sabe que vai perder. E Vito não é uma pessoa impetuosa. Não é doido. Pode apostar que vai fazer o que for melhor para ele e para a família.

O clarão de um relâmpago, mais forte que os anteriores, iluminou as nuvens por alguns segundos. Giuseppe esperou pelo trovão, que ribombou pouco depois.

— Então você está sugerindo que eu não o queime logo de uma vez?

— Não acho que ele vá dar a oportunidade. — Emilio passou o braço pelos ombros de Giuseppe e o guiou rumo à porta do telhado, fugindo da chuva que começava a apertar. — Vito não é burro, mas cedo ou tarde... — Espalmou as mãos à sua frente como se estivesse mostrando a Mariposa o futuro. — Basta a gente o enfraquecer aos poucos. Aí então... é só terminar o serviço.

— A única coisa que me preocupa — disse Giuseppe — é Luca Brasi. Não gosto daquele homem.

Tits abriu a porta do telhado para que eles passassem.

— Eu também não — acrescentou Emilio —, mas o que a gente pode fazer? Se tivermos que apagar o sujeito, então vamos apagar.

— A vontade de Tommy é arrancar o coração dele com as próprias mãos — falou Giuseppe, já sob a luz forte que iluminava o topo da escada, ao abrigo da chuva. — E o menino de Vito, o tal Sonny? — perguntou a Emilio. — Acha que ele pode ser um problema?

— Sonny? Ele é um *bambino*. Mas provavelmente, quando chegar a hora de Vito, também será a hora do menino.

— Hoje em dia são muitos filhos nesse ramo — observou Joe, pensando nos LaContis. Antes de descer a escada, esperou Tits trancar a porta com a chave que Emilio havia lhe passado. — Você já falou com os jornalistas? — perguntou a Emilio.

— Eles vão estar lá no clube, junto dos fotógrafos.

— Ótimo. É sempre bom termos um álibi. — Giuseppe começou a descer as escadas, mas parou. — Você reservou uma mesa perto do palco, certo?

— Joe, fique tranquilo, já cuidei de tudo. — Emilio se juntou a ele na escada e ambos continuaram a descer. — E Frankie? Ele também não deveria estar lá?

Giuseppe fez que não com a cabeça.

— Eu não confio nele. Não quero que ele saiba mais do que precisa saber.

— Mas, Joe, Frankie está com a gente ou não está?

— Não sei. Vamos ver como as coisas se desenrolam — respondeu Giuseppe, e quis saber: — Você confia nesses sujeitos, os dois Anthonys?

— Eles são bons — avisou Emilio. — Já me vali deles antes.

— Não sei. — Giuseppe parou ao pé da escada, onde Carmine Rosato esperava por eles. — Esse pessoal de Cleveland... Eles são uns palhaços, esse Forlenza e toda a sua corja.

— Já me foram bastante úteis no passado — insistiu Emilio. — Não tenho nada a reclamar.

— Você tem certeza de que Clemenza e Genco vão estar lá? — perguntou Giuseppe. — Nunca ouvi falar desse Angelo's.

Emilio acenou com a cabeça para Carmine.

— É um restaurante pequeno, familiar — explicou Carmine. — Um buraco no East Side. Um garoto que trabalha lá é filho de um dos nossos homens. O negócio é o seguinte: Clemenza e Abbandando comem lá quase todo dia; usam nomes falsos para fazer as reservas, mas o tal Angelo sabe os nomes verdadeiros porque escuta as conversas. Aí então, quando recebe uma reserva, avisa ao garoto: "Uma mesa para Pete e Genco." E o garoto, que não é bobo nem nada, ligou os nomes às pessoas e contou tudo para o pai.

— Sorte — comentou Emilio. — Muita sorte.

Mariposa sorriu ao constatar que a sorte os favorecia.

— Dê a eles tudo que for preciso, a esses sujeitos de Cleveland — pediu, e para Tits: — Sabe onde eles estão hospedados? — Tits respondeu que sim, e Giuseppe pegou um maço de notas do bolso e passou 20 dólares ao garoto. — Compre uns cravos novos para eles colocarem na lapela. Diga a eles que eu quero os dois muito bem-vestidos quando forem apagar aqueles putos.

— Claro — respondeu Tits, recebendo o dinheiro. — Quando? Agora?

— Não, ontem — disse Giuseppe, e deu um tapinha na cabeça do menino. Rindo, empurrou-o na direção da escada. — Anda. Faça o que mandei.

— Leve o meu carro. — Emilio lhe entregou as chaves. — Mas volte direto para cá.

— Tudo bem — aceitou Tits. Olhou rapidamente para Emilio, depois seguiu escada abaixo, deixando os outros para trás, onde retomaram a conversa assim que ele sumiu de vista.

Fora do prédio, Tits esquadrinhou os carros estacionados na rua. Localizou o de Emilio e caminhou na direção dele, mas seguiu em frente, para a esquina da rua 24, onde parou um instante para procurar um segundo carro. No meio do quarteirão, voltado para a Sexta Avenida, viu o De Soto preto de Frankie. Aproximou-se dele displicentemente, vez ou outra virando o rosto para ver se não era observado. Assim que alcançou o carro, debruçou-se na janela aberta que dava para a calçada.

— Entre — disse Frankie. — Eu estava vigiando a rua. Não tem ninguém.

O garoto entrou no carro e afundou no banco até sumir de vista, os joelhos espremidos contra o porta-luvas.

Vendo aquilo, Frankie Pentangeli não se conteve e riu.

— Já disse, não tem ninguém na rua.

— Não quero ter que explicar para alguém o que eu estava fazendo no seu carro.

— E o que você está fazendo no meu carro? — perguntou Frankie, ainda achando graça da posição esdrúxula do garoto. — Alguma novidade para mim?

— É hoje à noite — avisou Tits. — Emilio mandou chamar os dois Anthonys de Cleveland.

— Anthony Bocatelli e Anthony Firenza — disse Frankie, já não achando tanta graça assim. — Tem certeza de que são só eles?

— Eles e Fio Inzana, que vai dirigir o carro. Todos os outros vão estar no Stork Club, sendo fotografados.

— Todos menos eu — declarou Frankie. Tirou um envelope do bolso do paletó, entregou-o a Tits.

Tits o afastou.

— Não quero dinheiro. Fico me sentindo um judas.

— Garoto... — falou Frankie, insistindo para que ele ficasse com o envelope.

— Só quero que você não se esqueça de mim se conseguir sair por cima dessa história. — Ele olhou para Frankie. — Não suporto aquele Jumpin' Joe, *il bastardo*.

— Nem você nem ninguém — acrescentou Frankie, e guardou o envelope de volta no bolso. — Não vou me esquecer. Mas, por enquanto, boca fechada. Só assim você vai se safar caso eu *não* saia por cima. Entendido? Boca fechada.

— Entendido. Mas se precisar de mim é só chamar. — Tits ergueu a cabeça sobre o banco e espiou a calçada. — Já vou. Até qualquer hora — disse, e desceu do carro.

Frankie observou Tits caminhando no quarteirão em direção à Broadway. Quando o garoto dobrou a esquina e desapareceu, ele deu partida no De Soto. Para si mesmo, praguejou:

— *V'fancul'!*

E se lançou ao trânsito.

No palco, que não passava de uma plataforma ao fundo de um salão comprido e estreito, semelhante a um vagão de trem, Johnny se curvava sobre o microfone que segurava com a mão esquerda enquanto cantava uma versão particularmente melancólica de "I Cover the Waterfront", a mão direita espalmada na direção do público, como se implorasse que ouvissem. De um modo geral, os presentes o ignoravam enquanto jantavam no salão tão abarrotado de mesas que os garçons precisavam se espremer para atravessar o labirinto com as bandejas erguidas acima da cabeça. Algumas das mulheres, no entanto, ouviam o cantor com atenção, todas com a mesma expressão de encanto no olhar, viradas na cadeira, os olhos grudados no magricela de gravata-borboleta ao microfone, enquanto namorados e maridos devoravam sua comida ou entornavam seu vinho goela abaixo. Não havia espaço possível para dança. Mesmo uma simples viagem ao toalete implicava um elaborado balé de rodopios e volteios. Apesar disso, tal como Johnny havia prometido, tratava-se de um lugar chique. As mulheres trajavam vestidos compridos, joias de pérolas e diamantes, e os homens pareciam banqueiros e políticos em ternos cortados sob medida e sapatos tão lustrosos que resplandeciam sob a luz do salão.

— Ele tem uma voz bonita, não acha? — perguntou Sandra, uma das mãos segurando a haste de uma taça de vinho, a outra pousada com certa rigidez sobre o joelho. Estava usando o vestido presenteado por Sonny, um longo de tecido lavanda, justo na cintura e nas coxas, esvoaçante até os pés.

— Nada é tão bonito quanto você nessa noite — comentou Sonny, depois sorriu ao ver que conseguira fazê-la corar mais uma vez. Dando um gole no uísque, espiou os seios de Sandra, inteiramente cobertos pelo decote alto, mas imagináveis o bastante sob a seda justa que os cingia.

— Está olhando o quê? — quis saber Sandra.

Sonny corou de vergonha, mas logo se recompôs e, rindo da intrepidez da namorada, falou:

— Você é cheia de surpresas. Eu não sabia que você era assim.

— Mas isso é bom, não é? Uma moça deve surpreender o namorado de vez em quando.

Sonny apoiou a cabeça entre as mãos e ficou olhando para Sandra, admirando-a.

— A vendedora que me ajudou a comprar esse vestido — disse. — Ela realmente sabia das coisas.

Sandra depôs a taça de vinho e tomou a mão dele.

— Estou tão feliz, Santino — falou, encarando-o de volta.

Antes que o silêncio começasse a constrangê-los, Sonny se virou para o palco, dizendo:

— Ele é meio maluco, esse Johnny. Papai arrumou um ótimo emprego para ele como colocador de rebites nas docas, mas ele preferiu continuar cantando. — Fez uma careta de espanto, como se não entendesse o amigo, e acrescentou: — A mãe dele é uma coisa. *Madon'!*

— O que tem a mãe dele?

— Nada de mais — respondeu Sonny. — Também é meio maluca, só isso. Acho que Johnny puxou a ela. O pai é do Corpo de Bombeiros. Um grande amigo da nossa família.

Ouvindo a dupla terminar a canção no palco, Sandra comentou:

— Eles me parecem boas pessoas.

— São bacanas, sim — confirmou Sonny. — Mas me conta um pouco sobre a Sicília. Como foi crescer por lá?

— Muitos dos meus parentes morreram no terremoto — disse Sandra.

— Puxa, desculpa. Eu não sabia.

— Mas isso foi antes de eu nascer — tratou logo de informar Sandra, como se fosse preciso se desculpar pelo mal-entendido. — Os parentes que sobreviveram, todos eles deixaram Messina para vir para a América, e, mais tarde, anos depois, alguns voltaram para lá, para Messina, e refizeram sua vida... então, para mim, sou da Sicília, claro, mas cresci ouvindo como a vida na América era maravilhosa, que, isso sim, era um país de verdade.

— Então por que eles voltaram?

— Não sei. Mas a Sicília é um lugar lindo — emendou, depois de uma rápida reflexão. — Sinto falta das praias, das montanhas, especialmente de Lipari, onde eu costumava passar minhas férias.

— E por que nunca ouvi você falando italiano? — perguntou Sonny. — Nem mesmo com a sua avó.

— Depois que cresci, meus pais só falavam inglês ao meu redor, assim como os parentes. Chegaram a me mandar para uma escola para melhorar meu inglês... Falo inglês melhor do que italiano!

Sonny riu da informação ao mesmo tempo que gargalhadas irromperam junto ao palco, certamente em razão de alguma piada improvisada por Johnny e Nino.

— A comida... — sussurrou Sandra, alertando Sonny para a chegada do garçom.

Um alto e belo senhor de meia-idade que falava com um sotaque francês se posicionou ao lado da mesa. Deixou diante deles dois pratos cobertos por uma *cloche* de prata e dramaticamente anunciou o nome de cada um.

— Frango cordon bleu para a senhorita; filé porterhouse, malpassado, para o senhor.

Aos ouvidos de Sonny, soou como "filé porrrterrrhouse". Quando o garçom parou de falar, ainda hesitou um instante junto à mesa como se esperasse algum pedido adicional dos clientes. Diante do silêncio deles, dobrou-se numa discreta mesura e foi embora.

— Será que ele achou que a gente tinha esquecido o que pediu? — perguntou Sonny, e fez graça do sotaque do garçom: — *Filé porrrterrrhouse*!

— Olha lá — indicou Sandra, apontando para o fundo do salão. Sob aplausos comedidos, Johnny havia acabado de descer do palco e agora vinha na direção deles.

Sonny ficou de pé para recebê-lo, e eles se abraçaram com tapas nas costas.

— Tem certeza de que esse bicho aí está morto mesmo? — brincou Johnny, apontando o queixo para o filé sangrento no prato de Sonny.

Sonny ignorou o gracejo.

— Johnny — disse, e apontou para Sandra —, quero apresentar a você minha futura esposa.

Johnny recuou um passo e ficou olhando para o amigo como se aguardasse o final da piada.

— Você está falando sério? — indagou, depois baixou os olhos para Sandra, que acabara de pousar a mão direita sobre a mesa, deixando o anel de noivado bem à vista. — Caramba, olha só para isso! — exclamou, e apertou a mão de Sonny. — Parabéns, Santino. — Estendeu a mão para Sandra também e, percebendo que a menina, sem jeito, e sem se levantar, pretendia apertá-la, adiantou-se e curvou o tronco para beijar sua mão. — Agora somos da mesma família. O pai de Sonny é meu padrinho. Espero que você me veja como um irmão.

— *Irmão*, sei — falou Sonny, acotovelando-o. Para Sandra, disse: — Muito cuidado com esse sujeito aqui.

— E é claro que vou cantar no casamento de vocês — falou Johnny a Sandra. E para Sonny: — Nem vou cobrar tanto.

— Onde Nino está?

— Ah. Brigou comigo outra vez.

— O que você aprontou?

— Nada! Ele está sempre brigando comigo por qualquer bobagem. — Johnny encolheu os ombros como se não houvesse entendimento possível com Nino. — Agora preciso voltar ao trabalho — avisou, e, baixando a voz, acrescentou: — Nesse lugar só tem gente quadrada. Um fulano aí toda hora me pede para cantar "Inka Dinka Doo". Eu tenho cara de Jimmy Durante para você? Não, não precisa responder — disse, roubando de Sonny a oportunidade de fazer mais uma piada.

Já ia saindo quando Sandra disse:

— Você canta muito bem, Johnny.

A expressão de Johnny mudou com o elogio, assumindo um súbito ar de vulnerabilidade, quase de inocência. Por um momento não soube o que responder.

— Obrigado — falou afinal, e voltou ao palco, onde Nino já o esperava.

— Senhoras e senhores — anunciou Johnny à sua plateia —, eu gostaria de dedicar a próxima canção ao meu grande amigo Sonny Corleone, Santino, e àquela bela jovem ali, a de vestido lavanda. — Ele apontou para a mesa de Sonny, que apontou para Sandra. — Certamente bela demais para um joão-ninguém desses, mas que, por motivos desconhecidos, decidiu se casar com ele. — As pessoas aplaudiram com educação. Nino por pouco não deixou cair o bandolim antes de ficar de pé e estender os braços na direção de Sonny e Sandra. — Trata-se de uma recente composição de Harold Arlen, e suponho que seja exatamente assim que meu amigo Sonny esteja se sentindo agora. — Sussurrou algo para Nino e, novamente se debruçando sobre o microfone, começou a cantar "I've Got the World on a String".[26]

Diante de Sonny, Sandra ignorava sua comida com os olhos grudados no palco. Sonny tomou a mão dela e ambos ficaram ali, mudos como todos os demais no salão, ouvindo Johnny cantar.

No restaurante Angelo's, o garçom havia acabado de depositar uma bandeja coberta sobre a mesa ocupada por Clemenza e Genco, que conversavam casualmente em lados opostos de uma gorda garrafa de Chianti embrulhada em palha. Genco fincava os cotovelos ao lado do prato, as mãos unidas palma contra palma diante do rosto, os indicadores apertando a ponta do nariz. Aqui e ali ele sacudia a cabeça enquanto ouvia Clemenza, que falava bem mais. Ambos pareciam absortos na conversa, nenhum deles muito interessado na bandeja recém-servida. O restaurante era minúsculo, com apenas seis mesas muito próximas umas das outras. Clemenza dava as costas para as portas revestidas de couro da cozinha, do outro lado das quais, através das escotilhas redondas, Genco podia ver Angelo ao fogão, ao lado de uma bancada de aço. Os outros quatro clientes no salão ocupavam mesas que

---

[26]Tradução livre: Tenho o mundo aos meus pés. (*N. do E.*)

se defrontavam junto a paredes opostas, formando um pequeno triângulo cujo vértice era a mesa de Clemenza e Genco. Todos falavam baixo, e da cozinha vinham os ocasionais ruídos das panelas e dos cozinheiros.

Para entrar no restaurante, vindos da rua, os dois Anthonys teriam que descer três degraus e abrir uma pesada porta com o nome do estabelecimento numa placa de metal dourado, logo abaixo de uma janela retangular. A placa dourada era o único indicativo de que não se tratava de um apartamento residencial de subsolo mas sim de um restaurante: sequer havia janelas que dessem para a rua, apenas uma fachada de tijolos vermelhos e os três degraus que levavam à porta. Anthony Firenza olhou de volta para o Chrysler preto de quatro portas estacionado à frente do restaurante; ao volante estava Fio Inzana, um garoto ainda imberbe que mal parecia ter 16 anos. Firenza não gostava de ter um *bambino* como piloto. Isso o deixava nervoso. Ao lado dele, à porta do restaurante, Bocatelli, o outro Anthony, espiou através das cortinas da janela. Era o maior da dupla, embora ambos fossem baixos e tivessem mais ou menos a mesma idade, já beirando os 50. Conheciam-se desde garotos, quando eram vizinhos em Cleveland Heights. Entraram para o crime ainda na adolescência, e lá pelos 20 já eram conhecidos como os dois Anthonys.

Bocatelli deu de ombros, dizendo:

— Não dá para ver muita coisa. Então, preparado?

Firenza também espiou através da janela. Viu apenas o contorno de algumas mesas.

— Parece que está vazio — comentou. — Não vai ser difícil localizá-los.

— Mas você os conhece, não conhece?

— Já faz algum tempo, mas sim, conheço Pete. Vamos lá.

Ambos usavam trench coats pretos sobre os ternos alinhadíssimos, com presilha e alfinete de ouro no colarinho da camisa e cravos brancos na lapela do paletó. Sob o casaco, num coldre de cintura, Firenza levava uma espingarda de cano duplo serrado. Bocatelli portava um armamento leve em comparação, uma Colt .45 no bolso.

— Até que gosto de Pete — declarou Firenza. — É um sujeito engraçado.

— A gente manda uma bela coroa no enterro dele — falou Bocatelli.

— A família vai gostar.

Firenza deu um passo atrás e Bocatelli abriu a porta para ele entrar.

Clemenza o reconheceu imediatamente. Fazendo-se de surpreso, Firenza disse:

— Opa, Pete!

E começou a desafivelar o cinto do casaco enquanto se dirigia, com Bocatelli, à mesa de Clemenza. Genco se virou na cadeira no exato momento em que o segundo Anthony levava a mão ao bolso — então as portas da cozinha se abriram e um homem que mais parecia um monstro saiu por elas, os braços soltos junto dos flancos, o rosto crispado de um modo grotesco. Ele era tão alto que havia precisado se curvar para atravessar as portas. Deu alguns passos no salão e se postou às costas de Clemenza. Firenza já tocava o coldre na cintura, e Bocatelli já estava com a mão no bolso do casaco — mas ambos se enregelaram ao ver a *bestia* que tinha emergido da cozinha. Luca e os dois Anthonys ficaram se encarando por sobre as cabeças de Clemenza e Genco, imóveis até que dois tiros na rua quebraram o silêncio. Bocatelli girou a cabeça ligeiramente para trás, como se tivesse cogitado olhar na direção dos disparos, antes de voltar a si e imitar Firenza, sacando a Colt do bolso enquanto o outro Anthony sacava a espingarda. Eles pareciam confusos com o homem gigantesco e desarmado atrás de Clemenza, então se deram conta do que estava acontecendo e sacaram as armas — porém já era tarde demais. Os quatro homens que ocupavam as mesas junto às paredes já haviam empunhado as armas, que estavam escondidas sob os guardanapos, para dispará-las diversas vezes contra a dupla, aparentemente ao mesmo tempo.

Clemenza levou sua taça de vinho à boca. Dois de seus homens irromperam da cozinha logo após os disparos, um deles trazendo lençóis de plástico, e o outro, um balde e um esfregão. Um minuto depois os dois Anthonys já estavam sendo arrastados para a cozinha, fora de vista. Deixaram para trás apenas as manchas molhadas no carpete onde antes havia sangue. Richie Gatto e Eddie Veltri, dois dos quatro que dispararam, foram ter com Clemenza enquanto Luca Brasi, sem dizer palavra, voltava para seu lugar na cozinha.

— Coloquem os corpos no carro, junto ao do motorista, e joguem os três no rio — ordenou Clemenza.

Richie espiou através das escotilhas para se certificar de que ninguém ouvia atrás das portas.

— Esse Brasi tem colhões — comentou com Clemenza. — Nenhuma arma, nada. Acho que ele nem piscou durante o tiroteio.

Genco disse a Clemenza:

— Viu como os dois Anthonys ficaram brancos quando o viram sair da cozinha?

Clemenza não deu nenhuma atenção aos comentários. Para Richie e Eddie, falou:

— *Andate!* — Tão logo eles se foram, gritou na direção da cozinha: — Frankie! O que você está fazendo aí?

Frankie Pentangeli saiu da cozinha enquanto as portas ainda iam e vinham com a saída de Richie e Eddie.

— Venha para cá, homem! Sente aqui! — pediu Clemenza, subitamente bem mais jovial. Puxou uma cadeira para Frankie. — Dê só uma olhada nisso aqui. — Só então descobriu a bandeja ao centro da mesa, revelando a cabeça de um cordeiro assado, partida em duas, os olhos leitosos ainda no lugar.

— *Capozzell'* — disse Genco. — Ninguém faz melhor que Angelo.

— *Capozzell' d'angell'* — disse Frankie com sua voz rascante, meio que falando consigo mesmo, rindo um pouco. — Meu irmão da Catânia também sabe fazer. Ele adora o cérebro.

— Ah, eu também! O cérebro é o que há de melhor — declarou Clemenza. — Vai, senta. — E com um tapa na mesa, acrescentou: — *Mangia!*

— Claro — disse Frankie. Apertou o ombro de Genco como um cumprimento e enfim se sentou.

— Angelo! — chamou Clemenza. — Mais um prato! — E repetiu para Frankie: — *Mangia!*

— Temos negócios a discutir — avisou Frankie enquanto Genco pegava uma taça da mesa vizinha para servi-lo do Chianti.

— Não agora — retrucou Clemenza. — Você cumpriu sua parte. Mais tarde falamos com Vito. — Sacudindo o pulso de Frankie, arrematou: — Agora é hora de comer.

— Se eu apertar as pálpebras assim... — disse Sandra — parece que a gente está voando. — Recostada à porta do carro ela olhava para os andares superiores dos prédios que passavam velozes a seu lado, as luzes já acesas em quase todos. Às vezes, via o vulto rápido das pessoas no interior, cuidando das próprias vidas, alheias ao trânsito que navegava pelo viaduto.

Sonny havia tomado a West Side Highway para deixar Manhattan e estava prestes a tomar a saída da Arthur Avenue para voltar ao Bronx.

— Sabia que a Arthur Avenue era chamada de Avenida da Morte antes de construírem o viaduto? — perguntou ele. — Quando todos os carros circulavam lá embaixo junto dos trens, toda hora acontecia um acidente.

Sandra aparentemente não lhe deu ouvidos. Depois disse:

— Não quero pensar em acidentes essa noite, Sonny. Hoje foi como um sonho. — Ela ainda apertava as pálpebras para os prédios no horizonte. Assim que Sonny desceu pela rampa do viaduto, Sandra se endireitou no banco, aproximou-se e deitou a cabeça no ombro dele. — Eu te amo, Santino. Nunca fui tão feliz na minha vida.

Sonny reduziu para a segunda marcha para sobraçá-la. Quando ela se aninhou nele, estacionou o Packard, desligou o motor e a puxou para um beijo, pela primeira vez deixando as mãos vagarem pelo corpo da noiva. Ao tocar os seios de Sandra, vendo que ela não havia resistido e em vez disso ronronava como uma gata, correndo os dedos pelos cabelos dele, desvencilhou-se do beijo e novamente deu partida no carro.

— O que foi? — perguntou Sandra. — Sonny...

Sonny não respondeu. Fez uma careta como se estivesse procurando as palavras e virou na Tremont Avenue, onde quase atropelou uma carroça.

— Eu fiz alguma coisa errada? — insistiu Sandra. Cruzou as mãos sobre o colo e voltou a olhar pela janela como se temesse fitar Sonny, receando o que ele poderia dizer.

— Não é nada com você. Você é linda. — Agora bem mais devagar, Sonny dirigia atrás da carroça de ferro-velho. — Quero fazer tudo certo — explicou, virando-se para ela. — Para que seja especial, do jeito que deve ser.

— Ah — suspirou Sandra, claramente desapontada.

— Depois do casamento, a gente vai ter nossa lua de mel. Em algum lugar como as cataratas do Niágara. Tudo nos conformes, do jeito que todo mundo faz quando se casa. — Ficou mudo por alguns segundos, depois riu.

— Do que você está rindo? — quis saber ela.

— De mim mesmo — respondeu Sonny. — Sei lá, devo estar ficando doido.

Sandra novamente se aproximou e entrelaçou o braço no dele.

— Você já contou para sua família?

— Ainda não. — Sonny lhe deu um beijinho rápido. — Eu queria ter certeza de que você ia aceitar meu pedido.

— Você já sabia que eu ia aceitar. Sou louca por você.

— Mas que diabos está... — Entrando na rua de Sandra, Sonny se deparou com o enorme Essex do pai estacionado diante do prédio dela.

— O que foi? — Sandra olhou para o prédio, depois para a janela da avó.

— Aquele carro ali é do meu pai — explicou, e estacionou à frente do Essex. Desceu à calçada quase simultaneamente com Clemenza e Tessio. Sem deixar o volante, Richie Gatto, apenas o cumprimentou com um aceno. Al Hats estava ao lado dele com os braços cruzados diante do peito, um chapéu homburg preto na cabeça.

— O que aconteceu? — foi logo perguntando Sonny, aflito.

— Fique calmo — disse Clemenza, apertando o braço dele com os dedos rechonchudos.

— Está tudo bem, Sonny — acrescentou Tessio.

— Então o que vocês estão fazendo aqui? — insistiu Sonny.

— Você deve ser Sandra. — Clemenza deixou Sonny onde estava e estendeu a mão para que a moça descesse do carro.

Sandra hesitou um instante. Ficou olhando para Sonny até receber um sinal dele e aceitar a mão oferecida.

— Vamos roubar o Sonny um pouquinho — avisou Clemenza. — Amanhã ele volta a procurar a senhorita.

— *Che cazzo!* — Sonny já ia irromper na direção de Clemenza quando foi detido por Tessio, que o puxou pelos ombros.

— Está tudo bem, meu amor — disse Tessio a Sandra com o tom monocórdio de sempre. Sempre dava a impressão de que alguém havia morrido.

— Santino... — chamou Sandra, assustada, sem saber o que mais dizer ou fazer.

Sonny se desvencilhou de Tessio.

— Vou acompanhá-la até a porta — avisou a Clemenza, e subiu com Sandra a escada que levava à porta do prédio. Então falou: — São amigos da família. Deve ter havido algum problema. Conto a você assim que descobrir.

— Está tudo bem mesmo, Sonny? — disse ela à porta, mais uma súplica que uma pergunta.

— Claro que está! — Sonny a beijou no rosto. — Deve ser alguma coisa com os negócios da família. — Abriu a porta para Sandra. — Fique tranquila. Não há nada com o que se preocupar.

— Tem certeza? — Sandra olhou de volta para Clemenza e Tessio, que esperavam em lados opostos do Essex como duas sentinelas.

— Absoluta — garantiu Sonny, e a conduziu porta adentro. — Volto amanhã, prometo. — Despediu-se com um beijinho, esperou que ela fechasse a porta e correu de volta à calçada. Quando estava no banco traseiro do Essex, entre Clemenza e Tessio, olhou para ambos e, calmamente, perguntou: — O que está acontecendo?

Richie deu a partida no carro, e Al estendeu a mão na direção de Sonny.

— Dê a ele as chaves do seu carro — pediu Clemenza. — Você vai com a gente.

Sonny olhou para Tessio como se estivesse prestes a esmurrá-lo, mas não se recusou a entregar as chaves.

— A gente se vê no escritório — despediu-se Al Hats, e desceu do carro.

Clemenza enfim explicou:

— Mariposa veio atrás de mim e de Genco agora há pouco.

— E Genco? — perguntou Sonny, novamente preocupado. — Mataram Genco?

— Não, não, Genco está bem — respondeu Clemenza, e pousou a mão no ombro dele como se quisesse acalmá-lo.

— O que houve, então?

Richie manobrou o carro e voltou para a Hughes Avenue com Al seguindo em sua cola no Packard.

— Mariposa mandou buscar dois sicários em Cleveland para nos apagar, Genco e eu — explicou Clemenza. Mas deu de ombros e acrescentou: — Descobrimos a tempo, e agora eles estão no rio, mergulhando de volta para Cleveland.

— E nós, com uma guerra nas mãos — ajuntou Tessio.

Sonny olhou para Clemenza.

— Então agora vamos matar aquele filho da puta?

Foi Tessio quem respondeu:

— Vamos voltar para o escritório, onde seu pai já está esperando. Se você for inteligente, vai ficar caladinho e só vai ouvir e fazer o que mandarem.

— Aquele filho da puta! — exclamou Sonny, ainda pensando em Mariposa. — A gente devia estourar os miolos dele. Aí tudo se resolvia rapidinho.

Clemenza suspirou.

— Você devia seguir o conselho do Tessio, Sonny, e ficar de boca fechada.

— *Fancul'* — xingou Sonny, para ninguém em particular. — Acabei de pedir Sandra em casamento.

Fez-se um silêncio absoluto no carro. Clemenza e Tessio se viraram para encará-lo, e até mesmo Richie, que conduzia, virou-se um instante para o banco de trás.

— Seu pai já sabe disso? — perguntou Clemenza afinal.

— Não, ainda não.

— E você contou para a gente primeiro? — bradou Clemenza. Ele deu um tapa na nuca de Sonny. — *Mammalucc'!* Uma coisa dessas a gente conta primeiro para o pai. Venha cá, garoto — disse, puxando-o para um abraço. — Parabéns, Sonny. Quem sabe agora você não cresce?

Em seguida Tessio o abraçou também e o beijou no rosto.

— Você está com 18, não é isso? — perguntou. — A mesma idade que eu tinha quando me casei com a minha Lucille. A coisa mais inteligente que já fiz na vida.

— Um dia importante, hoje — observou Clemenza. — Um dia de amor e guerra.

Ao volante, Richie disse:

— Parabéns, Sonny. Ela é uma belezura.

— Jesus, uma guerra... — comentou Sonny, como se apenas agora percebesse a gravidade da situação.

Na Hester Street, Richie Gatto dobrou para os fundos do armazém. Dois dos homens de Tessio vigiavam a entrada do beco. O tempo agora estava frio e úmido, e uma brisa enfunava a lona na carroceria das caminhonetes de entrega. Dois vultos sombrios montavam guarda à porta do armazém com um gato preto miando insistentemente à sua frente. A certa altura o bichano cravou as patas dianteiras na perna de um dos vultos e foi içado para o colo, calando-se com os carinhos que recebeu no pescoço. No céu, a foice de uma lua minguante brilhava do outro lado de uma fresta entre as nuvens.

Sonny caminhou rapidamente pelo beco. Quando se aproximou da entrada dos fundos do armazém, por onde Clemenza e Tessio haviam acabado de entrar, percebeu que os dois guardas à porta eram os gêmeos Vinnie e Angelo Romero. Ambos usavam casacos longos, sob os quais Sonny podia perceber a silhueta de uma metralhadora.

— Rapazes! — Ele parou para cumprimentá-los. Às suas costas, Richie Gatto parou também e ficou esperando. — Acho que finalmente vamos ter um pouco de ação.

— Não parece. — Vinnie lançou o gato para a carroceria de uma das caminhonetes, de onde o animal saltou à rua para sumir entre as sombras.

— Está tudo muito quieto por aqui — comentou Angelo, ecoando o irmão. Em seguida ajustou o chapéu-coco que estava usando, marrom com uma peninha vermelha e branca na aba.

Sonny arrancou o chapéu da cabeça dele e o examinou; depois riu e, apontando o queixo para o fedora preto de Vinnie, disse:

— Mandaram vocês usarem chapéus diferentes para saber quem é quem, não é?

Vinnie apontou para o irmão.

— Ele tem que usar essa coisa aí com a pena — respondeu.

— *Mannaggia la miseria*[27] — disse Angelo. — Estou igualzinho a um irlandês.

— Ei, pessoal — interveio Richie, tocando o ombro de Sonny. — A gente precisa trabalhar.

— Depois venho falar com vocês. — Sonny já abria a porta quando Angelo se meteu à frente dele para abri-la primeiro. Antes de entrar, Sonny ainda perguntou: — E então, estão ganhando uma boa grana?

Os gêmeos fizeram que sim com a cabeça, Vinnie deu tapinhas nas costas de Sonny, e enfim ele entrou no armazém.

— Pode ser que não esteja acontecendo muita coisa — alertou Richie aos gêmeos —, mas tudo pode mudar em menos de cinco minutos. Fiquem atentos, entendido?

— Entendido — responderam.

Sonny abriu a porta da sala do pai e se deparou com Frankie Pentangeli, interrompendo o que ele dizia. Os demais também se calaram, e agora todos olhavam para Sonny e Richie parados à porta. Tessio e Genco estavam sentados diante da mesa de Vito; Clemenza se equilibrava no armarinho de arquivo; Luca Brasi apoiava as costas na parede com os braços cruzados sobre o peito e os olhos mortos fitando o espaço imediatamente à frente. Frankie se escanchava numa cadeira dobrável ao lado de Tessio e Genco, os braços apoiados no encosto. Vito gesticulou para que Sonny e Richie entrassem. A Frankie, falou:

— Você já deve conhecer meu filho Santino.

— Claro — confirmou Frankie. — Eles crescem rápido!

Vito encolheu os ombros como se não tivesse tanta certeza disso.

— Continue, por favor.

Richie e Sonny buscaram cadeiras dobráveis para si no fundo da sala. Richie abriu a sua e se acomodou próximo a Clemenza. Sonny carregou sua cadeira em torno da mesa e se sentou perto do pai.

---

[27] "Minha terrível sorte."

Os olhos de Frankie seguiram Santino, como se estivesse surpreso por ver o garoto tão próximo ao Don.

— *Per favore* — pediu Vito, novamente indicando a ele que continuasse.

— Bem, como eu ia dizendo, Mariposa está ficando louco — continuou Frankie. — Agora quer que seus rapazes encontrem os corpos dos dois Anthonys só para ele poder mijar em cima.

— Pior para ele — comentou Clemenza —, porque não vai achar corpo nenhum.

— *Buffóne* — falou Genco, referindo-se a Giuseppe.

— Mas ele tem amigos — interveio Frankie. — Fiquei sabendo que Mariposa procurou Capone, e que Al vai mandar dois sicários para eliminar você, Vito. Ainda não sei quem são, mas esse pessoal de Chicago... Eles são verdadeiros animais.

— Quem aquele porco do Capone está mandando para cá? — gritou Sonny, inclinando-se na direção de Frankie. — Aquele porco gordo! — Ele agora apontava para Frankie como se o acusasse. — Como você ficou sabendo? Quem falou?

— Sonny — disse Vito antes que Frankie pudesse responder. — Vá lá para fora e fique vigiando a porta. Não deixe ninguém entrar.

— Pai...

Sonny foi interrompido por Clemenza, que saltou de seu poleiro e, com o rosto vermelho, berrou:

— Cala essa boca e vá vigiar a porra da porta como o seu Don acabou de mandar, Sonny, ou eu juro por Deus...! — Clemenza fechou a mão em punho e deu um passo na direção da mesa.

— *Cazzo!* — exclamou Sonny, surpreso com a explosão.

Ainda recostado em sua cadeira, Vito repetiu:

— Sonny, vá para fora e não deixe ninguém entrar.

— Pai — começou Sonny, contendo-se. — Não tem ninguém lá fora.

Vito apenas o encarou. Com isso, Sonny jogou os braços num gesto de frustração e deixou a sala, batendo a porta atrás de si.

Falando alto, de modo que fosse ouvido pelo filho, Vito falou:

— Frankie Pentangeli, por favor, desculpe esse cabeça quente. Ele tem um bom coração, mas infelizmente é burro e não sabe ouvir. Mas é meu filho, e tento ensiná-lo. Mais uma vez, desculpe. Tenho certeza de que mais tarde ele vai vir se desculpar pessoalmente por ter falado com o senhor dessa maneira.

— Bobagem — comentou Frankie, dando o incidente por encerrado.
— Ele ainda é jovem, está preocupado com o pai.

Vito agradeceu com um meneio da cabeça quase imperceptível, como se dissesse "obrigado" com silenciosa eloquência.

— Mariposa sabe quem nos avisou? — perguntou, retomando a conversa.

— Ele ainda não tem certeza de nada — respondeu Frankie, e pegou um charuto do bolso. — Sabe apenas que os Anthonys estão mortos e que Genco e Clemenza não estão.

— Mas ele desconfia de você?

— Ele não confia em mim — declarou Frankie, erguendo à sua frente o charuto ainda apagado. — Sabe que nossas famílias, a minha e a sua, têm uma longa história.

Vito olhou para Clemenza e Tessio como se buscasse a confirmação de algo, e os três pareceram ter uma conversa sem dizer palavra. Após um momento de reflexão, Vito disse a Frankie:

— Não quero que você volte para Mariposa. É perigoso demais. Um *animale* como Giuseppe é bem capaz de matar alguém só por desconfiança.

— Mas, Vito... — argumentou Genco. — Precisamos de um homem infiltrado na organização de Joe. Frankie é imprescindível para nós.

— Tenho uma pessoa que é muito próxima de Joe e de minha total confiança — avisou Frankie. E para Vito: — Já estou farto de trabalhar para aquele palhaço. Gostaria muito de fazer parte da sua organização, Don Corleone.

— Mas com Frankie lá dentro — insistiu Genco com Vito — podemos apagar Mariposa se as coisas chegarem a esse ponto, se for isso que a gente tenha que fazer.

— Não — retrucou Vito, erguendo a mão para Genco, pondo fim à questão. — Frankie Pentangeli é uma pessoa querida por todos nós. Não podemos deixar que ele arrisque a vida mais do que já arriscou.

— Muito obrigado, Don Corleone — agradeceu Frankie. E para Genco: — Você falou "se as coisas chegarem a esse ponto". Não se iluda quanto a isso. As coisas já chegaram a esse ponto. Essa guerra já foi declarada, e só vai ter fim quando Giuseppe Mariposa estiver morto.

Luca Brasi, que com seu olhar parado dava a impressão de não estar presente, tomou a palavra, para surpresa de todos, menos de Vito, que se virou para ele, calmamente, como se já viesse esperando a intervenção.

— Don Corleone... — começou o gigante, de um modo particularmente arrastado. — Se o senhor permitir... gostaria de... cuidar de Mariposa... *eu mesmo*. É só o senhor dizer, e eu... dou minha palavra. Muito em breve... Giuseppe Mariposa vai ser... um homem... morto.

Todos os homens observavam Luca enquanto falava, então correram os olhos para Vito, esperando sua resposta.

— Luca — disse Vito —, você é valioso demais para eu colocar sua vida em risco, como eu sei que faria, para matar Giuseppe. Tenho certeza de que mataria o homem ou morreria tentando. Pode até ser que chegue o dia em que meu último recurso seja pedir a você que faça esse serviço. — Ele tirou um charuto da gaveta superior da mesa. — Mas, por enquanto, você vai ser muito mais útil se puder cuidar desses dois assassinos que Capone está mandando para me pegar.

— Será um grande prazer... Don Corleone. — Luca Brasi novamente se recostou na parede e passou para o torpor de antes.

— Frankie, esse seu homem vai poder nos ajudar nesse problema com Al Capone? — perguntou Vito.

Frankie fez que sim com a cabeça, depois respondeu:

— Mas se as coisas ficarem muito perigosas para o lado dele vamos ter que trazê-lo para o nosso lado. É um bom garoto, Vito. Não quero que nada aconteça com ele.

— Claro — concordou Vito. — Pode recebê-lo na sua família quando chegar a hora, e com a nossa inteira bênção.

— Ótimo. Assim que ele descobrir alguma coisa, vai me procurar. — Frankie tirou uma caixa de fósforos do bolso do paletó e acendeu o charuto com o qual vinha brincando até então.

— Isso que aconteceu agora há pouco no Angelo's — comentou Genco —, isso vai pegar muito mal para Mariposa junto às outras famílias. Com esse ataque logo depois da reunião na igreja, mostrou a todos que a palavra dele não vale nada.

— Além disso, nós o enganamos — acrescentou Tessio com a voz lúgubre de sempre —, o que também vai pegar mal.

— Minha família — disse Frankie com o charuto na boca —, por menor que seja... A essa altura Mariposa já sabe que meu pessoal está com vocês.

— Tudo isso é muito bom, mas... — interveio Genco, erguendo uma das mãos como se quisesse dar um ritmo mais lento à conversa. — Vencemos a primeira batalha, mas Giuseppe ainda é muito mais forte do que nós.

— Mesmo assim temos algumas vantagens sobre ele — declarou Vito. Olhou para o charuto que segurava e o deixou sobre a mesa. — Giuseppe é burro...

— Mas os *caporegimi* dele não — interrompeu Clemenza.

— *Sì* — concedeu Vito. — Mas é Giuseppe quem dá as cartas. — Rolou o charuto na mesa como se estivesse colocando de lado o argumento de Clemenza, depois prosseguiu: — Com o *regime* de Tessio na reserva, somos mais fortes do que Giuseppe pensa. Além disso, temos mais policiais, juízes e políticos no nosso bolso do que ele imagina. O mais importante de tudo é que temos o respeito das outras famílias, o que Giuseppe não tem. — Ele correu os olhos por todos os presentes. — As famílias sabem que podem negociar conosco — disse, e novamente bateu no vidro da mesa —, porque somos homens de palavra. Podem escrever o que estou falando: se demonstrarmos um mínimo de resistência nessa guerra, as outras famílias vão vir para o nosso lado.

— Concordo com você, Vito — disse Genco, olhando para Vito mas se dirigindo aos outros. — Acho que podemos vencer.

Vito permaneceu calado por um tempo, dando a Tessio e Clemenza a oportunidade de objetar. Nenhum dos dois disse nada, e foi como se uma votação tivesse sido realizada, chegando ao consenso de que deveria ser adotada uma postura agressiva na guerra contra Giuseppe Mariposa.

— Luca vai ser meu guarda-costas — declarou Vito afinal, passando aos detalhes. — Quando estiver ocupado com outras missões, Santino tomará o lugar dele. Quanto a você, Genco, você será protegido pelos homens de Clemenza — disse ao *caporegime*, depois prosseguiu com as ordens: — Frankie, você e seu *regime*, quero que ataquem as operações de Mariposa no jogo e nos sindicados. Quero varrê-lo dos sindicados por completo. Também vai ser necessário que ele perca alguns dos seus homens mais importantes. Mas não os irmãos Rosato nem os Barzini. Quando vencermos essa guerra, vamos precisar deles.

— Conheço bem as operações de Joe no jogo — comentou Frankie. — Eu posso cuidar delas. Quanto aos sindicados, vou precisar de alguma ajuda.

— Posso dizer tudo que você precisa saber — garantiu Tessio.

— O ataque às operações de jogo... — Frankie inclinou a cabeça como se já imaginasse os pormenores de sua missão. — É possível que alguns dos nossos amigos objetem.

— Isso seria de se esperar — respondeu Vito. — Frankie, você conhece as operações de Giuseppe mais do que ninguém, vai saber dizer quem deve ser eliminado e quem deve ser preservado. Sempre consulte Genco antes de agir — acrescentou —, mas acho que podemos confiar plenamente no seu discernimento.

Genco deu tapinhas no antebraço de Frankie, deixando claro que estava ali para ajudar.

— Tessio — falou Vito, dando sequência às orientações —, quero que você sonde a família Tattaglia e veja se há algum elo fraco por lá. Joe não dá um passo sem fazer um inimigo. Também procure sondar Carmine Rosato. Lá na igreja ele apertou minha mão de um modo cordial demais para um assecla de Giuseppe. — Vito se calou novamente, relembrando os eventos na Igreja de São Francisco. — Ah — disse, dissipando os pensamentos —, peço a todos que reflitam sobre essa guerra e encontrem meios de terminá-la o mais rápido possível de modo que possamos voltar à nossa rotina de antes e às nossas famílias.

— Antes de qualquer coisa... — começou Genco, puxando a cadeira para mais perto da mesa e se virando de modo que pudesse falar a todos. — Antes de qualquer coisa, precisamos cuidar dos sicários de Capone. Depois disso... — Tocou a ponta do nariz como se estivesse tomando uma decisão final sobre algo. — Frankie tem razão quando diz que vamos ter que apagar Mariposa. É um mal necessário. Se pudermos cuidar desses dois assuntos o mais rápido possível, talvez as outras famílias venham se juntar a nós.

— Elas não vão gostar do fato de Mariposa ter recorrido a Capone — observou Clemenza, reacomodando-se no armarinho de arquivo. — Botar um *napolitano* contra um siciliano... Elas não vão gostar nada disso.

— Luca, vamos deixar os homens de Capone por sua conta — indicou Genco. — Frankie, conte a Luca tudo que descobrir. — Cruzou os braços, recostou-se na cadeira. — Já disse antes, mas vou repetir: apesar de sermos menos numerosos, acho que nossas chances de vitória são grandes. Mas, por enquanto, e até a poeira voltar a baixar, vamos sair de circulação. Já pedi a alguns dos meus homens que arrumassem os quartos lá no complexo de Long Island. As casas ainda não estão prontas, mas quase. Desde já, nós e os nossos braços direitos vamos ficar acampados por lá.

Richie Gatto, que era esperto o bastante para saber que devia ficar calado numa reunião como aquela, não se conteve:

— Desde já? Mas minha mulher precisa...

— Richie! — exclamou Clemenza. — O que sua mulher precisa é não ficar viúva, estou certo?

Vito se levantou da mesa e se aproximou de Richie.

— Tenho total confiança em Genco Abbandando — falou a todos. — Quem melhor que um siciliano para servir de *consigliere* em tempos de guerra? — Sobraçando Richie, acrescentou: — Vamos cuidar da sua mulher e da sua família, fique tranquilo. — Apertando-o carinhosamente no ombro, conduziu-o até a porta. — Sua mulher, Ursula, seu filho, Paulie, vamos cuidar deles como se tivessem nosso próprio sangue. Quanto a isso, Richie, dou minha palavra.

— Muito obrigado, Don Corleone — agradeceu Richie, e olhou para Clemenza.

— Vá buscar o restante do pessoal — instruiu Clemenza, depois se levantou para se juntar a Luca e aos demais que já saíam da sala. À porta, abraçou Vito, assim como fizeram Tessio e Frankie antes dele.

Genco esperou Clemenza fechar a porta.

— Vito, quanto àquele desfile, acha que devemos mesmo comparecer?

— Ah — disse Vito, e bateu na própria testa com a ponta do indicador, como se precisasse ressuscitar os detalhes do tal desfile. — O vereador Fischer.

— *Sì* — disse Genco. — O prefeito vai estar lá. Todo *pezzonovante* dessa cidade vai estar lá, marchando.

Coçando a garganta, Vito olhou para o alto e refletiu um instante.

— Num evento como esse — disse —, em que até nosso gordo prefeito *napolitano* vai estar presente... sem falar em políticos, juízes, policiais, jornalistas... — Vito enfim baixou os olhos para Genco. — Não. Mariposa não vai fazer nada num evento como esse. Ele correria o risco de colocar contra si todas as famílias, de todos os lugares do país. A polícia fecharia todos os negócios dele. Nem mesmo os juízes poderiam fazer alguma coisa para ajudar. Giuseppe é burro, mas não tanto. Então acho que podemos, sim, comparecer a esse desfile.

— Concordo — respondeu Genco. — Mas só por segurança vamos espalhar nossos homens por todo o percurso, nas calçadas.

Quando Vito assentiu em concordância, Genco o abraçou e saiu.

Assim que sumiu entre as pilhas de engradados do armazém, Sonny entrou na sala do pai e fechou a porta.

— Pai, preciso falar com o senhor um instante — anunciou o rapaz.

Vito voltou à sua cadeira e olhou para o filho.

— O que deu em você? — perguntou. — Se dirigir a um homem como Frankie Pentangeli como se ele fosse um qualquer? Erguer a voz e apontar o dedo para um homem desses?

— Desculpa. Perdi a cabeça.

— Perdeu a cabeça — repetiu Vito. Deu um suspiro e correu os olhos pelas paredes e cadeiras vazias à sua volta. Um caminhão passava em algum lugar na rua, sobrepondo o ronco de seu motor ao burburinho do trânsito. No armazém, portas eram abertas e fechadas, deixando escapar fragmentos de conversas que vinham de longe, incompreensíveis. Vito levou a mão ao nó da gravata e o afrouxou um pouco. Enfim se voltando para Sonny, falou: — Você queria trabalhar com seu pai, não queria? Pois agora está trabalhando. — Ergueu o indicador a título de ênfase, sinalizando a Sonny que ele devia prestar atenção. — De agora em diante você não vai dizer mais uma palavra nas reuniões de que participar, a menos que alguém lhe pergunte alguma coisa. Está entendido?

— Jesus, pai...

Vito saltou da cadeira e agarrou o filho pelo colarinho da camisa.

— Não discuta comigo! Eu perguntei: está entendido?

— Jesus, claro, claro, está entendido. — Sonny deu um passo atrás e endireitou a camisa amassada.

— Agora vá — mandou Vito, apontando para a porta. — Vá!

Sonny hesitou um instante, depois foi para a porta e já segurava a maçaneta quando se virou novamente e se deparou com o olhar fulminante de Vito.

— Pai — disse, como se nada tivesse acontecido, como se os segundos que levara para dar as costas a Vito e se virar novamente houvessem bastado para que ele esquecesse a fúria do pai. — Eu queria contar ao senhor... É que... pedi Sandra em casamento.

No longo silêncio que se seguiu, Vito continuou a encará-lo, a fúria se dissipando aos poucos para dar lugar a algo que parecia mais curiosidade do que raiva. Por fim ele disse:

— Então agora você vai ter uma esposa para cuidar e, muito em breve, filhos. — Embora estivesse falando com Sonny, Vito dava a impressão de que falava consigo mesmo. — Talvez uma esposa possa lhe ensinar a ouvir. Talvez os filhos lhe ensinem a ter paciência.

— Quem sabe? — comentou Sonny, e riu. — Tudo é possível.

Vito ergueu os olhos para o filho e estendeu os braços.

— Venha cá.

Sonny recebeu o abraço, depois recuou, dizendo:

— Eu ainda sou jovem, pai, mas posso aprender. Aprender com o senhor. E agora que vou me casar... ter minha própria família...

Vito levou a mão à nuca dele e, apertando um punhado da espessa cabeleira, falou:

— Uma guerra como essa, filho, era tudo que eu queria evitar para você. — Puxou-o para um beijo na testa. — Mas nisso eu falhei, e só me resta aceitar. — Enfim o soltou. Com um tapinha carinhoso no rosto do filho, disse: — A notícia não poderia ser melhor. Pelo menos vou ter alguma coisa para dizer à sua mãe para acalmá-la diante da perspectiva de uma guerra.

— Mamãe realmente precisa saber dessa guerra? — perguntou Sonny. Foi até o cabideiro e voltou com o chapéu, o casaco e o cachecol do pai.

Vito suspirou com a estupidez da pergunta.

— Vamos ficar em Long Island com o restante do pessoal — explicou. — Me leve para casa agora, precisamos arrumar as coisas.

— Então, pai — disse Sonny, depois de ajudar Vito a colocar o casaco e abrir a porta para ele. — O senhor ainda quer que eu fique de boca fechada nas reuniões, como disse agora há pouco?

— Não quero ouvir uma palavra — respondeu Vito, e repetiu a ordem: — Boca fechada a menos que alguém lhe pergunte alguma coisa.

— Tudo bem, pai. — Sonny espalmou as mãos em sinal de resignação. — Se é assim que o senhor quer.

Vito o esquadrinhou por um instante como se tentasse vê-lo de uma nova forma.

— Vamos. — Sobraçou o filho e saiu da sala com ele.

21

Benny Amato disse:
— Little Carmine. Conheço desde garoto.

Estava falando com Joey Daniello, um dos rapazes de Frank Nitti. Eram nove da manhã e eles haviam acabado de saltar do trem, vindos de Chicago. Caminhavam na plataforma, cada um levando sua mala atrás de uma dezena de passageiros que rumavam ao saguão principal da Grand Central Station de Nova York.

— Tem certeza de que vai reconhecê-lo? — perguntou Joey. Já havia perguntado a mesma coisa mais de dez vezes. Era um rapaz magricela, parecia um saco de ossos. Tanto ele quanto Benny se vestiam como pobretões: calças de sarja, uma camisa barata e jaquetas impermeáveis puídas. Ambos traziam bonés de lã enterrados até a testa.

— Claro que vou. Já não falei que conheço o sujeito desde garoto? — Benny retirou o boné, correu a mão pelos cabelos e socou o boné de volta ao lugar. Também era magro porém forte, com músculos que estufavam as mangas da camisa aqui e ali. Joey, por sua vez, dava a impressão de que se desmancharia em mil pedaços se recebesse uma pancada forte o suficiente.
— Já falaram que você se preocupa demais, Joey? — comentou num tom de brincadeira, mas Joey não riu.

— Os dois Anthonys deveriam ter se preocupado como eu — rebateu Joey.

— Aquela dupla de Cleveland? Naquela cidade só tem amador. Estamos falando de Cleveland, cacete!

À frente dos dois homens um grande arco dava passagem ao cavernoso saguão principal da estação, onde o sol vazava em feixes largos através das gigantescas janelas até o chão. Hordas de passageiros caminhavam para as bilheterias, no entanto, na imensidão do lugar, pareciam perdidos. Mais ou menos no centro do saguão, munidas de esfregões e um balde d'água, duas mulheres bastante robustas lavavam o piso onde uma menina havia vomitado. A jovem mãe segurava a criança no colo enquanto as funcionárias despejavam o detergente de cheiro mentolado, forte e enjoativo. Passando por elas, Benny perguntou a Joey:

— Você tem filhos?

— Filho só traz problema — respondeu Joey.

— Você acha mesmo? Eu gosto de crianças — comentou Benny. Eles rumavam para a saída da rua 42, rodeados pelos fragmentos de conversas que ecoavam sob a constelação daquele teto absurdamente alto.

— Não tenho nada contra crianças — esclareceu Joey. — Só acho que elas dão muito trabalho, nada mais. — Coçava a nuca como se algum inseto tivesse acabado de mordê-lo ali. — Ele está esperando a gente lá fora, não está? Tem certeza de que vai reconhecê-lo?

— Tenho. Eu o conheço desde garoto.

— Ele trabalha para Mariposa, não é? Vou dizer uma coisa: não gosto nada que esse sujeito tenha tirado a gente lá de Chicago para resolver um assunto dele aqui em Nova York. Malditos sicilianos. Um bando de fazendeiros.

— Você disse isso a Nitti?

— O quê? Que os sicilianos são um bando de fazendeiros?

— Não. Que você não gosta que eles tenham tirado a gente de Chicago para resolver um assunto em Nova York.

— Não — respondeu Joey. — Você falou para Al?

— Al não está disponível no momento. Mas o serviço deve ser moleza. Pelo que ouvi dizer, esse Corleone fala muito e age pouco.

— Com certeza foi isso que os Anthonys ouviram dizer também — rebateu Joey, e novamente atacou a nuca, coçando-a como se tentasse matar algo.

Fora da estação, diante da saída da rua 42, Carmine Loviero pisoteou seu cigarro na calçada e segundos depois avistou a dupla de recém-chegados.

— Ei, vocês! — gritou. — Estou aqui!

Benny já estava com o braço erguido para conferir as horas no relógio quando ouviu Carmine e se virou na direção dele. Deparando-se com o físico avantajado do outro, vestindo um terno azul-claro, hesitou um instante, confuso, antes de ir ao encontro do colega.

— Little Carmine! — exclamou afinal. Deixou a mala no chão e o abraçou. — *Madre 'Dio!* Não reconheci você. Deve ter engordado o quê? Uns 10 quilos?

— Eu diria 20, desde que a gente se viu pela última vez — corrigiu Carmine. — Meu Deus. Eu tinha o quê? Quinze anos?

— Provavelmente. Deve ter sido há uns dez anos. — Só então Benny notou que atrás de Carmine, junto ao meio-fio, havia outra pessoa. — Quem é esse aí?

— Esse é meu camarada JoJo — respondeu Carmine. — JoJo DiGiorgio. Vocês não se conhecem?

— Não tive o prazer — declarou JoJo, e estendeu a mão para Benny.

Joey Daniello ainda esperava junto à saída da estação, recostado à parede. Apoiando o pé na mala que havia deixado no chão, enterrava a mão direita no bolso e usava a outra para massagear a testa. Tinha o aspecto de quem sofria com uma enxaqueca.

Benny apertou a mão de JoJo, depois acenou para que Joey se juntasse a eles.

— Joey, o Cigano — falou baixinho para Carmine. — Olhando assim a gente não dá nada por ele, mas... *Madon'!* Melhor não o deixar nervoso. Ele é maluco.

Assim que Joey se aproximou, ainda com a mão no bolso, Benny prosseguiu:

— Esse é o Carmine de que falei, e esse aqui é JoJo DiGiorgio.

Joey meneou a cabeça para ambos, depois disse:

— Isso aqui é uma reunião entre amigos ou temos um serviço à nossa espera?

— Serviço — respondeu JoJo. E para Carmine: — Por que você não pega as malas deles?

Carmine olhou para ele como se não tivesse entendido direito o que lhe havia sido pedido. Em seguida olhou para Benny e Joey, dizendo:

— É, deixa que levo essas malas.

Tão logo Carmine pegou ambas as malas, JoJo foi para a rua e começou a acenar como se estivesse chamando um táxi. Acenava com a mão esquerda, sempre mantendo a direita rente ao bolso do paletó e Carmine, parado com as malas, na visão periférica.

— Pronto — falou assim que o Buick preto parou junto à calçada.

— Para onde estamos indo? — quis saber Joey.

— Mariposa quer conversar com vocês — respondeu JoJo, e abriu a porta traseira para a dupla. — Carmine — chamou, enquanto Benny e Joey se acomodavam no banco vazio —, coloque as malas lá atrás.

Carmine caminhava para o porta-malas do carro quando Luca Brasi, trajando um sobretudo preto e empunhando uma .38 Super, abriu a porta que dava para a rua e se meteu ao lado de Benny, apontando a pistola para o flanco dele. Vinnie Vaccarelli, ao volante, rapidamente se virou para trás, apontou sua arma para Joey e começou a revistá-lo. Tirou dele duas armas escondidas no bolso e num coldre de canela e as jogou no banco a seu lado. Luca confiscou a enorme Colt .45 que Benny trazia sob a jaqueta e a jogou para junto das outras. Segundos depois, JoJo já estava ao lado de Vinnie e o carro se misturava ao trânsito no centro da cidade.

Joey Daniello perguntou a Benny:

— Ei, cadê o seu amiguinho Carmine? Ele se perdeu ou o quê?

Benny, que suava muito, perguntou a Luca se podia tirar um lenço do bolso para enxugar a testa, e Luca assentiu.

Joey não parava de sorrir. Dava a impressão de que estava se divertindo. Inclinando-se para o banco da frente, falou:

— Ei, JoJo, diga aí: quanto vocês pagaram ao grande amigo de Benny para que ele entregasse a gente? Só por curiosidade.

— Nem um centavo — respondeu JoJo. Tirou o chapéu e com ele cobriu as armas sobre o banco. — Bastou dizer que seria bom para a saúde dele cooperar.

— Ah — fez Joey, e novamente se recostou, sempre atento a Luca. Dirigindo-se a Benny, falou: — Pelo menos você não foi vendido. Já é alguma coisa.

Pálido, Benny mal conseguia respirar.

— Relaxa — disse Luca a ele. — Não vamos... matar ninguém.

Joey Daniello riu. Uma risada breve e azeda que não o fez tirar os olhos de Luca.

— A essa hora Carmine já deve estar correndo de volta para Mariposa — comentou Vinnie, olhando pelo retrovisor. — Quem sabe eles não mandam a cavalaria para salvar vocês?

Apontando para Luca, Joey falou:

— Sabe com quem você se parece? Sério. Você é igualzinho o Frankenstein, aquele monstrengo que Boris Karloff interpreta no cinema, sabe? Essas sobrancelhas cabeludas... Essa testa assim, para a frente, igual à de um macaco. — Vendo que Luca permaneceria calado, acrescentou ainda: — O que aconteceu com a sua cara, homem? Um derrame? Foi mais ou menos assim que a minha avó ficou quando teve um derrame.

JoJo apontou a arma para Joey, e perguntou a Luca:

— Você quer que eu meta uma bala na testa dele agora mesmo?

— Guarde isso aí — foi só o que disse Luca.

— Ele não ia querer me matar no carro — comentou Joey. — Para que fazer tanta bagunça? — Novamente olhando para Luca, disse: — Aposto que você já escolheu um lugar bem bacana para a gente.

— Relaxa — repetiu Luca. — Já falei que não vou matar ninguém.

Joey deu a mesma risada azeda de antes. Balançou a cabeça, enojado, certo de que Luca mentia. Em seguida olhou pela janela e, como se falasse consigo mesmo, disse:

— Toda essa gente na rua... Todo mundo indo fazer alguma coisa, indo para algum lugar...

Estranhando o comentário, JoJo se virou para Luca com uma interrogação estampada no rosto. Benny também se dirigiu a Luca:

— Se você não vai matar a gente, o que vai fazer?

Antes que Luca respondesse, JoJo novamente se virou para trás e interveio:

— Vocês vão levar um recadinho para Capone em Chicago. Só isso. Hoje a gente está mandando mais recados que a Western Union! Carmine foi levar um para Mariposa, vocês vão levar outro para Chicago.

— Ah, é? — Joey deu um sorriso. — Então por que vocês não passam logo esse recado e deixam a gente na próxima esquina? A gente pega um táxi. — Vendo que ninguém responderia, bufou: — Um recado. Sei.

Na esquina da West Houston com a Mercer, Vinnie estacionou o Buick num beco de terra batida, ladeado por galpões e fábricas. A manhã estava ensolarada, e do lado de fora as pessoas vestiam casacos ou vestidos leves. A luz do sol penetrava alguns metros na ruela para depois se esparramar num muro imundo de tijolos aparentes. Além desse ponto só havia sombra. Nenhum pedestre à vista, mas uma trilha de terra no chão tinha marcas devido à passagem de pessoas.

— Chegamos — avisou Daniello, como se reconhecesse o lugar.

Luca puxou Benny para fora do carro, depois todos seguiram pelo beco escuro até alcançarem outro caminho, transversal, mais largo que o primeiro. Ao longo dele se via uma extensa sucessão de barracões apoiados contra um paredão de tijolos sem nenhuma janela. Eram feitos de todo tipo de tralha, remendados aqui e ali, os telhados fincados por uma chaminé. Um gato dormia diante da porta de lona de um desses barracões, ao lado de um carrinho de bebê e um tambor de metal meio queimado com uma grelha por cima. A ruela estava deserta àquela hora da manhã em que todos já deviam ter saído à procura de emprego.

— É aqui — declarou Vinnie, e conduziu o grupo até a porta trancada que separava dois barracões. Tirou uma chave do bolso, lutou por alguns segundos para abrir a fechadura e usou o ombro para desemperrar a porta, que dava para o espaço vazio e bolorento do que parecia ter sido uma fábrica no passado, mas que agora se resumia a uma caverna repleta de ecos e pombos que faziam seus ninhos nas janelas altas e suas necessidades no chão. O lugar cheirava a mofo e poeira, e Benny cobria o nariz com o boné até que Vinnie começou a empurrá-lo na direção de uma abertura retangular no chão, uma espécie de alçapão com uma escada visivelmente decrépita que descia até sumir na mais completa escuridão. Um único cano restava do que um dia havia sido um corrimão.

— Por aqui — instruiu Vinnie, apontando para a escada.

— Mas não dá para ver nada lá embaixo — comentou Benny.

— Venha comigo — chamou JoJo, passando à frente dele e descendo com um isqueiro de prata na mão. Ao pé da escada, onde nada se via no breu, ele enfim acendeu o isqueiro para iluminar um longo corredor com saídas para pequenas celas de terra batida e tijolos aparentes. As paredes eram úmidas e pegajosas, e pingava água do teto baixo.

— Perfeito — declarou Daniello. — Vocês trouxeram a gente para uma porra de catacumba.

— Uma o quê? — perguntou Vinnie.

— É essa aqui. — JoJo os conduziu para uma das celas.

— O que esse buraco tem de diferente de todos os outros? — quis saber Joey.

— Isso aqui — respondeu JoJo, e baixou o isqueiro para iluminar um rolo de corda e outro de plástico preto.

Joey deu uma sonora risada.

— Ei, Frankenstein, achei que você tivesse dito que não ia matar a gente! Luca pousou uma das mãos no ombro dele.

— Não vou... matar você... Sr. Daniello — retrucou. Em seguida apontou para Vinnie e JoJo, que, à luz bruxuleante do isqueiro, começaram a amarrar Benny e Joey com os pedaços de corda que ele, Luca, ia cortando com o machete trazido sob o casaco.

— Um machete? — perguntou Joey, pela primeira vez deixando transparecer sua irritação. — Vocês são o quê? Animais selvagens?

Terminado o trabalho, Luca ergueu primeiro Benny, depois Joey, para pendurá-los em paredes opostas, usando as mãos amarradas para prendê-los nos ganchos de ferro preto chumbados aos tijolos. Eles agora se defrontavam, pairando a alguns centímetros do chão. Quando Luca recolheu o machete que havia deixado junto a uma das paredes, Benny choramingou:

— *Mannaggia la miseria...*

— Ei, Benny, quantas pessoas você já matou na vida? — perguntou Daniello.

— Algumas — respondeu Benny, alto, tentando engolir o choro.

— Então trate de calar a porra dessa boca. — Depois Joey chamou: — Ei, Boris! — Esperou que Luca se virasse e, imitando a voz de Boris Karloff, exclamou: — *Ele está vivo! Ele está vivo!* — Então começou a rir abertamente, e tentou repetir a piada, mas engasgou com as próprias gargalhadas.

— Jesus, Daniello — disse Vinnie. — Você não tem nenhum juízo nessa cabeça.

Luca abotoou seu casaco, levantou o colarinho e sinalizou para que Vinnie e JoJo se afastassem até a porta da cela. Em seguida, com um golpe rápido e brutalmente forte do machete, decepou os pés de Benny acima dos calcanhares, fazendo com que o sangue esguichasse por toda parte, encharcando o chão. Deu um passo atrás, para ver seu trabalho. Incomodado com os berros e os gemidos do garoto, tirou um lenço do bolso e o enterrou em sua boca.

Assim que os berros silenciaram, Joey calmamente perguntou a Luca:

— Quer dizer então que... em vez de matar a gente, você vai apenas mutilar, é isso? É esse o seu recado?

— Não — respondeu Luca. — Vou... matar... Benny. Não gosto dele. — E com um segundo golpe do machete, decepou as mãos de Benny na altura dos pulsos.

Quando o garoto caiu no chão e tentou se arrastar com o que lhe restava dos membros, Luca cravou um dos pés na panturrilha dele e o imobilizou.

— Parece que... você vai ter que... levar o recado para Chicago — falou a Joey.

Nesse instante, Benny cuspiu o lenço da boca e começou a berrar por ajuda, como se alguém pudesse ouvi-lo no porão da fábrica abandonada, como se alguém no beco deserto pudesse vir a seu socorro. Luca então se abaixou e, usando ambas as mãos, cravou o machete nas costas dele, atravessando o coração. Puxou a lâmina de volta, e o sangue voltou a jorrar por toda parte: nas paredes, no chão de terra, no casaco de Luca, nas roupas e no rosto de Joey Daniello, ainda pendurado em seu gancho. Luca chutou o corpo até afastá-lo para um canto, depois tirou do bolso uma folha de papel; os dedos ensanguentados ameaçavam tornar ilegível o que estava escrito nela. Passando o papel a JoJo, pediu:

— Leia. — E se virou para Joey. — Esse é... o recado que... você vai levar. Um recado de... Don Corleone para... os seus chefes em Chicago... e para... Capone... em Atlanta. — Acenou com a cabeça para JoJo.

JoJo foi para junto do isqueiro aceso que havia deixado num nicho da cela. Aproximando o papel do fogo, leu:

— Prezado Sr. Capone, agora o senhor sabe como lido com meus inimigos. — Ele tossiu, limpando a garganta. — Por que um napolitano iria interferir numa contenda entre dois sicilianos? — continuou, lendo devagar. — Caso seja do seu interesse me ver na qualidade de um amigo, fico lhe devendo um serviço que será pago assim que lhe aprouver. — JoJo aproximou o papel dos olhos, tentando ler através de uma mancha de sangue. — Um homem como o senhor deve saber que é muito mais lucrativo ter um amigo que, em vez de solicitar sua ajuda, cuida dos próprios assuntos e está sempre à disposição para ajudar quem dele precisa. — JoJo precisou interromper a leitura mais uma vez para limpar o sangue que o impedia de ler a última frase. — Caso minha amizade não lhe interesse — prosseguiu —, paciência. Mas devo informar que o clima desta cidade é muito úmido, pouco saudável para os napolitanos, e será melhor se não vier nos visitar.

Terminada a leitura, JoJo se ergueu novamente e devolveu o papel a Luca, que o dobrou e o guardou no bolso de Joey Daniello.

— É só isso? — perguntou Joey. — É só entregar esse recado?

— Você me faria... esse favor? — devolveu Luca.

— Claro que sim. Pode deixar que entrego o recado.

— Ótimo — disse Luca. Novamente recolheu o facão e começou a se dirigir para a porta. — Quer saber de uma coisa? — Parou de repente. — Não sei... se realmente posso... confiar em você.

— Claro que pode — confirmou Joey, atropelando as palavras, quase em tom de súplica. — Que motivo eu teria para não entregar o recado do seu chefe? Você pode confiar em mim, claro que pode.

Luca pareceu refletir um instante.

— Sabe o tal... monstro de Frankenstein... que você... tanto gosta? Eu vi o filme. — Ele crispou os lábios como se não entendesse o porquê de tanto sucesso. — Um monstro medíocre... se você quer saber... minha opinião.

— Mas o que diabos isso tem a ver? — perguntou Joey.

Luca virou as costas para ele, deu um passo na direção da porta, então deu meia-volta já com o machete no alto e, como um rebatedor de beisebol com seu taco erguido, decapitou Joey com uma série rápida de três golpes. A cabeça do garoto foi rolando pelo chão e esguichando sangue até bater contra a parede. Antes de sair, Luca instruiu a JoJo:

— Espere os dois... pararem de sangrar... embrulhe os corpos... depois desove em algum lugar. — Voltou à cela para pegar o bilhete de Vito no bolso de Joey e o entregou a Vinnie: — Coloque isso numa... mala junto... das mãos do... garoto. Depois envie tudo para... Frank Nitti.

Ele jogou o machete no chão ensanguentado e voltou à escuridão do corredor.

22

Um dos rapazes de Tony Rosato esfregava sua camisa numa tábua de bater roupa no apartamento da rua 25, debruçado sobre a pia da cozinha. Com seus 20 e poucos anos, baixote e atarracado, ele vestia apenas uma regata branca e calças sociais amarrotadas; os cabelos eram fartos e emaranhados. Giuseppe estava acordado já havia mais de uma hora. A julgar pelo sol que entrava pelas janelas da cozinha, já passava das dez. Absorto na limpeza da camisa, derramando água e espuma para todos os lados, o garoto sequer havia notado a presença do chefe que o espiava à porta. Fazia uma hora que Giuseppe estava de pé. No corredor às suas costas, nenhum sinal de movimento. Mais de dez da manhã e todos os imbecis sob seu comando ainda estavam dormindo, exceto aquele paspalho que lavava uma camisa na pia da cozinha. Giuseppe examinou a primeira página do *New York Times*, que havia acabado de recolher à porta do apartamento, ao lado da qual tinha encontrado ambos os guardas de Tomasino dormindo em suas cadeiras. Recolhera o jornal, fechara a porta e não chamara a atenção de absolutamente ninguém, nem mesmo daquele porco na cozinha. Quanto descaramento! Lavar uma camisa no lugar onde todos comiam.

Albert Einstein estava na primeira página do *Times* com o aspecto de um *ciucc'* vestindo um bom terno, gravata de seda e colarinho quebrado. O imbecil sequer era capaz de pentear os cabelos!

— Você aí, *stupido* — chamou Giuseppe.

O garoto à pia saltou assustado, derramando mais água no chão.

— Don Mariposa! — Ele olhou para Giuseppe, percebeu sua expressão e levantou a camisa. — Derramei vinho na minha camisa boa. Ontem a gente ficou até tarde jogando...

— *Mezzofinocch'!*[28] — bradou Giuseppe. — Se eu pegar você outra vez lavando roupa no lugar onde todo mundo come, meto uma bala nesse seu traseiro, ouviu bem?

---

[28] Meio-homossexual; maricas.

— Claro — respondeu o garoto, como o idiota que de fato era. Meteu as mãos na espuma da pia e tirou a borracha que tampava o ralo. — Não vai acontecer de novo, Don Mariposa — garantiu, e a pia se esvaziou aos poucos, um remoinho furando a espuma.

— Vou subir para o telhado. Chame Emilio e diga para ele ir falar comigo e peça para levar Tits.

— Claro.

— Depois arrume essa cozinha, prepare um café e tire todos da cama. Você acha que consegue fazer tudo isso?

— Claro — acatou o garoto, recostando-se na bancada molhada, ensopando a parte de trás da calça.

Giuseppe ainda o fulminou uma última vez com o olhar, depois voltou a seu quarto. As cobertas estavam emboladas ao pé da cama. Ele se remexia muito durante a noite, debatendo-se com elas. Também tinha o hábito de gemer. Às vezes tão alto que podia ser ouvido no apartamento vizinho. No banheiro da suíte, o espelho ainda se encontrava embaçado pelo vapor do chuveiro. Giuseppe sempre tomava uma ducha logo ao se levantar. Diferente do pai, aquele *stronz'* que por sorte estava morto desde muito, e também diferente da falecida mãe, aqueles dois inúteis que não faziam mais que encher a cara e tagarelar sobre a merda da Sicília. Raramente tomavam um banho, os dois porcos fedidos. Desde jovem que Giuseppe pulava da cama, tomava banho e se vestia. Sempre um terno. Mesmo quando não tinha um tostão furado no bolso, sempre encontrava um jeito de adquirir um terno decente. Acordar, vestir o terno e sair para o trabalho. Por isso ele havia chegado aonde estava, enquanto o restante daquela corja continuava lá para servi-lo.

Correu os olhos pelos móveis do quarto: a cama de mogno que mais parecia um trenó gigante, a cômoda no mesmo estilo, o espelho sobre a cômoda. Tudo resplandecia de tão novo. Ele gostava do apartamento e já cogitava mantê-lo para uma de suas garotas depois que terminasse aquela bobagem com Corleone. Seu paletó estava pendurado atrás da porta do banheiro, e, sob ele, o coldre axilar. Giuseppe vestiu o paletó e deixou o coldre onde estava. Abriu uma das gavetas da cômoda e, entre todas as armas que nela havia, escolheu a minúscula Derringer para guardar no bolso do paletó. Só então seguiu para o telhado, dando um tapa na cabeça de todos os guardas que encontrava pelo caminho, acordando-os e seguindo em frente sem dizer palavra.

O dia estava lindo. O sol forte aquecia o piso e a cornija do telhado. Giuseppe calculava que a temperatura passava dos vinte graus naquela manhã primaveril, quase estival. Gostava de estar a céu aberto, de respirar ar fresco. Sentia-se ainda mais limpo. Caminhando até a borda do telhado, apoiou a mão sobre a cabeça da gárgula e olhou a paisagem urbana, as avenidas que já fervilhavam com o trânsito de carros e pedestres. Perto dali a flecha branca do Flatiron Building brilhava à luz do sol. Durante um tempo, quando ainda procurava seu lugar ao sol, Giuseppe havia trabalhado para Bill Dwyer em Chicago, onde também conhecera Al Capone. Sempre que recebia alguma ordem de Bill, ele imediatamente pulava de onde estivesse para atender o chefe. Afinal, era essa sua obrigação, certo? Por conta disso passou a ser chamado de Jumpin' Joe, e, apesar de ficar nervoso quando o chamavam assim, não se importava nem um pouco com o apelido. Alguém mandava, ele obedecia. Havia feito isso a vida inteira. Se algo precisava ser feito, ele logo resolvia num pulo. Por isso progredira daquela maneira.

Quando a porta do telhado abriu atrás de si, Giuseppe deus as costas ao sol de que tanto gostava com relutância. Virando o rosto a contragosto, deparou-se com Emilio, que vestia calças escuras e uma camisa amarelo-clara, larga e desabotoada até o centro do peito, revelando uma corrente de ouro. Ele era um homem elegante, esse era um dos motivos pelos quais Giuseppe o admirava. E por isso também ficava tão incomodado ao vê-lo daquela maneira, vestindo roupas informais. Não era profissional.

— Joe — saudou Emilio ao se aproximar. — Você queria falar comigo?

— Hoje de manhã eu me levanto — começou Giuseppe, virando-se completamente para fitá-lo — e encontro dois dos seus rapazes dormindo do lado de fora da porta, e todos os outros dormindo feito pedra do lado de dentro, exceto um dos meninos de Tony, um imbecil que estava lavando roupa na pia da cozinha. — Ele espalmou as mãos, pedindo a Emilio uma explicação para tamanho absurdo.

— Eles ainda estão se acomodando no apartamento — justificou Emilio.

— Ficaram bebendo e jogando pôquer até altas horas da madrugada.

— E daí? Que diferença isso vai fazer se Clemenza mandar alguns dos seus homens para cá? Você acha que eles não vão estourar nossos miolos só porque os rapazes ficaram jogando pôquer até tarde?

Emilio não viu outro jeito senão concordar.

— Não vai acontecer de novo — declarou. — Dou minha palavra.

— Ótimo. — Giuseppe sentou-se na cornija de pedra com o braço apoiado na gárgula e sinalizou para que Emilio sentasse a seu lado. — Me diga uma coisa: podemos mesmo ter certeza de que foi o pessoal de Frankie Pentangeli?

— Sim — respondeu Emilio. Sentou-se ao lado de Giuseppe e tirou um cigarro do maço. — Carmine Rosato estava lá. Falou que foram Fausto, Fat Larry e mais uns outros que ele não conhecia. Viraram o lugar pelo avesso. Levaram no mínimo uns 10 mil.

— E os escritórios dos sindicatos? — Giuseppe gesticulou para Emilio lhe dar um cigarro.

— Só pode ter sido Frankie. Estamos em guerra agora, Joe. E Frankie está do lado dos Corleones.

Giuseppe recebeu o cigarro e o isqueiro oferecidos por Emilio, bateu o cigarro contra a pedra da cornija e o acendeu.

— E nós? — perguntou. — Ainda estamos de braços cruzados?

— Eles já se moveram ou fecharam suas bancas. Boa parte dos cassinos clandestinos também. Portanto estão perdendo dinheiro, quanto a isso não há dúvida. Mas todos os mandachuvas estão lá naquele lugar em Long Island. Aquilo é uma fortaleza, Joe. É preciso arriscar a vida só para se aproximar. E para entrar lá? Só fazendo um cerco como nos tempos medievais.

— Nos tempos o quê? — perguntou Giuseppe, devolvendo o isqueiro.

— No tempo dos castelos com fosso, essas coisas.

— Ah. — Giuseppe permaneceu calado por um tempo, admirando o azul do céu. — Então agora temos certeza de que foi Frankie quem contou para eles sobre os Anthonys — continuou, sem olhar para Emilio. — Nunca confiei naquele sujeito. Ele não gostava de mim. Estava sempre sorridente, sempre dizia a coisa certa. Mas eu sabia. Ele nunca gostou de mim. Meu único arrependimento é não ter cravado uma bala na cara dele antes que tudo isso acontecesse. — Apagou o cigarro e o jogou para a rua. — Você tomou o partido dele, Emilio. Falou para não o apagarmos ainda, que esperássemos mais um pouco para ver, que ele era um bom sujeito.

— Ei, Joe, como eu ia saber?

Joe bateu no próprio peito, dizendo:

— Instinto. Eu também não sabia, mas desconfiava. Devia ter seguido o meu instinto e apagado o homem.

Quando a porta do telhado se abriu e Ettore Barzini passou por ela com Tits na sua cola, Giuseppe comentou um último assunto com Emilio antes que fossem interrompidos.

— É melhor que essa história com os irlandeses dê certo. Está me ouvindo, Emilio?

— Claro, Joe. Fique tranquilo. Vai dar tudo certo.

Ambos se levantaram com a chegada de Ettore e Tits.

— Emilio e eu estamos falando daquele traidor de merda, Frankie Pentangeli — avisou Giuseppe.

— Filho da puta — xingou Ettore. Estava usando um terno cinza e uma camisa preta sem gravata, o colarinho aberto. — É difícil de acreditar, Joe.

— Mas tem uma coisa — comentou Giuseppe, olhando para Tits. — Uma coisa que até agora está entalada na minha garganta. Não contamos a Frankie sobre os Anthonys. E Frankie não sabia sobre os dois assassinos que Capone mandou. Então... como ele descobriu? — Ele ainda olhava para Tits. — Como ele podia saber sobre a emboscada no restaurante? Sobre os sicários de Chicago? Certamente alguém deu com a língua nos dentes. Tits, você faz alguma ideia de quem possa ter sido?

— Don Mariposa — começou Tits. O ar infantil que lhe conferiam o sorriso fácil e as bochechas gordas subitamente deu lugar a uma dureza, quase raiva. — Como eu ia contar alguma coisa para Frankie? Não trabalho para ele. Mal falo com ele. A que horas eu ia dar com a língua nos dentes? Por favor, Don Mariposa, eu não tive nada a ver com isso.

— Joe — interveio Ettore —, boto minha mão no fogo por Tits. Por que ele passaria alguma informação para Frankie? O que ganharia fazendo uma coisa dessas?

— Chega, Ettore — interrompeu Giuseppe, e perguntou a Emilio: — Você também bota a mão no fogo pelo garoto?

— Claro que sim — declarou Emilio. — Ele está comigo desde menino. Não me trairia dessa forma. Não foi ele, Joe.

— Claro que não trairia você, que é um pai para ele. Claro que não. — Giuseppe balançou a cabeça, irritado com toda a situação. Sinalizou para que os outros o seguissem e seguiu rumo à porta do telhado. — Vocês têm ideia do que as outras famílias devem estar pensando de mim agora? Do que meu amigo Al Capone deve estar pensando? Ele e todo o pessoal do Sindicato de Chicago? Fazem ideia do que toda essa gente está pensando?

Tits se adiantou para a frente do grupo e abriu a porta para o chefe.

— Você não gosta muito de mim, não é? — perguntou Giuseppe.

— Gosto, sim, Don Mariposa — respondeu Tits.

— *Don Mariposa, Don Mariposa* — disse Giuseppe a Emilio, já passando ao hall escuro que antecedia a escada. — Agora, de uma hora para a outra, esse seu garoto me vem com esse respeito todo.

Tits fechou a porta e os quatro homens formaram uma pequena roda junto à escada. Giuseppe novamente balançou a cabeça como se respondesse a algo que os demais não podiam ouvir.

— Quer saber de uma coisa? — indagou a Tits. — Não sei se foi você quem deu a dica para Frankie, para os Corleones ou sei lá para quem. Mas, fora os meus capitães, ninguém mais sabia de todos os detalhes, portanto...

— Não é verdade, chefe! — suplicou o garoto. — Todo mundo sabe de tudo.

— Não tenho segredos com meu pessoal — declarou Emilio, dando um pequeno passo na direção de Giuseppe. — Preciso confiar neles, e todos sabiam que Frankie estava isolado. Nenhum dos meus homens delatou porcaria nenhuma.

Giuseppe o encarou por alguns segundos antes de se voltar para Tits.

— Mesmo assim não confio em você, Tits. Você é um pivete, e tenho lá minhas desconfianças. Portanto... — Com um único passo ele se posicionou diante do rapaz. Segurou a nuca dele com a mão esquerda e com a direita apontou a pistola Derringer na altura do coração e atirou. Recuou um passo e viu o garoto desfalecer para o chão.

Ettore virou o rosto, não quis olhar. Emilio permaneceu imóvel.

— Nunca mais me questione — ordenou Giuseppe a Emilio. — Se eu não tivesse dado ouvidos a você, Frankie já estaria debaixo da terra há muito tempo, e nada disso estaria acontecendo. Essa história era para ter um fim rápido, mas agora... Agora tenho a merda de uma guerra nas mãos.

Emilio mal parecia ouvir Giuseppe. Olhou na direção de Tits. Uma pequena poça de sangue já começava a se formar no chão.

— Ele era um bom menino — comentou.

— Agora é um bom menino morto — disse Giuseppe, e começou a descer a escada. — Livre-se dele. — Alguns degraus abaixo, virou-se. — Alguém vá falar com os irlandeses e insista mais uma vez para eles ficarem de bico calado.

Continuou descendo até sumir de vista.

Quando parou de ouvir os passos de Giuseppe, certo de que agora não seria entreouvido, Ettore se virou para o irmão e comentou:

— O filho da puta provavelmente tinha razão. Só pode ter sido Tits. Ele odiava Joe.

— Não temos como saber — ponderou Emilio, e começou a descer a escada com Ettore atrás. — Peça aos rapazes que levem o corpo para aquele cemitério em Greenpoint, perto da família dele.

— Você acha que Joe...

— Foda-se, Joe — cuspiu Emilio. — Faça o que eu mandei.

23

Cork baixou a lona verde até mais ou menos a metade da janela da confeitaria, bloqueando o sol forte que vinha da rua. Fazia pouco que Eileen deixara no balcão um fumegante tabuleiro de roscas doces, e a loja tinha o aroma de canela e pão recém-saído do forno. Os fregueses das primeiras horas do dia já tinham feito suas compras, e Eileen já havia subido para ficar com Caitlin, deixando-o sozinho para arrumar as vitrines e a loja como um todo. Cork não se importava de trabalhar na confeitaria. Começava a gostar daquilo, apesar do avental e do boné que a irmã o obrigava a usar. Gostava de papear com a freguesia, composta quase inteiramente de mulheres. Contava suas histórias para as casadas e flertava com as solteiras. Eileen podia jurar que o movimento aumentara desde que o irmão havia começado a trabalhar no balcão.

Ele ainda estava junto à janela quando um vestido preto passou na calçada e segundos depois o sininho da porta tilintou. Era a Sra. O'Rourke, que acabara de entrar com alguma garrafa escondida num saquinho de papel. Reduzira-se a um fiapo de mulher com os cabelos já grisalhos e tão encarquilhada que parecia franzir o rosto mesmo quando não o fazia.

— Ah, Sra. O'Rourke — saudou Cork, um tanto pesaroso.

— Bobby Corcoran — falou a mulher. Vestia-se de preto da cabeça aos pés, enlutada, e exalava a cerveja e cigarro. Com a mão livre ela endireitou os cabelos ralos, talvez porque estivesse na presença de um homem. — É com você mesmo que eu quero falar. Fiquei sabendo que estava trabalhando aqui.

— É, estou — respondeu Cork. Começou a dar suas condolências, mas bastou mencionar o nome de Kelly para ser bruscamente interrompido.

— Nunca tive uma filha — rebateu a Sra. O'Rourke. — Filha minha jamais iria para a cama com um carcamano assassino como Luca Brasi, aquele porco imundo.

— Sei como deve estar se sentindo, Sra. O'Rourke.

— Sabe? — devolveu, azeda, crispando o rosto ainda mais enquanto apertava a garrafa ao peito e dava seus passinhos cambaleantes na direção do balcão. — Sean contou que você teve um grande desentendimento com seu amigo Sonny Corleone. É verdade?

— Sim, senhora — respondeu Cork, e, para disfarçar a repugnância que a aproximação dela lhe causava, debruçou-se no balcão e ofereceu a ela um discreto sorriso. — Não nos vemos mais.

— Isso é muito bom — comentou a Sra. O'Rourke, agarrada à sua garrafa. Parecia hesitar entre a vontade e a não vontade de falar.

— Posso ajudar a senhora em alguma coisa? — perguntou Cork.

— Isso é muito bom — repetiu ela, alheia ao que Cork havia acabado de dizer. Aproximou-se um pouco mais do balcão e se inclinou na direção do compatriota. Embora estivesse a certa distância, dava a impressão de que estava cara a cara com ele. Baixando a voz, falou: — Aquele Sonny vai ter o que merece. Ele, aquele Luca Brasi e toda a corja dos carcamanos. — Ajeitou os cabelos, satisfeita consigo mesma. — Tem uma surpresinha irlandesa a caminho deles.

— Do que a senhora está falando, Sra. O'Rourke? — Junto à pergunta, Cork também deu um risinho, depois acrescentou: — Não estou entendendo nada.

— Mas vai entender — avisou ela, e riu também. Em seguida voltou à porta e, antes de sair, acrescentou: — Deus ama um desfile.

Riu novamente, mas uma risada amarga, e se foi sem dizer mais nada, deixando que a porta se fechasse sozinha.

Cork ficou olhando para a porta como se por ela, junto do sol, pudesse entrar o significado das últimas palavras da enigmática senhora. De fato ele havia lido alguma coisa sobre um desfile no *New York American* daquela manhã. Procurando o jornal, achou-o aberto na página dos quadrinhos e começou a folheá-lo até encontrar a matéria, que não passava de uma única coluna na terceira página. O desfile aconteceria naquela mesma tarde em Manhattan, ao longo da Broadway. Alguma coisa em favor da responsabilidade civil. A seus olhos aquilo não passava de mais uma baboseira política. Sequer podia imaginar a relação de Sonny e da família Corleone com o tal desfile. Cork largou o jornal e voltou a arrumar as vitrines, embora seus pensamentos estivessem na Sra. O'Rourke dizendo "Deus ama um desfile",

"Sonny vai ter o que merece". Poucos minutos depois, não se contendo, largou as vitrines, colocou o sinal de *Fechado* na porta, trancou-a e subiu ao apartamento pela escada dos fundos.

Encontrou Eileen esticada no sofá da sala, erguendo Caitlin para o alto. A menina gargalhava enquanto fingia voar com os braços estirados como asas.

— Quem está cuidando da loja? — perguntou Eileen assim que viu o irmão.

— Olha, tio Bobby! Olha! — exclamou Caitlin. — Estou voando que nem um passarinho!

Bobby tomou a sobrinha, colocou-a nos ombros e girou uma vez antes de jogá-la de volta no sofá e cobri-la de tapinhas no bumbum.

— Vá brincar no seu quarto um pouquinho, meu amor — pediu. — Preciso conversar com sua mãe. Coisa de gente grande.

Caitlin olhou para a mãe, que apontava para o corredor. Fechou o sorriso com um beicinho, colocou as mãos na cintura e saiu marchando para o quarto, fazendo-se de indignada.

— Você pelo menos trancou a porta? — perguntou Eileen, empertigando-se no sofá.

— Tranquei e coloquei a placa de *Fechado*. De qualquer modo, o movimento vai ser fraco até a hora do almoço, você sabe disso. — Cork sentou-se ao lado da irmã e contou a ela sobre a visita da Sra. O'Rourke.

— Ela provavelmente estava bêbada, sem falar coisa com coisa — cogitou Eileen. — A que horas vai ser esse desfile?

Cork olhou para o relógio e respondeu:

— Daqui a uma hora mais ou menos.

— Nesse caso... — Eileen se calou um instante e refletiu sobre alguma coisa, depois disse: — Vá falar com Sonny e conte o que aconteceu. O mais provável é que ele não dê a menor importância a essa história.

— E que eu fique me sentindo um idiota — acrescentou Cork.

— Vocês são dois idiotas, você e Sonny — comentou Eileen, e puxou o irmão para um beijo na lateral da cabeça. — Vá falar com ele. Já passou da hora de vocês fazerem as pazes.

— Mas e Caitlin? Quem vai ficar com ela enquanto você cuida da loja? Eileen revirou os olhos.

— Agora você acha que é indispensável, é? — Ela ficou de pé, apertando o joelho do irmão. — Não demore. — E foi na direção do corredor. À porta do quarto da filha, virou-se novamente para a sala e disse: — Anda, vai embora! Vai, vai, vai.

Vito entregou um lenço a Fredo. Eles estavam na Sexta Avenida, entre as ruas 32 e 33, esperando com o restante da multidão pelo início do desfile. Fredo havia acordado tossindo, mas insistira em acompanhar a família, e agora Carmella se posicionava atrás do filho, com a palma da mão na testa dele e franzindo o cenho para Vito. O céu alternava entre o nublado e o limpo, e o dia prometia esquentar, mas, naquele momento, à sombra da loja de departamentos Gimbels, fazia frio, e Fredo tremia. Vito segurava a mão de Connie enquanto observava Fredo. Atrás de Carmella, Santino e Tom encenavam uma luta de boxe com Michael, que, empolgado com o clima do desfile, devolvia os golpes que recebia, ora dando socos no flanco de Sonny, ora batendo com o ombro em Tom. Na outra ponta da rua, o vereador Fischer estava cercado por uma dezena de figurões, entre eles o chefe de polícia com seu uniforme de gala devidamente engomado, o peito espetado por medalhas e condecorações. Vito havia passado por eles com sua família sem receber mais que um discretíssimo aceno do vereador.

— Você está doente — disse Vito a Fredo. — Está tremendo.

— Não, não estou — respondeu Fredo, afastando da testa a mão de Carmella. — Só estou com um pouco de frio. Só isso, pai.

Vito ergueu o indicador para o filho e chamou Al Hats, que observava o movimento na companhia de Richie Gatto e dos gêmeos Romero. Do outro lado da rua, Luca Brasi e seus garotos se misturavam aos demais pedestres. Quando Al se aproximou com um cigarro pendurado à boca e o fedora caindo para a testa, Vito imediatamente tomou o cigarro dele e o apagou no chão. Em seguida endireitou o chapéu.

— Leve Fredo para casa — mandou. — Ele está com febre.

— Desculpe — disse Al, ciente de que não deveria andar por aí com um cigarro entre os lábios como a caricatura de um capanga. Endireitou a gravata cinza que estava vestindo sobre a camisa marrom, depois falou com Fredo: — Vamos lá, rapaz. A gente para numa lanchonete qualquer e eu compro um milk-shake para você.

— Posso? — perguntou Fredo, olhando para a mãe.

— Claro — concedeu Carmella. — Vai ser bom para sua febre.

— Ei, pessoal! — exclamou Fredo aos irmãos. — Estou indo embora porque estou doente.

Sonny, Tom e Michael interromperam a brincadeira e se juntaram aos demais. A multidão era grande ao redor deles, muitos italianos mas também poloneses, irlandeses e até mesmo um grupo de judeus hassídicos com seus trajes e chapéus pretos.

— Pena que você não vai ficar — comentou Michael com Fredo. — Quer que eu pegue um autógrafo do prefeito para você, caso a gente o veja?

— E para que eu ia querer um autógrafo daquele gordo idiota? — questionou, e deu um empurrão no irmão.

— Pare com isso — interveio Sonny, agarrando Michael pelo colarinho antes que ele pudesse reagir.

Vito olhou para os filhos e deu um suspiro. Sinalizou para Hats, que tomou Fredo pelo braço e saiu com ele.

— Desculpe, pai — disse Michael, e rapidamente emendou: — Mas o senhor acha que a gente vai ver o prefeito? Acha que eu vou conseguir um autógrafo?

Vito içou Connie para o colo e puxou o vestidinho azul para endireitá-lo, cobrindo os joelhos dela.

— Sua irmã está se comportando como um anjo — falou para Michael.

— Desculpe, pai — repetiu o menino. — Prometo que não vou mais brigar com Fredo.

Vito encarou o filho com seriedade, depois passou o braço pelo ombro dele e o puxou para perto.

— Se você faz questão de um autógrafo do prefeito, eu dou um jeito.

— É mesmo? — perguntou Michael. — O senhor pode fazer isso?

— Ei, Michael — chamou Tom. — Papai pode conseguir o autógrafo que você quiser, garoto.

— Você devia era pedir um autógrafo dele — emendou Sonny, e deu um tapão na testa do caçula.

— Sonny! — exclamou Carmella. — Sempre a mesma brutalidade! — E começou a esfregar a testa de Michael como se quisesse aliviá-la de alguma dor deixada pelo tapa.

Em algum lugar, mas que eles não conseguiam ver, uma tuba coaxou, seguida pela dissonante cacofonia dos outros instrumentos da banda que se preparava para entrar em cena.

— Lá vamos nós — avisou Vito, e juntou a família à sua volta.

Pouco depois o diretor do desfile apareceu, gritando instruções para os grupos que precisava colocar em formação. Do outro lado da Sexta Avenida,

Luca Brasi permanecia tão imóvel quanto um prédio, sempre com os olhos grudados no chefe.

Vito meneou a cabeça na direção dele e desceu para o asfalto com a família.

Cork parou seu Nash diante do prédio de Vito assim que viu Hats se aproximar da escada com a mão sobre o ombro de Fredo. Fat Bobby e Johny LaSala, que guardavam a porta do prédio como um par de sentinelas, rapidamente desceram à calçada, ambos com a mão no bolso do paletó. Cork deslizou no banco e passou a cabeça pela janela.

— Cork! — gritou Fredo, e correu rumo ao Nash.

— Opa, Fredo! — exclamou Cork, e cumprimentou Hats com um aceno de cabeça. As duas sentinelas voltaram para seu posto junto à porta. — Estou procurando Sonny — disse Cork a Fredo. — Ele não está em casa, então achei que pudesse estar por aqui.

— Não, ele está lá no desfile — avisou Fredo. — Eu também estava, mas estou doente, então tive que voltar.

— Poxa, que pena. Ele está no desfile, é? Sonny?

— Está. Todo mundo está lá. Quero dizer, todo mundo menos eu.

— Um desfile, é?

— Qual o problema, Cork? — interveio Hats. — Ficou surdo de repente?

— Todas as pessoas importantes estão lá — comentou Fredo. — Até mesmo o prefeito.

— É mesmo? — Cork retirou seu boné e coçou a cabeça como se custasse a acreditar que Sonny estivesse num desfile. — Mas e esse desfile, onde é? — perguntou a Fredo.

Hats afastou Fredo do carro e indagou:

— Para que tanta pergunta?

— Porque estou procurando Sonny.

— Então passe outro dia — declarou Hats. — Hoje ele está ocupado.

— Eles estão perto da Gimbels, lá na cidade — falou Fredo. — A família inteira está lá: Sonny, Tom, todo mundo. — Vendo o olhar fulminante com que Hats o crivava, protestou: — Mas Cork é o melhor amigo de Sonny!

— Se cuida, garoto — disse Cork. — Daqui a pouco você já vai estar bom. — Despediu-se de Hats e retornou ao volante.

Em Manhattan, a polícia havia bloqueado o tráfego em torno da Herald Square com barricadas amarelas, embora o público presente nas calçadas não fosse muito grande. O contingente de pedestres era mais ou menos o mesmo que o de um dia normal da semana, talvez um pouco maior. Cork contornou as barricadas e estacionou o Nash à sombra do Empire State Building. Antes de sair do carro, retirou do porta-luvas sua Smith & Wesson e a guardou no bolso do paletó. Em seguida caminhou para a estação de metrô mais próxima e, deixando para trás a claridade do dia, sumiu na escuridão e no frio dos túneis, em meio à barulheira metálica dos trens. Já havia feito compras na Gimbels, com Eileen e Caitlin, e certamente seria capaz de se orientar através dos túneis para sair direto na porta da loja. Assim, seguindo as placas indicativas, não teve nenhuma dificuldade para encontrar o subsolo da gigantesca loja de departamentos, um labirinto de balcões e estandes onde trabalhava um exército de vendedoras. No interior da loja, seguiu as placas até sair à rua, depois seguiu pela Sexta Avenida até a Broadway, onde um batalhão de líderes de torcida com uniformes brancos marchava e rodopiava seus bastões ao compasso de uma banda marcial.

O público da parada se espremia em duas ou três filas junto ao meio-fio, deixando espaço suficiente na calçada para o trânsito normal de pedestres. Abrindo caminho entre as pessoas, Cork desceu à rua a tempo de ver LaGuardia acenando para a multidão do alto da carroceria de um caminhão que avançava lentamente. Na mesma carroceria iam também dezenas de policiais vestidos como generais e autoridades de terno ou uniforme, mas, pelo porte avantajado e pelo modo enérgico com que acenava com o chapéu, não havia dúvida de que aquele era mesmo o prefeito. Uma horda de policiais cercava o caminhão, e o desfile se estendia à frente deles, seguindo pela Broadway até onde Cork podia ver. Dois policiais a cavalo separavam o espaço entre o caminhão de autoridades e o grupo formado pelas líderes de torcida de branco e pelos músicos. Trombones, taróis e pratos executavam uma ruidosa versão de "The Stars and Stripes Forever".

Cork foi margeando a calçada na direção oposta à do desfile, passando pela banda, procurando Sonny. Uma caravana de nuvens cinzentas bloqueava o sol, deitando sobre o asfalto retalhos de sombra e luz que percorriam a avenida como se também quisessem seguir o cortejo. Atrás da banda iam apenas alguns poucos grupos, caminhando no centro da rua. Um deles, com uma dúzia de homens, mulheres e crianças, levava consigo uma faixa sobre a qual se lia *Papelaria do Walter, 1355,*

Broadway. Atrás deles vinha um casal muito bem-vestido, caminhando de mãos dadas e acenando para o público. No exato momento em que Cork avistou Luca Brasi na calçada oposta, Angelo Romero pulou à sua frente, bloqueando o caminho. Cork recuou assustado, mas logo viu que se tratava do amigo.

— O que diabos você está fazendo aqui, rapaz? — perguntou Angelo, sorrindo e sacudindo Cork pelos ombros.

— Angelo, o que está acontecendo aqui? — quis saber Cork.

Angelo correu os olhos pela avenida, depois fitou Cork.

— Um desfile, ué. O que você achou que era?

— Muito obrigado pela informação — agradeceu Cork. Em seguida arrancou o chapéu-coco da cabeça de Angelo e brincou com a peninha vermelha e branca. — Um velho tio meu lá na Irlanda tem um chapéu igualzinho a esse.

Angelo pegou seu chapéu de volta.

— Mas então, o que você está fazendo aqui?

— Eu estava na Gimbels — respondeu Cork. — Eileen pediu que eu visse umas coisas aí. Mas e você? O que está fazendo aqui? — Ele apontou para o outro lado da rua. — E Luca?

— Os Corleones estão no desfile. A gente está vigiando, garantindo que não haja nenhuma confusão.

— Onde eles estão? — perguntou Cork, novamente esquadrinhando a avenida.

— Uns dois quarteirões adiante. Por que você não vem com a gente?

— Acho que não. — Cork avistou dois dos asseclas de Luca: Tony Coli e Paulie Attardi, ambos misturados à multidão. Tony mancava por causa do tiro que Willie O'Rourke dera em sua perna. — A gangue de Luca está toda aqui?

— Está. Luca e a turma dele, eu e Vinnie, além de Richie Gatto.

— E Nico? — perguntou Cork. — Grego não entra, é isso?

— Você não ficou sabendo de Nico? Os Corleones arrumaram um emprego para ele lá nas docas.

— Ah, sim — disse Cork. — Eu tinha me esquecido. Só entra italiano na turma deles.

— Não é bem assim — rebateu Angelo, e refletiu um instante. — Tudo bem, é um pouco assim. Mas Tom Hagen não é italiano.

— Pois é. Nunca entendi isso direito. Uma coisa não se encaixa com a outra.

— Deixa para lá — falou Angelo. — Venha com a gente, Cork. Sonny vai gostar de ver você. Você sabe que ele nunca aprovou o fim que as coisas tiveram, não sabe?

— É, eu sei. Mas não vai dar. Preciso terminar as compras que Eileen me pediu para fazer. Agora sou funcionário. Além disso, acho que vocês não estão precisando de nenhum reforço. — Cork apontou para Luca. — Jesus, ele agora está mais feio do que já era.

— É verdade. E ainda por cima fede.

Mais uma vez Cork correu os olhos pela Broadway. Viu apenas as pessoas que assistiam ao desfile, Luca e seus homens atentos ao movimento.

— Então é isso — concluiu. — Fale para Sonny que a gente se vê em breve.

— Falo, sim, pode deixar — avisou Angelo. — Ah, Vinnie também mandou um abraço. Falou que você devia dar as caras qualquer hora dessas. Acho que o pateta está com saudade. — Meio sem jeito, ele estendeu a mão para o amigo irlandês.

Cork apertou a mão do italiano e deu um soquinho no ombro dele, depois voltou na direção da Gimbels. Alguém havia deixado cair na rua uma edição do *Daily News*, e ele se abaixou para recolher as folhas que o vento ameaçava embaralhar. Olhou para o céu, viu que estava para chover, depois baixou os olhos novamente para o jornal, para a foto de uma menina de 10 anos, Gloria Vanderbilt, e a manchete: "Pobre menina rica." Quando levou o jornal para jogá-lo no lixo mais próximo, na esquina da rua 32, deu com Pete Murray ao volante de um Chrysler preto; no banco da frente também ia Rick Donnelly, e, no de trás, Billy Donnelly. O carro estava estacionado mais ou menos no meio do quarteirão. Em vez de jogar fora o jornal, Cork o abriu para esconder o rosto e recuou para a entrada de uma loja de brinquedos. Pete e os irmãos Donnelly vestiam trench coats, e, ao vê-los, a ameaça da Sra. O'Rourke contra Sonny e sua família voltou clara como se alguém a tivesse acabado de gritar ao seu ouvido: *Tem uma surpresinha irlandesa a caminho deles.* Da entrada da loja, Cork ficou vigiando o carro até que os passageiros desceram à rua, todos com uma arma escondida sob o casaco. Esperou um pouco, saiu caminhando calmamente e, assim que dobrou a esquina, partiu em disparada.

Dois quarteirões adiante, avistou a família Corleone no centro da avenida. Entre a mulher e o filho Michael, levando Connie no colo, Vito Corleone marchava à frente de Sonny e Tom, que conversavam, alheios a tudo que acontecia ao redor. Assim que os avistou, Cork irrompeu na direção deles, mas não havia ido longe quando bateu em Luca Brasi, cambaleando como se tivesse batido contra uma parede.

Luca o encarou por um breve instante, mas desviou o olhar quando Sean O'Rourke saltou uma das barricadas de isolamento, gritando o nome dele.

— Luca Brasi! — Sean ainda estava no ar, tendo saltado a barreira como um atleta, e trazia à mão uma pistola preta do tamanho de um pequeno canhão. Com o rosto desfigurado pela fúria, ele já disparava quando pisou no asfalto, atirando a esmo. As pessoas imediatamente começaram a gritar e correr, as mulheres recolhendo os filhos. Os homens de Luca se agacharam e sacaram as armas que traziam escondidas enquanto Sean estava no meio da avenida mirando contra Luca. Brasi não podia estar a mais de 2 metros de distância, mesmo assim Sean segurava a arma com ambas as mãos, dando a impressão de que havia respirado fundo antes de baixá-la um pouco, como se estivesse recebendo instruções sobre como mirar e atirar. Enfim disparou, e a bala acertou Luca direto no peito, acima do coração, fazendo com que ele e seu corpanzil caíssem para trás como uma árvore abatida. A cabeça atropelou uma das barreiras de isolamento antes de bater contra a quina do meio-fio. Luca estremeceu um instante, depois ficou imóvel.

Sean agora avançava na direção dele, arma em punho, como se estivesse sozinho numa sala com Luca e não no meio de um desfile. Quando a primeira bala o acertou no peito, Sean rodopiou no asfalto, surpreso. Parecia estar acordando de um sonho — mas então a segunda bala o acertou na cabeça, e o sonho acabou. Sean desabou no chão, deixando seu pequeno canhão cair.

Cork ainda estava na avenida, próximo à calçada, quando Sean desfaleceu — e depois disso começaram a chover balas e corpos, uma chuva súbita, e Cork se viu no centro de uma confusão em que uns berravam e outros desabavam no asfalto, gotas grossas de uma tempestade de movimento e barulho. Os pedestres que antes acompanhavam o desfile agora corriam em todas as direções, uns engatinhando no chão, outros se arrastando como cobras, todos buscando a proteção de alguma loja ou portaria.

Cork também correu para se proteger, mas, pouco depois de alcançar a porta de uma loja, viu a vitrine a seu lado se estilhaçar com uma ou mais balas daquele espetáculo pirotécnico. Sean O'Rourke jazia morto na rua, uma cratera aberta no crânio. Agachados ao redor dele, os homens de Luca atiravam em todas as direções. Vito Corleone se debruçava sobre a mulher, que apertava Connie e Michael entre os braços, tentando protegê-los. Vito gritava alguma coisa, o tronco esparramado sobre a família, a cabeça erguida como a de uma tartaruga. Parecia estar falando com Sonny, que tentava manter Tom Hagen abaixado, empurrando-o pela nuca com uma das mãos enquanto disparava sua arma com a outra. Olhando na direção em que ele atirava, Cork viu uma porta com as vidraças estilhaçadas, então viu Corr Gibson surgir do nada com uma arma em cada mão, ambas coiceando a cada disparo, cuspindo jatos brancos de fogo. Tony Coli ainda conseguiu acertá-lo com um ou dois tiros, mas logo caiu de bruços no chão, deixando a arma quicar no asfalto.

De uma hora para a outra fez-se um quase silêncio. Os tiros foram interrompidos, deixando apenas a gritaria dos apavorados. Foi então que Richie Gatto chegou com duas armas e jogou uma delas para Vito. Quase imediatamente os tiros recomeçaram. Virando-se para o lado dos disparos, Cork viu Pete Murray e os irmãos Donnelly correndo lado a lado na avenida, Murray empunhando uma submetralhadora, e os Donnellys, uma pistola. Com o corpo inclinado para a frente, abriram fogo, e Richie Gatto foi atingido bem à frente de Vito, que o amparou antes que ele caísse. Usando o corpo desfalecido como escudo para si e sua família, Vito mirou com cuidado, disparou contra Murray, e o irlandês foi ao chão, a metralhadora largada ainda no ar, cuspindo a esmo contra fachadas e janelas. Em seguida, Vito ficou de joelhos diante da mulher e seguiu atirando, mas de modo meticuloso, um disparo de cada vez, dando a impressão de que apenas ele se dava ao luxo de refletir em meio à confusão geral.

Sonny arrastou Tom até Carmella, que o puxou para perto de si. Tom imediatamente cerrou os braços ao redor da mãe e de Michael, enquanto Connie choramingava entre eles. Sonny recolheu a arma de Gatto, postou-se ao lado do pai e, ao contrário dele, começou a atirar em todas as direções.

Tudo isso aconteceu numa questão de segundos — e pouco depois um enxame de policiais invadia a área, os carros verde e branco chegando das ruas laterais com as sirenes uivando. Os irmãos Donnelly ainda atiravam, assim como Corr Gibson, escondido na entrada de uma loja. JoJo, Paulie e Vinnie, todos da gangue de Luca, retribuíam o fogo dos três irlandeses ao mesmo tempo que, deitados lado a lado no asfalto, junto ao meio-fio, os irmãos Romero, da gangue dos Corleones, disparavam contra os Donnellys, que precisaram fugir em busca de proteção. Usando os carros como escudo, os policiais gritavam com megafones na tentativa de impor um cessar-fogo. No meio da avenida, Luca Brasi se mexeu e se sentou, esfregando a nuca como se estivesse com uma terrível enxaqueca. Cork já considerava que o tumulto não poderia durar muito mais, uma vez que os carros da polícia não paravam de chegar e o coro de sirenes ficava cada vez mais ruidoso à medida que as ruas vizinhas eram bloqueadas. Os Corleones pareciam ter saído ilesos da confusão, e, no exato momento em que pensava nisso, Cork viu Stevie Dwyer emergir de uma porta atrás de Sonny e Vito. Com a atenção de todos voltada para os irmãos Donnelly e Gibson, ele agora caminhava tranquilamente na direção de Vito com uma arma em punho.

Cork saltou para a calçada e gritou por Sonny. Deveria ter berrado "Olhe para trás!" ou "Stevie está atrás de você!", porém gritara apenas o nome dele.

Sonny se virava para Cork quando Stevie ergueu sua arma e mirou Vito.

Cork tinha plena consciência de sua própria vulnerabilidade, parado ali, em meio ao stacatto dos disparos. Curvava o tronco ligeiramente como se isso pudesse protegê-lo de alguma forma. Uma voz interna urgia para que fugisse dali e se escondesse — mas Stevie Dwyer estava atrás de Vito, a uma distância inferior a de dois carros, com uma arma em punho e prestes a atirar no pai de Sonny. Assim sendo, Cork sacou a própria arma do bolso, mirou o melhor que pôde e disparou contra Stevie segundos antes de Stevie disparar contra Vito.

A bala de Cork errou Stevie e acertou o ombro de Vito. Mal acreditando no que havia acontecido, deixou a arma cair e cambaleou para trás como se ele próprio tivesse sido atingido.

Vito caiu no chão, e só por isso escapou da bala disparada por Stevie.

Cork voltou ao refúgio da loja.

De volta ao mundo dos vivos, Luca Brasi disparou contra Stevie, acertando-o na cabeça — então a tempestade de tiros se reavivou, assim como a correria geral. Cork se espremia contra uma parede enquanto os irmãos Donnelly, Corr Gibson, os policiais e todo o resto atiravam indiscriminadamente uns contra os outros.

Em meio ao caos daquele instante, Cork pensava apenas que precisava se desculpar com Sonny, explicar o que havia acontecido, dizer que tinha mirado em Stevie e acertado Vito por acidente, mas perdera o amigo de vista em meio à multidão que correra para socorrer Vito.

Ele gritou para Vinnie e Angelo. Esticou a cabeça para fora do abrigo e acenou para os dois. Os italianos olharam de relance em sua direção e, pelo que pareceu, discutiram um instante. Pouco depois Vinnie irrompeu na direção da calçada — no entanto, mal havia ficado de pé quando levou uma saraivada no pescoço e na cabeça, o crânio se desmanchando numa nuvem de sangue e ossos. Cambaleou um pouco, a maior parte de seu rosto destruída, então desabou no chão como um prédio implodido. Cork imediatamente desviou o olhar para Angelo, que, estupefato, olhava para o irmão morto. Atrás dele, Luca Brasi levava Vito nos braços para algum lugar mais seguro, Vito chamava a família ainda agrupada no asfalto. De repente, todos pareceram se dar conta de que os irlandeses haviam parado de atirar e já não estavam mais nas tocaias de antes: os irmãos Donnelly e Corr Gibson haviam fugido. Ao entenderem isso, JoJo, Vinnie e Paulie se espalharam à procura deles no labirinto de prédios. Novamente se fez um momento de tranquilidade na avenida, onde Richie Gatto, Tony Coli e Vinnie Romero jaziam mortos, bem como os irlandeses Pete Murray, Stevie Dwyer e Sean O'Rourke. Conforme Cork olhava em volta para os mortos, viu que havia mais corpos, pessoas que interromperam seu trabalho ou suas compras para assistir ao desfile e agora jamais voltariam aos seus afazeres. Entre elas Cork avistou o corpo de uma criança — um menino de cabelos escuros que aparentava ter a mesma idade de Caitlin.

De alguma forma, todos pareciam ter notado o menino naquele mesmo instante. Aos olhos de Cork, todos viravam os olhos na direção daquele corpo pequeno esticado na calçada com um dos bracinhos caindo sobre o meio-fio. Ainda se ouviam muitos berros, sobretudo dos policiais que corriam por toda parte, mas Cork tinha a impressão de que todos haviam emudecido. Virando-se para trás, só então viu que sua tocaia era uma loja de roupas femininas. Dezenas de curiosos dobravam as esquinas e saíam de trás de portas e balcões para se aproximar e observar o caos de vitrines estilhaçadas e corpos. Cork voltou sua atenção para a avenida, onde os policiais berravam ordens e prendiam todos pela frente. Com as mãos algemadas às suas costas, Sonny passou por ele e o encarou, assim como Angelo, ambos arrastados por dois grandalhões da polícia. Assim que viu outra dupla de policiais uniformizados vindo na direção da loja, Cork se misturou à multidão de curiosos e se esgueirou pela calçada até dobrar a esquina e encontrar refúgio num beco próximo. Por alguns minutos ficou lá, escondido entre as latas de lixo. Como não conseguiu pensar no que fazer em seguida, começou a retornar para a Gimbels e para os túneis que o levariam de volta ao carro.

24

À janela de seu escritório, Vito contemplou os últimos repórteres — dois gorduchos vestindo ternos baratos e levando as credenciais de imprensa sob a fita do chapéu — entrarem num velho Buick e seguir lentamente pela Hughes Avenue. Atrás deles, três detetives conversavam com Hubbell e Mitzner, dois advogados a serviço dele, ambos de formação acadêmica exemplar. Uma multidão de policiais e advogados havia permanecido horas no apartamento, enquanto, na rua, outra multidão de repórteres de jornal e rádio interpelava todos que se aproximavam do prédio, inclusive vizinhos. Agora, sozinho na penumbra do escritório, invisível à janela devido ao anoitecer, braço na tipoia, Vito esperava que os últimos visitantes fossem embora. No andar de baixo, seus homens também esperavam. Estavam na cozinha com Clemenza, que cozinhava um jantar de espaguete com almôndegas para todos, enquanto Carmella tentava confortar os filhos, indo e vindo do quarto de cada um. Vito corria a mão livre pelos cabelos, por vezes olhando para o próprio reflexo na janela, os pensamentos se voltando para os acontecimentos no desfile, os policiais no hospital, os filhos expostos ao tiroteio, Santino empunhando uma arma a seu lado e atirando a esmo, o menino morto na calçada, o sangue dele escorrendo para o asfalto.

Quanto ao menino, não havia nada que ele pudesse fazer. Encontraria um meio de ajudar a família, mas sabia que isso não era nada, que o único gesto significativo seria desfazer o que já estava feito, e porque tinha consciência dos próprios limites, sabia que era preciso tirar aquele menino da cabeça — no entanto, Vito se permitiu pensar nele mais uma vez, rever a imagem do menino morto na calçada, o sangue escorrendo para a rua. Permitiu-se também rever a imagem de Richie Gatto caindo em seus braços, as indignidades que ele próprio havia sofrido nas mãos da polícia, sendo algemado e levado num furgão para a delegacia, quando devia ter sido levado direto para o hospital. Vito tinha levado um tiro no ombro.

Fora informado de que o autor do disparo era Bobby Corcoran, embora não tivesse visto nada. Vira, no entanto, a expressão de nojo no olhar dos policiais ao detê-lo, como se estivessem lidando com um selvagem. Chegara a dizer a um deles: "Eu estava participando do desfile com a minha família", como se estivesse oferecendo uma explicação, depois, dando-se conta da desgraça que era ter que se explicar a um *buffóne* como aquele, resignara-se ao silêncio e às dores no ombro até Mitzner surgir para buscá-lo e levá-lo para o Columbia Presbyterian, onde retiraram a bala, enfaixaram seu tronco com gaze, colocaram o braço numa tipoia e o despacharam para casa para ser encurralado pelos repórteres até conseguir escapar deles e se refugiar na paz de seu escritório.

Na vidraça da janela, vendo que os cabelos estavam em total desalinho, Vito pensou sobre a estranheza daquela imagem que o fitava de volta: um homem de meia-idade com uma camisa social desabotoada, o peito enfaixado, os cabelos desgrenhados e o braço esquerdo numa tipoia. Ele abotoou a camisa. Seus próprios filhos, pensou, seus próprios filhos naquela avenida em meio a um tiroteio. Sua mulher esparramada no chão, tentando proteger as crianças de homens armados.

— *Infamità* — sussurrou, e a palavra pareceu ecoar pelo escritório. — *Infamità* — repetiu. Apenas quando se deu conta de que seu coração retumbava no peito e de que o sangue subia para o rosto foi que fechou os olhos e começou a esvaziar a cabeça até voltar à paz habitual. Não chegou a dizê-lo. Sequer chegou a pensá-lo. Mas sabia nos ossos e no sangue: faria tudo que precisava ser feito. Não mediria esforços. E tinha a confiança em que Deus haveria de compreender as coisas que os homens são obrigados a fazer, para si e suas famílias, naquele mundo que Ele próprio havia criado.

Quando Clemenza bateu duas vezes à porta antes de abri-la, Vito já havia recobrado a calma. Acendeu o abajur e ocupou sua cadeira à mesa enquanto Sonny, Tessio e Genco entravam com Clemenza e se acomodavam a seu redor. Bastou um olhar para ele perceber o abalo emocional de Genco e Tessio. Clemenza, por sua vez, não estava diferente — após um massacre que havia resultado na morte de uma criança e três homens importantes da organização — de depois de um jantar dominical com os amigos. Mas no semblante de Tessio e Genco via-se uma nítida rigidez, uma angústia, talvez até mais que isso: um súbito envelhecimento. Em Santino via-se um misto de seriedade e raiva que Vito não sabia ao certo como interpretar, chegando a pensar que o garoto mais parecia filho de Clemenza do que dele próprio.

— Já foram todos embora? — perguntou. — Os detetives e os repórteres?

— Um bando de abutres, todos eles — comentou Clemenza. Notou uma mancha de molho de tomate na gravata, afrouxou o nó. — Por mim essa gente ia toda para o inferno.

— Essa é a maior notícia desde o sequestro do filho do Lindbergh. Aquele menino morto... — disse Genco, juntando as mãos como se estivesse rezando. — Está em tudo quanto é jornal, em todos os noticiários de rádio. Sexta só vão falar disso no *March of Time*, segundo ouvi dizer. *Madre 'Dio* — acrescentou, como se estivesse despachando uma oração.

Vito ficou de pé e após alguns tapinhas no ombro de Genco foi se sentar no caixilho da janela.

— Quantas pessoas morreram além dos nossos homens e dos irlandeses? Sonny respondeu por Genco:

— Quatro mortos, incluindo o menino, e mais uma dezena de feridos. Foi isso que li no *Mirror*. Colocaram uma foto do garoto na primeira página.

— LaGuardia estava agora há pouco no rádio com aquele discurso de sempre: "Vamos botar os vagabundos para correr." — Clemenza vinha tentando a todo custo limpar a mancha de molho da gravata, aparentemente mais aborrecido com isso do que com os acontecimentos. Dando-se por vencido, tirou a gravata e a guardou no bolso do paletó.

A Genco, Vito disse:

— Quanto ao menino e à família dele, precisamos encontrar alguma maneira discreta de ajudar, seja com dinheiro, seja com nossas conexões. O mesmo vale para as famílias de todas as vítimas.

— *Sì* — anuiu Genco. — Já andei ouvindo alguma coisa sobre a criação de fundos de auxílio às famílias. Podemos fazer doações generosas e anônimas.

— Ótimo — falou Vito. — Quanto a todo o resto... — começou a dizer, mas foi interrompido quando alguém bateu timidamente à porta.

— O que foi? — gritou Sonny na direção da porta. Vito desviou o olhar para a janela.

Jimmy Mancini entrou e ficou mudo por alguns segundos, como se lhe faltassem palavras. Era um homem grande e parecia ter bem mais que seus 30 e poucos anos, com braços fortes e um bronzeado que parecia resistir até mesmo ao mais frio dos invernos.

— Emilio Barzini... — começou, finalmente.

— O que tem Barzini? — rugiu Clemenza. Jimmy era um de seus homens, e ele não gostava de hesitação.

— Ele está aqui — anunciou Jimmy. — Esperando à porta da frente.

— Barzini? — Tessio levou a mão ao peito como se sentisse alguma dor no coração.

Sonny sussurrou ao pai:

— A gente devia matar o filho da puta agora mesmo!

— Ele está sozinho — informou Jimmy. — Já virei o homem pelo avesso. Não encontrei nada, nem um canivete. Todo respeitoso, falou que queria uma audiência com Don Corleone.

Todos na sala olharam para Vito, que levou a mão ao queixo, pensativo, depois se dirigiu a Jimmy:

— Traga-o aqui. Sem truculência, por favor.

— *V'fancul'!* — Despregando-se da cadeira, Sonny se inclinou na direção do pai e falou: — Ele tentou matar Genco e Clemenza!

— Negócios — interveio Tessio. — Senta aí, menino, e fique quieto.

Assim que Jimmy deixou a sala e fechou a porta, Sonny falou:

— Deixe-me revistá-lo de novo, pai. O homem está na nossa casa!

— Por isso mesmo não é preciso revistá-lo — explicou Vito, voltando à sua cadeira junto à mesa.

Clemenza terminou a explicação:

— Há coisas que são tácitas no nosso ramo, Sonny. Um homem como Emilio nunca viria aqui com a intenção de matar.

Ao ouvir isso, Vito deixou escapar um ruído estranho, algo entre o grunhir e o rosnar, um ruído tão inusitado que todos novamente se viraram para ele, à espera do que vinha a seguir.

Como não veio nada, Tessio quebrou o silêncio, lembrando a Clemenza o velho ditado siciliano:

— Confiar é bom. Não confiar é melhor ainda.

Clemenza sorriu e falou:

— Digamos que confio em Jimmy, que já revistou o homem.

Quando Jimmy Mancini bateu apenas uma vez e abriu a porta, todos os homens na sala estavam sentados. Nenhum dos presentes se levantou quando Emilio entrou no escritório com o chapéu na mão e os cabelos meticulosamente no lugar, penteados para trás. Um leve cheiro de colônia entrou com ele, um perfume quase floral.

— Don Corleone — saudou, e se aproximou da mesa de Vito. Os homens haviam se reacomodado em suas respectivas cadeiras, dois de cada lado de Vito, de modo que agora formavam uma pequena plateia, Vito ao proscênio, Emilio falando com ele da orquestra. — Vim aqui para falar de negócios — prosseguiu —, mas antes gostaria de oferecer meus pêsames pelos homens que o senhor perdeu hoje, sobretudo Richie Gatto. Sei que eram próximos. Eu também o conhecia havia anos, tinha muito respeito por ele.

— Você veio aqui para oferecer pêsames? — interveio Sonny. — Está achando o quê? Que agora os Corleones estão desfalcados? Que estão fracos?

Já ia dizendo mais alguma coisa quando Clemenza colocou a manzorra nos ombros dele e apertou.

Emilio sequer olhou para Sonny. Continuou a se dirigir a Vito:

— Sou capaz de apostar que Don Corleone já sabe o motivo da minha visita.

Do outro lado da mesa, Vito o avaliou um instante até notar a gotícula de suor que havia brotado sobre os lábios de Emilio. Recostando-se na cadeira, disse:

— Você veio porque Giuseppe Mariposa estava por trás desse massacre. E agora que ele falhou, de novo, você já pode prever para que lado essa guerra está indo. Então veio salvar a própria vida e a vida de sua família.

Emilio sacudiu a cabeça uma única vez, lentamente.

— Eu sabia que o senhor iria entender.

— Não é preciso ser nenhum gênio — comentou Vito. — Os irlandeses jamais teriam tentado uma coisa dessas sem o apoio de Mariposa.

O rosto de Sonny já havia passado do vermelho ao roxo. Ele estava tão perto de pular na garganta de Emilio que Vito se adiantou, dizendo:

— Santino, convidamos o Sr. Barzini para entrar e agora vamos ouvir o que ele tem a dizer.

Quando Sonny resmungou algo entre dentes e se refestelou na cadeira, Vito novamente se voltou para o recém-chegado.

Emilio corria os olhos à sua volta. Deparando-se com uma cadeira dobrável recostada à parede, ficou esperando que alguém o convidasse a sentar. Como ninguém se mexeu, resignado, prosseguiu:

— Don Corleone, sempre fui contra esse ataque. Pode acreditar em mim. Fui contra, e os irmãos Rosato também. Mas o senhor conhece Giuseppe. Quando ele mete uma coisa na cabeça, não há quem tire. É uma mula.

— Mas você era contra usar os irlandeses para fazer o trabalho sujo — disse Vito.

— Joe agora é um homem poderoso. — Volta e meia Emilio batia o chapéu contra uma das pernas, denunciando o próprio nervosismo. — Não seria possível detê-lo, do mesmo modo que não seria possível para um dos seus capitães impedir que o senhor fosse adiante com alguma ideia.

— Mas você se opôs — insistiu Vito.

— Todos nós fomos contra — explicou Emilio, apertando as abas do chapéu entre as mãos —, mas de nada adiantou. E agora isso, essa tragédia, esse massacre que serviu apenas para atiçar a polícia. Eles agora vão vir atrás de nós como nunca vieram antes. Aliás, já andaram invadindo nossas bancas e os bordéis de Tattaglia.

— Nossas bancas, os bordéis de Tattaglia... — repetiu Vito, quase num sussurro. Calou-se por alguns segundos, lançou um olhar severo sobre Emilio e depois disse: — Então é isso que o incomoda. Não o fato de uma criança inocente ser morta naquela avenida. Não o fato de que a minha *família* por muito pouco não foi morta também. Minha mulher. Minha filha de 6 anos. Meus meninos. Não foi por nada disso que você veio até a minha casa.

— Don Corleone — começou Emilio de cabeça baixa, a voz carregada de emoção. — Don Corleone, me perdoe por ter deixado que tudo isso acontecesse. *Mi dispiace davvero. Mi vergogno.* Toda essa tragédia poderia ter sido evitada se eu tivesse procurado o senhor antes. Eu devia ter arriscado minha vida e riqueza. Suplico pelo seu perdão.

— *Sì* — respondeu Vito apenas, e seguiu encarando Emilio com a mesma severidade de antes. — O que exatamente você veio dizer, Emilio? Como pretende reparar o que fez?

— Se quisermos sobreviver a essa desgraça, vamos precisar de um líder inteligente, Don Corleone. Giuseppe é poderoso, é agressivo, mas não é lá muito inteligente.

— E...

— Meu irmão, Ettore, os irmãos Rosato, todos os nossos homens, até mesmo Tomasino... Todos estamos convictos de que nas circunstâncias atuais precisamos de um líder inteligente, com bons contatos no governo. — Ele hesitou um pouco e voltou a bater o chapéu na perna, como se estivesse procurando as palavras certas. — Acreditamos que o senhor deva ser o nosso líder, Don Corleone. Depois do que aconteceu hoje, desse vergonhoso desastre... O reinado de Giuseppe Mariposa acabou.

— *Sì* — repetiu Vito, e por fim aliviou o outro de seu olhar. Voltou-se para seus homens, avaliou a expressão de cada um: Clemenza e Tessio, rígidos como pedra; Genco com um ar pensativo e interessado; Sonny, como esperado, furioso. — E todos eles concordam com isso? Todos os *caporegimi* de Giuseppe?

— Sim — respondeu Emilio. — E, se houver algum problema depois que ele se for, problemas com os negócios, ou com a família Tattaglia, ou até mesmo com Al Capone e Frank Nitti, dou ao senhor minha palavra formal de que nós, os Barzinis, os Rosatos e Tomasino Cinquemani vamos lutar do seu lado.

— E em troca disso...

— Uma divisão justa de todos os negócios de Joe entre a sua família e as nossas. — Emilio esperou algum comentário de Vito, mas, vendo que ele não diria nada, prosseguiu: — O que aconteceu hoje foi horrível. *Disgrazia.* Só nos resta virar essa página vergonhosa e seguir adiante, voltando a operar de modo pacífico para que uma tragédia semelhante nunca mais se repita.

— Nisso estamos de pleno acordo — declarou Vito —, mas, quanto à divisão dos negócios de Giuseppe, ainda precisamos pensar.

— Naturalmente — concedeu Emilio, aliviado. — O senhor tem a reputação de sempre ser um homem justo, Don Corleone. Estou autorizado a selar essa aliança aqui e agora, em nome da família Rosato, de Tomasino Cinquemani e em meu próprio nome também, claro. — Ele se aproximou da mesa e estendeu a mão para Vito.

Vito ficou de pé e apertou a mão dele.

— Genco irá procurá-lo em breve com as devidas instruções — avisou. Contornou a mesa e colocou a mão nas costas de Emilio, conduzindo-o para a saída quando a porta se abriu de repente e Luca Brasi irrompeu no escritório. Ele havia trocado a camisa e a gravata, mas o terno ainda era o mesmo usado no desfile. A única evidência de um tiroteio era um pequeno rasgo nas calças.

Emilio empalideceu e olhou para Vito, depois para Luca.

— Achei que você já estivesse entre os mortos — comentou, mais com raiva do que com espanto.

— Ninguém pode me matar — respondeu Luca. Olhou de relance para Emilio e, como se a presença do homem não o interessasse, seguiu adiante para se sentar junto à janela. Ao ver que todos ainda o fitavam, explicou: — Fiz um pacto... com o diabo. — E abriu um sorriso torto, o lado esquerdo do rosto praticamente imóvel.

Vito levou Barzini até a porta e sinalizou para que os demais saíssem com ele.

— Preciso trocar uma palavra com meu guarda-costas — avisou —, *per piacere*.²⁹

Quando enfim se viu sozinho com o gigante, Vito se aproximou dele e perguntou:

— Como se explica que um homem leve um tiro de um canhão de mão, à queima-roupa, e agora esteja aqui, bem na minha frente?

Com o mesmo sorriso torto, Luca perguntou:

— Você não acredita que... fiz um pacto com o diabo?

Vito tocou o peito do guarda-costas e sentiu o colete à prova de balas que ele estava usando sob a camisa.

— Eu achava que essas coisas fossem inúteis para calibres maiores.

— A maioria... é — respondeu Luca, e desabotoou a camisa para revelar um espesso colete de couro. — A maioria só tem... um recheio gordo... de pano. — Ele tomou a mão de Vito e a pressionou contra o couro. — Sentiu?

— O que é isso? — perguntou Vito, que havia sentido camadas de algo sólido sob o couro.

— Mandei fazer. Escamas de aço... embrulhadas no pano... debaixo do couro. Pesa... uma tonelada... mas eu aguento. Esse colete resiste até... a granada.

Tocando o lado esquerdo do rosto de Luca, Vito perguntou:

— O que os médicos estão dizendo sobre isso? Dói muito?

— Que nada — respondeu Luca. — Logo, logo... eu já estou bem. É o que os médicos... dizem. — Ele tocou o próprio rosto assim que Vito afastou a mão. — Não me importo.

— Por que não? — quis saber Vito, mas Luca apenas encolheu os ombros. Deu um tapinha no ombro do gigante. — Diga aos outros para arrumar as malas. Amanhã quero todo mundo já em Long Beach. Depois conversamos mais.

Luca assentiu obedientemente e deixou o escritório.

Sozinho, Vito desligou o abajur e olhou pela janela. As ruas agora estavam escuras e vazias. Pouco depois, ele ouviu o abrir e fechar de uma porta no corredor às suas costas, Connie choramingando e Carmella tentando consolá-la. Fechou os olhos por alguns segundos e ao reabri-los viu sua

---

²⁹"Por favor."

imagem refletida na janela, sobreposta ao breu do céu e às luzes da cidade. Ao perceber que Connie tinha se acalmado, ele correu a mão pelos cabelos, saiu do escritório e foi para o quarto, onde descobriu que Carmella já havia preparado as malas e as deixara prontas sobre a cama.

Cork esperava no andar de baixo, no quartinho dos fundos da confeitaria, enquanto Eileen botava Caitlin para dormir. Ele se esticava na cama e ficava de pé, então voltava a se deitar, depois perambulava pelo cubículo, até que decidiu se sentar para ver o que havia no rádio à mesinha de cabeceira. Encontrou uma luta de boxe e a acompanhou por alguns minutos, em seguida girou o enorme botão de sintonização e encontrou uma banda de vozes negras, ouviu uma boa sequência de músicas e seguiu girando até que se deparou com *The Guy Lombardo Show*, e por um minuto ouviu Allen tagarelar com Burns sobre o irmão perdido. Enfim desligou o rádio, foi até uma das prateleiras de livros e escolheu um título para ler, mas, como não conseguia guardar mais de três palavras na memória, voltou a se sentar na cama e deixou a cabeça cair entre as mãos.

Eileen havia insistido para que ele ficasse naquele buraco até ela poder encontrar Sonny e conversar com ele. E estava coberta de razão. Era uma boa ideia. Ele não queria colocar em risco a vida dela e da filhinha. A verdade é que ele deveria ter procurado outro lugar para se esconder, em outro endereço, mas não sabia para onde ir. Cork não conseguia parar de pensar nos acontecimentos e interpelar a própria memória. Ele havia atirado em Vito Corleone. Quanto a isso não restava dúvida. Mas tinha mirado em Stevie Dwyer, tentando evitar que Vito recebesse uma bala na nuca. E, embora o tivesse baleado acidentalmente, o mais provável era que tivesse salvado a vida do italiano, uma vez que Stevie não teria errado o próprio alvo caso Vito não tivesse caído no chão após ser atingido no ombro. Com certeza Stevie o teria acertado e matado. Então, por mais difícil que fosse acreditar, ele, Bobby Corcoran, provavelmente havia salvado a vida de Vito Corleone ao atirar nele.

Ainda que nenhuma outra pessoa no mundo lhe desse ouvidos, Cork achava que Sonny o conhecia o bastante para acreditar em sua palavra. Os dois eram mais que amigos: eram quase irmãos. Sonny certamente sabia que ele jamais faria algo contra Vito. Tinha a obrigação de saber isso, e bastava a Cork explicar a história desde o início, falando de por que havia ido ao desfile depois da visita da Sra. O'Rourke à confeitaria, dizendo que fora até lá apenas porque tinha ficado preocupado com ele, com Sonny e com toda a família Corleone, contando que, ao ver Stevie se esgueirando atrás de Vito, apenas tentara salvar a vida dele. Os fatos faziam sentido ao serem expostos assim, conectados. Sonny acabaria entendendo, cedo ou tarde convenceria o restante da família e tudo voltaria ao normal: Cork poderia retornar à sua vidinha com Eileen e Caitlin e ao trabalho na confeitaria. Talvez até recebesse alguma palavra de agradecimento por parte dos Corleones pela ajuda que tentara prestar. Afinal, todos sabiam que ele não era lá um exímio atirador. Cacete, ele havia tentado ajudar, só isso.

Cork ouviu a irmã abrir e fechar a porta do apartamento e descer a escada. Pouco depois ela chegou ao quartinho e o encontrou ainda sentado na cama com a cabeça entre as mãos.

— Olhe só para isso — comentou, parada à porta com as mãos na cintura. — Você aí, com os cabelos desgrenhados e o peso do mundo nas costas.

Cork endireitou os cabelos e disse:

— Eu estava pensando: você atirou mesmo em Vito Corleone? E a resposta é sempre a mesma: sim, Bobby Corcoran, você atirou em Vito Corleone. Colocou uma bala no ombro dele, bem na frente de um monte de gente, inclusive de Sonny.

Eileen sentou-se ao lado do irmão e colocou a mão no joelho dele.

— Ah, Bobby... — disse, depois se calou enquanto corria os olhos pela fileira de livros nas prateleiras. Ela passou as mãos pelo vestido até os joelhos e então procurou sob os cabelos o lóbulo da orelha e o apertou entre o indicador e o polegar.

— *Ah, Bobby* o quê? — perguntou Cork. Só então ergueu a cabeça para fitar a irmã. — O que você está querendo me dizer, Eileen?

— Você sabia que um menino foi morto no tiroteio? Uma criança, mais ou menos da idade de Caitlin?

— Sim. Eu o vi na calçada. Mas não fui eu que o matei.

— Não foi isso que eu quis dizer — rebateu Eileen, mas em sua voz havia uma nota de reprimenda.

— Ah, pelo amor de Deus, Eileen! Eu só queria ajudar Sonny! Você mesma falou para eu ir lá!

— Mas não falei para você levar uma arma. Eu não falei para ir lá armado.

— Meu Deus do céu... — Bobby baixou a cabeça para as mãos, mas isso não o impediu de dizer: — Eileen, se eu não conseguir explicar para Sonny o que aconteceu, sou um homem morto. Eu atirei em Vito Corleone. Não foi essa a minha intenção, mas atirei.

— Sonny vai entender — falou Eileen, e acariciou a nuca do irmão.
— Vamos esperar uns dias até a poeira baixar, e se Sonny não aparecer por aqui eu vou lá falar com ele. De um jeito ou de outro vamos ter uma boa conversa. E, quando ouvir a história inteira, ele vai ver que você está dizendo a verdade.

— Depois só vai precisar convencer a família inteira — acrescentou Cork, e sua voz sugeria que não seria fácil.

— É verdade, isso pode ser um problema — admitiu Eileen, beijando-o no ombro. — Mas Sonny é bom de lábia, esse mérito ele tem. Vai conseguir dobrar a família, pode apostar.

Cork não disse nada, apenas balançou a cabeça entre as mãos e esfregou os olhos com as pontas dos dedos. Eileen o beijou mais uma vez e sugeriu que ele tentasse dormir um pouco.

— Dormir... Essa é uma boa ideia — disse Cork, e caiu de costas na cama, cobrindo o rosto com o travesseiro. — Me acorde quando viver no mundo for seguro de novo.

— Humm, aí você vai ter que dormir para sempre — comentou Eileen já à porta do quarto. Mas falou baixinho, de modo que o irmão não ouvisse.

Clemenza agarrou as lapelas de Sonny e o puxou para perto.

— Cinco minutos, *capisc*? Se demorar mais que isso, vou lá e arrasto você de volta. — Eles estavam no banco traseiro do Buick de Clemenza, com Jimmy Mancini e Al Hats na frente, Jimmy ao volante. Tinham acabado de estacionar diante do prédio de Sandra, que já esperava à janela do apartamento e agora descia correndo à rua. — Cinco minutos — repetiu Clemenza enquanto Sonny resmungava algo e saía do carro. Em seguida bateu no ombro de Jimmy e disse: — Vai.

Jimmy desligou o motor e se juntou a Hats, que já estava na calçada, e ambos seguiram Sonny até a escada do prédio.

— *Che cazzo!* — Sonny se virou para eles com as mãos espalmadas. — Esperem no carro! Não vou demorar!

— Negativo — retrucou Jimmy, e apontou o queixo na direção da porta do prédio, de onde Sandra havia acabado de sair com as mãos recolhidas ao peito, olhando para Sonny como se ele estivesse correndo um grande perigo. — A gente espera aqui.

Ele e Al deram as costas para o prédio e se postaram ao pé da escada como um par de sentinelas.

Sonny olhou de relance para Clemenza, que franzia o cenho na direção dele, as mãos cruzadas sobre a pança. Xingou algo entre dentes e só então correu pelos degraus. Sandra lançou os braços em torno do pescoço dele e apertou com tamanha violência que por muito pouco não o derrubou.

— Boneca — começou Sonny, desvencilhando-se dela —, não vou poder demorar. Mas eu precisava falar com você. — Recuou um passo e a apertou pelos ombros. — Talvez a gente não possa mais se ver até que essa história do desfile seja resolvida. — Deu um beijo rápido e frio nos lábios dela. — Mas estou bem. Você não precisa se preocupar.

— Sonny... — Sandra começou a dizer, depois se calou. Dava a impressão de que se desmancharia em lágrimas caso dissesse mais uma palavra.

— Boneca, eu prometo: logo, logo tudo isso vai acabar.

— Logo quando? — conseguiu dizer, secando os olhos. — O que está acontecendo, Sonny?

— Não está acontecendo nada — respondeu Sonny, depois se corrigiu: — Quero dizer, teve esse massacre, mas a polícia vai resolver tudo, você vai ver. Vão acabar pegando os canalhas que fizeram isso, depois tudo vai voltar ao normal.

— Não estou entendendo — falou Sandra, como se refutando a explicação de Sonny. — Os jornais estão dizendo coisas terríveis sobre a sua família.

— Você não acredita nessa baboseira dos jornais, acredita? — perguntou Sonny. — É porque somos italianos, só por isso eles conseguem se safar ao dizer esses absurdos sobre a gente.

Sandra olhou para o pé da escada, onde Jimmy e Al montavam guarda como sentinelas. Ambos esquadrinhando a rua com uma das mãos enterrada no bolso. Um reluzente Buick preto esperava mais adiante com um homem gordo no banco de trás. Nos olhos dela havia um misto de compreensão e surpresa, como se de repente Sandra tivesse entendido tudo, mas ainda fosse difícil acreditar.

— Somos homens de negócio — comentou Sonny —, e às vezes não tem jeito, a situação se complica. Mas isso... — disse, referindo-se ao massacre do desfile. — Os responsáveis vão pagar por isso.

Sandra assentiu e permaneceu calada.

— Agora não vai dar para explicar tudo — continuou Sonny com certa rispidez. Em seguida, com a doçura de antes e uma pitada de exasperação, perguntou: — Você me ama?

Sandra respondeu sem hesitação:

— Sim, eu te amo, Santino.

— Então confie em mim. Nada de mau vai acontecer. — Aproximou-se e a beijou uma segunda vez, agora com mais carinho. — Isso é uma promessa, ok? Nada de mau vai acontecer. — Esperou que ela secasse as lágrimas, deu-lhe mais um beijo e correu os dedos pelas faces molhadas da moça. — Agora preciso ir. — Olhando para o Buick, pôde imaginar a figura esférica de Clemenza, esperando com as mãos cruzadas sobre o barrigão. — Vou estar em Long Island, na propriedade da minha família, até as coisas se assentarem. — Segurou as mãos dela e deu um passo para trás. — Não leia os jornais. É tudo mentira. — Sonny sorriu, esperou que ela também esboçasse um sorriso, roubou um último beijo e só então desceu à calçada.

Sandra ficou esperando à porta e observando enquanto os dois homens ao pé da escada seguiam Sonny e entravam no carro. Viu quando o veículo foi ligado e conduzido pela Arthur Avenue. Ainda se demorou um pouco ali, olhando para a escuridão da rua, a cabeça inteiramente ocupada pela imagem do noivo partindo no Buick. Não encontrou forças para retornar ao apartamento da avó, que já dormia, até repetir as palavras de Sonny uma dezena de vezes em sua cabeça: "Nada de mau vai acontecer." Por fim fechou a porta e foi para o quarto, ciente de que só lhe restava esperar.

25

Sonny entreabriu a porta e se deparou com um cômodo escuro. Estava naquilo que viria a ser a nova casa de Long Island, uma das outras tantas do condomínio murado que agora fervilha, apesar de ser bem tarde, com carros e homens que se deslocavam de casa em casa. Somando os faróis de todos os carros, as luzes acesas em cada cômodo de cada casa e os holofotes do pátio e do muro, o lugar estava tão iluminado quanto o Rockefeller Center. Clemenza tinha dito a Sonny que Vito o havia chamado, e Sonny procurara o pai em todos os cômodos da casa até chegar à porta do que imaginou ser o único cômodo com as luzes apagadas no lugar.

— Pai? — chamou, e deu um passo hesitante no quarto escuro, onde a silhueta de Vito estava à uma janela observando a movimentação. — Quer que eu acenda as luzes?

A silhueta meneou a cabeça e se afastou da janela.

— Feche a porta — pediu Vito, com uma voz que parecia vir de um lugar muito distante.

— Clemenza disse que o senhor queria falar comigo. — Sonny fechou a porta e em meio às sombras se aproximou do pai, que puxou duas cadeiras com o braço bom. O esquerdo pendia inútil em uma tipoia sobre seu peito.

— Sente-se. — Vito se acomodou numa das cadeiras e apontou para a outra que o defrontava. — Preciso conversar a sós com você.

— Claro, pai. — Sonny sentou, cruzou as mãos sobre as pernas e esperou.

— Daqui a pouco Clemenza vai vir se juntar a nós — avisou Vito, quase sussurrando. — Mas antes eu queria falar com você sozinho. — Curvou-se para a frente e passou os dedos pelos cabelos. Em seguida apoiou a cabeça na mão direita.

Sonny jamais vira o pai naquele estado e sua vontade agora era a de consolá-lo de alguma forma. Refreou o impulso de tocá-lo nos joelhos e por muitos anos voltaria a se lembrar daquele momento com o pai no escritório escuro e vazio, da vontade não realizada de reconfortá-lo.

— Santino, vou fazer uma pergunta a você, mas gostaria que refletisse pelo menos um pouco antes de responder: por que acha que Emilio Barzini veio nos procurar? Por que ele está traindo Giuseppe Mariposa?

Sonny não pôde deixar de perceber nos olhos de Vito uma centelha de esperança, como se o pai ansiasse muito por uma boa resposta. Por isso, pensou profundamente sobre a pergunta — mas não conseguiu nada, um espaço em branco, um cérebro que se recusava a trabalhar.

— Sei lá, pai — declarou afinal. — Acho que a gente pode acreditar no que ele disse, que agora vê o senhor como um líder melhor que Mariposa.

Vito balançou a cabeça e a centelha de esperança em seus olhos desapareceu, mas deu lugar a outra, que parecia ser de carinho.

— Não — refutou, e colocou a mão direita no joelho do filho, exatamente o gesto que Sonny cogitara fazer pouco antes. — Nunca podemos acreditar no que diz um homem como Emilio Barzini. Para chegarmos à verdade das coisas — prosseguiu Vito, apertando os dedos no joelho dele —, precisamos avaliar tanto o sujeito quanto as circunstâncias. Usar tanto a cabeça quanto o coração. É isso que devemos fazer num mundo em que a mentira é a moeda corrente. E não há outro tipo de mundo, Santino, pelo menos nessa Terra.

— Mas então por quê? — devolveu Sonny, com frustração em sua voz. — Se não foi pelo motivo que ele nos deu, então por quê?

— Porque foi Emilio quem planejou aquele ataque na avenida. — Vito fez uma pausa e ficou olhando para Sonny com o aspecto daquilo que realmente era: um pai explicando algo ao filho. — Ele não contava que as coisas pudessem terminar do jeito que terminaram, num massacre, e foi esse o seu erro. Mas de uma coisa você pode ter certeza: foi ele quem planejou tudo. Mariposa jamais seria esperto o suficiente para arquitetar uma coisa dessas. Caso o plano tivesse funcionado, isso é, se eles tivessem conseguido me matar, a mim e ao Luca, e a você também, Santino, que certamente também estava na mira deles, toda a culpa recairia sobre os irlandeses malucos, pois todos sabem que os italianos jamais colocariam em risco a vida de mulheres e crianças, da família inocente de outra pessoa, todos sabem que esse é o nosso código. Mesmo se as outras famílias acreditassem na culpa dos irlandeses, então essa guerra teria chegado ao fim e Joe estaria a um passo de abocanhar tudo o que é nosso, com Emilio na posição de seu braço direito. — Vito se levantou e retornou à janela. Com a mão direita retirou a tipoia e a jogou para longe, gemendo ligeiramente quando começou a abrir e fechar a mão esquerda. Virando-se para Sonny, prosseguiu: — Os noticiários já estão falando de uma vendeta desajuizada dos irlandeses. Certamente são matérias plantadas pelos repórteres que Mariposa tem no bolso. Mas agora que as coisas desandaram dessa maneira, Emilio Barzini está com medo. — Vito voltou a se sentar diante de Sonny e se inclinou na direção dele. — Emilio sabia que, caso eu sobrevivesse, seria capaz de analisar os fatos e concluir que era a família de Mariposa que estava por trás desse ataque. E agora ele receia que todas as outras famílias se voltem contra ele e Giuseppe. Primeiro, tentam matar Clemenza e Genco no Angelo's e não conseguem; depois os homens de Capone tentam me matar e não conseguem; e agora isso... Todas essas tentativas e todos esses fracassos logo depois de termos concordado em pagar o percentual que nos foi imposto... Mariposa já deu provas suficientes de que a palavra dele não vale nada. Pior: deu provas de que pode ser derrotado. Portanto, a melhor saída para Emilio é exatamente isso que fez. Por isso arriscou o pescoço ao vir nos procurar com aquela proposta. E o mais importante de tudo, Sonny: por isso que *agora* podemos confiar no que ele diz.

— Se ele planejou matar a gente, não vejo por que devamos salvar a pele dele. — Sonny sabia muito bem que precisava se conter, precisava tentar ser tão racional quanto Vito, mas não era capaz de se controlar. A ideia de que alguém havia planejado sua morte e a do pai bastava para que perdesse a calma por completo e não pensasse em outra coisa que não fosse vingança.

— Pense, meu filho. Por favor. Use a cabeça — pediu Vito, e colocou as mãos no rosto do filho para sacudi-lo um instante e soltá-lo. — Do que nos adiantaria matar Emilio Barzini? No dia seguinte estaríamos lutando não só contra Carmine, o irmão dele, mas também com os irmãos Rosato e Mariposa. — Sonny permaneceu calado, e Vito prosseguiu: — Com Emilio vivo e Mariposa morto, depois que fizermos a divisão de todos os territórios de Mariposa, seremos apenas cinco famílias, e a nossa, a mais forte de todas. Esse é o nosso objetivo. É nisso que precisamos pensar, não em matar Emilio.

— Desculpe, pai, mas, se fôssemos atrás de todas as famílias, só restaria a nossa.

— De novo, Santino: pense. Mesmo que fôssemos capazes de vencer uma guerra dessas, o que você acha que aconteceria depois? Todos os jornais nos retratariam como monstros. Todos os parentes dos mortos se tornariam inimigos terríveis. — Vito se inclinou para Sonny e colocou as mãos nos ombros dele. — Filho, os sicilianos nunca esquecem e nunca perdoam. Lembre-se disso. Quero vencer essa guerra para que possamos ter um longo período de paz e morrer cercados pela família, na nossa própria cama. Quero que Michael, Fredo e Tom tenham empregos honestos de modo que possam prosperar e enriquecer, e que possam, diferente de mim e de você, Sonny, viver uma vida em que não precisem se preocupar diariamente com a próxima emboscada, com a próxima pessoa que vai querer matá-los. Entendeu, Sonny? Entendeu agora o que eu quero para essa família?

— Entendi, pai, entendi.

— Ótimo — arrematou Vito, depois varreu os cabelos que caíam sobre a testa do filho. Quando ouviu a porta se abrir às suas costas, tocou o ombro de Sonny e apontou o interruptor.

Sonny obedeceu, e Clemenza entrou no cômodo.

A Sonny, Vito disse:

— Há muito o que fazer nos próximos dias. — Tocou o braço do filho mais uma vez. — Mas devemos estar sempre atentos para a possibilidade de uma traição. — Hesitou um instante, sem saber ao certo o que mais podia dizer. — Agora eu vou sair — declarou, e olhou de relance para Sonny, logo desviando o olhar, como se temesse ser fitado de volta. — *Traição* — repetiu baixinho, num alerta destinado a si mesmo. Em seguida, ergueu o indicador e acenou a cabeça para Clemenza e Sonny, alertando-os também. — Escute o que Clemenza tem a dizer a você — falou a Sonny, e saiu do cômodo.

— O que está acontecendo? — perguntou Sonny.

— *Aspett'* [30] — disse Clemenza, fechando a porta com cuidado, como se não quisesse fazer muito barulho. — Sente aí. — Apontou para as mesmas cadeiras que pouco antes Sonny e Vito ocuparam.

Sonny tornou a se sentar e cruzou as pernas.

— Vai, fala.

Como sempre Clemenza vestia um terno grande e amarfanhado demais, com uma gravata amarela tão bem-engomada e limpa que só podia ser uma compra recente. Ele desabou na cadeira em frente a Sonny, resmungou com o prazer de tirar o peso do corpo dos pés e puxou uma pistola preta de um

---

[30] "Espere."

dos bolsos do paletó e de outro tirou um silenciador prateado. Erguendo o silenciador à sua frente, perguntou:

— Sabe o que é isso?

Sony respondeu com uma careta. Claro que ele sabia que era um silenciador.

— Para que você está me mostrando isso?

— Pessoalmente não gosto muito de silenciadores — comentou Clemenza, falando ao mesmo tempo que tentava encaixar o pesado tubo de metal no cano da arma. — Para mim, quanto mais barulho, melhor. Para assustar quem estiver com alguma ideia errada na cabeça. Bang! Todo mundo sai correndo e você vai embora.

Sonny riu e cruzou os dedos sobre a nuca. Ele se recostou na cadeira e esperou que Clemenza decidisse elucidar o motivo daquela conversa.

Clemenza ainda demorou um tempo até conseguir encaixar o silenciador. Em seguida declarou:

— Bobby Corcoran. É sobre ele que precisamos falar.

— Ah — fez Sonny. Subitamente virou o rosto e olhou para a janela como se do outro lado dela estivesse algum objeto perdido. Quando enfim se voltou para Clemenza, disse: — Eu não entendo... — A entonação sugeria mais uma pergunta.

— O que há para entender? — devolveu Clemenza.

— Não sei o que diabos pensar, tio Pete. — Sonny chegou a corar ao se dar conta de que usara o tratamento que costumava dar a Clemenza quando menino. Em vez de se corrigir, continuou falando, atropelando as palavras. — Quero dizer, sei que Bobby atirou no meu pai. Eu estava lá, vi com meus próprios olhos, mas...

— Mas não consegue acreditar — completou Clemenza, como se soubesse o que Sonny estava pensando.

— É... — disse, e mais uma vez desviou o olhar sem saber o que dizer.

— Escute, Sonny — começou Clemenza, e voltou a penar com a pistola, afrouxando e apertando o silenciador, vendo se o encaixe entre as duas peças estava perfeito. — Sei que você conhece esse Bobby desde menino, que cresceram juntos e tal... — comentou, e meneou a cabeça como se tivesse acabado de explicar algo a si mesmo de maneira satisfatória. — Mas Bobby Corcoran tem que morrer. Ele atirou no seu pai. — Apertou o silenciador uma última vez e passou a arma a Sonny.

Sonny recebeu a pistola e a deixou sobre o colo, como se a pusesse de lado.

— Os pais de Bobby — disse bem baixo —, os dois morreram quando ele ainda era um bebê. Gripe espanhola.

Clemenza apenas assentiu com a cabeça.

— A irmã dele tem uma filhinha e as duas só podem contar com ele. E Bobby com elas.

Mais uma vez Clemenza permaneceu mudo.

— Eileen, a irmã de Bobby... — prosseguiu Sonny. — Ela ficou viúva depois que o marido, Jimmy Gibson, foi assassinado por um dos gorilas de Mariposa durante uma passeata do sindicato.

— Quem o matou? — quis saber Clemenza.

— Um dos homens de Mariposa.

— Foi isso que você ouviu dizer?

— Foi, por quê?

— Porque foi isso que quiseram que você ouvisse.

— Você sabe de alguma coisa?

— Se tem a ver com os sindicatos, eu sei. — Clemenza suspirou e olhou para o teto, onde uma faixa de luz se movia lentamente da direita para a esquerda, vindo da janela. — Pete Murray matou Jimmy Gibson. Bateu na cabeça dele com um cano de chumbo. Eles tinham algum tipo de desentendimento, não lembro direito qual é a história, mas Pete não queria que as pessoas soubessem que ele tinha matado um compatriota, então fechou um acordo com Mariposa. Pete Murray está na folha de pagamentos de Mariposa desde sempre. Era assim que Giuseppe mantinha os irlandeses sob controle.

— Jesus... — disse Sonny, e baixou os olhos para a arma que havia deixado no colo.

— Escute, Sonny. — Do mesmo modo que Vito havia feito, Clemenza pousou a mão no joelho dele. — As coisas não são fáceis nesse nosso ramo. Na polícia, no Exército... — continuou, e parecia estar lutando para encontrar as palavras. — Você bota um uniforme no sujeito, depois diz que ele tem que matar o outro porque o outro é o bandido, e o sujeito vai lá, puxa o gatilho e pronto. Mas no nosso ramo... tem vezes que a gente precisa matar alguém que talvez seja nosso amigo. — Ele se calou um instante e encolheu os ombros como se precisasse refletir. — É assim que as coisas são no nosso ramo. Às vezes é até uma pessoa que você ama, mas tem que ir lá e matar. É assim que as coisas são nesse nosso negócio — repetiu. Em seguida pegou a arma no colo de Sonny e a colocou nas mãos dele. — Chegou a hora de você fazer a sua iniciação. Bobby Corcoran precisa morrer, e é você quem vai fazer o serviço. Ele atirou no seu pai, Santino. Fim de papo. Ele precisa morrer, e é você quem vai matar.

Sonny novamente deixou a arma cair para o colo e ficou olhando para ela como se ali estivesse um objeto misterioso. Pouco depois a recolheu e a sopesou na palma da mão, sentindo o peso adicional do silenciador. Ainda olhava para a pistola quando ouviu a porta se fechar e se deu conta de que Clemenza havia saído. Balançou a cabeça como se custasse a acreditar no que estava acontecendo, embora a arma estivesse bem ali, na palma de sua mão, sólida e pesada. Sozinho no silêncio do cômodo, fechou o punho sobre a pistola. Em movimentos curiosamente iguais aos de Vito minutos antes, Sonny se curvou para a frente, correu os dedos pelos cabelos e apoiou a cabeça em ambas as mãos, depois as levou ao rosto, sentindo na pele a superfície fria da coronha. Tocou o gatilho com o indicador e ficou ali, imóvel no silêncio.

Fredo abriu os olhos para a escuridão, a cabeça enterrada nos travesseiros, os joelhos flexionados contra o peito. Por alguns segundos ficou sem saber onde estava, mas logo se lembrou de toda a agitação da véspera e viu que estava na própria cama. Lembrou-se do desfile e de que o pai havia levado um tiro, mas estava bem, vira-o com os próprios olhos: a mãe tinha permitido que ele e Michael dessem uma rápida espiada em Vito antes de levá-los para o quarto, para longe de toda a confusão. O braço do pai estava numa tipoia, mas ele parecia bem — e depois ninguém havia lhe contado mais nada sobre o que havia acontecido. Fredo queria escutar alguma coisa à porta, mas a mãe tinha ficado no quarto com eles, exigindo que ambos fizessem os deveres de casa, impedindo que bisbilhotassem. Eles sequer podiam ligar o rádio, e a mãe proibira Michael de tocar no assunto; resignado, ele havia acabado pegando no sono. Ainda assim se lembrava de que ocorrera um tiroteio durante o desfile e que o pai havia sido atingido no ombro. Deitado ali, relembrando os acontecimentos, Fredo mais uma vez foi se deixando levar pela revolta: quanto azar não ter podido ficar no desfile! Talvez pudesse ter protegido o pai. Talvez pudesse ter evitado que fosse atingido, ou se jogando na frente dele, ou o empurrando a tempo. Queria muito ter estado lá. Queria ter tido a oportunidade de mostrar ao pai e a todo mundo que ele não era apenas um garoto. Se tivesse tido a chance de proteger o pai, todos teriam visto. Já havia completado 15 anos. Não era mais uma criança.

Quando finalmente se virou na cama, erguendo a cabeça dos travesseiros, Fredo ainda estava grogue de sono. Do outro lado do quarto, as cobertas de Michael formavam uma tenda entre seus joelhos e a cabeça e a luz de uma lanterna escapava das frestas.

— Michael, o que você está fazendo? — sussurrou. — Está lendo alguma coisa aí?

— Estou — respondeu Michael, a voz abafada, e emergiu das cobertas. — Peguei um jornal escondido lá embaixo — comentou, mostrando ao irmão a edição do *Mirror*. A primeira página estampava uma foto do garoto morto na calçada, o braço caindo para o meio-fio, e, sobre a foto, em letras garrafais, estava a manchete: "Gangues provocam massacre!"

— Santa Maria! — exclamou Fredo, e pulou para a cama de Michael. — O que estão dizendo aí? — Pegou o jornal e a lanterna do irmão.

— Estão dizendo que o papai é um gângster. Que ele é um chefão da Máfia.

Virando a página, Fredo se deparou com uma foto do pai sendo levado num furgão.

— Papai falou que não existe esse negócio de Máfia — comentou, e só então viu a foto de Richie Gatto estirado de bruços no chão, braços e pernas retorcidos, uma poça de sangue a seu redor. — É Richie...

— Pois é — disse Michael. — Ele está morto.

— Richie? Você viu quando atiraram nele? — quis saber Fredo, e baixou o jornal quando a porta do quarto se abriu.

— O que vocês dois estão fazendo aí? — demandou Carmella, entrando antes de receber a resposta. Vestia um penhoar azul sobre a camisola branca, os cabelos soltos sobre os ombros. — Onde vocês conseguiram isso? — Tomou o jornal para si, dobrou-o em dois e o apertou contra o peito como se quisesse escondê-lo.

— Michael trouxe lá de baixo — acusou Fredo.

Michael fuzilou o irmão com o olhar, depois meneou a cabeça para a mãe, confessando.

— Vocês leram? — perguntou Carmella.

— Michael leu. É verdade que Richie foi morto?

Carmella se persignou e permaneceu calada, embora o olhar e as lágrimas bastassem como resposta.

— Mas o papai está bem, não está? — perguntou Fredo.

— Você não o viu lá no quarto? — Carmella guardou o jornal no bolso do penhoar, depois puxou Fredo de volta para a cama dele. Para Michael, disse: — A gente não deve acreditar no que está escrito nos jornais.

— Estão falando que o papai é um chefão da Máfia — comentou o menino. — É verdade?

— A Máfia — repetiu Carmella, apertando o penhoar contra o peito. — Sempre que tem um italiano eles falam que é da Máfia. Por acaso uma pessoa da Máfia conheceria tanta gente importante como o seu pai conhece? Gente do Congresso e tudo mais?

Michael varreu os cabelos da testa e refletiu um instante.

— Não vou mais escrever sobre o Congresso — anunciou. — Mudei de ideia.

— Que história é essa agora, Michael? Depois de tanto trabalho!

— Depois eu arrumo outro assunto. — Michael se acomodou na cama de novo e puxou as cobertas.

Carmella recuou um passo e balançou a cabeça para Michael, como se estivesse desapontada com o filho. Secou as lágrimas dos olhos.

— Mais um pio nesse quarto — disse para Fredo — e chamo o pai de vocês. — Não falou com muita convicção, e ainda se demorou alguns segundos ali, fitando os filhos.

Quando enfim voltou ao corredor, deparou-se com Tom no topo da escada.

— *Madon'!* — exclamou ela. — Ninguém vai dormir nessa casa hoje?

Tom sentou-se no degrau, e Carmella se juntou a ele.

— Os meninos estão assustados? — perguntou.

— Sabem que Richie morreu. — Carmella sacou o jornal do bolso e ficou olhando para a foto do menino morto na capa.

Tom pegou o *Mirror* das mãos da mãe.

— Eu devia estar lá em Long Island com o restante do pessoal. — Enrolou o jornal e, como se empunhasse um cano, começou a batê-lo contra a quina do degrau. — Me deixaram aqui com os meninos.

— *Per carità!* — exclamou Carmella. — Ainda bem que você não está lá também!

— Sonny está — rebateu Tom, e sobre isso Carmella não teve o que dizer. — Lá na avenida... Sonny nem me deixou reagir — prosseguiu com um fiapo de voz, dando a impressão de que falava consigo mesmo. — Ficou me segurando como se eu fosse uma criança.

— Ele estava tentando proteger você — argumentou Carmella, olhando para o nada à sua frente. — Sonny sempre quis proteger você.

— Eu sei. E eu queria muito retribuir o favor, agora que cresci. Acho que é ele que precisa ser protegido agora.

Carmella tomou a mão de Tom entre as suas. Seus olhos se encheram de lágrimas.

— Mãe — disse ele. — Quero estar lá para ajudar. Quero ajudar a família.

Carmella apertou a mão dele.

— Reze por eles. Por Vito e por Sonny. Tudo está nas mãos de Deus. Tudo.

26

Luca estacionou na rua 10, junto ao rio, e caminhou ao largo de uma sequência de barracões atulhados até o teto com pilhas de madeira e toda sorte de tralha. A noite estava fria, e um fiapo de fumaça escapava da chaminé torta do último dos barracões. Já passava das duas da madrugada, e Luca estava sozinho na rua. De um lado dele os barracões, e do outro o rio. Ele apertou o paletó contra o corpo e seguiu andando, apenas o som dos próprios passos além do barulho do vento sobre a água. Ao dobrar a esquina, deparou-se com JoJo e Paulie esperando junto a uma porta arrombada. Recostavam-se na parede de tijolos, JoJo com um cigarro caindo dos lábios, Paulie batendo as cinzas de um grosso charuto.

— Têm certeza... de que eles estão... lá dentro? — perguntou Luca assim que os alcançou.

— Já abriram fogo contra a gente — respondeu Paulie, e prendeu o charuto na boca.

— Lá dentro a gente fica que nem pato em tiro ao alvo — acrescentou JoJo, e apontou para a porta. — Dá só uma olhada.

— Que lugar... é esse?

— Um matadouro.

Luca bufou um risinho.

— Só mesmo os irlandeses... para se esconder num... matadouro. São só dois?

— Só os dois Donnellys — respondeu Paulie, ainda com o charuto à boca.

— Nós os perseguimos até aqui — comentou JoJo.

— Eles sabem que só têm mais algumas horas. — Paulie deu um longo trago no charuto.

— Até o pessoal do matadouro chegar para trabalhar — falou JoJo, completando o raciocínio do outro.

Luca espiou o interior do prédio. No chão não havia quase nada, apenas uma esteira rolante com ganchos pendurados acima dela. Passarelas ziguezagueavam pelo lugar, mais ou menos a meio caminho entre o teto e o chão.

— Onde eles estão?

— Em algum lugar lá em cima — respondeu JoJo. — É só você botar a cabeça para dentro que eles começam a atirar.

— Mas... onde exatamente?

— Toda hora eles trocam de lugar. Estão numa posição vantajosa.

Numa segunda espiada, Luca avistou na parede dos fundos uma escada que levava às passarelas.

— Tem outra entrada... para isso aqui?

— Do outro lado do prédio — indicou JoJo. — Vinnie está lá.

Luca sacou uma .38 do coldre axilar.

— Vocês dois... vão para lá com Vinnie... Quando estiverem prontos... entrem e comecem a atirar. Não precisam mirar em nada... nem acertar ninguém. — Luca verificou sua arma. — Mas atirem para o alto... e não para a frente... senão vão me acertar.

— Você quer que a gente os distraia, é isso? — falou JoJo. — Para depois ir atrás deles do lado de cá?

Luca confiscou o charuto de Paulie e o apagou contra a parede.

— Anda, vão — comandou. — Vamos logo. Já estou cansado.

Assim que eles partiram, Luca retirou uma segunda pistola do bolso do paletó e a examinou. Era uma arma nova, uma .357 Magnum de cilindro preto e cano longo. Ele retirou a bala de uma das câmaras, voltou-a para o mesmo lugar e mais uma vez espiou o matadouro. O interior do lugar era mal-iluminado por lâmpadas penduradas no teto, que desenhavam um emaranhado de sombras nas paredes e no chão. Enquanto ainda observava, uma porta se escancarou do outro lado do prédio e uma saraivada de clarões surgiu na escuridão. Do alto de passarelas em lados opostos do prédio Luca viu mais clarões, então correu para a escada. Já estava no alto de uma das passarelas, a meio caminho da pilha de engradados que servia de barricada a um dos irmãos Donnelly, quando Rick gritou do outro lado do prédio, alertando Billy da aproximação do gigante. Billy ainda teve tempo para disparar dois tiros. O segundo acertou Luca no peito, na altura do coração, acabando com seu fôlego quase por completo. Parecia um soco muito forte dado por um homem grande, mas não o bastante para derrubá-lo. Segundos depois, já estava em cima de Billy, roubando a arma da mão do sujeito e o imobilizando com uma gravata, fazendo com que ele não fosse capaz de falar nem de emitir nenhum outro som que não fossem grunhidos roucos de pânico. Usando-o como escudo, Luca se deu um minuto para recuperar as forças.

— Billy! — chamou Rick do outro lado.

JoJo e os rapazes já haviam voltado à rua. O silêncio no matadouro era quase completo, a não ser pela respiração ofegante de Billy e o ronronar constante de alguma máquina, vindo de algum lugar.

— Seu irmão está bem — berrou Luca. Com o braço livre, derrubou a pilha de engradados, fazendo com que alguns despencassem pelos 6 metros que separavam a passarela do chão. — Rick! Saia de onde está! — Com os engradados fora do caminho, ele empurrou Billy até o guarda-corpo da passarela. Um dos braços mantinha a gravata em torno do pescoço dele, o outro pendia ao lado do corpo, na mão a Magnum. Vendo que Rick não pretendia se mostrar, disse: — Jumpin' Joe... quer falar com... você. Com você e... Billy.

— Pare de mentir, seu monstro de merda — devolveu Rick. Falou como se Luca estivesse sentado à sua frente numa rodada de pôquer. Não fosse pelo cansaço que trazia na voz, daria a impressão de estar se divertindo.

Luca pressionou Billy contra o guarda-corpo, erguendo-o um pouco mais. Vendo que ele parecia mais calmo, relaxou a gravata para que o garoto pudesse respirar melhor.

— Saia daí, Rick — falou o gigante. — Senão vou ter que... abrir um buraco... na cabeça do seu irmão. Giuseppe só quer... conversar.

— Você está mentindo — disse Rick, ainda escondido do outro lado de uma torre de engradados. — Você está trabalhando para a família Corleone agora e todo mundo sabe disso.

— Eu só trabalho para mim mesmo — retrucou Luca. — Vocês, irlandeses... já deviam ter notado.

Retorcendo-se sob a gravata de Luca, Billy conseguiu gritar:

— Ele está mentindo, Rick. Atira no filho da puta.

— Está bem, Billy — sussurrou Luca no ouvido dele. Em seguida ergueu o garoto até passá-lo para o outro lado do guarda-corpo. Deixando que ele esperneasse ali, pendurado, berrou para Rick: — Diga adeus... ao seu irmãozinho!

Rick imediatamente chutou os engradados e saiu do esconderijo com as mãos para cima, as palmas viradas para Luca.

— Ótimo — disse Luca. Ele deixou Billy cair ao mesmo tempo que levantou a Magnum e esvaziou o cilindro no peito e no abdômen de Rick. O irlandês estremeceu, depois caiu para a frente e despencou da passarela, aterrissando na esteira rolante abaixo dela.

No chão abaixo de Luca, Billy ainda tentou ficar de pé, mas apenas gemeu de dor. Ele havia quebrado a perna de um modo grotesco, com uma ponta de osso perfurando a coxa. Vomitou e desmaiou logo em seguida.

— Sapato de cimento neles — ordenou Luca assim que viu JoJo entrar no matadouro, seguido de Paulie e Vinnie. — Joguem no rio — acrescentou, a caminho da escada. Estava exausto e desejando uma boa noite de sono.

Nos degraus externos do prédio dos irmãos Romero, cinco ou seis homens vestindo terno escuro e de aspecto barato conversavam com duas moças, ambas de chapéu cloche e vestido de caimento frouxo, inadequados para um velório. Sonny deduziu que aqueles vestidos eram o que elas tinham de mais apresentável. Ele havia parado o carro na esquina e ficado ali por volta de meia hora antes de decidir que era seguro aparecer no velório de Vinnie. A família Corleone tinha enviado uma coroa de flores, e no bolso do paletó ele trazia um gordo envelope com 5 mil dólares que pretendia entregar pessoalmente, contrariando a ordem recebida para ficar longe de velórios e enterros, sobretudo os de Vinnie. Segundo Genco, Mariposa não hesitaria em sequestrá-lo em meio a um velório. Sonny respirou fundo e ficou mais aliviado ao sentir a pressão do coldre axilar.

Antes de chegar aos degraus, as duas moças notaram sua aproximação e correram para o interior do prédio. Quando Sonny começou a subir e seguiu para o apartamento no segundo andar, deparou-se com Angelo Romero e Nico Angelopoulos esperando na plataforma da escada. Na penumbra do lugar, Angelo parecia ter envelhecido pelo menos dez anos. Os olhos estavam vermelhos e inchados, com bolsas escuras que lembravam hematomas. Dava a impressão de que ele não havia dormido desde os acontecimentos no desfile. As vozes das pessoas conversando desciam pela escada.

— Angelo — começou Sonny, então ficou surpreso com o nó na garganta que o obrigou a se calar. Até então não havia se permitido pensar no amigo. Registrara a morte dele apenas como o item riscado de uma lista. Vinnie morto: menos um. Nenhum sentimento, nenhuma reflexão. No entanto, ao pronunciar o nome de Angelo, algo havia brotado em seu peito para se alojar na garganta e impedir que dissesse o que quer que fosse.

— Você não devia estar aqui. — Angelo esfregou os olhos com tamanha força que parecia querer esmagá-los em vez de tentar se confortar. — Estou muito cansado. — E depois acrescentou o óbvio: — Não tenho dormido direito.

— Ele tem tido esses sonhos — explicou Nico, colocando a mão no ombro de Angelo. — Não consegue dormir por causa dos sonhos.

— Sinto muito, Angelo — enfim conseguiu dizer Sonny, mas não sem algum esforço.

— Eu sei — declarou o outro —, mas você não devia ter vindo.

Sonny engoliu a seco e virou o rosto para as escadas que davam na rua, onde era possível ver o dia triste e cinzento do outro lado das vidraças da porta da frente. Achou mais fácil pensar no trabalho, em detalhes.

— Olhei direito antes de subir. Não tem ninguém de tocaia, ninguém vigiando o prédio. Vou ficar bem.

— Não é disso que estou falando — retrucou Angelo. — Minha família não quer você aqui, meus pais. Você não vai poder subir. Eles não vão deixar você entrar no velório.

Sonny se permitiu um instante para digerir o que havia acabado de ouvir.

— Trouxe isso aqui. — Tirou o envelope do bolso do terno. — Já é alguma coisa. — Estendeu o envelope na direção do amigo.

Angelo cruzou os braços e ignorou a oferta.

— Não vou voltar a trabalhar para a sua família — declarou. — Você acha que tem problema?

— Que nada. — Sonny baixou o braço com o envelope. — Por que teria? Meu pai vai entender.

— Melhor assim. — Angelo deu um passo adiante como se fosse abraçá-lo, mas parou antes disso e falou: — O que a gente estava pensando? — perguntou, e as palavras como um apelo. — Que estava num gibi e nada de ruim ia acontecer? — Calou-se um instante, como se realmente esperasse uma resposta do amigo. — Eu devia estar sonhando, é essa a sensação que tenho. Todos nós devíamos estar sonhando, como se nada de ruim pudesse acontecer com a gente, que nenhum de nós ia morrer, mas... — Angelo parou e suspirou, um longo fôlego que era tanto um gemido quanto um suspiro, o próprio som parecendo reconhecer a morte de Vinnie, resignar-se a ela. Começou a seguir em direção à escada, os olhos ainda em Sonny. — Maldito o dia em que conheci você, Sonny. Você e sua família. — Falou de um modo contido, sem nenhuma maldade ou raiva, depois continuou a subir.

— Ele está nervoso — comentou Nico assim que Angelo sumiu de vista.
— Ficou muito abalado, Sonny. Você sabe o quanto eles eram próximos, aqueles dois. Eram como a sombra um do outro. Meu Deus, Sonny.
— Eu entendo. — Sonny entregou o envelope a Nico. — Diga a Angelo que entendo. E diga à família dele que a minha família vai ajudar em tudo que precisarem, hoje e sempre. Você pode fazer isso por mim, Nico?
— Ele sabe disso. — Nico guardou o envelope no bolso. — Pode deixar que eu entrego.

Sonny se despediu com um tapinha no ombro do grego e desceu para a rua.

— Eu acompanho você até o carro — ofereceu Nico, descendo atrás dele. Já na calçada, perguntou: — O que vai acontecer com Bobby agora? Ouvi dizer que ele está se escondendo.

— Não sei. — Pelo tom de voz, Sonny deixou claro que não queria falar do irlandês.

— Olha, eu queria mesmo conversar com você — disse Nico, e deteve Sonny, puxando-o pelo braço. — Eu e Angelo andamos conversando. Ele acha que Bobby atirou em Stevie, não no seu pai. Para que ele ia atirar no seu pai, Sonny? Não faz nenhum sentido. Você sabe disso.

— Stevie Dwyer?

— É isso que Angelo acha. E é isso que Vinnie achava também. Eles já haviam conversado sobre isso antes de Vinnie morrer.

Sonny coçou a cabeça e ficou olhando para a rua como se de algum modo pudesse rever ali o que havia acontecido no desfile.

— Stevie Dwyer? — repetiu.

— Foi isso que Angelo falou. Eles não viram a cena, mas Angelo disse que Stevie estava atrás do seu pai e que, depois do tiro de Bobby, Luca atirou em Stevie. Eu não estava lá — disse Nico, e enterrou as mãos nos bolsos —, mas, cacete, Sonny, você sabe que Bobby adorava a sua família e detestava Stevie. Faz sentido, não faz?

Sonny tentou pensar no desfile novamente. Ele se lembrava apenas de ter visto Bobby atirando em Vito, e Vito caindo no chão. Todo mundo estava atirando para todos os lados, e Stevie Dwyer acabara morto. Sonny se esforçava para se lembrar, mas tudo que aconteceu durante e depois do desfile era uma confusão. Esfregando os nós dos dedos contra o queixo, falou:

— Sei lá, Nico. Não faço ideia do que possa ter acontecido. Preciso falar com Bobby. Mas ele estar se escondendo não é um bom sinal.

— Eu sei, Sonny, mas você há de convir. — Eles já estavam próximos ao carro de Sonny. — Bobby nunca faria uma coisa dessas. Não faz sentido. Você sabe disso.

— Já nem sei mais o que sei. — Sonny desceu para o asfalto, indo na direção do carro. — Mas e você? — perguntou, mudando de assunto. — Está gostando do emprego?

— É um emprego. — Nico tirou o chapéu e ajeitou a copa enquanto Sonny entrava no carro. — O trabalho nas docas não é fácil.

— É o que dizem. — Sonny se acomodou no banco e bateu a porta. — Mas o dinheiro do sindicato até que não é mau, é?

— Não dá mais para comprar roupa de bacana nem nada, mas não posso reclamar. Você soube que estou namorando?

— É mesmo? Quem é a garota?

— Você não conhece — disse Nico. — O nome dela é Anastasia.

— Anastasia... Você conseguiu uma boa garota grega.

— Claro. A gente até já anda falando em casar, ter filhos, essas coisas. Agora que tenho um emprego fixo, acho que posso formar uma família e dar um futuro decente para ela. — Nico sorriu, depois corou, como se estivesse envergonhado. — Agradeça ao seu pai por mim, Sonny. Diga a ele que esse emprego foi muito importante para mim, está bem?

Sonny ligou o carro e passou o braço pela janela para apertar a mão de Nico.

— Se cuida.

— Você também — respondeu Nico, e hesitou junto à porta do carro, olhando para o amigo como se tivesse algo mais a dizer. Permaneceu parado por mais um tempo até que a situação ficou desconfortável, como se quisesse dizer mais alguma coisa, então irrompeu numa risada e se foi.

Espremendo-se através de uma porta estreita, Jimmy Mancini arrastou Corr Gibson para um lugar sem janelas no qual Clemenza já esperava junto a uma mesa de aço, empunhando um facão de açougueiro como se o sopesasse. Al Hats entrou em seguida, trazendo consigo o *shillelagh* de Corr.

— Que diabos de lugar é esse? — perguntou Corr, enquanto Jimmy o colocava de pé. O irlandês parecia bêbado, e de fato havia bebido muito na véspera, antes que Jimmy e Al o encontrassem dormindo na cama e lhe dessem uma surra até fazê-lo desmaiar. Com a consciência indo e vindo, a todo momento perguntava onde estava e o que estava acontecendo.

— Pete... — disse, reconhecendo-o apesar das pálpebras inchadas. — Clemenza... Onde estou?

Clemenza encontrou um avental pendurado perto e o vestiu.

— Você não sabe onde está, Corr? Esse lugar é famoso. Açougue do Mario, em Little Italy. Todo mundo conhece. É aqui que o prefeito LaGuardia compra sua linguiça. — Ele voltou à mesa e, correndo o dedo sobre o fio do facão, disse: — Mario sabe muito bem como cuidar dos seus utensílios. As facas estão sempre muito bem-afiadas.

— É mesmo? — perguntou Corr. Desvencilhou-se de Jimmy e, apesar do estado em que se encontrava, conseguiu ficar de pé. Olhando a mesa de aço e a faca empunhada por Clemenza, disse: — Malditos carcamanos. Vocês são um bando de bárbaros.

Ainda se referindo ao Açougue do Mario, Clemenza prosseguiu:

— Claro, nenhum siciliano vem aqui. Aqui só tem linguiça napolitana, e siciliano não come linguiça napolitana. Essa gente não sabe fazer uma boa linguiça, mesmo com essa tralha toda que eles têm. — Clemenza correu os olhos pela sofisticada coleção de facas, panelas e utensílios de cozinha, inclusive uma serra de fita no canto da mesa.

— Cadê o meu *shillelagh*? — perguntou Corr. Viu então que Al Hats se apoiava no porrete como um Fred Astaire italiano. — Ah, Clemenza, como eu gostaria de uma última chance para esmagar sua cabeça com isso aí.

— Eu sei, mas essa chance você não vai ter — devolveu Clemenza, e sinalizou para Jimmy. — Leve-o para o frigorífico. É bastante tranquilo lá dentro. — Corr foi levado sem oferecer nenhuma resistência. Antes que ele sumisse de vista, Clemenza gritou: — A gente se vê daqui a uns minutos, Corr.

Quando o irlandês e os rapazes sumiram de vista, Clemenza se postou diante de uma vasta coleção de facas e serras de diversos tamanhos e formatos.

— Olhe só para isso — comentou, e assobiou em apreciação.

Tessio, com Emilio Barzini à sua frente e Phillip Tattaglia o seguindo, atravessou o labirinto de mesas em torno das quais mais de cinquenta pessoas, todas em trajes formais, conversavam e riam enquanto saboreavam o jantar. O clube, não tão sofisticado quanto o Stork Club mas um primo próximo, localizava-se num hotel na parte central de Manhattan e recebia um bom número de celebridades quase todas as noites da semana — no entanto, não era um lugar frequentado pelas famílias. Tessio passeava os olhos pelas mesas enquanto seguia para os fundos do salão. Pensou ter visto Joan Blondell a uma das mesas, sentada à frente de um sujeito com classe que ele não conhecia. Em um canto do salão, onde uma plataforma fazia as vezes de palco e abrigava uma pequena orquestra, um líder de banda vestindo um fraque se aproximou do microfone posicionado ao lado do piano de cauda branco, bateu três vezes nele com sua batuta, e imediatamente a orquestra irrompeu numa animada versão de "My Blue Heaven".

— Essa aí tem uma voz de anjo — comentou Tattaglia, assim que a jovem crooner de olhar lânguido e cabelos longos muito pretos foi para o microfone e começou a cantar.

— É, tem... — concordou Tessio, mas de um jeito que mais parecia um gemido de dor.

Nos fundos do salão, postado diante de uma porta de vidro com as mãos fincadas na cintura, Little Carmine, um dos rapazes de Tomasino, acompanhava a cantora. Uma cortina de tecido fino cobria as folhas duplas da entrada, e através dela Tessio podia ver a silhueta de duas pessoas sentadas a uma mesa. Quando Emilio alcançou a porta, Little Carmine a abriu para ele, então Tessio e Tattaglia seguiram o recém-chegado à saleta ocupada por uma única mesa redonda grande o bastante para acomodar 12 pessoas, embora houvesse lugares postos para apenas cinco. Um garçom esperava com uma garrafa de vinho ao lado de Mariposa, que vestia um terno cinza com uma gravata azul-clara e um cravo branco na lapela. Tomasino Cinquemani estava sentado ao lado dele, vestindo um paletó amarrotado sobre a camisa com o colarinho desabotoado e a gravata frouxa.

— Salvatore! — cumprimentou Mariposa assim que Tessio pisou na saleta. — É bom ver você, meu velho amigo. — Ficou de pé e apertou a mão de Tessio.

— Você também, Joe. — Tessio acenou discretamente para Tomasino, que, embora não tivesse levantado, parecia feliz por vê-lo ali.

— Sente-se! — indicou Mariposa, apontando para o lugar a seu lado. Enquanto os recém-chegados se acomodavam em torno da mesa, ele se dirigiu ao garçom: — Quero o que há de melhor para os meus amigos. Verifique se o antepasto está bem fresco, por favor. Quanto aos molhos, lula numa das massas, bem saboroso e bem preto. — Parecia estar fazendo uma preleção ao garçom. — No ravióli, apenas molho de tomate fresco, mas com a quantidade certa de alho, por favor. Não precisa exagerar só porque somos italianos, hã? — Riu de si mesmo, depois disse a Tessio: — Pedi um banquete para a gente. Você vai adorar.

— Joe é um gourmet — comentou Tattaglia com todos. E para Tessio em particular: — É um privilégio deixá-lo fazer o pedido por nós.

— *Basta* — retrucou Joe, mas visivelmente lisonjeado. Ainda recomendou ao garçom: — Garanta que o cordeiro seja o mais jovem que vocês tiverem e que as batatas estejam bem coradas. — Esfregou o indicador no polegar. — *Capisc'?*

— Naturalmente — respondeu o garçom, e deixou a saleta pela porta que Little Carmine já havia aberto para ele.

Em seguida Barzini se inclinou na direção de Tessio, claramente com a intenção de fazer uma piada.

— Joe sempre exige que os pratos sejam feitos com azeite virgem — comentou, e ergueu o dedo para acrescentar: —, mas nunca Genco Pura!

Mariposa riu com os demais, mas sem o mesmo entusiasmo. Quando a mesa se aquietou, ele se acomodou em seu lugar, depois juntou as mãos sobre a mesa e se virou para falar com Tessio. Elevando um pouco a voz, apesar de a porta abafar a música e as conversas do salão, ele disse:

— Salvatore, você nem imagina como é bom recebê-lo aqui essa noite. Para mim é uma honra saber que vamos ser bons amigos nos anos que estão por vir.

— Sempre desejei a sua amizade também, Don Mariposa — respondeu Tessio. — Sua sabedoria sempre foi um motivo de admiração. Além de sua força, é claro.

Como sempre, Tessio parecia fazer um elogio fúnebre. Mariposa, no entanto, estava visivelmente contente.

— Ah, Salvatore — falou, com súbita seriedade, levando a mão ao coração. — Quanto àquele desfile, você sabe, seria muito melhor se as coisas não tivessem chegado a esse ponto. Mas os Corleones se trancafiaram naquela fortaleza lá de Long Beach! *Madon'!* Nem um exército poderia entrar naquele lugar! Nosso Barzini aqui precisou se arrastar feito uma serpente só para trocar uma palavra com você! — Mariposa parecia sentir uma raiva profunda, furioso com a família Corleone. — Foram eles que nos obrigaram a seguir adiante com essa história do desfile! E veja só como as coisas terminaram! — Ele bateu na mesa. — Num massacre execrável!

— *Sì* — concordou Tessio, solene. — Execrável.

— Mas agora eles vão pagar — prosseguiu Mariposa, debruçando-se na mesa. — Então, Salvatore, me diga... — Ele serviu a Tessio uma taça do Montepulciano que estava ao centro da mesa. — Como podemos retribuir esse favor que me ofereceu?

Tessio correu os olhos pela mesa, surpreso com a rapidez com que ele havia trazido o assunto à tona. Emilio assentiu com a cabeça, encorajando-o a responder.

— Quero uma vida tranquila — respondeu Tessio. — As bancas do Brooklyn mais as concessões de Coney Island. Isso é tudo de que preciso.

Mariposa se recostou na cadeira.

— Isso é uma vida tranquila e... boa. — Refletiu por alguns segundos, depois arrematou: — Você tem a minha palavra.

— Temos um acordo então — respondeu Tessio. — Muito obrigado, Don Mariposa. — Então se levantou para apertarem as mãos.

— *Splendido* — comentou Emilio, enquanto Mariposa e Tessio apertavam as mãos. Aplaudiu de modo contido, assim como Tattaglia. Conferiu as horas no relógio, depois falou a Giuseppe: — Agora que chegamos a um acordo, Tattaglia e eu precisamos nos retirar por um instante. — Os dois se levantaram. — Temos alguns assuntos para resolver com o nosso pessoal. Nos deem alguns minutos. Logo, logo estamos de volta.

— Mas aonde vocês vão? — objetou Mariposa. Ele parecia surpreso. — Vocês precisam ir agora?

— Temos alguns assuntos em andamento — respondeu Tattaglia.

— Não vamos levar mais que cinco minutos — acrescentou Emilio, colocando a mão no ombro de Tattaglia e o conduzindo à porta, que mais uma vez se abriu como num passe de mágica.

Giuseppe olhou para Tomasino, desconfiado. A Tessio, falou:

— Negócios... — E fez uma careta. — Daqui a pouco eles voltam.

Assim que Tattaglia e Barzini saíram, Tomasino se virou na cadeira e, por trás, envolveu o peito de Giuseppe com os braços para imobilizá-lo enquanto Tessio, já de pé, enfiava um guardanapo na boca do Don.

Giuseppe esticou e girou o pescoço, tentando ver quem o prendia na cadeira. Por causa do guardanapo, só conseguiu murmurar:

— Tomasino!

— Negócios, Joe — explicou o outro.

Do bolso do paletó, Tessio tirou um garrote, fino como a corda de um piano, e o esticou diante do rosto de Mariposa.

— Faz tempo que não me incumbo do serviço sujo. Mas essa é uma ocasião especial. Como era você, Joe, fiz questão — sussurrou no ouvido de Mariposa. Em seguida começou a apertar o garrote contra o pescoço dele, sem muita força inicialmente, dando a Mariposa a oportunidade de sentir o fio de metal frio contra a pele. Então Tomasino o largou enquanto Tessio apertava o garrote ao mesmo tempo que fazia força com o joelho nas costas da cadeira do homem. Debatendo-se furiosamente, Giuseppe lutava para se soltar e deu um chute num dos pés da mesa, que balançou, fazendo com que um dos pratos caísse no chão. Então o garrote cortou a jugular, jorrando sangue sobre a toalha branca. Em um segundo o corpo do Don ficou imóvel e Tessio o empurrou para a frente. Mariposa ficou na cadeira, o tronco inclinado sobre a mesa, o sangue esguichando do pescoço e se acumulando no prato, que se encheu rapidamente como se nele estivesse uma sopa vermelha.

— Ele não era um sujeito tão ruim como todo mundo dizia — comentou Tomasino, ajeitando o paletó e os cabelos. — Espero que Don Corleone veja essa minha colaboração como um sinal de minha lealdade.

— Vito é um bom homem para se trabalhar, como você vai perceber. — Tessio apontou para a porta e Tomasino deixou o cômodo.

Tessio derramou água sobre um guardanapo e com ele tentou limpar uma mancha de sangue no punho da camisa. Vendo que só conseguia piorar a situação, dobrou o punho sob a manga do paletó para que ficasse fora de vista. À porta, deu uma última olhada no corpo de Mariposa inerte sobre a mesa. Com uma raiva que parecia ter vindo do nada, disse:

— Quero ver você pular para mim agora, Joe. — Cuspiu no chão e saiu da saleta, onde Eddie Veltri e Ken Cuisimano já o esperavam, estrategicamente postados à frente das duas folhas de vidro, bloqueando a vista para o interior. A orquestra estava tocando "Smoke Gets in Your Eyes".

— Eu gosto dessa música — comentou Tessio a Ken. Tocando o ombro de Eddie, falou: — *Andiamo*.

Enquanto os três atravessavam o labirinto de mesas, Tessio cantarolava junto da jovem *crooner*. A certa altura cantou em voz alta:

— *... something here inside cannot be denied...*

Eddie bateu nas costas dele e disse:

— Sal, sabe que eu levaria um tiro por você, não sabe? Mas, *Madre 'Dio*, não cante.

Tessio olhou de soslaio para ele antes de abrir um amplo sorriso seguido por uma gargalhada. Ele saiu do clube para as ruas movimentadas de Manhattan, rindo.

Donnie O'Rourke baixou o volume do rádio. Seus pais vinham discutindo a noite inteira no quarto ao lado, ambos novamente bêbados, e, embora passasse da meia-noite, segundo havia informado o radialista, eles ainda não davam sinal de trégua. Virando-se para a janela aberta ao lado da cama, ficou ouvindo as cortinas que farfalhavam ao sabor de uma leve brisa. Estava sentado numa cadeira de balanço virada para a cama e para a janela, as mãos cruzadas sobre o colo, um xale estendido sobre as pernas. Rapidamente ajeitou os cabelos e endireitou os óculos escuros sobre a ponte do nariz. Em seguida alinhou a camisa nos ombros, fechou os botões até o pescoço e se empertigou na cadeira o máximo que pôde.

Mais uma vez havia perdido a noção do tempo, sequer imaginava qual era o dia do mês, porém sabia que a primavera logo daria lugar ao verão. Podia senti-lo no ar. Já fazia algum tempo que era capaz de saber as coisas apenas pelo cheiro delas. Sabia dizer se quem vinha da cozinha era a mãe ou o pai apenas pelo cheiro que eles exalavam ao caminhar, sempre o mesmo cheiro de cerveja ou uísque, mas com certa diferença para cada um deles, algo que Donnie percebia imediatamente mas não sabia traduzir em palavras. Agora ele sabia que era Luca Brasi quem subia pela escada de incêndio. Tinha certeza absoluta. Ao ouvi-lo entrar pela janela aberta, abriu um sorriso e disse o nome dele baixinho.

— Luca. Luca Brasi.

— Como você sabia... que era eu? — devolveu Luca, também falando baixo, quase sussurrando.

— Não precisa se preocupar com os meus velhos. Eles estão bêbados demais para causar qualquer problema.

— Não estou... preocupado com eles — declarou Luca, avançando quarto adentro até se postar diante da cadeira de balanço. — Como você sabia... que era eu, Donnie?

— Posso sentir o seu cheiro — respondeu Donnie. Rindo, acrescentou: — Santo Deus, Luca, você cheira muito mal. Pior que um esgoto.

— Não gosto muito... de banho — explicou Luca. — Não gosto de... ficar molhado. A água... me incomoda. — Ficou calado por um instante, depois perguntou: — Está com medo?

— Medo, eu? Pelo contrário, Luca, eu já estava esperando você.

— Muito bem. Então aqui estou eu... Donnie — disse Luca, e fechou as mãos em torno do pescoço do irlandês.

Donnie se recostou na cadeira e inclinou a cabeça para trás.

— Vá em frente — sussurrou. — Faça o que tem que fazer.

Luca o estrangulou com um gesto rápido, selvagem, e em pouco tempo tudo era escuridão e silêncio e nada mais existia, nem mesmo o cheiro acre de cerveja e uísque que vinha da cozinha, nem mesmo o perfume doce da primavera chamando o verão.

27

Uma chuva fina — quase uma garoa — pingava das escadas de incêndio enfileiradas no beco que havia nos fundos da confeitaria de Eileen. Já era tarde para que Caitlin ainda estivesse acordada, e Sonny ficou surpreso quando a irmã de Cork parou diante da janela da sala e baixou a persiana com a menina no colo. Lindas, as duas: a mãe com seus cachos dourados, a filha com os cabelinhos da mesma cor, porém ondulados até os ombros. Sonny tirou o fedora e correu a mão sobre a aba para secá-la. Fazia um bom tempo que ele estava esperando naquele beco. Havia deixado o carro a alguns quarteirões de distância e esperado o sol sumir completamente para abrir o portão de lanças de ferro que dava para o beco e ficar ali, espiando as janelas do apartamento de Eileen. Parte dele achava que Bobby não estaria ali com a irmã e a sobrinha, e parte se perguntava onde mais poderia estar — então, um instante depois de Eileen fechar a persiana, Sonny soube que Bobby estava lá. Jamais vira aquela persiana ser baixada nas inúmeras vezes que havia estado no apartamento. A janela dava para a fachada de tijolos daquele beco fechado que ninguém mais frequentava além dos lixeiros. Dali a alguns minutos a janeleta de blocos de vidro do quartinho dos fundos da confeitaria se acendeu com uma luz amarelada e fraca, e Sonny teve certeza de que era Bobby. Quase podia vê-lo se deitando na cama estreita e acendendo o abajur ao lado do qual sempre havia uma pilha de livros.

Então foi para a porta dos fundos da confeitaria, levou a mão ao bolso das calças e fechou os dedos sobre o cabo sulcado da chave de fenda que havia trazido consigo, já antevendo que talvez precisasse arrombar a porta. Ficou vários minutos ali, diante da porta, apenas olhando. Não conseguia acalmar os pensamentos, tampouco convencer os próprios pés a dar aquele último passo tão decisivo. Suava muito e sentiu que podia vomitar. Então respirou fundo algumas vezes, tirou o silenciador do bolso do paletó e examinou na palma da mão o pesado cilindro de metal, ranhurado na parte em que se encaixava ao cano. Segurou a pistola com firmeza, prendeu o silenciador no cano e colocou a arma de volta no bolso. Mas ficou parado onde estava, olhando para a porta sob a chuva fina, esperando que ela se abrisse a qualquer momento e Bobby estivesse ali, sorrindo, convidando-o para entrar.

Sonny esfregou os olhos com as palmas das mãos. Quando ouviu Eileen repreender a filhinha com irritação e desânimo, ele subitamente acordou de seu torpor e um segundo depois já estava com a chave enterrada na fresta entre a porta e a fechadura. A porta se abriu com facilidade, e Sonny passou ao salão escuro da confeitaria, que ainda recendia a canela. Fiapos de luz escapavam da porta fechada do quartinho de Bobby. No andar de cima podia ouvir uma torneira aberta e os passinhos agitados de Caitlin entrando e saindo do banheiro. Sonny sacou a arma do bolso, voltou a guardá-la, sacou-a novamente e enfim encontrou forças para abrir a porta do quartinho, onde Bobby, tal como havia imaginado, estava deitado na cama com um livro nas mãos, lendo sob a luz amarelada do abajur. Assustado, Cork jogou o livro no chão e parou a meio caminho de se levantar por completo ao ver que era Sonny. Então recolheu o livro e voltou a se deitar, com as mãos cruzadas sob a nuca. Olhando para a arma que o amigo segurava, perguntou:

— Como você entrou?

Sonny estava apontando a arma para Bobby. Ele a baixou, recostou-se na parede e esfregou os olhos com a mão livre.

— Jesus, Bobby...

Inclinando a cabeça e apertando as pálpebras, Bobby falou:

— O que você está fazendo aqui, Sonny?

— O que você acha que estou fazendo aqui, Bobby? Você atirou no meu pai.

— Foi um acidente — retrucou. Avaliou o rosto de Sonny por um instante, depois disse: — Clemenza não contou nada a você, contou?

— Contou o quê?

— Eileen foi falar com Clemenza. Ele devia ter falado com você. Clemenza sabe o que aconteceu naquele desfile, Sonny.

— Eu sei o que aconteceu naquele desfile. Eu estava lá, lembra?

Bobby tirou os cabelos do rosto e coçou a cabeça. Estava usando calças de sarja e uma camisa de trabalho azul, desabotoada até a cintura. Mais uma vez ele olhou para a arma de Sonny.

— Um silenciador — comentou, e riu. — Sonny, foi um acidente. Eu vi Stevie Dwyer, aquele imbecil, se aproximando do seu pai por trás. Atirei nele, mas acertei o seu pai por acidente.

— Eu vi você atirando no meu pai.

— Eu sei, mas eu estava mirando no Stevie.

— Uma coisa eu tenho que admitir — declarou Sonny, coçando os olhos. — Você nunca foi bom de mira.

— Eu estava nervoso — defendeu-se Bobby. — Tinha gente atirando para todo lado. Ainda bem que o acertei no ombro. — Ele novamente fitou a arma na mão de Sonny. — Você veio aqui para me matar. Meu Deus, Sonny.

Esfregando a ponte do nariz, Sonny olhou para o alto como se as palavras que procurava pudessem estar lá.

— Preciso matar você, Bobby, mesmo que esteja dizendo a verdade. Ninguém vai acreditar, e, se eu falar para eles que acredito, vou parecer um fraco. Um idiota.

— Você parecer um idiota? Foi isso que disse? Você vai me matar só para não parecer um idiota? É isso?

— Eu seria visto como covarde, estúpido. Seria o fim para mim, na minha família.

— E só por isso você vai me matar? — devolveu Bobby, crispando o rosto numa careta de perplexidade exagerada. — Cacete, Sonny. Você não pode me matar, mesmo achando que precisa, o que, por sinal, não podia ser mais ridículo.

— Não é ridículo.

— Claro que é — retrucou Bobby com uma faísca de raiva, embora ainda estivesse deitado com as mãos cruzadas sob a cabeça. — Você não pode me matar, Sonny. A gente se conhece desde que era mais novo que Caitlin. Ficou doido? Você não pode me matar só para evitar que a sua família pense isso ou aquilo. — Novamente avaliou o rosto de Sonny. — Você não vai me matar. Seria o mesmo que matar a si mesmo. Não vai conseguir.

Sonny ergueu a arma, apontou-a para Bobby e se deu conta de que ele tinha razão. Não conseguiria puxar aquele gatilho. Sabia que jamais seria capaz de uma coisa dessas. Bobby também parecia sabê-lo.

— Estou muito desapontado, Sonny. Corta o meu coração você ter achado que ia conseguir me matar. — Cravando os olhos nos do amigo, disparou: — Esse não é o Sonny que eu conheço. O Sonny que eu conheço nunca ia pensar uma coisa dessas.

Ainda com a arma apontada para o coração de Bobby, Sonny declarou:

— Eu preciso, Cork. Não tenho escolha.

— Conversa fiada. Claro que você tem escolha.

— Não, não tenho.

Cork cobriu os olhos com as mãos e exalou um suspiro, talvez já perdendo as esperanças.

— Você não pode me matar — disse, sem olhar para Sonny. — Mesmo que seja burro o bastante para achar que precisa.

Sonny baixou a arma.

— Esses irlandeses... Vocês sempre foram bons de lábia.

— Só estou dizendo a verdade. A verdade é a verdade, mesmo que você seja burro demais para enxergar.

— Você acha que eu sou burro?

— É você que está dizendo, Sonny.

Sonny se debatia internamente, vendo-se num beco sem saída. Baixou os olhos para a arma que pendia de sua mão, depois os ergueu para o irlandês à sua frente, e, embora os olhos se mexessem, o restante do corpo era uma rocha. Com o passar dos segundos, seu rosto foi ficando escuro. Por fim ele disse:

— Posso até ser burro, Bobby, mas pelo menos minha irmã não é uma puta.

Bobby olhou para ele e riu.

— Do que você está falando?

— Estou falando de Eileen — explicou Sonny. — Para seu governo, faz anos que venho comendo a sua irmã.

— O que deu em você agora, Sonny? — perguntou Cork, então se sentou na cama. — Por que está me falando essas coisas?

— Porque é verdade, seu irlandês idiota. Tenho fodido a sua irmã pelo menos três vezes por semana desde que...

— Cala essa boca, seu mentiroso de merda! — Bobby olhou para o teto, receando que Eileen e Caitlin o tivessem ouvido. — Não tem graça nenhuma, se é isso que você estava achando. Eileen jamais se deitaria com um porco imundo feito você, nós dois sabemos disso.

— É aí que você se engana — declarou Sonny, e se afastou da parede, finalmente conseguindo mexer as pernas. Deu um passo na direção de Bobby. — Ela adora chupar, sabia? Adora...

Cork saltou da cama e arremeteu contra Sonny, que foi mais rápido, apontando a arma para o coração do irlandês e atirando, um disparo ruidoso apesar de abafado pelo silenciador, algo parecido com o baque de um martelo contra uma parede de gesso. Um dos blocos de vidro da janeleta se estilhaçou, e os cacos caíram sobre o abajur, derrubando-o no chão. Sonny largou a arma e amparou Bobby antes que ele caísse. Viu a crescente mancha de sangue nas costas do irlandês e teve certeza de que ele estava morto, que a bala havia atravessado o coração, vazado pelas costas e se alojado na janeleta que dava para o beco. Deu-se ao trabalho de deitar Bobby na cama e abrir o livro sobre o peito dele, como se quisesse esconder o ferimento e o sangue de Eileen. Ela já estava correndo escada abaixo, gritando o nome do irmão, perguntando se ele estava bem.

Sonny rapidamente voltou ao beco. Já havia alcançado o portão de ferro quando ouviu o berro de Eileen, estridente e demorado, seguido do silêncio. Já no carro deu partida no motor, mas, antes de arrancar, abriu a porta às pressas, inclinou a cabeça para o lado e vomitou na rua. Conduziu o carro, limpando-se com o braço, a cabeça esfuziando com o grito de Eileen e com o disparo surdo da arma, que também sentia nos ossos, como se ele próprio tivesse sido atingido. Num átimo de loucura, chegou a ponto de baixar os olhos para o coração, achando que de algum modo estivesse ferido, e, quando viu a camisa ensanguentada, entrou em pânico até se dar conta de que era o sangue de Bobby. Mesmo assim, contrariando a lógica, abriu a camisa e apalpou o peito para ter certeza de que estava bem, de que nada havia lhe acontecido, de que o pesadelo logo teria fim — então percebeu que não estava voltando para casa como planejado, mas seguindo na direção das docas. Não sabia por que dirigia até o rio, mas não resistiu ao impulso. Era como se algo o estivesse puxando para lá — e só se acalmou ao avistar o rio e parar o carro junto à água. Ficou ali, na escuridão do veículo, olhando para as luzes da cidade refletidas na água, com os sons em sua cabeça começando a desaparecer, o grito de Eileen e o disparo surdo que ainda sentia nos ossos e no coração.

28

Vito se recostou no sofá da sala com Connie no colo, colocando um braço em volta da cintura da filha, aninhando a menina sonolenta que olhava para o outro lado da sala e parecia ouvir com genuíno interesse Jimmy Mancini e Al Hats discutirem sobre beisebol. Lucy, a filha de Jimmy, estava sentada ao lado deles e ligava os pontos de uma figura num multicolorido livrinho de atividades. Vez ou outra erguia os olhos para Connie, como se para ter certeza de que não havia perdido a amiguinha enquanto se perdia no desenho. Eles estavam no apartamento da Hughes Avenue, numa gloriosa tarde de domingo, o céu azul brilhante e a temperatura amena. Assim que Tessio entrou no cômodo, Jimmy e Al interromperam a discussão, que em grande parte versava sobre as chances dos Giants repetirem a vitória na World Series.

— Sal, você acha que os Dodgers ainda têm alguma chance de chegar lá? — perguntou Al, e gargalhou junto de Jimmy, ambos sabendo que os Dodgers teriam sorte se conseguissem sair do buraco fundo em que se encontravam. Torcedor fanático do time do Brooklyn, Tessio os ignorou, sentou-se perto de Lucy e ficou observando o que ela fazia.

Gargalhadas vieram repentinamente da cozinha, de onde, segundos depois, Sandra saiu com o rosto corado. Ela tomou a escada, provavelmente rumo ao banheiro. Embora não tivesse ouvido a conversa das mulheres, Vito poderia jurar que alguma delas havia falado algo rude e de natureza sexual sobre Sandra e Santino. Brincadeiras semelhantes ocorriam com frequência desde o anúncio do noivado entre os dois, e o mais provável era que continuassem para além do casamento e da lua de mel. Vito sempre evitava a cozinha quando as mulheres se reuniam para cozinhar e conversar. Na escada, Sandra topou com Tom, que descia para a sala. Tom tomou as mãos dela nas suas, beijou-a no rosto e os dois começaram uma conversa interessante o suficiente para que ambos se sentassem num degrau e ficassem ali, falando animadamente. Vito sabia que só podia ser sobre Santino, que havia se trancado em casa fazia mais de uma semana. Sandra queria que ele procurasse um médico, assim como Carmella também — mas claro, Sonny não queria saber de médico nenhum. *Ele é teimoso feito um homem*, Vito ouvira Carmella dizer a Sandra mais cedo naquele mesmo dia. *Logo, logo ele fica bom, não se preocupe*, agora ouvia Tom dizer. Carmella já o havia pedido para falar com o filho e insistir que ele se consultasse com alguém. *Sonny vai ficar bem. Ele só precisa de um pouco de tempo*, tinha dito Vito à mulher.

Alguém ligou o rádio na cozinha — provavelmente Michael — e a voz do prefeito LaGuardia invadiu a casa, instantaneamente irritando Vito. Enquanto o restante da cidade e do país já começava a esquecer o massacre, dando-o como um ato alucinado dos irlandeses que odiavam os italianos que vinham roubando seus empregos — versão divulgada por um punhado de jornalistas regiamente pagos —, LaGuardia não largava o osso. Falava como se tivesse sido ele o alvo de um tiro no ombro. Nos jornais e nas rádios, insistia sobre os "vagabundos" que pretendia varrer da cidade. Vito não suportava mais aquela ladainha e, quando ouviu o prefeito mais uma vez dizer algo sobre a "arrogância" e novamente citar os "vagabundos", ele se desvencilhou de Connie, colocou-a ao lado de Lucy e foi para a cozinha desligar o rádio. Ficou surpreso ao descobrir que o aparelho tinha sido ligado por Fredo, mas não com o fato de que o menino não estava ouvindo. Debruçando-se sobre o filho, que estava sentado à mesa entre as mulheres de Genco e Jimmy, ele desligou o rádio e teve a impressão de que sequer foi notado.

— Onde está Michael? — perguntou à mulher, que se encontrava no fogão com a Sra. Columbo, recheando as *braciol'* enquanto a avó de Sandra esculpia as almôndegas entre as mãos para depois jogá-las no óleo quente.

— Lá em cima, no quarto! — respondeu Carmella, brava. — Com a cabeça enterrada num livro, como sempre! — Quando Vito começou a caminhar para sair da cozinha em direção ao quarto para falar com Michael, gritou: — Fale para ele descer! Isso não é saudável!

Vito encontrou o filho deitado de bruços com um livro aberto sobre o travesseiro. O garoto virou a cabeça quando Vito entrou no quarto.

— Pai? A mamãe está brava comigo? Eu fiz alguma coisa errada?

Vito sentou-se na beira da cama e deu um tapinha na perna dele, tranquilizando-o.

— O que você está lendo?

Michael se deitou de costas e deixou o livro sobre o peito.

— É a história de Nova Orleans.

— Nova Orleans? — espantou-se Vito. — Por que você está lendo sobre Nova Orleans?

Cruzando as mãos sobre o livro, Michael respondeu:

— Porque foi lá que teve o maior linchamento na história dos Estados Unidos.

— Isso é terrível! — exclamou Vito. — Mas por que você se interessou por esse assunto?

— Acho que vou fazer meu trabalho sobre isso.

— Achei que fosse escrever sobre o Congresso.

— Mudei de ideia — explicou Michael. Deixou o livro de lado e se recostou na cabeceira da cama. — Não quero mais escrever sobre o Congresso.

— Por que não? — quis saber Vito, inquieto com a expressão que via no rosto do filho, que apenas encolheu os ombros sem responder. — Então agora você vai escrever sobre pessoas de cor que foram linchadas no Sul? — Ele deu um puxão na gravata e colocou a língua para fora como se estivesse sendo enforcado, tentando fazer o filho rir.

— Não eram pessoas de cor, pai. Eram italianos.

— Italianos! — Vito se inclinou para trás com uma careta de espanto.

— Os irlandeses cuidavam de quase todo o serviço nas docas em Nova Orleans — disse Michael —, até a chegada dos sicilianos, que tomaram a maior parte do trabalho.

— Os sicilianos trabalharam no mar por milhares de anos — comentou Vito.

— Estava tudo bem — continuou Michael —, até que chegaram os gângsteres italianos, provavelmente da Máfia...

— Máfia? — interrompeu Vito. — Que Máfia? É isso que está escrito nesse seu livro? Não existe Máfia nenhuma, pelo menos aqui na América.

— Bem, gângsteres então, pai — disse Michael, claramente querendo chegar ao fim de sua história. — Eles atiraram no chefe de polícia, depois foram absolvidos e...

— Absolvidos — cortou Vito, chamando atenção para a palavra. — Então eram inocentes, certo?

— Alguns foram absolvidos — explicou Michael —, mas tudo indica que foram esses gângsteres que atiraram. Então os moradores de Nova Orleans se juntaram numa turba, invadiram a cadeia e lincharam todos os italianos que encontraram por lá. Onze italianos linchados ao mesmo tempo, a maioria provavelmente inocente.

— A maioria?

— Sim — respondeu Michael, e ergueu os olhos para os do pai, avaliando-os com atenção. — Onze pessoas morreram, e tudo por causa de um punhado de gângsteres.

— Entendi. — Vito sustentou o olhar do filho até fazê-lo virar o rosto. — Então é sobre isso que você pretende escrever...

— Pode ser — respondeu Michael com certa rispidez, novamente encarando o pai. — Talvez eu escreva sobre os ítalo-americanos veteranos da Grande Guerra. Também é um assunto interessante. Teve muitos heróis ítalo-americanos nessa guerra.

— Aposto que sim — declarou Vito, e depois: — Michael... — Deu a impressão de que iria explicar alguma coisa, mas se calou e ficou observando o filho em silêncio. Dali a pouco, com tapinhas carinhosos no rosto dele. — Todo homem tem o seu destino, Michael. — Em seguida o puxou para um beijo na testa.

Michael parecia dividido. Hesitou por um instante, mas depois se jogou para os braços do pai.

— Assim que terminar sua leitura — prosseguiu Vito —, fique um pouco com sua família lá embaixo. — Ele se levantou da cama. — Sua mãe está fazendo *braciol'* — disse, e beijou a ponta dos dedos para ilustrar como eram deliciosas as *braciol'* de Carmella. — Ah! Já ia me esquecendo. Isso aqui é para você. — Tirou do bolso um cartão destinado a Michael, encorajando-o nos estudos, escrito à mão e assinado pelo prefeito LaGuardia. Entregou-o ao filho, acariciou seus cabelos e saiu do quarto.

29

Sonny havia acabado de encher um copo com a água de uma jarra de cristal quando um sujeito forte e bem-vestido, com um nariz enorme, pousou a mão de leve nos ombros dele.

— Ei, Sonny, sabe dizer se eles ainda vão demorar muito lá dentro?

— Por acaso a gente se conhece? — devolveu Sonny. Clemenza e Tessio conversavam por perto numa roda de amigos e conhecidos das seis famílias que se reuniam na sala adjacente: os cinco Dons de Nova York, mais DiMeo, de Nova Jersey.

— Virgil Sollozzo — apresentou-se o outro, estendendo a mão para Sonny.

Sonny o cumprimentou.

— Já devem estar acabando. — Ergueu o copo d'água e explicou: — Meu pai está falando tanto que já deve estar precisando molhar a garganta.

— Algum problema, Sonny? — interveio Clemenza. Ele e Tessio haviam se aproximado por trás de Sollozzo e agora o ladeavam. Clemenza trazia consigo uma bandejinha de prata com *prosciutto, capicol'*, salame, anchovas e brusquetas.

— Problema nenhum — respondeu o rapaz. Correndo os olhos pela mesa comprida do outro lado da qual chefs uniformizados serviam o farto bufê italiano, uns com espátulas, outros com conchas na mão, comentou:
— Dessa vez meu pai se superou. Isso sim é um banquete.

— Essa água é para ele? — perguntou Tessio, apontando para o copo na mão de Sonny.

— É. Para molhar a garganta.

— Ei! — exclamou Clemenza, e apontou sua bandeja na direção da sala de reunião. — *Avanti!*

— Já vou — respondeu Sonny. — *Madon'!*

Na sala de reunião da Igreja de São Francisco, entre as imagens de santos que decoravam as paredes, Vito ainda falava. Estava sentado à cabeceira da mesa, mas numa cadeira comum — o trono encomendado por Mariposa já havia sido retirado — com Stracci e Cuneo de um lado, Tattaglia e DiMeo do outro e à sua frente, na cabeceira oposta, Barzini. Ele acenou para que Sonny lhe trouxesse a água. Sonny deixou o copo à frente dele e se juntou aos demais guarda-costas recostados à parede.

Vito bebeu um gole e cruzou as mãos sobre a mesa, dizendo:

— Senhores, creio que hoje foi um dia muito importante para todos nós. Antes de dar nosso encontro por encerrado, gostaria mais uma vez de falar em nome de toda a minha família e reiterar: dou minha palavra de que as guerras acabaram, e os amigos já devem saber que minha palavra vale ouro. Não é minha intenção interferir, seja de que modo for, nos negócios de nenhum dos senhores aqui presentes. — Ele correu os olhos por todos à sua volta. — Tal como ficou acordado, vamos nos reunir uma ou duas vezes por ano para discutir quaisquer dificuldades que porventura nossas famílias venham a ter umas com as outras. Hoje criamos regras, selamos acordos, e, sempre que houver problemas, poderemos nos reunir para resolvê-los como homens de negócio. — Para enfatizar, Vito bateu na mesa com os dedos ao dizer *homens de negócio*. — Hoje temos cinco famílias em Nova York. Também há famílias em Detroit, Cleveland, São Francisco e em todo o país. Eventualmente todas elas, ou pelo menos as que endossarem nossas regras e nossos acordos, serão devidamente representadas num comitê que terá como missão principal a manutenção da paz. — Vito se calou um instante e novamente correu os olhos pelos demais Dons. — Todos sabemos que, caso ocorra algum massacre como esse que apagou o brilho do nosso desfile ou qualquer outra selvageria como a que está acontecendo agora em Chicago, estaremos inelutavelmente fadados à ruína. Mas, se conseguirmos tocar nossos negócios em paz, todos nós vamos prosperar.

Quando Vito parou para beber água, Emilio Barzini afastou sua cadeira e ficou de pé com as mãos sobre a mesa, os dedos flexionados como se tocassem piano.

— Quero dizer aqui, na presença de todos em torno dessa mesa, que não só apoio Don Corleone como também prometo cumprir todos os acordos aqui selados... Minha esperança é a de que os senhores se juntem a mim nessa promessa de obediência ao que foi acordado.

Os demais à mesa sinalizaram ou murmuraram seu assentimento. Phillip Tattaglia deu a impressão de que ia se levantar para formalizar seu apoio — mas Vito se adiantou a ele e tomou a palavra.

— Prometamos ainda — continuou, olhando para Barzini — que nunca mais nenhum de nós, direta ou indiretamente, participará de uma *infamità* como esse massacre no desfile, esse crime no qual inocentes foram mortos, entre eles uma criança. Na hipótese de que um de nós volte a ameaçar inocentes ou pessoas queridas, para esse não haverá perdão nem clemência.

Todos aplaudiram Vito, que ao longo da demorada reunião não havia falado com tamanha firmeza, com tamanho ímpeto. Barzini também aplaudiu, mas não sem alguns segundos de atraso em relação aos demais. Terminados os aplausos, e depois que todos já haviam formalmente endossado os acordos, Vito juntou as mãos, entrelaçou os dedos e só então prosseguiu:

— Meu grande desejo é ser visto por todos como um padrinho, um homem cuja obrigação é servir aos amigos, ajudá-los a superar qualquer dificuldade, seja por meio de conselhos, dinheiro, influência ou até mesmo força. A todos os presentes afirmo: seus inimigos são meus inimigos; seus amigos são meus amigos. Que esse encontro sele o início de uma paz duradoura, senão perpétua, entre todos nós.

Antes que ele pudesse terminar, todos se levantaram para bater palmas. Vito ergueu a mão, pedindo por silêncio.

— Basta mantermos nossa palavra — declarou, prometendo ser breve apenas com o tom de voz. — Basta ganharmos o nosso pão sem derramar o nosso próprio sangue. Todos sabemos que o mundo lá fora está caminhando para a guerra, mas cuidemos para que o nosso mundo prossiga e prospere na paz.

Vito ergueu o copo d'água como num brinde e deu um longo gole enquanto os homens o aplaudiam. Pouco depois todos já estavam a seu redor para cumprimentá-lo e trocar algumas palavras finais.

Sonny, de seu posto junto à parede, viu o pai trocar apertos de mão e abraços com todos os Dons. Na vez de Barzini, Vito o abraçou como se ali estivesse um irmão há muito desaparecido, e, terminado o abraço, Barzini o beijou no rosto.

— Quem vê até acha que eles são amigos de infância — comentou Sonny com Tomasino a seu lado.

— E são — respondeu Tomasino, dando um tapinha nas costas dele.

— Página virada, Sonny. Todo mundo agora é amigo de infância. — Com uma piscadela, acrescentou: — Vou lá tomar alguma coisa com o meu velho chapa Luca. — Ele esfregou a cicatriz sob um de seus olhos e riu, depois foi em direção ao banquete.

Sonny deu uma última olhada em Barzini e Tattaglia, que conversavam com seu pai, depois seguiu Tomasino.

O sol já estava baixo quando os outros Dons deixaram a Igreja de São Francisco. A luz do crepúsculo atravessava as janelas para incidir sobre o que restava nos pratos e nas bandejas de antepasto, carnes e massas. Apenas a família Corleone ainda se encontrava ali, mas também eles estavam prestes a partir. Vito havia puxado uma cadeira para junto da mesa, no centro. À sua esquerda sentavam-se Tessio e Genco; à direita, Sonny e Clemenza. Jimmy Mancini e Al Hats estavam com os outros na rua, buscando os carros — e por um minuto na saleta prevaleceu um silêncio que nem mesmo os ruídos comuns do trânsito chegavam a perturbar. Foi Clemenza quem o quebrou.

— Olhe só pra isso. Deixaram uma para trás. — Ele havia encontrado uma garrafa de champanhe fechada e um engradado sob a mesa. Com a ajuda de um guardanapo, puxou a rolha até ouvi-la espocar. Tessio colocou cinco taças numa bandeja, tirou uma para si e deixou as outras diante de Vito.

— Hoje foi um dia muito especial. — Vito pegou uma das taças e deixou que Clemenza o servisse. — Agora somos a família mais forte de Nova York — continuou, enquanto Clemenza começou a encher as taças de todos. — Em dez anos seremos a mais forte de toda a América.

— O que merece um brinde! — exclamou Tessio.

Todos ergueram as taças e beberam. Quando o silêncio voltou a imperar na sala, Clemenza ficou de pé e olhou para Vito, um tanto hesitante.

— Vito... — começou, e o tom sugeria grande seriedade, o que lhe era incomum, fazendo os demais arregalarem os olhos. — Vito, todos sabemos que não era isso que você queria para Sonny, que você tinha outros planos para o garoto. Mas, diante do rumo que as coisas tomaram, acho que podemos nos orgulhar muito do nosso Santino, que recentemente fez sua iniciação, provou seu amor pelo pai e portanto está pronto para se juntar a nós no nosso negócio. Você agora é um de nós, Sonny — declarou Clemenza, e ergueu a taça para Sonny. — *Cent'anni!* — brindou.

— *Cent'anni!* — repetiram os outros, inclusive Vito, e esvaziaram suas taças.

Sem saber o que responder, Sonny disse apenas:
— Obrigado.

Isso arrancou uma gargalhada de todos, menos de Vito. Sonny enrubesceu, baixou os olhos para sua taça e bebeu do champanhe. Percebendo o embaraço do filho, Vito tomou o rosto dele entre as mãos e o beijou na testa. Após os aplausos, seguiram-se muitos abraços com tapinhas nas costas, os quais Sonny retribuía com gratidão.

VERÃO DE 1935

30

À pia da cozinha, Eileen areava o fundo da panela que havia deixado queimar na noite anterior. Não sabia o que a incomodava mais: a pouca ventilação do apartamento, que transformava o lugar numa sauna sempre que a temperatura passava dos quarenta, como era o caso naquela tarde de meados de junho; o constante ranger da mesa atrás dela com o ventilador barato Westinghouse, que parecia apenas fazer cócegas na massa de ar quente da cozinha; ou as birras de Caitlin, que vinham se repetindo desde cedo, ora por uma coisa, ora por outra. A menina agora esperneava porque as figurinhas não paravam no álbum porque a cola se derretia com o calor.

— Caitlin — disse Eileen, sem erguer os olhos do que fazia —, você está a um triz de levar uma surra daquelas se não parar com essa manha! — Pretendia incluir na bronca uma pitada de doçura, mas o resultado havia sido diferente: uma bronca azeda, dura e malvada.

— Não é manha! — protestou a menina. — As figurinhas não estão colando! Assim não dá para brincar!

Eileen encheu parte da panela com água fervente com sabão e a deixou de molho. Deu-se alguns segundos para diminuir o nervosismo, virou-se para a menina e, com o máximo de calma que podia reunir, perguntou:

— Filha, por que você não vai brincar lá fora com as suas amigas?

— Eu não tenho nenhuma amiga — respondeu Caitlin, a boquinha trêmula, os olhos marejados. O vestidinho amarelo que havia trocado apenas uma hora antes já ensopado de suor.

— Claro que tem — insistiu Eileen, sorrindo para a filha enquanto secava as mãos num pano vermelho.

— Não tenho, não! — devolveu Caitlin, suplicante, e então as lágrimas que ela lutava para conter começaram a descer como uma cascata por suas bochechas acompanhada de soluços e tremores. Ela enterrou a cabeça entre os braços, sacudindo o corpinho.

Olhando para a filha chorar, Eileen se surpreendeu com a total ausência de compaixão. Sabia que devia consolar Caitlin, mas em vez disso abandonou a menina chorando à mesa, foi para o quarto e se jogou de costas na cama que ainda não havia arrumado, deixando-se ficar ali, apática, os olhos voltados para a monotonia do teto. O calor no cômodo era maior que na cozinha, porém ao menos as paredes abafavam um pouco a birra de Caitlin. Ficou naquele torpor por um bom tempo, seus olhos vagando do teto para as paredes, para a cômoda, onde agora uma foto de Bobby fazia companhia à de Jimmy. Ela queria os dois bem ali, juntinhos, de modo que pudesse vê-los logo de manhã ao acordar.

Um tempo depois Caitlin entrou no quarto. Já havia parado de chorar. Com a girafinha Boo entre os braços, deitou-se ao lado da mãe e ficou ali, amuada.

Eileen fez carinho nos cabelos dela e deu um beijo no topo da cabeça da menina. Caitlin se aproximou mais e se aninhou ao lado da mãe, jogando um dos braços sobre a barriga dela. Assim ficaram as duas até o fim daquela tarde de verão, ambas sonolentas e inertes na cama ainda por fazer, na quietude do apartamento.

No centro do pátio, cercados pelo imponente muro de pedra do condomínio, mais ou menos vinte homens e mulheres, vizinhos e amigos, entrelaçavam os braços para dançar num círculo, dando pequenos chutes, enquanto no palquinho improvisado Johnny Fontane cantava "Luna Mezzo Mare", acompanhado de Nino Valenti ao bandolim e uma pequena orquestra trajando smokings brancos. Vito observava a festa do alto de uma pequena plataforma montada nos confins do pátio, no alto de um barranco junto ao muro. A plataforma estava ali, não só para abrigar as cadeiras alugadas e os demais aparatos da festa mas também para esconder os canteiros nos quais ele havia tentado plantar figueiras sem nenhum sucesso e onde planejava cultivar uma horta na primavera. Pouco antes, havia abandonado a mesa da família junto ao palco para se distanciar um pouco da música alta e apreciar a vista panorâmica que a plataforma permitia. Queria sobretudo ficar sozinho com os próprios pensamentos — mas fora avistado quase imediatamente por Tessio e Clemenza, que se juntaram a ele e agora conversavam entre si, batendo mãos e pés ao ritmo da música, ambos com um amplo sorriso estampado no rosto, até mesmo Tessio. Vito buscou uma das cadeiras recostadas ao muro e se acomodou nela para acompanhar a festa.

A noite estava quente, fazia bem mais de trinta graus, e todos suavam muito, inclusive Vito, que já havia desabotoado o colarinho da camisa e afrouxado a gravata. Todos os seus parceiros de negócios estavam presentes, qualquer um que tivesse importância. Eles agora se misturavam no pátio com familiares, amigos e vizinhos dos noivos, tendo abandonado desde muito as mesas reservadas para cada um. Emilio e Ettore Barzini dividiam uma mesa com os irmãos Rosato e suas respectivas esposas. Perto deles, Eddie Veltri e Ken Cuisimano, ambos homens de Tessio, sentavam-se com Tomasino Cinquemani e JoJo DiGiorgio, um dos homens de Luca. Até mesmo o grandalhão Mike DiMeo, o mandachuva de Nova Jersey, havia comparecido com a mulher e os filhos. Todos riam e batiam palmas no ritmo da música, uns conversando entre si, outros gritando palavras de incentivo para o círculo de dançarinos. Entre os que dançavam de braços entrelaçados estava Ottilio Cuneo, com a mulher de um lado e a filha do outro. Phillip Tattaglia e Anthony Stracci acompanhavam o movimento a certa distância, ambos com a esposa a tiracolo e algumas crianças tímidas ao redor. Vito se comprazia ao ver que todos compareceram ao casamento de seu primogênito, sobretudo ao perceber que os presentes, os cumprimentos e as bênçãos eram sinceros. Todos agora estavam ganhando muito dinheiro. Tinham motivos para celebrar.

A música terminou sob uma algazarra de aplausos e berros. Com uma tigela de madeira repleta de laranjas, Genco foi ao encontro de Vito e os demais na plataforma.

— Ei, Genco! — gritou Clemenza, secando a testa com o lenço que havia retirado do paletó amarrotado. — Que história é essa com as laranjas? Para todo lado que olho tem uma tigela de laranja!

— Pergunta para Sal — devolveu Genco, passando a tigela para Tessio. — Hoje de manhã ele apareceu aqui com caixas e mais caixas de laranja.

Ignorando a curiosidade de Clemenza, Tessio tirou uma das laranjas da tigela, sopesou-a na palma da mão e seguiu apalpando a fruta sem dar sinais de que pretendia comê-la. Genco sobraçou Vito e falou:

— Bela festa, Vito. Belíssima.

— Obrigado, meu amigo — agradeceu Vito.

— Sei de um conhecido nosso que está se casando também — sussurrou-lhe Genco ao ouvido.

— Quem?

Genco se afastou um pouco com Vito de modo que pudesse falar sem ser ouvido por Clemenza e Tessio.

— Hoje de manhã tivemos notícia de Luigi Battaglia.

— Quem?

— Hooks, o sujeito que trabalhava para Luca, que depois o entregou para a polícia e fugiu com a grana dele.

— Ah. E daí?

— Ficamos sabendo que ele abriu um restaurante em algum lugar isolado em West Virginia. Vai se casar com alguma caipira local. — Genco fez uma careta para ilustrar o desatino que via em tudo aquilo. — Foi assim que o encontramos. O *imbecile* usou o nome verdadeiro para anunciar o casamento no jornal.

— Luca sabe disso? — quis saber Vito.

— Não.

— Ótimo. Que continue sem saber. Ele não precisa desse aborrecimento agora.

— Vito... O sujeito roubou uma grana alta de Luca.

Vito ergueu o indicador, dizendo:

— Luca não deve saber. Nem hoje nem nunca. Ponto final.

Antes que Genco pudesse dizer mais alguma coisa, Ursula Gatto subiu à plataforma com Paulie, seu filho de 10 anos, ambos seguidos de Frankie Pentangeli. Enquanto Frankie abraçava Tessio e Clemenza, Ursula postou o filho diante de Vito para que ele recitasse as palavras que certamente havia sido obrigado a decorar:

— Muito obrigado, Sr. Corleone, por ter me convidado para o casamento de Santino e Sandra.

— Seja muito bem-vindo, Paulie — respondeu Vito, acariciando os cabelos do menino. Em seguida abriu os braços para Ursula, que se jogou neles já com os olhos marejados. Vito a beijou na testa. — Você agora é parte da nossa família. *La nostra famiglia!* — repetiu, e secou as lágrimas dela.

— *Sì. Grazie* — disse Ursula. Ela tentou dizer mais alguma coisa, no entanto viu que não conseguiria falar nada sem chorar. Então tomou o filho pela mão, despediu-se de Vito com um beijo no rosto e se virou para ir embora justo no momento em que Tom Hagen se aproximava.

Do outro lado do pátio, diretamente à frente deles, Luca Brasi caminhou até o muro, recostou-se nele e ficou ali, sozinho. Parecia estar fitando o nada, mas podia muito bem estar olhando para Vito. Notando a presença dele, Genco disse:

— Você tem falado com Luca ultimamente, Vito? Tenho a impressão de que o homem está ficando cada vez mais pancada.

— Luca não precisa ser inteligente — comentou Vito.

Tom Hagen se adiantou para abraçá-lo. Atrás dele vinham Tessio, Clemenza e Frankie Pentangeli, subitamente interessados na conversa.

— Ele está andando de um lado para o outro feito um zumbi — acrescentou Tom, que havia entreouvido o comentário de Genco sobre Luca. — Ninguém está conversando com ele.

— Mas também o homem fede que nem um porco! — exclamou Clemenza. — Não tem quem aguente! Ele devia tomar um banho!

Todos se viraram para Vito à espera de alguma resposta. Ele apenas deu de ombros.

— Mas quem vai dizer isso a ele?

Os demais refletiram um instante, depois irromperam numa gargalhada.

— É verdade, quem vai dizer isso a ele... — repetiu Tessio, e só então foi descascar sua laranja.

Carmella se ajoelhava à barra do vestido de Sandra, delicadamente mordendo os lábios sobre uma agulha com linha. Tinha acabado de costurar de volta a fieira de contas que havia se soltado do vestido de seda branca. Terminado o trabalho, ela ergueu os olhos para o lindo rosto da nora, emoldurado pelo tule e pelas rendas do arranjo de cabeça.

— *Bella!* — elogiou, depois se virou para Santino, que esperava por perto com as mãos nos bolsos, observando a confusão daquela meia dúzia de mulheres que aprontavam Sandra para as fotografias de casamento.

Próximas à noiva, sentadas no chão, Connie e a amiguinha Lucy brincavam com a almofada das alianças. As mulheres se apoderaram do escritório de Vito na casa nova. Bandejas de cosméticos e cremes atulhavam a escrivaninha de castanheira. Caixas de presentes se espalhavam pelo carpete felpudo. Empoleirado numa delas, Dolce, o gato, brincava com a fita amarela brilhante do embrulho.

— Sonny! — disse Carmella — Vá chamar o seu pai!

— Para quê?

— Como para quê? — devolveu a mãe, como sempre aparentando uma fúria que de fato não sentia. — Para as fotografias, ora!

— *Madon'!* — exclamou Sonny, resignando-se a cumprir a árdua tarefa de ir chamar o pai.

Durante semanas Sonny vinha obedientemente cumprindo todos os rituais do casamento, desde os encontros com o padre até a publicação dos proclamas, os ensaios, os jantares etc. etc. Já não via a hora de dar aquilo tudo por encerrado. No caminho do escritório até a porta da casa, foi parado três vezes para receber os parabéns de pessoas que mal conhecia, e, quando enfim se viu sozinho na varanda, demorou-se alguns minutos ali apenas para respirar e saborear o prazer do silêncio. De onde estava, sob o pórtico de entrada da casa, podia ver muito bem o palco sobre o qual Johnny enfeitiçava a todos com uma balada. Alguns dos convidados dançavam no espaço aberto entre as mesas e o palco.

— *Cazzo* — praguejou ao avistar o vereador Fischer falando com Hubbell e Mitzner, dois dos advogados de Vito, além de Al Hats, Jimmy Mancini e dois dos homens de Clemenza. Eles conversavam e riam como se fossem amigos de uma vida inteira.

Em um lado do pátio, junto ao muro e próximo à casa onde ele e Sandra passariam a morar assim que voltassem da lua de mel, Sonny avistou a plataforma em que Vito assistia a tudo com um ar de seriedade, as mãos cruzadas a sua frente. No lado oposto, recostado ao muro e apertando as pálpebras, Luca Brasi corria os olhos pelos convidados como se tivesse perdido algo ou alguém entre eles. Simultaneamente, e ainda sob o olhar de Sonny, ambos levaram uma laranja à boca. Vito comeu uma pequena fatia e secou os lábios com um lenço de bolso, enquanto Luca mordeu sua fruta com casca e tudo, completamente alheio ao sumo que escorria na bochecha e pelos cantos da boca. Pouco depois, o pequeno Michael saltou para a plataforma, fugindo de Fredo, que corria atrás dele, ameaçando-o com uma vara na mão. Sonny riu quando Michael se jogou contra Vito e por muito pouco não o derrubou. O pai confiscou a vara de Fredo e, brincando, fingiu que ia chicotear o filho no traseiro, arrancando risadas não só de Sonny mas também de Tessio e Frankie Pentangeli, que o ladeavam, e do pequeno Paulie Gatto, que tinha vindo correndo atrás dos irmãos Corleone e subira à plataforma para se juntar a eles.

Por um tempo, Sonny ficou observando a festa na paz da varanda. Vendo os políticos, os juízes e os policiais que se misturavam aos chefes das famílias e seus subordinados, de repente lhe ocorreu que a família Corleone era a mais poderosa de todas e que nada poderia detê-la. Não agora que tinha tudo nas mãos — não agora que *ele* tinha tudo nas mãos, uma vez que era o filho mais velho e legítimo herdeiro daquele império. *Tudo*, pensou Sonny, e, embora não soubesse dizer exatamente o que era esse "tudo", podia sentir nas próprias entranhas que essa era a mais pura expressão da verdade, da sua verdade. Naquele momento sua vontade era inclinar a cabeça para trás e rugir. Quando Clemenza o chamou da plataforma, Sonny abriu os braços como se quisesse cerrar não só o velho amigo dos Corleones mas todos os convidados do casamento — então desceu ao pátio para se juntar à família.

AGRADECIMENTOS

Muito obrigado a Neil Olson por ter me dado a oportunidade de escrever este livro. Os personagens e os temas de Mario Puzo se tornaram ainda mais cativantes à medida que eram explorados. Obrigado a Tony Puzo, à família Puzo e a Jon Karp por aprovarem a escolha de Neil, e obrigado sobretudo ao próprio Mario Puzo: espero sinceramente que *A família Corleone* faça jus à sua memória. A saga de *O poderoso chefão* já havia se integrado à mitologia norte-americana à época de Mario, e para mim foi uma honra ter podido trabalhar com material tão rico.

Agradeço também ao preparador de originais Mitch Hoffman as intervenções sempre interessantes, o apoio e o indefectível bom humor; a Jamie Raab, Jennifer Romanello, Lindsey Rose, Leah Tracosas e todos os profissionais tão talentosos da Grand Central. Um agradecimento especial vai para Clorinda Gibson, que revisou as expressões usadas em italiano e, portanto, foi obrigada a trabalhar com todas aquelas palavras que sua boa família italiana não lhe permitia usar durante a juventude.

Como sempre, sou profundamente agradecido a meus amigos e familiares, bem como aos muitos escritores e artistas que tive a sorte de conhecer ao longo dos anos. Muito obrigado a todos.

Este livro foi composto na tipografia
Adobe Garamond Pro, em corpo 12/16, e impresso em
papel off-white no Sistema Digital Instant Duplex
da Divisão Gráfica da Distribuidora Record.